Ochtendgloren

Corina Bomann bij Boekerij:

*Het vlindereiland*
*De maneschijnsonate*
*De jasmijnzussen*
*De stormroos*
*Een wonderlijke winterreis*
*Het klaprozenjaar*
*Winterbloesem*
*De rozentuin*

De vrouwen van de Leeuwenhof:
*Agneta's erfenis*
*Mathilda's geheim*
*Solveigs belofte*

De kleuren van schoonheid:
*Sophia's hoop*
*Sophia's wens*
*Sophia's triomf*

Waldfriede-saga:
*Gloriedagen*
*Lichtpunt*
*Avondrood*
*Ochtendgloren*

*Een kamer aan zee*

boekerij.nl

Corina Bomann

# *Ochtendgloren*

*Berlijn, 1948. In een verdeelde stad, geteisterd door een bitterkoude winter, blijft de missie van het ziekenhuis onveranderd.*

Deel 4 van de *Waldfriede*-saga

Vertaald uit het Duits door Iris van der Blom en Lilian Caris

BOEKERIJ

ISBN 978-90-225-9901-3
ISBN 978-94-023-2113-5 (e-book)
ISBN 978-90-528-6683-3 (audio)
NUR 302

Oorspronkelijke titel: *Wunderzeit*
Vertaling: Iris van der Blom en Lilian Caris
Omslagontwerp: Bürosüd
Omslagbeeld: © Magdalena Russocka / Trevillion Images (MRA152846)
Auteursfoto: © Nadja Klier
Zetwerk: CeevanWee, Amsterdam

# Proloog

*1940*

Christina lag in de schaduw van de veldschuur en keek naar de hemel, waar witte wolkjes langs de verder strakblauwe hemel schoven. Ze wachtte tot de klok één uur zou slaan, voor haar het sein om op te breken. Om die tijd zou de tuinman van het landgoed voor het middagmaal in zijn hut verdwijnen en dan zou ze geen risico op ontdekking meer lopen.

Haar ouders zagen eigenlijk niet graag dat hun tienjarige dochter naar het grote huis op het landgoed ging. Maar ze vond het heerlijk om zich 's zondags in het dichte struikgewas van het slotpark te verstoppen, wanneer in haar dorpje de middagrust heerste en zelfs de honden geen zin hadden om uit hun lommerrijke schuilplaatsen te komen.

Eindelijk luidde de klok! Christina stond op, klopte het stro van haar groene zondagse jurk en ging op pad. Ze had nog een uur voordat ze weer naar huis moest om haar moeder te helpen met de voorbereidingen van de uitgebreide koffie die 's middags werd geserveerd. Bij de gedachte aan de kruimeltaart die ze hadden gebakken liep het water haar in de mond.

Wat ze in en om het grote huis zag, interesseerde haar echter nog meer. De voorname bewoners waren 's zondags meestal van huis en de dienstmeisjes maakten gebruik van hun afwezigheid om het huis te luchten en andere werkzaamheden te verrichten.

In juni 1940 brandde de zon op de velden van Neder-Silezië en deed de lucht boven het zachtjes in de wind wuivende koren trillen. Dat het oorlog was merkte je hier op het platteland nauwelijks. Alleen liep het aantal mannen in het dorp terug. Al na de eerste mobilisatiegolf was hun afwezigheid merkbaar, ook omdat veel jonge mannen zich vrijwillig bij de Wehrmacht aansloten.

Christina had haar ouders erover horen praten. Haar moeder was blij geweest dat haar broer Anton niet tot de lichtingen behoorde die moesten vertrekken. Ook haar vader was tot dusver niet opgeroepen. In tegenstelling tot andere mannen in het dorp was hij niet van plan om zich vrijwillig voor deze 'waanzin', zoals hij het noemde, te melden.

Toen de oorlog was begonnen had iedereen gehoopt op een spoedig einde. Maar nu breidde hij zich uit, de gevechten werden heviger, de Wehrmacht was inmiddels Denemarken binnengemarcheerd en hun leger stond op het punt ook Frankrijk aan te vallen.

'Hitler zal nooit tevreden zijn,' had haar vader gezegd toen hij dat in de krant had gelezen. 'Hij zal nog meer redenen vinden om oorlog te voeren. Hij zal nog meer landen aanvallen. Net zo lang tot er op de hele wereld geen steen meer op de andere staat.'

Natuurlijk mocht Christina nooit op school vertellen dat haar ouders tegen de oorlog waren. Haar onderwijzer zag al in kleinere misstappen aanleiding om klappen met zijn liniaal uit te delen. Een jongen die het verkeerde antwoord had gegeven op de vraag hoelang het Duizendjarig Rijk zou duren, was door hem zo toegetakeld dat hij een paar dagen thuis moest blijven. Dus wanneer meneer Miksch over de heldendaden van de soldaten vertelde of als ze op de radio naar marsmuziek en soldatenliederen luisterden, vertrok Christina geen spier en gedroeg ze zich net als haar klasgenoten.

Bij de heg aangekomen glipte ze door de smalle opening. Ze moest uitkijken dat ze niet met een van haar vlechten in de takken bleef hangen, anders zou haar moeder vragen waar ze was geweest.

Even later lag het landhuis voor haar. Het was een hoog, classicistisch gebouw met twee vleugels en een luisterrijk gedecoreerd centraal deel, dat heldergeel geschilderd was, waardoor het fel afstak tegen de blauwe hemel. De raamkozijnen waren wit gehouden en voorzien van pleisterornamenten. Aan de voorzijde bevond zich onder het brede balkon een oprit voor koetsen en aan de achterkant strekte zich een gewelfde trap uit tot in het park.

Zoals Christina had verwacht stonden de deuren wijd open. Om beter te kunnen kijken sloop ze nog een stukje onder de bosschages uit. Ten slotte kon ze net de kroonluchter zien, die als een glazen druiventros aan het plafond hing. Het was haar tot dusver niet gelukt 's avonds weg te glippen om te gaan kijken hoe het eruitzag als alle lampjes ervan brandden. Ze stelde het zich voor als in het sprookje, wanneer Assepoester tijdens het bal haar prins ontmoet. Voor zover ze wist ontving de heer des huizes van tijd tot tijd gasten of gaf hij een bal, vooral in het voorjaar, met Pasen of tijdens het midzomerfeest, of in de herfst gedurende het jachtseizoen.

Bij het geluid van een voertuig glipte ze weer terug door de haag. Ze wilde in geen geval worden gesnapt en voor een dievegge worden aangezien!

Toen ze echter om het landhuis heen was gelopen zag ze dat het niet om de auto van de landheer ging. Het voertuig was donkergroen en de soldaat die de auto had bestuurd stond ernaast en stak een sigaret op.

'Kom eens hier, kleine meid!' riep hij, maar Christina draaide zich vlug om en ging ervandoor. Haar moeder had haar ingeprent niet met vreemden te praten en al helemaal niet met soldaten, die er niet voor terugdeinsden een mens te doden. De soldaat riep haar nog iets na, maar ze verstond het niet.

Met bonzend hart sloeg ze het veldweggetje in en verdween even later weer tussen het koren. Daar bleef ze een tijdje gehurkt zitten luisteren. Wat had het te betekenen dat er soldaten naar het landhuis kwamen? En nog wel in afwezigheid van de heer des huizes.

Christina had er bijna spijt van dat ze erheen was gegaan. Naar het scheen was dit geen goede dag voor een avontuur.

Na een poosje, toen ze zeker wist dat de soldaat haar niet achterna was gekomen, stond ze weer op en liep naar de veldschuur. Langs de kant van de weg tjirpten een paar krekels en de warme zonnestralen drongen door haar jurk heen. Bij deze hitte was het best mogelijk dat ze morgen vrij van school kregen. De zomervakantie stond toch al voor de deur. Het loonde nauwelijks meer de moeite te zitten zweten op de harde schoolbanken.

Toen ze bij de veldschuur aankwam, sloeg de klok van de kerktoren twee uur. Ze keek haar kleding en haar vlechten nog eens na en ging daarna op weg naar de kleine boerderij van haar ouders.

Daar zag alles eruit als gewoonlijk, en toch overviel haar een vreemde sensatie. Alsof de wereld een paar centimeter was verschoven. Ze schudde haar hoofd. Het zou wel komen doordat haar gebruikelijke tijdverdrijf door de soldaat was onderbroken.

Behoedzaam deed ze de voordeur open.

'Kom binnen, Christina,' zei de krachtige stem van haar vader. Christina verstijfde van schrik. Eigenlijk hoorde hij nu zijn middagslaapje te doen!

Terwijl ze probeerde haar schuldgevoel te verbergen duwde ze de deur dicht. Hadden ze gemerkt dat ze stiekem naar het landgoed was gegaan? Dat moest haast wel, als ze afging op het ernstige gezicht van haar vader.

'Ga zitten,' zei haar vader.

Christina's blik ging naar haar moeder. Die keek diepbedroefd. Ze was nooit erg mollig geweest, maar haar gezicht leek nu nog smaller. Ze zag er afgemat uit. Was ze zo boos op haar?

Christina wilde vragen waar Anton was. Ook hij bleef tijdens de middagrust nooit thuis. Waarschijnlijk was hij met schoolvrienden op stap. Haar vader had geglunderd van trots toen ze hoorden dat Anton naar het gymnasium in Glogau mocht.

Haar vader zweeg even en haalde toen een brief tevoorschijn. 'De militaire politie is hier geweest,' zei hij bedroefd. 'Ze kwamen dit brengen.'

Christina staarde hem verbaasd aan. Het ging dus helemaal niet om haar? Weer zag ze de soldaat voor zich. 'Wat is dat?' vroeg ze voorzichtig.

Haar moeder snifte. Christina merkte nu pas dat ze tranen in haar ogen had.

'Mijn oproep voor militaire dienst,' antwoordde haar vader. 'Ik moet eind van de week vertrekken. Naar Frankrijk. De oorlog in.'

Bij zijn laatste woorden begon haar moeder te snikken. Haar vader keek ernstig maar wekte een kalme indruk. Hij stak zijn ene hand uit naar Christina, de andere naar zijn vrouw. Anton was nog steeds nergens te bekennen. Was hij maar hier, dacht Christina bedrukt en ze legde haar hand in die van haar vader.

'Beloof me dit, Christina,' zei hij bijna plechtig. 'Beloof me dat je op je moeder zult passen. En dat jullie elkaar nooit kwijtraken.'

Het lag op het puntje van haar tong om te zeggen dat Anton er toch ook zou zijn. Maar ze knikte slechts en viel haar vader om de hals.

# DEEL 1

*'De winter had streng zijn intrede gedaan en zoals overal werd ook bij ons het gebrek aan brandstof merkbaar. Vaak konden slechts de operatiekamer, de verlos- en de zuigelingenkamer minimaal verwarmd worden.*

*De centrale verwarming in het huis van de geneesheer-directeur, waar ook een aantal verpleegsters woonde, kon slechts zelden worden aangezet. We moesten ons behelpen met kleine kacheltjes, voor zover voorhanden. [...] De bossen in de omgeving boetten sterk aan bomen in.'*

*'Nog altijd bleven de rantsoenen wat levensmiddelen en andere zaken betreft tot het allernoodzakelijkste beperkt. De maaltijden werden dagelijks naar het aantal calorieën berekend, waarna de lijst met uitkomsten werd opgehangen, zodat duidelijk was dat ieder "zijn deel" kreeg.'*

*(Kroniek van ziekenhuis Waldfriede, 1946 en 1948)*

# 1

## *Zehlendorf, 4 april 1948*

De ochtendzon zette ziekenhuis Waldfriede in een helder licht toen Christina de geplaveide rotonde op liep. De lucht was fris en vervuld van een zoete geur. In de verte hoorde ze stemmen. Ze keek opzij naar het park, waar ze een groepje fleurig geklede jongelui zag, die kennelijk dezelfde bestemming hadden als zijzelf.

Christina, die wat sceptisch stond tegenover grote groepen mensen, bleef nog even staan waar ze stond en liet haar blik over het terrein dwalen.

Door het zonlicht had de bloesem van de kersenbomen in het park van het ziekenhuis een stralende glans. De takken van de meeste andere bomen waren nog kaal, maar daar zou binnenkort wel verandering in komen. Haar blik gleed verder langs het geel geschilderde woonhuis van de geneesheer-directeur, dat veel weg had van een villa. Toen richtte ze haar aandacht op het ziekenhuis.

Hoewel nog steeds duidelijk zichtbaar was dat het gebouw ernstig onder de oorlog had geleden, slaagde de ochtendzon er toch in de schade enigszins te verzachten. Het imposante hoofdgebouw telde drie verdiepingen en de gevel was bedekt met wilde wingerd. Aan de rechterkant bevond zich een aanbouw in de vorm van een toren met grote roederamen, aan de linkerzijde verbond een middelgrote aanbouw met het opschrift BADEN het met nog een aanbouw, die groter was: het kantinegebouw. Onder het schuine pannendak bevonden zich talrijke raampjes waarachter de kamers van de verpleegsters en verplegers lagen.

Gehaast liepen de verpleegsters langs de ramen van de afdelingen, en hier en daar zag Christina een zuster een dekbed opschudden of met een dienblad in de weer. Wat had ze ernaar verlangd ooit bij hen te horen!

Nu was die dag dan toch aangebroken. Ze zou beginnen aan haar opleiding in ziekenhuis Waldfriede.

Ze keek naar het blaadje in haar hand. Het programma voor de eerste dag was uitgebreid. Het begon met een plechtigheid in de ziekenhuiskapel, daarna zouden ze hun kamer toegewezen krijgen. 's Middags zou er een rondleiding door het gebouw zijn, en aansluitend konden ze met elkaar kennismaken en zich op hun kamer installeren.

Ze vouwde het blaadje weer op en stopte het in de zak van haar rok.

Toen ze zich omdraaide om naar de anderen te gaan, zag ze naast de hoge taxusstruiken een jonge vrouw met donkerbruin haar in een gele jurk staan. Haar benen waren opvallend bruin. Christina kon op het eerste gezicht niet zien of ze werkelijk nylonkousen droeg of dat ze haar benen had gekleurd om te doen alsof. In deze tijd van het jaar konden haar benen niet door de zon zijn gebruind.

De onbekende vrouw droeg een versleten stoffen tas en keek een beetje onthutst om zich heen. Zou ze een patiënte zijn?

Christina liep naar haar toe. 'Goedemorgen, waar wilt u heen?' vroeg ze vriendelijk. Nu zag ze ook dat de vrouw nauwelijks ouder was dan zijzelf.

De vrouw maakte een schrikbeweging en keek haar toen met stralende ogen aan. 'O, ik wil verpleegster worden! Ik bedoel, ik moet naar de ontvangst van de nieuwe leerlingen.'

Christina bespeurde een licht accent. 'Dan bent u hier helemaal goed!' zei ze. 'Ik ben Christina Heller. En als u wilt, kunnen we elkaar tutoyeren.'

Het meisje slaakte een zucht van verlichting en stak Christina haar hand toe. 'Dat zou fijn zijn. Ik ben Selma. Selma Wagner.'

'Waar kom je vandaan, Selma?' vroeg Christina.

'Uit Kleinmachnow,' antwoordde ze.

'De Sovjet-zone,' zei Christina.

Na de oorlog hadden de geallieerden Duitsland en ook de hoofdstad Berlijn in vier sectoren verdeeld. Zehlendorf bevond zich aan de Amerikaanse kant en de zuidelijker gelegen voorstadjes behoorden tot de gebieden die de Sovjets waren toegewezen.

'Eigenlijk kom ik uit Bohemen,' vertelde Selma. 'Ik ben hier in 1945 aangekomen en woon sindsdien bij mijn pleegouders.'

Christina trok haar wenkbrauwen op. Selma was een vluchteling, net als zijzelf! En ze leek ook heel aardig.

'Zijn je ouders...' begon Christina bedrukt.

'O nee, niet wat je denkt,' zei Selma vlug. 'Mijn ouders leven nog. Het leek hun beter om me na de oorlog hiernaartoe te sturen, zodat ik een behoorlijk beroep leer. Bovendien zijn het adventisten, zoals de zusters van Waldfriede.'

Dat de zusters het adventistische geloof aanhingen wist Christina al, maar van de reden dat Selma hierheen was gestuurd keek ze vreemd op. Kon je in Bohemen dan geen fatsoenlijk beroep leren? Of had je daar geen adventisten?

Het volgende moment voelde ze een lichte jaloezie opkomen. Selma had in elk geval haar ouders nog. Dat kon ze van zichzelf niet zeggen...

'Waar kom jij vandaan?' vroeg Selma.

'Uit een dorpje in Silezië.' Christina keek Selma aandachtig aan. Zou ze met dat antwoord genoegen nemen? Ze vond het nooit prettig als iemand haar naar haar herkomst vroeg. Niet omdat ze zich voor haar dorp schaamde, maar omdat ze dan merkte dat er een wond dreigde open te gaan en de pijn daarvan wilde ze niet meer voelen.

'Ik ben nog nooit in Silezië geweest,' zei Selma, en ze dacht even na voordat ze vroeg: 'Vind jij het ook zo spannend? Ik heb de hele nacht niet kunnen slapen. Ik... Ik ben nooit eerder in dit ziekenhuis geweest, alles is zo nieuw en onbekend.'

Christina glimlachte en besloot dat ze Selma wel mocht. 'Ik vind het ook spannend,' gaf ze toe, 'maar ik denk niet dat we bang hoeven te zijn. De artsen en de zusters die lesgeven zijn allemaal heel aardig. Ik ken ze al een tijdje.'

'Hoe dat zo?' vroeg Selma verbaasd.

Er gleed een glimlach over Christina's gezicht. Toen stak ze haar hand naar Selma uit. 'Omdat Waldfriede mijn thuis is.'

# 2

Glimlachend keek Hanna de twee meisjes na. Ze waren zo in gesprek verzonken dat ze haar niet hadden opgemerkt. Hanna nam het hun niet kwalijk, integendeel, ze was heel blij dat Christina zo gauw contact met een nieuwe leerling had gemaakt. Misschien zou er zelfs een vriendschap tussen hen ontstaan. Christina's hartenwens was dat ze aansluiting met leeftijdsgenoten zou vinden, ze had hier meestal met veel oudere mensen te maken gehad.

Omdat er nog wat tijd restte voor de kerkdienst, liet Hanna haar blik naar de toegangspoort dwalen, waarboven een bord met het opschrift ZIEKENHUIS WALDFRIEDE hing. Ze voelde een windvlaag en trok het vest dat ze over haar donkerblauwe uitgaansjurk droeg strakker om zich heen. Hoewel de lente met rasse schreden naderde, was de ijzige greep van de winter nog steeds voelbaar. Het was merkwaardig dat juist dat jaargetijde Waldfriede telkens vernieuwing bracht.

Het was ook winter geweest toen ze achtentwintig jaar eerder door deze poort was binnengekomen als jonge verpleegster die de dood van haar verloofde wilde vergeten en opnieuw wilde beginnen. De vorst had hen allen aangegrepen en het werken bemoeilijkt, en toch was er uit het vervallen sanatorium een fier ziekenhuis ontstaan.

Toen Christina door deze poort was binnengebracht, samen met de onafzienbare stroom andere vluchtelingen, was het weliswaar al lente geweest, maar wel een heel koude lente na een lange, ellendige winter.

Voorovergebogen, ziek, in gescheurde, vuile kleding, met bleke, magere gezichten: deze mensen hadden gehoopt hier hulp te krijgen. Behalve hun naakte bestaan hadden de meesten vrijwel niets uit hun vroegere leven kunnen redden. Hun huizen en hun sociale omgeving waren ze kwijtgeraakt en velen hadden tevens aan gezondheid ingeboet.

Ook de Waldfriede-familie was het niet goed vergaan. De gevolgen van de oorlogshandelingen en de daaruit voortgekomen hongersnood hadden hen aangegrepen. Veel ramen van het hoofdgebouw met aanbouw waren slechts provisorisch afgedicht. De fontein voor de lighal was opgedroogd en het overgrote deel van het park was veranderd in een aardappel- en knollenveld. Het gazon van het resterende park was op vele plaatsen nog steeds niet hersteld van de neergekomen brandbommen. De grote, gapende krater die vlak bij de straat was geslagen, was de stille getuige van het feit dat het ziekenhuis en de andere gebouwen op het terrein ternauwernood aan verwoesting waren ontkomen.

Overal was gebrek aan het allernoodzakelijkste geweest. De levensmiddelen waren op de bon, af en toe lieten ze zich met zwarthandelaren in, zodat ze op z'n minst hun patiënten van voldoende voedsel konden voorzien. Verbandmateriaal was nog steeds schaars, zodat ze zich met andere middelen moesten behelpen. Geneesmiddelen kregen ze wel, het Amerikaanse leger ondersteunde hen. Brandhout daarentegen was nauwelijks te krijgen, om van briketten maar te zwijgen.

Toch had ziekenhuis Waldfriede in Zehlendorf al die mensen zo goed mogelijk asiel verleend.

Opeens zag ze de beelden van die middag weer voor zich, toen dr. Conradi haar naar de Eerste Hulp had laten komen...

Die middag hadden er talrijke kinderen tussen de vluchtelingen gezeten. Sommigen waren alleen, anderen klampten zich aan hun moeder vast. Hun ogen leken veel te groot voor hun uitgemergelde gezichtjes. Veel van hen keken haar met een alwetende blik aan, zoals je die wel ziet bij oudere mensen. Sommige kinderen waren duidelijk te klein voor hun leeftijd.

‘Waar gaat het om?’ had Hanna aan dr. Conradi gevraagd.

‘We hebben hier een patiënte die zich niet door mij laat aanraken. Ze heeft een al licht necrotische wond aan haar been die zorg nodig heeft. Uw aanwezigheid helpt misschien.’

In de behandelkamer had ze eerst alleen een oudere man in een veel te grote, versleten wollen jas gezien, die zich voorstelde als Franz Kobler.

Toen ontdekte ze een bleek, heel dun meisje van een jaar of zestien met blonde, enigszins vervilte vlechten. Ze zat met opgetrokken knieën op de onderzoekbank. Aan haar been had ze een lange wond, die er ontstoken en etterig uitzag.

‘En wie ben jij?’ Ondanks Hanna’s vriendelijke toon had het meisje een schrikbeweging gemaakt. Ze omklemde haar benen nog iets steviger en legde haar hoofd weer op haar knieën.

‘Neem het haar alstublieft niet kwalijk, zuster Hanna,’ zei Kobler. ‘We noemen haar Christina. Onze colonne heeft haar in het bos gevonden.’ Hij perste zijn lippen op elkaar en vervolgde toen: ‘Niet ver van een andere colonne, die... niet zo veel geluk had gehad als wij.’

‘Wat was er gebeurd?’ Hanna voelde een huivering als speldenprikken in haar huid. De afgelopen jaren had ze geleerd dat de omschrijving ‘niet zo veel geluk gehad’ alle mogelijke verschrikkingen kon inhouden.

‘Allemaal dood. Alleen zij niet.’ Kobler keek het meisje medelijdend aan. ‘Kunnen we het misschien... ergens anders over hebben?’

Achter het kamerscherm had de man hun verteld hoe Christina haar verwonding had opgelopen. Ze moest bij een poging om aardappelen te halen aan een roestig stuk prikkeldraad zijn blijven hangen. De man had beschaamd zijn hoofd gebogen. ‘Helaas waren we gedwongen om onderweg te pakken wat er te pakken viel.’

Dat begreep Hanna maar al te goed. Zelf hadden ze zich ook rijkelijk tegoed gedaan aan de ingekuilde aardappelen die de Russen bij hun aftocht hadden achtergelaten. Waardigheid was ver te zoeken geweest toen ze zich met emmers en manden op de berg hadden gestort voordat anderen het konden doen. De honger en de bezorgdheid om hun patiënten hadden hun echter geen keuze gelaten.

'Zijn het alleen mannen door wie ze zich niet laat aanraken?' had Hanna gevraagd.

'Voornamelijk.' Kobler knikte. 'Ze schijnt hun de schuld van alle kwaad te geven. Ik ben eigenlijk de enige voor wie ze een uitzondering maakt. Maar ik heb haar dan ook gevonden en meegenomen.'

Ze had een afschuwelijk vermoeden gekregen. 'Is ze...' De woorden bleven haar in de keel steken. Het zou niet voor het eerst zijn dat een nog heel jong meisje bij haar in de onderzoekkamer zat dat op de vlucht door verkrachting zwanger was geworden.

Kobler had dit tegengesproken. 'We zijn zo veel mogelijk uit de buurt van de Russen gebleven. Maar wat er eerder is voorgevallen, weet ik niet. Het arme kind praat niet over wat er met haar familie is gebeurd. Misschien is ze op een troep soldaten gestuit die hen allemaal heeft vermoord. Ook haar familieleden.'

Wat dat betekende wist Hanna maar al te goed. Kobler vertelde dat ze nauwelijks had gesproken sinds ze haar in een uitgeholde boom hadden gevonden. Hanna had meteen beseft dat het meisje zwaar getraumatiseerd was.

'We wilden haar niet voor de Russen achterlaten,' ging Kobler verder. 'Dus hebben we besloten haar mee te nemen. Alleen vrees ik dat we weinig voor haar kunnen doen.'

Kobler had hun uitgelegd dat zijn vrouw en hemzelf een onderkomen was aangeboden, maar dat dit niet genoeg ruimte bood om Christina bij hen op te nemen.

'U bent dus niet vanwege haar wond gekomen?' Dr. Conradi's stem had boos geklonken.

'Jawel, natuurlijk vanwege haar wond,' verzekerde Kobler hem. 'Maar misschien... zou u haar hier een tijdje kunnen houden. Haar erbovenop helpen tot ze weer op eigen benen kan staan.'

Het was een impertinent verzoek geweest, al kon Hanna Koblers beweegredenen wel begrijpen. Nadat ze het meisje had nagekeken en haar wond had verzorgd, had Hanna zich tot de geneesheer-directeur gewend. 'Zou ze niet hier kunnen blijven? Ik ben bang dat het, als ze hier weggaat, slecht met haar zal aflopen. U hebt immers gezien hoe schrikachtig ze is. Hier zou ze kunnen genezen.'

Dr. Conradi was niet enthousiast geweest, want ze hadden al genoeg extra mensen te onderhouden. Hanna had aangeboden zich over haar te ontfermen en was vasthoudend geweest. En omdat hij haar zelden iets kon weigeren, had Conradi er uiteindelijk in toegestemd dat Christina bij hen bleef...

'Goedemorgen, zuster Hanna.'

De warme stem van dr. Conradi verdreef de beelden uit haar herinnering. Ze maakte een schrikbeweging, want ze had niet gehoord dat hij naast haar was komen staan.

'O, ik wilde u niet laten schrikken,' zei hij vlug.

'Dat viel wel mee. Ik was alleen in gedachten verzonken. Dit is een betekenisvolle dag.' Ze keek naar de dokter, die ziekenhuis Waldfriede al vanaf het begin leidde. Zijn haar was dunner geworden door de jaren van schaarste en oorlog. Zijn snor was nu grijs en hij had gebogen schouders door het vele staan aan de operatietafel. De blik in zijn blauwe ogen getuigde echter nog steeds van vastberadenheid en een sterke wil. Hij was nog altijd het kloppend hart van Waldfriede.

'Ja, bij elke nieuwe lichting die naar ons ziekenhuis komt merk je dat de jaren voorbijgaan, nietwaar?' merkte Conradi met een weemoedige glimlach op. 'Het derde vredesjaar staat alweer voor de deur.'

Hanna slaakte een zucht. 'Soms heb ik het gevoel dat de tijd heel traag verstrijkt, als je ziet wat we aan reparaties kunnen uitvoeren. Maar u hebt inderdaad gelijk. Aan de jeugd kunnen we zien dat we oud worden.'

'Oud en wijs, en we zijn er nog steeds.' De dokter legde zijn hand licht op haar schouder. 'Laten we die nieuwe generatie van Waldfriede maar eens gaan verwelkomen.'

# 3

Christina nam Selma bij de hand en haastte zich met bonzend hart naar de kapel in het achterste deel van het ziekenhuis. Daarvandaan kon je ook de vakwerkhuisjes zien liggen waar veel van de ambachtslieden van Waldfriede met hun gezin woonden. Een aantal mannen was niet uit de oorlog teruggekeerd, zodat het werk door hun vrouwen moest worden gedaan. Christina kende enkelen van hen en wist dat ze geen makkelijk leven hadden. Maar voor wie was het leven na de oorlog wel makkelijk?

Ze zette die sombere gedachten opzij. Haar hart maakte een sprongetje van geluk bij de aanblik van de kapel. De vorige dag had ze nog meegeholpen om alles voor de ontvangstplechtigheid in orde te maken. Daarbij had ze ook het koor tijdens de generale repetitie horen zingen. Veel van de zusters hadden een prachtige stem en bespeelden ook een muziekinstrument. Hanna had haar aangemoedigd het ook te proberen, maar ze was geen groot talent gebleken.

Toen ze langs de ramen van de keuken liepen, snoven ze een heerlijke geur op. Christina had er nu een beetje spijt van dat ze van pure opwinding het ontbijt had overgeslagen.

Achter de ruiten zag ze zuster Waltraud Raudies, die al in het tweede leerjaar zat, maar toch telkens weer in de keuken ging werken. Ze was met haar vijfentwintig jaar ouder dan de meeste leerling-verpleegsters. Eigenlijk had ze al in 1946 met de opleiding zullen beginnen, maar omdat haar deskundigheid in de keuken niet kon worden gemist, was ze een jaar later begonnen. Haar plaats was ingenomen door Lothar Müller, die nu als assistent van Carl Rohleder op de badafdeling werkte. Waltraud had zich daar boos over kunnen maken, maar het was inmiddels geen geheim meer dat ze verliefd was op de assistent-badmeester. Christina zag hen af en toe samen door het park wandelen.

Voor de kapel zag ze de andere meisjes staan. Sommigen waren in burgerkleding gekomen, maar de meesten droegen hun verpleegstersuniform al. Bijna allemaal hadden ze een reistas bij zich. Vandaag zou er nog geen les worden gegeven, want de nieuwkomers moesten eerst kennismaken met het ziekenhuis en hun kamers in gebruik nemen.

'Zullen we even binnen kijken?' vroeg Christina aan Selma, die een beetje onzeker om zich heen keek.

'En de anderen dan?'

'Die komen vast ook zo.' Christina glipte door de kapeldeur naar binnen.

Je kon aan het gebouw zien dat het tijdens de oorlog veel te lijden had gehad. Veel ramen waren provisorisch hersteld, in een van de muren zat een lange scheur en de stoelen verkeerden in slechte staat.

Wel was de hele kapel versierd met bloemen uit eigen kwekerij. Hoofdtuinman Wilhelm Jasper deed nooit graag afstand van wat hij zelf had opgekweekt, en hij teelde voornamelijk groenten, maar voor deze gelegenheid had hij bloemenmandjes, margrieten en geraniums geschonken.

Christina liet haar blik door de kapel dwalen. Tot dusver was ze hier alleen geweest om schoon te maken. Ze was geen lid van het christelijke Genootschap van Zevendedagsadventisten die het ziekenhuis leidde. Haar moeder had haar in de Evangelische Kerk laten dopen. Toen Hitler aan de macht kwam, had haar familie de kerkgang gestaakt.

Van Hanna wist ze over de adventisten dat ze in plaats van de zondag de zaterdag als rustdag heiligden. Bovendien was hun streven niet na hun dood in de hemel te komen, maar was hun hoop gevestigd op een wederopstanding door Jezus, die hun dan een nieuwe aarde zou schenken.

Ook de kapel hier verschilde sterk van de kerk in haar dorp, het was eerder een gebedsruimte dan zo'n donker, altijd koel gebouw waarin God zo ver weg leek.

Ze nam Selma mee naar de tweede rij stoelen, die gereserveerd was voor de leerlingen. Even later kwamen ook de andere meisjes binnenstromen. Vooraan zouden de artsen en de hoofdverpleegsters gaan zitten, achter hen de andere zusters uit het ziekenhuis.

'Als je hier al een tijdje woont, weet je vast ook hoe dokter Conradi is, nietwaar?' fluisterde Selma Christina toe. 'Mijn ouders gaven hoog van hem op en dachten dat dit ziekenhuis zonder hem niet zou bestaan.'

'Hij is heel aardig en een goede arts,' antwoordde Christina, maar ze had eerlijk gezegd vooral veel ontzag voor dr. Conradi. Als Hanna zich niet voor haar had ingezet, zou ze hier misschien niet eens zijn...

Op een namiddag aan het begin van het jaar had ze op de kraamafdeling gewerkt. De vloeren moesten regelmatig worden gedweild, vooral bij de pas bevallen vrouwen was reinheid van groot belang, zodat ze geen kraamvrouwenkoorts kregen, waaraan ze zouden kunnen overlijden. De Amerikanen hadden hun dan wel de penicilline gebracht, maar die was nog steeds niet overal leverbaar. Reinheid, had zuster Else altijd benadrukt, was het belangrijkste in de omgang met patiënten.

Christina werkte heel graag in dit deel van het ziekenhuis, dat licht was en waar de zon ongehinderd naar binnen scheen, want hier begon telkens weer nieuw leven. Hoewel het voorkwam dat een kindje tijdens of na de bevalling stierf, kwam de dood niet vaak langs. Dat had het ziekenhuis niet in de laatste plaats te danken aan de deskundigheid van de vroedvrouwen en de kraamverpleegsters.

De wens ooit bij de zusters van Waldfriede te horen was al een paar maanden eerder bij haar ontstaan, maar toen ze die middag voor de ruit van de zuigelingenzaal stond en de kleintjes ingebakerd in hun bedjes zag liggen, wist ze dat ze niet een gewone verpleegster wilde worden. Dezelfde avond nog had ze Hanna van haar wens op de hoogte gesteld: 'Ik wil vroedvrouw worden.'

'Wat een mooi plan.' Hanna klonk verrast. 'Hoe kom je daar zo opeens bij?'

'Niet opeens,' zei Christina. 'Ik wil al een tijdje verpleegster worden, maar toen ik vandaag naar de pasgeboren baby's stond te kijken...' Er gleed een glimlach over haar gezicht. Het was lang geleden dat een gedachte haar zo'n groot geluksgevoel had bezorgd. 'Ik wil ervoor zorgen dat ze veilig aan hun levensreis kunnen beginnen.'

Hanna had haar lang aangekeken. Christina was zich ervan bewust dat deze verbaasd was over haar wens. Ze had nooit ergens om gevraagd en altijd geaccepteerd wat haar werd toebedeeld. Maar deze keer ging het om iets anders. Dit was iets waar ze echt naar verlangde.

'Besef wel dat het zwaar werk is,' zei Hanna tegen haar. 'En dat je een lange weg te gaan hebt. Eerst moet je verpleegster worden, op de verloskamer werken en dan nog twee jaar de vroedvrouwenschool volgen.'

'Dat lukt me wel,' antwoordde Christina vastberaden. 'En dit is absoluut wat ik wil.'

'Ik zal het er met dokter Conradi over hebben,' had Hanna daarop gezegd, en ze had haar belofte meteen de volgende dag gestand gedaan.

Christina hield haar hart vast toen ze de ochtend erna op haar werk kwam. Dr. Conradi was weliswaar altijd aardig tegen haar, maar ze had geen documenten meer en dus ook geen schoolrapport als bewijs dat ze de lagere school had bezocht. Hij zou kunnen denken dat ze niet genoeg opleiding voor dit beroep had.

Hanna vertelde haar later dat hij inderdaad sceptisch was geweest, maar niet vanwege het ontbreken van rapporten.

'We weten niet wat ze heeft doorgemaakt,' had dr. Conradi gezegd. 'Misschien werken haar herinneringen en wat ze heeft meegemaakt contraproductief. Heeft ze u verteld waar haar wens uit voortkomt?'

'Ze zegt dat ze kinderen veilig op de wereld wil helpen,' was Hanna's antwoord geweest. 'Hoeveel van onze sollicitanten kunnen een andere reden voor hun beroepskeuze noemen dan de wens mensen te helpen? Ik heb er in elk geval een goed gevoel bij.'

Conradi had Hanna een hele werkdag laten wachten op zijn beslissing. Toen had hij haar verzoek ingewilligd.

'Dames en heren, ik heet u welkom op uw eerste dag in ziekenhuis Waldfriede!'

Christina keerde uit haar herinnering terug in de werkelijkheid en zag dat dr. Conradi achter het spreekgestoelte was gaan staan. Hij droeg een modieus donker pak, voor Christina een ongewone aanblik, want ze zag hem meestal in zijn lange, witte doktersjas. Achter hem zaten de leerkrachten: dr. Meyer, directrice Ida Bahr, dr. Conradi's echtgenote Elisabeth, de voormalige directrice, en zuster Hanna. Haar blik en die van Hanna kruisten elkaar en er verscheen een glimlach op Christina's gezicht, toen richtte ze haar aandacht weer op het spreekgestoelte.

Conradi zweeg even en vervolgde toen: 'Ik mag mezelf gelukkig prijzen dit jaar vijftien jongedames en eindelijk ook weer eens een jongeman te kunnen opnemen in de nieuwe lichting van de verpleegopleiding. Na de lange periode van oorlog is de hoop van Waldfriede en van de mensen die op uw hulp en uw deskundigheid zullen zijn aangewezen op u gevestigd.'

Na de plechtige ontvangst, die verder bestond uit door het koor gezongen liederen, de voordracht van een gedicht en korte toespraken van hun leraren, werden de leerling-verpleegsters voorgesteld aan directrice Ida, die hun vervolgens hun kamers toewees.

Voor Christina was het niet nieuw om in Waldfriede te wonen, maar tot dit moment wist ze niet welke kamer haar was toebedeeld.

Terwijl de directrice een reeks namen oplas, dacht Christina eraan dat Selma haar had verteld dat ze in tegenstelling tot de meeste andere zusters thuis zou blijven wonen. Christina vond dat jammer, want ze had zich erop verheugd iets met haar te ondernemen.

'Christina Heller,' riep directrice Ida en ze keek zoekend om zich heen. Toen ze haar had gevonden, zei ze: 'Kamer zeventien.'

Een golf van blijdschap ging door Christina heen. Haar eerste eigen kamer! Ze kon nauwelijks wachten tot ze haar tas, die al sinds de vorige dag ingepakt klaarstond, naar boven kon dragen. Met Hanna in één kamer wonen was ook fijn geweest, maar nu zou ze het rijk alleen hebben!

Na de verdeling van de kamers volgde nog een rondleiding door het ziekenhuis. Daarbij kwam Christina Selma weer tegen. 'Heb je het getroffen met je kamer?' vroeg Selma.

Christina knikte. 'Volgens mij wel. De kamers van de verpleegsters zien er allemaal hetzelfde uit, maar ik heb er een met uitzicht op het bos.'

Selma zuchtte zachtjes. 'Ik wou dat ik ook hier kon wonen. Jullie gaan in het weekeinde vast uit, nietwaar?'

'De zusters gaan soms gezamenlijk de stad in,' antwoordde Christina. Er viel nog weinig te beleven, maar een uitje naar een ander stadsdeel was altijd spannend. 'Ze zullen het leuk vinden als je meegaat.'

'Bedoel je helemaal naar Berlijn-Mitte?' vroeg Selma een beetje verbaasd. Toen Christina knikte, gniffelde ze. 'Weet je wat mijn pleegvader altijd zegt? Alleen degenen die niet in een stad zijn geboren, hebben het over "de stad in gaan" als ze er wonen.'

'Nou en, ik kom nu eenmaal van het platteland,' antwoordde Christina schouderophalend. 'Maar dat verandert niets aan het feit dat degenen die hier wonen dingen samen doen en ik wil niet dat jij buitengesloten wordt. Geloof me, ik weet maar al te goed hoe het voelt om nergens bij te horen.'

# 4

## *Zehlendorf, 5 april 1948*

Met een glimlachje stond Christina voor de verweerde spiegel en streek haar blauw gestreepte verpleegstersuniform glad. Ze was inmiddels veel steviger dan bij haar aankomst in Berlijn twee jaar eerder, maar toch nog heel slank. Haar blonde haar was in een krullende bob geknipt en aan één kant met speldjes vastgezet, zodat het niet in haar gezicht hing.

Ze was blij dat ze de vlechten waardoor ze er als een klein meisje uitzag niet meer hoefde te dragen. Haar moeder had er altijd op gestaan haar haar te vlechten, maar die tijd was voorbij en ze wilde er ook niet aan worden herinnerd. Ze keek liever vooruit, naar haar leven in Waldfriede, dat haar nog altijd als een klein wonder voorkwam.

Al weken had ze hevig naar dit moment verlangd en zich voorgesteld hoe het zou zijn om het verpleegstersuniform te dragen dat ze altijd zo bewonderde als ze zuster Hanna erin zag.

Het had een tijd geduurd tot ze Hanna haar vertrouwen had geschonken, maar Hanna had de muur die Christina rond zichzelf had opgetrokken met haar vriendelijke natuur weten te slechten en was een soort pleegmoeder voor Christina geworden.

Ze had het ook aan Hanna te danken dat ze na haar genezing iets te doen had gekregen wat haar het gevoel gaf dat ze nodig was. Nadat ze twee jaar lang als dienstmeisje in Waldfriede had gewerkt, was ze nu, kort na haar achttiende verjaardag op 18 februari, eindelijk toegelaten tot de verpleegopleiding. En daar was het niet bij gebleven! Omdat ze de wens had geuit vroedvrouw te worden, zou ze grotendeels op de kraamafdeling gaan werken!

Alleen al de gedachte dat ze ooit zou zijn als Else Rogel, de hoofdvroedvrouw, vervulde haar met een nooit eerder ervaren geluksgevoel. Eindelijk zou ze haar plek vinden! En misschien kon ze ooit de afschuwelijke beelden vergeten die haar nog steeds af en toe in haar dromen achtervolgden.

Ze maakte zich los van haar spiegelbeeld en verliet het kamertje dat haar de vorige dag na de ontvangstceremonie was toebedeeld, nadat ze ruim anderhalf jaar met Hanna had samengewoond.

Echt leuk was het nog niet ingericht, maar de ramen vertoonden nauwelijks kieren en er hingen gordijnen voor die ze kon dichttrekken. Het metalen bed zou vroeger wel tot het meubilair van een ziekenzaal hebben behoord, maar dat vond ze niet erg. De garderobekast was smal. Het was waarschijnlijk een kastje uit een voormalige kleedkamer, maar haar weinige kledingstukken pasten erin. En het belangrijkste was dat ze nu eindelijk een kamer voor zichzelf had.

Op de gang kwam de stilte haar tegemoet. De nachtzusters waren zojuist afgelost en zouden na een lichte maaltijd in de eetzaal naar hun kamer gaan. De onderkomens van de leerling-verpleegsters lagen iets verder weg dan die voor de oudere zusters.

Ze had zelf een jaar eerder meegeholpen om de kamers voor de nieuwkomers gereed te maken. Het was weliswaar niet verplicht, maar het werd aangemoedigd dat de leerlingen net als de rest van het verplegend personeel onder het dak van ziekenhuis Waldfriede woonden. Van haar medeleerlingen zouden er maar een paar, die uit Berlijn kwamen, bij hun ouders blijven wonen.

Hoe zou het zijn om met zo veel leeftijdgenoten samen te zijn? De gedachte bezorgde Christina een opgewonden kriebel in haar buik, maar ook een lichte angst. Ze was niet meer gewend aan het gezelschap van leeftijdgenoten. De colonne vluchtelingen had voornamelijk bestaan uit oude mensen en kinderen die veel jonger waren dan zij. Met de leerling-verpleegsters van de vorige lichting had ze slechts zijdelings te maken gehad.

Toen ze de trap af liep, kwam ze halverwege zuster Hanna tegen. Deze droeg haar gebruikelijke blauw-wit gestreepte verpleegstersuniform, dat op een paar plaatsen was versteld. Ook waren in haar spierwitte schort een paar gaatjes gestopt. De vrouwen in de linnenkamer werkten echter heel fijntjes, zodat het alleen opviel als je heel goed keek.

'Goedemorgen Christina, ben je nu al op?' zei Hanna met een brede glimlach en ze veegde een stofje van de kraag van Christina's blauw gestreepte leerlingenuniform.

'Goedemorgen Hanna,' antwoordde ze en ze voelde een tinteling van opwinding. 'Ik kon gewoon niet langer op mijn kamer blijven.'

'Begrijpelijk,' zei de vrouw die zo ongeveer haar pleegmoeder was geworden. 'Je ziet er keurig uit in je uniform. En als je eenmaal je kapje krijgt...'

Een warme blos steeg Christina naar de wangen. 'Bedankt, maar dat duurt nog even.'

Het was in Waldfriede gebruikelijk dat de leerling-verpleegsters hun kapje moesten verdienen. Na een half jaar proeftijd volgde de kapjesplechtigheid, waarbij de zusters hun verpleegsterskapje kregen uitgereikt.

'Die tijd komt nog wel. Nu ligt deze dag voor je. Geniet ervan.'

'Dat zal ik zeker doen.' Christina gaf Hanna een kus op haar wang. Toen maakte ze zich van haar los.

'Veel succes!' riep Hanna en ze zwaaide haar na.

'Bedankt!' Christina zwaaide terug en liep de trap af.

Eigenlijk was het nog aan de vroege kant om naar het leslokaal te gaan, maar een onzichtbare hand leek haar daarnaartoe te trekken.

Normaal gesproken zou ze nu met emmer en schrobber haastig door de gangen zijn gelopen om te beginnen met schoonmaken. Nu bonsde haar hart, kriebelde haar buik en kon ze nauwelijks wachten tot ze op een van de stoelen rond de grote tafel zou zitten luisteren naar wat de artsen en de docenten verpleegkunde haar wilden bijbrengen.

Hoelang was het geleden dat ze in de schoolbanken had gezeten? Er kwamen weer herinneringen aan haar dorpsschool in Silezië boven. Ook zij had wel eens straf van haar onderwijzer gekregen. Het fluitende geluid van het rietje en de bijtende pijn in haar handpalmen had zich in haar ziel gebrand, hoewel het maar één keer was voorgekomen. Toen haar vader de striemen had gezien, was hij bij meneer Miksch langsgegaan. Daarna had ze een andere straf gekregen als ze vergeten was haar huiswerk te maken.

Vader, dacht ze, en opeens zag ze zijn vriendelijke gezicht met de donkere ogen en het kuiltje in de kin weer voor zich. Ze zag hem voor zich zoals hij haar altijd op zijn schouders had gezet en over de weide had gedragen. Ze zag hem in zijn uniform bij de deur staan toen hij afscheid nam om een oorlog in te trekken die hij nooit had gewild. *Beloof me dat jullie elkaar nooit kwijtraken.*

Nee, zei ze tegen zichzelf, toen ze merkte dat de herinnering haar dreigde te overweldigen. Dit is daar niet het moment voor.

Ze verdrong het beeld van haar vader, sloeg de hoek om en kwam aan bij de bruine houten deur met het opschrift LESLOKAAL. Christina haalde diep adem en deed de deur open.

Behalve zijzelf was er nog niemand aanwezig. Het grote lokaal was inmiddels enigszins opgeknapt, en hoewel er nog steeds een paar ruiten in de hoge roedevensters ontbraken, kon je vermoeden hoe fraai het ooit was geweest.

Christina streek met haar vinger over de kolossale inbouwkasten met de glazen deuren, waarin boeken, preparaten en microscopen werden bewaard. Dat alles was vlak nadat de oorlog was begonnen naar de kelder gebracht om het voor vernietiging te behoeden.

Hoewel het ziekenhuis zelf van een verwoestende voltreffer verschoond was gebleven, hadden veel kamers zich in een toestand bevonden waarin ze nauwelijks bruikbaar waren. Toch werden ze gebruikt, want er was geen andere keuze. Het leslokaal was naast de ziekenkamers het eerste waar met de renovatiewerkzaamheden was begonnen.

Christina kende dit lokaal heel goed, want als dienstmeisje had ze ook deze ruimte bijna dagelijks moeten schoonmaken. Ze herinnerde zich nog goed dat ze jaloers naar de leerling-verpleegsters had gekeken als ze uit de les kwamen of als ze er hun examens zaten te maken...

Vanaf het einde van de gang drongen er luide stemmen tot haar door. Dat moesten haar medeleerlingen zijn. Christina glipte vlug de kamer uit. Ze wilde niet worden aangezien voor een streber die al voor het begin van de les op haar plaats zat.

Op de gang zag ze eerst een paar andere meisjes van haar lichting, toen ontdekte ze Selma en liep naar haar toe.

'En, hoe was je nacht?' vroeg Selma met een brede glimlach.

'Onrustig,' gaf Christina toe. 'Ik heb vrijwel geen oog dichtgedaan.'

Selma stak haar onderlip naar voren. 'Hm, ik heb best lekker geslapen. Maar ik lag dan ook in mijn eigen bed.' Weer verscheen op haar gezicht de trieste uitdrukking die Christina de vorige dag al had gezien. 'Vertel eens, hoe zijn de kamers hier?'

'Klein,' zei Christina. 'Maar wel gezellig. Zou je je pleegouders niet nog eens vragen of je hier mag intrekken?'

'Horst en Gunda zijn wat dat betreft heel streng,' antwoordde Selma. 'Ze zullen bang zijn dat ik hier met jongemannen in aanraking kom.'

'Voor zover ik kan zien, is er hier maar een.' Christina wees naar de enige jongen in hun jaar, Gerhard Behrend, die met twee donkerharige meisjes stond te praten van wie de namen haar niet te binnen schoten.

'Maar je hebt hier ook ambachtslui en de badmeester...'

'Meneer Rohleder?' Christina schoot in de lach, maar drukte vlug haar hand tegen haar mond. 'Die is toch...' Stokoud, wilde ze zeggen, maar ze wilde niet tactloos zijn.

'Nee, hij niet. Zijn assistent. Hem heb ik afgelopen zondag tijdens de kerkdienst gezien.'

'Lothar? Maar die gaat met zuster Waltraud, dat weet iedereen.'

Selma haalde haar schouders op. 'Hoe kan ik ook weten wat mijn pleegouders allemaal denken.' Ze liet een stilte vallen en voegde er toen aan toe: 'Ik benijd je er in elk geval om dat je hier mag wonen. Alleen en zonder in de gaten te worden gehouden.'

Dat laatste was beslist niet het geval, want Hanna had haar

voortdurend in het oog. Maar meer bewegingsvrijheid had ze wel.

'Misschien willen ze het nog eens overwegen,' zei Christina. 'En zo niet, dan verhuis je als je eenentwintig bent.'

Selma rolde met haar ogen en lachte. 'Dat duurt nog een eeuwigheid!' Ze dacht even na en vroeg toen: 'Wat zou je ervan vinden aanstaand weekend bij me langs te komen? Dan kun je kennismaken met mijn pleegouders.'

'Bedoel je dat ik ze ertoe moet overhalen je hier op een kamer te laten wonen?'

'Dat zal je niet lukken, geloof me. Maar Gunda bakt heerlijke taarten!'

Bij de gedachte aan gebak van welke soort dan ook liep het water Christina in de mond. 'Zouden ze dat wel goedvinden?'

'Absoluut!' antwoordde Selma. 'Hoe laat zou het je zaterdag schikken?'

# 5

Bedachtzaam liep Louis de trap naar de ingang op. Daarbij viel zijn blik op de brede roedevensters van het leslokaal. De wolken waarachter de ochtendzon tevoorschijn kwam, werden weerspiegeld in de ruiten die al waren vervangen, terwijl de andere, voorzien van houten schotten, nog op reparatie wachtten. De ramen kwamen uit een voorraad oud glas die administrateur Ernst Müller in een opslagloods aan de rand van de stad had weten te vinden en voor relatief weinig geld had gekocht.

Het ziekenhuis Waldfriede was nog lang niet teruggebracht in de staat waarin het voor de oorlog had verkeerd. Het was weliswaar nooit rechtstreeks door bommen getroffen, waardoor verwoesting was uitgebleven, maar toch hadden de gebouwen onder de bombardementen geleden. Het badhuis en het kantinegebouw vertoonden scheuren en ook de huisjes voor de ambachtslieden op het achterste deel van het terrein waren de dans niet ontsprongen. De kelder was beschadigd door het gebruik als schuilkelder en noodziekenhuis. Her en der ontbraken stukken bouwmateriaal en veel van de schade was slechts provisorisch hersteld. Daar kwam de schaarste aan geneesmiddelen en andere dagelijkse benodigdheden nog bij, om van het tekort aan personeel maar niet te spreken.

Dankzij de oude hoofdtuinman Wilhelm Jasper hadden ze gelukkig voldoende te eten en kwamen ook hun patiënten niets tekort.

'Goedemorgen, zuster Hedwig!' riep Louis de verpleegster aan de ontvangstbalie toe. Zoals veel leden van de ziekenhuisfamilie deed ze al vele jaren dienst op dezelfde plaats. En zoals de meeste zusters was ook zij niet getrouwd.

'Goedemorgen, dokter!' antwoordde ze. 'Hoe gaat het met u?'

'Goed, zuster Hedwig, vandaag helemaal!'

Dat antwoord gaf hij haar de laatste maanden vrijwel altijd, al was het maar half waar. Aan de oorlog en het daarmee verbonden gebrek aan voedsel en warmte had hij een fysieke pijn overgehouden die vooral 's morgens opspeelde. Hij was inmiddels de zestig gepasseerd en eigenlijk was het dus geen wonder dat hij hier en daar fysieke klachten had. Maar met elk pijntje dat erbij kwam besefte hij weer dat zijn tijd hier in Waldfriede beperkt was. Misschien zou hij hier nog vijf goede jaren hebben, misschien iets meer.

Niet dat hij ertegen opzag om met pensioen te gaan. Al voor de oorlog had hij een stapje terug willen doen, maar de omstandigheden hadden dat verhinderd. Zolang de nazi's elke verandering te baat namen om de leiding over hele bedrijven over te nemen, had alles bij het oude moeten blijven om zo min mogelijk op te vallen. Dat gold ook voor de functie van de geneesheer-directeur.

Louis vroeg zich nu wel af aan wie hij Waldfriede, zijn levenswerk, moest overdragen. Zijn vriend Erich Meyer, die aan het hoofd van de afdeling interne geneeskunde stond, was enkele jaren ouder dan hijzelf. Over twee jaar werd hij zeventig en het zat erin dat hij op enig moment ontslag zou nemen. Van de veelbelovende jonge artsen die voor de oorlog in Waldfriede hadden gewerkt, waren er nog maar weinig over. De meeste mannelijke artsen waren in de oorlog gesneuveld en de vrouwen waren teruggegaan naar waar ze vandaan kwamen. Tegenwoordig behielpen ze zich zo goed en zo kwaad als het ging met de werknemers die gebleven waren.

Dr. Helene Davis was een goede chirurg, maar ze had een gezin. Hij kon het voor zichzelf niet verantwoorden dat ze haar dochtertje zo weinig zag, al was het meisje bij haar beide grootmoeders in goede handen. Bovendien ging het dagelijks werk in de operatiekamer haar niet in de koude kleren zitten. Hijzelf nam de andere helft van het operatieprogramma voor zijn rekening, maar de pijn die hij voelde breidde zich uit. Ook van zijn handen kreeg hij steeds meer last. Hij liet het niet merken, anders zouden zijn vrouw en ook zuster Hanna zich zorgen gaan maken. Maar ooit zou hij het scalpel niet meer kunnen vasthouden. Dan zou hij een opvolger nodig hebben.

Vaak dacht hij dezer dagen aan dr. Paul Hintze, die hem in de oorlogsjaren terzijde had gestaan tot deze zelf in militaire dienst moest. Ondanks zijn lidmaatschap van de NSDAP was zijn aanwezigheid een zegen voor Waldfriede geweest. Dat Hintze zijn geloof in de nazi-ideologie had verloren, was Louis pas na verloop van tijd duidelijk geworden.

Hij had strikte trouw aan de Partij voorgewend en hun daarmee controles en gesnuffel bespaard en toen hij zelf moest vertrekken, had hij nog gezorgd dat ze hun ergste spion van de nazipartij, stoker Fritz Kowalski, kwijtraakten.

Hintze had de oorlog overleefd, dat was Louis bekend. Hij zat nog steeds in krijgsgevangenschap in de Sovjet-Unie. Hij was een begenadigd chirurg, aan wie hij al eens de afdeling chirurgie had toevertrouwd. Hij zou een goede opvolger zijn. Wanneer hij naar Waldfriede kon terugkeren – als hij dat al zou willen – stond echter in de sterren geschreven.

Daarnaast waren de adventistengemeenschap en administrateur Müller op zoek naar een goede internist, maar ook die waren na de oorlog dungezaaid. Degenen die de oorlog hadden overleefd en geen lid van de Partij waren geweest werden ongemoeid gelaten, maar anderen bevonden zich net als Hintze in krijgsgevangenschap of hun hing denazificatie boven het hoofd, een langdurig proces waarbij ze niet in overheidsdienst mochten werken. Ernst Müller had verteld dat er mannen naar de kampen werden gebracht waar de Duitsers hun gevangenen hadden vastgehouden, alleen werden deze kampen nu beheerd door de Russen of de Amerikanen.

Hanna's stem haalde hem uit zijn gedachten. 'Goedemorgen, dokter Conradi!' Ze kwam hem op de gang naar het leslokaal tegemoet. 'De leerlingen zijn er al.'

'Laten we hopen dat hun gezichten even stralend blijven als gisteren bij de ontvangstceremonie.'

'Het programma is ze kennelijk bevallen. Christina was dolenthousiast.'

'Tja, maar zij behoort ook al een tijd tot de familie,' zei Louis glimlachend. Christina was een lieve meid, maar ook nog steeds een gesloten boek. Haar afkomst en vooropleiding konden niet overtuigend worden vastgesteld en ze sprak niet over wat haar tijdens de oorlog was overkomen. Maar Hanna had vertrouwen in haar en koesterde hoge verwachtingen. Alleen daarom had hij erin toegestemd Christina de verpleegopleiding te laten volgen.

'Ze zal het goed doen op de opleiding,' zei Hanna. 'Ik sta voor haar in.'

Louis haalde diep adem, knikte en zette een glimlach op. 'Zullen we?' vroeg hij en hij hield de deur voor haar open.

~

Toen dr. Conradi met zuster Hanna het leslokaal binnenkwam werd het om Christina heen ineens zo stil dat je een speld kon horen vallen. Alle ogen richtten zich op de geneesheer-directeur. Opwinding maakte zich van Christina meester. Nu begon het!

'Geachte aanwezigen, welkom op uw eerste dag van de verpleegopleiding,' zei Conradi nadat hij aan het hoofd van de U-vormige tafel was gaan zitten. Achter hem stond een bleek skelet te grijnzen en op het schoolbord was een getekend oog te zien, achtergebleven na een les aan een hogere klas. 'Omdat u in het eerste leerjaar zit, maakt u deel uit van onze B-cursus,' legde Conradi uit terwijl zuster Hanna, die op een stoel aan de zijkant was gaan zitten, hen met een ernstig gezicht opnam. Ze had met Christina afgesproken dat ze zich tijdens de lessen net als alle anderen zouden gedragen, zonder te laten merken dat ze elkaar goed kenden.

'Dan zullen ze je hopelijk niet buitensluiten,' had ze gezegd. 'We hebben nooit eerder meegemaakt dat iemand uit ons midden hier met de opleiding is begonnen. Alleen zuster Else, die de leiding over de vroedvrouwen heeft, is erin geslaagd de grote stap van dienstmeisje naar verpleegster te maken, en dat heeft ze niet hier maar in Friedensau gedaan.'

Daar leidde de adventistische gemeenschap een sanatorium en een grote opleidingsschool, dat wist Christina al. Dat zuster Else eenzelfde weg was gegaan als zijzelf vervulde haar met vreugde en ze kon nauwelijks wachten tot ze met haar zou mogen samenwerken.

'In het eerste jaar zullen theorie en praktijk elkaar afwisselen en in het tweede jaar zullen jullie voornamelijk in de praktijk werken,' legde dr. Conradi uit. 'Het komend jaar werkt u toe naar de A-cursus.'

Een gevoel van trots overspoelde Christina. Ze keek naar haar medeleerlingen en vroeg zich af of zij dit ook ervoeren. Al waren ze dit jaar de groentjes van de opleiding, ze behoorden nu echt tot de ziekenhuisfamilie.

Bij Gerhard, die ze eerder al voor het leslokaal had gezien, bleef haar blik hangen. Voor het eerst bekeek ze hem wat beter. Hij was vrij groot, had een hoekig gezicht en donkerblond haar. Toen hij zijn hoofd iets naar opzij boog, viel het Christina op dat zijn ogen donkerblauw waren. Ze zag ook dat hij haar kant op keek.

Ze raakte in de war van de blik van de jongeman. De afgelopen jaren had ze voornamelijk in het gezelschap van vrouwen verkeerd. Maar tijdens haar laatste schooljaar in Silezië was ze verliefd op een jongen geweest. Hij werkte als knecht op de boerderij van de buren.

Toen zag ze dat Gerhard niet naar haar maar naar Selma keek, naar wie hij even later knipoogde.

Selma bloosde licht. Ze leek het niet onprettig te vinden. Christina perste haar lippen op elkaar om niet breed te grijnzen. Selma was heel knap om te zien en blijkbaar was ze helemaal niet zo bedeesd en verlegen als ze aanvankelijk had ingeschat.

De dokter riep de jongeman tot de orde. 'Meneer Behrend! Ik begrijp dat u het niet gewend bent om te midden van zo veel jongedames te verkeren, maar bewaart u uw uitingen van sympathie voor deze of gene medeleerling alstublieft voor uw vrije tijd.'

De jongen werd rood en boog zijn hoofd. Ook Selma's oren gloeiden.

Christina wilde haar niet aanstaren en richtte haar blik daarom op het schrift voor haar. Op haar gezicht verscheen een verlangende glimlach. Zou zij ooit een man vinden die naar haar knipoogde? Die gekheid met haar maakte en echt van haar hield?

'Zoals Gerhard jou aankeek, zou ik ook wel aangekeken willen worden,' zei Christina toen ze het leslokaal verlieten. Vandaag hadden ze nog vrij na de les omdat er het een en ander geregeld moest worden, maar morgen zouden ze ieder naar hun afdeling gaan en kennismaken met het afdelingshoofd dat hen zou opleiden. Voor Christina was dat Else Rogel, die in elk geval voor haar geen onbekende meer was.

'Ach, hij maakte toch maar gekheid,' zei Selma relativerend.

'Toch leek je het wel leuk te vinden,' zei Christina.

'Hij is me gisteren bij de ceremonie al opgevallen,' zei Selma glimlachend. 'Toen keek hij ook al.'

Christina trok verrast haar wenkbrauwen op. 'O ja?'

Selma knikte. 'Ik kon het gewoon voelen.'

Christina stootte haar aan. 'En wanneer ga je met hem uit?'

Selma bleef staan en haar hoofd werd vuurrood. 'Hangt ervan af wanneer hij me vraagt.'

'En als jij hem zou vragen?'

'Dat hoort niet,' antwoordde Selma. 'Mijn pleegmoeder zegt dat de man het als eerste moet vragen.'

'Maar hoe moet hij dan weten dat je hem leuk vindt?'

'Ik kan proberen het hem te laten merken,' zei ze, maar toen schudde ze haar hoofd. 'Of nee, dat is misschien geen goed idee. Ik ben tenslotte net met een opleiding begonnen. Ik wil operatiezuster worden.'

'Dat kun je toch ook worden als je een vriend hebt?'

Selma keek haar verbaasd aan. 'Je bent zeker niet in onze gemeenschap opgegroeid?'

'Wat bedoel je daarmee?'

'Er wordt van ons verwacht dat we na de bruiloft alleen nog voor onze echtgenoot zorgen. Voor zover ik weet bestaat die regel ook hier in het ziekenhuis.'

'Maar tegenwoordig geldt die alleen nog voor hoofdzusters,' zei Christina. Hanna had haar verteld over de oude regel dat verpleegsters niet getrouwd mochten zijn. Inmiddels was die veranderd. Waldfriede kon het zich niet veroorloven geen gehuwde verpleegsters in dienst te hebben. Daarom mochten de verpleegsters die geen hoofdzuster of directrice waren nu tenminste trouwen.

'Toch denk ik dat mijn ouders zouden willen dat ik me voorlopig op mijn opleiding concentreer,' zei Selma, maar Christina merkte de dromerige blik in haar ogen op, waaruit iets heel anders sprak.

~

Laat in de middag, nadat ze de spreekkamer had opgeruimd, begon Hanna aan haar dagelijkse ronde. Je kon al goed merken dat de dagen nu, begin april, weer begonnen te lengen. Na de donkere, koude maanden hadden ze dringend behoefte aan licht en zon.

In tegenstelling tot de voorgaande jaren was de nood deze winter niet meer zo hoog geweest, maar ze hadden nog een lange weg te gaan voordat ze het niveau van de goede tijden zouden bereiken die ze in de jaren twintig hadden gekend.

Je zag het verschil al als je naar het ziekenhuis keek. Het gebouw was als een patiënt met zoals ze het hier noemden 'slecht geneesvlees', bij wie wonden langer nodig hadden om te helen dan bij iemand met een sterke constitutie. De maatregelen van de geallieerden hadden slechts weinig effect. Er werd van alles opgelapt, maar de schaarste aan materiaal en geld was pijnlijk duidelijk.

Iets wat Elisabeth haar ooit had gezegd schoot haar weer te binnen. Misschien moest ze inderdaad niet zo pessimistisch zijn. Tot nu toe had ze altijd een uitweg gevonden, waarom nu dan niet?

'Hanna!' hoorde ze een stem achter zich roepen. Ze bleef meteen staan en keek om.

Christina kwam naar haar toe lopen met een brede glimlach op haar gezicht.

'Hallo, Christina,' zei Hanna ter begroeting. Ze gaf haar beschermeling een vluchtige kus op haar wang. Dit was een van de weinige uitingen van genegenheid die het meisje toeliet. 'Hoe is het vandaag gegaan?'

'Geweldig,' zei Christina. 'Mijn hoofd tolt nog een beetje van de lesstof, maar alles is ontzettend interessant. Ik kijk ook erg uit naar röntgenkunde.' Ze keek Hanna aan, die niet alleen dr. Conradi tijdens zijn spreekuur assisteerde, maar ook verantwoordelijk was voor de apotheek en de röntgenafdeling. Ze gaf ook les in röntgenkunde. 'Die grote, zoemende apparaten, de mogelijkheid om bij mensen naar binnen te kijken... Dat vind ik zo fascinerend. Jammer dat ik er niet veel mee te maken zal krijgen.'

'Nou, dat weet je niet. Soms moeten zelfs pasgeborenen geröntgend worden. Ik heb er een aantal gehad die een botbreuk hadden opgelopen, vooral tijdens een zware bevalling. Ook als kraamverpleegster of als vroedvrouw moet je met een röntgenapparaat kunnen omgaan.'

Hanna kreeg een warm gevoel vanbinnen toen ze Christina's stralende gezicht zag. Het was fijn om te zien dat ze steeds verder vooruitging. Dat ze binnenkort al zover zou zijn dat ze een eigen leven kon opbouwen.

'Ik ben trouwens samen met drie andere meisjes meteen al op de kraamafdeling ingedeeld,' vervolgde Christina.

'Dat zal zuster Else plezier doen.'

Christina keek Hanna aan. 'Ik weet niet hoe ik je voor alles kan bedanken.'

'Ik heb er niets mee te maken dat je op de kraamafdeling bent geplaatst. Dat is de beslissing van dr. Conradi geweest.'

Christina wierp haar een ongelovige blik toe. 'En hij heeft er daarbij niet aan gedacht wat jij graag zou willen?'

Hanna onderdrukte een opkomende lach. Zelfs Christina had al in de gaten dat ze een bijzondere relatie had tot de dokter, een vriendschappelijke zoals die maar hoogst zelden voorkwam. Een tijdlang had ze gehoopt op meer dan vriendschap, maar het lot had iets anders voor haar in petto gehad.

'Ik moet toegeven dat hij me om advies vraagt,' zei ze. 'Maar in dit geval heeft hij zijn beslissing alleen genomen.' Ze keek haar beschermeling aan. 'Beschouw het maar als een groot blijk van vertrouwen jegens jou.'

Christina knikte. 'Ik beloof je dat ik hem niet zal teleurstellen.'

# 6

*Zehlendorf, 7 april 1948*

Van pure opwinding had Christina bijna de slaap niet kunnen vatten. Hoewel ze precies wist hoe de verloskamer eruitzag, had ze zich die telkens weer voor de geest gehaald. De betegelde muren, de hoge ramen met uitzicht op het park, de lage rij kastjes met de weegschaal en de luiertafel. In het midden de baarstoel, die altijd blinkend schoon was.

Hoe zou haar eerste dag daar als leerling-verpleegster verlopen? Zou ze mogen meekijken bij een bevalling? Met die vragen in haar hoofd en met licht knikkende knieën verscheen ze aan het begin van de ochtenddienst op de kraamafdeling.

Hoofdvroedvrouw Else Rogel was klein van stuk en had bruin haar, sterke handen, een rond gezicht en sprekende donkere ogen. Alle vier de leerlingen waren zeker een of twee koppen groter dan zij, maar Christina wist maar al te goed dat je je niet moest laten misleiden door haar tengere figuur en haar rustige uitstraling. Ze had meer dan eens meegemaakt dat ze een kraamverpleegster en ook wel eens een jongere vroedvrouw kalm maar beslist de mantel had uitgeveegd.

'In mijn verloskamer heersen orde en reinheid,' verklaarde Else. Ze liep voor de meisjes heen en weer, bleef staan en trok het kraagje van de tweede leerling uit de rij recht. 'Een nieuw leven op de wereld helpen is een van de nobelste taken van de geneeskunde, die een grote verantwoordelijkheid met zich meebrengt. Jullie zullen dus je uiterste best doen voor het welzijn van moeder en kind. Jullie zullen ijverig en beleefd zijn, elkaar bijstaan en bovenal de aanwijzingen van de vroedvrouwen en de artsen opvolgen.'

'Ja, zuster Else,' antwoordden de meisjes in koor.

Christina vond het jammer dat Selma niet was ingedeeld op de verloskamer. Omdat ze operatiezuster wilde worden, begon ze met haar opleiding op de afdeling chirurgie. Natuurlijk zouden ze in de loop van de tijd van afdeling wisselen en kennismaken met alle andere specialismen, maar ze hadden allemaal een vaste afdelingszuster als mentor. In hun geval was dat zuster Else. De vroedvrouw keek hen elk even aan en bleef toen voor de eerste in de rij staan: 'Stel je even voor, alsjeblieft.'

'Ik heet Karin Feldten,' antwoordde het meisje met een licht Rijnlands accent. 'Ik kom uit Düsseldorf.'

'En waarom wil je juist op de verloskamer werken?'

'Mijn moeder is vroedvrouw en ik wil later de familietraditie voortzetten.'

Zuster Else keek haar onderzoekend aan en knikte toen. 'En jij?' zei ze tegen de volgende, die al wat ouder was.

'Beate Siegmund. Ik kom uit Berlijn en heb tijdens de bombardementen meegeholpen bij bevallingen van de vrouwen uit mijn buurt.'

'Hoe oud was je toen?'

'Zestien.'

Christina keek naar haar medeleerling. Ze had bruin haar, was iets langer dan de anderen en flink van postuur. De vrouwen uit de buurt helpen was vast niet makkelijk geweest. Maar zij had in elk geval nog een thuis.

'Mooi. Jullie beiden weten dus al iets van waar het hier om gaat. En hoe zit het met jou?'

Het zwartharige meisje met het modieuze kapsel stelde zich voor als Gisela Hartmann. In tegenstelling tot andere meisjes zag ze er weldoorvoed uit. Ze was om door een ringetje te halen, ze was lang en had een perzikhuidje. 'Ik kom ook uit Berlijn,' vertelde ze. 'Mijn ouders wonen aan de Rehwiese.'

De huizen aan de Rehwiese kende Christina wel, want ze was

eens met zuster Hanna mee geweest, die daar een afspraak had. De schitterende gebouwen daar kon je eigenlijk geen huizen noemen, het waren eerder villa's of kleine kasteeltjes.

'Heb jij al enige ervaring met het werk van de vroedvrouw?' vroeg zuster Else haar.

'Toen mijn moeder mijn jongere broertje kreeg, was er een vroedvrouw bij,' antwoordde Gisela zo zelfverzekerd alsof dat werkelijk als ervaring gold.

'En heeft zij je geïnspireerd?'

'Ik heb veel respect voor de beroepsgroep. Wel vind ik dat het op veel plaatsen beter zou kunnen. Daar wil ik voor zorgen als ik eenmaal mijn diploma heb.'

Christina zag Karin achter Gisela's rug met haar ogen rollen. Zelf moest ze een grijns onderdrukken.

'Grote woorden, meisje,' zei Else. 'Ik hoop dat je aan je eigen verwachtingen zult kunnen voldoen.'

Gisela's glimlach werd iets minder zelfverzekerd. Else knikte naar haar en wendde zich tot Christina. 'Jou ken ik natuurlijk al. Christina Heller.'

'Ja, zuster Else,' antwoordde ze.

'Omdat jij hier als dienstmeisje hebt gewerkt, moet je weten wat ik belangrijk vind.'

Christina bloosde. Was het echt nodig geweest dat zuster Else zei dat ze dienstmeisje was geweest? Had ze niet gewoon naar haar droom kunnen vragen? Ze voelde heel duidelijk dat Gisela haar geringschattend bekeek.

'Natuurlijk, zuster Else.'

Voordat de vroedvrouw meer kon zeggen ging de deur open en kwam een van de verpleegsters van de vrouwenafdeling binnen. 'Zuster Else, mevrouw Heinrich is er. Dokter Conradi laat weten dat hij eraan komt.'

De vroedvrouw knikte. Ze liet haar blik langs de meisjes glijden. 'Gisela en Christina, jullie gaan met mij mee. Dan kunnen we meteen kijken uit welk hout jullie gesneden zijn. Karin en Beate, jullie laten je door zuster Louise de hygiënevoorschriften uitleggen en gaan daarna met haar de ronde doen.'

Christina keek naar haar medeleerling en kreeg een vervelend gevoel in haar maag. Waarom moest ze juist met haar naar de verloskamer? Maar toen rechtte ze haar rug en beantwoordde ze koeltjes Gisela's blik. Door haar zou ze zich zeer zeker niet laten intimideren!

Toen zuster Else de deur naar de verloskamer opendeed, viel Christina's blik op een vrouw van halverwege de twintig, die voorovergebogen en met een van pijn vertrokken gezicht achter het kamerscherm vandaan kwam, waar ze haar kleren had verwisseld voor een nachthemd. Haar buik was enorm en haar enkels waren enigszins opgezet.

Zuster Else liep naar haar toe, gaf haar een hand en stelde zich voor. De vrouw zette grote ogen op. 'Bent u de vroedvrouw van wie wordt gezegd dat ze half Zehlendorf ter wereld heeft geholpen?'

Daar leek Else niet op te hebben gerekend, want ze trok verrast haar wenkbrauwen op. 'Waar komt dat verhaal nu weer vandaan?' vroeg ze, maar Christina hoorde dat er een zekere trots in haar vraag doorschemerde.

'Van veel mensen. Van onze buurvrouw. Ze zei dat u ook haar bevalling heeft gedaan. Marlene Rücker heet ze.'

'Ik doe veel bevallingen en namen blijven me niet altijd bij,' antwoordde Else bescheiden. 'Maar ik ben blij dat uw buurvrouw goede herinneringen aan me heeft.'

'Ze zei dat ik naar u toe moest gaan. Naar Waldfriede.'

'Dan bent u hier aan het juiste adres. Ga maar zitten, dan kan ik u onderzoeken.'

Ze begeleidde mevrouw Heinrich naar de baarstoel en hielp haar te gaan zitten. Zuster Sigrun kwam met een doek, die ze over de schoot van de vrouw uitspreidde. Else pakte een houten stethoscoop en zette die op de buik van de zwangere. 'Laten we maar eens horen wat uw kindje zoal doet.'

Een ogenblik werd het stil in de verloskamer. Zuster Else luisterde ingespannen, kwam overeind en glimlachte. 'Het heeft een prima hartslag! Nu gaan we even voelen hoe het ligt.'

Met vaardige handgrepen begon Else de buik van de vrouw af te tasten. De glimlach verdween daarbij zienderogen van haar gezicht. De reden noemde ze niet. In plaats daarvan schoof ze een krukje bij en ging tussen de benen verder met haar onderzoek.

'Er is nog geen ontsluiting, maar daar kan snel verandering in komen,' stelde ze uiteindelijk vast. 'We hebben in elk geval tijd voor de voorbereidingen.' Ze wendde zich om naar Christina en Gisela. 'Gaan jullie je handen maar wassen. Jullie assisteren straks zuster Sigrun.'

Met bonzend hart zeepte Christina haar handen in. Naast haar stond Gisela met een strak gezicht haar handen af te drogen. Blijkbaar had ze er evenmin als Christina rekening mee gehouden dat ze meteen op haar eerste dag bij een bevalling aanwezig zou zijn. De reden om vroedvrouw te willen worden die Gisela had opgegeven leek Christina nogal ongeloofwaardig, maar wat zou ze zelf hebben geantwoord als Else haar ernaar had gevraagd?

Ze had niet kunnen zeggen dat ze bij de geboorte van haar broer had geholpen, want hij was drie jaar ouder dan zij geweest. Anton had altijd beweerd dat ze met een dikke pluk zwart donshaar was geboren, maar dat had ze nooit geloofd, gezien haar blonde haar.

Even later liepen ze weer naar de baarstoel, waarop de zwangere nu iets verhoogd zat. Inmiddels had Sigrun het instrumentarium erbij gehaald, waaronder ook een kom, een trechter en een lange rubberen slang.

'Eerst geven we haar een klysma en daarna kijken we nog eens of ze ontsluiting heeft.'

'Een klysma?' vroeg Gisela verbaasd.

'Zwangeren die nog geen ontsluiting hebben kun je een klysma geven,' antwoordde zuster Else. 'Dat ontlast het lichaam en bevordert de weeën. Is dat bij je moeder niet gebeurd?'

Gisela werd rood. Haar mond ging open, maar een antwoord wilde niet komen.

'Hou de kom vast,' instrueerde Elsa haar. Aarzelend pakte ze de kom aan. 'Christina, jij giet het water vanboven in de trechter.'

Gisela protesteerde. 'Waarom hoeft zij de kom niet vast te houden?'

'Maak je geen zorgen, jullie wisselen elkaar af,' antwoordde Else en ze ging aan het werk. Met een vaardige beweging bracht ze het klysma via de anus bij de patiënte in, daarna gaf ze Christina opdracht te beginnen met het toedienen van het water.

Christina's hand beefde licht. Ze had zelf nog nooit een klysma gehad, maar aan mevrouw Heinrichs vertrokken gezicht te zien moest het vreselijk zijn.

Door de lucht die vrijwel meteen de kamer vulde, sprongen de tranen Christina in de ogen. Gisela kreunde. Opeens verdween haar rode blos en haar gezicht zag nu ziekelijk groen.

'Goeie genade!' morde Else. 'Sigrun, kom eens, dit meisje staat op omvallen.'

In een mum van tijd was de kraamzuster bij haar. Ze nam de kom, die inmiddels goed gevuld was, van Gisela over. De leerling drukte haar hand tegen haar mond en rende de kamer uit.

'De kan is leeg,' zei Christina uiteindelijk. Ze kon nauwelijks haar lachen inhouden.

Else keek haar aan. 'Leedvermaak siert niemand. De volgende keer sta jij op Gisela's plaats, vergeet dat niet.'

Christina werd rood. 'Neem me niet kwalijk, zuster Else.'

De vroedvrouw wilde nog iets zeggen, maar dr. Conradi kwam binnen. 'Leg de trechter weg en blijf bij mevrouw Heinrich. Ik moet even met de dokter overleggen.'

Christina wist niet wat haar te doen stond, maar toen pakte de barende vrouw haar hand. 'Wilt u mijn hand vasthouden, zuster?'

'Natuurlijk,' zei Christina. Ze keek naar de dokter en Else, die zich in de hoek naast de deur van de verloskamer hadden teruggetrokken, en probeerde iets op te vangen van het op zachte toon gevoerde gesprek, maar dat lukte haar niet. Mevrouw Heinrich haalde diep adem en kneep opeens in haar hand. 'Zuster...' begon Christina, maar Sigrun stond al naast haar.

'Hebt u een wee?' vroeg deze kalm.

'Ik denk het wel.'

'Mooi,' zei Sigrun en ze keek op haar verpleegstershorloge, dat ze aan het borstzakje van haar uniform droeg. 'Probeer maar diep door te ademen.'

Even later kwam Else terug met dr. Conradi.

'Ik zal u nog eens onderzoeken, mevrouw Heinrich,' zei Conradi en hij nam plaats op de kruk voor haar.

'Is er iets niet in orde?' vroeg de zwangere en Christina voelde dat haar hand zich steviger om de hare sloot.

'Maakt u zich geen zorgen. We willen alleen iets controleren.'

Dr. Conradi onderzocht de zwangere vrouw. Na enige tijd stond hij op. 'Mevrouw Heinrich, we hebben het bij de laatste controle gehad over de mogelijkheid dat uw kindje in stuitligging geboren zou worden.'

De vrouw sperde haar ogen open. 'Maar... u zei toen dat het vanzelf nog wel zou draaien.'

'Ik vrees dat dat niet is gebeurd.' De arts trok een ernstig gezicht. 'We kunnen het op de traditionele manier proberen, waar een zeker risico aan verbonden is. Of ik doe een keizersnee.'

'Een keizersnee? Daarvoor moet u me opensnijden, nietwaar?'

'We maken een kleine snee in uw buik om het kind te kunnen halen. U merkt er niets van, want u slaapt.'

'En wie zegt dan dat het mijn kind is?'

Dr. Conradi trok zijn wenkbrauwen op. 'Ik kan u verzekeren dat niemand uw kind zal omwisselen. Zoiets is bij ons nog nooit voorgekomen.'

'Maar als ik het niet zie... U kunt het niet op mijn borst leggen als ik slaap.'

'We zullen het naar u toe brengen zodra u wakker bent.'

De vrouw verkeerde zichtbaar in tweestrijd. Een plotseling opkomende wee ontlokte haar een luide kreet.

Christina maakte een schrikbeweging. Zuster Sigrun kwam bij haar staan. 'Ga naar de operatiekamer en zeg dat er misschien een keizersnee moet worden gedaan.'

'In de operatiekamer?' Christina keek naar de vrouw. 'Maar...'

'Bij een stuitligging kan dat elk moment nodig zijn. Schiet op!'

Christina knikte en liep weg. Gisela was nog steeds nergens te bekennen. Waar zou die uithangen?

Ze haastte zich door de gang van de afdeling, stormde de deur door en rende de trap af. De woorden van de zuster en de dokter klonken na in haar hoofd. Stuitligging. Keizersnee. Traditionele manier. Risico.

Ze stoof langs de patiënten die haar op de begane grond tegemoetkwamen. Ze zag een paar van de verpleegsters en werd overvallen door het bijzondere gevoel dat ze er eindelijk bij hoorde. Al anderhalf jaar liep ze door deze gangen. Ze kende elk hoekje en toch was het nu anders. Sinds twee dagen was ze leerling-verpleegster! En dat vervulde haar met onbeschrijflijke trots.

De operatiezaal lag vlak naast de röntgenkamer. Bij de deur kwam ze twee zusters tegen die een bed voor zich uit duwden. De patiënt die erin lag te slapen zou wel een ingreep achter de rug hebben. Dr. Helene Davis, die net als dr. Conradi operaties verrichtte, stond bij een van de wastafels haar handen te wassen.

Christina bewonderde de vriendelijke chirurg, die met een van de tuinlieden van het ziekenhuis getrouwd was en een dochtertje had, om haar energie en scheppingskracht. Normaal gesproken bleven vrouwen met een klein kind thuis, maar dr. Davis opereerde nog steeds de hele ochtend en had dan 's middags spreekuur.

Uiteindelijk ontdekte Christina zuster Anni, die hier voor zover ze wist ook nog maar een paar weken was. 'Zuster Anni, ik kom uit de verloskamer,' zei ze. 'Zuster Sigrun laat weten dat uit voorzorg alles moet worden gereedgehouden voor een keizersnee. We hebben een... stuitligging.'

Anni keek haar verbaasd aan. 'Wie ben jij?'

'Christina,' antwoordde ze. 'Leerling-verpleegster Christina.'

Anni trok haar wenkbrauwen op en knikte toen. 'Goed, ga maar zeggen dat we ons erop voorbereiden. Dokter Davis heeft nog wel een galblaas op het programma staan.'

'Ik neem aan dat gauw duidelijk zal worden of er een keizersnee moet worden gedaan.'

De operatiezuster knikte haar toe. 'Goed, schiet maar op!'

Toen Christina terugkwam in de verloskamer was de bevalling al begonnen. Zuster Else stond naast de baarstoel en de dokter onderzocht de barende vrouw opnieuw.

'Ik... Ik heb het ze laten weten,' zei Christina.

'Goed zo, kom eens hier,' fluisterde Sigrun. 'We hebben je zo meteen nodig.'

'Ze heeft nu vier centimeter ontsluiting,' zei dr. Conradi ten slotte en hij richtte zich weer op. ‘Nog even en de vliezen zullen breken.’

Zuster Else sprak mevrouw Heinrich geruststellend toe. ‘We zullen heel voorzichtig te werk gaan. Ik ben al meer dan twintig jaar vroedvrouw en heb veel gezien en veel kinderen geholpen. Vertrouw me maar.’

De vrouw knikte met van angst opengesperde ogen.

Zuster Else wendde zich tot de kraamverpleegster. ‘Sigrun, laat onze leerling eens zien wat haar te doen staat. Misschien weet de andere ook de weg terug nog te vinden.’

‘De andere?’ vroeg dr. Conradi verbaasd, maar een kreet van de barende vrouw bracht Else ervan af te antwoorden.

De volgende momenten kwamen Christina voor als een koortsdroom. Haar knieën werden slap en knikten, en haar mond werd droog alsof ze dagenlang geen water had gezien. Vroeger had ze af en toe tijdens haar werk hier de barende vrouwen horen schreeuwen, maar ze had nooit eerder een bevalling meegemaakt. Zelfs als tijdens hun vlucht een van de vrouwen uit de colonne moest bevallen, was ze uit de buurt gehouden.

Mevrouw Heinrich kermde en bewoog zich onrustig. Ze had zo veel pijn dat haar gezicht tot een bijna onherkenbare grimas was vertrokken. Er kwam een geluid uit haar keel dat Christina nooit eerder had gehoord. Even later was de kamer vervuld van een zoetige geur.

‘De vliezen zijn gebroken,’ stelde zuster Else vast en ze ging zitten waar dr. Conradi eerder had gezeten.

Christina staarde naar de roze plas tussen de benen van de vrouw en voelde haar maag licht samentrekken. Zuster Sigrun stootte haar aan. ‘Help me even het laken te verwisselen!’

Christina legde het doekje weg en ging bij de kraamzuster staan, die met geoefende hand het doorweekte laken onder mevrouw Heinrich vandaan trok. Met trillende vingers pakte ze het laken aan en legde het in een kom. Sigrun spreidde een nieuw laken voor haar uit. ‘Pak eens aan!’

Christina deed wat haar was gezegd. Toen ze klaar waren, stuurde Sigrun haar naar het hoofdeind. De vrouw zuchtte diep toen Christina haar voorhoofd depte.

Toen ging de deur open. Christina keek opzij en zag Gisela staan. Ze zag nog steeds wit om haar neus. Een beetje sneu vond Christina het wel, tegelijkertijd bekroop haar de behoefte zelf de kamer uit te lopen. Toen merkte ze echter dat dr. Conradi naar haar keek. Omdat Hanna zich zo voor haar had ingezet wilde ze haar niet teleurstellen.

'Aha, je bent er weer. Gaat het beter?' vroeg Else zonder zich om te draaien.

'Ja, zuster Else,' zei Gisela aarzelend en ze keek naar dr. Conradi.

'Wat was er aan de hand?' vroeg deze.

'Ze had nog nooit met een klysma te maken gehad,' antwoordde Else. Christina zag dat Gisela nu vuurrood werd. 'Maar daar went ze wel aan. Kom eens hier en kijk goed, Gisela. Jullie beiden hebben de kans iets belangrijks te zien en te leren.'

Onzeker kwam Gisela dichterbij.

'Wat jullie hier zien,' begon Else, 'is iets wat je als vroedvrouw slechts zelden doet, maar wat je wel moet kunnen om een kind dat in deze ligging geboren wordt goed en veilig op de wereld te helpen. Tijdens de lessen zal het nog uitvoeriger ter sprake komen. Misschien begrijpen jullie op dit moment nog niet waarom ik deze handgrepen toepas, maar het is waardevol om de kans te krijgen zoiets te zien.'

Christina, die haar hart in haar keel voelde kloppen, zodat ze bijna vergat het voorhoofd van de vrouw te deppen, haalde diep adem en bleef tegen haar misselijkheid vechten. Toen ze naar Gisela keek, die nog iets bleker werd, kreeg deze even een vijandige trek op haar gezicht, maar bij een nieuwe kreet van de barende vrouw kromp ze in elkaar.

Dr. Conradi, zuster Else en ook Sigrun zagen er daarentegen heel rustig uit.

'Ik wil u vragen de aanwijzingen die ik u ga geven nauwkeurig op te volgen.' Else keek mevrouw Heinrich in de ogen, waarna deze trillend knikte. 'U zult een punt bereiken waarop u niets anders wilt dan uw kind eruit persen. Maar u mag aan die behoefte geen gehoor geven. We moeten omzichtig te werk gaan.'

De volgende momenten wisselden Elses aanwijzingen en het gekerm en de kreten van de vrouw elkaar af.

'Nu persen. Heel voorzichtig. En nu ophouden. Normaal ademen. Goed zo, lieverd. Ik zie de billetjes van uw kindje al.'

Blijkbaar was er toch geen keizersnee nodig. De tranen stonden mevrouw Heinrich in de ogen en haar haar plakte zweterig op haar voorhoofd.

'Dep haar voorhoofd af,' zei Sigrun, toen ging ze weer naar Else toe. De vroedvrouw begon nu de beentjes van het kind te halen. Weer gaf ze aanwijzingen aan de barende en moedigde ze haar aan rustig te ademen, zich in te houden, voorzichtig te persen. Ten slotte waren ook de armpjes en de schouders geboren, alleen het hoofdje nog niet.

'Geef me een handdoek aan,' zei Else uiteindelijk. 'Daarmee zorgen we ervoor dat het kindje niet koud wordt en naar adem gaat happen.'

Sigrun gaf haar het gevraagde aan. Else sloeg de handdoek voorzichtig om het lijfje heen en schoof toen haar arm onder de kleine.

Christina voelde haar hart in haar keel kloppen. De misselijkheid die ze eerder had gevoeld ging over in angst, maar ze kon haar blik niet afwenden van zuster Else en van wat ze aan het doen was. Ooit, hield ze zich voor, zal ik daar zitten.

'Ik ga nu het hoofdje halen,' verklaarde zuster Else nu. 'Op mijn commando gaat u persen, mevrouw Heinrich.'

# 7

Hoewel het nog niet erg warm was, voelde je overal in het park van het ziekenhuis dat de lente naderde. Zowel gele als wit met gele narcissen stonden langs de paden en hier en daar gingen al bloesemkelkjes open. Nog even en het zou overal weer groen zijn.

Christina trok haar vest strakker om zich heen en haalde diep adem. Ze hoopte dat de aanblik van de ontluikende natuur haar innerlijke onrust enigszins zou verdrijven en haar zou helpen bij het verwerken van wat ze die ochtend had gezien.

Else had het kindje weten te halen, maar het was de eerste momenten slap geweest en het had blauw gezien. Pas nadat ze de luchtwegen hadden vrijgemaakt was het gaan huilen. Toen Else het kindje ten slotte bij mevrouw Heinrich op de borst had gelegd, voltrok zich een verandering in de vrouw. Op haar gezicht, dat kort daarvoor nog van pijn en angst vertrokken was geweest, verscheen nu een stralende glimlach.

Christina had zich enorm opgelucht gevoeld, maar toen was er een gedachte bij haar opgekomen. Zou haar eigen moeder ook zo hebben geglimlacht bij haar geboorte? Christina wist het niet. En het speet haar dat ze er nooit naar had gevraagd. Maar hoe had ze destijds kunnen weten dat ze nooit meer de kans zou krijgen om met haar te praten?

Ze dacht aan haar moeder, die haar blonde haar altijd in haar nek bijeengebonden had gedragen en zo dol op bloemetjesjurken was geweest. Tot de dag dat ze met de groep vluchtelingen mee had gemoeten en haar moeder was achtergebleven, was deze meestal aardig en liefdevol tegen haar geweest. Daarom had Christina ook niet begrepen dat haar moeder haar zomaar alleen kon laten. Dat ze tegen de belofte in ging die ze haar vader had gedaan...

Een geluid haalde haar uit haar gedachten. Ze keek om, maar kon niemand ontdekken. Pas toen ze een paar stappen had genomen, zag ze Gisela op een grote steen zitten, die met haar handen over haar wangen streek.

Voordat ze haar kon aanspreken keek Gisela op. Er verscheen een afwijzende uitdrukking op haar gezicht. 'Wat moet je?' zei ze bits.

Christina zag dat ze moest hebben gehuild. 'Ik hoorde dat je...' Ze stokte toen haar medeleerling abrupt opstond.

'Wat? Dat ik wat?' Gisela kneep haar ogen tot spleetjes.

'Niks, ik...'

'Denk maar niet dat je meer bent dan een ander, alleen omdat je hier dienstmeisje bent geweest.'

'Maar...' Christina schudde haar hoofd. Vanwaar toch die vijandige houding? Gisela kwam op haar af. Christina kon haar woede duidelijk voelen. 'Wie zegt dat ik dat denk?'

'*Jou ken ik natuurlijk al*,' zei Gisela, waarbij ze de stem van zuster Else nabootste. 'Hoe krijgt een dienstmeisje het eigenlijk voor elkaar te worden aangenomen op de verpleegopleiding?'

Christina probeerde haar kalmte te bewaren. Waarom deed Gisela zo hatelijk? Schaamde ze zich soms voor haar zwakte?

'Niet iedereen is zo gelukkig een rijke familie te hebben,' zei ze. 'Ik moest nu eenmaal gaan werken. En je mag pas verpleegster worden als je achttien bent.'

Christina had het nauwelijks gezegd of ze had er spijt van. Als ze tijdens haar vlucht iets had geleerd, dan was het niemand te veel over zichzelf te vertellen. Iemand die haar vijandig gezind was al helemaal niet.

Gisela kneep haar ogen tot spleetjes. 'Als je ook maar iemand vertelt wat er in de verloskamer is gebeurd, dan zorg ik ervoor dat je teruggaat naar je vroegere baantje, daar kun je zeker van zijn!' Met die woorden stormde ze Christina voorbij.

Christina wist niet wat ze daarop moest zeggen. Hoofdschuddend keek ze Gisela na. Vanwaar die bedreiging? vroeg ze zich af. Het was toch geen schande om op je eerste werkdag misselijk te worden als je iets moest doen wat je niet gewend was?

'Aha, daar ben je!' klonk het achter haar. Selma kwam de hoek om en bleef verbaasd staan toen ze Christina's gezicht zag. 'Wat is er gebeurd?'

'Niks, ik...' Ze keek haar medeleerling aan. Hoewel ze elkaar nog maar heel kort kenden, voelde ze een verbondenheid met de jonge vrouw alsof ze zussen waren. 'Ik ben gewoon een beetje moe van de ochtend.'

'Jullie moesten bijna een keizersnee doen, nietwaar? Ik heb zuster Anni erover horen praten.'

'Ja, maar toen heeft zuster Else het kindje toch zo op de wereld geholpen.' Ze zag de beelden weer voor zich, en Gisela's woede en haar dreigement verdwenen naar de achtergrond. 'Je had haar moeten zien! Volgens mij heeft ze zelfs bij dokter Conradi respect ingeboezemd.' Er gleed een glimlach over Christina's gezicht. 'Misschien word ik ooit ook zo goed.'

'Dat word je zeker,' zei Selma.

'Hoe was het bij jou?' vroeg Christina. 'Mocht je bij een operatie meekijken?'

'Wat denk je wel!' zei Selma lachend. 'Zuster Anni heeft ons om te beginnen de instrumenten laten reinigen en sorteren. Een van de oudere verpleegsters van de opleiding heeft ons uitgelegd hoe ze heten en waar ze horen te liggen. Ik denk dat het nog wel even duurt voordat ik aan de operatietafel sta.'

'Maar ooit zul je er staan.'

Selma glimlachte naar haar en vroeg toen: 'Je komt toch nog steeds zaterdag bij ons langs? Mijn pleegmoeder kijkt er al naar uit om kennis met je te maken.'

Christina knikte. Een warm gevoel vervulde haar. Het was lang geleden dat ze een vriendin had gehad. Anna, de dochter van een Joodse winkelier, was verhuisd toen ze elf was. Ze was zomaar ineens verdwenen en Christina was er nooit achter gekomen waarnaartoe. 'Zuster Else heeft me bij de vroege dienst ingedeeld,' antwoordde ze. 'Als er niets tussenkomt, ben ik om vier uur bij jullie op de koffie.'

Op haar woorden volgde een klokslag die hun liet weten dat het tijd was om naar hun post terug te keren.

~

Die middag had dr. Conradi een afspraak bij de Artsenkamer, en omdat hij haar vrijaf had gegeven, maakte Hanna gebruik van de gelegenheid om haar zus Leni te bezoeken. Haar oude fiets piepte. Een van de technici die inmiddels waren teruggekeerd uit krijgsgevangenschap had geprobeerd hem zo goed mogelijk te oliën, maar zonder resultaat.

Toch was de fiets beslist betrouwbaarder dan de bus of de S-Bahn. Hoewel de schade aan de straten en de rails geleidelijk werd gerepareerd, reed het openbaar vervoer nog erg onregelmatig. Soms had Hanna het gevoel dat ze terug was in de tijd van haar jeugd, kort na de Eerste Wereldoorlog. Destijds was openbaar vervoer ook een kwestie van geluk hebben en waren stroomvoorziening en verwarming geen vanzelfsprekendheid. Ze herinnerde zich nog goed dat ze op haar eerste dag door Zehlendorf had gedwaald op zoek naar Waldfriede. Maar dan keek ze in de spiegel en zag ze een ouder wordende vrouw. Tweeënvijftig was ze nu. Andere vrouwen van haar leeftijd hadden een echtgenoot, volwassen kinderen en misschien zelfs kleinkinderen, maar zij had gekozen voor het ziekenhuis.

Natuurlijk was ook zij verliefd geweest. Haar verloofde Martin was in de Eerste Wereldoorlog gesneuveld en haar tweede liefde, arts-assistent Alexander Kirchfeld, was ontrouw gebleken. Ze had ook een soort van liefde, al wist ze niet of je het echt zo kon noemen, voor dr. Conradi gevoeld. Gelegenheid om met hem samen te zijn had ze echter nooit gekregen. En dan was daar nog Eike Rasmussen, de advocaat uit Skodsborg met wie ze alweer jaren correspondeerde. Bij hem had ze soms het gevoel dat hij van haar wenste wat zij gehoopt had met dr. Conradi te krijgen. Maar ze waren slechts bevriend gebleven.

Zou ze, als het anders was gelopen, de ziekenhuisfamilie hebben kunnen opgeven?

Zeker, als Martin was blijven leven, had de mogelijkheid bestaan dat ze was getrouwd en kinderen had gekregen. Dan zou ze nooit naar Berlijn zijn gegaan. En had ze misschien de oorlog die achter hen lag niet overleefd.

Maar ze was hier, had meegewerkt aan de oprichting van Waldfriede en maakte deel uit van de ziekenhuisfamilie. En ze vroeg zich maar heel zelden af of ze de juiste beslissing had genomen.

Toch maakte ze zichzelf niets wijs: het zou niet lang meer duren of ze werd afgedankt. Ze dacht aan zuster Maria, die vanwege een ernstige ziekte met pensioen moest worden gestuurd. Voor zover Hanna wist had Maria het goed bij haar familie, maar Waldfriede miste ze wel. Dat kon Hanna goed begrijpen. Het ziekenhuis was voor hen allemaal al tientallen jaren hun thuis. Hoe zou het haarzelf vergaan als de dag kwam dat ze moest vertrekken? En wie wist welke beproevingen ze nog op haar pad zou tegenkomen?

Hanna sloeg de Gartenstrasse in. Daar, in een van de weinige gebouwen die de bombardementen op Berlijn-Zehlendorf redelijk hadden doorstaan, woonde Leni met hun vader, voor wie ze zorgde.

Hanna herinnerde zich nog goed de angst die ze had gevoeld toen ze hoorde dat Friedrich Richter na het grote bombardement van januari 1945 op Magdeburg vermist werd. Pas ruim een jaar later was hij gevonden: verscholen in een hutje aan de rand van de stad, doodsbang en vermagerd.

Dr. Conradi had het goedgevonden dat Leni en zijzelf hem naar Waldfriede haalden. Zoals vele anderen die ze na de oorlog een toevluchtsoord hadden geboden, was hij er weer bovenop gekomen, maar de oorlog had zijn sporen achtergelaten. Hij bleef nachtmerries houden en zo nu en dan zat hij stilletjes voor zich uit te kijken, met een verloren blik alsof hij door een venster naar het verleden keek. Hanna had zich afgevraagd of Leni de situatie alleen aan zou kunnen, maar de tijd had geleerd dat het goed ging.

Voor het gebouw maakte Hanna haar fiets met een groot slot aan een lantaarnpaal vast. Ze liep naar de deur en belde aan. Even later verscheen er een hoofd door het raam.

Omdat het nieuwe kantoor van hun geloofsgemeenschap haar

diensten slechts zo nu en dan nodig had, verdiende Leni wat bij met verstelwerk. Bovendien ging ze dagelijks bij een aantal adventisten uit de buurt langs om huishoudelijk werk te doen.

'Hallo, Hanna!' riep ze vrolijk en ze zwaaide naar haar. 'Wacht, ik kom naar beneden.' Leni's hoofd verdween en algauw klonken er voetstappen in het trappenhuis. De deur ging open en Leni viel haar om haar hals. 'Wat fijn dat je er bent, vader zal blij zijn.'

Hanna liet zich door Leni het trappenhuis in trekken. Het zag er wat beter uit dan een paar weken eerder. Zo had de trapleuning een nieuw roodbruin verfje gekregen. Die plakte een beetje toen Hanna hem aanraakte, dus trok ze haar hand vlug terug.

Leni zei: 'Ach ja, de verf. Geen idee wat de schilder erdoorheen heeft gedaan, maar wees niet bang, het geeft niet af. Je hebt alleen het gevoel dat je een vliegenstrip vastpakt.'

De woning bestond uit twee kamers en een piepklein keukentje. Hanna snoof de geur van gekookte kool op. Als er al groente te krijgen was, dan was het kool.

Een van de kamers had Leni ingericht met van alles wat ze in de winkels had gevonden. Het bed en het wat wankele ladekastje waren van de verhuurster, evenals de meubels in de tweede kamer, die haar vader bewoonde. Van achter zijn deur klonk het zachte getik van een hamer.

'Wat is hij aan het doen?' vroeg Hanna toen Leni de deur achter haar dichttrok.

'Vader doet sinds kort af en toe wat eenvoudig reparatiewerk aan schoenen van gemeenteleden,' verklaarde Leni. 'Dat doet hem goed. Als hij aan het werk is, is hij bijna weer de oude.'

Ze wierp Hanna een droevige blik toe. Al enige tijd ging Friedrich Richters geheugen achteruit. Soms zag hij zijn oudste dochter aan voor zijn vrouw, hoewel Hanna en haar moeder uiterlijk niet al te veel op elkaar leken.

'Ik zal hem even gedag zeggen,' zei Hanna en ze liep naar de deur. Toen ze aanklopte verstomde het geluid van de hamer meteen.

'Ja!' klonk de zware stem van haar vader, nog steeds krachtig.

‘Dag, vader,’ zei Hanna en ze stak haar hoofd om de deur.

‘Ach Hanna, meisjelief,’ zei hij. ‘Kom toch binnen!’ Er verscheen een glimlach op zijn gezicht en zijn ogen begonnen te stralen.

Hanna beantwoordde zijn glimlach en liep de kamer in. Haar vader had van een bankje een werktafel gemaakt. Daarop stond een paar schoenen. Blijkbaar was hij net van plan de zolen erop te zetten. Zijn handen, waarmee hij de spijkers en de hamer vasthield, waren knoestig als de takken van een oude eik.

‘Hoe gaat het met u, vader?’ vroeg Hanna. Ze trok de vrije stoel bij.

Net als vroeger, toen hij nog echt aan het werk was, boog Friedrich Richter zijn hoofd en ging door met zijn werk. ‘Het gaat heel goed met me. Het is fijn om weer iets te doen te hebben. Hoe slecht het ook met de wereld gesteld is, mensen hebben altijd schoenen nodig.’

Hanna zag dat zijn handen licht beefden. Toch zette hij de spijkers precies op hun plaats en tikte ze zelfverzekerd in de hak.

‘Is het u niet te veel?’

‘Wat moet ik anders de hele dag doen? Gaan zitten wachten op de dood?’ Friedrich schudde zijn hoofd. ‘Zo ben ik nooit geweest en zo zal ik nooit zijn.’ Hij zweeg even en tikte nog een spijker in de zool. ‘Ik help waar ik kan. De mensen geven ons er eieren voor en wat ze verder nog kunnen missen. Het is goed zo.’

Hanna knikte. Dit aspect van haar vader had de oorlog niet kunnen uitwissen.

‘Zeg eens, hoe vergaat het je in je ziekenhuis?’ vroeg hij ten slotte. ‘Jullie hebben het druk, nietwaar?’

‘Ja vader, maar gelukkig zijn het inmiddels weer gewone patiënten en geen oorlogsinvaliden meer, hoewel de honger bij velen ernstige sporen nalaat.’ Ze zweeg even en vroeg toen: ‘Hebben jullie beiden wel genoeg te eten?’

‘Natuurlijk. God geeft ons alles wat we nodig hebben.’

Haar vader hamerde door. Hanna probeerde zich te herinneren wanneer ze ooit samen een wat langer gesprek hadden gevoerd, maar ze kon zich geen enkele keer voor de geest halen. Haar vader had zijn leven lang gewerkt en voor zijn gezin gezorgd. Haar moeder was degene die met hen praatte. Hanna miste haar nog steeds, al was ze inmiddels bijna negen jaar dood.

'Het was fijn om met je te praten,' zei haar vader nu opeens, en ze zag aan zijn blik dat er iets in hem was veranderd. 'Maar ik moet weer aan het werk. Je trein gaat toch zo? Zeg je moeder nog even gedag voordat je vertrekt, goed?'

Tranen welden op in Hanna's ogen toen ze de deur dichttrok. Ze legde haar hoofd tegen het hout van de deur. Haar moeder was zo vlug uit het leven gerukt dat ze geen afscheid had kunnen nemen. Het langzame afscheid van haar vader was echter net zo pijnlijk. Hoeveel jaren zouden hem nog resten? Drie? Vijf? Dat laatste leek haar onwaarschijnlijk.

Leni's hand raakte haar schouder aan. Hanna draaide zich om en keek in de ogen van haar zus. 'Kom,' zei deze. 'Ik heb theewater opgezet.'

Even later zaten ze in het smalle keukentje, waarin een fornuis, een kastje en een tafel met twee stoelen stonden. Zo nodig werd er een stoel uit een van de kamers gehaald. Het behang was vervaagd door de tijd en de keukendampen. In een van de ruiten van het raam zat een barst, die met krantenpapier was dichtgeplakt.

Toen Leni merkte dat Hanna's blik eraan bleef hangen zei ze: 'Ik heb het bij de glazenier gemeld. Kun je je voorstellen hoe lang zijn wachtlijst is? Hij zegt dat het vooral door de schaarste aan glas komt. Zodra dat weer te krijgen is, zal hij in de hele stad wel een fortuin gaan verdienen.'

Hanna schoot in de lach. 'Ja, daar kun je wel van uitgaan. Er is zo veel stukgegaan door die onzalige oorlog. En je kunt niet alles oplossen met goedbedoelde giften uit het buitenland.'

'Bedoel je vader?' Leni fronste haar voorhoofd. 'Volgens mij komt het niet door de oorlog dat hij soms in de war is. Je moet bedenken dat hij over de tachtig is. Veel mensen gaan veel vroeger achteruit.'

'Maar als hij in Magdeburg had kunnen blijven? In zijn eigen huis? In zijn buurtje?' Hanna slaakte een zucht bij de gedachte aan haar geboortestad, waarvan na een bombardement door de Royal

Air Force nauwelijks meer iets over was geweest.

'De Geblers zijn dood, net als moeder,' antwoordde Leni. 'Er was daar niemand die voor hem had kunnen zorgen. En jij noch ik was bereid geweest naar Magdeburg te gaan, waar of niet?'

Voordat Hanna kon antwoorden begon de theeketel schril te fluiten.

# 8

*Kleinmachnow, 10 april 1948*

'Kom binnen, juffrouw Heller!' Er verscheen een glimlach op het vriendelijke gezicht van Selma's pleegmoeder. Gunda Baumann droeg haar roodblonde haar in een knotje, ze was slank en had een lindegroene jurk aan. In de lucht hing de geur van moutkoffie, vermengd met een zoet aroma dat Christina meteen het water in de mond deed lopen. Zou het van gebak komen?

'Hartelijk dank voor de uitnodiging, mevrouw Baumann.' Christina slikte en gaf haar gastvrouw toen het cadeautje dat ze had meegebracht. Het waren narcissen in een bloempot, die ze bij meneer Jasper, de hoofdtuinman, had gekocht.

'Ach, wat beeldig!' zei mevrouw Baumann. 'Trek je jas maar uit en kom verder.'

Christina deed haar mantel uit. Ze had hem van Hanna geleend, want haar eigen jas was al wat vormeloos en vaal geworden. Het zou nog lang duren voor ze een nieuwe kon kopen. Ze had wel geld opzijgelegd van haar loon als dienstmeisje, maar er waren bijna geen winkels waar je kleding kon kopen. Bovendien was alles op de bon. En als er toch iets in voorraad was, was het of gauw weg of veel te duur.

Nadat ze haar mantel aan de kapstok had gehangen, liep ze een beetje onzeker naar de openstaande woonkamerdeur. Mevrouw Baumann was in de keuken verdwenen en Selma was nergens te bekennen. Ook naar de man van mevrouw Baumann keek ze tevergeefs uit.

Vanuit de deuropening keek Christina in het rond. De kamer was niet bijzonder weelderig ingericht, maar er stond wel een mooie eettafel met zes stoelen. Het damasten tafellaken was gedekt met een wit koffieservies met een smalle gouden rand. Zoiets kostbaars had ze al lang niet meer gezien.

De oudroze sofa bij de deur zag er wat versleten uit, maar mevrouw Baumann had hem verfraaid met een paar gehaakte kleedjes. Verder stonden er nog een boekenkast en een zwaar bruin dressoir met schuifdeurtjes. Aan het plafond hing een achtarmige messing kroonluchter met aan elke arm een gevlamde gloeilamp waaraan nog verfsporen zaten uit de tijd van de verduistering. Christina wist inmiddels dat veel mensen hun gloeilampen blauw hadden geverfd omdat ze dachten dat die daardoor niet zichtbaar zouden zijn voor de bommenwerpers.

Die gedachte zette ze echter vlug van zich af.

Bij het zien van de idyllische woonkamer kreeg Christina een warm gevoel vanbinnen. Van een interieur als dit hadden ze thuis alleen maar kunnen dromen. Ze kwam uit een eenvoudig boerengezin en bij vrijwel alles wat haar ouders aanschaften gaf doelmatigheid de doorslag. Voor iets moois hadden ze slechts weinig plaats en geld gehad.

Luxe had ze alleen onder ogen gekregen als ze naar het park van het landhuis was geslopen. Vanuit haar schuilplaats in de bosjes had ze niet alleen de fraaie geschilderde decoraties aan de wanden en het plafond van de eetkamer bewonderd. Ze had ook toegekeken als de dienstmeisjes de koffietafel dekten. Het sierlijke, fijn beschilderde porselein had haar haast nog meer geïmponeerd. Soms had ze tijdens het spelen met haar pop Frieda gedaan alsof ze net zulke bordjes en kopjes gebruikte. Maar haar gelukkige kinderwereld was door de oorlog in stukken gevallen. De droom om ooit een mooi huis te bezitten was verdwenen, zoals ook de een na de ander van het gezin verdwenen was: haar vader, Anton, haar moeder...

'Daar ben je dus!'

Selma's stem haalde haar terug uit haar herinneringen. Langzaam draaide ze zich om. Selma droeg een bordeauxrode jurk met een gehaakt wit kraagje. Hij was duidelijk al een paar jaar oud, maar hij stond haar klasgenootje bijzonder goed.

'Ik had niet eens in de gaten dat je er al was!' Selma omhelsde haar als een vriendin die ze jaren niet meer had gezien.

'Ik ben er ook nog maar net,' zei Christina en ze probeerde het onbehaaglijke gevoel dat haar overviel te verbergen. Misschien kwam het door de mooie woonkamer dat ze opeens moest denken aan de laatste omhelzing van haar moeder en het moment waarop deze zich bijna bruut van haar had losgemaakt.

'Kom, ik laat je mijn kamer zien!' Selma pakte haar bij de hand.

Christina verdrong de herinnering, forceerde een glimlach en liep achter Selma aan de gang door.

Selma's kamer lag aan de tuinzijde. Een groot raam bood uitzicht op de schitterende appelboom en de grasvelden waar sneeuwklokjes, krokussen en de eerste wilde narcissen bloeiden. De kamer zelf was smaakvol maar ook wat ouderwets ingericht. Op het bed lag een groene doorgestikte sprei met bloemmotief, de kleur van de kussens was erop afgestemd. De grote garderobekast was versierd met houtsnijwerk. Zou dit de kamer van de echte dochter van meneer en mevrouw Baumann zijn geweest? Zou ze zijn getrouwd en daarna verhuisd?

'Mooi, hè?' vroeg Selma. 'Zo'n kamer had ik thuis niet. Ik moest mijn kamer met mijn twee zussen delen. We sliepen met z'n drieën in één bed. Nu heb ik een bed voor mij alleen.'

'Waar zijn je zussen?' vroeg Christina. Er gleed een koude tochtvlaag langs haar armen. Ze keek om, maar het raam was dicht.

De stralende uitdrukking verdween van Selma's gezicht alsof er een wolk voor de zon was geschoven. 'We zijn verschillende kanten op gestuurd. Luisa, die nog heel jong was, is met andere kinderen mee naar Beieren gegaan, ik naar Berlijn en Marika ging naar kennissen in Polen. Van Marika hebben we nog steeds niets gehoord. Het lijkt erop dat dat gezin hun huis heeft moeten ontvluchten. God weet waar ze nu is en of ze nog leeft.'

Christina sloot even haar ogen. De beelden drongen zich weer aan haar op, maar ze slaagde erin ze in toom te houden. 'Dat vind ik heel naar voor je.'

‘Mijn moeder schrijft me om de paar maanden. Ze zei dat ze de hoop niet wil opgeven.’

Het was alsof er een ‘maar’ had moeten volgen, alsof ze zelf niet langer geloofde dat hun wachten beloond zou worden.

Er klonk een stem uit de woonkamer. ‘Selma?’

Het meisje forceerde een glimlach. ‘We moeten gaan. Gunda’s gebak is hemels, dat kan ik je wel vertellen.’

In de woonkamer was nu ook meneer Baumann aanwezig. Hij was een stevig gebouwde man met een brede borst, een snor en dun wordend, donker haar. ‘Zo, u bent dus Selma’s vriendin uit het ziekenhuis.’ Hij schudde haar stevig de hand. ‘Het is fijn dat ze eindelijk aansluiting vindt.’

Christina knikte. ‘Hartelijk dank dat ik bij u mocht langskomen.’

‘Selma geeft hoog van u op. Ze zei dat u al een tijd in het ziekenhuis woont.’

‘Twee jaar,’ antwoordde Christina. Ze was het niet gewend dat haar achtergrond ter sprake werd gebracht. Ze vond het ongemakkelijk, want het leidde tot vragen die steeds dichter bij de plaats kwamen waar ze haar bange herinneringen had verstopt. ‘Ik ben met een colonne vluchtelingen over de Oder hierheen gekomen. In ziekenhuis Waldfriede mocht ik blijven.’

‘Het is een goed ziekenhuis,’ zei meneer Baumann. ‘Daarom hebben Selma’s ouders ons ook gevraagd haar hier te houden, zodat ze hier na de oorlog iets fatsoenlijks zou kunnen leren. Selma wilde altijd al verpleegster worden. Waldfriede is in ons land het enige ziekenhuis van onze geloofsgemeenschap nu Friedensau alleen nog als sanatorium wordt gebruikt. Voor iemand die ons geloof aanhangt is het behouden van leven een van de nobelste taken, daar denken wij net zo over als Selma en haar ouders.’

‘Dat zie ik ook zo,’ antwoordde Christina. Ze begon te vermoeden dat meneer en mevrouw Baumann bij al hun genegenheid voor Selma in geloofszaken behoorlijk streng konden zijn. Er waren ook adventisten die hun opleiding bij niet-adventistische werkgevers volgden. Selma had vast ook in het Charité kunnen beginnen.

De man glimlachte even naar haar en knikte toen. ‘Neem toch

plaats, juffrouw Heller.' Hij wees naar een van de stoelen.

Christina keek naar Selma en ging zitten. Mevrouw Baumann diende een schaal met taart op. Kersentaart, stelde Christina verbaasd vast. Zoiets had ze al heel lang niet meer gezien! Onmiddellijk liep haar het water in de mond.

'Het is momenteel onmogelijk om aan echte koffie te komen,' verklaarde mevrouw Baumann en ze sneed de taart aan. 'Maar we hebben cichoreikoffie, die we voor bijzondere gelegenheden tevoorschijn halen. Kennismaken met een vriendin van onze pleegdochter is zo'n gelegenheid.' Ze schonk het kopje vol en zette het voor Christina neer.

'Dank u wel,' zei deze en ze raakte het kopje aan. Ze brandde haar vingertoppen en trok vlug haar hand terug. Ze vreesde dat het porselein zou breken.

'U bent dus met een colonne over de Oder gekomen,' begon meneer Baumann. 'Komt u uit Oost-Pruisen?'

'Uit Silezië, uit een dorp in de buurt van Grünberg.'

'Toe, Horst, vraag de jongedame niet de oren van het hoofd. Laat haar eerst eens iets eten.' Mevrouw Baumann ging ook zitten, gaf Christina een stuk taart en knikte haar bemoedigend toe.

Aarzelend pakte Christina haar taartvorkje, een prachtig exemplaar waarvan de steel was versierd met een rozenmotief. Dat meneer Baumann zo rechtstreeks naar haar herkomst vroeg, vond ze niet prettig. Hij was niet onvriendelijk, maar zijn nieuwsgierigheid leek haar ongepast.

De geur van de kersentaart leidde haar uiteindelijk af. Ze nam een flink stuk op haar vorkje en stopte het in haar mond. De aroma's explodeerden op haar tong. Ze proefde suiker en kaneel en kersen, een smaak die haar aan de zomers thuis deed denken. Genietend sloot ze haar ogen. 'Dit is de lekkerste taart die ik ooit heb gegeten,' zei ze toen.

'Dat is heel aardig van je. Maar ik ben ervan overtuigd dat je moeder net zo goed kon bakken.'

Christina verstijfde. Haar moeder had inderdaad gebakken. Veel geld hadden ze niet gehad, maar zo nu en dan kwam er op zondag appeltaart op tafel. Toen haar vader de oorlog in was getrokken, was haar moeder veranderd. Taart was er nooit meer. Er werd alleen nog gewacht. Gewacht op de terugkeer van haar vader en later ook die van haar broer.

'Dat is lang geleden,' antwoordde ze bedrukt en ze liet haar vorkje zakken. Misschien was het toch geen goed idee geweest om hiernaartoe te gaan.

Mevrouw Baumann zei: 'Dat spijt me voor je,' en ze wisselde een blik met haar man.

'Dat hoeft niet,' zei Christina en ze pakte haar vorkje weer op. 'De taart is echt heerlijk.' Ze probeerde zich op de smaak te concentreren om haar gedachten ervan te weerhouden in beweging te komen.

Terwijl ze zat te genieten van de kersensmaak en het aroma van kaneel, kwam er hoog boven hen een dreunend geluid opzetten. Eerst was het nog ver weg, maar het kwam vlug naderbij.

Christina verstarde. Nee, smeekte ze in stilte. Niet nu!

Het geluid werd echter steeds luider. En opeens was daar weer die ontzetting, die haar met harde hand vastgreep.

# 9

Ze probeerde de beelden te verdringen en haar angst te baas te worden, maar tevergeefs. Opeens had Christina het gevoel dat iemand haar keel dichtkneep. Het gedreun boven haar hield aan, luid en onheilspellend, alsof het vliegtuig op slechts een paar meter over het huis heen vloog.

*Wegwezen!* Klonk een luide stem in haar hoofd. Haar brein was niet meer in staat tot nadenken en haar lichaam reageerde mechanisch.

Ze sprong op, nog met het taartvorkje in haar hand. Als een slaapwandelaar vond ze haar weg door het huis naar de achterdeur. Daar ging ze ineengedoken naast een scheefgezakte stellingkast zitten.

Ophouden! Dacht ze terwijl haar hart tekeerging en haar slapen bonsden. Ze maakte zich heel klein en haar oproep werd een wanhopige, stille smeekbede. *Hou op, alsjeblieft. Ga weg!*

Maar de beelden lieten zich niet verjagen. Ze zag de vliegtuigen weer voor zich, als roofvogels die recht op haar afkwamen, de boordwapens die begonnen te ratelen, de schreeuwende mensen, en ze zag zichzelf vlug van de kar af springen om zich er met de andere kinderen onder te verstoppen...

Ten slotte ebde het lawaai weg en het vliegtuig verdween. Christina's hartslag werd ook weer rustiger. Het gekras van twee kraaien buiten in de tuin drong nog enigszins vervormd tot haar door, maar uiteindelijk hoorde ze ze luid en duidelijk. Haar armen en benen trilden weliswaar nog een beetje, maar de paniek trok weg.

Met een lege blik staarde Christina naar het taartvorkje in haar hand. Slechts langzaam werd haar duidelijk wat ze zojuist had gedaan. Wat ze tegenover onbekende mensen had prijsgegeven.

'Christina?' vroeg Selma bezorgd toen ze naar haar toe kwam en naast haar neerhurkte. 'Is alles goed met je? Heb je hulp nodig?'

Christina schudde haar hoofd. 'Nee, het gaat alweer.' Zoals altijd nadat de angst haar had overmand voelde haar tong zwaar aan in haar mond en kon ze slechts hakkelend spreken. 'Ik... Ik ben alleen vreselijk bang voor die... dingen.'

'Bedoel je vliegtuigen?'

'Je pleegouders zullen wel denken dat ik gek ben.' Christina boog beschaamd haar hoofd. 'Het komt door dingen die bij me opkomen. Herinneringen aan de oorlog...'

'Dat denken ze vast en zeker niet. Ze weten hoe de oorlog was. Hoewel ze maar zelden praten over wat er is gebeurd, voel ik dat er een schaduw over dit huis hangt. Alleen al daarom zullen ze zoiets niet denken.'

Selma streek haar geruststellend over haar rug. 'En ze zullen vast ook niet boos zijn als je weg wilt gaan.'

Christina keek op. 'Ik... Ik wil niet weggaan. Het is hier allemaal zo... zo mooi. Zo rustig. De tuin...' Ze keek door het raampje naast de achterdeur naar de vroege bloeiers en hoorde een vogel tjilpen. 'Het lijkt wel een paradijs.'

'Zeg dat maar tegen mijn pleegmoeder. Ze is altijd blij met complimenten over de tuin. Die is haar grote trots.'

Christina knikte en stond op. Haar knieën voelden weer enigszins stabiel aan. Ze keek omhoog naar de hemel, maar het enige wat ze daar zag was een vlucht mussen. Geen gevleugelde monsters meer.

Samen met Selma ging Christina ten slotte terug naar de woonkamer. Meneer en mevrouw Baumann wierpen haar een bezorgde blik toe.

'Is alles in orde?' vroeg Selma's pleegmoeder.

'Nu wel weer,' zei Christina. 'Neem me alstublieft niet kwalijk. Ik... Ik kan niet goed tegen vliegtuiglawaai.'

Er verscheen een zorgelijke rimpel tussen mevrouw Baumanns wenkbrauwen. 'De oorlog zeker?' vroeg ze toen en ze slaakte een diepe zucht.

Christina knikte. Waarschijnlijk vermoedde de vrouw iets anders dan er feitelijk was voorgevallen. Haar handpalmen werden klam. Zou ze het precies willen weten?

~

De zaterdag was bijna voorbij. Met de zonsondergang naderde ook het einde van Hanna's vrije dag, maar ze wilde de laatste zonnestralen die door de takken van het aangrenzende Grunewald vielen nog benutten om een frisse neus te halen.

De schade die de oorlog hier had aangericht was aanzienlijk. Veel bomen waren gesneuveld, aanvankelijk door de bombardementen en daarna als gevolg van de hongerwinter van 1946. Maar ooit zouden er nieuwe bomen groeien, daar was Hanna van overtuigd. Het leven baande zich altijd weer een weg.

De afgelopen week was even vermoeiend als ongewoon geweest. Hanna had nooit kunnen vermoeden hoezeer ze het gezelschap van Christina zou missen. Nu ze haar kamer weer voor zichzelf had, vond ze hem kaal en leeg. Ook voelde ze dat Christina zich van haar verwijderde. Dat ze volwassen werd.

Een krakend geluid zorgde ervoor dat ze zich vlug omdraaide. De angst dat er opeens soldaten konden opduiken zat er bij haar nog steeds in. Niet voor niets waarschuwden ze de leerling-verpleegsters er nog steeds voor het ziekenhuis in hun eentje te verlaten.

Maar het was geen man in uniform die naderbij kwam. De gestalte in een donkere jas ontpopte zich als dr. Conradi.

'Zuster Hanna. Hier bent u dus.'

Hanna trok vragend haar wenkbrauwen op. 'Zocht u me?'

De dokter knikte en haalde een envelop uit zijn jaszak. 'Deze is voor u gekomen. Elisabeth heeft eigenlijk liever niet dat ik tijdens de sabbat de post doorneem, maar ik ben blij dat ik het heb gedaan.'

Hanna nam de envelop aan, die een blauw-rode rand had. 'Uit Palestina?' vroeg ze verwonderd. Toen zag ze de naam van de afzender staan en ze hapte verrast naar adem.

# 10

Bij Hanna's kamerdeur aangekomen vermoedde Christina al dat Hanna nog niet terug was. Ze trok de mantel uit en legde hem over haar arm. Ze had zich het liefst op haar eigen kamer teruggetrokken, maar ze had Hanna beloofd de avond gezamenlijk door te brengen. Morgen, als het werk na de sabbat weer begon, zouden ze nauwelijks gelegenheid hebben met elkaar te praten.

Ze deed haar ogen dicht en luisterde even naar de stilte. De ontmoeting met Selma's pleegouders was gezellig geweest, maar na haar panische vlucht uit de woonkamer was de sfeer bedorven. Hoezeer Selma ook haar best deed, ongedwongen waren de gesprekken niet meer geworden. Hoewel meneer en mevrouw Baumann uit beleefdheid van verdere vragen hadden afgezien, had Christina nieuwsgierigheid en bezorgdheid in hun blik gelezen. Christina kon het echter niet aan hen uitleggen. Dat wilde ze ook niet. Het was erg genoeg dat zich flarden uit de kerker van haar herinneringen hadden bevrijd.

Ze keek op toen ze voetstappen hoorde. 'O, je bent er al!' zei Hanna terwijl ze de gang door snelde en ondertussen haar sleutelbos uit haar jaszak haalde. 'Heb je een leuke middag gehad bij Selma's pleegouders?' Ze keek Christina aan, die wist dat ze niet kon liegen. 'Het was leuk tot...' Christina perste haar lippen op elkaar en keek naar de vloer.

'Kom eerst maar eens binnen, dan kun je het me vertellen als je wilt.'

Bedremmeld liep Christina de kamer in, die tot voor een week haar thuis was geweest. De kamer was sinds haar aankomst nauwelijks veranderd. Alle oudere zusters hadden zo'n kamer.

Het bed en de kleine commode waarin Hanna haar zorgvuldig opgevouwen ondergoed en andere spullen bewaarde, stamden nog van voor de oorlog. Er stond een smalle garderobekast naast de deur en verder waren er nog een bureau bij het raam, een bijpassende stoel en een boekenrekje. Het bed waarin Christina had geslapen was naar haar eigen kamer gebracht. Dat kwam uit de voorraad van het ziekenhuis. Hanna had haar wel eens verteld dat ze als jonge verpleegster was begonnen in de schuur oude bedden te repareren. Sommige van die bedden deden nog steeds dienst in het ziekenhuis.

'Ga toch zitten, Christina.' Hanna trok een van de laden van de commode open en haalde er een papieren zakje uit, waarvan de inhoud geheimzinnig ritselde. 'Mijn zus heeft me wat haverkoekjes meegegeven. Ik haal even vlug wat water uit de keuken en dan...'

Christina onderbrak haar toen ze op het bed was gaan zitten. 'Hanna, kom alsjeblieft even zitten. Ik... Ik wil je over vanmiddag vertellen.'

Hanna bleef staan, legde het zakje op haar bureau en ging op de stoel voor Christina zitten. Zo hadden ze ook hun eerste gesprekken gevoerd, toen Christina eraan toe was geweest om te praten.

Ze vertelde over de vriendelijke ontvangst en beschreef de heerlijke taart. 'Maar toen...' Ze stokte. 'Toen kwam dat vliegtuig.'

Hanna's lichaam verstrakte. Ze kende Christina's probleem maar al te goed. Het was niet voor het eerst dat ze zo had gereageerd.

Christina haalde diep adem. 'Ik snap het ook niet... Telkens als ik een vliegtuig hoor overvalt het me. Het is een kracht waaraan ik me niet kan onttrekken. Mijn lichaam reageert vanzelf, ook al weet ik dat er geen gevaar dreigt. Ik ben het huis door gelopen en ben op mijn hurken bij een kast gaan zitten, met mijn taartvorkje in mijn hand. Alsof ik gek was!'

Hanna liet haar woorden op zich inwerken en keek haar toen in de ogen. 'Nou, gek ben je niet, dat staat wel vast. Je hebt een goed verstand, vind ik.'

'Maar stel dat me dit in de verloskamer overkomt, tijdens een bevalling?'

Hanna was niet iemand om zoiets te bagatelliseren. Dat wist Christina wel van haar. Het zou makkelijk zijn geweest te beweren dat dat niet zou gebeuren. Maar Hanna wist evengoed als zijzelf dat er van alles kon gebeuren zodra het gedreun van vliegtuigmotoren klonk.

'De reactie van je lichaam,' begon ze ten slotte, 'is geen graadmeter voor je mentale gezondheid.'

'Maar waar ligt het dan aan?' Christina voelde zich wanhopig. 'Waarom kan ik dat niet achter me laten? Het gewoon vergeten? Waarom verdwijnt het niet vanzelf?' *Net zoals mijn geluk en de mooie tijden van toen verdwenen zijn*, voegde ze er in stilte aan toe. 'Dat lukt andere mensen toch ook?' zei ze mat.

Christina besefte goed dat Hanna niet wist waarover ze het had. Die wist niet wat er was voorgevallen, wat ze had gezien. Maar ze had wel altijd het gevoel gehad dat ze haar begreep.

'Ik weet dat je niet wilt praten over wat er is gebeurd,' antwoordde Hanna. 'Maar misschien wil je erover nadenken of je datgene wat je doet, dus vluchten voor vliegtuigen, niet onder woorden zou willen brengen. Dat kan een eerste stap zijn om ervanaf te komen.'

Christina schudde verschrikt haar hoofd. 'Nee, dat... is onmogelijk. Ik...'

'Je hoeft het mij niet te vertellen. Niemand van ons. Maar wie weet kom je eens iemand tegen die je zo vertrouwt dat je het tegen hem of haar wilt zeggen. Dat kan een arts zijn of...'

Christina viel haar in de rede. 'Een arts zou er niets van begrijpen!' Haar hart bonsde heftig in haar borst. De mensen hadden destijds al geprobeerd haar haar geheim te ontfutselen. Maar ze zou het misschien wel tot haar laatste dag met zich meedragen.

'Ik had vroeger ook zulke aanvallen, en toen dacht ik dat ook,' zei Hanna zacht. 'Ik heb mijn leven er zo goed mogelijk op ingesteld, gewerkt... Ik heb geprobeerd vat op mezelf te krijgen. Tot de dag waarop ik naar Engeland ben gereisd.'

'Ben je in Engeland geweest?' vroeg Christina.

'Ja, en daar werd ik getuige van een tragisch voorval. Iemand liet zich uit het raam vallen en overleed. Ik was volledig buiten mezelf en de paniek die ik al een tijdlang niet had gevoeld, overviel me totaal. Maar toen ontmoette ik een jonge vrouw, een secretaresse. Ze stuurde me naar een psychiater. Een arts voor de ziel. In het begin was ik sceptisch, maar op dat punt... Ik wilde zo niet verder leven. Dus ben ik naar hem toe gegaan en heb met hem gepraat.'

'Kon hij je genezen?'

'Hij kon me helpen. Door me gereedschap mee te geven, zodat ik situaties waarin ik gewoon geen adem meer kreeg beter kon verdragen.'

'Toch kan ik het niet,' antwoordde Christina. 'Nog niet. Misschien ooit wel, maar nu niet.'

'Dat begrijp ik, kind.' Hanna glimlachte haar opbeurend toe. 'En je moet altijd onthouden dat ik er voor je ben. We zijn er allemaal voor je, want in Waldfriede zijn we één familie.'

~

Toen Christina was weggegaan haalde Hanna de brief tevoorschijn die dr. Conradi haar had gebracht. Er was niet voldoende licht geweest om hem te lezen, bovendien had ze sinds een paar maanden een leesbril nodig.

Ze had Christina erover kunnen vertellen, maar dat wilde ze voor een andere keer bewaren, als haar beschermeling niet zo overstuur was. Wanneer haar verleden haar overweldigde, was Christina nauwelijks in staat iets anders op te nemen. Bovendien had Hanna haar nog niets over de afzender verteld.

Een droevige glimlach gleed over haar gezicht en ze streek met haar vinger over de inkt. De naam Lilly Kirsch wekte herinneringen aan een periode waarin de verschrikkingen van de afgelopen jaren zich al aankondigden. Zouden ze destijds iets hebben kunnen doen om de loop van de geschiedenis tot staan te brengen?

Ze herinnerde zich de jonge kinderverpleegster nog goed. Ook professor Kirsch, die als een van twee Joodse artsen uit het ziekenhuis moest vertrekken toen de nazi's de zogenoemde Wet voor het herstel van de beroepsambtenarij hadden uitgevaardigd, die Joden uitsloot van het werken in de openbare dienstverlening en in ziekenhuizen.

Kirsch was een zeer competente arts geweest, die geliefd was bij zijn patiëntjes en hun ouders. In zijn verpleegster Lilly had hij de grote liefde gevonden. Met haar en haar zoontje Benjamin was hij toen naar Praag verhuisd, waar hij een nieuw leven wilde opbouwen. Maar die vredige tijd had niet lang geduurd. De nazi's hadden grote delen van Tsjecho-Slowakije onder Duits protectoraat gesteld, wat opnieuw represailles tot gevolg had. Een paar jaar na hun bruiloft had Hanna hen uit het oog verloren en toen brieven van Lilly uitbleven, had ze met het ergste rekening gehouden.

Maar nu had ze eindelijk een brief van haar in haar hand. Wat zou ze schrijven? Hanna had de afgelopen jaren geleerd dat brieven niet altijd goed nieuws brachten.

Ze haalde diep adem, maakte de envelop open en begon te lezen.

*Lieve Hanna,*

*In de hoop dat het jou en je collega's in Waldfriede goed gaat, stuur ik je een levensteken van ons gezinnetje.*

*Zoals je wel hebt gezien aan de afzender wonen we nu in Palestina, dat misschien al Israël heet tegen de tijd dat deze brief jou bereikt. Het was een lange weg om hier te komen, maar we zijn blij dat we de kans hadden deze stap te wagen. Na alles wat er is gebeurd was terugkeren naar Duitsland voor ons geen optie meer. Maar laat ik niet op de zaken vooruitlopen.*

Hanna legde de brief neer. Ze werd overvallen door onrust. Lilly sprak van 'we', maar daarmee kon ze haar beide kinderen bedoeld hebben: Benjamin, die zij zelf nog had ontmoet, en haar dochter Anouk, die begin 1937 geboren was. Maar hoe zat het met haar man, de professor?

*Helaas hebben we destijds met onze vlucht naar Praag een grote inschattingsfout gemaakt. Je weet natuurlijk dat de nazi's ook naar ons toe kwamen en met hen kwam hun haat voor het volk van mijn man mee. Alles begon weer van voor af aan. De bruin-*

*hemden bedreigden iedereen die er maar enigszins Joods uitzag. Rudolph raakte zijn praktijk kwijt, die hij slechts een paar jaar eerder had geopend, en we dreigden gedwongen te worden naar het getto te verhuizen. Daarbij kwamen pogingen mijn man en mij van elkaar te scheiden. Ik was in hun ogen immers een arische vrouw die 'bloedschande' beging, zoals zij het noemden. Onder de druk van deze gebeurtenissen zagen we geen andere mogelijkheid dan Praag te verlaten.*

*Al die tijd was Rudolf erin geslaagd contact met een man in Berlijn te houden die Joodse gezinnen voor emigratie naar Palestina zocht om daar gezamenlijk een nieuw leven op te bouwen. We hebben algauw besloten Europa te verlaten. Rudolphs vermoedens met betrekking tot de nazi's waren in het verleden steeds bevestigd.*

*Op het zogenoemde 'Bureau voor de regulering van de Joodse kwestie in Bohemen en Mähren' deden ze begin 1940 nog erg hun best om van mensen zoals wij af te komen. Omdat Rudolph en ik over flink wat spaargeld beschikten, konden we alle kosten en ook de opgelegde extra heffingen voldoen. We hebben veel mensen meegemaakt die daartoe niet in staat waren en door geüniformeerde lieden vernederd en mishandeld werden.*

Hanna sloot haar ogen. Ze was opgelucht dat Lilly en de professor hun sprong in het ongewisse nog op tijd was gelukt, maar wat hadden de Duitsers hun medemensen toch een leed aangedaan!

*Onze vreugde over het feit dat we aan dat barbaarse regime waren ontkomen werd bijna tenietgedaan door maanden van vermoeienissen en onzekerheden. Eerst hoorden we van de autoriteiten dat we naar Amerika moesten gaan, en toen moesten we weer dagenlang op het schip blijven omdat het geen toestemming kreeg om de haven binnen te lopen. Anouk was destijds pas drie jaar en begreep niet waarom we van thuis weg hadden gemoeten. Benjamin had er veel verdriet van dat hij opnieuw zijn vrienden was kwijtgeraakt. Hij had heimwee en was bang voor wat ons in dat onbekende land wachtte. Ook wij wisten dat niet en we konden dan ook slechts proberen onze eigen zorgen niet al te veel aan de kinderen te laten merken.*

*Rudolf hoopte dat hij in Palestina weer als arts zou mogen werken en ook ik wilde mijn beroep weer opnemen zodra we iemand hadden gevonden die overdag op Anouk kon passen. Maar we beseften dat het een lange, moeizame weg kon worden.*

*Toen we in de zomer van 1940 uiteindelijk Jaffa bereikten, dat evenals het hele gebied Palestina onder Brits mandaat stond, waren we moe en aan het eind van onze krachten. We hadden echter geluk. Een Joods gezin nam ons in huis en steunde ons bij onze inburgering. Natuurlijk waren er artsen nodig en Rudolphs talenkennis maakte het hem een stuk makkelijker om een aanstelling in een ziekenhuis te vinden. Dankzij onze aardige hospita, die voor Anouk zorgde als we allebei weg waren, kon ik zelf een baan als verpleegster aannemen.*

*Hitler en zijn beulsknechten lieten ons desondanks niet los. Vol afgrijzen hoorden en lazen we de berichten over de massamoord op onze medemensen. Rudolph verwijt zichzelf nog steeds dat hij niet nog meer vrienden ertoe heeft kunnen overhalen zich bij ons aan te sluiten. Velen hoopten op een wonder, de meesten konden zich emigratie niet veroorloven of wilden ons geld niet aannemen. En zo moesten we machteloos toezien hoe ze in de treinen naar Theresienstadt of Auschwitz verdwenen en nooit meer terugkwamen.*

*Ik hoop van harte dat jij nog in leven bent, lieve Hanna, en dat je mijn brief misschien kunt beantwoorden. We kijken nog steeds naar Duitsland en zien wat er bij jullie allemaal gebeurt. Ondanks alle verschrikkingen die Duitsland heeft veroorzaakt hoop ik dat het nu in een beter land verandert. Misschien zien we elkaar ooit terug. Tot dan stuur ik je mijn beste wensen. Ik hoop dat je gezond blijft.*

*Met hartelijke groeten, ook aan dr. Conradi, die naar ik hoop nog steeds onder ons is,*

*Lilly*

Hanna haalde diep adem. Dat Lilly, professor Kirsch en hun kinderen waren ontkomen aan vervolging en de dood vervulde haar met grote vreugde. Tegelijkertijd kon ze wel huilen. Wat had het makkelijk anders kunnen aflopen! Er waren zo veel Joodse levens verloren gegaan. Zo veel families uiteengerukt of weggevaagd.

Ze schoof de brief opzij en wreef in haar ogen.

Ze moest het zien als een teken van hoop. Wat er ook nog allemaal op hen af zou komen, als Lilly en Rudolph erin geslaagd waren te overleven, zouden ook zij de problemen van de nieuwe tijd het hoofd kunnen bieden.

# 11

*Zehlendorf, 30 mei 1948*

Het gekwetter van de vogels drong zo luid tot de vergaderkamer door dat Hanna wel moest opstaan om de ramen te sluiten. Daarbij viel haar blik op de fruitbomen met aan de takken niet alleen diepgroene bladeren maar ook hier en daar nog wat late witte bloesem. Afgaande op deze pracht konden ze zich verheugen op een overvloed van appels en kersen in de komende zomer.

Ze nam zich voor Lilly er een foto van te sturen, en misschien ook een van het personeel. Dr. Meyer had zijn fototoestel door de chaotische oorlogsjaren heen weten te redden, in tegenstelling tot zijn auto, die gestolen was.

Ze had de brief die ze van haar voormalige collega had gekregen ook aan dr. Conradi laten lezen, die erg opgelucht was geweest. Kort daarna had ze haar antwoord met daarin een uitnodiging aan Lilly gestuurd en ze hoopte dat ze die ooit zou aannemen en hen zou komen opzoeken.

De stem van Ernst Müller haalde haar terug in het hier en nu. 'Het schijnt dat we binnenkort een nieuwe valuta krijgen. Om te beginnen in de westelijke sectoren.'

'Dat zal de Russen niet bevallen,' stelde dr. Conradi vast. 'Je krijgt toch al het idee dat de partijen elkaar niet echt mogen.'

'Ja, de eensgezindheid uit de oorlogstijd was gauw verdwenen,' merkte directrice Ida op. Ze nipte aan haar waterglas. Met een kopje koffie zou de bijeenkomst aangenamer zijn geweest, maar koffiebonen hadden ze al lang niet meer gezien, en de cichoreikoffie was nodig voor de patiënten.

Hanna had de ramen gesloten en liep terug naar haar plaats. De berichten die de administrateur mee naar het ziekenhuis nam werden steeds onrustbarender.

Al enkele maanden kwamen de hoofdartsen, de hoofdzusters en de administrateur op woensdagmiddag in vergadering bijeen om met het college van bestuur de lopende zaken van het ziekenhuis te bespreken. Behalve dr. Conradi en administrateur Müller behoorden daartoe ook dr. Meyer, directrice Ida en meubelmaker Marquard, die de ambachtslieden vertegenwoordigde.

De tijd van de geneesheer-directeur die het alleen voor het zeggen had was voorbij. Hanna wist dat dr. Conradi zich al beraadde over de kwestie van zijn opvolging. Ernst Müller behartigde alle zakelijke belangen weliswaar uitstekend, maar kandidaten voor de functie van Erich Meyer als hoofdarts voor interne geneeskunde waren even moeilijk te vinden als een geschikte opvolger van dr. Conradi als geneesheer-directeur. Daarom had dr. Conradi besloten dat ze een adviesraad zouden vormen die zich als geheel zou bezighouden met de belangen van Waldfriede. Feitelijk had hij nog steeds de zeggenschap over het ziekenhuis, maar Hanna merkte dat Conradi's gezondheid zwakker werd en daarmee de wil om alle problemen die speelden aan te pakken.

'Weten we al meer over de schadeloosstelling?' wilde dr. Conradi weten. De bedragen die de militaire gezagsdragers hun in het vooruitzicht hadden gesteld, zouden uiterst belangrijk zijn voor het voortbestaan van Waldfriede en verbetering van de situatie. 'U zou immers de formulieren voor uw rekening nemen?'

'Dat heb ik ook gedaan, maar tot nu toe is er geen antwoord gekomen,' antwoordde Müller.

'Hebben andere instanties inmiddels wel een beschikking ontvangen?' wilde Hanna weten. Ze zag de zorgelijke rimpel in het voorhoofd van de dokter. De ambtelijke molens hadden ver voor de oorlog al langzaam gemalen, maar ze waren nu nog trager geworden.

'Het Hindenburg-ziekenhuis wel.' Müller fronste zijn voorhoofd. 'Misschien gaan ze alfabetisch te werk.'

'In dat geval zullen we nog jaren moeten wachten,' mompelde dr. Meyer ontstemd. 'Ondertussen verwachten ze wel dat we goed voor onze patiënten zorgen. Maar hoe moeten we dat doen als het tocht door de kieren in de vensters?'

'Ik zou hier en daar kunnen informeren of er een reden voor de vertraging bestaat,' zei Müller. 'Mogelijk weten de administrateurs van de andere ziekenhuizen wie verantwoordelijk is voor het reguleren van de toevloed van aanvragen.'

Hanna keek naar dr. Conradi. Ze kon wel raden wat hij nu dacht. Stel dat de verantwoordelijke persoon hun vijandig gezind was? Dat de betrokkene niet wilde dat ze hun oude hoge ontwikkelingsniveau zouden bereiken?

'Doe dat, broeder Müller,' zei hij met een sombere ondertoon in zijn stem. 'Doe het zo snel mogelijk.'

~

'Zuster Else wil jullie zien,' zei Henriette uit het tweede leerjaar. 'Maak af waar je mee bezig bent en ga dan naar haar onderzoekkamer.'

Christina zette het dienblad in het rek. Het was ongebruikelijk dat Else hen 's ochtends in haar kamer liet komen. Ze keek om naar Gisela, die met haar de ronde deed en juist uit de kamer van mevrouw Heinrich kwam. 'Zuster Else heeft ons laten roepen,' zei ze. 'Waar zijn Karin en Beate?'

'Hoe moet ik dat weten?' mompelde Gisela wrevelig.

Hoewel ze nu al bijna twee maanden samenwerkten en Christina niemand iets had verteld over de misselijkheid die Gisela in de verloskamer had overvallen, was het met haar nog steeds kwaad kersen eten, al reageerde Gisela haar nukken niet alleen op haar af. Ook Karin en Beate kregen ermee te maken, als Sigrun er niet bij was.

Christina slaakte een zucht en strekte haar nek. Daar zag ze Karin in de verpleegsterskamer. Ze liep naar haar toe en vroeg haar Beate op de hoogte te brengen.

Vijf minuten later stonden ze allemaal op de gang.

'Weet iemand waar het om gaat?' vroeg Beate, die haastig haar schort rechttrok.

Christina schudde haar hoofd.

'Wat kan ze nou willen?' antwoordde Gisela en ze liep weg. 'Waarschijnlijk was een van jullie weer niet vlug genoeg.'

Christina perste haar lippen op elkaar. Ze voelde boosheid opkomen. Gisela kwam vaker met zulke verwijten, die volkomen ongerechtvaardigd waren. Het was wel zo dat Gisela de stof in de klas makkelijker opnam dan alle anderen. Ze begreep alles sneller, wat waarschijnlijk kwam doordat ze over het geheel genomen een betere vooropleiding had. Christina wist dat ze haar op dat vlak niet zou kunnen verslaan. Maar als het om reinheid en punctualiteit ging, won ze het van haar.

Bij de deur van zuster Elses onderzoekkamer bleven ze staan. Gisela klopte aan. Vrijwel meteen verscheen Else in de deuropening. 'Kom binnen,' zei ze met een streng gezicht.

Het hart klopte Christine in de keel. Zou Else hebben gemerkt dat ze een paar nachten eerder de gang hadden 'geboend'?

Het was gebruikelijk dat de leerlingen die voor de nachtdienst waren ingedeeld de gang voor de patiëntenkamers poetsten. Christina wist dat al en had er ook niets op tegen, want het was 's nachts toch rustig.

Afgelopen week was ze echter ingedeeld met Karin en een meisje van de afdeling interne geneeskunde, Ricarda genaamd, omdat Beate ziek was en Gisela haar dienst had geruild om bij een receptie van haar vader aanwezig te kunnen zijn.

Deze Ricarda had een grandioos idee gehad: waarom het werk niet vereenvoudigen en nog plezier hebben ook? Dus was een van hen na het aanbrengen van de boenwas op een oud kleed gaan zitten, waarna ze zich door de anderen over de vloer had laten trekken. Het ontaardde uiteindelijk in een jolige slingerpartij die ze met onderdrukt lachen een aantal malen herhaalden. De vloer blonk naderhand prachtig... Maar als Christina eraan dacht dat de directrice hen had kunnen betrappen, kreeg ze het nog steeds benauwd. Terwijl ze naar Else keek, die voor hen heen en weer liep, zette Christina zich al schrap voor de donderpreek.

‘Zoals jullie weten zijn we een christelijk ziekenhuis, en een van de hoofdzonden is de leugen,’ begon de vroedvrouw ten slotte. ‘Daarom verwacht ik eerlijkheid van jullie.’

Christina keek opzij. Wat had dat te betekenen? Had iemand zich ergens schuldig aan gemaakt?

‘Sinds enige tijd merken mijn collega’s en ik dat er melk uit de kan voor de zuigelingen verdwijnt. Elke dag ontbreekt er wat en ik vraag me af of een van jullie stiekem iets uit de kan haalt.’

De meisjes keken elkaar aan.

‘Misschien heeft Christina eruit gedronken,’ merkte Gisela spottend op. Hoewel ze zachtjes had gesproken, had Else haar gehoord.

‘Heb je daar enig bewijs van?’ beet Else haar fel toe.

Gisela liep rood aan. ‘Nee, ik...’

‘Een collega van een vergrijp beschuldigen kan tot ontslag leiden als de beschuldigingen vals zijn!’ Elses ogen gloeiden bijna.

‘Het... Het was maar een grapje,’ zei Gisela sussend.

‘We hebben hier met een ernstige kwestie te maken, dan hebben we geen behoefte aan grappen!’

Gisela staarde naar de vloer en Else richtte nu haar blik op Christina en de andere twee. ‘Welnu, als een van jullie de melk heeft gepakt, kan ze het nu toegeven en er ongestraft mee wegkomen.’

‘Ik heb geen melk gepakt,’ zei Christina met vaste stem. Vanbinnen kookte ze. Het liefst had ze Gisela door elkaar geschud. Zij mocht dan op school niet zo goed zijn, ze was geen dievegge!

‘Ik ook niet,’ zeiden Karin en Beate haar na.

‘We weten immers dat de melk voor de zuigelingen is,’ voegde Christina eraan toe.

Else keek haar recht aan. ‘Maar iemand moet de melk hebben gepakt. Die drinkt zichzelf niet op.’

‘Nee, dat niet...’ Christina dacht na. Je kon de melkkan moeilijk laten bewaken. Daar hadden ze geen tijd voor en de dief zou lont kunnen ruiken. ‘Als we de melk op een kast zetten en iemand er vanuit de afdelingskeuken een oogje op houdt, ontdekken we de dief misschien wel!’ stelde ze ten slotte voor.

Achter haar snoof Gisela spottend. 'Je gelooft toch zeker zelf niet dat de dief zo dom zal zijn zich daar te vertonen als er iemand kijkt?'

'Het is helemaal geen gek idee,' zei zuster Else. 'Als de dief al niet boven water komt, dan wordt het in elk geval moeilijker gemaakt om de melk te stelen. We gaan het zo doen.' De vroedvrouw keek de meisjes een voor een aan en liet hen toen gaan.

Christina kookte van woede. Het was niet voor het eerst dat Gisela had geprobeerd haar bij Else in diskrediet te brengen. Dat ze haar een diefstal in de schoenen had willen schuiven, was slechts het topje van de ijsberg.

Toen ze een eindje van de kamer van de vroedvrouw verwijderd waren, pakte ze Gisela's arm.

'Wat moet dat?' protesteerde Gisela en ze keek in de richting waarin Karin en Beate waren verdwenen.

'Wat heb je eigenlijk tegen me?' vroeg Christina zachtjes. 'Heb ik je iets aangedaan, dat je het nodig vindt me zwart te maken bij zuster Else?'

'Ik heb je niet zwartgemaakt,' antwoordde Gisela. Ze probeerde zich los te rukken, maar Christina bleef haar vasthouden.

'Je wilde dat ze me vanwege die melk zou verdenken!'

'Dat was een grapje,' zei Gisela. 'Dat zei ik toch?' Ze keek haar nijdig aan. 'Je protesteert anders wel erg hard...'

'Ik heb die melk niet gepakt,' zei Christina. 'En je zou er goed aan doen je grappen voortaan voor je te houden. Je mag in de klas misschien sneller van begrip zijn dan wij, maar je hebt het helemaal aan ons te danken dat je naar de feestjes van je ouders kunt gaan. Als wij niet meer met je willen ruilen, wie dan wel?'

'Ik heb Karin en Beate niet horen klagen.' Gisela kneep haar ogen tot spleetjes. 'En jij kunt me beter met rust laten.'

'Want anders?' vroeg Christina uitdagend. 'Wat dan? Ga je proberen me iets anders in de schoenen te schuiven? Zoals je de afgelopen weken al vaker hebt geprobeerd?'

Gisela snoof en trok zich los. 'Ga liever aan je werk. Anders krijgen we er helemáál van langs van Else.' Met die woorden liep ze weg.

Christina keek haar woedend na. Ze had nooit eerder iemand als Gisela ontmoet en hoopte maar dat ze op de volgende afdeling niet meer samen met haar zou worden ingedeeld.

# 12

*Zehlendorf, 31 mei 1948*

Louis' maag knorde luid en hij had nu al spijt dat hij na niet meer dan een kopje thee van huis was gegaan. Omdat hij Hanna nergens zag, pakte hij zijn afsprakenboek, dat behoorlijk vol stond. Voor vandaag stonden er een aantal onderzoeken, waarschijnlijk een of twee bevallingen en een operatie op het programma.

Hanna stormde de spreekkamer binnen. 'Dokter, we hebben een spoedgeval!' Achter haar hoorde hij iemand zachtjes huilen.

De vrouw had een vuile, kletsnatte handdoek om haar linkerhand gewikkeld. Enkele bloeddruppels tekenden een spoor op het linoleum. De onmiskenbare geur van ijzer sloeg hem tegemoet en maakte hem licht misselijk. Vroeger was dat nooit gebeurd, maar toen had hij meestal een volle maag gehad. Catherine had er altijd op gelet dat hij voor zijn werk iets at en ook Elisabeth deed dat. Maar de voorraden waren schaars en net als vele anderen in Waldfriede had hij zijn rantsoen nog verkleind. Zijn eerste maaltijd at hij nu tussen de middag, maar tot die tijd waren er nog een paar uren te overbruggen.

'Mevrouw Mechthild Rohde, ze heeft zich verwond tijdens het puinruimen,' legde Hanna uit en ze leidde de patiënte naar de onderzoekbank.

'Ik wilde een steen pakken,' zei de vrouw jammerend en met een van pijn vertrokken gezicht. Zoals vele andere puinruimsters had ze haar haar met een hoofddoek bijeengebonden. Haar kleren zagen grijs van het stof en onder haar rok droeg ze een lange broek die haar veel te groot was. Aan haar voeten had ze zware schoenen, ook veel te groot. Mogelijk was die kleding van haar man geweest. 'Ik zag niet dat het geen steen was maar een dikke glasplaat. Onder al dat stof was het niet te zien.'

'Hebt u dan geen beschermende handschoenen?' vroeg Louis geschokt toen hij op een kruk met wieltjes bij haar ging zitten.

'Nee, waar zouden we die vandaan moeten halen?' De vrouw haalde haar neus op en wreef over haar gezicht. Daardoor kwam dat nog meer onder de vuile vegen te zitten. 'We hebben al bijna niks om aan te trekken.'

'Laat maar eens zien.' Voorzichtig sloeg hij de handdoek terug. Er spoot een straal bloed op hem af, enkele druppels kwamen op zijn gezicht en zijn witte jas terecht. Verschrikt hapte hij naar lucht. Het glas had blijkbaar een grote slagader geraakt.

'Hanna, vlug, een tourniquet!' riep hij haar toe.

Hanna, ook geschrokken van de onverwacht ernstige verwonding, draaide zich in een reflex om. Even later overhandigde ze hem de band, die met behulp van een stokje strak gedraaid werd om de bloedvoorziening van ledematen te onderbreken.

Inmiddels had zich onder de onderzoekbank al een plasje gevormd. Met vaardige handen legde Conradi de tourniquet aan en draaide hem als een bankschroef vast. Het bloeden stopte.

'Wilt u hier hechten of in de ok?' vroeg Hanna.

Louis antwoordde eerst niet. Door het vele bloed had hij niet goed kunnen zien of er ook pezen waren aangedaan. Maar nu hij de wond tamponneerde, zag hij duidelijk hoe diep die was. Als hij nu aarzelde, zou de vrouw haar hand misschien niet meer kunnen gebruiken.

'Is het heel ernstig, dokter?' vroeg de patiënte een beetje versuft.

Hoeveel bloed zou ze al hebben verloren? Toen Louis even opkeek, ving hij Hanna's bezorgde blik op.

'Goed, Hanna.' Louis draaide zich om. 'Meld het maar bij de ok. Het kan ook zijn dat we donorbloed nodig hebben. Het lab moet de bloedgroep bepalen. U assisteert me als de operatiezusters bezig zijn.'

Hanna knikte en verliet de spreekkamer.

'Raak ik mijn hand kwijt?' vroeg mevrouw Rohde angstig. Ze zag opeens heel bleek en leek een shock nabij te zijn.

'Ik zal mijn uiterste best doen om dat te voorkomen.' Louis legde zijn hand op haar schouders en kneep er zachtjes in. Toen begon hij de wond provisorisch te verbinden.

Hanna kwam even later terug met twee flinke verpleegsters, die de gewonde op een brancard tilden.

'De ok is in gereedheid. Dr. Davis was net klaar en de volgende operatie is pas later gepland.'

'Mooi, laten we opschieten.'

Louis wilde zich tot mevrouw Rohde wenden en zag toen dat ze het bewustzijn had verloren.

# 13

‘Klem,’ zei Louis en hij pakte voorzichtig met een pincet de kapotte slagader vast.

Ok-zuster Anni Grüttner, die vandaag instrumenteerde, gaf hem het gewenste aan.

Louis’ zenuwen waren tot het uiterste gespannen toen hij de klem aanbracht. Het zweet stond op zijn voorhoofd en de loepbril die hij droeg knelde bij zijn oren.

Handchirurgie behoorde eigenlijk niet tot zijn vakgebied. In de oorlog had hij ernstig verwonde ledematen meestal moeten amputeren, slechts zelden was er sprake geweest van reconstructieve chirurgie. De patiënte had enorm veel geluk gehad. Wat had ze haar hand makkelijk kunnen verliezen!

Nog voor hij haar erom kon vragen, depte Hanna lichtjes zijn voorhoofd. ‘Bedankt,’ zei hij en hij hervatte zijn werk. Zijn oren suisden.

Vezel na vezel en ader na ader voegde hij samen. Hij wist dat hij mevrouw Rohde niet kon garanderen dat ze haar hand weer net als vroeger zou kunnen gebruiken. Maar ze was nog zo jong en zou haar handen nodig hebben. Dus zou hij in elk geval een poging wagen.

‘Hoe staat het met haar bloeddruk?’ Hij keek naar zuster Grete, die aan het hoofdeinde van de operatietafel zat en regelmatig ether op het narcosemasker druppelde. Ze nam de bloeddruk op en antwoordde: ‘Honderd over zeventig.’

Dat was niet bijzonder hoog, maar ook nog niet gevaarlijk laag.

*Alstublieft, Lieve Heer*, smeekte hij in stilte. *Geef me alstublieft de rust en voldoende wijsheid om haar hand te redden.* Toen liet hij zich de naaldvoerder aanreiken.

Een half uur later werd de puinruimster naar de afdeling gebracht. Haar toestand was ondanks het bloedverlies stabiel en met de juiste verpleging zou ze gauw genezen. Of ze haar gewonde hand weer normaal zou kunnen gebruiken, zou de tijd moeten leren.

'Puinruimen is eigenlijk geen werk waarvoor ze vrouwen zouden moeten inzetten,' mompelde Louis toen hij zich samen met Hanna door de gang haastte. De operatie had nogal wat van zijn krachten gevergd en liet hem elk van zijn inmiddels drieënzestig jaren voelen.

'Er zijn alleen helaas geen mannen meer die het zouden kunnen overnemen,' antwoordde Hanna. Ook zij zag er nogal vermoeid uit. 'Veel van hen zijn nog altijd in krijgsgevangenschap. Alleen de ouderen, de kinderen en de vrouwen zijn over.'

'Maar goed dat we ons dankzij de Amerikanen geen zorgen meer hoeven te maken over koudvuur. Die nieuwe penicilline is een wondermiddel! Volgens mij komt het daardoor dat de geallieerden de Duitse troepen konden overwinnen.'

'Ik denk dat het veel meer dan dat was,' zei Hanna. 'De mensen waren oorlogsmoe. Onze soldaten hadden geen kracht meer. En velen hebben de waanzin doorzien die het volk in zijn greep had gekregen. De penicilline is slechts een van de zegeningen die de overwinning van de geallieerden ons heeft gebracht.'

Dat kon Louis alleen maar met haar eens zijn. Duitsland mocht dan in puin liggen, maar wat zou er zijn gebeurd als Hitler had kunnen doorgaan? Hoeveel nieuwe verschrikkingen waren er dan op hen afgekomen?

'Nu we het er toch over hebben,' zei Hanna, 'wat vindt u, moeten we een verzoek indienen om onze voorraad penicilline te vergroten? We hebben nog wel wat, maar dat zal binnenkort opraken.'

'De laatste tijd heb ik het gevoel dat ik voortdurend de smekeling moet spelen,' zei Conradi vermoeid. 'Maar u beheert de apotheek, Hanna. U weet het best hoe hard de geneesmiddelen lopen.'

'Ja, vandaar mijn vraag. Gevallen zoals met deze arme vrouw zullen de komende tijd niet in aantal afnemen.'

'Goed, ik zal zorgen dat we een nieuwe voorraad krijgen. Ik wilde toch al met Ernst Müller gaan praten. Ik heb het organiseren van de bestellingen aan hem overgedragen.'

Hij had zijn zin nauwelijks uitgesproken of er werd aan de spreekkamerdeur geklopt.

'Heeft mevrouw Rohde iets vergeten?' vroeg hij en hij keek om zich heen.

Toen kwam administrateur Müller binnen. Hij had papieren in zijn handen. 'Goedemorgen, neem me niet kwalijk dat ik u tijdens het spreekuur lastigval,' zei hij en hij overhandigde Conradi de documenten. 'Ik vrees dat ik geen goed nieuws voor u heb, dokter.'

Louis keek ernaar en voelde opeens een knoop in zijn maag. 'Dat kan toch niet waar zijn?'

# 14

‘Ik heb geen flauw idee wat er met Gisela aan de hand is,’ zei Christina klagend tegen Selma tijdens het middagmaal. Ze slaagden er niet altijd in om samen te eten, maar vandaag was het zo’n dag en daar was ze heel dankbaar voor. ‘Else heeft ons gisteren allemaal bij zich geroepen omdat er melk voor de zuigelingen was verdwenen. Gisela wist niets beters te doen dan mij te beschuldigen.’

Selma zette grote ogen op. ‘Dat kan toch niet waar zijn?’

‘Zuster Else wees haar terecht, waarna ze zei dat het maar een grapje was geweest.’

‘Slechte grap.’ Selma schudde haar hoofd. ‘Heb je haar erop aangesproken?’

‘Ja, dat heb ik in elk geval geprobeerd. Maar ze... Ze zei weer dat het een grapje was geweest. Ze gedraagt zich heel afwijzend tegen me en ik heb geen idee waarom. Ik heb immers niemand over dat voorval verteld.’

‘Voorval?’

Christina hield verschrikt haar mond. Zou ze Selma in vertrouwen kunnen nemen? ‘Iets in de verloskamer,’ antwoordde ze. ‘Ik heb beloofd er niet over te praten.’

‘Waarom doet ze dan zo?’

Christina haalde haar schouders op. ‘Ik heb geen flauw idee. Ze schijnt te denken dat ze beter is dan anderen. Misschien is dat ook zo. Haar ouders hebben een villa aan de Rehwiese. Ik weet eigenlijk niet wat ze hier te zoeken heeft. Zouden haar ouders niet liever hebben dat ze op zoek gaat naar een rijke echtgenoot?’

‘In deze tijd zijn rijke mannen dungezaaid,’ gaf Selma ter overweging en ze nam een hap van de gruttenstoof. ‘Of misschien probeert ze door haar houding iets te verbergen.’

‘Wat dan?’

‘Hoe groter en deftiger het huis, des te donkerder de schaduwen in de hoeken, zei mijn moeder als ze weer eens had gehoord over een rijke man die zijn vrouw of zijn kinderen slecht behandelde. Wie weet is dat bij Gisela ook het geval.’

‘Daar had ik nog niet aan gedacht,’ zei Christina. ‘Mijn indruk was altijd dat rijke mensen het beter hadden.’

‘Dat kan wel zo zijn,’ zei Selma. ‘Ze mogen het beter hebben, maar maakt het ze gelukkiger? Houden ze meer van hun familie alleen omdat hun provisiekast gevuld is?’

‘Niet per se.’ Christina slaakte een diepe zucht en nam zelf een paar hapjes. De kokkin moest verse wortelen uit de kas hebben gekregen, want de stoofschotel smaakte veel beter dan anders. Dat wilde ze niet laten bederven door gedachten aan Gisela, dus vroeg ze Selma: ‘Hoe zit het eigenlijk met je aanbidder?’

Zoals altijd als Gerhard ter sprake kwam kreeg haar vriendin meteen een kleur. Het was onmiskenbaar dat ze hem leuk vond.

‘Hij is niet mijn aanbidder. Hij... is gewoon een jongen die... in me geïnteresseerd lijkt te zijn.’

‘Behoorlijk geïnteresseerd,’ zei Christina. ‘Hij kan tijdens de les zijn ogen niet van je afhouden.’

Selma’s wangen werden nog roder. ‘Ik wou dat ik wat meer tijd met hem kon doorbrengen. Maar ’s avonds ben ik thuis en hij woont hier. En voor zover ik weet zou de directrice het hoe dan ook niet waarderen als een zuster naar de kamer van de enige jonge leerling-verpleger ging. Bovendien deelt hij zijn kamer met een van de arts-assistenten.’

‘Maar misschien kunnen jullie eens gaan wandelen. Een rondje om de Krumme Lanke of de Schlachtensee.’

‘Ik weet niet hoe mijn pleegouders daarop zouden reageren.’ Selma legde haar lepel neer. Er lag een zorgelijke uitdrukking op haar gezicht. ‘Ze zijn er heel streng op dat ik niet loop te lanterfanten. Er is geen denken aan dat ik ’s avonds mag uitgaan.’

'Niet dat we daartoe vaak gelegenheid krijgen,' antwoordde Christina.

Selma richtte haar blik op Christina. 'Jij hebt het goed voor elkaar,' zei ze. 'Niemand let er bij jou op wat je doet.'

Christina schudde haar hoofd. 'Nee, dat is niet waar. Ik heb dan wel mijn eigen kamer, maar zuster Hanna zou het zeker niet goedkeuren als ik liep te lanterfanten.'

'Zuster Hanna? Dokter Conradi's spreekuurassistente?'

Christina knikte. 'Ze heeft me onder haar hoede genomen toen ik hier aankwam. Ze is bijna een soort...' Ze stokte. Wat was Hanna eigenlijk voor haar? Een tante? Voor een zus was ze te oud. 'Een soort surrogaatmoeder,' vervolgde Christina. 'Mijn eigen moeder is... is dood.'

'Wat erg voor je.' Selma raakte voorzichtig haar arm aan.

Christina schudde het opkomende gevoel van eenzaamheid af. 'Hanna heeft zich om me bekommerd toen ik naar het ziekenhuis was gebracht. En ze heeft ervoor gezorgd dat ik mocht blijven.' Ze knikte, alsof ze het voor zichzelf wilde bevestigen. 'Ja, surrogaatmoeder omschrijft het wel aardig. Als ik stiekem het ziekenhuisterrein zou verlaten om een man te ontmoeten, zou het huis te klein zijn.' Ze schoot in de lach en Selma deed mee.

'Misschien moet je je pleegouders vragen of je hem eens mee naar huis mag nemen,' zei Christina.

'Daar is het te vroeg voor. Ik zei al dat ze niet graag zouden zien dat ik met jongens afspreek. Maar...' Ze kreeg een idee waarvan haar ogen begonnen te stralen. 'Maar als ik nou zeg dat ik naar jou toe ga...'

'Wil je je pleegouders voorliegen?' Christina betwijfelde dat dat de juiste aanpak zou zijn. Meneer en mevrouw Baumann leken Selma goed te behandelen, waarom zouden ze dan geen begrip tonen?

'Ik zie geen andere mogelijkheid.' Selma slaakte een zucht. 'Gunda en Horst zijn lieve mensen, maar ze zijn een beetje te... beschermend. Soms heb ik het gevoel dat ik stik.'

'Dan moet je het daar met hen over hebben.'

'Dat heb ik geprobeerd,' antwoordde Selma. Toen keek ze Christina smekend aan. 'Het zou echt alleen maar om een bezoekje gaan.'

Christina kreeg een onbehaaglijk gevoel. Voor een vriendin zou ze bijna alles overhebben, maar ze wist al te goed wat de consequenties konden zijn.

'Alsjeblieft!' Selma legde haar hand op Christina's arm en bleef haar smekend aankijken. 'Ik beloof je dat we geen domme dingen zullen doen. Gewoon een wandelingetje om het meer, dat is alles.'

'Zouden je pleegouders het wel goedvinden als je naar mij toe gaat? Na dat... voorval met mij?'

'Ze hebben niets op je tegen. Ze zien je als een oorlogsslachtoffer dat niets aan haar trauma kan doen en mededogen verdient.'

Christina trok haar wenkbrauwen op. Selma's directheid onthutste haar. 'O, dat is geruststellend...'

'Neem het ze niet kwalijk,' zei haar vriendin vlug. 'Ze hebben toch wel een beetje gelijk? Je zou vast niet zo hebben gereageerd als je goede ervaringen had opgedaan.'

Christina forceerde een scheef glimlachje. Zonder de bijzonderheden te kennen had Selma de spijker op zijn kop geslagen. Wat ze had meegemaakt, zou waarschijnlijk iedereen angst voor vliegtuigen bezorgen. Hoewel er werd gezegd dat de bommenwerpers waren omgebouwd, vertrouwde ze die monsters in het luchtruim voor geen cent. Maar dit was niet het moment om het daarover te hebben.

'Goed dan,' zei Christina. 'Wanneer wil je met je aanbidder gaan wandelen?'

~

'Zit Wiedemann er nog steeds?' vroeg Hanna ongelovig nadat de dokter haar briesend van woede de brief in de hand had gedrukt, zodat ook zij hem kon lezen. Ernst Müller was de kamer alweer uit.

'Ja, Wiedemann. Het ziet ernaar uit dat hij niet alleen de oorlog heeft overleefd, maar ook voor elkaar heeft gekregen dat zijn verleden in het vergeetboek is geraakt.'

'Maar hoe is dat mogelijk?' vroeg ze verbijsterd. 'Hij zat nota bene op het ministerie van Volksgezondheid! Hij was lid van de Partij!'

Conradi slaakte een diepe zucht. 'Blijkbaar heeft hij zijn partijboekje op tijd weggegooid.' Hij liet zich op de stoel achter zijn bureau vallen. 'Ik dacht dat we met het einde van de oorlog van hem verlost waren. Dat hij net als andere slaafjes van Hitler gevangen was gezet. Toen ik zijn naam daar zag staan... Ik dacht dat ik de grond onder mijn voeten voelde wegzakken.'

Hanna herinnerde zich de dag waarop ze de naam Gunter Wiedemann voor het eerst gehoord had nog goed. Al bijna dertig jaar, sinds Waldfriede door de gemeenschap van zevendedagsadventisten was overgenomen, hing de naam Wiedemann als het zwaard van Damocles boven het ziekenhuis. Telkens als ze hem bijna waren vergeten was hij weer opgedoken. Na zijn aanvankelijke poging om het ziekenhuis te onteigenen had Wiedemann zijn best gedaan achter de afkomst van dr. Conradi en zijn eerste vrouw Catherine te komen. Hij hoopte waarschijnlijk in de documenten een reden te ontdekken om hem Waldfriede af te pakken, vooral omdat hun geloofsgemeenschap ervan werd verdacht een joodse sekte te zijn.

Nadat dr. Conradi deze verdenking had weten te weerleggen verscheen Wiedemann voor een inspectie, die kennelijk ook bedoeld was om hun schade te berokkenen. Kort voor het einde van de oorlog werd tegen de dokter nog aangifte bij de Gestapo gedaan. Tot dusver was de naam van de aangever niet teruggevonden. Het einde van de oorlog had nader onderzoek verhinderd, maar Hanna vermoedde dat Wiedemann ook de hand in die aangifte had gehad.

'Waarschijnlijk hebben zijn meerderen geen idee wat voor mens hij is,' zei Hanna woedend.

'Daar zult u wel gelijk in hebben. Maar wat moeten we nu? Hij zal zeker zijn uiterste best doen om ervoor te zorgen dat we ons geld zo laat mogelijk krijgen. Als we het al krijgen. Hij heeft altijd al geprobeerd ons tegen te werken. In het ergste geval zou hij ons in het verderf kunnen storten! Als ze bij Volksgezondheid merken dat we onze ziekenzalen nog steeds voor een deel met hout en papier afdichten...'

'Ziekenhuis Waldfriede is een prominente instelling in Zehlendorf. Ze kunnen ons toch niet zomaar passeren?' Hanna dacht even na en kreeg een idee. 'Weet u nog, toen met die bouwvergunning?'

De dokter fronste zijn voorhoofd. 'U bedoelt dat ik hem voor het ontbijt moet uitnodigen?'

'Nee, dat bedoel ik niet,' antwoordde Hanna. 'Niemand krijgt me zover dat ik marmelade en sardientjes in blik voor Wiedemann ga halen. Ik bedoel dat u toen naar de afdeling Bouw- en Woningtoezicht bent gegaan. Daar trof u toch een ambtenaar die ons welgezind was? Misschien moet u zich tot het militaire bestuur wenden, tot het Geallieerde Commando. We hebben Amerikaanse militairen meegemaakt die ons geloof aanhangen.'

Dr. Conradi dacht even na en knikte toen. 'Ja, misschien hebt u gelijk. En als ik daar toch ben, kan ik mogelijk ook bewijzen laten zien waardoor Wiedemann uit zijn functie wordt ontheven. Het zou vast niet alleen voor ons gunstig zijn als ze bij de geallieerden van zijn verleden weten.'

Hanna knikte. 'Het is best mogelijk dat hij bij het tegenhouden van onze aanvraag eigenmachtig handelt.' Ze keek de dokter aan, die een grimmige vastberadenheid uitstraalde. Ze kon wel vermoeden wat er in hem omging.

'Wat staat er voor vandaag op het programma?' vroeg hij ten slotte.

'Vanmiddag twee patiëntes, maar nog niets voor de ok.'

Hij knikte en balde zijn vuisten. 'Ik zal proberen een afspraak te maken met degenen die erover gaan.'

# 15

*Zehlendorf, 9 juni 1948*

Toen Louis het hoofdkantoor van het Geallieerde Commando aan de Kaiserswerther Strasse 16 in Dahlem naderde, klopte hem het hart in de keel. Hij was voor het laatst zo gespannen geweest over een bezoek aan een overheidskantoor toen hij in 1919 door Gunter Wiedemann op het ministerie van Binnenlandse Zaken was ontboden. Onder zijn arm droeg hij een map met alles wat er door de jaren heen bij hen aan door Wiedemann ondertekende documenten was binnengekomen. Elk ambt dat deze sinds 1919 had bekleed was daarop te zien.

Louis wist van de procedure van denazificatie, maar het was onwaarschijnlijk dat Wiedemann die al had doorlopen. Net als Hanna vermoedde Louis eerder dat hij zich door middel van vuur van zijn verleden had ontdaan.

Het rood met grijze gebouw had ooit gediend als behuizing van de Federatie van Brandverzekeraars, maar daarna had het Duitse Arbeidsfront er zijn financiële afdeling in ondergebracht. Zoals veel gebouwen in Dahlem was ook dit door de bombardementen beschadigd. Het oorspronkelijke leistenen dak was eerst door een nooddak vervangen, maar inmiddels weer in de oude staat teruggebracht. Louis had geruchten gehoord dat er kort na de oorlog speciaal arbeiders waren aangetrokken om het hoogste bestuurscollege van de vier geallieerden een passende zetel te verschaffen.

Het imposante portaal bestond uit licht kalksteen, in de hoge ruiten werd de middaghemel weerspiegeld. Achter de ramen, die op een kier stonden, klonk geratel van schrijfmachines. Een paar mannen in diverse uniformen stonden op de smalle strook gras te roken. Voor het gebouw en in de aangrenzende zijstraten waren militaire voertuigen geparkeerd.

Louis rechtte zijn rug en liep naar het hek. De beide wachtposten hadden hem al in het oog en vroegen naar de reden van zijn komst.

'Ik heb een afspraak met sergeant Henderson. Het gaat om een melding die ik wil doen.' Louis had het gevoel zich te verlagen tot het niveau van de verklikkers die voortdurend naar het arbeidsfront en andere overheidsinstanties waren gelopen om Waldfriede in diskrediet te brengen. Deze kwestie was echter te belangrijk om op zijn beloop te laten.

De wachtposten controleerden zijn papieren en lieten hem toen passeren. Nadat hij in de indrukwekkende ontvangsthal even om zich heen had gekeken liep hij naar de ontvangstbalie, waar hij opnieuw het doel van zijn komst noemde. De man met de brede snor stuurde hem naar boven, naar kamer 12.

Onderweg kwam hij een aantal hooggeplaatste militairen tegen. Zouden ze vandaag weer vergaderen? Vertegenwoordigers van alle vier de zegenvierende mogendheden kwamen regelmatig bij elkaar om te overleggen over het lot van Berlijn en Duitsland. Al in een vroeg stadium hadden er spanningen in de lucht gezeten, vooral tussen de westerse geallieerden en de Sovjet-Unie. Die schenen heviger te zijn geworden nu er een valutahervorming was voorgesteld. Niemand wist hoe de Sovjets zouden reageren als er voor de westerse bezettingszones een nieuwe valuta zou worden ingevoerd. Dat ze er wat de Oostzone betreft niet in zouden meegaan hadden ze al vroegtijdig duidelijk gemaakt.

Hij vond het kantoor van de sergeant en omdat hij door de deur heen stemmen hoorde, ging hij zitten op een van de klapstoeltjes die aan de muur waren gemonteerd. Een blik op zijn horloge vertelde hem dat hij nog vijf minuten had. Bedachtzaam streek hij over het leren bandje. Catherine had hem het horloge voor hun twintigste trouwdag cadeau gedaan. Weemoedig dacht hij terug aan die dag, aan de glimlach van zijn eerste vrouw. Het was alweer acht jaar geleden dat ze was gestorven, maar het besef dat ze veel te vroeg uit het leven was gerukt deed nog steeds pijn. Soms, als hij thuis in gedachten verzonken zijn werkkamer uit kwam, verwachtte hij Catherine in de woonkamer aan te treffen. Als hij Elisabeth dan zag zitten, schrok hij even en wist hij weer dat Catherine nooit meer met hem zou praten, nooit meer naar hem zou glimlachen.

Af en toe reed hij naar Werder, waar hij haar graf bezocht. Dan praatte hij met haar en vertelde hij over het wel en wee van Waldfriede. Hij verbleef zelden lang in hun zomerhuis. Enerzijds omdat de herinneringen daar al te aanwezig waren, want Catherine had dat huis ingericht. Ze had ervan gehouden en ze hadden er samen hun oude dag willen doorbrengen. Anderzijds omdat hij zich ongemakkelijk voelde door de aanwezigheid van het Rode Leger in het gebied.

Een mannenstem haalde hem uit zijn overpeinzingen. 'Mr Conradi?' Zijn hoofd schoot omhoog en hij keek in het gladgeschoren gezicht van een ongeveer veertigjarige militair, die in hemdsmouwen voor hem stond.

Hij corrigeerde hem: 'Dr. Conradi,' en ging meteen verder in de taal van zijn moeder, die Amerikaanse van geboorte was geweest. '*Are you sergeant Henderson?*'

De man trok verbaasd zijn wenkbrauwen op en knikte toen. '*Yes, I am*,' antwoordde hij en hij ging in het Engels verder: 'Ik had niet verwacht dat u mijn taal zou spreken.'

'Mijn moeder was Amerikaanse en mijn vader heeft lang in de Verenigde Staten gewoond,' verklaarde Louis. 'Ik ben zelf in Battle Creek geboren, in de staat Michigan. Misschien hebt u daar wel eens van gehoord?' Hij begon zich iets zekerder te voelen. Hij was praktisch een landgenoot van deze militair! En hij had het voordeel dat hij nooit lid van de NSDAP was geweest.

'Komt u maar mee en maak uw verzoek kenbaar.'

Henderson ging Louis voor naar een kantoor waar tot zijn verbazing geen sigarettenrook hing. In de zonnestralen die door het venster vielen dwarrelde alleen wat stof. De stellingkasten stonden vol ordners, slechts een van de schappen bevatte boeken. Louis had van de controles op wetenschappelijke en populaire literatuur gehoord. Ook de publicaties van enkele collega-artsen waren eraan onderworpen. Het was de bedoeling de geest van het nationaalsocialisme zo grondig mogelijk uit te roeien.

'Hoe komt een Amerikaanse arts ertoe in Duitsland te gaan werken?' vroeg Henderson nadat hij aan een enorm bureau was gaan zitten.

'Ik heb beide nationaliteiten,' zei Louis.

De blik die Henderson hem toewierp vroeg om nadere uitleg. Voor een Amerikaan moest het moeilijk te begrijpen zijn waarom een landgenoot in nazi-Duitsland was gebleven.

'Ik ben de oprichter van ziekenhuis Waldfriede. We zijn in 1920 van start gegaan. U zult begrijpen dat ik mijn levenswerk niet zomaar kon achterlaten.'

'Bent u lid van de nazipartij geweest?'

'Nee,' antwoordde Louis. 'Ik ben adventist.'

'Voor zover ik weet, waren er ook adventisten met een Partijboekje.'

'Dat klopt, maar ik ben niet een van hen.' Er liep een rilling over zijn rug. Hij had het gevoel aan een verhoor te worden onderworpen. 'Dat kunt u altijd nagaan. Dan zal u ook opvallen dat ons ziekenhuis zich niet heeft schuldig gemaakt aan handelingen tegen de menselijke waardigheid.'

Henderson hief sussend zijn handen. 'Ik wilde niet de indruk wekken dat u zich moet verdedigen,' zei hij. 'Laten we het over de reden van uw bezoek hebben.'

'Het gaat eigenlijk om twee kwesties,' antwoordde Louis en hij legde zijn map op het bureaublad. 'Volgens besluit van het geallieerde militair gezag mogen door oorlogsschade getroffen instellingen gelden voor de wederopbouw aanvragen. Helaas ontstaat daarbij vertraging en ons is medegedeeld dat we helemaal onder aan de lijst staan en dat bespoediging niet mogelijk is, ook al dragen wij de zorg voor het lichamelijk welzijn van de mensen in Zehlendorf.'

'Zaken die de geneeskunde betreffen liggen niet op mijn terrein,' zei de sergeant meteen afwerend.

'Daarvan ben ik me bewust, maar de reden van de vertraging zou u kunnen interesseren.' Louis opende de map en overhandigde hem de brief die Ernst Müller hem had gegeven. 'De betrokken ambtenaar is Gunter Wiedemann. Die naam zegt u misschien niets. Het is mogelijk dat niet bekend is wie deze meneer Wiedemann is en welke positie hij bij de nationaalsocialisten innam.'

De sergeant produceerde een spottend lachje. 'U wilt hem bij ons in diskrediet brengen?'

'Ik wil ervoor zorgen dat wordt gecontroleerd of iemand die in het verleden heel veel narigheid heeft veroorzaakt wel op de juiste positie zit.' Louis voelde zijn hart in zijn keel kloppen. Hij schaamde zich een beetje dat hij, zoals de sergeant terecht had opgemerkt, iemand in diskrediet wilde brengen. Mensen als hun stoker Kowalski, die zich sinds de oorlog schuilhield, hadden dat met hemzelf en zijn personeel ook gedaan. Het was echter de enige mogelijkheid om zich tegen Wiedemann teweer te stellen.

'Wat voor narigheid zou hij dan hebben veroorzaakt?'

De neerbuigende spottende toon waarop Henderson sprak ergerde Louis, maar hij dwong zichzelf tot kalmte. Dat je in de omgang met militairen voorzichtig en diplomatiek moest zijn, had hij de afgelopen jaren wel geleerd.

'Hij heeft na de Eerste Wereldoorlog bij het ministerie van Binnenlandse Zaken gewerkt en geprobeerd ziekenhuis Waldfriede te onteigenen. Hij heeft een van mijn medewerkers omgekocht en ertoe aangezet hem documenten uit het ziekenhuis te verschaffen. Na de machtsgreep van Hitler werkte hij bij het ministerie van Volksgezondheid. In die functie heeft hij van mijn vrouw en mijzelf een bewijs van arische afstamming geëist, waarschijnlijk in de hoop te kunnen bewijzen dat we van Joodse afkomst waren. Toen dat niet lukte, heeft hij ons verder tegengewerkt en probeerde hij ons door een inspectie in diskrediet te brengen.' Terwijl hij praatte haalde Louis de desbetreffende brieven tevoorschijn. 'Het toppunt was een aangifte tegen mij bij de Gestapo. Wiedemann behoorde tot degenen die tegen me hebben getuigd.'

Louis' hand beefde licht toen hij de laatste brief op het bureau legde. De vervolging door de Gestapo was levensbedreigend geweest en hij was er uitsluitend door het einde van de oorlog aan ontkomen. Bij Wiedemann vonden de lieden van de Gestapo een willig oor, hij zou vermoedelijk wat dan ook tegen hem hebben verklaard.

Henderson liet zijn blik over de papieren glijden, maar pakte geen ervan op. In plaats daarvan vouwde hij zijn handen voor zich en zei ten slotte: 'Het komt op me over alsof u een persoonlijke vete hebt uit te vechten.'

'Persoonlijke vete?' Onwillekeurig werd Louis' stem luider. 'Hij heeft meer dan eens geprobeerd ons ziekenhuis te gronde te richten! Als de oorlog niet was afgelopen, zou ik op grond van zijn verklaring waarschijnlijk naar een concentratiekamp zijn gestuurd! En nu probeert hij het opnieuw, door ons gelden te ontzeggen die we dringend nodig hebben.'

'Hebt u daar bewijzen voor?' vroeg Henderson met een strak gezicht.

'Voor het achterhouden van de geldbedragen?' vroeg Louis boos. 'Nee, die heb ik niet. Maar wel voor al het andere. En wie weet welke misdaden hij verder nog heeft begaan!' Opeens leek het of er een steen op zijn borst lag. Hij had zich destijds, toen hij door hartproblemen ernstig ziek was geweest, net zo gevoeld. Louis werd overmand door een vreselijk gevoel van hulpeloosheid. Blijkbaar wilde de sergeant niet inzien hoe gevaarlijk Wiedemann voor Waldfriede was. Of het kon hem gewoon niet schelen.

'Luister eens, dokter Conradi, ik begrijp dat meneer Wiedemann het u moeilijk heeft gemaakt, maar ik kan hieruit niet concluderen dat er een misdrijf heeft plaatsgevonden.'

'Ook niet uit het feit dat hij valselijk tegen me heeft getuigd?'

'Bent u in het bezit van zijn getuigenverklaring?' vroeg Henderson.

'Nee,' antwoordde Louis. 'Maar hij is als getuige tegen mij opgevoerd.'

'Zolang we niet weten wat hij heeft gezegd, kunnen we weinig doen. Het spijt me.'

Louis kreeg de neiging de militair bij zijn schouders te pakken en hem door elkaar te schudden. Wat de inhoud van Wiedemanns getuigenis ook was geweest, het was toch overduidelijk dat hij hem schade had willen toebrengen?

'Luister eens, dokter Conradi,' vervolgde de sergeant, nu op verzoenende toon. 'We zouden er veel werk aan hebben als we iedereen zouden ontslaan die tegenover de politie van de nazi's een getuigenverklaring heeft afgelegd of lid van de Partij was. Dan zou er bijna geen ambtenaar over zijn.' Hij zuchtte. 'Onze overheidsdienst grijpt natuurlijk terug op ambtenaren van het oude Duitse staatsapparaat, we kunnen niet zonder hen. Mannen en vrouwen die zware misdrijven hebben begaan worden voorgeleid, maar de controle van individuen neemt tijd in beslag.'

Louis perste zijn lippen op elkaar. Het kostte hem moeite te verwerken wat hem was verteld. Hij dacht weer aan Paul Hintze, de arts die in krijgsgevangenschap zat. Hoewel ook hij lid van de NSDAP was geweest, had hij Waldfriede voor nadelige ingrepen behoed. Wat zou er gebeuren als hij werd vrijgelaten? Zou hij zijn werk zomaar weer kunnen hervatten? Louis betwijfelde het.

'Dat wil dus zeggen dat u niets zult ondernemen?' vroeg hij bitter. 'Dat u ondanks mijn aanwijzingen niet wilt nagaan wat voor man Gunter Wiedemann is? Een man die zo'n belangrijke functie bekleedt?'

'Het is een betrekkelijk lage functie,' antwoordde de sergeant. Louis voelde dat hij geen zin had om achter Wiedemann aan te gaan. 'Hij is niet de enige die de toewijzing van schadevergoedingen afhandelt. Misschien zou u uw aanvraag aan zijn meerderen moeten richten, of moet u zich tot de Artsenkamer wenden.'

# 16

*Zehlendorf, 11 juni 1948*

Christina werd wakker van een klop op de deur. Ze opende moeizaam haar ogen en keek naar het raam, waar het schemerlicht doorheen viel. Hoe laat zou het zijn? Vier uur? Of al vijf uur? Of was het somber weer en had ze zich verslapen? Ze hoorde een zachte stem. 'Christina! Ben je al wakker?'

Selma? Wat deed die hier zo vroeg? Christina had die vrijdag dagdienst, omdat het voor de leden van de adventgemeente gebruikelijk was bij zonsondergang de sabbat te laten ingaan.

Zou er iets gebeurd zijn?

Christina stond op en slofte naar de deur. Toen ze die opendeed, keek ze in het blozende gezicht van haar vriendin.

'Heb ik je uit bed gehaald?' vroeg deze enigszins berouwvol. 'Neem me niet kwalijk, maar...'

'Wat is er aan de hand?' vroeg Christina en ze voelde haar vermoeidheid verdwijnen. 'Is er iets met je pleegouders? Ben je ziek?'

'Nee,' zei Selma lichtelijk verbaasd. Ze hield achter haar rug een pakje verborgen, dat ze tevoorschijn haalde. 'Ik heb Gerhard gesproken en hij heeft me gevraagd of we morgen konden gaan wandelen. Ik... Ik heb ja gezegd en daarom wilde ik met je overleggen welke jurk ik zal aantrekken.'

Christina keek haar beduusd aan. Op dit vroege tijdstip kon haar brein de woordenvloed die over haar werd uitgestort nauwelijks volgen. 'Je hebt Gerhard gesproken?'

Het hing al een tijdje in de lucht dat Selma hun medeleerling zou aanspreken. Ze had de dag tevoren echter niet gezegd dat ze het ook werkelijk had gedaan. Zou ze Gerhard na haar dienst bij de poort zijn tegengekomen?

'Hij heeft me gevraagd, maar ik heb hem aangesproken.' Ze slaakte een zucht en drukte het pakketje tegen haar borst. 'Mag ik binnenkomen? Ik vind het zo spannend en wil graag weten welke jurk ik moet aantrekken!'

Christina wist niet of Selma daarvoor bij haar wel aan het juiste adres was, maar ze liet haar binnen. Terwijl ze de deur achter Selma dichtdeed, stormde haar vriendin op het bed af. Het scheen Selma niet te storen dat het nog warm was. Enthousiast spreidde ze er drie jurken op uit.

Christina wist niet wat ze zag. Wanneer had ze voor het laatst zulke stoffen gezien? Wanneer had ze een jurk gedragen die niet van iemand anders was geweest? Het kon natuurlijk zijn dat de jurken van Selma's pleegmoeder waren. Maar dat was altijd nog beter dan de afgedragen kleding van de zusters die zij de afgelopen jaren had gekregen.

'Welke zal ik aandoen?' vroeg Selma vrolijk en ze draaide zich om naar Christina.

Deze wreef het laatste beetje slaap uit haar ogen en deed het licht aan. Voor haar lagen een groene jurk met een wit kraagje, een roomkleurige met een rij knoopjes en lichte pofmouwtjes en een blauwe met witte bloemen op de uitwaaierende rok. Elke jurk was op zichzelf mooi genoeg om mee naar een rendez-vous te gaan. 'Heb je al een voorkeur?' vroeg Christina.

'Ik weet het niet... In de groene zie ik er vast te braaf uit, denk je niet?'

'Ja, misschien wel... De roomkleurige lijkt me een echte zomerjurk en is misschien wat frisjes,' gaf Christina haar ter overweging. 'Waarom trek je de blauwe niet even aan?'

'Hoe zie ik eruit?' vroeg Selma terwijl ze zichzelf aan alle kanten in de spiegel in Christina's kamer bekeek en de blauwe rok met de witte bloemen gladstreek.

'Beeldschoon!' zei Christina bewonderend. 'Ik denk dat die ideaal is voor jullie wandeling.'

'Ik kan nog steeds niet geloven dat hij me heeft uitgenodigd!'

Christina zette een brede glimlach op. Op dit moment voelde ze zich bijna een gewoon meisje, zonder de schaduwen die haar van haar nachtrust beroofden. Nog maar een paar maanden geleden had ze niet durven dromen dat ze ooit weer over dingen als kleding en afspraakjes zou kunnen praten.

Ze benijdde Selma er wel een beetje om dat de enige jongeman van hun leerjaar zich voor haar interesseerde. Gerhard voldeed weliswaar niet aan Christina's ideaalbeeld, maar ze wenste vurig dat iemand op het eerste gezicht verliefd op haar werd, net zoals hij op Selma, en dat zij die gevoelens zou beantwoorden.

'Het was makkelijker om hem aan te spreken dan de moed te verzamelen om Gunda en Horst te vragen of ik morgen bij jou langs mag gaan.'

'Maar je bent toch volwassen! Wat zouden ze erop tegen moeten hebben?'

'Nou ja, het is sabbat en dan hebben ze liever niet dat ik 's middags ergens heen ga. Maar het ligt blijkbaar toch anders als ik jou ga opzoeken.'

Christina glimlachte. 'Ik hoop dat jullie ontmoeting wordt zoals jij je die voorstelt.'

Selma keek haar stralend aan. 'Dat hoop ik ook.'

~

Bezorgd keek Hanna naar dr. Conradi, die peinzend uit het raam keek. Sinds hij het hoofdkantoor van het Geallieerde Commando had bezocht, leek hij veranderd.

Hij had haar natuurlijk verteld hoe het gesprek was verlopen, maar ze wilde de hoop niet opgeven dat er op de achtergrond toch iets zou worden ondernomen.

'Dokter Conradi?' vroeg ze zachtjes. 'Zal ik de volgende patiënte gaan halen?'

'Wacht alstublieft nog even.' Hij keek haar aan. 'Ik vraag me steeds af of ik er echt alles aan heb gedaan. Ik bedoel, wat Wiedemann betreft.'

'Natuurlijk hebt u dat, dokter.'

'Henderson zei dat ik me eventueel ook tot de Artsenkamer kon wenden.'

'Daar gaan ze toch niet over het verstrekken van wederopbouwgelden?'

'Dat niet, maar Wiedemann heeft onder rijksgezondheidsminister Conti gewerkt.'

'Heeft die geen zelfmoord gepleegd?'

'Ja, hij heeft zich vlak voordat het Neurenbergse artsenproces begon in zijn cel opgehangen.' Hij perste zijn lippen op elkaar, alsof hij moest verhinderen dat hij een wens zou uitspreken die voor een christen beslist niet gepast was. 'Het kan zijn dat Wiedemann nog steeds bescherming geniet,' voegde hij eraan toe. 'Van voormalige collega's op het ministerie van Volksgezondheid. Die kunnen hem ook hebben geholpen zijn straatje schoon te vegen.'

'Als dat het geval is, zult u er nauwelijks iets tegen kunnen ondernemen.'

'Maar ik weet misschien ook iemand die me zou kunnen helpen.' Hij dacht even na en vervolgde toen: 'Kunt u zich het jaar 1936 nog herinneren? Toen ik mijn functie als geneesheer-directeur wilde opgeven?'

'Dat lijkt inmiddels een eeuwigheid geleden,' antwoordde Hanna met een zucht. 'Een tijd waarvan je je nu niet meer kunt voorstellen dat die heeft bestaan.'

'Ik heb u geen details toevertrouwd, maar de man die me adviseerde me koest te houden en niet van functie te veranderen heette dr. Walter Vogler. Eigenlijk hebben we ons welzijn aan hem te danken.'

'Hij zal toch ook wel lid van de Partij zijn geweest?'

'Nee, dat was hij niet. En ik had bij hem steeds het gevoel dat hij aan onze kant stond. Dat ook hij het onrecht niet kon aanzien. Misschien leeft hij nog.'

'Dat hoop ik voor hem. Maar hoe zou hij u moeten helpen?'

'Misschien vind ik in hem een bondgenoot tegen Wiedemann.

Hij moet destijds een reden voor zijn waarschuwing hebben gehad. Wie weet heeft hij een idee hoe we ons van die vent kunnen ontdoen.'

# 17

*Zehlendorf, 12 juni 1948*

Met bonzend hart stond Christina bij de poort van het ziekenhuis. Om geen argwaan te wekken bij de oudere personeelsleden had ze zich bereid verklaard met Selma mee te lopen tot het einde van de Fischerhüttenstrasse. De kerkdienst was weliswaar afgelopen, maar je kon altijd een groepje verpleegsters tegenkomen die een wandeling door het park maakten.

Ze voelde zich er enigszins ongemakkelijk bij dat ze Selma's pleegouders zo om de tuin leidden. Stel dat ze het ontdekten? Ook bestond de kans dat de zusters Selma met Gerhard zouden zien.

Zoals ze hadden afgesproken, kwam haar vriendin stipt om twee uur bij de hoek van de straat aan. Ze droeg een kort grijs vestje over haar jurk en had een bruin tasje in haar hand. Toen ze Christina zag zwaaide ze. Christina keek om naar het huis van de geneesheer-directeur. Zoals altijd bij mooi weer zaten dr. Conradi en zijn vrouw daar op het balkon. Soms hadden ze bezoek van leden van hun geloofsgemeente, maar dat leek vandaag niet het geval te zijn.

'Hallo!' riep Selma opgewekt toen ze bij haar aankwam. 'Heb je hem al gezien?'

'Nee, maar je had toch tegen hem gezegd dat je hem bij de trap zou ontmoeten?'

'Dat klopt.' Selma haakte bij haar in. 'Laten we gaan!'

Ze haastten zich langs de omheining van draadgaas, waar hier en daar takken van de haag doorheen groeiden. De tuinlieden hielden de struiken altijd keurig bij, maar momenteel was hun aandacht meer op de kassen gericht. Selma en Christina liepen vlug langs het huis van de Conradi's, toen langs het park, dat grotendeels in een moestuin was veranderd. Selma was ongewoon stil. Christina merkte haar nervositeit op en zei: 'Maak je niet druk, je gaat een heel leuke middag tegemoet. Als hij maar half zo aardig is als hij eruitziet...'

Uiteindelijk liepen ze tussen de bomen van het Grunewald en algauw bereikten ze de toegang tot de Krumme Lanke.

Gerhard stond hen al op te wachten. Hij droeg een jasje dat hem iets te groot was, hij zou het wel ergens hebben geleend. Toen hij Selma zag, begonnen zijn ogen te stralen en verscheen er een brede glimlach op zijn gezicht. 'Hallo Selma!' Toen pas leek hem op te vallen dat ze niet alleen was. 'O, ik dacht dat je alleen zou komen.'

'Maak je geen zorgen,' zei Christina. 'Ik ben alleen een stukje met haar meegelopen en ben zo weer weg.' Ze omhelsde Selma en fluisterde haar in het oor: 'Veel plezier!' Toen draaide ze zich om.

~

'Fijn dat je er bent,' zei zuster Elisabeth toen ze de deur voor haar opendeed. 'Kom binnen!'

'Bedankt voor de uitnodiging.' Hanna zette een glimlach op en stapte over de drempel. Het was al een tijd geleden dat ze na de kerkdienst bij de Conradi's op de koffie was geweest. Niet dat ze haar niet hadden uitgenodigd. Elisabeth probeerde het elke week opnieuw, maar hoewel Hanna Elisabeth goed kende en deze al bijna zeven jaar met dr. Conradi getrouwd was, voelde ze zich er toch wat ongemakkelijk.

Met de eerste mevrouw Conradi, die acht jaar geleden aan kanker was overleden, had ze nooit samen koffiegedronken. Zij had Hanna altijd het gevoel gegeven een stoorzender te zijn. Hanna had dat pas begrepen toen ze besefte dat Catherine jaloers was geweest op de bijzondere relatie tussen de dokter en haarzelf. Bij Elisabeth lag dat anders. Zij en Hanna waren lange tijd collega's geweest en het waren uiteindelijk geen romantische gevoelens geweest die Elisabeth en de dokter hadden samengebracht. Het was de laatste wil van Catherine geweest die tot hun huwelijk had geleid. Vooral in de begintijd had Elisabeth, voor wie het geen optie was geweest niet aan de wens van haar vriendin te voldoen, zich af en toe moeilijk weten te schikken. Ze wist echter hoe hecht de band tussen Hanna en de dokter was en had er niets op tegen. Toch meende Hanna zelfs nu nog, hier in de gang die door Elisabeth een beetje anders was ingericht, de geest van de voormalige echtgenote van Conradi te voelen.

'Dat zal Louis fijn vinden! Carl, Ida, Erich en Richard zijn er ook!' Elisabeth duwde de deur in het slot, haakte bij haar in en nam haar mee naar de woonkamer. De andere bezoekers hadden het zich al gemakkelijk gemaakt in de zithoek. 'Ik kon in de keuken wat cichoreikoffie krijgen en zuster Waltraud heeft iets van de cake die ze gisteren heeft gebakken voor ons achtergehouden.'

'Dat meisje is een harde werkster,' zei Hanna en ze probeerde weerstand te bieden aan haar ongemakkelijke gevoel. *Catherine is dood*, hield ze zichzelf voor. *Dood en begraven. Ze kan je het leven niet meer zuur maken.*

'Ja, ik weet ook niet hoe het haar lukt om naast de opleiding ook nog in de keuken te werken. Ze is een zegen voor ons en we kunnen alleen maar hopen dat ze nog een poosje voor ons behouden blijft.'

'Hoezo?' vroeg Hanna verbaasd en ze ging op een vrije stoel zitten. 'Heeft ze erop gezinspeeld dat ze ons wil verlaten?'

'Nee, maar er wordt gezegd dat ze erg goed met de assistent-verpleger van Carl kan opschieten.'

'Jullie zouden moeten zien hoe Lothar haar met zijn blikken verslindt zodra hij haar in het oog krijgt,' merkte Carl Rohleder op. 'Het zou me niet verbazen als hij bij zijn pogingen een blik van dat meisje op te vangen een keer in een badkuip valt. Hij verdraait dan zijn nek zodanig dat ik hem al eens heb aangeboden die weer recht te zetten.'

Het gezelschap schoot in de lach. Zelfs Richard Marquard, de meubelmaker van het ziekenhuis, deed mee. Hanna herinnerde zich nog goed hoe hij eraan toe was toen hij uit Russische krijgsgevangenschap was teruggekomen. Vermagerd als hij was en geplaagd door hongeroedeem had het hem moeite gekost normaal voedsel tot zich te nemen. De zusters hadden weken nodig gehad om hem weer wat vlees op de botten te laten krijgen. Over zijn oorlogservaringen praatte hij niet, maar de verschrikkingen waren hem aan te zien. Slechts zelden vertoonde hij een glimlach of lachte hij hardop, zoals nu.

'Laten we hopen dat ze verstandig zijn en nog even wachten met een huwelijk,' zei Ida. 'We kunnen het ze niet verbieden, ze zijn allebei meerderjarig.'

'Maar Lothar moet haar ook kunnen onderhouden als ze uit het ziekenhuis weggaat,' antwoordde Carl. 'Zolang hij nog met de opleiding tot masseur bezig is...'

'En dan zouden ze ook een woning moeten hebben,' zei dr. Conradi. 'Alle huisjes voor de ambachtslieden zijn bezet en ik denk niet dat er in de stad veel beschikbaar is.'

Hij keek opzij en zijn blik trof die van Hanna, die zwijgend meeluisterde. 'Zuster Hanna, wat denkt u ervan? U bent vandaag zo stil.'

Hanna dwong zichzelf tot een glimlach. Ze vroeg zich af of er destijds ook zo over haar relatie met dr. Alexander Kirchfeld was gesproken. 'Ik kan alleen zeggen dat we die jongelui hun gang moeten laten gaan. We mogen blij zijn dat in een tijd als deze nog steeds de hoop bestaat dat jonge mensen de liefde kunnen vinden.'

De anderen keken haar een beetje bedremmeld aan.

'Gelijk heb je!' zei directrice Ida instemmend. 'We zitten hier de toekomst van die twee uit te stippelen, terwijl het iets is wat alleen hun aangaat.'

De aanwezigen verlegden hun aandacht naar andere zaken en toch kon Hanna zich nog steeds niet ontspannen. Misschien was ze het niet meer gewend om op de middag van de sabbat in gezelschap te verkeren?

Sinds Christina's komst ruim twee jaar geleden was ze voornamelijk met haar beschermeling op stap geweest. Ze hadden lange wandelingen door Zehlendorf gemaakt. Enerzijds omdat Hanna

Christina haar nieuwe woonomgeving wilde laten zien, anderzijds omdat ze hoopte dat deze haar zou gaan vertrouwen en zich tegenover haar zou uiten. Vermoedelijk was ze daarbij haar gevoel voor gezelligheid een beetje kwijtgeraakt.

Terwijl de anderen in een levendig gesprek verwikkeld waren, gleed Hanna's blik langs de foto op het buffet, waarop Catherine Conradi en de dokter stonden. De vrouw van de arts had een klein geitje op schoot.

Het leek een vrolijk plaatje, maar Hanna herinnerde zich nog goed dat Catherine een hekel had gehad aan de geitjes, een verjaardagsgeschenk dat ze had opgevat als een vernederende verwijzing naar haar kinderloosheid. Ineens zag ze ook al het andere weer voor zich. Dat Catherine haar in de hitte van de strijd rond de Kapp-putsch de stad in had gestuurd, waardoor ze midden in een schietpartij terecht was gekomen. Dat ze samen naar Denemarken waren gereisd en Catherine al die tijd geen woord tegen haar had gezegd. En dat Catherine ten slotte per testament niet alleen had bepaald dat de dokter met Elisabeth zou trouwen en niet met haar, maar Hanna er ook toe had gebracht jaloers op Elisabeth te worden, iemand met wie ze nooit eerder moeite had gehad.

De bel ging en ze schrok op uit haar gedachten.

'Verwachten we nog iemand?' vroeg de dokter.

Elisabeth schudde verbaasd haar hoofd, stond op en liep naar de deur. Even later kwam ze terug met zuster Margarete, die voor zover Hanna wist die dag dienst op de Eerste Hulp had.

'Dokter Conradi, neem me niet kwalijk dat ik u tijdens de sabbat lastigval, maar we hebben u in de operatiekamer nodig,' zei Margarete ademloos. 'We hebben een spoedgeval. De huisarts die de patiënt heeft verwezen, vermoedt een galkoliek en een dreigende ruptuur.'

'Is dokter Davis niet beschikbaar?'

'Die is een verkeersslachtoffer aan het opereren.'

De dokter keek Hanna aan. Ze begreep hem en knikte. Toen stond ze op. Het was niet per se nodig met de dokter mee te gaan, maar ze was nu eenmaal zijn spreekuurassistente. En ze was ook wel blij dat ze aan Catherines blik kon ontsnappen, al kwam die maar van een foto.

'Goed, zeg maar dat we eraan komen,' zei Conradi en met Hanna in zijn kielzog stoof hij de woonkamer uit.

~

De middag sleepte zich voort. Christina wenste bijna dat ze voor een dienst was ingedeeld. Dan had ze tenminste iets omhanden gehad. Al had ze in dat geval Selma geen alibi kunnen verschaffen. Dus restte haar niets anders dan in haar kamer af te wachten. Met elk moment dat verstreek leken de muren meer op haar af te komen. Zo blij als Christina was dat Selma en Gerhard de kans kregen elkaar te leren kennen, zo pijnlijk knaagde haar geweten, en ze hoopte vurig dat haar vriendin eindelijk eens terugkwam.

Er werd geklopt. Hèhè, dacht Christina en ze sprong op. Ze brandde van verlangen om te horen hoe het afspraakje was verlopen.

Toen ze de deur opendeed, keek ze in het gezicht van zuster Hanna. Tot haar verbazing droeg deze haar verpleegstersuniform, hoewel ze eigenlijk bij de Conradi's op de koffie zou gaan.

'O!' zei Christina verbaasd.

'Christina, waar is Selma?' vroeg Hanna. Haar stem klonk gespannen.

De woorden deden Christina verstijven. Hoe kwam Hanna daarbij?

'Ik...' begon ze, maar ze kreeg de leugen niet over haar lippen. 'Is er iets gebeurd?' vroeg ze nadat ze haar keel had geschraapt.

'Haar pleegvader is zojuist met een galkoliek binnengebracht. Mevrouw Baumann wil haar spreken en ze zei dat ze bij jou was.'

Verschrikt sloeg Christina haar hand voor haar mond. Het was erg genoeg dat meneer Baumann ziek was, maar het was nog erger dat Selma nu waarschijnlijk met Gerhard aan de oever van de Krumme Lanke van de dag zat te genieten.

'Ik... Ik ga haar wel halen,' zei Christina, maar voordat ze ervandoor kon gaan pakte Hanna haar bij haar arm.

'Wat speelt hier, Christina?'

'Ze... Ze wilde een wandeling om de Krumme Lanke...'

'En waarom ben jij niet mee?'

Christina kreeg het afwisselend warm en koud. Ze mocht haar vriendin niet verraden! Maar hoe moest ze dat aanpakken? Ze had nog nooit tegen Hanna gelogen. En waarschijnlijk zou die het merken als ze loog.

'Hanna, alsjeblieft. Ik... We...'

'Ik laat je pas gaan als ik een verklaring heb die ik mevrouw Baumann kan geven. Haar man heeft hevige pijnen en moet zo snel mogelijk geopereerd worden om te voorkomen dat zijn galblaas scheurt. Voor zover ik weet hebben jullie het tijdens de laatste les over dit onderwerp gehad, je weet dus hoe gevaarlijk het kan worden.'

Hanna's woorden troffen Christina als oorvijgen. Stel dat Selma's pleegvader zou overlijden... 'Ze is met iemand anders op stap,' wist ze ten slotte uit te brengen.

'Hebben jullie ruzie gehad?'

'Nee, we... We waren eerst met z'n drieën, maar toen...'

'Met wie is ze op stap?' Hanna's stem klonk nu ernstig en dwingend.

Christina voelde haar hart in haar keel kloppen. Waarschijnlijk zou Selma geen woord meer met haar wisselen als ze de waarheid vertelde. Maar als ze het niet deed, zou Hanna boos op haar zijn. 'Ze is niet in gevaar, dat kan ik je verzekeren, ze is alleen...'

Hanna keek haar nu zo indringend aan dat ze Christina elke bekentenis had kunnen ontlokken.

'Ze is samen met Gerhard weg.'

'Welke Gerhard?'

'Die uit onze klas.'

Hanna's wenkbrauwen gingen omhoog. 'Hebben ze een afspraakje?'

'Ja, maar Hanna, alsjeblieft, zeg er niks over tegen meneer en mevrouw Baumann. Ze... Ze zouden het niet goedvinden dat Selma met een man afsprak.'

Hanna snoof. 'Jij bent dus haar alibi, zodat ze een rendez-vous kan hebben.'

'Ja, en ik heb haar beloofd niets te zeggen. Als haar pleegouders erachter komen dat ik maar als dekmantel fungeerde... Ze zullen haar nooit meer van huis laten gaan. En Selma zal nooit meer met me willen praten.'

'Haar pleegvader kan komen te overlijden en dan zou ze zichzelf tot in lengte van dagen verwijten maken, geloof me.' Hanna haalde diep adem. Het was haar maar al te goed aan te zien dat ze allesbehalve enthousiast was. 'Meneer en mevrouw Baumann hebben je niet gezien?' vroeg ze.

'Nee, ik ben de hele tijd hier geweest.'

Hanna aarzelde even en zei toen: 'Wat jullie beiden hebben gedaan kan niet door de beugel. Eigenlijk verdienen jullie de boosheid van de Baumanns. Ze zijn als pleegouders verantwoordelijk voor Selma. Ze is nog niet meerderjarig en kan niet zomaar doen en laten waar ze zin in heeft.'

Christina boog berouwvol haar hoofd. 'Ja, Hanna.'

'Maar ik weet hoe het is als je verliefd bent. En ik wil ook niet dat je je vriendin kwijtraakt. Daarom ga jij nu op weg, zo snel je kunt, om haar te halen. Ik zal zeggen dat jullie een wandeling zijn gaan maken. Er zullen consequenties voor jullie beiden volgen, maar die handelen we onder elkaar af.'

Christina wist niet goed of ze daar blij of bang om moest zijn. Ze besloot dat het beter was nu maar niets te zeggen.

'Zorg ervoor dat mevrouw Baumann je niet ziet. Neem de achteruitgang. En dan nog iets.' Hanna keek haar in de ogen. 'Druk Selma op het hart dat ze moet doen alsof ze verbaasd is dat ze haar pleegmoeder hier ziet. En nu gaan!'

Christina knikte en stoof de deur uit. Stel dat ze hen niet zou kunnen vinden bij de Krumme Lanke?

# 18

De schrik zat er bij Christina goed in toen ze tussen de kassen door sloop en hoopte dat mevrouw Baumann haar niet toch had gezien.

Dat Hanna haar erop had betrapt dat ze Selma bij haar afspraakje dekte zat haar niet lekker. Al zou ze waarschijnlijk niet worden verraden, ze was wel bang voor de consequenties. Hanna was meestal heel aardig, maar ze kon ook streng zijn als je haar teleurstelde.

Hijgend holde ze de Fischerhüttenstrasse door tot het meer eindelijk rechts voor haar zichtbaar werd. Terwijl het zweet haar langs de rug liep, keek Christina speurend eerst de weg af, toen het bos in. Een paar wandelaars kwamen haar tegemoet, maar Selma en Gerhard waren er niet bij.

Onder de verbaasde blikken van de mensen die ze op het bosweggetje tegenkwam rende Christina verder. Selma, waar zit je toch? Dacht ze panisch en de rillingen liepen over haar rug. Zouden ze misschien nog aan de andere kant van het meer zijn?

Ze hoorde gelach en keek opzij. Op een zijpad liepen Selma en Gerhard. Ze had bij hem ingehaakt en haar hoofd op zijn schouder gelegd. Hun afspraakje moest uitstekend zijn verlopen! Christina glimlachte even, maar toen drong tot haar door waarom ze hier was.

'Selma!' riep ze en ze zwaaide.

Verschrikt keek haar klasgenootje op. 'Christina!' Ze maakte zich los van haar aanbidder. 'Is er iets gebeurd?'

'Meneer en mevrouw Baumann zijn naar Waldfriede gekomen,'

zei Christina ademloos. 'Je pleegvader is ziek. Acute galkoliek, zei zuster Hanna.'

Selma verbleekte. 'O god!' zei ze en toen vroeg ze: 'Heeft zuster Hanna je dat verteld?'

'Ze was op zoek naar jou. Mevrouw Baumann had tegen haar gezegd dat je bij mij was.'

'Weet zuster Hanna dat ik... dat wij...' Selma haalde gejaagd haar hand door haar haar. Ze had haar ogen opengesperd en haar lippen trilden.

Christina keek naar de neuzen van haar schoenen. 'Ik had geen keus.'

'Hoe kon je dat doen?' zei Selma woedend. 'Hoe heb je ons kunnen verraden?'

'Ik wilde niet, maar zuster Hanna was erg vasthoudend...'

Christina voelde zich vreselijk schuldig. *Ik had er nooit in mogen meegaan*, klonk het keer op keer in haar hoofd.

'Het gaat echt slecht met je pleegvader, Selma!' vervolgde Christina met nadruk. 'Alleen daarom heb ik het haar verteld. Ik weet zeker dat zuster Hanna niets aan je pleegmoeder zal verklappen. Ze zei dat het wel consequenties zou hebben, maar...'

Selma begon in paniek te ijsberen.

'Ik zou Selma's moeder kunnen vertellen dat er niets is gebeurd,' zei Gerhard.

'Dat is heel aardig van je,' zei Christina, 'maar ik vrees dat het niet zou helpen.' Ze keek hem aan. In zijn ogen stond oprechte bezorgdheid. 'We moeten vlug in het ziekenhuis zien te komen. Misschien wil je pleegmoeder dat je hem voor de operatie nog spreekt.' Christina probeerde Selma's arm aan te raken, maar deze trok haar arm terug. Bleek van angst en bezorgdheid sloeg ze haar armen om haar schouders en keek Gerhard aan.

'Kan ik dan niets doen om te helpen?' vroeg hij.

'Zorg er maar voor dat je voorlopig zuster Hanna niet onder ogen komt,' zei Christina.

'Maar ik...'

'Jou treft geen blaam,' zei Christina. 'Dit is iets wat wij tweeën samen moeten ondergaan.' Ze wilde Selma bij de hand pakken, maar die draaide zich van haar af.

'Selma, alsjeblieft. Zodra we in het ziekenhuis zijn mag je me wat mij betreft uitschelden of wat dan ook, maar kom alsjeblieft mee! En doe in vredesnaam alsof het een grote verrassing is dat je je pleegmoeder ziet, anders kan ik niets garanderen.'

~

Gespannen keek dr. Conradi naar het operatiegebied dat door zuster Grete werd bijgelicht. In de lucht hing de geur van ether. De röntgenfoto die voor de lichtkast naast de operatietafel hing had iets beangstigends geopenbaard.

De huisarts die Horst Baumann met zijn koliek had verwezen, had er goed aan gedaan hem met spoed in Waldfriede te laten opnemen. Zijn galblaas zat zo vol galstenen dat die elk moment kon scheuren. Als er gal in zijn buikholte liep, kon dat ernstige gevolgen hebben.

'Scalpel graag,' zei hij en hij stak zijn hand uit. Zuster Anni reikte hem het gevraagde aan en hij zette het scherpe lemmet op de huid.

Normaal gesproken probeerde hij tijdens een operatie nergens aan te denken, maar op dat moment kon hij niet verhinderen dat hij de wachtende Gunda Baumann voor zich zag. Ze was huilend met haar man meegekomen en had keer op keer naar haar pleegdochter Selma gevraagd. Ze wenste vurig dat Selma haar man nog zou zien, omdat ze vreesde dat hij kon sterven. Maar het meisje was op stap met Christina, had hij van Hanna gehoord. Hanna wilde wel haar best doen ervoor te zorgen dat de meisjes terugkwamen, maar daar hadden ze niet op kunnen wachten.

Uiterst voorzichtig prepareerde Louis de galblaas vrij. Een verkeerde snede kon op een catastrofe uitlopen. Het volgende ogenblik zag hij het tot barstens toe gespannen orgaan liggen. Zelden had hij zo'n galblaas onder ogen gehad. Het verbaasde hem dat meneer Baumann niet al eerder klachten had gekregen. Hij had het er in elk geval nooit over gehad wanneer ze elkaar bij de kerkgang waren tegengekomen.

Louis onderdrukte een verwensing. 'Tampon, vlug!' riep hij.

Toen de zuster hem de tang met de vereiste tampon aanreikte, depte hij de vloeistof er onmiddellijk mee op om het afvloeien naar de buikholte te verhinderen. Hij vroeg om een tweede en derde tampon, bond daarna de galbuis af en verwijderde het orgaan zo snel mogelijk.

Zijn hart ging tekeer. Stel dat er toch een paar druppels in de buikholte waren terechtgekomen? Een buikvliesontsteking kon de dood van de patiënt tot gevolg hebben.

'Bereid een spoeling van de buikholte voor,' zei hij tegen een van de ouderejaarsleerlingen, die dienst op de ok had. 'We kunnen niet uitsluiten dat er gal in de buikholte is gevloeid.'

Gekweld door schuldgevoel stond Christina bij de deur naar de röntgen- en de operatiekamer tegen de muur geleund. Even verderop zat Selma naast haar pleegmoeder op een bank te wachten. Ze had haar hoofd op Gunda Baumanns schouder gelegd en hield haar hand vast. Geen van beiden nam notitie van Christina, die hoopte dat ze het zou zien als meneer Baumann de operatiekamer uit werd gereden.

Ze maakte zich erg ongerust. Stel dat hij zou overlijden? De galblaas, had dr. Conradi tijdens de les verteld, was weliswaar belangrijk voor het lichaam, maar kon zonder gevolgen voor de kwaliteit van leven worden verwijderd.

Graag had ze daar in de voorhal door het ruitje gekeken, maar Christina durfde niet dichter in de buurt van de wachtenden te komen. Onrustig plukte ze aan haar vest. Zou Selma ooit weer met haar willen praten? En hoe zat het met Hanna? Wat voor straf zou ze hun opleggen? Hanna leek in elk geval woord te hebben gehouden en niets tegen mevrouw Baumann te hebben gezegd.

De deur van de ok werd opengeduwd. Twee verpleegsters van de afdeling chirurgie reden een bed naar buiten. Was het meneer Baumann?

Ze zag Selma en haar pleegmoeder opspringen. Ze probeerden hem aan te spreken, maar een van de zusters wees hen vriendelijk terecht. Waarschijnlijk was Horst Baumann nog niet bij bewustzijn.

Even later verscheen dr. Conradi. Hij had zijn operatiekleding verwisseld voor een gewone broek, een overhemd en een jasje. Christina stapte terug in de schaduw. Ze wist niet of Hanna met hem over haar en Selma had gesproken en het leek haar beter hem niet onder ogen te komen.

Een paar minuten later volgde Hanna. Ze had een instrumentenbakje in haar handen, waarschijnlijk was ze onderweg naar de centrale sterilisatiekamer.

Bij mevrouw Baumann en Selma bleef ze even staan. Wat ze tegen hen zei kon Christina niet verstaan. Het zou ook wel beter zijn als ze Hanna pas tegenkwam wanneer die twee niet in de buurt waren. Daarom trok ze zich terug in de gang naar de sterilisatiekamer. Zoals ze had verwacht, verscheen Hanna kort daarna.

'Christina, wat doe jij hier?' vroeg ze verbaasd.

'Ik... Ik zou graag willen weten hoe de operatie is verlopen.'

'Goed,' antwoordde Hanna. 'De galblaas is weliswaar ingescheurd, maar de dokter heeft het tijdig opgemerkt. Dankzij de spoeling zal meneer Baumann hopelijk van een ontsteking verschoond blijven.'

'Dat hoop ik van harte!' Christina plukte aan haar mouwen. Een moment lang heerste er stilte tussen hen. 'Het spijt me dat we Selma's pleegouders bedrogen hebben,' zei Christina ten slotte.

Hanna knikte. 'Ik heb het Selma zojuist al laten weten: ik verwacht jullie beiden voordat ze naar huis gaat in dr. Conradi's spreekkamer. We hebben nog iets uit te praten.'

# 19

Met haar armen over elkaar liep Hanna voor de twee meisjes heen en weer.

Selma leek nog steeds behoorlijk van slag door de plotselinge ziekte en de operatie van haar pleegvader. Christina beet onrustig op haar lip. Ze stonden er allebei bedremmeld bij.

Hanna begreep heel goed wat Selma ertoe had gebracht en ook dat Christina haar vriendin had willen helpen. Als meneer Baumann geen koliek had gekregen, was het waarschijnlijk nooit uitgekomen. Maar bedrog sierde een zuster van Waldfriede niet.

'Ik wil jullie een verhaal vertellen,' begon Hanna ten slotte. Ze vond het lastig om die bladzijde uit haar geschiedenis uit haar geheugen op te diepen. Ze had heel wat naar de achterste regionen verbannen. Maar in dit geval maakte ze een uitzondering. 'Het heeft zich in december 1945 afgespeeld.'

Ze keek naar Christina. Die begon onbewust over haar arm te wrijven, waardoor Hanna besefte dat ook zij weer gebeurtenissen uit die tijd voor ogen had. Alleen was Christina destijds nog niet in Waldfriede geweest.

'Omdat het in de maanden na de oorlog telkens weer was voorgekomen dat vrouwen door soldaten werden lastiggevallen, hadden we onze vrouwelijke personeelsleden geïnstrueerd het ziekenhuis niet in hun eentje te verlaten, 's avonds en 's nachts al helemaal niet. Twee van onze dienstmeisjes hebben dat advies in de wind geslagen. Zonder het tegen iemand te zeggen hebben ze het ziekenhuisterrein verlaten. Het leek erop dat ze daarbij de weg door het bos hadden genomen. Later kwam ons ter ore dat ze langs het voormalige SS-wijkje zijn geslopen, waar nog maar weinig mensen woonden.'

Hanna keek naar de twee jonge vrouwen. De meisjes die er destijds vandoor waren gegaan waren iets ouder geweest, al meerderjarig, levenslustig en vol vertrouwen dat er buiten geen gevaar op de loer lag. Met een lichte zucht wendde ze zich af. Opeens had ze dat afschuwelijke beeld weer voor ogen en ook nu nog benam het haar de adem.

'Slechts een van de meisjes is teruggekomen,' zei ze en ze onderdrukte de snik die in haar opkwam. 'De volgende ochtend vertelde ze ons wat er was gebeurd: haar collega Hella was door een Russische officier vastgegrepen. Zelf was ze in paniek weggerend en daarom kon ze niet zeggen wat er daarna was gebeurd. Dr. Conradi ging naar de commandopost van de Sovjets en probeerde degene die voor Zehlendorf verantwoordelijk was te spreken te krijgen, maar de toegang werd hem ontzegd. Een deel van ons personeel is eropuit gegaan om Hella te zoeken, maar zonder resultaat.' Hanna sloot haar ogen. 'Een paar dagen later kregen we bericht dat er in een ruïne een zwaargewonde vrouw was gevonden.'

Hanna voelde een snik opkomen. Het was haar lang gelukt de herinnering te verdringen, maar nu had ze het gevoel weer terug te zijn op de Eerste Hulp, met dr. Conradi naast zich.

'We lieten haar naar het ziekenhuis brengen en het bleek inderdaad onze Hella te zijn.' Er liep een traan langs Hanna's wang. De meisjes zouden wel horen dat ze huilde, maar misschien was dat juist wel goed. 'Degene die haar had misbruikt had haar door het hoofd geschoten, door haar slapen.'

Ze hoorde Christina naar lucht happen.

'Maar ze was niet dood,' vervolgde Hanna. 'We hebben alles in het werk gesteld om haar leven te redden. De kogel had haar hersenen niet geraakt, maar haar ogen... We hebben er een uitstekende oogarts bij gehaald, maar hij kon haar zicht niet redden.'

Hanna draaide zich weer om. Christina was krijtwit en had steun gezocht bij de muur. Selma zag vuurrood. De ontsteltenis was beiden duidelijk aan te zien.

'Toen ze eenmaal hersteld was, moest Hella het ziekenhuis verlaten. Ze is naar haar ouders gebracht. Daar woont ze nu en we weten geen van allen hoe het met haar gaat. De gedachte dat het laatste wat ze heeft gezien het gezicht van haar folteraar was, heeft mij en vele anderen in het ziekenhuis nog lang achtervolgd. Het enige wat we konden doen was waarschuwen, maar als dat aan dovemansoren is gericht, wat dan?'

Er viel een stilte in de kamer. Hanna wist dat haar verhaal de beoogde uitwerking niet had gemist.

'Ik hoef jullie niet te vertellen dat ik jullie zo'n afschuwelijk lot wil besparen. Oprechtheid en betrouwbaarheid zijn de pijlers van onze ziekenhuisfamilie. Natuurlijk is niemand volmaakt, maar juist jullie als onze nieuwe medewerkers moeten proberen een voorbeeld te worden voor allen die na jullie komen.'

Christina keek naar Selma, die er nu met een enigszins stuurs gezicht bij stond.

'We hebben het begrepen, zuster Hanna,' zei Christina vlug. Selma zweeg.

Hanna keek naar hen beiden en vervolgde toen: 'Ik zal overleggen met onze kokkin Rosa. Jullie gaan een week lang dagelijks in de keuken helpen, bij de afwas of andere werkzaamheden. Voor deze keer zullen noch dr. Conradi, noch meneer en mevrouw Baumann iets over jullie escapade te horen krijgen, maar als zoiets nog eens voorkomt, zal ik jullie niet meer in bescherming nemen. Hebben jullie dat begrepen?'

Hanna keek Selma aan, die aarzelend knikte.

~

Wat Hanna had verteld was erger geweest dan de ergste straf die ze hun had kunnen opleggen. Christina wenste bijna dat Hanna haar alleen tot afwassen had veroordeeld. Nu stonden de beelden, die akelig veel weg hadden van wat ze zelf tijdens de oorlog had gezien, haar helder voor de geest.

Ze zag de zwaarbeladen wagens weer, moeizaam voortploegend in de modderpoel waarin de regenval de doorweekte grond had veranderd. Ze hoorde in de verte het gebulder van de kanonnen dat haar 's nachts bijna onophoudelijk had begeleid. En ook voelde ze weer de toen altijd aanwezige angst, die gepaard ging met kramp in haar nek.

De ouderen met wie ze op de vlucht was hadden haar er steeds voor gewaarschuwd zich niet te ver van de wagens te verwijderen. 'Alleen als we samen blijven kunnen we elkaar beschermen,' had de man gezegd die luisterde naar de naam Jakob en die de stoet met zijn gespan aanvoerde. Maar hoe hadden ze zich daar altijd aan kunnen houden? Ze bevonden zich ver van de bewoonde wereld en kwamen op hun tocht zelden een boerenbedrijfje tegen. Als ze gerooide aardappelen van een stapel wilden halen of graan uit een schuur gingen stelen, hadden ze soms geen andere keus dan de wagens ver achter zich te laten.

Destijds was ze voor zo veel dingen bang geweest dat dit ene in het niet viel. Maar ze hadden maar een troep soldaten tegen het lijf hoeven lopen, of een deserteur die zijn sporen wilde uitwissen. Dan hadden ze hun zoektocht naar eten misschien wel met hun leven moeten bekopen. Christina haalde trillend adem. Het kostte haar moeite zich te beheersen.

Hoe zou het verhaal bij Selma zijn aangekomen? Christina had er graag met haar over gesproken, maar eenmaal buiten de spreekkamer had Selma zich zomaar van haar afgewend en was ze haar pleegmoeder gaan opzoeken. Zou ze de volgende dag wel met haar willen praten? De straf die ze hadden gekregen was relatief mild en niet te vergelijken met de problemen die Selma had kunnen verwachten als mevrouw Baumann had gehoord dat ze met Gerhard was gaan wandelen.

Daarbij was het de vraag wat er zou zijn gebeurd als meneer Baumann was overleden terwijl Selma met Gerhard op stap was. Zou ze niet woedend zijn geweest dat niemand het haar had laten weten? Ze moest toch inzien dat het juist was geweest haar te gaan zoeken?

Nu was het avond en eigenlijk tijd om naar bed te gaan, want ze had de volgende dag vroege dienst. Maar Christina wist dat ze geen rust zou vinden voordat ze nog eens met Hanna had gesproken.

Zachtjes, om de meisjes in de kamers naast de hare niet te storen, sloop ze de deur uit. Hanna's kamer lag in de buurt van de voormalige spreekkamer, die inmiddels als kantoor werd gebruikt. Ze haastte zich behoedzaam de achterste trap af, die de zusters gebruikten om zonder dat de patiënten het merkten de pasgeborenen van de babykamer naar hun moeders te brengen. Het was om deze tijd heel stil in het ziekenhuis, slechts zelden hoorde je het geluid van een deur die in het slot viel.

Bij Hanna's kamer aangekomen aarzelde ze. Hanna zou vast nog boos op haar zijn. Toch wilde Christina haar zien. Ze was haar enige anker. Zonder Hanna zou ze alleen op de wereld zijn. Ze klopte aan en Hanna reageerde meteen.

Christina ging naar binnen. Hanna zat aan haar bureau en was kennelijk een brief aan het schrijven. 'Stoor ik?' vroeg Christina.

Hanna sloeg haar correspondentiemap dicht en draaide zich om. 'Wat kan ik voor je doen?' Haar stem klonk kalm, maar Christina bespeurde een zekere koelte. Ze was nog steeds boos op haar, dat kon ze niet verhullen.

'Dat verhaal,' zei Christina zachtjes. Haar stem klonk schor, alsof ze hem al een poos niet had gebruikt. 'Waarom heb je me nooit over Hella en haar vriendin verteld?'

'Daar was geen aanleiding toe,' antwoordde Hanna.

'Maar het is een afschuwelijk verhaal.'

'Zeker. En ik wil zoiets nooit meer meemaken.'

Christina zweeg even. Ze wist hoe verlies voelde. En ze had net als Hanna veel verschrikkelijks gezien. Door dat verhaal waren de ergste momenten uit haar vlucht weer bij haar bovengekomen. Ze begreep volkomen waarom Hanna zich zorgen om haar maakte.

'Nu lag het anders,' zei ze toen. 'Ik wist dat Gerhard haar niets zou aandoen. Hij was geen onbekende.'

'Gerhard is een goed mens en hij zal ooit een goede verpleger worden. Er is niets op aan te merken dat Selma en hij nader tot elkaar komen.' Hanna keek Christina recht in de ogen. 'Maar een relatie mag niet op leugens worden gebouwd, dat begrijp je toch wel?'

Christina knikte bedremmeld.

'Ik ben me ervan bewust dat mijn verhaal angstaanjagend was. En dat de situatie nu anders is dan destijds, toen de dood bij elke straathoek op de loer lag. We mogen de oorlog dan achter ons hebben gelaten, de toekomst is nog allesbehalve zeker. De zwarte markt viert hoogtij en ik wil er niet aan denken wat er verder nog aan criminele sujetten in de stad rondloopt. Alles verruwt in oorlogstijd, ook mensen die voorheen fatsoenlijk waren. Als we niet weten waar we jullie kunnen vinden, kunnen we jullie in geval van nood niet helpen.'

Daarop zweeg Christina. Tijdens de oorlog had ze het gevoel gehad dat ze er alleen voor stond. Dat niemand haar zou zoeken als haar iets overkwam. Het leek Hanna te interesseren waar ze uithing. Ze was zoals haar eigen moeder was geweest voordat het oorlog werd...

Ze dacht weer terug aan al die keren dat ze stiekem naar het landgoed was gegaan. Ze wist niet of haar ouders iets hadden vermoed, maar haar moeder had haar er zeker op aangesproken als ze zich in gevaarlijke situaties had begeven. En nadat haar vader was gesneuveld, had Christina het haar moeder altijd gezegd als ze wegging van de boerderij.

'Ik zal het je de volgende keer laten weten.' Christina voelde zich vreselijk. Ze merkte wel dat ze Hanna uitermate boos had gemaakt. 'Bedankt dat je zo bezorgd om me bent, Hanna. Dat waardeer ik erg.'

Hanna's trekken werden iets zachter. 'Goed, ga maar naar je kamer. Morgen is er weer een dag.'

Eigenlijk brachten ze zaterdagavonden als deze altijd samen pratend door, maar Christina voelde aan dat het daarvoor niet het juiste moment was. 'Goedenacht, Hanna,' zei ze en daarop trok ze zich terug.

# 20

*Zehlendorf, 16 juni 1948*

Nerveus keek Louis op zijn horloge. Hij had om tien voor zes met Walter Vogler afgesproken, maar zag nu dat hij veel te vroeg was.

Dr. Vogler was een invloedrijk lid van de Artsenkamer met wie hij al ver voor de oorlog tijdens een bijeenkomst van de Berlijnse Maatschappij voor Geneeskunde kennis had gemaakt. Voglers weigering lid te worden van de NSDAP had ertoe geleid dat hij in 1933 uit het bestuur van de Artsenkamer was gezet. Als oorlogsinvalide uit de Eerste Wereldoorlog kon hij niet meer worden opgeroepen voor militaire dienst en hij had de afgelopen oorlogsjaren als arts in het Hindenburg-ziekenhuis doorgebracht. Nu was hij opnieuw benoemd tot bestuurslid van de Artsenkamer, met meer bevoegdheden dan voordien. Hij was nu aangesteld om de Amerikanen te helpen bij het oplossen van problemen ten gevolge van de oorlog, en om verstokte nazi's onder de artsenstand op te sporen.

Nu hij hier op de hoek van de Ahornstrasse stond voelde Louis zich een beetje een spion. Hij deed niets illegaals en toch merkte hij dat zijn geweten opspeelde. Zou het niet beter zijn de kwestie te laten rusten? Te vergeven en af te wachten? Ze hadden zich immers tot dusver ook zonder extra geld weten te redden en ze zouden vanzelf aan de beurt komen.

Hij wist echter maar al te goed dat de maat vol was. Al die jaren had hij geprobeerd de strijd uit de weg te gaan en Wiedemanns achterbakse aanvallen af te weren. Dat wilde hij niet langer. Veel tijd zou hij niet meer hebben om Waldfriede in zijn oude glorie te herstellen, maar hij wilde voor zijn opvolger geen puinhoop achterlaten.

Daar kwam nog bij dat hij door Wiedemanns verklaring over hem bij de Gestapo in het concentratiekamp had kunnen belanden, om van erger niet te spreken. Wiedemann moest uit het ambtelijk apparaat, waar hij onheil kon aanrichten, worden verwijderd!

Gekwinkeleer van vogels haalde Louis uit zijn overpeinzingen. Hij keek omhoog naar de bladeren boven hem. Het kostte de zon moeite met zijn stralen door het dichte gebladerte heen te dringen. De natuur herstelt zich in elk geval vanzelf, dacht hij en dat vond hij een merkwaardig troostrijke gedachte.

Het volgende moment kwam er een auto over de kasseien aanrijden. Louis had in lange tijd geen voertuig als dit gezien. Het was een zwarte Mercedes coupé, die zo'n jaar of twintig oud moest zijn, maar blijkbaar nog steeds goed functioneerde. Hij stopte bij Conradi, de bestuurder leunde opzij en draaide het raampje open. 'Dokter Conradi, goedendag!' hoorde hij een stem zeggen die hem bekend voorkwam.

In de loop der jaren was het beeld van Walter Vogler enigszins vervaagd, maar toen Louis beter keek herkende hij hem. Zijn donkere bos haar was grijs en dunner geworden, maar zijn ogen en zijn markante kin waren onveranderd. 'Stap in, dan rijden we een rondje.'

Louis opende het portier en ging op de luxe leren stoel zitten.

'Het is goed u weer te zien, Conradi,' zei Vogler en hij gaf hem een hand. 'Ik was al bang dat ze u gearresteerd hadden.'

Louis schudde zijn hoofd. 'Ik was geen lid van de Partij.'

'U bent net als ik standvastig gebleven,' zei Vogler. Hij zette de auto in de versnelling en reed rustig weg.

'Anders was het waarschijnlijk niet zover gekomen dat het een haar scheelde of de Gestapo had me ingerekend.'

'Zelfs de trouwste Partijleden waren op het laatst niet meer veilig,' antwoordde Vogler met een spottend lachje. 'Het was een soort volkssport geworden om elkaar zwart te maken.'

Louis liet dit even bezinken. Vogler reed door de Königsstrasse, langs oude huizen. Sommige zagen eruit alsof er geen oorlog was geweest, andere alsof er onlangs nog een bom was ontploft.

'Zo zie je maar dat die goeie oude bouwmethode toch beter was dan wat ze in de jaren twintig hebben neergezet,' merkte Vogel op alsof hij gedachten kon lezen.

'Het bouwmateriaal van na de Eerste Wereldoorlog was kwalitatief erg slecht,' zei Louis, die zijn tas tegen zijn borst gedrukt hield. De auto hobbelde over de kasseien en schudde hen flink door elkaar. Louis moest zijn best doen om niet met zijn hoofd tegen de voorruit te stoten. 'Dat weten we uit eigen ervaring.'

'Inderdaad,' antwoordde Vogler. 'Maar uw ziekenhuis staat nog overeind. Het is haast een wonder dat u met zo weinig schade door die periode heen bent gekomen.'

'Ook bij ons zijn er wonden geslagen. Maar het is waar, we hebben geluk gehad. Als het anders was gelopen, zou ik nu misschien niet naast u zitten.'

Hij wendde zijn hoofd naar Vogler, die een poosje nadenkend naar de straat voor zich keek. 'U zei dat u iets wilde weten. Over die kwestie kort voor het einde van de oorlog.'

'Ja. Die aangifte tegen mij bij de Gestapo.'

'Een heel onverkwikkelijke zaak,' erkende Vogler. 'Wist u dat u na de arrestatie van Ferdinand Sauerbruch bent geschaduwd?'

Louis schudde het hoofd. Hij had natuurlijk gehoord dat het onderzoek na de aanslag op Hitler door graaf Von Stauffenberg in diverse richtingen was uitgevoerd. Von Stauffenberg had contact gehad met het door Sauerbruch opgerichte Woensdaggenootschap, een groep mannen die over politiek discussieerde. Er liep een rilling over zijn rug toen hij terugdacht aan zijn bezoek bij Sauerbruch, waar hij getuige van opruiende taal was geweest.

Uiteraard was er na de aanslag ook een onderzoek naar Sauerbruch ingesteld.

'Die oude vos heeft zich goed uit de affaire weten te redden,' vervolgde zijn buurman. 'Hij beweerde slechts in de bibliotheek van de samenzweerders te zijn geweest en nooit iets te hebben geweten van het complot tegen Hitler. Toen hij op de proef werd gesteld, noemde hij zonder aarzelen de titel van een boek dat hij had gelezen. Inderdaad trof de Gestapo bij huiszoeking dat boek aan. Toen moesten ze hem laten gaan.'

Dat de beroemde chirurg was ondervraagd had Louis gehoord, maar van de exacte omstandigheden was hij niet op de hoogte.

'Ik heb geen idee of ze via hem bij u zijn uitgekomen,' vervolgde Vogler. 'Er wordt gezegd dat de hoofdredacteur van *Der Angriff* zich er sterk voor heeft gemaakt u uit uw functie te zetten. Er was kennelijk contact met een van uw personeelsleden opgenomen, die passende gegevens voor een aanklacht aanleverde.'

Kowalski, dacht Louis bitter. Hij had die man, een medebroeder-adventist nota bene, gedurende lange tijd een baan en een dak boven zijn hoofd gegeven. En dat was dus zijn loon geweest!

'Blijkbaar zijn Gunter Wiedemanns methoden door de jaren heen niet veranderd,' zei hij.

Vogler trok verbaasd zijn wenkbrauwen op. 'Hoe bedoelt u dat?'

'Wiedemann heeft tegen me getuigd, maar dat weet u vast wel.'

'Ja, dat weet ik,' antwoordde Vogler. 'En hij was niet de enige. Ook in de Artsenkamer hadden velen graag gezien dat Waldfriede geen adventistische geneesheer-directeur meer had. Maar u hebt over al die lui getriomfeerd.'

Zijn woorden lieten bij Louis echter geen gevoel van triomf maar diepe teleurstelling achter. Wie zou er behalve Wiedemann nog meer tegen hem hebben getuigd? En wilde hij dat eigenlijk wel weten? 'Wat is er van hen geworden?' vroeg hij.

'Sommigen zijn in Neurenberg voor de rechter gesleept. Anderen zijn geïnterneerd. U hebt vast wel over de processen gelezen.'

Louis knikte. 'Maar Gunter Wiedemann is weer op zijn pootjes terechtgekomen. Als een kat.'

'Die man is zo gewiekst,' zei Vogler. 'Hij heeft tijdig de tekenen herkend en ervoor gezorgd dat hem niets ten laste kan worden gelegd. Bovendien staan de geallieerden naar verluidt niet zo afwijzend tegenover voormalige nazi's als je zou verwachten. Ons overheidssysteem is hun onbekend. Ze hebben behoefte aan mensen die er de weg weten.' Vogler zweeg even en vervolgde toen met een ernstig gezicht: 'Ik neem aan dat het u ergert dat Gunter Wiedemann nog steeds invloed heeft.'

'Daarom heb ik om deze ontmoeting verzocht. Door zijn toedoen krijgt mijn ziekenhuis geen financiële middelen,' antwoordde Louis en hij voelde dat er een knoop in zijn maag kwam. 'Waarschijnlijk weet hij er naar buiten toe goede argumenten voor te vinden, maar ik weet wat er in werkelijkheid achter zit. Bij het Berlijnse hoofdkantoor van het Geallieerde Commando heb ik alleen te horen gekregen dat hij niet op zijn verklaring kan worden aangesproken omdat de inhoud hun niet bekend is. Inzage in het dossier hebben ze me tot nog toe niet gegeven. Of dat ooit zal gebeuren weet ik niet.'

'Hij zou zich eruit kunnen praten door te zeggen dat hij gedwongen was een valse getuigenis af te leggen.' Vogler slaakte een zucht. 'Ik vrees dat ik in dit geval slechts weinig voor u kan doen. Maar waar mogelijk zal ik graag helpen.'

'Hoe dan?' vroeg Louis sceptisch. Hoe kon Vogler helpen als Wiedemann buiten zijn bereik lag?

'Ach, je ontmoet wel eens iemand, en dan laat je iets vallen,' zei zijn gesprekspartner. 'Ik kan niet zeggen welk effect dat zal hebben of dat ik gehoor vind. Maar misschien levert het iets op.'

Louis knikte. Het was niet waarop hij had gehoopt, maar een rechtstreekse afwijzing was het ook niet. Wel vreesde hij dat er nog een lange strijd in het verschiet lag.

Een kwartier later zette Vogler hem in de buurt van het ziekenhuis af. De zon scheen door de bomen die de nabije Waldsee omzoomden. Opeens besefte Louis dat hij hier al lang niet meer had gewandeld.

'Bedankt,' zei hij en hij wilde het portier aan zijn kant sluiten, maar Vogler hield hem tegen.

'Voordat ik het vergeet,' zei deze. 'Ik raad u aan de komende dagen en weken voorbereidingen te treffen.'

'Voorbereidingen? Waarvoor?'

'Er gebeurt het een en ander op het hoofdkantoor van het Geallieerde Commando. Er zijn veranderingen ophanden die niet naar ieders zin zijn. Ik kan niet zeggen welke, maar het is mogelijk dat er binnenkort problemen ontstaan. Zorg ervoor dat u zich zo goed mogelijk voorbereidt. En dat u zich wapent. Er komen onrustige tijden aan, dat staat vast.'

'En wat moet ik me daarbij voorstellen?'

'Dat weet momenteel niemand precies, maar neem het zekere voor het onzekere. Leg voorraden aan van alles wat u kunt krijgen. En pas goed op uzelf.'

# 21

## *Zehlendorf, 18 juni 1948*

'Wat kan dr. Vogler bedoeld hebben?' vroeg Hanna verbaasd en ze keek naar de dozen en kratten die in het ziekenhuis waren bezorgd. Ze was er zelf met enkele collega's op uit geweest om met hun distributiebonnen aan te schaffen wat ze konden krijgen. 'Ik heb geen weet van een oproep om voorraden aan te leggen.'

Dr. Conradi had zijn verzoek om Waldfriede zo veel mogelijk verbandmateriaal en geneesmiddelen te verstrekken onderbouwd door te zeggen dat er over de gehele linie gebrek aan materiaal was. Helemaal onwaar was dat niet, maar inmiddels was Hanna op de hoogte van het gesprek van de dokter met de heer Vogler.

'Dat weet ik niet. Maar het klonk onrustbarend. En als je een en een bij elkaar optelt...' Dr. Conradi haalde peinzend zijn hand over zijn voorhoofd. 'Dat hij ons heeft aangeraden voorraden aan te leggen wijst erop dat er slechte tijden op komst zijn. Misschien heerst er ergens een schaarste die wij nog niet kunnen zien. Dr. Vogler zinspeelde er ook op dat de geallieerden het met elkaar oneens zijn.'

'Daar lijkt het inderdaad op,' zei Hanna. 'Ik las laatst in de krant dat de Sovjets nog steeds kritisch tegenover het Marshallplan staan. Ze willen iets anders voor hun sector.'

'Niet meer dan een krachtmeting,' antwoordde dr. Conradi. 'Ze kunnen toch niet een deel van het land van de rest afsnijden?'

'En stel dat dat precies is wat ze van plan zijn?' Hanna kreeg kramp in haar maag. In de afgelopen jaren was ze getuige geweest van heel wat gebeurtenissen die ze zich eerder niet had kunnen voorstellen.

'Dat doen ze heus niet. De Sovjets mogen dan de controle over een deel van Duitsland hebben, het Marshallplan is goed doordacht. En we zullen toch verder moeten. Tenslotte willen de geallieerden hun soldaten toch weer terug?'

Hanna was niet overtuigd. Ze had meer dan eens gezien dat de GI's, zoals de Amerikaanse soldaten in hun sector werden genoemd, heel goed met Duitse vrouwen konden opschieten. Er hadden zich stelletjes gevormd die inmiddels kinderen hadden. Van hen waren sommigen zelfs in Waldfriede geboren. Dat duidde niet op een leger dat op korte termijn wilde vertrekken.

~

Met een zucht veegde Christina het zweet van haar voorhoofd. De hete damp van het afwaswater vermengde zich met de stoom uit de grote kookpannen, die voor een verstikkende atmosfeer zorgde. Ze begreep niet hoe zuster Waltraud het uithield om naast haar opleiding ook nog in de keuken te helpen. Zelf voelde ze zich geradbraakt sinds ze aan haar strafcorvee was begonnen.

Wel was ze blij dat ze de straf die haar was opgelegd hier kon uitvoeren en niet bijvoorbeeld met schoonmaakwerk in het ziekenhuis, waar de kans bestond dat Gisela merkte wat er was gebeurd. Behalve Selma en zijzelf waren alleen zuster Hanna en kokkin Rosa Schulze op de hoogte van hun bestraffing.

Het afwassen viel haar vandaag echter zwaarder dan anders. Haar dienst op de verloskamer was heel vermoeiend geweest. Er waren drie vrouwen bevallen en een van de baby's was met een waterhoofdje ter wereld gekomen. De blikken die de vroedvrouwen en de verpleegsters elkaar hadden toegeworpen had ze niet goed weten te plaatsen. Toen had Karin gezegd dat zo'n kindje nog maar een paar jaar eerder had moeten worden gerapporteerd.

'Wat bedoel je daarmee?' had Christina gevraagd toen ze de baarstoel aan het reinigen waren.

‘Kom je van een andere planeet?’ Karin keek achterom naar de deur. ‘Alle baby’s met een afwijking moesten worden gerapporteerd. Dat weet ik van de oudere vroedvrouw die bij ons in de straat woonde. Dan werden die baby’s opgehaald en...’ Ze haalde haar duim langs haar hals. ‘Dan werden ze vergast! Net als anderen met een handicap.’

Christina slikte. ‘Bedoel je dat zuster Else en de anderen...’ De woorden bleven haar in de keel steken.

‘Of zij dat ook hebben gedaan?’ Karin haalde haar schouders op. ‘Wie weet... Dat is aannemelijk, of niet soms? Maar ik kan het niet met zekerheid zeggen. Misschien hebben ze een manier gevonden om het niet te hoeven doen.’

Karins woorden bleven aan Christina knagen. Zou Else tot zoiets in staat zijn geweest? Er waren ook vrouwen gearresteerd die zich in de gezondheidszorg ergens aan schuldig hadden gemaakt. Dat Else hier nog werkte, en haar collega’s ook, zou wel betekenen dat ze niet van ernstige zaken werden verdacht.

Een stem haalde haar uit haar gedachten. ‘En, lukt het een beetje?’

Rosa stond achter haar, in haar jasschort en met een hoofddoek om. Christina kende haar al uit haar tijd als dienstmeisje. Haar man was in de oorlog gesneuveld, maar ze had een dochter die slechts een paar jaar ouder was dan Christina zelf en bezig was haar opleiding tot naaister, die door de oorlog was onderbroken, af te ronden.

‘Ik ben zo klaar,’ antwoordde Christina. Er waren inderdaad nog maar een paar vuile borden over.

‘Hier, ik leg dit voor je op het kastje neer,’ zei Rosa en ze haalde een in vetvrij papier gewikkeld pakketje tevoorschijn. ‘Neem maar mee als je klaar bent.’

Christina trok vragend haar wenkbrauwen op, maar Rosa maakte zonder verdere uitleg rechtsomkeert.

Een half uur later kon Christina de keuken eindelijk verlaten. Ook ditmaal was haar hoop dat Selma zich zou laten zien tevergeefs geweest. Ze zou haar diensten wel zo hebben ingedeeld dat ze aan haar straf kon voldoen zonder met Christina te hoeven praten.

Hoe zou het nu met haar en Gerhard gaan? Hij zou zijn belangstelling voor Selma toch niet verliezen vanwege dat voorval?

Er zaten een paar watervlekken op haar jurk, maar ze was ervan overtuigd dat die algauw in de zon zouden drogen. Het warme weer nodigde uit tot een wandeling in het park.

Hoewel haar voeten pijn deden liep ze langs de kassen naar het achterste gedeelte van het terrein, waar de rode avondzon het gras deed oplichten. Ze ging onder een van de bomen zitten, sloot even haar ogen en draaide haar gezicht naar de zon. Toen haalde ze het pakje uit haar zak.

Er zat een stuk kruimeltaart in, dat waarschijnlijk over was van de middagkoffie. Soms lieten patiënten hun maaltijd staan omdat ze zich niet lekker voelden. Voor zover ze geen besmettelijke ziekten hadden werd hun eten dan verdeeld onder de keukenmeisjes. Dat zij een stuk had gekregen bezorgde Christina tranen van ontroering. Eigenlijk moest het afwassen een straf zijn, maar die lieve Rosa had een groot hart, ook voor degenen die iets op hun kerfstok hadden.

Christina tilde het pakje op tot bij haar gezicht en snoof de geur van de taart op. Echte boter, echte suiker! Die waren nog steeds nauwelijks te krijgen, maar voor de patiënten werd al het mogelijke gedaan om hen op krachten te houden.

Genietend nam ze een hap van de kruimeltaart. De zoete smaak voerde haar terug naar haar kindertijd, toen het leven nog zo eenvoudig leek. Haar grootmoeder bakte 's zondags altijd kruimeltaart. Als ze bij haar op bezoek was, slaagde ze er af en toe in een paar kruimeltjes uit de schaal te gappen. Ze zag het als een grote triomf als ze haar grootmoeder te slim af was geweest. Later begon ze te vermoeden dat haar omama, zoals Christina haar als klein meisje noemde, bewust een oogje had toegeknepen.

De dag waarop ze haar omama hadden begraven, was de droevigste van haar leven tot dan toe geweest. Inmiddels was het echter lang genoeg geleden om zich met een glimlach haar goedige gezicht met de blauwe ogen en de vele rimpels te kunnen herinneren. En zo stelde ze zich voor, terwijl ze het stuk taart oppeuzelde, dat ze weer in de keuken van haar grootmoeder was, lang voordat Hitler die onzalige oorlog over hen had gebracht.

Ze hoorde iemand achter zich roepen: 'Christina!' Meteen schoot ze overeind. Een paar kruimeltjes vielen van haar rok toen ze haastig de restjes taart van haar mond veegde. 'Selma!'

Haar vriendin kwam naar haar toe met een briefje in haar hand. Ze zag vuurrood.

'Ik dacht...' Christina slikte haar woorden in. Sinds de preek van Hanna had ze het gevoel gehad dat Selma haar ontweek. En nu stond ze voor haar alsof er niets was gebeurd.

'Je raadt nooit wat er is gebeurd!' riep ze opgewekt. 'Ik heb post van thuis gekregen. Mijn zusje Marika is terug uit Polen en heeft een verloofde meegebracht. Het was Dariusz' voorstel dat ze zouden trouwen waar Marika vandaan komt.'

'Maar dat is geweldig!' zei Christina verrast. Ze had van alles verwacht, maar niet dat Selma haar ooit nog iets persoonlijks zou toevertrouwen.

De twee meisjes keken elkaar aan. Selma straalde over haar hele gezicht.

'Ik... Ik dacht dat je boos op me was,' zei Christina na een poosje onzeker. 'Het spijt me dat het zo is misgelopen met jullie wandeling.'

Selma zette een glimlachje op. 'Het was gewoon pech,' zei ze toen. 'Niemand had toch kunnen voorzien dat mijn pleegvader ziek zou worden? We hebben immers in de les gehoord dat een galkoliek volkomen onverwacht kan optreden.'

'Ik zou nooit iets hebben gezegd, maar op dat moment moest ik wel vertellen waar je was. En Hanna... is een soort surrogaatmoeder voor me.'

'Dat begrijp ik nu,' antwoordde Selma. 'En ik ben blij dat zuster Hanna mijn pleegouders niets heeft verteld. Er zou een hoop heibel van zijn gekomen, geloof me. Horst is alweer een paar dagen thuis. Het huis zou te klein zijn geweest.'

Christina voelde een golf van opluchting door zich heen trekken. Niet alleen omdat Selma's pleegvader aan de beterende hand was, maar dat Selma haar had vergeven betekende ook veel voor haar. ‘Hoe zit het eigenlijk met Gerhard?’ vroeg ze. ‘Gaan jullie elkaar nog eens zien?’

Selma haalde haar schouders op. ‘Ik weet het niet. Hij is nog steeds heel aardig tegen me, maar we hebben nog geen nieuwe afspraak gemaakt.’ Ze zweeg even en zei toen: ‘Ik wil naar de bruiloft.’

Christina trok verrast haar wenkbrauwen op. ‘Heb je dat al tegen dokter Meyer gezegd? Of tegen dokter Davis?’ Ze wist niet of een verzoek om vrije dagen een goed idee zou zijn, nu ze hier pas tweeënhalve maand waren en ternauwernood aan een ergere straf waren ontkomen.

Selma ging in het gras zitten en Christina nam naast haar plaats. ‘Nog niet,’ zei Selma. ‘Maar ik hoop dat ik gauw de kans krijg. Tenslotte zal de reis een tijdje in beslag nemen.’

Zo blij als Christina was dat Selma weer toenadering had gezocht, zo ontsteld was ze over wat ze daar hoorde. ‘Maar... je kunt niet zomaar alleen naar Tsjecho-Slowakije reizen, door de Sovjetzone!’ riep ze uit. ‘Wie weet hoe het er daar allemaal aan toegaat. Je hebt toch gehoord wat Hanna vertelde?’

Er liep een rilling over Christina’s rug. Tijdens haar vlucht had ze heel wat gezien. Een deel ervan liet haar niet los. Het mocht nu dan vrede zijn, de straten waren nog steeds bevolkt met soldaten.

Selma wuifde haar woorden weg. ‘Ach, die tijden zijn toch voorbij? Wie zal het zeggen, misschien heeft ze het gewoon verzonnen om ons schrik aan te jagen.’

‘Dat kan ik me van Hanna niet voorstellen,’ antwoordde Christina, maar Selma leek zich geen zorgen te maken.

‘Het is nu immers vrede, en de soldaten hier zijn meestal heel aardig.’

‘Maar je weet niet hoe het in die sector is!’ Voor haar geestesoog zag Christina soldaten van het Rode Leger het bos uitkammen.

Selma pakte haar handen en verdreef daarmee dat onrustbarende beeld. ‘Christina, maak je geen zorgen om mij. Ik red me wel. Bovendien moet ik er echt naartoe! Misschien zie ik mijn zusje nooit meer als ik deze kans niet grijp!’

Christina perste haar lippen op elkaar. Ze voelde een knagende bezorgdheid. Ze wist maar al te goed wat je kon overkomen. Maar het zou op dit moment wel geen zin hebben om aan te dringen. Ze kon zich bovendien niet voorstellen dat dr. Meyer haar zomaar zou laten gaan, bruiloft of geen bruiloft.

'En wat doe je als dokter Meyer je geen toestemming geeft?' vroeg ze.

'Dan moet ik er iets op verzinnen.' Selma stond op. 'Maak je geen zorgen, ik zal je deze keer niet in de problemen brengen. Ik zal aan alles denken voordat ik vertrek.'

# 22

*Zehlendorf, 20 juni 1948*

De rij voor het wisselkantoor aan de Teltower Damm was lang en reikte bijna tot het kruispunt met de Potsdamer Strasse. Hanna schrok er een beetje van. Ze had erop gerekend dat het druk zou zijn, maar niet zo druk. Het hele stadsdeel leek op de been te zijn. In fleurige groepjes stonden mannen en vrouwen met elkaar te praten, zo nu en dan liepen ze een paar stappen door en bleven dan weer staan. Kinderen ravotten tussen hen door en speelden tikkertje.

Ook de Waldfriede-familie was aanwezig, in elk geval degenen die in het ziekenhuis gemist konden worden. Het bericht dat de nieuwe Duitse mark was ingevoerd, had in Waldfriede een storm van euforie teweeggebracht. Eindelijk zouden ze geen bonkaarten meer nodig hebben. Je zou weer normaal een winkel in kunnen gaan om iets te kopen. Ook het bestellen van medische benodigdheden voor het ziekenhuis zou weer makkelijker worden.

Hanna ging bij een paar andere zusters staan, onder wie directrice Ida en Elisabeth Conradi.

'We gaan het dus weer met een andere valuta proberen,' merkte Ida op toen nieuwe mensen zich achter hen in de rij aansloten. 'Ik ben benieuwd hoelang we het met deze zullen redden.'

'Dat hangt ervan af of er weer oorlog komt.' Hanna herinnerde zich nog goed dat na jaren van inflatie de rentenmark werd ingevoerd, die na verloop van tijd de naam rijksmark kreeg.

'Toch zal het voor ons niet nadelig uitpakken,' zei Elisabeth. 'En het wordt tijd dat we vooruitkijken. Het land moet tenslotte weer opgebouwd worden.'

'Laten we hopen dat het voor ons geen gevolgen zal hebben,' gaf Hanna in overweging. 'Tenslotte doet de Sovjet-zone niet mee.'

'Wat kan ons dat schelen?' vroeg Ida. 'Als de Russen inzien welke voordelen die nieuwe mark heeft, laten ze hem ook wel tot hun zone toe.'

'Ik heb gelezen dat ze een eigen valuta willen invoeren,' zei Elisabeth, die wat meer tijd had om het nieuws uit de krant bij te houden. 'In het ongunstigste geval zullen ze het met de andere geallieerden aan de stok krijgen.'

'Drie tegen een?' Ida snoof verachtelijk. 'Dat zullen ze niet riskeren. Voordat het jaar om is hebben ze allemaal dezelfde valuta. Jullie weten hoe mannen zijn: ze laten graag hun spierballen rollen, maar zodra ze tot bezinning zijn gekomen doen ze wat nodig is.'

Hanna onderdrukte een fijn glimlachje. Ze wist niet of Ida ooit haar hart had verloren, maar het had er alle schijn van dat ze ervaring met het andere geslacht had opgedaan. 'Wat willen jullie als eerste van het nieuwe geld kopen?' vroeg ze om van het onderwerp politiek af te komen.

'Een nieuw paar schoenen,' zei Ida zonder lang na te denken. 'Ik heb geen idee hoe vaak ik deze al heb laten verzolen. Binnenkort is er niets meer wat de schoenmaker nog kan repareren.'

'Ik ga stof en garen voor een jurk kopen,' zei Hanna. 'En misschien ook nieuwe schoenen.' Ze keek naar haar voeten. Haar veterschoenen waren vormeloos en afgetrapt. 'Hoewel ik deze zal bewaren. Ter herinnering.'

'Eerder als museumstuk,' zei Ida lachend.

'En jij, Elisabeth?'

'Ik heb veel zin om weer eens naar de kapper te gaan. Tot nu toe heb ik mijn haar altijd zelf geknipt, maar het kan geen kwaad om er weer eens wat orde in te laten scheppen. Louis overweegt het contact met de Berlijnse Maatschappij voor Geneeskunde te herstellen en daar komen misschien sociale verplichtingen uit voort.'

'Ik ben blij voor jullie,' zei Hanna. 'Na al die schaarste verdienen we allemaal weer iets moois. En vooral stabiliteit.' Eindelijk schoof de rij een flink stuk op.

'Wat zeggen jullie ervan om hierna ergens een kopje thee te gaan drinken?' vroeg Elisabeth.

'Dat zou gezellig zijn, maar ik moet jammer genoeg naar mijn zus,' zei Hanna. 'Leni wil ook naar het wisselkantoor en ze vindt het niet prettig om onze vader zo lang alleen te laten. Daarom ga ik op hem passen tot ze weer thuis is.'

'Wat doen jullie als hij verder achteruitgaat?' vroeg Elisabeth, die bekend was met de toestand van Friedrich Richter.

Hanna zuchtte. 'Dat weet ik niet. Soms maak ik mezelf wijs dat het zo door zal gaan. Maar ik besef ook dat Leni de hele verzorging alleen doet en daar voel ik me schuldig over.'

'Hoe ziet Leni dat eigenlijk?' vroeg Elisabeth. 'Verwijt ze je dat je te weinig inspringt?'

'Nee, absoluut niet! Maar ik vraag me zelf af of ik niet meer zou moeten doen.'

'Jij hebt je verplichtingen in Waldfriede,' zei Ida. 'Je vader weet dat en Leni zal dat vast ook begrijpen. Ik denk niet dat je je zorgen hoeft te maken.'

Maar Hanna maakte zich wel zorgen. En ze vroeg zich af of haar vader de omzetting naar nieuw geld wel aan zou kunnen. Ook besefte ze dat ze zelf ouder werd, en de gedachte niet te weten wie zich om haar zou bekommeren als ze eenmaal zo oud zou zijn als haar vader hield haar bezig. Zou dat Leni zijn? Of zou ze zich moeten overgeven aan onbekende verzorgsters?

Weer schoof de rij op. Nog even en ze zou het nieuwe geld in handen hebben. En daarmee een heel klein stukje van een nieuwe tijd.

~

Het was spookachtig stil op de vrouwenafdeling en de verloskamer lag er verlaten bij. Zelfs de ongeboren baby's leken te willen wachten tot hun moeder het nieuwe geld bij de wisselkantoren had opgehaald. Christina kwam uit de kamer van de laatste patiënte die ze haar middagmaal moest bezorgen en gunde zichzelf een moment om uit het raam te kijken. Hiervandaan kon ze de trottoirs zien liggen. In het weekeinde liepen daar eigenlijk altijd mensen, maar nu was het er zo stil dat het leek of de hele bevolking van Zehlendorf was geëmigreerd.

Als ze geen dienst had gehad, was ze nu waarschijnlijk ook in het wisselkantoor geweest. Ze had Hanna een volmacht meegegeven om het vastgestelde bedrag van veertig mark per hoofd van de bevolking voor haar op te nemen. De rest kon ze de komende week zelf regelen.

Omdat de patiëntes verzorgd waren en er verder niets te doen was, meldde Christina zich in de verpleegsterskamer af om een hapje te gaan eten.

In de eetzaal kwam ze Rosa tegen, die die dag verantwoordelijk was voor de uitgifte van de maaltijden voor het personeel. Ook zij was een van de weinigen die in het ziekenhuis waren gebleven.

'We zullen je missen bij de afwas,' zei ze met een knipoog tegen Christina toen ze haar kommetje met havermoutpap vulde.

'Ik kan af en toe wel vrijwillig langskomen.' Christina glimlachte. 'Nogmaals hartelijk bedankt voor het pakketje.'

'Onze meisjes moeten toch goed verzorgd worden?' antwoordde Rosa en ze wenste Christina een goede dienst.

Terwijl ze op een vrije tafel afkoerste, liet Christina haar blik langs de aanwezigen glijden. Hanna was in de stad, Karin en Beate hadden late dienst en sliepen nog.

Ze ontdekte nog een paar meisjes uit haar klas, die echter op andere afdelingen werkten en die ze alleen tijdens de lessen zag. Om de een of andere reden had ze geen zin naar hen toe te gaan. In plaats daarvan ging ze aan een vrije tafel in de hoek bij het raam zitten. Na een paar lepels havermoutpap te hebben verorberd keek ze op en zag ze Selma aankomen.

Haar vriendin glimlachte. 'Hallo! Mag ik bij je komen zitten?'

'Natuurlijk, dat hoef je toch niet te vragen?' antwoordde Christina. Sinds Selma haar had verteld over de bruiloft van haar zus had ze het gevoel dat ze weer nader tot elkaar kwamen. Daar was ze blij om, al baarden Selma's reisplannen haar zorgen. 'Ik wist niet dat je vroege dienst had.'

‘Ik was hier gewoon al heel vroeg,’ antwoordde Selma. Ze zette haar dienblad neer en ging zitten. ‘Wat een opwinding over dat nieuwe geld, hè?’ vroeg ze en ze roerde in haar pap.

Haar lichte conversatietoon bracht Christina van de wijs. ‘Staan je pleegouders vandaag ook in de rij?’ vroeg ze.

Selma knikte. ‘Horst is in de stad. Officieel mogen mensen uit de Sovjet-sector geen geld wisselen, maar waarmee moeten we anders in Zehlendorf betalen nu vanaf morgen alleen het nieuwe geld wettig betaalmiddel is?’

‘In elk geval werk je hier en krijg je je loon voortaan in de nieuwe valuta,’ zei Christina. ‘Proberen andere mensen uit jullie dorp ook te wisselen?’

‘De halve buurt. De bussen tussen Kleinmachnow en Zehlendorf rijden trouwens niet, er schijnen problemen te zijn.’

Daar keek Christina van op. Dat de bussen soms onregelmatig kwamen was niets bijzonders, maar dat ze helemaal niet reden...

‘Zijn jullie dan niet bang voor wat er kan gebeuren?’ vroeg ze. Ze had gehoord dat de Sovjets niet bepaald openstonden voor de nieuwe valuta en met consequenties hadden gedreigd.

‘Nee, hoezo?’ vroeg Selma. ‘De Russen weten het niet en ze zouden het nogal druk krijgen als ze onder de hele bevolking razzia’s zouden uitvoeren, nietwaar? Bovendien willen we dat geld toch alleen in de Amerikaanse en de Britse sector gebruiken. Daar merken ze niets van!’

Christina was er niet van overtuigd dat ze gelijk had. Maar ze besloot van onderwerp te veranderen. ‘Heb je het al met dokter Meyer over de bruiloft gehad?’ vroeg ze nadat ze een paar hapjes havermoutpap had genomen.

‘Jawel.’ De uitdrukking die op Selma’s gezicht verscheen deed Christina vermoeden dat hij geen toestemming had gegeven. Maar toen zei Selma opeens: ‘Gisteravond, voor de kerkdienst. Hij heeft er niets op tegen dat ik ga.’

‘O nee?’ vroeg Christina verbaasd. Selma stond vast ingeroosterd. Christina wist niet veel van de afdeling chirurgie, maar wel dat er net als op de vrouwenafdeling niet al te veel personeel rondliep. Hoewel ze nog maar eerstejaars leerlingen waren, konden hun helpende handen in het ziekenhuisbedrijf slecht worden gemist.

Een bruiloft was natuurlijk een bijzondere gebeurtenis, maar er lagen vele kilometers tussen Berlijn en Tsjecho-Slowakije en zo'n reis moest toch worden ingepland. 'Je wilt dus echt alleen op reis gaan?'

'Waarom niet?' vroeg Selma schouderophalend. 'Vergeet dat stomme verhaal toch eens! Toen ik naar Berlijn kwam was ik ook alleen. En destijds was ik nog een stuk jonger ook. Niemand heeft me iets aangedaan.'

'Wat vinden je pleegouders ervan?' vroeg Christina verder.

Selma ontweek haar blik. 'Die hebben toestemming gegeven.' Ze boog haar hoofd. 'Sinds die toestand met Horsts galblaas heb ik de indruk dat ze meer tijd met elkaar dan met mij willen doorbrengen.'

'Wil dat zeggen dat ze je eindelijk naar Waldfriede laten verhuizen?' vroeg Christina blij.

'Dat heb ik nog niet gevraagd,' zei Selma ontwijkend. 'Maar het is toch alvast iets dat ik naar de bruiloft mag?' Ze aarzelde een moment en voegde er toen aan toe: 'Ik vertrek morgen.'

Christina's lepel viel uit haar hand, miste rakelings haar kommetje en kwam op het dienblad terecht. Ze kreeg een paar spetters havermout in haar gezicht. 'Morgen al?' vroeg ze verschrikt en ze veegde haar wangen schoon.

Bedachtzaam legde Selma haar lepel neer. 'Horst denkt dat de onregelmatigheden in het verkeer iets te betekenen hebben. Wat weet ik niet, maar de mogelijkheid bestaat dat ik binnenkort niet meer op reis kan. Daarom ga ik morgen meteen weg.'

Er liep een rilling langs Christina's rug. Vanwaar die haast? Wist Selma's pleegvader iets wat anderen nog niet wisten? 'En dokter Meyer vindt het goed?'

'Dat zei ik toch al?' Selma's stem klonk een beetje nors. 'Het maakt toch niet uit of ik morgen vertrek of pas over drie dagen?'

Christina had daar geen antwoord op. Ze vond het allemaal erg vreemd. Maar kon ze haar twijfels uitspreken? 'Als er echt iets staat te gebeuren,' begon ze ten slotte, 'zou het dan niet beter zijn om hier te blijven? Stel dat je trein wordt tegengehouden?'

‘Ik kan me niet voorstellen dat ze dat zouden doen.’ Selma zette een glimlach op en pakte Christina’s hand. ‘Maak je geen zorgen. Ik kom wel thuis. En na de bruiloft vertel ik je hoe het was.’

~

Vermoeid door het bezoek aan haar zus en haar vader ging Hanna naar de recreatiezaal, die vroeger gezelschapskamer werd genoemd. Het oude meubilair was allang verdwenen en het weinige van waarde dat nog restte, was veilig in de kelder opgeslagen tot ze wisten wat ermee moest gebeuren.

Hanna knikte de aanwezigen kort toe en liet zich vervolgens met een zucht op een van de stoelen zakken. Uit de radio klonk gedempt Amerikaanse dansmuziek, wat na de marsen waarmee ze jarenlang waren bestookt heel verfrissend en rustgevend was.

Leni was zielsgelukkig van het wisselkantoor thuisgekomen. Tot hun vader leek echter nauwelijks iets van de ophef door te dringen. Hij werkte geconcentreerd aan een schoen en legde klokslag zes uur zijn arbeid neer om te vragen wat de pot schafte. Dat hij had gedacht de klok van de Magdeburger Dom te horen had Hanna in haar ziel getroffen.

‘Hoe was het bij je vader?’ vroeg directrice Ida, die haar breinaalden liet tikken. Nu de zomer was begonnen deed dat wat eigenaardig aan, maar Ida stond erom bekend dat ze graag ruim op tijd klaar was voor de winter.

‘Hij dacht dat hij thuis in Magdeburg was en verbaasde zich over de vreemde klank van de klokken van de Dom,’ antwoordde Hanna met een zucht. ‘Leni had gelijk dat ze hem niet alleen wilde laten. Ik weet alleen niet hoelang het zo nog door kan gaan.’

‘Misschien moeten jullie overwegen hem in een bejaardenhuis onder te brengen,’ zei Ida. ‘Ik heb gehoord dat onze gemeenschap er een in Wannsee wil openen.’

Hanna zuchtte. ‘Dat zou Leni niet over haar hart kunnen verkrijgen. En ik ook niet. Dan zou hij opnieuw uit zijn bekende omgeving worden gehaald.’ Ze schudde haar hoofd. ‘Nee, dat kunnen we niet doen. We blijven bij hem zolang dat mogelijk is.’

Ida knikte begripvol. De meeslepende melodie op de radio was afgelopen en de nieuwsberichten werden aangekondigd. Hanna's lichaam verstrakte toen de nieuwslezer zijn bericht over het begin van de uitgifte van de Duitse mark voorlas.

'De vertegenwoordigers van de militaire Sovjet-autoriteiten hebben meegedeeld dat ze de andere geallieerde bezettingsmachten gewaarschuwd hebben de nieuwe valuta niet in Berlijn en omgeving in te voeren. Ze zouden zich anders gedwongen zien sancties op economisch en bestuurlijk gebied op te leggen, zodat in Berlijn uitsluitend de valuta van de Sovjet-bezettingszone gehandhaafd wordt.'

Hanna hield haar adem in. Had ze dat goed gehoord?

'Sancties?' hoorde ze Ida vragen. 'Wat kunnen die lui ons nu voor sancties opleggen? Zo veel krijgen we toch niet uit de Sovjetzone?'

'Laten we hopen dat je gelijk hebt,' zei Hanna, maar ze kreeg een onaangenaam voorgevoel.

# 23

## *Zehlendorf, 21 juni 1948*

Met gemengde gevoelens fietste Christina door de Königsstrasse. Nu er geen bussen naar Kleinmachnow meer werden doorgelaten, had er niets anders op gezeten dan terug te vallen op Hanna's oude fiets, een van de weinige die na de oorlog niet waren gestolen of op de zwarte markt voor levensmiddelen geruild.

Ze voelde zich er enigszins ongemakkelijk bij om op dit vroege uur alleen over straat te gaan. Tenslotte moest ze naar de Sovjetsector, waar het wemelde van de soldaten. Met de bus was dat geen probleem, maar op de fiets voelde ze zich weerloos. De Königsstrasse, die uitliep in een bosweggetje, leek haar veiliger dan de grote wegen.

Misschien was het beter geweest in het ziekenhuis te blijven, dacht ze. Maar tegelijkertijd wist ze dat ze Selma niet zomaar, zonder afscheid van haar te nemen, kon laten vertrekken. Om die reden had ze zelfs Beate zover gekregen met haar van dienst te ruilen. Ze was om vier uur al met moeite haar bed uit gekomen. Het moest nu tegen zessen zijn en zo langzamerhand ontwaakte de stad merkbaar.

In de verte klonk klokgelui en Christina schrok toen er naast haar iets ritselde. Het was echter geen soldaat die aan de rand van de straat tevoorschijn kwam, maar een haas, die met lange sprongen voor haar de weg overstak.

Christina haalde diep adem. De lucht was fris en nog een beetje vochtig, maar vormde ook een voorbode van de warmte die hun vandaag wachtte. De omstandigheden waren ideaal voor een reis.

Selma had haar geen details verteld, maar Christina ging ervan uit dat haar pleegvader haar naar een van de Oost-Berlijnse stations zou brengen. In de Sovjet-zone zouden de treinen nog rijden, dus Selma zou wel goed in Tsjecho-Slowakije aankomen.

Christina trapte nog wat harder door. Het bosweggetje lag voor haar. Ze vond het een beetje griezelig om dat donkere, groene gat in te duiken, maar toen bedacht ze dat het bos haar altijd beschutting had geboden. Een uitgeholde boomstam had haar voor het ergste bewaard en ook in de periode daarna had ze zich onder het bladerdak altijd veiliger gevoeld dan op een open plek of een weide, waar elk moment de dood als regen op je neer kon vallen.

Ze moest weer denken aan de oude meneer Kobler. Sinds hij haar naar Waldfriede had gebracht, had ze niets meer van hem en zijn vrouw gehoord. Ze wist dat hun accommodatie in Spandau was aangeboden, maar haar hoop dat ze ooit in Zehlendorf verzeild zouden raken en ze hen daar zou tegenkomen, was tot dusver niet in vervulling gegaan.

Uiteindelijk werd Christina door de bomen omgeven en voelde ze zich iets rustiger. Haar jurk plakte aan haar lichaam van het zweet, maar haar armen en benen voelden krachtig aan. Om haar heen ritselde en kraakte het geheimzinnig, vogels hieven hun ochtendzang aan.

Na een poosje zag ze de eerste daken tussen de boomstammen verschijnen. Hiervandaan was het nog een flink stuk tot het huis van de Baumanns, maar omdat ze geregeld met Hanna was meegegaan als deze geloofsgenoten in Kleinmachnow bezocht kende Christina de weg enigszins.

Het motorgeluid van een auto paste helemaal niet bij de vredige ochtendstilte die het bos uitstraalde. Slechts enkele ogenblikken later doemde een militair voertuig voor haar op. Het licht van de koplampen gleed rakelings langs haar.

Christina bleef staan en stapte af. Zouden de soldaten haar hebben gezien? Het was niet verboden door het bos te fietsen. Christina had in elk geval geen waarschuwingsbord gezien. Toch leek het haar beter dekking in de bosjes te zoeken. Ze tilde de fiets een stukje op en droeg hem mee over de bosgrond, die met varens, mos en kreupelhout bedekt was. Achter een grote struik hurkte ze neer.

Het voertuig kwam dichterbij. Onwillekeurig moest Christina terugdenken aan haar vlucht, aan de vele mensen van de colonne die door het bos waren gelopen in de hoop er op zeker moment bij een dorpje weer uit te komen.

Ze verdrong het beeld. Een paniekaanval kon ze nu niet gebruiken. Als de soldaten stopten om naar haar op zoek te gaan, zou ze al haar geestvermogens nodig hebben. Terwijl het bloed in haar oren bonsde luisterde ze.

Inderdaad ging het voertuig langzamer rijden. De soldaten moesten haar hebben gezien!

*Alsjeblieft*, smeekte Christina zachtjes, *rij alsjeblieft door. Ik vorm geen gevaar voor jullie. Ik wil alleen mijn vriendin goede reis wensen...*

Toen hoorde ze dat de auto in de versnelling werd gezet en meteen daarna reed hij voorbij.

Christina zuchtte van opluchting. De soldaten hadden haar waarschijnlijk toch niet gezien. Nadat het motorgeluid was weggestorven liep ze met haar fiets terug naar het bosweggetje en stapte ze weer op. Vanbinnen vervloekte ze de patrouille, die haar door zijn komst waardevolle tijd had gekost.

Het verbaasde haar dat er in het bos soldaten reden. Zou het iets met de lamgelegde busdiensten te maken hebben? Ze had gehoord dat ook de regionale trein naar Potsdam niet langer verder dan station Wannsee reed. Selma was de dag tevoren door haar pleegvader naar Zehlendorf gebracht en ook andere verpleegsters die aan de rand van Berlijn woonden hadden over de uitgevallen spoorlijn geklaagd.

Uiteindelijk bereikte Christina de straat An der Stammbahn, vanwaar ze doorreed naar de Offenbachstrasse. Enkele minuten later kwam ze eindelijk bij het huis van de familie Baumann aan.

De herinnering aan de middag waarop ze bij het horen van het vliegtuig naar de achterdeur was gerend kwam weer bij haar boven. Ze vond het nog steeds gênant en voelde zich ook schuldig omdat ze Selma een alibi voor haar afspraakje met Gerhard had gegeven.

Ze zette de fiets met de ketting aan een boom vast. Toen streek ze haar jas glad, liep naar de deur en belde aan. Het geluid schalde blikkerig door het huis. Waren de Baumanns misschien al onderweg naar het station? Had ze Selma gemist? Christina keek opzij. Ze wist niet welke auto van Selma's pleegvader was. Het kon elk van de weinige auto's zijn die langs de kant van de weg stonden.

Ten slotte bewoog er iets achter de deur. Een sleutel werd omgedraaid en het gezicht van mevrouw Baumann verscheen om de hoek van de deur.

Christina onderdrukte een zucht van opluchting en zei: 'Goedemorgen, mevrouw Baumann.'

Selma's pleegmoeder fronste haar voorhoofd. 'Juffrouw Heller, u hier?' Ze trok verbaasd haar wenkbrauwen op. 'Is er iets met Selma?'

Die vraag vond Christina een beetje vreemd. 'Nee, ik... Ik wilde haar nog even spreken voordat ze...' Mevrouw Baumann keek haar zo verbijsterd aan dat Christina geen woord meer kon uitbrengen.

'Selma is toch in Waldfriede? Mijn man heeft haar er net naartoe gebracht.'

Christina begreep er niets van, maar onderdrukte de neiging haar hoofd te schudden. Zou Selma toch nog van gedachten veranderd zijn?

'Waarom denkt u dat Selma hier is?' vroeg mevrouw Baumann door.

Het liefst had Christina zich omgedraaid en was ze weggelopen, maar ze bleef als aan de grond genageld staan. Er was geen uitweg meer, ze moest het mevrouw Baumann vertellen! 'Omdat ze me heeft verteld dat ze vanochtend op reis naar Tsjecho-Slowakije zou gaan, naar haar familie.'

# 24

Christina's longen deden pijn van het hijgen en de fiets voelde nog gammeler aan dan hij al was. Angst en onbegrip woedden in haar.

Ze stoof door de poort van Waldfriede, langs een ziekenwagen waaruit juist een nieuwe patiënt werd gehaald, en zette de fiets in het fietsenrek naast het huis van de geneesheer-directeur. Stilletjes hoopte ze dat Selma gewoon aan haar dienst was begonnen. Het kon immers zijn dat ze was teruggekrabbeld.

Onderweg naar het hoofdgebouw verwierp Christina haar plan Hanna op te zoeken. Op de afdeling chirurgie zouden ze haar kunnen vertellen of haar vriendin aanwezig was.

Bij de deur van de afdeling kwam ze twee zusters tegen, die bezig waren een bed door de deuropening te manoeuvreren. De oudere vrouw in het bed was al voorbereid voor haar operatie.

'Goedemorgen,' zei Christina tegen de verpleegsters. 'Weten jullie of Selma aanwezig is?'

De oudste, zuster Grete, schudde haar hoofd. 'Ik heb haar vandaag nog niet gezien. Kijk maar even op het dienstrooster.'

'Bedankt.' Ongerust liep Christina door naar de verpleegsterskamer. Daar zat directrice Ida, die in gesprek was met hoofdzuster Esther.

'Goeie genade, meisje!' riep Ida afkeurend en ze liet haar blik over Christina's kleding gaan. 'Op de afdeling dien je je uniform te dragen!'

'Het spijt me, zuster Ida,' zei Christina. 'Ik heb vrij, maar... Ik zou graag willen weten of Selma vanochtend is komen opdagen.'

Esther keek haar verbaasd aan. 'Voor zover ik weet heeft ze avonddienst. Wat is er aan de hand?'

Haar woorden troffen Christina als een klap in het gezicht. Even bleef ze stokstijf staan. Selma's laatste woorden schoten haar te binnen: *Maak je geen zorgen, ik zal je deze keer niet in de problemen brengen. Ik zal aan alles denken.* Was het mogelijk dat ze iedereen had voorgelogen? Met mevrouw Baumann had ze afgesproken dat ze eerst in het ziekenhuis zou gaan kijken. Daarna zou ze de Baumanns zo mogelijk laten weten dat alles in orde was. De gedachte dat Selma onvindbaar kon zijn had ze tot nu toe niet willen toelaten...

'Hé, is daar iemand?' vroeg Esther ongeduldig en ze knipte met haar vingers voor Christina's gezicht alsof ze haar wilde wekken.

'Neem me niet kwalijk, zuster Esther. Ik... Ik moet ervandoor.'

Zonder verder aandacht aan de verpleegsters te schenken draaide Christina zich vlug om en stormde ze de afdeling af.

~

'Goeie genade, dat ontbrak er nog maar aan!' riep Hanna uit nadat Christina haar had verteld over haar bezoek aan Selma's pleegouders.

'Wist je van haar plannen?' vroeg ze en haar ongeloof maakte plaats voor bezorgdheid. Wat Hella was overkomen was slechts een van de vele gebeurtenissen waarvan Hanna tijdens en na de oorlog getuige was geweest. Er waren nog meer zusters op eigen houtje weggegaan. Het was mogelijk dat die meer geluk hadden gehad, maar ze hadden nooit meer iets van hen vernomen.

'Ik wist dat ze een brief van thuis had gekregen,' zei Christina. Ze trilde zichtbaar van uitputting. 'Haar zus ging trouwen. Ze vertelde dat ze dokter Meyer wilde vragen haar vrij te geven.'

'En?' vroeg Hanna en ze fronste haar voorhoofd. 'Heeft hij dat gedaan?'

'Ja, dat zei ze tenminste.'

Hanna sloot even haar ogen. *Nee toch, alsjeblieft niet*, smeekte ze stilletjes. Een vreselijk vermoeden bekroop haar. Als docent van de verpleegopleiding zou ze zijn geïnformeerd als een leerling vrijaf had gekregen, maar dr. Meyer had niets gezegd.

'Hanna, alsjeblieft,' zei Christina smekend. 'Ik wist echt niet dat...'

'We gaan naar dokter Meyer!' zei Hanna. Ze wilde juist weglopen toen dr. Conradi binnenkwam.

'Zuster Christina, wat doet u hier?' vroeg hij verbaasd.

Christina klauwde met haar handen in haar jas. De bezorgdheid om haar vriendin was haar duidelijk aan te zien, dacht Hanna.

'Christina heeft me net verteld dat leerling-verpleegster Selma is verdwenen,' verklaarde Hanna.

'Verdwenen?' Dr. Conradi fronste zijn voorhoofd.

'Ze heeft tegen haar ouders gezegd dat ze vroege dienst had, maar dat is niet het geval. Ook zegt Christina dat Selma's pleegvader haar hier zou hebben afgezet.'

Er verscheen een verschrikte uitdrukking op Conradi's gezicht. 'Maar dat is vreselijk! We moeten haar ouders op de hoogte stellen! En de politie!'

Hanna knikte. 'Eerst wil ik dokter Meyer nog even spreken.'

Hanna trok Christina mee en dr. Conradi keek hen onthutst na. Toen ze het woonhuis van de geneesheer-directeur eenmaal hadden verlaten, versnelden ze hun pas en renden ten slotte de buitentrap van het hoofdgebouw op.

Dr. Meyer was bezig met zijn visiteronde op de afdeling interne geneeskunde en kwam juist een ziekenzaal uit. Normaal gesproken zouden ze hem niet hebben gestoord, maar nu stapte Hanna vastberaden op hem af. 'Dokter Meyer, neemt u me niet kwalijk dat ik u stoor. We hebben dringend iets met u te bespreken.'

Het hoofd van de verpleegopleiding, tevens chef van de afdeling interne geneeskunde, leek de ernst van de situatie meteen in te zien. Hij droeg de visites over aan zijn twee arts-assistenten en gebaarde naar Hanna en Christina dat ze mee moesten komen naar zijn kamer.

'Wat heeft ze uitgespookt?' vroeg hij nadat hij de deur achter zich had dichtgedaan.

'Het gaat niet om Christina,' antwoordde Hanna. 'Heeft Selma het in de afgelopen dagen met u gehad over een reis naar Tsjecho-Slowakije?'

Dr. Meyers gezicht verstrakte opeens en zijn huid kreeg een ongezonde grauwe kleur. 'Ja,' zei hij ten slotte, 'en ik heb haar verboden te gaan. Ik zou het u hebben verteld, zuster Hanna, als mijn besluit anders was uitgevallen.'

Hanna en Christina keken elkaar aan. Christina had tranen in haar ogen.

'Dan hebben we nu een heel groot probleem,' zei zuster Hanna. 'Het ziet er namelijk naar uit dat ze op eigen houtje is vertrokken.'

# 25

Elk gebaar viel Christina zwaar. Telkens weer zag ze de verbaasde blik van mevrouw Baumann voor zich en hoorde ze haar woorden, die inhielden dat Selma eigenlijk hier in Waldfriede zou moeten zijn aangekomen. Maar ze was er niet.

Nadat ze bij dr. Meyer waren weggegaan had Hanna haar naar haar kamer gestuurd, omdat ze pas 's middags dienst had. Het liefst zou ze naar het station zijn gefietst om Selma te zoeken. Maar of ze dan op tijd terug kon zijn was maar de vraag.

De uren die ze in haar kamer doorbracht met ijsberen verstreken tot haar verbazing razendsnel. Uit angst voor wat haar op de afdeling te wachten stond had ze zelfs het middagmaal overgeslagen. Onder de verpleegsters die op dr. Meyer hadden gewacht tijdens diens visiteronde had zich namelijk ook een leerling uit haar klas bevonden. Het was mogelijk dat zij de anderen had verteld dat er een probleem met Christina was geweest.

Op de afdeling was alles echter rustig. Bij de overdracht had Gisela haar gebruikelijke norse gezicht getrokken en Beate leek van niets te weten. Ook zuster Else en haar collega's zeiden niets over Selma.

'Christina, sta je te slapen?' zei zuster Else berispend.

Christina schudde haar gedachten van zich af. In haar handen had ze de doeken waarom de kraamzuster haar had verzocht. Het klaaglijk gehuil van de pasgeborene schalde door de verloskamer. Ze vermande zich vlug en overhandigde de doeken. Toen draaide ze zich om. Zuster Elses blik was nog steeds op haar gericht.

Toen het kindje naar de babykamer en de moeder naar de zaal werd gebracht, nam Else Christina apart. 'Wat is er met jou aan de hand?' vroeg ze. 'Zo ken ik je niet.'

Christina keek haar aan. Zou ze niet van Selma's verdwijning hebben gehoord? 'Het spijt me, zuster Else,' zei ze en ze boog haar hoofd.

Else nam haar een tijdje op. 'De kwestie met Selma heeft je aangegrepen, hè?'

Christina knikte. De vroedvrouw wist er dus toch van!

'Ik kan me voorstellen dat je je zorgen om haar maakt,' zei Else, 'en dat je je misschien ook bedrogen voelt.'

'Heeft Hanna het u verteld?'

'Het was in de eetzaal het gesprek van de dag.' Ze zweeg even en vervolgde toen: 'We maken ons allemaal zorgen om haar. Maar je bent nu op de afdeling. We hebben je volledige concentratie nodig. En de moeders en de baby's net zo.'

'Ik weet het, zuster Else. Maar als ik eraan denk wat haar allemaal kan zijn overkomen...'

'Dat begrijp ik. Hier in de verloskamer gaat het echter om het leven van moeder en kind. Je moet je hoofd erbij houden, ook als dat soms moeilijk is. Door onoplettendheid kunnen er zomaar fouten in sluipen. Als je later zelf vroedvrouw bent, kan zoiets je reputatie en...' Ze werd onderbroken door luid gekletter. 'Wat is dat in vredesnaam?' vroeg ze en ze stoof de verloskamer uit.

Christina liep haar achterna. Toen zag ze Gisela uit een van de kraamkamers komen. Ze wierp Christina een korte blik toe, haar gezicht stond op onweer. Dat Selma was verdwenen deed haar niets, waarom zou het ook?

De herrie leek uit de afdelingskeuken te komen. Inmiddels stroomden er zusters toe, zodat zich algauw een kluwen mensen voor de deur vormde.

'Dat kan toch niet waar zijn!' zei zuster Else boos toen ze de veroorzaker van de wanorde in het oog kreeg. Midden in de keuken stond een man in een witte jas, kennelijk een aankomend arts. Zijn naam kende Christina niet, maar zuster Else scheen precies te weten wie hij was.

'Meneer Friedrichs!' riep ze uit. 'Wat hebt u in de keuken van de kraamafdeling te zoeken? Voor zover ik weet bent u coassistent op interne!'

'Ik... Ik...' stamelde de jongeman. Ontkennen was zinloos, want het was overduidelijk wat hem daar had gebracht. De melkkan die de zusters al wekenlang op de kast neerzetten om hem te beschermen tegen de melkdief lag op de vloer. Een groot stuk van het email was er door de klap af gesprongen.

Het hoofd van de jongeman zag vuurrood. 'Ik... Ik had melk nodig en dacht...'

'Dat een paar slokken niet zouden opvallen?' Zuster Else keek hem met fonkelende ogen aan. 'Dat is diefstal ten koste van de zuigelingen en u zult er de consequenties van dragen! Ik zal dokter Meyer op de hoogte brengen.'

'Wacht even, zuster Else. Alstublieft!' De coassistent hief smekend zijn handen. De tranen sprongen hem in de ogen. 'De pasgeboren baby van mijn zus... lijdt aan ondervoeding. Mijn zus heeft niet genoeg melk. Ze heeft zelf nauwelijks te eten en heeft geen geld... Ik dacht, als ik er een klein beetje van neem...'

Achter Christina hapte iemand verschrikt naar adem. Zuster Else zette grote ogen van verbazing op. 'Dus u hebt de melk niet zelf opgedronken?' vroeg ze.

'Nee, ik...' Trillend stak hij zijn hand in de zak van zijn witte jas en haalde er een flesje uit. 'Kijk... Ik wilde echt maar een klein beetje pakken. Voor mijn nichtje...'

Else sloot even haar ogen, opende ze weer en keek de coassistent aan. 'U haalt uw zus met haar baby hierheen, en wel zo snel mogelijk. Als het kindje echt ondervoed is, moet het op een andere manier worden geholpen. Gestolen melk zal moeder noch kind helpen. Als echter zou blijken dat het om een leugen gaat...'

De aanstaande arts haalde nerveus zijn hand over zijn ogen, maar de tranen bleven over zijn wangen biggelen. 'Het is geen leugen. Het gaat echt slecht met het meisje. En ook met mijn zus.'

Else knikte. 'Goed. Breng haar na uw dienst naar ons toe. Ik zal met dokter Conradi praten. En maak nu dat u wegkomt van mijn afdeling en ga u opfrissen! – Meisjes, ruim de keuken op, ik ben zo terug!'

Zuster Else liep naar de deur van de afdeling met de coassistent in haar kielzog. De verpleegsters zwegen bedremmeld.

Arme man, dacht Christina. Ze pakte een doekje om de melk op te deppen. Beate en Karin volgden haar voorbeeld, terwijl Gisela met opgestreken zeil de keuken uit liep alsof het haar allemaal niets aanging. Natuurlijk vond ze het niet nodig zich te verontschuldigen voor haar insinuatie dat Christina de melk zou hebben gepikt.

In haar pauze ging Christina naar de ziekenhuispoort. Ze had Selma maar al te graag het verhaal over de melkdief verteld, maar ze was zich er pijnlijk van bewust dat dat er niet in zat.

Ze wist niet wat ze verwachtte, maar ze hoopte dat Selma weer zou verschijnen. Misschien reden er toch geen treinen... Steeds dezelfde vragen tolden rond door haar hoofd: waarom had ze zich door haar vader naar Zehlendorf laten brengen, terwijl ze ook 's nachts het huis uit had kunnen sluipen? Hoe was ze op het station gekomen? Zou ze echt de lange weg terug naar de Sovjet-sector hebben genomen? En waar zou ze nu zijn? Ze had beloofd iets van zich te laten horen als ze was aangekomen, maar zou ze daar wel aan denken?

Christina sloeg haar armen over elkaar. Ze voelde een diep verdriet. Ze had gedacht dat ze Selma's vriendin was, maar was dat terecht geweest? Of had Selma hen allemaal voor de gek gehouden?

Iemand sprak haar aan. 'Christina?' Ze draaide zich om.

Gerhard stond voor haar in zijn verplegersuniform, dat voor mannen uit een blauw met wit gestreept jasje, een wit overhemd en een witte broek bestond. Elk kledingstuk was wel ergens zorgvuldig versteld, want de naaisters konden door gebrek aan stoffen nog steeds alleen reparaties uitvoeren en geen nieuwe kleding maken.

'Wat is er, Gerhard?' vroeg ze. Sinds ze Selma en hem bij de Krumme Lanke had gezocht, hadden ze nauwelijks meer dan drie woorden gewisseld. Ze wist alleen dat hij momenteel was ingedeeld bij badmeester Carl Rohleder en dat hij goed met diens assistent Lothar Müller kon opschieten.

'Ik wilde je iets over Selma vragen.'

'Vraag maar,' antwoordde ze. 'Ik bijt niet, hoor.'

Gerhard aarzelde. Wat het ook was, hij scheen het pijnlijk te vinden. 'Dat ze verdwenen is,' begon hij ten slotte. 'Dat heeft toch zeker niets met mij te maken? Ik vraag me de hele tijd af...'

Christina trok haar wenkbrauwen op. 'Hoe kom je daar nu bij?'

'Nou ja, sinds jij haar bent komen halen, deed ze een beetje... koel tegen me.'

'Ik ben ervan overtuigd dat jij niet de reden voor haar verdwijning bent,' zei Christina mild. 'Ze wilde naar de bruiloft van haar zus. Dat en alleen dat zal de reden zijn.'

Gerhard knikte en er verscheen een trieste uitdrukking in zijn ogen. 'Daar heeft ze me jammer genoeg niets over verteld. En ik dacht nog wel dat ze me graag mocht.'

'Ik weet zeker dat ze je graag mag.' Selma had het sinds hun wandeling nauwelijks over hem gehad en alleen verteld dat ze dacht dat hij geen aanstalten meer zou maken om haar nog eens mee uit te nemen. Maar ze wilde de jongen niet nog meer kwetsen. 'En ze laat vast van zich horen als ze is aangekomen. Dat heeft ze me beloofd.'

~

Louis zat op hete kolen. Vervuld van onrust keek hij uit het raam van zijn werkkamer. De zon wierp een rood licht over het park van Waldfriede en de kassen.

Sinds hij de politie had geïnformeerd leken de uren voorbij te kruipen. Hij verwachtte dat hij elk moment het verlossende telefoontje kon krijgen. Dat ze hem zouden vertellen dat het meisje was gevonden. Maar het telefoontoestel bleef stil.

Uiteindelijk leunde hij naar achteren en zette de duim en wijsvinger van zijn rechterhand tegen zijn ooghoeken. Zijn ogen brandden en hij snakte naar wat rust.

Toen de deur werd opengedaan, liet hij zijn hand zakken. In plaats van Hanna zag hij echter Elisabeth staan. Ze droeg een bruine jurk met een wit kraagje en haar zwarte haar was in haar nek tot een knotje gedraaid. 'Gaat het wel?' vroeg ze zacht. 'Zal ik je een kopje thee brengen?'

'Dank je, dat zou heel lief zijn.'

'De verdwijning van dat meisje grijpt je erg aan, nietwaar?'

'Ja,' zei hij. 'Ik begrijp vooral niet waarom ze ons zo om de tuin moest leiden. Ze heeft niet eens een klasgenote met wie ze bevriend was in vertrouwen genomen. Wie weet aan welke gevaren ze is blootgesteld!'

Elisabeth dacht even na en vroeg toen: 'Wat gaan jullie doen als ze wordt gevonden?'

Louis zuchtte diep. Die gedachte hield hem evenzeer bezig als de vraag wat er zou gebeuren als ze niet werd gevonden.

'Dat kan ik niet zeggen,' antwoordde hij uiteindelijk. 'Voorlopig wil ik alleen maar weten dat ze leeft. Maar wat haar opleiding betreft...' Hij keek zijn vrouw aan. 'Als jij in je tijd als directrice een leerling had gehad die zomaar uit het ziekenhuis was weggegaan...'

'Dan had ik haar vast niet terug willen hebben,' gaf Elisabeth eerlijk toe. 'Maar in de huidige tijd... De ziel van die jonge mensen is zo beschadigd.'

'Net als de onze.'

'Maar onze zielen zijn als oude bomen. Wij hebben er door de jaren heen vele laagjes schors bij gekregen, veel ringen die ons binnenste omsluiten.' Elisabeth slaakte een zucht. 'Hun is echter een deel van hun kindertijd, van hun jeugd afgepakt.' Ze keek haar man aan. 'Als ze wil terugkomen, moeten we haar weer bij ons opnemen. Tenslotte was het haar familie waar ze naartoe wilde. Haar echte familie.'

Louis beantwoordde haar blik een moment lang en vroeg zich af wat zijn vader zou hebben gezegd als hij zomaar zijn studie had opgegeven. Als hij opeens bij hem op de stoep had gestaan en hem had verteld dat hij zijn hele toekomst had vergooid. Richard Conradi, die inmiddels bijna negen jaar dood was, zou het hem niet hebben vergeven.

Maar Selma's biologische familie zou misschien wel blij zijn met haar komst. En als dat zo was, zou ze dan reden hebben om naar Berlijn terug te keren?

'We zullen haar plaats vrijhouden tot we weten wat er met haar is gebeurd. Mocht ze van zich laten horen en zeggen dat ze van plan is terug te komen, dan zullen we met haar praten en beoordelen of ze het serieus meent. Ze zal onze vergiffenis moeten verdienen.'

'Ze verwacht misschien niet anders. En wie weet is ze al op de terugweg.'

# 26

## *Zehlendorf, 23 juni 1948*

Die ochtend stond Christina veel vroeger op dan nodig was. Buiten kwam de zon nog maar net boven de horizon uit, maar ze hield het onder haar dekbed niet meer uit.

Haar angst om Selma wilde maar niet verdwijnen. Keer op keer had ze hun laatste gesprek de revue laten passeren, maar een aanwijzing dat ze had gelogen vond ze niet.

Omdat ze vroege dienst had, trok ze haar verpleegstersuniform aan, maar het licht liet ze uit. Ze wilde geen aandacht trekken. Gebruikmakend van het schaarse daglicht sloop ze op haar tenen naar de deur en vervolgens haar kamer uit. Op de gang was het nog donker en stil. Van achter een deur klonk zacht gesnurk. De zusters die nachtdienst hadden, zouden op hun kamer de administratie over de afgelopen uren proberen bij te werken.

Christina liep de achtertrap af, maar ze was ditmaal niet op weg naar Hanna. De hoop dat Selma het park in kon zijn gegaan en daar op haar zat te wachten vervulde haar hart. Het was onwaarschijnlijk, maar er was iets wat haar naar buiten trok.

De frisse ochtendlucht omhulde haar meteen en bezorgde haar rillingen. Twee dagen eerder rond dezelfde tijd was ze onderweg naar Kleinmachnow geweest. Wat zou er zijn gebeurd als ze daar niet naartoe was gegaan om afscheid te nemen? Zouden Selma's pleegouders dan pas 's avonds hebben gemerkt dat ze niet meer in Waldfriede was?

Van Hanna had ze tijdens het avondeten gehoord dat meneer en mevrouw Baumann haar de hele dag in Berlijn hadden gezocht. De militaire politie was op de hoogte en hoewel die veel andere problemen had, hoopte Hanna dat ze Selma gauw zouden vinden en haar zouden terugbrengen.

Maar Christina was sceptisch. Hoe moest de militaire politie Selma opsporen als er nog zo veel mensen familieleden misten die ze tijdens de oorlog uit het oog hadden verloren?

Dan hield ze zichzelf echter voor dat haar bezoek in de vroege ochtend misschien het verschil zou maken. Daardoor hadden degenen die haar zochten een halve dag extra tijd gewonnen en konden ze haar misschien inhalen voordat ze de grens bereikte. Waarschijnlijk zou Selma als dat bekend werd nooit meer met haar willen praten, maar op dit moment ging het er alleen om dat haar niets zou overkomen.

Christina liep naar de rotonde, waar de taxuskegels als wachters in rijen langs de oprit stonden. Ze keek langs de oprit naar de Argentinische Allee. Om deze tijd was het overal nog rustig. Er waren maar weinig fietsers op straat en af en toe doemde de lichtkegel van een auto op.

Toen bespeurde ze opeens een gestalte in de verte. Ze kon niet precies zien wie het was, maar het was iemand met een tas bij zich. Selma! dacht Christina meteen. Vol ongeloof staarde ze naar de gestalte, toen kwam ze in beweging. Ze liet het ziekenhuis achter zich, stak het kruispunt over en liep langs het station van de U-Bahn, dat er om deze tijd even stil bij lag als de woonhuizen, waarvan alle ramen nog donker waren.

Christina's hart bonsde van opwinding. Waar zou Selma zich hebben opgehouden? Was ze alleen nog niet naar haar ouderlijk huis vertrokken omdat de treinen niet reden?

Ze bleef abrupt staan. Degene die haar tegemoetkwam was een verpleegster uit Waldfriede, dat zag ze aan het uniform. Maar Selma was het niet.

'Beate!' riep Christina, die probeerde haar teleurstelling de baas te worden. 'Waar kom jij vandaan? Je had toch nachtdienst?'

'Daar verderop is de hel losgebroken,' antwoordde haar klasgenote. 'Alle toegangswegen zijn versperd. We hebben urenlang op de snelweg gestaan. Eigenlijk had ik gisteravond om zeven uur al moeten beginnen, maar er was geen doorkomen aan. En het was ook niet mogelijk Waldfriede te bellen.'

Christina probeerde te bevatten wat Beate had gezegd. De treinen reden al drie dagen niet meer en nu kwamen de wegen er ook nog bij. 'Hoe ben je hier dan naartoe gekomen?' vroeg ze verward.

'Toen we op de snelweg niet verder konden, heeft mijn neef een omweg geprobeerd. We hebben urenlang rondgereden, overal waren soldaten. Op een gegeven moment vonden we een sluipweggetje, maar ook dat zullen ze wel gauw afsluiten.' Beate haalde diep adem. 'Ik hoop dat zuster Else niet boos op me is.'

'Dat weet ik niet, ik had dagdienst,' zei Christina en ze verbaasde zich erover dat ze niet op de hoogte was gebracht. Er had eigenlijk iemand voor Beate moeten invallen. 'Maar ze zal het vast begrijpen.' Haar blik viel nu op de koffer, waardoor ze Beate voor Selma had aangezien. 'Ben je van plan op reis te gaan?'

'Mijn ouders zeiden dat ik voorlopig maar even in Berlijn moest blijven, bij tante Anna. Ze woont hier niet ver vandaan.' Ze sloeg haar hand voor haar mond. 'Goeie genade, die zal ook wel doodongerust zijn.'

'Dan moeten we haar misschien eerst laten weten dat je niet bent opgepakt. Daarna zien we wel verder.'

~

Keer op keer draaide Hanna de lichtschakelaar om, maar er gebeurde niets. Zou er een zekering zijn doorgebrand? Of was er kortsluiting ontstaan in de slechte bedrading?

Ze liep op de tast naar het raam en schoof de gordijnen open. Die bestonden nog steeds uit de verduisteringsstoffen die tijdens de oorlog voorgeschreven waren en hielden vrijwel elk sprankje licht tegen.

Gelukkig was de zomer in aantocht, de zon stond al boven de horizon. Vlug waste ze zich en daarna trok ze haar verpleegstersuniform aan. Zou het licht in de andere kamers het ook niet doen?

Ze was net haar kamer uit toen ze op de gang tumult hoorde. Er klonken opgewonden stemmen door elkaar. Even later kwam ze dr. Conradi tegen.

'Goedemorgen, zuster Hanna,' zei hij gejaagd. 'De stroom is uitgevallen.'

'In het deel met de verpleegsterskamers?' vroeg ze.

'Nee, in het hele ziekenhuis.'

'In het hele ziekenhuis?' vroeg Hanna ongelovig. 'Hoe kan dat nu? Is de hoofdschakelaar doorgebrand?'

'De monteurs zijn al op zoek naar de oorzaak,' zei Conradi. 'Die zullen ze vast gauw vinden.'

Een storing als deze deed zich zelden voor. Als de elektriciteit de afgelopen jaren was uitgevallen, kwam dat meestal door een stroomafsluiting als gevolg van de oorlog.

Ze liet haar blik naar buiten dwalen en verstijfde. 'Dokter!' Hanna wees naar het raam, waardoor je de naburige huizen kon zien. Dat niet alle ramen om deze tijd verlicht waren was niet zo vreemd, maar de straatlantaarns zouden eigenlijk nog moeten branden.

Ze keek de dokter aan, die haar niet meteen leek te begrijpen. 'Kan het zijn dat de hele straat geen stroom heeft?'

Conradi fronste zijn voorhoofd. Hij dacht even na en kwam toen in beweging.

'Wat moeten we nu doen?' riep Hanna hem na.

'Breng de spreekkamer maar in gereedheid,' antwoordde hij. 'Mijn vrouw geeft u wel een of twee carbidlampen.' Met die woorden verdween hij.

~

'Dat ontbrak er nog aan,' morde zuster Else toen Christina de verpleegsterskamer binnenkwam. 'Stroomuitval. Dat hebben we al bijna twee jaar niet meer gehad!'

Ook in de keuken waren alle lampen uit gebleven. De keukenploeg had zich weten te behelpen met carbidlampen. Gelukkig kon het koken gewoon doorgaan, hout en kolen voor het grote fornuis waren er genoeg. Bij kaarslicht had Christina haar ontbijt genuttigd en was daarna met haar dienst begonnen.

Toen ze weer terug waren van Beates tante en zich bij het dienstdoende afdelingshoofd hadden gemeld, was Christina's medeleerling naar het rustkamertje voor de nachtzusters gestuurd. Het leek erop dat Gisela haar dienst had overgenomen, want die zag er niet erg uitgeslapen uit.

'We zullen moeten zien hoe we ons verder behelpen,' vervolgde Else. 'In de verloskamer is zo ook genoeg licht, maar we hebben de warmtelampen nodig voor de pasgeborenen. Christina en Karin, jullie gaan naar de keuken beneden en vullen zo veel kruiken met heet water als jullie kunnen krijgen. Alle anderen zorgen zoals gewoonlijk voor de patiëntes.'

'Hoe zit het met de autoclaven voor de instrumenten?' vroeg zuster Luise.

'Tja, we zullen voor de middag toch wel weer stroom hebben,' antwoordde Else. 'Maar zo niet, dan gaan we over op de oude methode: ontsmetten en uitkoken. Meer doet een autoclaaf ook niet.'

Op haar handgebaar verspreidden de verpleegsters zich.

In het zijvertrek van de zuigelingenkamer haalden Christina en Karin alle kruiken die ze hadden uit de kast. Aan sommige kon je zien dat ze al lang dienstdeden. De twee leerling-verpleegsters droegen hun buit in een wasmand naar de keuken. Daar leek alles zijn gewone gangetje te gaan. Er viel daglicht door de ramen en even leek het of er niets aan de hand was.

'Dat ze juist nu de stroom moesten afsluiten,' morde Erna, een van de keukenhulpen, die bezig was wortels te raspen.

'Misschien is het gewoon een schommeling in het net,' opperde een meisje dat bezig was met de afwas.

'Hé, wat komen jullie doen?' vroeg Rosa toen ze Christina en Karin in de deuropening zag staan.

'We hebben water nodig voor kruiken voor de babyafdeling. Zuster Else wil ze in plaats van de warmtelampen gebruiken.'

Rosa keek op. 'Natuurlijk.' Ze wees naar een grote ketel die op het fornuis stond. 'Jullie moeten wel even geduld hebben. Het water staat nog maar net op.'

‘Goed dat het zomer is,’ zei Erna. ‘Je moet er niet aan denken dat dit in de winter was gebeurd. Ik weet nog goed hoe het in de oorlog was, toen we vanwege de bombardementen geen stroom hadden.’

Een onaangenaam geluid legde haar het zwijgen op. Het klonk als piepen en knarsen met tussendoor het motorgeluid van een auto.

‘Wat was dat?’ vroeg Erna en ze keek om zich heen.

Het geluid klonk nogmaals.

‘Doe het raam open!’ zei Rosa tegen een van de meisjes. Dat liep vlug naar het raam en zette het open. De dissonant ontpopte zich als een mededeling die luid door de straat schalde.

‘Attentie, attentie, hier spreekt de stem van RIAS Berlijn!’ Dat was de radiozender van de westelijke sectoren, opgericht door de westelijke geallieerden.

Christina keek Rosa aan. ‘Wat heeft dat te betekenen?’

‘Stil!’ riep Erna.

De blikkerige stem uit de groene auto die midden op straat stond klonk opnieuw: ‘Sinds vanmorgen zijn de westelijke sectoren van Berlijn op bevel van de Sovjet-Unie van de buitenwereld afgesloten. Alle toegangswegen zijn geblokkeerd. De groots opgezette actie begon met de afsluiting van de snelweg en alle doorgaande wegen. Al het treinverkeer is in de vroege ochtenduren tot stilstand gebracht. Duizenden reizigers hebben op de stations vergeefs op hun trein gewacht.’

De vrouwen hapten verschrikt naar lucht. ‘Ze kunnen ons toch niet opsluiten?’ wist Rosa uit te brengen.

De spreker vervolgde: ‘Bovendien hebben de Oost-Duitse krachtcentrales opdracht gekregen geen stroom meer aan de westelijke sectoren te leveren. Ook de waterwegen zijn afgesloten.’

Christina voelde het bloed uit haar gezicht wegtrekken. Hiermee hadden ze de verklaring voor de stroomuitval.

De Russen hadden hen gegijzeld.

# 27

Een uur nadat de radiowagen van de RIAS was doorgereden, riep dr. Conradi het personeel in de eetzaal bijeen. Enkele verpleegsters waren door de radiowagen uit hun slaap gehaald, andere zagen er vermoeid uit omdat ze uit de nachtdienst kwamen.

Christina zocht Hanna en vond haar naast directrice Ida, die bij de deur stond.

De opwinding onder de medewerkers was even voelbaar als hun radeloosheid. Berlijn zou van de buitenwereld zijn afgesneden? Hoe moest het nu verder? En wat zouden de Amerikanen doen?

Ze voelde een knoop in haar maag toen ze terugdacht aan de soldaten in de auto die door het bos waren gereden. Zouden ze toen al begonnen zijn met het westelijke deel van de stad afsluiten? Dan mocht ze blij zijn dat die mannen haar niet hadden opgemerkt. En hoe zat het met Selma? Waar zou zij op dit moment zijn?

'Het spijt me dat ik u op dit vroege uur zulk slecht nieuws moet brengen,' zei dr. Conradi met stemverheffing, waarop het geroezemoes verstomde. 'Sommigen zullen het misschien rechtstreeks uit de radiowagen hebben gehoord, maar voor degenen die het nog niet weten: het ziet ernaar uit dat het westelijke deel van Berlijn afgegrendeld is. Dat geldt zowel voor het openbaar vervoer als voor de toegangswegen vanuit de regio.'

De medewerkers begonnen onderling te fluisteren. Christina keek om zich heen en zag zorgelijke en deels angstige gezichten.

'Er werd ook gezegd dat de stroomvoorziening is gestaakt.'

'Maar we hebben toch zeker eigen krachtcentrales?' riep een van de mannen.

'Dat is waar,' zei dr. Conradi. 'Toch is het mogelijk dat er een besluit tot stroomafsluiting is uitgevaardigd. Voor zover mijn informatie strekt, krijgt Berlijn ook stroom uit de regio. Als die voorziening wordt afgekapt, kan dat tot problemen in onze eigen centrales hebben geleid. Ik heb onze administrateur Müller de stad in gestuurd om zich te laten informeren.'

'We hebben een noodaggregaat nodig!' zei een ambachtsman. 'Ik heb zoiets gezien toen ik in militaire dienst zat.'

'Dat is een goede suggestie, meneer Peters!' zei de dokter. 'Het zal niet makkelijk zijn er een te krijgen, maar dat wil niet zeggen dat we het niet moeten proberen.'

Hij zweeg even en noteerde iets op het klembord dat hij bij zich had. 'Helaas kan niemand op dit moment zeggen hoelang de blokkade zal duren en wat er op ons afkomt. Ik wil u daarom tot bedachtzaamheid en kalmte manen. Het welzijn van de patiënten heeft prioriteit. Zelf zullen we soberheid moeten betrachten.'

'Daar hebben we ons tijdens de oorlog al in geoefend!' merkte een van de oudere verpleegsters op.

'Wie weet komt er binnenkort een nieuwe oorlog,' zei iemand die Christina niet kon identificeren. Een vrouw barstte in tranen uit en een jongeman riep: 'Kunnen de Amerikanen dan niets doen?'

Dr. Conradi hief zijn handen en bracht de menigte tot zwijgen. 'Ik wil niet verhullen dat we voor een zware beproeving staan. Maar het is niet de eerste in haar soort. We hebben de schaarse tijden van inflatie, de oorlog en twee jaar geleden ook de hongerwinter doorstaan. We zullen ook deze uitdaging trotseren, met hulp van God en onze wilskracht.' Hij liet een korte stilte vallen en keek om zich heen. 'Ik verwacht van ieder van u dat u alles doet om onze patiënten de best mogelijke verzorging te bieden. Welke persoonlijke offers dat ook vergt. Ik zal me ervoor inzetten dat ons ziekenhuis zo goed mogelijk van het nodige wordt voorzien.'

'Zou er weer oorlog komen?' vroeg Beate angstig toen ze zich even later in de verpleegsterskamer bevonden.

Christina, die ook ten prooi was aan angst en onzekerheid, haalde haar schouders op. 'Ik hoop van niet.'

'Ze zullen heus geen nieuwe oorlog beginnen!' Christina draaide zich om. Gisela kwam binnen met een stapel patiëntenkaarten.

'Hoe weet je dat zo zeker?' vroeg Christina. Gisela's neiging om de zorgen van anderen niet serieus te nemen werkte haar soms meer op de zenuwen dan haar lompe gedrag.

'Ze zouden wel gek zijn!' Met een luide klap legde Gisela de klemborden op het bureau van zuster Else. 'Amerika en de Sovjet-Unie zijn even sterk. Geen van beide zou kunnen winnen. Laten we liever hopen dat de Amerikanen ons niet laten stikken en uit Berlijn verdwijnen.'

'Hoe kom je daarbij?' Christina's onbehaaglijke gevoel werd er niet beter op en inwendig vervloekte ze zichzelf omdat ze op Gisela's kletspraat was ingegaan.

'Mijn vader zegt dat de Russen Berlijn voor zichzelf willen claimen. Dat hele gedoe over de valuta is maar een voorwendsel.'

'De Amerikanen laten ons niet in de steek,' zei Beate.

'Daar zou ik niet zo zeker van zijn. Als ze het wel doen, kunnen we ons erop instellen bolsjewiek te worden.'

'Niemand wordt hier bolsjewiek!' hoorden ze achter zich zeggen. 'Het heeft geen zin om je in onjuistheden te wentelen. We wachten af en bidden, meer kunnen we nu niet doen. Ga weer aan het werk, meisjes, en waag het niet de patiëntes hier ook maar iets van te vertellen!'

'Ja, zuster Else,' antwoordden de leerlingen in koor.

Gisela's woorden bleven echter bij Christina hangen. Stel dat de Sovjets werkelijk het roer overnamen? En wat zou dat voor Selma betekenen, die nu ergens tussen Duitsland en Bohemen onderweg was? Haar hart kromp ineen. Was het mogelijk dat ze ergens was gestrand? En stel dat ze terug wilde maar niet kon?

~

Dat ze 's avonds gezamenlijk bij het schijnsel van kaarsen en carbidlampen in dr. Conradi's spreekkamer zouden zitten, deed Hanna sterk terugdenken aan de tijd waarin Waldfriede nog een vervallen sanatorium was geweest. Ook toen hadden zich stroomafsluitingen voorgedaan, maar die hadden een andere oorzaak gehad dan de ambities van een machtswellustige bevelhebber.

Tussentijds was de radiowagen van de RIAS nog eens langsgekomen met een korte toespraak van Ernst Reuter, de burgemeester van Berlijn, waarin hij de bevolking van Berlijn opriep tot bezonnenheid en kalmte. Niemand wilde het erover hebben, maar er hing een nieuwe oorlog in de lucht. Hoe zouden de geallieerden reageren?

Hanna stak nog een lamp aan. De ruimte was langzamerhand zodanig verlicht dat ze elkaar tijdens de vergadering van het dagelijks bestuur zouden kunnen zien.

Buiten hoorde ze al stemmen en even later kwam dr. Conradi binnen, gevolgd door de overige bestuursleden. Ook de afdelingshoofden waren erbij.

'De Sovjets hebben de stad inderdaad afgesloten van energietoevoer vanuit de Oost-Duitse krachtcentrales,' meldde Ernst Müller aan het begin van de vergadering. Hij was nog maar net terug in het ziekenhuis, nadat hij met collega's van het Hindenburg- en het Hubertus-ziekenhuis had gesproken. 'Maar wij schijnen geluk te hebben: ons complex wordt gevoed door warmtekrachtcentrale Charlottenburg. Wel zijn de krachtcentrales in West-Berlijn overbelast geraakt en het zal enige tijd duren voordat ze hun stroomvoorziening kunnen uitbreiden en stabiliseren.'

'Ze kunnen ons toch niet in het donker laten zitten?' zei directrice Ida. 'We hebben hier mensen te verzorgen. Kinderen ter wereld te helpen!'

'Volgens mij kan dat Stalin niets schelen,' antwoordde Carl Rohleder. 'Mensenlevens tellen nauwelijks voor hem, dat heb ik tijdens mijn gevangenschap wel gemerkt.'

'Zou het mogelijk zijn aan een noodaggregaat te komen?' vroeg dr. Conradi aan de administrateur. 'De Amerikanen zouden ons misschien kunnen helpen. We hebben tenslotte een ziekenhuis te beheren.'

'Ik zal zien wat ik kan doen,' zei Müller. 'Het zal niet makkelijk worden, maar wie weet kan onze vriend bij de administratieve dienst ons van dienst zijn.'

Gebleken was dat een van de verantwoordelijke ambtenaren daar adventist was. Ze konden niet al te vaak een beroep doen op zijn goede wil, maar dit was een noodsituatie en misschien zouden ze begrip tonen.

'Het zou al volstaan een generator te leen te krijgen,' zei Conradi. 'Zodra de stroomvoorziening weer functioneert, geven we het apparaat terug.'

'Ik zal er morgenochtend meteen naartoe gaan,' beloofde Müller.

Dr. Conradi knikte en wendde zich weer tot zijn hoofdverpleegsters en -verplegers. 'Intussen zullen we het moeten doen zoals we het in de oorlogsjaren hebben gedaan. Geplande operaties worden uitgesteld en ingrepen die geen uitstel verdragen, worden bij daglicht uitgevoerd. 's Avonds proberen we de ziekenzalen zo goed mogelijk met lampen te verlichten. De verpleegsters en verplegers moeten wel geïnstrueerd worden om extra voorzichtig te zijn bij open vuur.'

'En hoe zit het met de levensmiddelen?' vroeg Ida. 'Hoe moeten we onze patiënten van eten voorzien? Ik weet dat we zelf onze groenten kweken, maar in deze tijd van het jaar raakt de oude oogst op en er is nog niet voldoende nieuwe opbrengst.'

'We zouden in het buitenland om hulp kunnen vragen,' opperde een van de hoofdzusters.

'Dat zou niet helpen. Ze laten niets het gebied van de Sovjet-bezettingszone passeren,' antwoordde Ernst Müller. 'We zullen het nog wel een poosje redden, maar dan...'

'En de zwarte markt?' vroeg Hanna. 'Het zou toch kunnen dat die mensen hun handelsroutes in stand houden?'

'Dan zouden ze levensmoe zijn. Uiteraard kunnen smokkelaars meren en rivieren overzwemmen, maar de Sovjets zullen ook daar alles goed in de gaten houden. En ik moet er niet aan denken welke straffen erop staan.'

'Toch zouden we het kunnen proberen,' zei Hanna. Ze herinnerde zich dat ze toen ze hier pas was komen werken ook de zwarte markt hadden overwogen om aan voedsel te komen.

'Die lui zullen astronomische bedragen vragen voor hun aanbod.'

'Dat is nog altijd beter dan onze patiënten te laten verhongeren, nietwaar?'

# 28

*Zehlendorf, 26 juni 1948*

'Burgemeester van Berlijn Ernst Reuter heeft gisteren een ontmoeting gehad met de commandant van de Amerikaanse sector, generaal Lucius D. Clay,' klonk het uit de donkergroene radiowagen, die deed denken aan een militair voertuig, met dat verschil dat er een grote luidspreker op het dak gemonteerd was. Hanna stond voor het raam van de spreekkamer te luisteren. 'Hij werd begeleid door Willy Brandt, afgezant van het bestuur van de SPD. Tijdens hun overleg kwam de situatie rond Berlijn uitgebreid aan de orde en is ook gesproken over de mogelijkheid van het instellen van een luchtbrug om toeleveringen aan de westelijke sectoren te waarborgen. De burgemeester zegde toe dat Berlijn ten behoeve van de vrijheid de nodige offers zou brengen, koste wat het kost.'

Hanna kon zich voorstellen wat haar collega's in het ziekenhuis daarvan dachten. De jaren die achter hen lagen hadden al zo veel van hen geëist, en nu dit.

Zelf had ze de afgelopen uren hun apotheek opnieuw geïnventariseerd en ze begreep de betekenis van meneer Voglers woorden nu volkomen. De Russen hadden deze actie blijkbaar allang nauwkeurig gepland en slechts gewacht op een aanleiding om tot handelen over te gaan. De invoering van het nieuwe geld was vervolgens de steen des aanstoots geweest.

Het resultaat van haar inspectie was ontluisterend, ondanks de voorzorgsmaatregelen die ze hadden getroffen. Ze hadden nog wel wat verbandmateriaal, maar de pijnstillers en ook de penicilline zouden snel opraken. Bovendien slonk ook hun voorraad hartmedicatie en insuline, die al meer dan twintig jaar patiënten met diabetes verlichting gaf. Wat moest dr. Meyer nu met die patiënten aan?

Het ergste was dat niemand wist hoelang de blokkade zou gaan duren. Het kon een week zijn, een maand of zelfs een jaar. Dat de Amerikanen overwogen een luchtbrug in te stellen stemde hoopvol. Maar zouden ze die belasting kunnen volhouden? Of zouden ze toch zwichten?

Toen dr. Conradi binnenkwam, was de radiowagen allang verdwenen.

'En ik maar denken dat Wiedemann ons grootste probleem was,' zei hij en hij trok een witte jas aan.

'Nou, hij is in elk geval niet naar de Russen overgelopen,' antwoordde Hanna sarcastisch. 'En wat die opbouwpremie betreft...'

'Daar zouden we momenteel toch niets aan hebben.' Conradi zuchtte. 'Er komt helemaal niets aan goederen de stad in. Ze willen ons uithongeren, dat is duidelijk.'

'Hebt u zojuist het nieuws gehoord?'

Conradi knikte. 'Al ben ik niet bijzonder geïnteresseerd in militaire aangelegenheden, ik moet toegeven dat het vanuit het perspectief van de Sovjets een goed idee is. In elk geval hebben de Amerikanen, de Britten en de Fransen toestemming voor een luchtcorridor over de Sovjet-zone. De vraag is alleen hoe ze de taak om Berlijn vanuit de lucht te bevoorraden willen uitvoeren. Alleen al om de krachtcentrales te laten functioneren zijn er duizenden tonnen kolen nodig. Dan heb ik het niet eens over andere goederen...' Hij zweeg en het leek of hem iets te binnen schoot. 'Voordat ik het vergeet: gisteren heb ik de man van mevrouw Adrian gesproken.'

'O, hoe is de bevalling verlopen?'

'Heel goed. Ze zijn ouders van een schattig dochtertje geworden. Meneer Adrian was zo dankbaar dat hij me de tip heeft gegeven dat het deze ochtend een goed moment kon zijn om boter en olie te kopen.'

‘Op de zwarte markt?’

Conradi knikte. ‘Bij de Barter Exchange. Kies maar twee verpleegsters die daarnaartoe kunnen gaan.’ Hij haalde een envelop uit zijn tas. ‘Geef ze dit maar mee en ook een flesje tabletten uit de apotheek.’

‘Wilt u dat ze medicijnen ruilen?’ vroeg Hanna verbijsterd.

‘Pijnstillers,’ antwoordde dr. Conradi. ‘Daar zal vraag naar zijn. Voor zover ik weet, hebben we daar het meeste van.’

‘Maar...’

‘We hebben niets aan die pillen als onze patiënten verhongeren.’ De dokter klonk vastberaden. ‘U kunt ze rustig meegeven. En zeg tegen de zusters dat ze moeten oppassen.’

~

‘Heb je dat gehoord?’ vroeg Erna in het algemeen, nadat ze het keukenraam weer dicht had gedaan. Christina luisterde naar de discussie tussen de vrouwen terwijl ze ook die ochtend weer kruiken vulde. Het idee van zuster Else had zich bewezen, de pasgeborenen en ook de kinderen die hier voor een behandeling waren, gedijden prima bij de warme kruiken.

‘De enigen die weer offers moeten brengen zijn wij,’ morde zuster Waltraud. ‘Die voorname heren zullen geen van allen voor ons opkomen. Dat was al zo toen ik op het landgoed was. Denk je dat iemand van die familie iets deed om ons tegen de Russen te beschermen?’

Christina kende Waltrauds verhaal goed.

Tijdens haar vlucht met een colonne was gebeurd waarvoor Christina’s moeder haar dochter wilde beschermen: Waltraud en haar metgezellen waren ingehaald door de Russen. Haar zus werd weggevoerd en Waltraud moest met haar moeder voor de Sovjet-soldaten gaan werken.

Christina had zelf na de aanval van de laagvliegers op de colonne van Kobler het geluk gehad dat ze de Sovjet-soldaten niet in het open veld was tegengekomen, waar hun commandanten hen vaak hun gang lieten gaan. Maar de verhalen die de ronde deden herinnerde ze zich nog goed: dat soldaten van het Rode Leger vluchtelingen alles wat ze bezaten hadden afgepakt, dat vrouwen van hun sieraden waren beroofd en sommigen verkracht waren.

Over die tijd sprak Waltraud hoogst zelden, maar Christina kon zich goed voorstellen dat ze geen zin had om weer met hen te maken te krijgen. Zelf voelde ze zich er ook niet prettig bij.

'Maar heb je het dan niet gehoord?' vroeg Rosa. 'Ze willen een luchtbrug instellen!'

'En wat moet dat opleveren?' vroeg Waltraud. 'Laten ze soms aardappelen uit de lucht regenen?'

'Het staat nog niet vast dat het doorgaat. Ze moeten over de Sovjet-zone vliegen. De Russen zouden ze neerhalen als het fout loopt.'

'En wij maar denken dat we alle ellende achter de rug hadden,' verzuchtte Rosa.

'Ik wil in elk geval niet weer voor de Russen werken,' voegde Waltraud eraan toe. 'Dat hebben mijn moeder en ik lang genoeg moeten doen.'

'Is je zus inmiddels weer vrij?' informeerde Rosa.

'We hebben geen contact met haar.' Waltraud boog haar hoofd. 'Ik was gisteren bij mijn moeder. Ze was in alle staten toen ze van de blokkade hoorde. Ze denkt dat alles nu weer van voren af aan begint.'

'Dat denk ik niet,' antwoordde Rosa. 'Niet na wat we zojuist hebben gehoord.'

'Denk je dat die luchtbrug echt tot stand zal komen?'

'De Amerikanen kunnen heel vindingrijk zijn.' Zuster Hanna kwam de keuken in. 'Ik vertrouw erop dat burgemeester Reuter en generaal Clay een oplossing vinden. En zo niet: we hebben wel ergere dingen doorstaan, nietwaar?' Toen wendde ze zich tot Christina. 'Zuster Christina, zuster Waltraud, hebben jullie een ogenblikje?'

Christina keek naar de oudere leerling-verpleegster, veegde haar handen af aan een doek en liep naar Hanna.

Waltraud volgde haar even later. 'Wat is er, zuster Hanna?' vroeg Waltraud.

Hanna zei tegen hen dat ze naar de Barter Exchange in de Kronprinzenallee moesten gaan om boter en olie te kopen.

'De Barter Exchange?' vroeg Waltraud verbaasd. 'Maar dat is een ruilmarkt, daar kun je toch niets kopen?'

'Officieel niet. Officieus zijn daar ook veel mensen die goederen voor geld aanbieden. Bijvoorbeeld mensen bij wie de Russen geen koeien uit de stal hebben gehaald.' Hanna gaf haar een envelop met bankbiljetten en een tasje.

Waltraud maakte het open en keek verschrikt op. 'Wilt u daar echt medicijnen voor gebruiken?'

'Zorg dat jullie er zo veel mogelijk voor krijgen,' zei Hanna zonder op haar vraag in te gaan. 'We hebben wat voorraad nodig nu broeder Müller niet langer naar de boeren in de omgeving kan gaan.'

Waltraud knikte begrijpend.

'Christina, breng de kruiken weg en kleed je om,' zei Hanna vervolgens. 'Dat laatste geldt ook voor jou, Waltraud. Als we al op de zwarte markt moeten handelen, willen we op z'n minst de reputatie van het ziekenhuis niet te grabbel gooien.'

# 29

Het vooruitzicht de beroemde Berlijnse zwarte markt van dichtbij te zien vervulde Christina met nieuwsgierigheid en opwinding. Nooit eerder was ze op een plaats als deze geweest. Ze had er alleen de zusters over horen praten en in haar hoofd hadden zich spannende taferelen afgespeeld.

'Als we daar zijn, blijf je bij me,' zei zuster Waltraud vermanend. Ze had haar verpleegstersuniform verruild voor een okergele jurk en bandschoenen. Ook Christina droeg burgerkleding. De bruine jurk die ze van een van de verpleegsters cadeau had gekregen was niet veel bijzonders, maar hij was schoon en nog nooit versteld.

'De meeste zwarthandelaren zijn ongevaarlijk, maar er zitten ook linkmiegels en losbollen bij die er niet voor terugdeinzen om handtastelijk te worden als ze met een vrouw te maken hebben,' vervolgde Waltraud belerend. 'Laat je er beslist niet toe overhalen met zo'n type mee te gaan.'

'Dat zal ik echt niet doen,' zei Christina. Ook de mannen van de colonne was ze altijd voorzichtig en wantrouwend tegemoet getreden.

Vanuit de Fischerhüttenstrasse gingen ze rechtsaf de Potsdamer Strasse in. Daar was het om deze tijd erg druk. Er waren veel mensen met handkarren en fietsen. Vanwege de aanhoudende stroomuitval reden de treinen van de S-Bahn niet en de busdienst was onregelmatig.

'Hoe weet jij hoe het er op de zwarte markt aan toegaat?' vroeg Christina terwijl ze haastig over het trottoir naar de dorpskerk van Zehlendorf liepen.

'Toen we hier in Berlijn aankwamen hadden we bijna niets meer,' zei Waltraud. 'De Russen hadden ons alles wat zichtbaar was afgenomen. Maar mijn moeder had voorzorgsmaatregelen genomen. Ze had wat sieraden en een beetje geld in de zoom van onze jurken genaaid en wel zo geraffineerd dat je er niets van kon voelen. Daarmee kon ik zorgen dat we de eerste weken in Berlijn doorkwamen.'

Christina wenste dat ook haar moeder op dat idee was gekomen. Alleen: wat had ze in haar zoom moeten naaien? Sieraden bezat ze niet en haar enige vermogen was hun boerderijtje en het vee. Daarvan was nu vast niets meer over.

Bij het gebouw van de Barter Exchange, zoals de officiële ruilmarkt aan de Kronprinzenallee genoemd werd, liep het storm.

Veel mensen waren hier met tassen vol ruilgoederen naartoe gekomen in de hoop er iets bruikbaars of eetbaars voor te krijgen. Onder hen merkte Christina ook oude mensen op die eruitzagen alsof ze hun laatste souvenirs van een gelukkiger leven inbrachten om de komende weken en maanden de eindjes enigszins aan elkaar te kunnen knopen.

Volgens Waltraud kon je de echte zwarthandelaren daaraan herkennen dat ze zich met hun rugzakken enigszins afzijdig hadden opgesteld en een bestudeerd ongeïnteresseerde houding aannamen. Sommigen droegen een uniformbroek met een legeroverhemd, waar ze de onderscheidingstekenen zorgvuldig afgetornd hadden. Er waren echter ook enkele heel jonge vrouwen en meisjes.

'We proberen eerst de tabletten te ruilen,' fluisterde Waltraud haar toe. 'Het geld gebruiken we alleen als het niet anders kan.' Ze wees naar een jongeman in een bruin pak, die op de restanten van een muurtje zat. Hij had donker haar, markante trekken en bijna zinnelijk gewelfde lippen. 'Vraag hem naar zijn prijs. Ik ga op die mannen in uniform af.'

'Wat moet ik zeggen?' vroeg Christina onzeker.

'Dat je belangstelling hebt voor zijn waren. Zorg ervoor dat hij je laat zien wat hij heeft en vraag hem dan wat hij ervoor wil hebben. Kom het me vertellen als je dat weet.' Na die woorden liep ze naar de mannen in uniform.

Opeens klonk er een snerpende stem: 'Dat is bedrog!' Toen Christina zich haastig omdraaide, zag ze dat een man in een zandkleurig kostuum een ander bij zijn kraag pakte en door elkaar schudde. De hoed van het slachtoffer viel op de grond. Hij was echter niet zo weerloos als hij er aanvankelijk had uitgezien. Toen er in zijn hand een mes opflitste, hoorde ze vlakbij een kreet.

Christina deinsde verschrikt terug. Haar hart bonsde in haar keel toen ze rondkeek of ze zuster Waltraud zag. Waar zou ze zijn? Konden ze er niet beter vandoor gaan?

Toen zag ze dat de man met het mes op zijn tegenstander instak. Het lemmet miste diens lichaam, maar maakte wel een snee in zijn jasje. Algauw grepen twee andere mannen in, die de vechtersbazen uit elkaar haalden.

'Verdomme, Olaf!' schreeuwde iemand naar de messentrekker toen hij hem het mes wist af te pakken. 'Je kunt toch niet zomaar een wapen trekken? Als de Amerikanen dat horen ga je de bak in en verbieden ze ons te handelen!'

'Hij zegt dat ik de boel belazer en wil niet betalen!' zei de man ter rechtvaardiging en hij staarde met fonkelende ogen naar zijn klant, die nu leek te beseffen dat hij ternauwernood aan de dood was ontsnapt.

'Dat zal ik je betaald zetten!' riep hij. Zijn gezicht zag nu zo wit als een doek. 'Ik zorg dat je in de nor komt!'

'Doe je best maar!' snauwde de ander toen hij werd weggesleurd.

Terwijl haar hart bleef bonzen hoorde Christina nu gemompel. Waltraud was nog steeds nergens te bekennen.

'Maakt u zich geen zorgen, juffrouw, die dingen gebeuren hier wel eens,' hoorde ze iemand achter zich zeggen.

Toen Christina zich omdraaide, keek ze in het gezicht van de jongeman die op het afgebrokkelde muurtje zat. Hij leek nauwelijks onder de indruk van wat er was voorgevallen, maar hij had haar blijkbaar goed bekeken. Wat zou hij van haar denken?

Glimlachend nam hij een trekje van de sigarettenpeuk tussen

zijn lippen. 'Bockmeier is nogal heetgebakerd. Dat komt doordat hij in Stalingrad is geweest. Het verhaal gaat dat hij zelfs met een mes onder zijn kussen slaapt.'

'Wat...' Christina schraapte haar keel, die opeens heel droog aanvoelde. 'Wat vreselijk.'

'Dat is wat een oorlog met je doet. Niemand komt er ongeschonden uit.'

Zijn woorden raakten Christina meer dan ze wilde toegeven. Ook zij was beschadigd uit de oorlog gekomen. Ze keek de jongeman aan. Hoe zat het met hem? Had hij ook iets vreselijks meegemaakt waardoor hij gedwongen was op de zwarte markt naar klanten te zoeken?

Hij nam haar van top tot teen op en vroeg toen: 'Kan ik iets voor u doen, juffrouw?'

'Ik...' Christina stokte.

In het ziekenhuis had ze er geen moeite mee met onbekende mannen te praten. Maar hij was een handelaar. En hij zag er nog goed uit ook...

Hij trok vragend zijn wenkbrauwen op.

'Ik zou graag willen weten wat u verkoopt,' zei ze daarop.

'Wie zegt dat ik iets te verkopen heb?' vroeg hij op zijn beurt en hij haalde iets uit zijn zak.

Christina dacht eerst dat het om koopwaar ging, maar hij bood haar slechts een sigaret aan. 'Nee, bedankt,' zei ze vlug.

'Het is goed spul. Rechtstreeks uit Amerika.'

'Ik rook niet,' antwoordde Christina.

'Als ik u was, had ik hem geaccepteerd. Zelfs als er een trekje van is genomen is hij nog te verkopen.'

Christina keek hem perplex aan, maar herstelde zich vlug. 'We hebben boter en olie nodig. Hebt u dat?'

'We?' Hij trok zijn wenkbrauwen op.

'Mijn collega en ik. Ze staat daar.' Christina zag dat Waltraud met een oudere man stond te praten, die een koffer openmaakte.

'Waar werkt u? Jullie zien eruit als secretaresses.'

'We zijn verpleegsters.'

Op het gezicht van de man verscheen een glimlach. 'Aha! In

welke kliniek? Voor het geval dat ik ooit zorg nodig heb.'

Christina kon zich voorstellen welke vorm van zorg hem voor ogen stond. Ze smoorde een opkomend lachje. 'Onze directrice zal zich graag om u bekommeren.'

'Maar zij is waarschijnlijk niet zo'n knappe jonge vrouw als u!' antwoordde hij.

Christina voelde het bloed naar haar wangen stijgen. 'Hebt u nu eigenlijk iets voor ons?' vroeg ze en ze negeerde daarmee de opmerking van de man. Hij zag er heel goed uit, maar Waltraud zou het vast niet waarderen als ze gekheid met hem maakte.

'Uiteraard!' zei de jongeman en hij maakte zijn rugzak open. Daarin zaten weckglazen die gevuld waren met een gelige substantie.

De aanblik deed een stil verlangen in haar ontwaken. Met haar moeder had zij ook boter gemaakt. Ze vulden er kleine aardewerken potjes mee en verkochten die af en toe aan reizigers die door hun dorp kwamen. 'Wat kost zo'n glas?' vroeg Christina en ze schudde de herinnering af.

'Vijftig mark.'

'Vijftig mark!' riep Christina verontwaardigd uit. 'Dat is afzetterij!'

'Het zijn moeilijke tijden en je moet de kansen pakken als ze zich voordoen.' De jongeman grijnsde. 'Bovendien zal het de komende tijd niet goedkoper worden. Wacht maar af, als de blokkade nog maanden gaat duren, zullen de handelaren er vijfhonderd mark voor vragen.'

Christina stond in dubio. Vijftig mark voor een weckglas boter leek haar buitensporig. Maar stel dat het waar was wat de handelaar zei?

'Voor u zou ik wel bereid zijn mijn prijs iets te verlagen,' zei hij nadat hij haar even onderzoekend had opgenomen.

'En wat wilt u als tegenprestatie?' antwoordde Christina strijdlustig. Ze had tijdens de oorlog nogal eens meegemaakt dat jongemannen bepaalde attenties verlangden voor voedsel. Sommige meisjes waren daarop ingegaan. 'Bent u er misschien zo een die misbruik maakt van de nood waarin vrouwen verkeren?'

De handelaar keek haar verschrikt aan. 'Zo... Zo bedoelde ik het niet. Ik wilde alleen zeggen...'

'Wat wilde u zeggen?' De jongeman schrok toen zuster Waltraud ineens verscheen. Ze keek hem streng aan.

'Niks, ik heb gewoon...'

'En, wat hebt u ons te bieden?'

Christina was hem voor. 'Hij wil vijftig mark voor een weckglas boter,' zei ze.

'Mijn hemel!' riep Waltraud uit.

'Ik kan zakken tot veertig,' zei hij enigszins uit het veld geslagen. 'Minder gaat niet, ik moet voor het gezin zorgen.'

'Met zulke prijzen zit u op een goudmijn!' antwoordde Christina. 'Bij ons thuis hebben we de mensen nooit zo'n oor aangenaaid, ook tijdens de oorlog niet!'

Waltraud haalde een buisje tabletten tevoorschijn.

De zwarthandelaar zette grote ogen op. 'Wat is dat?'

'Dat zijn pijnstillers. Vijf tabletten voor een pond boter!'

De jongeman aarzelde. 'En als ik dat hele buisje neem?' vroeg hij toen. 'Ik zou u kwantumkorting kunnen geven.'

'Het hele buisje zou een rijk man van u maken. Denkt u dat we niet weten wat dat hier waard is?'

'Goed dan. Veertig tabletten voor vijf pond boter.'

'Dertig!' antwoordde Waltraud.

De jongeman keek eerst naar haar, toen gleed zijn blik naar Christina. 'Dit is alles wat ik nog overheb,' zei hij.

Christina sprong Waltraud bij. 'En u vindt vast niemand die u een beter aanbod doet.'

Hij dacht even na en zei toen: 'Goed dan.'

Terwijl Waltraud de tabletten uittelde en ze in een envelopje deed, liet de handelaar zijn blik naar Christina glijden. Hij zag er nu bijna jongensachtig uit en ze besefte dat zijn sigaret en zijn gedrag er alleen toe hadden gediend om zich tegenover haar stoer voor te doen.

Onder andere omstandigheden, in een strandbad misschien of tijdens het winkelen, had ze hem waarschijnlijk leuk gevonden. En ondanks zijn onbeschaamdheid had hij wel gelijk. Ze moesten allemaal voor hun naasten zorgen. Wie kon zeggen wat haar moeder en zijzelf hadden gedaan als ze hun boerderij niet hadden moeten verlaten?

Na ontvangst van de tabletten haalde de jongeman de weckglazen uit zijn rugzak. Ze waren tot de rand gevuld en voor zover Christina kon zien was het goede, goudgele boter.

'Bedankt,' zei Waltraud en ze borg de glazen potten in de rugzak, die ze had afgedaan. Toen pakte ze Christina's hand. 'Kom, we moeten door.'

Nog één keer keken Christina en de handelaar elkaar in de ogen.

'Tot de volgende keer,' zei hij en er verscheen een glimlach op zijn gezicht die een eigenaardig kriebeltje bij haar teweegbracht. Hij had haar willen afzetten en dat zou ongetwijfeld zijn gebeurd als Waltraud gelijk had met wat ze haar zachtjes toesiste: 'Hij gaat die tabletten verpatsen voor het tienvoudige van wat ze gekost hebben.' Maar ze had ook een amusant gesprek met hem gevoerd.

En hij had iets over zich wat haar deed wensen dat ze hem bij een andere gelegenheid was tegengekomen.

Een half uur later was de geldenvelop leeg, net als de tablettenbuisjes. Wel zaten er nu enkele potten boter en twee blikjes raapzaadolie in Waltrauds rugzak.

Zwijgend liepen ze terug naar het kruispunt, waar ze links afsloegen naar Waldfriede.

'Wanneer denk jij dat de winkels weer vol zullen zijn?' vroeg Christina ernstig toen ze langs de lege etalage van een voormalige kruidenierswinkel liepen. De gevel was nog intact, maar de ruit was versplinterd en binnen lag allemaal puin. De eigenaar van het gebouw was mogelijk nog niet teruggekeerd. Misschien zou hij wel nooit meer komen.

'Ik weet het niet,' zei Waltraud. 'Dat de Sovjets hun aandacht op West-Berlijn hebben gericht bevalt me helemaal niet. Ik heb kennissen in het oostelijke deel en zij zeggen dat de Russen uit het land weghalen wat ze kunnen. Ze noemen het herstelwerkzaamheden. Hele fabrieken trekken ze leeg. Als ze ooit bij ons komen, zullen ze ook hier pakken wat ze kunnen.' Waltraud zuchtte. 'Maar wat kunnen wij eenvoudige lieden doen? We hadden de oorlog nooit kunnen verhinderen en we kunnen ook geen invloed uitoefenen op wie over ons heerst.'

Dat waren geen geruststellende vooruitzichten, maar Christina zou in elk geval vandaag iets anders hebben om aan te denken.

# 30

*Zehlendorf, 28 juni 1948*

De blokkade mocht Zehlendorf en de rest van Berlijn dan in spanning houden, de baby's kon zo'n politieke machtsstrijd niet schelen. Ze kwamen als het tijd was. Al hadden ze ook hier met de overal heersende problemen in de stroomvoorziening te kampen, Christina ervoer de verloskamer als een eiland in een zee van ellende.

Bovendien leidde het werk haar af van haar zorgen om Selma, die inmiddels acht dagen weg was. Waar zou ze nu zijn? Was ze al thuis aangekomen?

Christina zette haar gedachten opzij voordat die in haar hoofd begonnen rond te tollen. Ze had geen behoefte aan problemen met zuster Else en was daarbij verantwoordelijk voor de patiënte die in de weeënkamer lag. Haar bevalling zou nog enige tijd op zich laten wachten, tenminste volgens zuster Else. De weeën matten haar echter behoorlijk af en Christina las angst in de ogen van de vrouw. 'Maakt u zich geen zorgen, mevrouw Laurenz,' zei ze en ze legde behoedzaam haar hand op haar arm. 'Het zal vast allemaal goed gaan.'

Opeens klonk een luide kreet uit de verloskamer. Bijna tegelijk met mevrouw Laurenz was er een vrouw met krachtige weeën binnengebracht. Zuster Else had opdracht gegeven haar rechtstreeks naar de verloskamer te brengen en had Karin meegenomen. Beate en Gisela waren in de babykamer bezig.

Mevrouw Laurenz kromp in elkaar. 'Wat was dat?' vroeg ze angstig en ze greep krampachtig het onderlaken vast.

'O, dat is een andere aanstaande moeder,' zei Christina.

'Maar waarom schreeuwt ze zo?' Er verschenen zweetdruppels op het voorhoofd van de vrouw. Christina depte ze voorzichtig weg.

'Ze zit in de uitdrijvingsfase,' antwoordde Christina. 'Dat zijn de laatste weeën voordat het kindje eruit komt.'

'Doet dat zo vreselijk veel pijn?'

Christina keek ervan op dat dat haar blijkbaar verbaasde. 'U zult natuurlijk pijn voelen,' zei ze. 'Maar dat is bij iedere vrouw anders.'

Weer klonk er een kreet, ditmaal langer. Maar Christina wist dat alles normaal verliep zolang de vroedvrouw niet van zich liet horen.

Mevrouw Laurenz raakte echter in paniek. 'En als het me niet lukt?' vroeg ze. 'Als ik er de kracht niet voor heb...'

Christina had de voorgaande weken nog niet meegemaakt dat een baby in de moederbuik was achtergebleven. Else had hun echter voorgehouden tactvol te zijn als ze met barende vrouwen spraken.

'Dit is toch uw eerste kindje?' vroeg Christina voorzichtig.

'Ja,' antwoordde ze. 'En als ik het zo hoor waarschijnlijk ook mijn laatste.'

'Ik denk dat u dat anders zult zien zodra uw kindje geboren is.' Er gleed een glimlach over Christina's gezicht. Ze had al een paar keer zo'n klein mensje na de geboorte schoongemaakt. Hun piepkleine gezichtje en zachte huidje waren net zo fascinerend als de glimlach van de moeder als ze de baby bij haar op de borst legde.

Weer klonk er een kreet, daarna werd het stil. Even later volgde een klaaglijk gejammer, dat uitmondde in een andere kreet: de eerste kreet van de pasgeborene.

'Hoort u dat?' vroeg Christina, die opnieuw het voorhoofd van de patiënte depte. 'Zo zal het ook bij u zijn. Als de pijn voorbij is, hoort u voor het eerst de stem van uw kindje. En dan is alles vergeten.'

Mevrouw Laurenz dwong zichzelf te glimlachen. 'Maar voor het zover is...'

'Zuster Else is de beste vroedvrouw van het ziekenhuis. Ze zal ervoor zorgen dat alles goed gaat. En als er toch complicaties optreden, zal dokter Conradi bij u zijn. Hij heeft al heel veel bevallingen gedaan.'

'Dat weet ik,' zei mevrouw Laurenz. 'Mij heeft hij ook gehaald. Ik vond het ongelooflijk dat hij nog steeds werkt.'

Daar keek Christina van op. Ze wist dat dr. Conradi hier al sinds de oprichting van Waldfriede was. Maar ze had nog niet meegemaakt dat een van haar patiëntes hier zelf ter wereld was gekomen. 'Dan zal hij het fijn vinden dat u hier bent,' zei Christina lachend. 'Het zal voor hem vast heel bijzonder zijn u terug te zien en nu uw kindje te halen.'

Een half uur later kwam zuster Else bij mevrouw Laurenz kijken. Aan het gekletter van instrumenten kon Christina horen dat de verloskamer vrij was en nu voor de volgende patiënte werd voorbereid.

'En, is er al vooruitgang?' vroeg Else en ze ging bij het bed staan.

'De weeën zijn nog steeds onregelmatig,' rapporteerde Christina.

'Goed. Mevrouw Laurenz, ik ga even uw baarmoedermond inspecteren. Soms zijn de weeën niet zo sterk als we verwachten.' Ze boog zich over de vrouw heen en begon met haar onderzoek.

Opeens klonk er een luid gedreun. Christina verstarde. Ze wist precies wat dat was. Ze zag meteen de laagvliegende vliegtuigen weer voor zich die jacht op de colonnes maakten... Haar benen kwamen opeens vanzelf in beweging en terwijl haar hart begon te bonzen ging ze ervandoor. Dat ze werd nageroepen hoorde ze niet meer. Ze rende alleen nog maar. Ze rende voor haar leven.

# 31

De colonne bewoog zich door dichte bossen naar de rivier de Oder. Niemand kon op dat moment nog zeggen hoeveel dagen ze al onderweg waren en of ze de juiste koers aanhielden.

Elke dag leek op de andere, afgezien van kleine voorvallen in de vorm van soldaten die ze in het oog kregen en aan wie je inmiddels niet meer kon zien tot welk leger ze behoorden. Zelfs hun eigen landgenoten konden een gevaar vormen, als ze maar uitgehongerd en wanhopig genoeg waren.

Christina zat met drie andere meisjes van ongeveer haar leeftijd op de wagen. Aan haar voeten lagen jongere kinderen, die probeerden de slaap te vatten. Sommigen was dat gelukt. Hun gezichten zagen er vredig uit, zoals de mooie porseleinen poppen die ze ooit in het landhuis had gezien. Alleen waren ze niet meer zo rond en rozig.

De honger ondermijnde hen allemaal. Wie al wat ouder was, of zelfs volwassen, deelde zijn rantsoen met de jongeren. De toch al karige voorraden werden echter steeds kleiner.

Een paar dagen eerder hadden ze geluk gehad en een achtergelaten aardappelkuil gevonden. Een aantal aardappels, die bovenop lagen, hadden uitlopers, veel andere waren echter nog goed te gebruiken. Afgezien van een licht zompige smaak mankeerde er niets aan.

Maar wanneer zouden ze weer op zo'n kans stuiten?

Christina keek naar de hemel. Die dag hingen er dikke witte wolken voor de blauwe lucht, de zon slaagde er echter af en toe in om haar stralen naar de grond te sturen. Ze vroeg zich af wat ze zouden aantreffen als ze hun reisdoel bereikten.

Wat dat doel was, veranderde telkens weer. Christina wist dat het afhing van wat de mensen die ze ontmoetten te vertellen hadden. Sommigen bevonden zich nog in hun huis, anderen waren zelf op de vlucht. Ze kwamen door volkomen verlaten plaatsen, waar ze meestal vaststelden dat de voormalige inwoners alles hadden laten staan en liggen. Er was vaak niets bruikbaars bij, afgezien van wat kledingstukken. Meubels, schilderijen en potten en pannen hadden hun voortgang alleen maar beperkt en bovendien bendes plunderaars aangetrokken, die rondzwierven en aan waardevolle spullen probeerden te komen. Er deden nare verhalen de ronde. Zo zouden ze bij vrouwen zomaar hun oorbellen van hun oren trekken of een vinger afsnijden als ze hun ringen niet makkelijk konden afdoen.

Ze lieten het bos achter zich om een grote open plek over te steken toen Christina opeens een aantal grote vogels uit de wolken omlaag zag komen. 'Kijk eens,' riep ze naar de andere kinderen. 'Zouden dat buizerds zijn?'

Maar het geluid dat volgde was geen vogelgeluid. En ook de vermeende vogels veranderden. Ze kwamen vlug dichterbij en werden steeds groter.

'Laagvliegers!' schreeuwde iemand opeens. En toen begonnen de lichte, dodelijke vliegtuigen al op hen te schieten.

Het was niet voor het eerst dat de vliegtuigen jacht op vluchtelingenstromen maakten. Tot dusver waren ze er altijd in geslaagd op tijd het kreupelhout te bereiken. Maar de bosrand was te ver weg. Dat wisten ook de volwassenen, die nu in paniek raakten. Sommigen begonnen te rennen, anderen probeerden hun paarden aan te sporen. Christina zag een paard schichtig reageren. Zelf had ze het gevoel zich niet te kunnen bewegen. Toen greep iemand haar plotseling bij haar arm.

'Christina!' Een stem verdreef de herinnering. Iemand schudde haar door elkaar. 'Christina!'

Terwijl de laatste rillingen door haar lichaam trokken, keek ze op en zag het bezorgde gezicht van dr. Conradi voor zich.

'Christina, hoor je me?' vroeg hij.

Christina staarde hem aan. Heel even was ze bang dat er bloed uit zijn mond zou komen, maar toen besefte ze dat het geen oorlog meer was. Dat ze zich hier in Waldfriede bevond. En dat het vliegtuig dat haar een paniekaanval had bezorgd allang weg was.

'Dokter Conradi,' wist ze uit te brengen terwijl de beelden langzaam vervaagden. Haar oren suisden nog, haar hart raasde en nu voelde ze het zweet dat op haar huid afkoelde en dat haar verpleegstersuniform onaangenaam aan haar lichaam deed vastplakken. Haar tong voelde dik aan, alsof ze alcohol had gedronken.

'Ik zag je langs me heen rennen,' zei de dokter. 'Else vertelde dat je uit de kraamkamer bent weggevlucht.'

Christina staarde hem vol ongeloof aan. Ze kon zich haar vlucht van de afdeling niet herinneren. Ook had ze dr. Conradi niet opgemerkt. Nu bevond ze zich ergens in het achterste deel van het ziekenhuis, ineengedoken in een donker hoekje.

'Er was een vliegtuig,' bracht Christina uit. 'Meer weet ik niet...'

'Kom, ik neem je even mee hiervandaan.'

Hij hielp haar op en ondersteunde haar. Pas nu besefte Christina dat ze een van de oude wachtnissen in was gevlucht, die al geruime tijd niet meer werden gebruikt. De muurschilderingen waren verbleekt en op de kussens had al lang niemand meer gezeten.

Opeens was Hanna er ook. Dr. Conradi zou haar wel hebben laten roepen. Ze sloot Christina meteen in haar armen. 'Wat is er gebeurd?'

'Een... Een vliegtuig.' Nog steeds had Christina het gevoel dat haar tong niet wilde gehoorzamen.

'Dat heb ik gezien,' zei dr. Conradi. 'Het vloog heel laag, kennelijk naar vliegveld Tempelhof.'

'De luchtbrug,' zei Hanna. 'Het moet een van de bevoorradingsvliegtuigen zijn geweest.'

'Als dat zo is, zullen er zeker meer komen,' antwoordde de dokter. 'Wilt u zo goed zijn Christina naar haar kamer te brengen?'

Christina voelde dat Hanna haar meetrok. Haar kamer? Maar ze moest toch aan het werk... Ze had echter niet de kracht zich te verzetten. Ze liet zich door Hanna de gang door leiden, de trap op naar de onderkomens van de verpleegsters en voelde daarbij dat de innerlijke deur waarachter ze haar herinneringen had opgesloten onherroepelijk uit zijn hengsels was gerukt.

# 32

'Hoe gaat het met haar?' vroeg dr. Conradi toen hij onderweg naar huis Hanna tegenkwam.

'Ik hoop dat ze wat kan slapen. Ze was volledig van slag.' Hanna zuchtte. Ze dacht weer aan het voorval bij de familie Baumann waarover Christina haar had verteld.

'Denkt u dat het verband houdt met wat ze tijdens haar vlucht heeft meegemaakt?' vroeg de dokter verder.

'Ongetwijfeld. Ze is daar tot nu toe erg terughoudend over geweest. Maar het bestaat niet dat iemand die zo lang op de vlucht is geweest onderweg niets vreselijks heeft meegemaakt. Misschien is ze getuige geweest van een bombardement.'

'Dat zou haar paniek verklaren.' Dr. Conradi keek een poosje peinzend naar de neuzen van zijn schoenen. 'Misschien is het verpleegstersberoep toch niet het juiste voor haar.'

Hanna protesteerde fel. 'Wat er vandaag in de weeënkamer is gebeurd heeft niets te maken met haar geschiktheid om verpleegster te worden. Ze heeft tijdens de oorlog een trauma opgelopen. Voordat we haar een zinvolle toekomst ontnemen, moeten we bedenken hoe we haar kunnen helpen over haar vreselijke ervaringen heen te komen.' Hanna keek de dokter aan. Ze wist dat het Christina's hart zou breken als ze zou moeten stoppen met de opleiding. 'Weet u nog? Dat verhaal over een jonge verpleegster die instortte als ze mannelijke patiënten zag?'

Ze zag aan dr. Conradi dat hij hier iets tegenin wilde brengen. Maar hij perste zijn lippen op elkaar voordat hij de woorden kon uitspreken.

Hanna vervolgde: 'Ik was volstrekt niet in staat mijn werk te doen. Christina doet het volgens Else heel goed in de verloskamer. Ze is bedachtzaam, ijverig en weetgierig.'

'Maar die bevoorradingsvliegtuigen zullen vaker overkomen. Ze kan er niet steeds vandoor gaan.'

'De blokkade zal niet eeuwig duren,' antwoordde Hanna. 'En misschien vindt Christina wel een manier om met haar trauma om te gaan. Het zou zonde zijn om haar haar opleidingsplaats af te nemen.'

De dokter hoorde haar aan, knikte en dacht na over haar woorden. 'Denkt u dat u erachter kunt komen wat er met haar is gebeurd?' vroeg hij ten slotte.

'Geloof me, dat heb ik al geprobeerd. Maar ik kan haar niet dwingen.'

'Onze medewerkers moeten betrouwbaar en bovenal belastbaar zijn,' zei Conradi en hij keek haar indringend aan. 'Als ze hier wil blijven, moet ze ons de mogelijkheid bieden haar te helpen, zoals we ook u hebben geholpen door u te ontheffen van het gebruikelijke werk op de afdeling en u op de röntgenafdeling te plaatsen.'

Zijn woorden wekten enige boosheid bij Hanna, maar ze wist dat hij gelijk had. Christina kon alleen worden geholpen als ze iemand tot het trauma dat in haar woedde liet doordringen. Iemand die ze vertrouwde.

~

Pas toen de zon al laag boven het bos stond werd Christina wakker. Even wist ze niet hoe ze in haar kamer was gekomen of hoelang ze had geslapen. Ze kwam overeind en voelde dat haar hoofd en haar ledematen zwaar aanvoelden, alsof ze een lange werkdag achter de rug had.

Toen besefte ze weer wat er gebeurd was. Schaamte overviel haar. Ze had niet zomaar van haar werk mogen weglopen! Haar lichaam had echter buiten haar wil om gereageerd. Opeens was ze weer dat bange vijftienjarige meisje geweest dat door onvoorstelbare verschrikkingen was getroffen.

Wat moest ze nu doen? Ze zag zuster Else weer voor zich, die haar had gemaand zich te vermannen en haar had voorgehouden dat ze aan haar plicht moest denken. Maar dat had ze onmogelijk gekund.

Christina was ervan overtuigd dat een simpel excuus niet zou volstaan. Er zou beslist een donderpreek volgen als ze zich op de kraamafdeling vertoonde. Mogelijk zou ze zelfs haar baan verliezen. Die gedachte trof haar als een vuistslag. Wat moest ze dan? Weer als dienstmeisje gaan werken? Of zou ze zelfs het ziekenhuis moeten verlaten?

Angst maakte zich van haar meester. Ze had niemand willen teleurstellen, maar de herinnering was te sterk geweest...

Toen er werd geklopt sprong ze uit bed. 'Binnen.'

Hanna verscheen, met een dienblad in haar handen. 'Aha, je bent wakker. Mooi zo!'

'Hanna, ik... Het spijt me dat ik...'

Hanna deed de deur achter zich dicht en zette het blad op het bureautje bij het raam neer. 'Ik vroeg me af of je iets wilde eten,' zei ze. 'Je hebt ten slotte behoorlijk lang geslapen.'

'Ik heb geen trek,' zei Christina.

'Echt niet?'

Christina schudde haar hoofd. 'Ik... Ik wilde niet weglopen. Maar ik verloor mijn zelfbeheersing. Dat vliegtuig...' Ze stokte en moest weer aan Selma denken. Die had zo begripvol gereageerd toen het haar bij haar pleegouders was overkomen. En ze was er ook niet op teruggekomen.

Hanna liep naar haar toe. 'Mag ik gaan zitten?'

'Ja, natuurlijk,' antwoordde Christina verward.

'Dank je.' Hanna trok een stoel bij.

Christina keek haar even besluiteloos aan en ging toen tegenover haar op de rand van het bed zitten. Even zwegen ze.

'Christina, wil je me vertellen wat er aan de hand was?' begon Hanna na een poosje. 'Waarom ben je zo geschrokken van dat vliegtuig?'

Christina perste haar lippen op elkaar en haar wangen begonnen te gloeien. Ze geneerde zich verschrikkelijk voor haar paniekaanval. ‘Ik... Ik kan er niet over praten,’ antwoordde ze.

Er verscheen een bezorgde uitdrukking op Hanna’s gezicht.

‘Wil dokter Conradi me soms ontslaan?’ vroeg Christina verschrikt.

Hanna legde haar hand geruststellend op Christina’s arm en glimlachte. ‘Ik vermoed dat hij net als wij allemaal je reactie wil begrijpen.’ Ze zweeg even en vervolgde toen: ‘Het vliegtuig dat je vandaag hoorde was een bevoorradingsvliegtuig. Het vervoerde kolen en medicijnen naar Tempelhof.’

Christina voelde haar handpalmen koud worden, alleen al doordat Hanna het over het vliegtuig had.

Hanna leek haar reactie op te merken, want ze vervolgde: ‘Je hebt toch wel van de luchtbrug gehoord?’

Christina knikte. De zusters hadden het erover gehad, maar ze had niet verwacht dat de vliegtuigen ook over Waldfriede heen zouden komen.

‘Er zullen dus nog meer transportvluchten volgen,’ zei Hanna.

Christina’s mond werd droog. Nu Hanna het zei, besefte ze dat er meer dagen als deze zouden komen. Misschien zelfs maanden of jaren...

‘We hebben je hier in Waldfriede nodig, Christina,’ zei Hanna, die waarschijnlijk de paniek in haar ogen had gezien. ‘Maar die kwestie met dat vliegtuig... Als je bezig bent met een bevalling, mag dat niet meer voorkomen. Ik vrees dat je niet om een beslissing heen kunt. Of je laat je helpen, of je loopt het risico dat je je opleiding moet afbreken.’

# 33

Hanna's woorden kwamen bij haar binnen zoals water de aarde in sijpelde. De opleiding afbreken en daarmee alles opgeven wat ze met hard werken had bereikt en waarvan ze altijd had gedroomd?

Christina had Hanna maar al te graag verzekerd dat ze zou doorzetten. Dat het niet nog eens zou gebeuren. Maar dat kon ze niet. Haar lichaam was te onberekenbaar, de wond zat te diep.

'Zou je niet iemand willen vertellen wat er destijds is gebeurd?' vroeg Hanna zacht. 'We willen allemaal begrijpen wat er in je omgaat. En ik wil je helpen.'

Christina verkeerde in tweestrijd. Telkens als ze terugdacht aan de beschieting door laagvliegers voelde dat aan alsof iemand een scherp mes in haar buik stootte. Maar haar positie als leerling-verpleegster wilde ze in geen geval kwijtraken. Dan zou ze afstand moeten doen van haar droom vroedvrouw te worden. Ze sloot haar ogen, haalde diep adem en keek Hanna toen aan. 'Zou het volstaan als ik je een algemeen beeld geef van wat er is gebeurd? Zonder details?'

'Natuurlijk. Om mee te beginnen. Daarna kunnen we kijken of er misschien een arts is die je kan helpen.'

'Een psychiater?'

'Ik heb zelf met een psychiater gepraat,' zei Hanna. 'Een heel aardige, in Engeland. Hij heeft me geholpen mijn trauma te overwinnen. Want dat is het, waar je mee zit, Christina. Wat er is voorgevallen is traumatisch geweest.'

'Ik wil geen psychiater,' zei ze heftig. Haar hart bonsde tegen haar ribben. Ze had nooit iemand verteld over de dag dat de laagvliegers kwamen. En ook nu wist ze niet of het een goed idee zou zijn. Zou het er allemaal niet nog erger van worden? En hoe moest ze Hanna uitleggen dat ze in leven was gebleven? 'En ik weet ook niet wanneer ik het jou kan vertellen.' Ze begon haar handen te wringen.

'Neem de tijd,' antwoordde Hanna, waarna ze opstond. 'Mijn deur staat altijd voor je open.' Ze glimlachte naar Christina en wees naar het dienblad. 'Eet iets als je kunt. Als je morgenochtend met je dienst begint, moet je op krachten zijn.'

~

Peinzend liep Hanna terug naar haar kamer. Ze had niet veel van het gesprek verwacht, maar het stemde haar droevig dat Christina zo in haar trauma gevangen leek te zitten dat ze de moed niet kon opbrengen ertegen in het geweer te komen en het te overwinnen.

Terwijl Hanna haar uniform uittrok dacht ze terug aan haar jonge jaren, aan de periode in Friedensau kort na het overlijden van Martin. Het was vreselijk geweest. Elke nieuwe soldaat die bij hen in het lazaret werd gebracht, om het even waar of hoe ernstig hij gewond was, had de herinnering aan haar stervende verloofde boven gebracht. Het was zelfs zover gegaan dat ze wel eens flauwviel.

Hoewel ze wist dat haar zus Leni altijd achter haar stond, kon ze haar aanvankelijk niet in vertrouwen nemen. En de andere zusters, die over haar smoesden, al helemaal niet. Ook had ze zich niet weten te verweren tegen de directrice, die vermoedde dat het gewoon aanstellerij was. Het had lang geduurd voordat ze iemand haar probleem kon vertellen. Tot dan had ze onder twijfels en schaamte geleden.

Dr. Conradi had haar in bescherming genomen en het haar mogelijk gemaakt haar taak ten behoeve van de mensheid te vervullen. Hoewel het aanvankelijk goed voor haar was geweest dat ze niet met mannelijke patiënten te maken had gekregen, was het de Engelse psychiater geweest die haar uiteindelijk verlichting had geboden. De gesprekken met hem hadden haar zelfs nog kracht verleend toen het ook voor haar onvermijdelijk was geworden zwaargewonde mensen te verplegen.

Ze had net haar haar losgemaakt, dat inmiddels meer wit dan blond was, toen er aarzelend werd aangeklopt. 'Ja, binnen!' riep ze en ze trok snel haar ochtendjas aan.

De deur ging open en daar stond Christina op de drempel. Ook zij droeg een ochtendjas en ze hield een kussen onder haar arm geklemd. 'Mag ik bij wijze van uitzondering bij jou slapen?' vroeg ze. Ze had iets weg van een klein meisje dat bang was voor spoken.

'Natuurlijk,' antwoordde Hanna vriendelijk. 'Kom gerust verder.'

Christina kwam binnen en deed de deur achter zich dicht. Als een van de weinige verpleegsters hier beschikte Hanna over een sofa. Haar zus had erop geslapen zolang ze in Waldfriede verbleef. Toen hun vader weer boven water was gekomen, was Leni met hem naar de stad verhuisd.

'Heb je iets gegeten?' vroeg Hanna, waarop Christina knikte.

'Ja, een beetje.'

Hanna keek toe toen Christina ging liggen en onder het dekbed verdween. Ze hoopte dat Christina haar in vertrouwen zou nemen, maar zelfs nadat ze haar avondgebed had uitgesproken, maakte ze geen aanstalten. Eenmaal behaaglijk in het dekbed gewikkeld keek ze omhoog naar het plafond.

'Vind je het vervelend als ik het licht uitdoe?' vroeg Hanna.

Christina schudde haar hoofd.

Hanna deed haar petroleumlampje uit. Ze hadden nog steeds geen stroom en niemand wist wanneer dat zou veranderen.

Stilte vulde de kamer. Hanna probeerde een houding te vinden om in te kunnen slapen. Ze had last van de overgang, die verhinderde dat ze net zo makkelijk als vroeger indommelde. Tegenwoordig duurde het eindeloos voor de slaap kwam. Gedachten tolden door haar hoofd en soms raakte ze verzeild in het verre verleden, in haar kindertijd of haar jaren als jong meisje. En dan waren er de vele dagelijkse zorgen die haar ook 's nachts niet met rust lieten.

'Mijn moeder heeft me zomaar met die colonne meegestuurd,' zei Christina opeens. Ze klonk uiterst verbolgen.

Hanna deed verrast haar ogen open en keek Christina's kant uit. In het donker kon ze haar contouren nauwelijks waarnemen. De toonval van haar stem was bijna spookachtig.

'Ze dacht dat ik op die manier aan de Russen kon ontkomen,' vervolgde Christina. 'Ik was bang, zo verschrikkelijk bang. Ik vreesde haar nooit meer terug te zien. En dat terwijl ik alleen haar nog had. Toen ze me dwong op die wagen te klimmen stortte mijn wereld in.'

Hanna wist niet wat ze moest doen. Antwoorden of zwijgen? Was het makkelijker voor Christina om de afschuwelijke herinneringen aan de nacht en de stilte toe te vertrouwen?

'Mijn vader is gesneuveld, net als mijn broer Anton. Vader is al in 1942 gevallen, Anton begin 1943.'

Terwijl ze luisterde dacht Hanna aan alle doden die het ziekenhuis te betreuren had. Artsen, verplegers, ambachtslieden... Velen van hen hadden de oorlog niet gewild, maar waren er toch door verzwolgen. Daar kwamen al die mensen die ten gevolge van de bombardementen waren overleden nog bij. Al die kinderen die hun ouders hadden verloren.

'Moeder was daarna zichzelf niet meer,' vervolgde Christina. 'Ik heb toen veel werk op de boerderij van haar overgenomen en ook voor haar gezorgd. Op een dag kwam de oude Johann bij ons langs. Hij werkte op het landgoed en kwam op zondagmiddag altijd een kopje koffie met mijn vader drinken. We hebben die gewoonte aangehouden, ook toen vader er niet meer was. Maar toen hij die dag langskwam was het geen zondag. Hij kwam vertellen dat de Russen oprukten in onze richting.'

Hanna hoorde iets wat op een snik leek. Christina hervond echter meteen haar kalmte. Ze vertelde dat ze op de wagen was gezet, dat de colonne wegtrok en dat ze onderweg doodsangsten had uitgestaan.

'Ik vroeg me al die tijd af hoe het met moeder zou gaan en of ze erin geslaagd was voor de Russen te vluchten,' zei ze met licht trillende stem. 'Iedereen dacht dat we onze familieleden terug zouden zien als we eenmaal de Oder waren overgestoken. Maar toen...'

Ze stokte en bleef lang stil. Hanna begon te denken dat ze in slaap was gevallen. Uiteindelijk begon ze weer te praten.

En vertelde ze haar al het vreselijke.

~

'Onder de wagen!' riep Jakob haar toe. Christina zag de paniek op zijn bleke gezicht. De leider van de colonne, een man van een jaar of zestig, was tijdens de tocht een soort grootvader voor haar geworden. Hij was het enige houvast dat ze nog had.

Al vaker waren ze met de colonne in gevaarlijke situaties verzeild geraakt, maar zoals nu was het nooit geweest. Toen ze zich omdraaide, zag ze de kleine vliegtuigen die als dodelijke vogels op hen af kwamen suizen. Eindelijk kon ze die verstarring van zich afzetten en doen wat haar bevolen was.

Ze had de tegenwoordigheid van geest om twee van de kleinere kinderen vlak bij haar te pakken en mee te trekken. Ze duwde ze onder de kar, kroop zelf achter hen aan en samen bleven ze ineengedoken zitten zoals ze het op school tijdens de luchtbeschermingsoefeningen geleerd had. 'Jullie moeten nu heel stil zijn,' fluisterde ze Hans en Lena toe, die haar met grote ogen vanuit hun magere gezichtjes aankeken.

Toen begon de beschieting. Honderden salvo's kwamen er op de colonne neer, ze maakten alles waarmee ze in aanraking kwamen kapot.

Christina hoorde kreten, zag voeten voorbijrennen. Sommige mensen vielen. Of ze struikelden of geraakt waren, kon ze niet zeggen.

Ten slotte smakte er een man vlak voor hen tegen de grond. Zijn ogen waren wijd opengesperd en zijn gezicht zat onder het bloed. Ook uit zijn mond vloeide bloed. Het was Heinrich Sarkowski van een van de andere wagens. Onder zijn lichaam ontstond een bloedplas, die snel groter werd.

Christina schreeuwde het uit en had opeens het gevoel geen lucht te krijgen. Naar adem snakkend keek ze naar de kinderen naast zich. Die waren verstijfd van schrik. Toen het bloed haar voeten dreigde te raken, trok ze ze vlug terug.

De vliegtuigen begonnen aan een volgende aanval. Weer ratelden de salvo's, de munitie sloeg de grond en ten slotte ook de wagen in. Hans en Lena uitten een korte kreet en verstomden toen.

Christina deinsde terug, drukte haar hand tegen haar mond en keek verbijsterd naar de gaten in de vloer van de wagen. Ze waren groot genoeg om de blauwe lucht te kunnen zien en de jachtvliegtuigen die nog eenmaal over hen heen scheerden voordat ze weer hemelwaarts vlogen.

Het brommende geluid boven haar hield nog een tijd aan, werd uiteindelijk zachter en verdween ten slotte helemaal, tot alleen de wind nog over het gras en de doden gierde.

Lange tijd kon Christina zich niet verroeren. Haar oren suisden en haar borst voelde aan alsof er een knellende band omheen zat.

Toen ze ten slotte voldoende kracht en moed had verzameld om onder de wagen vandaan te kruipen, schemerde de avond al. De lucht was vervuld van de metalige geur van bloed. Bijna mild gleed het roodachtige licht over haar medevluchtelingen. Niemand bewoog. Er klonk zelfs geen gehuil of gekreun. Iedereen was dood.

Christina's blik viel op Jakob, die blijkbaar geen tijd meer had gehad om van de wagen af te klimmen. Hij lag ruggelings over de koetsiersbok, met opengesperde ogen. Zijn lichaam was kapotgeschoten. Het grijze pak dat hij droeg was rood van het bloed.

Opeens leek het of iemand haar een por gaf. Christina slaakte een kreet, zo hard dat de vogels uit de bomen opvlogen. Toen begon ze te rennen. Steeds dieper het bos in, weg van de doden die haar vanaf dat moment in haar dromen zouden achtervolgen.

~

Hanna lag er als verstijfd bij. De beelden die Christina's verhaal in het donker had opgeroepen, hadden haar teruggevoerd naar de somberste periode in Waldfriede. Ze kon zich slechts moeilijk losmaken van de herinneringen die haar als een vloedgolf overspoelden.

Toen kwam er opeens een gedachte bij haar op. Ze wist niet of het goed was om de vraag te stellen, maar haar mond was sneller. 'Was je moeder... niet mee op jullie tocht?' Nu was het haar eigen stem die spookachtig aandeed in het duister.

Christina antwoordde niet meteen. Zou ze in slaap zijn gevallen?

Hanna probeerde door het donker heen iets op te vangen. Na een tijdje hoorde ze zacht gesnik. De tranen sprongen haar in de ogen. Ze had wel vermoed dat het iets afschuwelijks moest zijn wat Christina was overkomen, maar dit...

'Mijn moeder is thuisgebleven,' hoorde ze Christina ten slotte zeggen. Haar stem trilde, maar won met elk woord aan kracht. 'Ze heeft me in de steek gelaten, me de hel in gestuurd. Ze was van plan na te komen, maar...'

Hanna kwam half overeind en steunde op haar linkerelleboog. Christina was slechts vaag te herkennen in het donker. 'Ze kan dus nog in leven zijn?'

Er volgde een zwijgen. Hanna begreep wel dat Christina boos op haar moeder was, al had ze in haar ogen helemaal juist gehandeld. Maar waarom zou Christina hebben beweerd dat haar moeder dood was?

'Dat weet ik niet,' antwoordde Christina en ze snifte. 'Maar als ze nog in leven was, zou ze toch naar me op zoek zijn gegaan?'

Hanna wilde antwoorden dat de chaos na de oorlog ertoe kon hebben geleid dat haar moeder aan de andere kant van Duitsland terecht was gekomen. Maar ze kon evengoed zijn omgekomen. Er was maar één manier om achter de waarheid te komen, dus zweeg Hanna en nam ze een besluit.

# 34

De droom was ditmaal een andere. Christina zag zichzelf door het park van het landgoed lopen. Eigenlijk was het verboden terrein, maar als de eigenaren van huis waren en ze het toegangshek hadden laten openstaan, glipte ze er soms doorheen. Ze was dol op de rozentuin en het kleine doolhof daar vlakbij, waar je onbespied kon zitten dromen.

Naar het laatste liep ze nu toe, in de wetenschap dat ze daar niet zo gauw betrapt zou worden. Ze liep maar door, ging rechtsaf, dan weer linksaf. Intuïtief scheen ze te weten welk pad ze moest volgen. Na een tijdje werd het mistig, maar Christina liep resoluut door.

Ten slotte bereikte ze een plek waarachter zich alleen maar mist bevond. Het hart van het doolhof, wist Christina. Zelfs bij zonnig weer was het daarbinnen donker. Maar nu was het er licht en ze was niet alleen.

'Daar ben je dan,' zei haar broer Anton. Hij was vele jaren jonger dan toen hij bij de Wehrmacht ging. Hij droeg een korte tuinbroek en zijn haar zat in de war. Dit was het beeld van hem dat haar was bijgebleven van eindeloos lijkende zomervakanties. 'Ik verwachtte je.'

'Anton,' stamelde ze. 'Waar kom jij vandaan?'

'Ik sta al een hele tijd op je te wachten,' zei hij. 'Ik wil je de juiste weg laten zien.'

'Welke weg?'

'De weg naar buiten.' Hij wees naar een van de talrijke paden.

Christina wilde zeggen dat ze om uit het doolhof te komen alleen telkens de hoek om hoefde te gaan. Maar Anton stond erop dat ze juist dat pad zou nemen.

'Zeg tegen moeder dat ik van haar hou,' zei hij. 'En ik hou ook van jou, lief zusje.'

'En vader dan?' vroeg Christina, waarop Anton glimlachte.

'Die doet jullie de groeten. Hij wacht ook. Maar het heeft geen haast.' Nog steeds wees hij naar de weg naar buiten en nadat Christina hem had verteld dat zij ook van hem hield, kwam ze in beweging.

'Christina!' hoorde ze opeens iemand roepen. 'Christina?'

Het moest haar moeder zijn die riep. Christina keek om naar Anton en zag dat hij verdwenen was. Maar haar moeder stond bij de uitgang van het doolhof te wachten.

'Christina?'

Toen ze haar ogen opendeed, zag ze Hanna over zich heen gebogen staan. Het doolhof was verdwenen en daarmee vervaagde ook de gedachte aan haar moeder.

'Goedemorgen,' zei Hanna en het viel Christina op dat ze er bezorgd uitzag. 'Is alles in orde? Voel je je goed?'

Christina kwam overeind en leunde op haar ellebogen. 'Ja, maar waarom vraag je dat, Hanna?'

'Omdat je zo ver weg leek. Ik kreeg je nauwelijks wakker.'

'O,' zei Christina en ze keek om zich heen. 'Heb ik me verslapen?'

'Nee, dat niet. Ik wilde je wekken, maar je reageerde niet. Voel je je echt goed?'

'Ja, hoor,' antwoordde Christina. 'Ik was aan het dromen. Het leek allemaal zo echt.' Ze kreeg een warm gevoel vanbinnen.

'Heb je weer van de colonne gedroomd?'

Christina schudde haar hoofd. 'Nee.' Ze besefte ineens dat ze al lang geen droom meer had gehad die niet over haar vlucht was gegaan. 'Het was gewoon... fijn. Alsof ik de planken van een gebarricadeerde deur had weggehaald.'

Hanna glimlachte. 'Het heeft je dus goedgedaan uit te spreken wat er is gebeurd?'

Christina knikte. 'Ja. Het spijt me als ik je uit je slaap heb gehouden.'

'Dat geeft niet. Ik ben blij dat je je hart kon uitstorten. Dat is de eerste stap naar genezing.'

Christina vroeg zich af of de wonden die de oorlog had geslagen ooit zouden genezen, maar die ochtend had ze het gevoel dat er een stukje van haar last van haar af was gevallen.

'Denk je dat ik problemen met zuster Else krijg?' vroeg ze.

'Ik praat wel met haar,' antwoordde Hanna. 'En met dokter Conradi. Als je het goedvindt, laat ik hun ook weten wat jij me hebt verteld. Ze begrijpen het vast, want we hebben die vreselijke oorlog allemaal meegemaakt.'

'Ik wil verpleegster worden. En vroedvrouw,' zei Christina vastberaden. 'En ik zal proberen een manier te vinden om met die vliegtuigen om te gaan.'

# 35

*Zehlendorf, 13 augustus 1948*

De maand augustus had aanvankelijk warm en zonnig weer met zich meegebracht, maar sinds enkele dagen regende het en hingen grijze wolken laag over de stad. Het weer paste echter goed bij Hanna's stemming en waarschijnlijk ook bij die van vele anderen.

Hoewel de luchtbrug was ingesteld en de vliegtuigen nu met korte tussenpozen door de luchtcorridor vlogen, heerste er een bedrukte stemming onder de bevolking. De stroomvoorziening was deels hersteld, dankzij kolenleveranties vanuit het westelijke deel van Duitsland en uit andere landen. Zo nu en dan viel de stroom nog uit, maar daar konden ze inmiddels vrij goed mee omgaan.

Hanna hoorde van veel patiënten dat het contact met hun familieleden in de Sovjet-zone was verbroken. Post kwam niet door de blokkade heen en lang niet iedereen beschikte over een telefoon. Sommige verpleegsters konden niet meer naar huis en hadden een provisorisch onderkomen in het ziekenhuis moeten betrekken.

De hoop dat de blokkade gauw voorbij zou zijn, verdween langzamerhand in het niet.

Die ochtend kwam dr. Conradi ongewoon vroeg de spreekkamer in zijn woonhuis binnen. Hanna was nog maar net met de voorbereidingen begonnen. Verbaasd keek ze hem aan.

'Goedemorgen, dokter. Wat brengt u zo vroeg naar het spreekuur? Mevrouw Nordwald komt toch pas over een uur? Is er een spoedgeval?'

‘Nee, ik zocht een plek waar ik kan nadenken.’

‘Nadenken?’ vroeg Hanna verwonderd. Als hij wilde nadenken ging de dokter meestal naar het park. Hoewel ze geen waakhond meer hadden, maakte hij nog steeds een ochtendwandelingetje.

‘Sinds vannacht blijf ik maar piekeren over wat er van ons moet worden als de situatie zo blijft. De blokkade, bedoel ik. Als de Russen ons er niet meer uit laten.’

Hanna keek de dokter verschrikt aan. ‘Dat zal vast niet gebeuren. Als de geallieerden ons in de steek wilden laten, hadden ze het allang kunnen doen.’

‘Maar wie zegt dat ze het niet alsnog zullen doen? Politiek is zoiets bedrieglijks...’

Zijn woorden deden Hanna verkrampen. Ze herinnerde zich nog goed het moment waarop hier voor het eerst Sovjet-soldaten waren opgedoken. Er waren maar zelden problemen geweest, maar als ze voorkwamen liepen ze hoog op. Hoe zou het zijn als de Russen het ook bij hen voor het zeggen kregen? Van patiëntes uit Potsdam of Kleinmachnow wist ze dat de Sovjets niet veel met religie ophadden.

‘We zullen moeten afwachten,’ zei Hanna. ‘Tot nu toe werd het nooit zo erg als we vreesden. Zelfs als de Russen hier alles overnemen zullen ze ziekenhuizen nodig hebben. En ons geloof kan niemand ons verbieden, zelfs Hitler was daartoe niet in staat.’

Ze werd onderbroken door een klop op de deur. ‘Binnen!’ riep dr. Conradi.

Hilde, een van de dienstmeisjes, stak haar hoofd om de deur. ‘O!’ zei ze toen ze de dokter zag.

‘Wat is er, Hilde?’ vroeg Hanna.

‘Er is iemand aan de telefoon voor de school. Ik wilde het tegen dokter Meyer zeggen, maar hij is vanmiddag pas in het ziekenhuis. U geeft er les, dus...’

‘Goed hoor, ik kom eraan.’ Hanna keek naar dr. Conradi, die haar toeknikte. Toen verliet ze de spreekkamer.

‘Wat is de naam van degene die belde?’ vroeg Hanna nadat ze de voordeur van het huis had dichtgetrokken. Er vloog een zwerm mussen op toen ze haastig langs een prieel liepen en de trompetboom passeerden die dr. Conradi's vader hun ter gelegenheid van het tienjarig bestaan van Waldfriede had geschonken.

'Zuster Hedwig kon hem niet goed verstaan. Morris of Worris of zo...'

Hanna fronste haar voorhoofd. Ze hadden geen leerling met die naam, dus om een ziekmelding zou het niet gaan. Bovendien klonk de naam Engels. Zou het militaire gezag een schoolinspectie willen uitvoeren?

Ze had al horen fluisteren dat degenen die bij het Geallieerde Commando over educatie gingen verscheidene scholen wilden bezichtigen met het oog op het verstrekken van subsidie.

Ze baanden zich een weg door wachtende familieleden en bereikten uiteindelijk de receptie. Zuster Hedwig knikte haar toe en Hanna verdween in het kamertje achter de balie. Even later hield ze de hoorn tegen haar oor en meldde zich. 'Zuster Hanna.'

'U spreekt met captain Morris van de militaire politie,' zei een man met een accent. 'Gaat u over de verpleegopleiding?'

'Ik ben daar docente,' zei ze. 'De directeur, dokter Meyer, is nog niet aanwezig.'

'Ik bel over een van uw leerlingen. Haar ouders kunnen haar vanwege de blokkade niet bereiken en daarom hebben ze zich tot de autoriteiten gewend.'

Hanna liep in gedachten na welke leerling zou kunnen ontbreken. Ze hadden inmiddels alle medewerkers van buiten in het ziekenhuis ondergebracht.

'Om wie gaat het?' vroeg Hanna.

'Om ene Selma Wagner. Ze woont bij de familie Baumann in Kleinmachnow.'

Hanna hield haar adem in. Zou ze terug zijn bij haar pleegouders? Een gevoel van opluchting overspoelde Hanna. Ze wist niet of dr. Meyer Selma na alles wat ze zich had gepermitteerd weer tot de opleiding zou toelaten, maar alleen al het feit dat haar naam werd genoemd gaf haar hoop.

'Hallo?' vroeg de man van de militaire politie.

'Ja, ik ben er nog. En ja, we hadden hier een Selma Wagner. Ze wordt vermist.'

'Juist,' zei de politieman. 'Ik bel om u te vertellen dat ze is gevonden.'

~

Het dreunende geluid van het vliegtuig dat overvloog deed Christina verstijven. Ze had de transportvluchten graag genegeerd, ze afgedaan als een vervelend dagelijks gebeuren, maar haar geest liet zich niet zo makkelijk voor de gek houden.

Ze sloot haar ogen, haalde diep adem en kneep hard in het vel van haar handrug. De pijn hielp om in de realiteit te blijven. Sinds de nacht waarin ze Hanna haar verhaal had verteld, was ze niet meer van de afdeling weggevlucht. Alleen als er niemand in de buurt was, stond ze het zichzelf toe haar knieën op te trekken tot haar borst en haar handen tegen haar oren te drukken.

Toen het gedreun was weggestorven en ze haar ogen weer opendeed, zag ze de serveerwagen waarop een stapel borden en een koffiekan stonden. Haar hartslag werd weer normaal. Alleen op de plek waar ze zichzelf had geknepen voelde ze het kloppen.

Opgelucht slaakte ze een zucht. Ze was er weer in geslaagd een paniekaanval te vermijden en op haar werkplek te blijven. Dat vervulde haar toch wel met trots.

Hanna had gelijk gehad: het had echt een beetje geholpen om over de beschieting te praten. Natuurlijk had ze nog een lange weg te gaan voordat ze van de nachtmerries af zou zijn. Soms waren ze zo heftig dat ze schreeuwend wakker werd. Maar haar buurvrouwen sliepen goed en klaagden niet.

De enige die haar met nog meer minachting dan anders behandelde was Gisela. Christina had gehoord dat ze haar tegen andere leerlingen 'dat gekke kind' genoemd had. Ze had zin gehad om haar een oorvijg te geven, maar had zich ingehouden.

Ze miste Selma enorm. Inmiddels wachtte Christina al bijna twee maanden op een bericht van haar en de hoop dat ze ooit zou terugkomen werd met de dag geringer. Ze had alleen maar een briefje hoeven sturen om te vertellen waar ze was...

Toen ze weer tot rust was gekomen duwde ze het serveerwagentje de gang door. Gelukkig was Gisela zojuist niet langsgekomen. De anderen kon ze misschien voor de gek houden, maar Gisela had het snel in de gaten als ze vanwege de vliegtuigen haar zelfbeheersing dreigde te verliezen. Maar nu zette ze de onaangename gedachten aan haar medeleerling opzij.

Ze verheugde zich erop mevrouw Heitmann weer te zien. Gisteren in de verloskamer had ze haar bevalling meegemaakt. Ze had een tweeling gekregen, twee snoezige kleine meisjes die als twee druppels water op elkaar leken. Het was een flinke klus voor hun moeder geweest, maar de vrees van dr. Conradi dat de bevalling op een keizersnee zou uitlopen was niet bewaarheid.

Nadat ze had aangeklopt liep Christina glimlachend haar kamer in. 'Goedemorgen, mevrouw Heitmann, ik kom uw ontbijt brengen.'

De vrouw gaf juist een van de kindjes de borst. De tweelingen waren niet haar eerste kinderen. Ze had al een zoontje van vijf, dat thuis bij haar man was. Het was dan ook niet nodig geweest haar te laten zien hoe je de baby moest aanleggen.

'Ach, zuster Christina,' antwoordde ze. 'Zou u Julia van me willen overnemen? Ze moet nog een boertje laten.'

'Natuurlijk.' Christina zette het dienblad neer en liep naar de vrouw toe. Behoedzaam, zoals zuster Else het haar had voorgedaan, nam ze het kindje over. Het meisje had geen aanmoediging nodig en liet een boertje, waarna ze weer in haar bedje kon worden gelegd.

'Hebt u Sophie al gevoed?' vroeg Christina.

'Nee, nog niet. Zuster Trude moest weer weg.'

'Dan geef ik u haar, als het mag.'

'Natuurlijk.'

Christina tilde voorzichtig de andere baby uit het bedje. Zoals altijd klopte haar hart daarbij iets sneller. Hoewel ze precies wist wat haar te doen stond, was ze altijd bang dat ze het kindje per ongeluk pijn zou doen. Maar het kleintje keek haar alleen met grote ogen aan.

'Neem er de tijd voor. Ik kom straks weer bij u kijken, dan kunt u daarna zelf ook iets eten.' Na die woorden liep ze de gang op. In de volgende kamer lag mevrouw Franz, die vanwege een hoge bloeddruk al een paar dagen voor haar uitgerekende datum was opgenomen. Ze zou niet blij zijn met haar zoutarme maaltijd, maar dr. Conradi was strikt geweest.

Ze wilde juist aankloppen toen Gisela uit de tegenoverliggende kamer kwam. Zoals gewoonlijk verwaardigde ze Christina nauwelijks met een blik.

Christina besloot dat ze beter vlug door kon lopen. Op dat moment ging de afdelingsdeur open en liep zuster Hanna de gang in. Bezorgd keek Christina naar haar. Om deze tijd kwam Hanna zelden op de kraamafdeling. Spoedgevallen werden meestal telefonisch aangekondigd.

'Christina!' riep ze en ze zwaaide. 'Heb je even?'

Christina keek naar de serveerwagen en vervolgens naar Gisela. 'Gisela, zou jij alsjeblieft even bij mevrouw Heitmann willen kijken? Ze is een van haar tweeling aan het voeden en is vast bijna zover dat de baby kan worden overgenomen. Ze moet van dr. Conradi in bed blijven.'

Gisela knikte zonder iets te zeggen en Christina liep bij haar vandaan. 'Wat is er, zuster Hanna?'

'Kom mee de afdeling af,' zei Hanna. Ze pakte Christina's hand en trok haar mee. Christina voelde dat haar vingers ijskoud waren en licht trilden.

Ze kreeg een onrustig gevoel in haar maag. Wat zou er aan de hand zijn? 'Wat is er toch, Hanna?' vroeg ze toen ze voorbij de afdelingsdeur waren.

Hanna trok haar mee naar het raam van de kleine overloop. Van hieruit kon je de binnentuin zien, waar juist een paar vrouwen voorbijliepen. 'Ik... Ik weet niet goed hoe ik moet beginnen,' zei Hanna en ze streek nerveus over haar voorhoofd. 'En inmiddels weet ik ook niet of dit het juiste moment is.'

'Hanna, alsjeblieft!' Het gevoel in haar maag werd sterker. 'Vertel me wat er is!'

Hanna keek haar aan en haar gezicht vertrok alsof ze moeite had haar tranen te bedwingen. 'Zojuist belde de geallieerde militaire politie. Ze... Ze hebben Selma gevonden. Ze is... dood.'

# 36

De woorden fladderden als motten door Christina's hoofd. Ze had ze gehoord, maar alles in haar weigerde te geloven wat Hanna haar zo behoedzaam had medegedeeld.

Ze keek naar de hemel en zag een paar vederwolkjes langstrekken. Dit was geen dag voor de dood. Het was een dag voor het leven. Selma... Die moest toch bij haar ouders zijn?

'Selma is dood?' vroeg ze afwezig terwijl ze naar de binnentuin bleef staren, die er nu verlaten bij lag.

'Ja.' Hanna's stem klonk dof. Ze moest hebben gehuild.

Christina daarentegen voelde op dat moment niets anders dan een holle leegte, alsof al haar zintuigen en gevoelens waren uitgeschakeld. Alsof ze in shock was.

'Ik vind het zo erg,' voegde Hanna eraan toe.

'Hoe is ze gestorven?' wist Christina na enige tijd uit te brengen.

'Ze is in een graanveld in Brandenburg gevonden. Wie dit ook... gedaan mag hebben...'

Hanna stokte. Christina keek haar met een wezenloze blik aan. 'Is ze vermoord?'

Hanna perste haar lippen op elkaar en knikte.

'Hebben ze de moordenaar gepakt?'

'Niemand weet wie het heeft gedaan. Ze zeiden dat de Sovjetautoriteiten de zaak onderzoeken. Maar we kunnen er rustig van uitgaan dat de dader nooit zal worden gevonden.'

'Net als toen,' zei Christina zachtjes. Nog steeds wachtte ze vergeefs op tranen. 'De mannen die mijn colonne hebben neergemaaid, zijn ook nooit bestraft. En nu Selma...'

Toen ze haar naam uitsprak, voelde ze een scherpe pijn achter haar borstbeen. Ze haalde diep adem. In haar hoofd vormden zich vragen. Wie kon het zijn geweest? Een soldaat die gewend was te doden? Iemand die op weg terug naar huis was, iemand wie de oorlog het laatste beetje menselijkheid had ontnomen?

'Toen lag het anders, vrees ik,' zei Hanna. 'Die soldaten handelden op bevel. Degene die Selma heeft vermoord, handelde uit minderwaardige beweegredenen.'

Er welde haat bij Christina op. Haat voor de onbekende, die in haar ogen slechts een soldaat kon zijn.

'Bedankt dat je het me hebt verteld, Hanna.' Nu welden er toch tranen op in haar ogen en er ontstond een druk in haar lichaam die ze maar al te goed kende. Destijds, toen ze al die doden zag, had ze zich ook zo gevoeld. Ze was gaan dolen, had niet geweten wat ze moest doen of tot wie ze zich moest wenden. Wat er eerst niet uit wilde, had zich ontladen in een luide kreet.

'Als je even tijd nodig hebt, laat ik het zuster Else weten,' zei Hanna meelevend.

'Nee, het gaat wel,' antwoordde Christina. Haar verstand weigerde te geloven dat Selma niet meer terugkwam. En de druk werd steeds erger. Ze moest een plek vinden waar ze alleen kon zijn. Tegelijkertijd wist ze dat ze nooit meer zomaar van de afdeling kon verdwijnen.

'Goed dan,' zei Hanna, die nu zichtbaar tegen haar tranen vocht. 'We zien elkaar straks, goed?'

Christina knikte, draaide zich om en liep door de deur de afdeling op. Haar verstand draaide keer op keer Hanna's woorden af en de tranen liepen haar over de wangen. Iemand kwam haar tegemoet, maar wie het was kon ze door het waas van tranen niet zien. Haar oren begonnen te suizen, zodat ze de stem die achter haar klonk maar gedempt hoorde. Het volgende moment stelde ze verbaasd vast dat haar benen haar niet langer gehoorzaamden. Vervolgens werd alles donker.

Toen Christina bijkwam stond Gisela naast haar. Het duurde even voor ze besefte dat ze op een brancard in de spreekkamer op de kraamafdeling lag. Zodra ze zich herinnerde wat daaraan vooraf was gegaan wilde ze opspringen, maar ze voelde een duizeling die haar dwong weer op het rode kunstleer te gaan liggen.

'Zuster Else heeft gezegd dat ik bij je moet blijven,' verklaarde Gisela. Uit de toon van haar stem viel niet op te maken of dat haar irriteerde of boos maakte.

'Je kunt wel gaan,' zei Christina. 'Ik red me wel.'

Dat was niet waar. Haar ledematen voelden slap aan en er trilde iets in haar maagstreek. Bovendien had ze een brok in haar keel.

'Nee, ik blijf.'

De manier waarop Gisela dat zei verbaasde haar. Ze klonk niet zoals anders lomp of vijandig. Integendeel, ze leek zelfs bezorgd!

'We hebben gehoord wat Selma is overkomen. Jij hebt veel met haar opgetrokken.'

Het liefst had Christina gezegd dat het haar niets aanging, maar Gisela's plotselinge zachtmoedigheid bracht haar in de war. Deed ze alleen zo om haar vriendinnen nieuwe verhalen over 'dat gekke kind' te kunnen vertellen?

'Selma is dood,' zei ze mechanisch en ze wachtte tot de druk achter haar borstbeen terugkwam. Maar dat gebeurde niet. In plaats daarvan voelde ze weer die zwarte leegte vanbinnen. Verdriet. Dat was in elk geval beter dan het gevoel verscheurd te worden.

'Ja,' antwoordde Gisela. 'Ik vind het heel erg.'

Christina keek haar verbaasd aan. 'Je kende haar toch nauwelijks?'

'Dat klopt. Toch vind ik het erg.' Ze keek naar haar handen, waarmee ze rusteloos aan de banden van haar witte schort frommelde. 'Ik weet hoe het is als je iemand verliest om wie je veel gaf.'

Nog steeds kon Christina niet goed inschatten waar Gisela op uit was. Al die tijd had zich afwijzend tegenover haar opgesteld. Of had Christina haar gedrag gewoon niet goed ingeschat?

'Wie heb je verloren?' vroeg Christina, al wist ze niet zeker of ze er geen spijt van zou krijgen.

'Mijn broer.'

'O,' zei Christina. 'Is hij in de oorlog gesneuveld?'

'Nee. Hij... Hij is tijdens de bevalling overleden. Ik had me zo verheugd op een broertje of zusje. Al maandenlang stelde ik me voor hoe het kindje zou zijn. Ik droomde van het gezichtje. Maar toen...' Ze verstomde en voor het eerst sinds hun ontmoeting zag Christina dat Gisela haar best deed haar zelfbeheersing te bewaren. 'De vroedvrouw was niet goed opgeleid. Misschien heeft ze zich alleen maar als vroedvrouw voorgedaan. In elk geval is mijn broertje bij de bevalling overleden. En mijn moeder zou misschien ook zijn gestorven als mijn vader onze huisarts er niet bij had gehaald. Zij maakte af wat die andere vrouw niet tot een goed einde had kunnen brengen. Mijn moeder heeft het overleefd, maar mijn broertje...' Ze snifte en probeerde zich te vermannen, maar de tranen biggelden langs haar wangen.

'Wil je daarom vroedvrouw worden?' vroeg Christina.

'Ja. Ik wil ervoor zorgen dat vrouwen als degene die de dood van mijn broertje op haar geweten heeft geen voet meer in huizen zetten waar een zwangere vrouw moet bevallen.' Ze keek Christina met betraande ogen aan en voegde eraan toe: 'Het spijt me dat ik zo afwijzend tegen je was... Die vroedvrouw... Ze leek een beetje op jou en toen... Ik zag weer voor me dat ze bij mijn moeder...'

Christina pakte haar hand. Ze begreep maar al te goed dat je soms je verleden niet achter je kon laten.

De deur van de spreekkamer ging plotseling open. Gisela draaide zich vlug om en trok haar hand los.

Dr. Conradi kwam binnen. 'Juffrouw Heller, fijn dat u weer wakker bent! Zuster Hanna heeft me op de hoogte gebracht.' Hij kwam naast haar staan en pakte haar hand om haar pols te voelen. 'Bent u nog duizelig?'

'Ik weet het niet,' zei Christina en ze probeerde opnieuw overeind te komen. Ditmaal gehoorzaamden haar ledematen. Steunend op haar armen ging ze zitten.

'Zuster Hanna heeft me verteld wat er is gebeurd. Onder de omstandigheden zou ik zeggen dat uw reactie zuiver psychisch was, maar toch wil ik graag wat bloed bij u afnemen, voor de zekerheid.'

'Goed,' antwoordde Christina. Ze keek naar Gisela, die zich bij de deur had teruggetrokken. Haar tranen waren verdwenen, haar medeleerling had zichzelf weer onder controle.

# 37

Bij het vallen van de avond verliet Christina haar kamer voor een wandelingetje door het park. De zon was van achter de wolken tevoorschijn gekomen en toverde een roodachtig schijnsel op het gras en de boomkruinen.

Het bericht van Selma's dood had zich als een lopend vuurtje verspreid. De meeste zusters reageerden er beheerst op. Waarschijnlijk hadden ze de leerling-verpleegster nauwelijks waargenomen. Maar tijdens de avondmaaltijd had Christina gezien dat operatiezuster Anni in elkaar kromp en met een zakdoek tegen haar mond gedrukt de eetzaal verliet.

Ook dr. Davis, die ze bij het uitgiftepunt zag, wekte de indruk geschokt te zijn. Karin en Beate leken er nog niets over te hebben gehoord. Toen dr. Conradi later het personeel mededeelde wat er was gebeurd, reageerden ze onthutst en verdrietig.

Christina keek uit naar Gerhard, maar in de eetzaal zag ze hem niet. Waarschijnlijk was hij nog op de badafdeling. Ook al was het tussen Selma en hem slechts tot die ene wandeling gekomen, het nieuws zou hem zeker aangrijpen.

Zuster Else vond waarschijnlijk dat ze ontzien moest worden en had Christina voor de rest van de dag naar de linnenkamer gestuurd. Maar terwijl ze bezig was met doeken en beddengoed controleren had ze steeds Selma's gezicht voor zich gezien.

De gedachte hoeveel angst en pijn Selma in haar laatste ogenblikken moest hebben doorstaan was hartverscheurend. Waarom? vroeg ze zich af. Waarom had ze toch zo'n groot risico genomen? En zelfs háár voorgelogen?

Christina kwam in het park niet zelden iemand uit het ziekenhuis tegen. Toch keek ze ervan op toen ze Gisela op dit tijdstip op een van de banken zag zitten. Ze vroeg zich af of ze niet beter rechtsomkeert kon maken, toen haar collega haar aansprak.

'Christina!'

Hun gesprek van die ochtend had het onbehagen dat haar overviel zodra Gisela haar aandacht op haar richtte niet kunnen verdrijven. Toch liep ze naar haar toe.

'Wil je niet even gaan zitten?' vroeg Gisela en opnieuw stelde Christina vast dat iets bij haar leek te zijn veranderd.

'Ja, hoor,' antwoordde ze en ze nam naast Gisela plaats op het bankje.

Een tijdlang zwegen ze. Gisela richtte haar blik op de boomtoppen. Zonlicht viel op haar gezicht. Nu pas viel het Christina op hoe knap ze eigenlijk was. En dat haar stugge voorkomen waarschijnlijk was bedoeld om anderen niet te dichtbij te laten komen.

'Wat je me hebt verteld,' begon Christina. 'Is dat echt zo? Ik bedoel dat ik op die... vroedvrouw lijk.'

Gisela knikte. 'Ja, je lijkt op haar. En geloof me als ik zeg dat ik dat mens uit de grond van mijn hart haat.'

'Haat je mij ook?' vroeg Christina.

Er verscheen een zweem van een glimlach op Gisela's gezicht. 'Ik denk dat ik mijn afkeer van jou wel kan overwinnen. Al is er met jou duidelijk iets mis.'

'Ik ben niet gek,' antwoordde Christina en ze besefte hoeveel ze op elkaar leken. Zelf was ze bang voor vliegtuigen omdat die de dood hadden gebracht en Gisela mocht haar niet omdat ze leek op de vroedvrouw die schuldig was aan de dood van haar broertje.

'En die keer dan dat je zomaar de verloskamer uit rende?' vroeg Gisela.

'Ik heb iets tegen vliegtuigen,' zei Christina. 'Mijn colonne is tijdens onze vlucht door laagvliegers aangevallen.'

'Dat is... vreselijk.'

Ze keken elkaar aan. 'Ik vermoed dat we allemaal wel iets hebben waarmee we nog niet goed kunnen omgaan, hè?' vroeg Christina. 'Wij tweeën zijn niet de enigen.'

Gisela knikte. 'Best mogelijk. Ik probeer er iets aan te doen...' Ze keek een tijdje naar Christina en toen werd haar glimlach breder. 'Zou je je haar niet willen verven? Ik denk dat ik je met zwart haar leuker zou vinden.'

'Vergeet het maar!' riep Christina. Ze schoot in de lach en heel even verdween haar verdriet om Selma een beetje naar de achtergrond.

'Hoe denk jij dat het verder zal gaan?' vroeg Gisela ten slotte. 'Met de blokkade, bedoel ik.'

'Geen idee,' zei Christina. 'Ik hoop maar dat het niet te lang zal duren.' De gedachte dat ze Selma's graf niet eens kon bezoeken, drukte haar stemming weer.

'In het ergste geval vallen we binnenkort onder de Sovjets,' zei Gisela. 'Ik heb gehoord dat ze in de Sovjet-zone behoorlijk honger lijden, omdat de Russen meenemen wat ze kunnen. Mijn vader denkt dat ze alle machines naar de Sovjet-Unie brengen en dat het hun niet kan schelen hoe de mensen in de Oostzone moeten leven.'

Gisela zweeg even en zei toen: 'Selma kwam daar toch ook vandaan?'

'Ja,' antwoordde Christina. 'Haar pleegouders hebben een heel mooi huis met een tuin in Kleinmachnow. Het zijn aardige mensen.'

Weer richtte Gisela haar blik op de boomtoppen. 'Ze had niet moeten gaan. Voor geen goud zou ik alleen het land door trekken, zeker nu niet.'

'De tijden zijn wel eens slechter geweest,' zei Christina. 'Maar je hebt gelijk. Je kunt niet verwachten dat mensen die de oorlog hebben meegemaakt en vreselijke dingen hebben gedaan weer normaal worden zodra de vrede is afgekondigd. Sommigen zijn inmiddels gewend te doden.'

'Dat is geen excuus voor wat Selma's moordenaar heeft gedaan.'

'Nee, dat is het zeker niet.' Christina keek naar haar handen en door haar hoofd schalden gedempt de kreten van de vluchtelingen die bij de aanval van de laagvliegers waren gestorven. En opeens werd haar iets duidelijk. Zij wilde niet tot de mensen behoren die de verschrikkingen nooit te boven kwamen. 'Maar hoe kunnen ze van hun gewoonte te moorden afkomen als niemand ze helpt?'

'Velen van hen zullen zich niet laten helpen.'

'Misschien krijgen ze gewoon de kans niet.' Ze keek Gisela aan. 'Misschien ben ik toch wel gek. Maar dan alleen omdat de oorlog me gek heeft gemaakt. En ik weet zeker dat ik daar iets aan kan doen.'

# 38

*Zehlendorf, 24 augustus 1948*

Toen Christina het ziekenhuis verliet, glinsterde het park als een veld vol edelstenen. Na een bui rond het middaguur was de zon weer gaan schijnen. Langzamerhand lieten ook de vogels hun stemmen, die tijdens de regenbui waren verstomd, weer horen.

Het had een mooie, zorgeloze dag kunnen zijn, maar het tegendeel was het geval.

Nadat de autoriteiten Selma's lichaam hadden vrijgegeven was het naar de Baumanns gebracht, die de teraardebestelling wilden regelen.

Hanna had Christina verteld hoe lastig het was geweest in contact te komen met meneer en mevrouw Baumann om te weten te komen wanneer de uitvaart zou plaatsvinden. Niemand kon naar hen toe gaan en het was evenmin mogelijk hun te schrijven. 'En dat terwijl ze op een steenworp afstand wonen!' had Hanna er verdrietig aan toegevoegd.

Uiteindelijk was het dr. Conradi gelukt hen aan de telefoon te krijgen en zo had hij vernomen dat Selma die dag op de begraafplaats van Kleinmachnow zou worden begraven.

Omdat het vanwege de blokkade onmogelijk was een vertegenwoordiging van Waldfriede naar de uitvaartplechtigheid te laten gaan, had dr. Conradi besloten dat ze zelf met een eigen kleine rouwdienst afscheid van Selma zouden nemen.

Terwijl ze de ziekenhuiskapel naderde dacht Christina terug aan haar eerste dag als leerling-verpleegster en de ontmoeting met haar klasgenote in Waldfriede. Niet te geloven dat sindsdien nog geen vijf maanden waren verstreken! Ze had destijds hoge verwachtingen gehad. Nu was het haar zwaar te moede.

Niet ver bij haar vandaan verzamelden de andere deelnemers aan de dienst zich. Dr. Conradi stond met Hanna te praten, verderop posteerde het ziekenhuiskoor zich. De predikant plukte aan de mouwen van zijn jasje. Even later ontdekte ze ook Gerhard, die bij badmeester Carl Rohleder en zijn assistent Lothar Müller stond. Gisteren tijdens de les had hij er als versteend bij gezeten.

Hoewel Selma's besluit er zomaar vandoor te gaan veel onbegrip had gewekt, was iedereen het erover eens dat de moord op haar een afschuwelijk misdrijf was en dat ze dat lot niet had verdiend.

'Ik haat rouwdiensten,' klonk het naast haar. Net als de anderen droeg Gisela de donkerblauwe uitgaansjurk van de zusters. Een oudere zuster in het ziekenhuis naaide zo'n jurk met de hand voor iedere leerling. Christina wist van Hanna dat Selma's jurk in haar koffer had gezeten. Hij zou wel naast de rest van haar bagage hebben gediend om haar te identificeren.

'Daar houdt waarschijnlijk niemand van,' zei Christina. Ze was er nog steeds niet helemaal aan gewend dat Gisela haar lang niet meer zo nors behandelde.

'Wat hebben al die tranen en gebeden nu nog voor zin?' Gisela keek opzij en toen ze zag dat Christina haar blik ontdaan naar de grond had gericht mompelde ze: 'Neem me niet kwalijk. Ik... Ik ben niet zo goed in gevoelskwesties.'

'Is er een rouwdienst voor je broertje geweest?' vroeg Christina voorzichtig. Ze had dan wel min of meer vrede gesloten met Gisela, maar aan die broze wapenstilstand kon weer gauw een einde komen.

'Ja,' zei Gisela en ze sloeg haar armen om haar schouders. 'En dat was vreselijk. Net zo vreselijk als het feit dat ze die onbekwame vrouw niet hebben vervolgd.'

'Niet dat ik haar in bescherming wil nemen, maar je weet inmiddels ook wel hoe makkelijk er iets mis kan gaan in de verloskamer.'

De afgelopen maanden hadden ze veel over het menselijk lichaam geleerd, maar ook over het verloop en de risico's van een bevalling. De kundigheid van een arts of vroedvrouw was niet altijd toereikend om moeder en kind voor de dood te behoeden.

'Als ik eenmaal vroedvrouw ben, zal mij dat niet overkomen.'

Andere leerlingen kwamen bij hen staan. Gisela perste haar lippen op elkaar en Christina vroeg zich af of ze het met nog iemand over haar broertje had gehad.

Terwijl de anderen met gedempte stem een gesprek begonnen, dacht ze terug aan wat ze zich had voorgenomen. Ze had er dagenlang over nagedacht. Het zou moeilijk zijn en ze wist ook niet of het zou helpen. Maar het kon geen kwaad om een poging te wagen.

Toen de oudere verpleegsters met dr. Meyer, Hanna en dr. Conradi voorop hun kant op kwamen, verstomde de groep. Christina wierp Gisela een blik toe en in zwijgende overeenstemming zetten ze zich in beweging.

~

Hanna deed de lamp aan en keek bij het gele schijnsel naar haar spiegelbeeld. De rimpels in haar gezicht waren door de afgelopen dagen nog dieper geworden. Ook haar haar leek zijn oorspronkelijke kleur nog meer te hebben verloren. Vroeger had ze het nauwelijks waargenomen, maar blijkbaar was het zo dat mensen met het klimmen der jaren verbleekten als oude foto's, tot er niets meer van hen te herkennen was. Anderzijds had je degenen die in de bloei van hun leven werden weggerukt, terwijl hun tijd nog lang niet leek te zijn gekomen.

De dood van haar leerling had haar enorm aangegrepen, hoewel ze eerst heel boos op haar was geweest. Een jong leven verspild, juist nu die jonge mensen zo hard nodig waren voor de wederopbouw.

Met een zucht wendde Hanna zich af. Het verdriet bezorgde haar een zwaar gemoed, maar er was ook een lichtpuntje. Een van de vliegtuigen die sinds enkele weken de luchtbrug naar Berlijn onderhielden had post meegebracht en zo was ze in het bezit van twee brieven uit Denemarken gekomen.

Sinds het weer mogelijk was elkaar per post te bereiken, had ze Eike Rasmussen geregeld geschreven. Hij had haar op de hoogte gehouden van zijn genezing en zijn politieke engagement. Hij had in de oorlog in concentratiekamp Dachau gezeten omdat hij Deense Joden had geholpen naar Zweden te vluchten en zette zich nu in voor het onderzoek naar Duitse oorlogsmisdaden.

Zij op haar beurt schreef hem over de wederopbouw van Waldfriede en de gebeurtenissen in haar leven en was dankbaar dat hij haar nog steeds mocht, hoewel haar landgenoten over de hele wereld zoveel verschrikkelijks teweeg hadden gebracht.

Door de blokkade was hun contact verbroken, maar toen ze na een vermoeiende dag bij haar kamer was aangekomen zaten de twee enveloppen tussen de deur en de deurpost geklemd.

Ze pakte ze glimlachend en bekeek ze. Ze moesten al een tijdje op een West-Duits postkantoor hebben gelegen, maar ze was blij ze te kunnen lezen. Eindelijk weer te kunnen voelen dat er een wereld buiten de blokkade bestond. Ze wilde juist de briefopener pakken toen er werd aangeklopt.

'Hanna, ik zou graag met je willen praten,' zei Christina.

'Maar natuurlijk,' antwoordde Hanna. 'Kom binnen.'

Christina ging op de stoel zitten en rechtte haar rug. 'Je hebt me toch verteld dat je bij een psychiater was geweest? Vanwege je angst voor patiënten.'

'Ja,' zei Hanna en ze zag dat Christina haar vuisten balde. Zo'n vastberadenheid had ze voor het laatst bij haar gezien toen ze verkondigde vroedvrouw te willen worden.

'En je dacht ook dat je me kon helpen zo'n arts voor mij te vinden.'

Hanna trok haar wenkbrauwen op en knikte toen. 'Vanwaar die ommekeer?' vroeg ze.

Christina keek haar aan. Haar gezicht zag er op dit moment zo volwassen uit dat ze wel dertig leek en niet pas achttien. 'Selma's dood heeft me doen beseffen dat er mensen bestaan die monsters zijn geworden. Sommigen van hen waren misschien van nature al slecht, maar anderen zijn in de oorlog slecht gemaakt.'

'Jij bent niet slecht,' zei Hanna.

'Dat kan wel zijn, maar de oorlog heeft me niet alleen mijn ouders en mijn broer afgenomen, maar ook mijn gemoedsrust. Mijn moed. Ik wil niet langer bang voor vliegtuigen zijn. Ik wil de gezichten van die stervenden en doden niet langer voor me zien. Ik wil het allemaal achter me laten en opnieuw beginnen.'

'Door je besluit vroedvrouw te worden heb je al een belangrijke stap genomen.'

Christina knikte. 'En nu ben ik klaar om de confrontatie met mijn verleden aan te gaan. En een nieuw leven te beginnen.'

# DEEL 2

*'Over onze daken denderden dag en nacht vliegtuigen, die de inwoners van West-Berlijn waardevolle levensmiddelen kwamen brengen. We misten wel onze vertrouwde aardappelen; in plaats daarvan kregen we aardappelmeel en een soort geconserveerde zoeteaardappelpuree resp. wortelpuree. Hoewel dat ons niet kon bekoren, hielp het toch de honger te stillen...'*

*'Dat onder deze omstandigheden de "zwarte markt" in Berlijn bleef bloeien, dat een pond boter tot wel driehonderd mark en een pond suiker onderhands tachtig mark kostte, dat als ruilmiddel sigaretten en spiritualiën algemeen in trek waren, mag geen wonder heten...'*

*(Kroniek van ziekenhuis Waldfriede, 1949)*

# 39

*Zehlendorf, 3 april 1949*

Het zachte tikken van de klok vermengde zich met het kletteren van de regendruppels tegen de ruit van de wachtkamer. Na een relatief zachte winter, die tot gevolg had dat er in de ijskelders van Berlijn gebrek aan ijs heerste, begon het voorjaar regenachtig.

Februari en maart hadden bijna alleen grijze dagen geteld en Christina hoopte van harte dat april, die doet wat hij wil, ondanks dit gezegde een paar zonnige dagen voor hen in petto had.

Veel West-Berlijners waren inmiddels aan de blokkade gewend geraakt. Ze deden hun dagelijkse boodschappen en verrichtten hun werk en als je niet in de krant keek of de wens had de stad uit te gaan, voelde het leven bijna normaal. Christina vond het ontstellend hoe gauw je aan gevangenschap kon wennen.

Langzamerhand was ook de stroomvoorziening weer op gang gekomen, wat lag aan het feit dat de Amerikanen en de Engelsen elke minuut niet alleen levensmiddelen, maar ook tonnen kolen over de Sovjet-zone heen naar de vliegvelden Tempelhof en Gatow in de buurt van Spandau vervoerden. Toch had een tijdlang nog angst voor totale afsluiting geheerst, maar gebleken was dat de Sovjets geen nieuwe oorlog wilden riskeren.

Christina was haar angst voor vliegtuigen nog niet helemaal kwijt, maar door de sessies met dr. Rubin bloeide ze steeds meer op en groeide haar zelfvertrouwen.

De Joodse arts met het donkere haar en de zachte gelaatstrekken was pas negen maanden eerder naar Duitsland teruggekeerd, vlak voor het begin van de blokkade. Haar praktijk bevond zich aan de Hüttenweg in een woonhuis met twee woonlagen en een mooi balkon dat de oorlog heel behoorlijk was doorgekomen.

Bij een van de eerste zittingen had Christina haar gevraagd waarom ze niet in Amerika was gebleven, waar ze in ballingschap had geleefd.

'Het waren de nazi's die mijn leven tot een hel wilden maken,' verklaarde ze. 'Nu ze niet meer aan de macht zijn, wil ik mijn bijdrage leveren zodat zoiets mijn vaderland nooit meer overkomt.'

Christina, die zich de nare manier waarop haar onderwijzer over de Joden had gesproken nog goed herinnerde, had daarop bedremmeld gezwegen.

'Maakt u zich geen zorgen,' zei dr. Rubin vervolgens. 'Ik weet dat niet alle Duitsers slechte mensen waren of zijn. En u was in die tijd nog maar een kind.'

'Toch vind ik het heel erg wat er met u en uw geloofsgenoten is gebeurd,' had Christina geantwoord en daarmee was het ijs gebroken.

In het begin was het voor Christina niet makkelijk geweest haar over de gebeurtenissen tijdens haar vlucht te vertellen. Ze vroeg zich af of erover praten alles niet weer erger zou maken. Maar geleidelijk had ze meer vertrouwen gekregen.

Dr. Rubin was een vriendelijke vrouw, die altijd aandachtig luisterde. Niets van wat Christina vertelde leek onbelangrijk te zijn. En de reacties van de arts gaven haar het gevoel dat ze begrepen werd.

Zo had Christina haar tijdens een van de eerste zittingen toevertrouwd dat ze zich afgezien van alles ook schuldig voelde omdat ze in tegenstelling tot de andere vluchtelingen in leven was gebleven. Dr. Rubin had rustig geluisterd naar wat ze vertelde en haar toen uitgelegd dat het veel mensen die een ramp of een oorlog hadden overleefd zo verging. Dat er niets was waarover ze zich schuldig hoefde te voelen. En dat ze dat gevoel, hoe sterk het ook was, met haar hulp te boven kon komen.

'Juffrouw Heller?'

Christina keek om. Hoewel dr. Rubin arts was, droeg ze geen

doktersjas. Haar slanke figuur stak in een grijs mantelpak met een helderrode blouse, die heel goed bij haar donkere haar stond.

Christina stond op en gaf haar een hand.

'Hoe gaat het met u?' vroeg dr. Rubin terwijl ze haar voorging naar haar spreekkamer en achter haar bureau ging zitten.

'Goed,' zei Christina. 'Het is me vanochtend zelfs gelukt om toen de eerste vliegtuigen overkwamen geen zweetaanval te krijgen.'

'Dat klinkt als een goede stap vooruit.' Dr. Rubin maakte een notitie en zei vervolgens: 'Ik heb tijdens onze laatste sessie al aangekondigd dat ik graag nog eens over uw moeder wil praten. U hebt me al toevertrouwd dat u zich door haar verlaten voelt, iets waar u erg boos om bent. Zou u bereid zijn nu iets dieper in de materie door te dringen?'

Zoals altijd wanneer haar moeder ter sprake kwam, kreeg Christina een brok in haar keel. Dr. Rubin had inderdaad aangekondigd dat thema te willen behandelen en ze kon niet zeggen dat ze met dat vooruitzicht een rustige nacht had gehad. Nadat ze zich tegenover Hanna had geuit, was ze steeds meer aan haar moeder gaan denken. Misschien leefde ze toch nog... Maar haar boosheid had elke rationele gedachte in de kiem gesmoord.

'U weet dat u kunt weigeren als u het gevoel hebt er niet klaar voor te zijn,' zei de arts, die haar oplettend aankeek.

'Nee, ik... Ik zal er met u over praten,' antwoordde Christina. Ze had tijdens de sessies vaak gedacht dat het misschien makkelijker zou zijn de therapie af te breken. Maar uiteindelijk besefte ze dat het probleem dat ze had met een gewone ziekte te vergelijken was. Sommige ziekten gingen vanzelf over, maar van andere genas je alleen met de hulp van een arts. Voor haar angst voor vliegtuigen en haar akelige nachtmerries gold het laatste.

'Goed, laten we beginnen.' Dr. Rubin maakte een notitie. 'Wanneer hebt u uw moeder voor het laatst gezien?'

'Op de dag dat ik zonder haar op de wagen van de colonne moest gaan zitten.'

Christina zag het weer duidelijk voor zich. Dat de oude Johann was langsgekomen en tegen haar moeder had gezegd dat er een groep vluchtelingen in hun dorp was aangekomen. 'Ze hebben nog maar weinig plaats. Maar ze hebben aangeboden kinderen mee te nemen.' Hij had naar Christina gekeken. 'Jouw dochter is al aan de grote kant, maar als ze beweert dat ze twaalf is...'

Haar moeder had niet geaarzeld. 'Goed. Christina, je gaat met hen mee.'

Christina had verschrikt naar adem gehapt. 'En u dan?'

'Ik kom na met een andere colonne. Voor nu is jouw veiligheid van belang.'

'Maar ik ga niet zonder u!' had Christina geantwoord. Angst nam bezit van haar. Het feit dat ze moesten vluchten hing al een paar dagen als het zwaard van Damocles boven hun hoofd. Het gebulder van de kanonnen kwam steeds dichterbij, op de velden zagen ze van tijd tot tijd soldaten die de wijde wereld in vluchtten. Hun angst voor de Russen scheen groter te zijn dan die voor hun meerderen.

'Ik vind wel een mogelijkheid om je achterna te gaan,' zei haar moeder en opeens herkende Christina in haar ogen dezelfde pijn die ze had gezien toen ze het bericht van de dood van haar vader en later dat van haar broer kreeg.

'Nee, mama!' zei Christina smekend. 'We kunnen toch samen gaan?'

'Irene,' zei de oude Johann. Er klonk urgentie in zijn stem. 'Je moet snel beslissen. De wagens rijden gauw weer door en zoals je weet zijn er hier nog andere kinderen.'

Irene stond even in dubio en nam toen Christina's gezicht in haar handen. 'Luister, je klimt met je koffer op die wagen.'

Toen ze wilde weigeren, pakte haar moeder haar steviger vast. 'Je moet! De Russen komen eraan en je weet wat ze met vrouwen en meisjes doen! Ik wil niet dat jou zoiets overkomt.'

Christina brak in tranen uit, maar haar moeder duwde haar weg, draaide zich om en greep de koffer die al enkele dagen bij de deur klaarstond. 'Hier, pak aan! En ga!'

'Zien we elkaar wel terug?' vroeg Christina, die haar moeder door een waas van tranen aankeek.

'Ik zal mijn best doen,' zei haar moeder. Ze had nog nooit valse illusies gewekt en blijkbaar wilde ze haar dochter ook nu niet met een leugen afschepen. 'Als het niet lukt, dan moet je proberen je eigen weg te vinden. En te overleven.'

Christina knikte en omhelsde haar moeder nog eenmaal. Haar moeder was knokiger dan vroeger, maar nog altijd warm. Even sloeg ze haar armen om Christina heen, toen maakte ze zich los. 'Ga nu! En wees voorzichtig!'

Christina begon te huilen. Haar moeder draaide zich om en verdween door de achterdeur naar buiten. Even schoot de gedachte door Christina heen dat ze in verzet kon komen. Dat ze er gewoon vandoor kon gaan en 's avonds terug kon komen. De angst om alleen te zijn en die om haar moeders leven werd bijna te sterk, maar Johann pakte haar arm vast en trok haar mee het huis uit.

# 40

Met het gevoel in een hevige storm te zijn beland verliet Christina een uur later de praktijk van dr. Rubin. Ze kon nauwelijks geloven dat ze de arts het verhaal had verteld van de laatste dag dat ze haar moeder had gezien.

'Weet u wat er van haar is geworden?' had dr. Rubin vlak voor het einde van de sessie gevraagd.

'Nee,' zei Christina. Ze wist het werkelijk niet. 'Ik heb haar nooit meer gezien.'

'Hebt u het Rode Kruis een zoekopdracht gegeven?' wilde de arts weten.

Christina schudde haar hoofd. Bitterheid kroop in haar keel omhoog. Wat zou dat hebben opgeleverd? 'Nee. Ik weet zeker dat ze me had gezocht en had gevonden als ze nog in leven was. Maar misschien beteken ik wel niets meer voor haar.'

'Dat geloof ik niet,' antwoordde dr. Rubin. 'Maar laten we het daarover de volgende keer hebben.' Met een meelevend knikje sloot de arts de sessie af.

De beelden en de onzekerheid waren pijnlijk geweest, maar nu voelde Christina zich opgelucht. Weer besefte ze dat het bevrijdend werkte om iemand deelgenoot te maken.

Ze ging de hoek om, waarbij ze tegen iets hards aan botste en haar evenwicht verloor. Voordat ze kon vallen werd ze echter door een krachtige hand vastgepakt.

Ze hoorde iemand zeggen: 'Pas op, juffrouw,' en toen ze opkeek, zag ze het gezicht van een jongeman met donker haar. Hij droeg een enigszins afgedragen pak en een hoed. Zijn donkerblauwe ogen lichtten op. Hij kwam haar ergens bekend voor.

'Neem me niet kwalijk, ik...' Opeens wist ze weer waar ze hem eerder had gezien. 'U bent... die handelaar!' riep ze uit.

'Nee toch! Het botermeisje!' zei hij verrast.

'Botermeisje?' vroeg Christina verbaasd.

'Nou, u wilde toch boter van me kopen? Uw collega heeft me in pijnstillers betaald.' Een brede glimlach verscheen op zijn gezicht. 'Die heb ik trouwens tegen een heel goede prijs van de hand kunnen doen.'

Christina wist niet hoe ze daarop moest reageren. Waltraud had toen al vermoed dat hij de tabletten voor veel meer geld zou doorverkopen.

'Zou ik u op een kop koffie mogen trakteren?' zei de man ineens. 'Zo'n toeval moet toch gevierd worden?'

Eigenlijk was het geen bijzonder groot toeval, want de ruilmarkt lag nog geen kilometer verderop. Je kwam elkaar altijd wel eens tegen in Zehlendorf.

'Het spijt me, maar ik moet aan het werk,' antwoordde Christina ontwijkend. Ze kende hem niet en wist ook niet of het wel gepast was dat hij haar zomaar uitnodigde. Bovendien, wie wist wat hij in zijn hoofd haalde. En welke schaduwen hem achtervolgden.

'Zou u in het weekeinde kunnen? Ik werk op Tempelhof en help bij het uitladen van de vliegtuigen.' Hij keek haar verwachtingsvol aan. 'Zouden we eens kunnen afspreken? Bij een biertje kunt u me dan vertellen hoe het is om verpleegster te zijn.'

Christina aarzelde. Daargelaten dat ze niet zo dol op bier was, vroeg ze zich af waarom hij haar zo graag wilde leren kennen. Ze bedacht hoe het Selma was vergaan en kreeg zin om weg te lopen.

'Ik moet er echt vandoor,' zei ze en ze maakte aanstalten, maar de jongeman pakte haar bij de arm, niet ruw, maar zo dat ze wel moest blijven staan.

'Dat begrijp ik, maar...' Hij dacht even na en zei toen: 'Mijn naam is Peter. Peter Wencke. Denk alstublieft niet dat ik een slecht mens ben.'

Christina trok vragend haar wenkbrauwen op. 'Waarom zou ik?'

'Vanwege de zwarte markt. Ik ben daar echt alleen omdat ik mijn moeder wil steunen. Ze is alleen en te tenger om zwaar werk te doen. Mijn vader is niet uit de oorlog teruggekeerd. Ze heeft alleen mij nog.'

Zou dat waar zijn of verzon hij het allemaal om haar mee te lokken? Christina had hem graag gezegd dat hij haar maar moest bewijzen dat hij geen slecht mens was. Alleen zou hij dat als aanmoediging kunnen opvatten.

'Ik ben vrijdagavond in het Wappenstübl, een café in de Berliner Strasse,' vervolgde hij toen ze niet antwoordde. 'Ik zou u echt graag willen leren kennen.'

Hij liet haar arm weer los. Christina bleef besluiteloos staan. Wat moest ze doen? Ze had nog nooit wat meer tijd met een man doorgebracht die geen medewerker of patiënt was. Maar zijn ogen fascineerden haar en zijn glimlach had toen al, op de zwarte markt, haar aandacht vastgehouden.

'Ik... Ik zal erover nadenken,' zei ze. 'Misschien kom ik wel. Misschien ook niet.'

Peter Wenckes glimlach deed zijn ogen oplichten. 'Ik hoop dat uw keuze positief voor me uitvalt,' zei hij toen en Christina voelde dat haar hart sneller begon te kloppen.

Ze beantwoordde zijn glimlach en draaide zich om. *Wat doe ik hier?* vroeg ze zich af, maar het voelde goed aan.

Toen ze de volgende hoek omsloeg en onopvallend over haar schouder keek, was hij verdwenen. Opeens besefte ze dat ze haar naam niet had genoemd.

~

De hele ochtend had Hanna al het gevoel dat de uren voorbijkropen. Niet alleen het weer was somber, ook in de spreekkamer heerste een sombere sfeer, die nog naargeestiger werd toen dr. Conradi de ordner waarin hij de documenten van zijn huis in Werder bewaarde weer tevoorschijn haalde. Hanna fronste bezorgd haar voorhoofd terwijl ze tijdens het sorteren van de patiëntenkaarten deed alsof ze het niet merkte.

Conradi sjouwde de papieren al dagenlang mee, hij kon duidelijk niet beslissen wat hij met het huis zou doen. Aanvankelijk hadden ze nog gedacht dat de blokkade slechts enkele weken zou duren, maar nu werd met elke dag, elke week die voorbijging de waarheid duidelijker. De Russen hielden vast aan hun eis om West-Berlijn in hun zone te integreren. De Amerikanen, de Britten en de Fransen verzetten zich daartegen. Een einde was niet in zicht.

Toen was de herfst aangebroken en de winter gekomen. Dat betekende niet alleen dat de dokter zijn tuin niet in stand kon houden – wat zou er van de appelbomen zijn geworden? – maar ook dat de weg naar Catherines graf voor hem versperd bleef. Gelukkig werd de rustplaats van zijn vader onderhouden. Hij had met de beheerder van het kerkhof afgesproken dat een van de tuinlieden daarvoor zou zorgen.

Hanna wist dat dr. Conradi inmiddels spijt had dat hij zo'n overeenkomst niet met de begraafplaats in Werder was aangegaan. Maar Catherine was zijn vrouw geweest, zijn trouwe levensgezellin gedurende vele jaren. Ze had verdiend dat hij haar graf zelf verzorgde.

'Misschien moet ik het huis toch maar zo vlug mogelijk verkopen,' dacht hij zoals zo vaak hardop. 'Wie weet kan iemand uit onze gemeente in de Sovjet-zone genoeg geld opbrengen.'

'Wilt u dat echt doen?' vroeg Hanna verbaasd en ze deed de kaartenbak dicht. 'U hebt in dat huis zo veel mooie jaren doorgebracht. Er kleven herinneringen aan.' Voor haarzelf niet zulke goede, maar de dokter had er wel gelukkige tijden beleefd.

'Ik kom er waarschijnlijk nooit meer. Ook als de blokkade ooit wordt opgeheven, ziet het ernaar uit dat het land in tweeën wordt gedeeld.'

'Maar verkopen? Wat zegt Elisabeth ervan?'

'Zij bemoeit zich niet met dat soort zaken.' De dokter zuchtte. 'Het is niet zo dat ik het huis niet langer wil hebben, maar... Hoe zal ik er gebruik van kunnen maken?'

Hanna dacht terug aan de vakantie die ze daar had doorgebracht toen er nog vrede heerste. En ze dacht aan de tijd dat zijn eerste vrouw daar langzaam haar dood tegemoet was gegaan. Sinds de keer dat ze de dokter had geholpen Catherines zaken te regelen was ze niet meer in Werder geweest. Waarschijnlijk was Catherines geest daar nog duidelijker te voelen dan in de woning boven.

'Het is mogelijk dat de geallieerden binnenkort tot overeenstemming komen.'

Dr. Conradi snoof. 'De Sovjets moeten ons eerst maar eens toestaan de stad te verlaten! We zitten hier als ratten in de val, ook al zorgen de Amerikanen en de Engelsen dat we niet verhongeren.'

'Maar het kan niet altijd zo blijven,' zei Hanna. 'Als u het huis verkoopt, krijgt u misschien spijt als het land weer één geheel is.'

'De kans bestaat dat dat nooit meer gebeurt,' antwoordde dr. Conradi somber.

~

Ook toen ze aan haar middagdienst begon, had Christina moeite de gedachte aan de jongeman van zich af te zetten. De uren ervoor had ze doorgebracht met het afwegen van de voors en tegens. Hij was zwarthandelaar geweest, ja, maar nu werkte hij voor de Amerikanen, die er juist voor zorgden dat West-Berlijn in leven bleef. Hij leek nogal wat ouder te zijn dan zij, maar ze had zelden zo'n aantrekkelijke man ontmoet. Zijn ogen, zijn lange neusrug en de contouren van zijn kin zaten in haar geheugen gegrift en ze zag hem zo duidelijk voor zich alsof ze naar een foto keek.

Eigenlijk had ze helemaal geen tijd om zich met mannen bezig te houden. Het eerste leerjaar zat erop, haar hoofd voelde zwaar van alle lesstof en het huiswerk werd er niet minder op. Bovendien: waarom dacht ze nu pas aan hem? Toen hij haar de boter tegen een overdreven prijs wilde aansmeren had ze hem ook aantrekkelijk gevonden, maar zijn vrijpostigheid had haar eerder afgeschrikt.

Op de afdeling trof ze de verpleegsterskamer verlaten aan. Ze was aan de vroege kant, dus begon ze het een en ander op te ruimen. Misschien zou ze makkelijker kunnen beslissen als ze iets omhanden had.

‘Hé, jij bent er ook al!’

Gisela kwam opgewonden binnenlopen. Haar kapje zat een beetje scheef, waarvoor Else haar vast een reprimande zou geven.

Christina ging naar haar toe. ‘Mag ik?’ vroeg ze en ze hief haar hand. Volgens de directrice moesten de randen van de kapjes ‘messcherp’ zijn. En wee degene die het slordig had opgezet! Ze haalde het wat nonchalant gevouwen kapje van Gisela’s hoofd.

Gisela trok een gezicht. ‘Waarom moeten we die dingen eigenlijk dragen?’

‘Omdat we zo als verpleegsters te herkennen zijn,’ zei Christina. ‘Bovendien was de kapjesceremonie toch leuk? Nu zijn we zichtbaar geen jonkies meer.’

In Waldfriede was het gebruikelijk dat de leerling-verpleegsters na de proefperiode van een half jaar hun kapjes uitgereikt kregen. Die gebeurtenis werd luister bijgezet met een feestelijk uurtje, waarin de ouderejaars een klein programma voor hen opvoerden.

Vanwege de blokkade was voor de kapjesplechtigheid niet zo uitgepakt als vroeger, maar toch waren ze allemaal trots geweest dat ze eindelijk voor de patiënten als verpleegsters in opleiding te herkennen waren. Allemaal behalve Gisela misschien, die bijna overal kritiek op had en bovendien moeite had te onthouden in welke volgorde het kapje gevouwen moest worden.

‘Heb je eigenlijk al plannen voor het weekeinde?’ vroeg Christina, die de stof vlot opnieuw vouwde.

Gisela trok haar wenkbrauwen op. ‘Ik, plannen? De Sovjets houden ons nog steeds gegijzeld!’

‘Vertel me nu niet dat je niet toch uitgaat.’

Christina wist heel goed dat Gisela in het weekeinde wel eens ’s avonds op stap ging. Soms vertelde ze dat ze in een provisorische kroeg had gedanst.

‘Dit weekeinde niet. Die kroegen ken ik nu wel en je ziet er altijd dezelfde mensen.’

Christina rolde met haar ogen. Gisela woonde buiten het ziekenhuis en kon in het weekeinde gaan en staan waar ze wilde.

‘Heb je zin vrijdag met me mee te gaan?’ vroeg Christina zachtjes.

Gisela trok haar wenkbrauwen op. 'Waarnaartoe?'

'Naar een café aan de Berliner Strasse. Wappenstübl of zoiets.'

'O, dat ken ik!' riep Gisela. 'Maar sinds wanneer verkeer jij in die kringen? Ik had je niet ingeschat als iemand die graag de kroeg in gaat.'

'Nou, ik ga er ook niet heen vanwege de drank,' zei Christina.

Gisela hield haar hoofd schuin. 'Wat is dan de reden?'

'Heb ik er dan een nodig?' vroeg Christina, maar overtuigend klonk het niet.

'Aha, je hebt een reden!' Gisela grijnsde breed. 'Is hij blond, knap en Amerikaans?'

Christina zuchtte. Gisela zou waarschijnlijk blijven doorvragen tot ze het haar vertelde. 'Goed dan, als je het per se wilt weten: hij heeft donker haar, is Duits en schijnt voor de Amerikanen te werken... Buig je hoofd eens!'

'Ik had het dus toch goed!' zei Gisela en ze klapte in haar handen, waarna ze door haar knieën zakte zodat Christina haar kapje met spelden kon vastzetten. 'Goed dan, als dat het is en je je oog niet op die GI's laat vallen, ga ik graag mee.'

# 41

## *Zehlendorf, 8 april 1949*

Hoewel er meer dan genoeg te doen was in de verloskamer, leek de week nog trager dan anders te verstrijken. Omdat zuster Sigrun, die Else normaal gesproken terzijde stond, door griep was uitgevallen en ook Beate niet lekker was, zodat Else haar weer naar haar kamer had gestuurd, hadden Karin, Gisela en Christina het drukker dan ooit tevoren. Verscheidene normale bevallingen, maar ook een vermoeiende stuitligging en twee keizersneden, waarbij ze moesten assisteren omdat ook de ok onderbezet was, putten hen helemaal uit.

'Ik snap niet dat vrouwen in deze tijd kinderen willen krijgen,' mopperde Gisela na een van de bevallingen toen ze tijdens het opruimen de baarstoel ontsmetten. 'Nu er zo veel onzekerheid heerst.'

'Zoals je weet, duurt het negen maanden voor een kind klaar is om geboren te worden,' antwoordde Christina. Al konden ze nu goed met elkaar overweg, toch raakte ze soms een beetje geïrriteerd door Gisela's geklaag, dat toenam naarmate de week vorderde. 'Toen die kinderen werden verwekt, was er nog geen sprake van een blokkade. Je kunt de mensen niet vertellen dat ze het moeten laten.'

'Je meent het!' zei Gisela korzelig en ze wilde er iets aan toevoegen, maar daar kwam zuster Else alweer binnenstormen. 'Zijn jullie nog niet klaar?'

‘Bijna, zuster Else,’ zei Christina en ze begon nog harder te boenen.

Uiteindelijk begon de vrijdag dan toch met een zonnetje, dat de eerste vroegbloeiers in het gazon van het ziekenhuispark deed stralen.

Helder licht viel door de ramen van de verlosafdeling. Op de achtergrond huilden de zuigelingen. Het was tijd voor de voeding en voor schone luiers. De zusters hadden er hun handen vol aan de kleintjes naar hun moeder te brengen of, als een moeder nog te zwak was, haar baby de fles te geven.

Christina had het serveerwagentje uit de keuken gehaald en duwde het door de gang. De melkkan en de kopjes rinkelden zachtjes toen ze het wagentje over het bruine linoleum stuurde. In gedachten nam ze door wat ze tegen Hanna zou zeggen om zich voor die avond af te melden. Zonder het tegen iemand te zeggen mocht ze volgens de huisregels ’s avonds Waldfriede niet verlaten. Bovendien had ze geleerd van de problemen waarin ze vanwege Selma was geraakt.

Selma... De gedachte aan haar stemde haar droevig. Nog steeds begreep ze niet wat haar ertoe had gedreven er zomaar vandoor te gaan. Christina had de Baumanns graag nog eens gesproken en gecondoleerd, maar vanwege de blokkade was dat onmogelijk.

Ze zette de gedachte van zich af en ging aan de slag. Afgelopen nacht was er een patiënte opgenomen bij wie het ernaar uitzag dat de bevalling zou beginnen. Na enige tijd werd echter duidelijk dat ze slechts zogenoemde Braxton-Hicks-weeën had, een soort oefenweeën waarmee het lichaam zich probeert voor te bereiden op de feitelijke bevalling. Toch had dr. Conradi besloten de vrouw in het ziekenhuis te houden, omdat ze al aan het begin van de negende maand was en valse weeën makkelijk echte konden worden. De patiënte was allesbehalve blij geweest, want er wachtten thuis nog twee kinderen op haar. Christina besloot haar te troosten door haar als eerste het ontbijt te brengen.

De patiënte lag in een eenpersoonskamer, wat ongebruikelijk was voor ziekenfondspatiëntes. Maar er was die nacht geen ander bed vrij geweest.

'Goedemorgen, mevrouw Fleischhauer,' riep Christina vrolijk en ze duwde het wagentje de kamer in. 'Tijd voor uw ontbijt!'

De vrouw werd met tegenzin wakker. Ze had kennelijk diep geslapen. 'Waar ben ik?' vroeg ze toen ze Christina zag.

'Weet u dat niet meer? U bent vannacht met valse weeën in Waldfriede opgenomen.'

'O ja,' zei ze en ze haalde haar hand over haar gezicht. 'Ik dacht even dat ik thuis was. Ik vroeg me al af waar mijn andere twee waren.'

'Die zijn vast in goede handen bij hun vader,' antwoordde Christina en ze zette het raam op een kier.

'Bij hun vader? Ik hoop van niet!' riep de vrouw uit. 'Die is ertussenuit geknepen, een tijd geleden al. Is de oorlog nooit te boven gekomen.'

Christina trok verrast haar wenkbrauwen op. Als haar man 'ertussenuit geknepen' was, van wie kreeg ze dan dit kind? Had hij haar verlaten toen ze zwanger was? Iets verachtelijkers kon Christina zich nauwelijks voorstellen.

'Maar maakt u zich geen zorgen,' vervolgde mevrouw Fleischhauer. 'Roswitha past op ze. Dat hebben we zo afgesproken toen duidelijk was dat het gauw zover zou zijn.'

Christina schudde haar kussen op en legde het zo terug dat de patiënte makkelijk kon zitten. Toen klapte ze de poten van de bedtafel uit en zette hem boven de knieën van de vrouw neer.

'Onze hoofdvroedvrouw en dokter Conradi komen straks bij u langs. Als uw toestand niet verandert, kunt u vandaag misschien terug naar huis.'

Op het bord dat ze mevrouw Fleischhauer aangaf lagen een boterham, wat boter en een appel in partjes. Daarnaast stond een beker melk. Dit ontbijt kregen alle patiënten op de afdeling, voor zover ze geen extra versterkende voeding nodig hadden.

'Is dat echte boter?' vroeg mevrouw Fleischhauer verbaasd.

'Ja,' zei Christina, en opeens dacht ze weer aan de zwartemarkthandelaar. Aan Peter Wencke. Zoals hij had voorspeld waren de prijzen van boter, andere soorten vet en olie in de maanden na haar bezoek aan de Barter Exchange meer dan verdrievoudigd, maar ze hadden inmiddels een voordelige leverancier gevonden. Bij een lid van de kerkgemeenschap was een drachtige koe aan komen lopen en omdat zijn vrouw bij hen in de keuken werkte, verkocht hij de melk rechtstreeks aan Waldfriede. Zuster Waltraud karnde er de boter van. De melk die werd gedronken maakten ze van melkpoeder dat door de 'rozijnenbommenwerpers', zoals de vliegtuigen van de luchtbrug inmiddels werden genoemd, naar Berlijn werd vervoerd. De bemanning van sommige vliegtuigen was begonnen voor de landing pakketjes af te werpen die aan zelfgemaakte parachuutjes hingen en chocolade, kauwgom en dus ook rozijnen bevatten, om de wachtende kinderen een plezier te doen.

Van de in de keuken gekarnde boter werden natuurlijk slechts kleine stukjes uitgedeeld. Maar die waren blijkbaar voldoende om sommige patiënten versteld te doen staan.

'Ik dacht dat ik zoiets nooit meer zou zien,' zei mevrouw Fleischhauer, die genietend op haar boterham kauwde.

'Als de blokkade eenmaal voorbij is, zal boter weer volop te krijgen zijn,' zei Christina. Hoewel ze al bijna tien maanden van de buitenwereld afgeschermd waren, wilde ze de hoop dat het spoedig afgelopen zou zijn niet opgeven.

Na de bijna wanhopige oproep van burgemeester Ernst Reuter aan de 'volkeren van de wereld' op 9 september van het afgelopen jaar hoorde je nu hier en daar van onderhandelingen en van plannen om de westelijke zones samen te voegen tot een zelfstandig land. De RIAS Berlijn berichtte er ook telkens weer over dat de Sovjets hun doelen dankzij de steun van de westelijke geallieerden wel niet zouden bereiken.

'Ik kom straks alles weer halen,' zei Christina ten slotte. 'Geniet van uw ontbijt.'

Met die woorden richtte ze haar aandacht weer op de serveerwagen. Een beweging die ze vanuit haar ooghoeken opving deed haar naar het raam kijken. Het volgende moment zag ze beneden op het gazon een vrouw in elkaar zakken.

De aanblik trof Christina als een schok. Ze zag meteen dat er niemand bij haar in de buurt was. Stel dat de vrouw een beroerte of een hartinfarct had!

'Excuus,' riep ze en ze stormde de kamer uit.

Het volgende moment kwam ze zuster Else tegen op de gang.

'Wat is er aan de hand?' vroeg deze verward toen ze Christina zag.

'Zuster Else, we hebben hulp nodig!' riep Christina. 'Beneden in het park! Er is een vrouw op het gras in elkaar gezakt.'

Voordat Else haar kon manen door te gaan met haar ontbijtronde was Christina de afdeling al af. Ze stormde de trap af, langs andere verpleegsters die ook ontbijtdienst voor hun eigen afdeling hadden. Sommigen van hen sisten haar afkeurend na, maar voordat ze iets konden zeggen was Christina al weg.

Ze hoopte dat ze onderweg een van de artsen zou tegenkomen, maar die waren om deze tijd blijkbaar bezig met het spreekuur, met hun visiteronde of in de ok. Met lange passen liep ze naar de ontvangstbalie. 'Zuster Hedwig, we hebben een dokter nodig in het park!'

Hedwig keek haar met gefronst voorhoofd aan, maar verdween toen in de telefoonkamer.

De kille vochtige ochtendlucht sneed in haar longen toen ze over het gazon rende. De vrouw lag nog steeds op de plek waar ze in elkaar was gezakt. Voorzichtig draaide Christina haar om. Daarbij viel haar op dat ze een opgezette buik had. Ze was duidelijk zwanger.

Christina voelde haar pols, haar hartslag was heel oppervlakkig. Ze voelde koud zweet op haar huid, toen luisterde ze naar haar ademhaling. Uit de mond van de vrouw kwam een vreemde geur. Christina dacht na waar ze die eerder had geroken en herinnerde zich opeens het grasland met de fruitbomen achter het landgoed. In de herfst, als de appelen overrijp waren of rotten, rook het net zo.

Christina klopte op de wangen van de vrouw. 'Hallo? Kunt u me horen?'

Uit de keel van de bewusteloze vrouw kwam een zacht gekreun, maar het klonk niet alsof ze echt begreep dat er iemand bij haar was.

Ze wist ineens weer waar ze de geur die zich met haar adem vermengde nog meer had geroken. De oude mevrouw Blümel bij hen uit het dorp had ook wel eens zo geroken. Ze was zwaar suikerziek geweest en die geur was het teken dat ze iets suikerhoudends nodig had.

Enkele ogenblikken later verscheen dr. Conradi. Zuster Hedwig had hem blijkbaar weten te bereiken. 'Wat is er gebeurd?' vroeg hij en hij hurkte naast Christina neer.

'Ik zag dat ze in elkaar zakte,' zei Christina. 'Als ik het goed heb geroken heeft ze waarschijnlijk suikerziekte.'

Dr. Conradi boog zich over de vrouw en mompelde: 'Acidose.' Toen kwam hij weer overeind. 'Help me even met dragen.'

De dokter deed haar voor hoe ze de patiënte moest vastpakken en vervolgens tilden ze haar samen op. Voor haar omvang was de vrouw verrassend licht. Toen ze bij de rotonde waren, kwamen Lothar en Gerhard hun vanuit de badafdeling tegemoet en losten Christina af.

'Waarschuw de afdeling interne,' zei dr. Conradi. 'Liefst dokter Meyer. We hebben insuline nodig.'

# 42

Terug op de afdeling voelde Christina haar knieën knikken. Zuster Else zag haar en kwam naar haar toe. Ze leek ontstemd en Christina vreesde dat haar nu een uitbrander wachtte.

'Zo, ben je er weer?' zei Else streng.

'Het spijt me dat ik er zomaar vandoor ben gegaan,' verklaarde Christina. 'Maar als ík die vrouw niet had gezien, had niemand haar opgemerkt.'

Elses strenge gezichtsuitdrukking werd nu iets milder. 'Wat was er aan de hand?' vroeg ze. 'Ik zag dokter Conradi.'

Christina knikte. 'Hij kwam er vlak na mij bij. De vrouw bleek zwanger te zijn. De dokter zei dat er een acidose was ontstaan.'

'Lieve hemel!' riep Else uit. 'Waar is ze nu?'

'Dokter Conradi heeft zich over haar ontfermd. Ik heb dokter Meyer op de hoogte gebracht.'

'De arme ziel.' Else keek bezorgd. 'Ik zal straks even bij haar gaan kijken. Diabetes tijdens de zwangerschap kan heel nare gevolgen hebben.'

Christina liep na wat ze over diabetes wist. Veel was het nog niet, maar het was tijdens de lessen wel ter sprake gekomen. Vaststond dat een hypoglykemische shock bij de moeder gevaar opleverde voor zowel moeder als kind.

Het volgende moment klonk uit de kamer van mevrouw Fleischhauer een langgerekte kreet, waarop een luid gekletter volgde.

Else en Christina begonnen bijna tegelijk te rennen. Toen ze de kamer binnenstormden, zagen ze de vrouw verkrampt en met van pijn vertrokken gezicht in bed liggen. Het dienblad met haar bord hing nog over haar knieën, maar de beker was in duizend stukjes op de vloer uiteengespat.

Voor Else had dat echter geen prioriteit. 'Zijn de weeën weer begonnen?' vroeg ze terwijl Christina het dienblad van het bed haalde en veiligstelde. Voor de scherven zou ze een bezem nodig hebben.

Else sloeg het beddengoed opzij en zag een vochtige, roze vlek. Christina wist wat dat betekende.

'Het is te merken dat het niet haar eerste kind is,' zei Else. 'Ging het bij de anderen ook zo snel?'

Mevrouw Fleischhauer knikte. Christina wilde al naar de deur lopen om de bezem te halen, maar Else hield haar tegen. 'Waar ga je naartoe?' vroeg ze streng.

'De... De scherven opvegen.'

'Laat dat! Dat doet Karin wel. Jij gaat me helpen mevrouw Fleischhauer naar de verloskamer te brengen. Daar ga je met Gisela samenwerken. Sigrun is er niet, dus heb ik mijn goede leerlingen nodig.' Else draaide zich om en liep naar de afdelingsdeur.

Haar woorden klonken na in Christina's hoofd en toverden een glimlach op haar gezicht terwijl ze de remmen van het bed losmaakte en het vervolgens de kamer uit duwde. *Mijn goede leerlingen.* Zouden ze dat werkelijk zijn?

In de verloskamer stond Gisela al op hen te wachten. Else instrueerde Karin, die meteen in beweging kwam. Christina kon de opluchting van haar gezicht aflezen. Het klopte met haar gevoel dat Karin niet zo graag op de verloskamer werkte.

'Wat was er aan de hand?' vroeg Gisela op fluistertoon terwijl ze alles voor de bevalling in gereedheid brachten. 'Zuster Else vertelde dat je naar buiten bent gerend. En dat het om een noodgeval ging. Er waren toch geen vliegtuigen?'

Christina schudde haar hoofd. 'Nee. En zoals je weet heb ik die kwestie onder controle.' Ze had het nu al meer dan acht weken zonder paniekaanval gered. Het vliegtuiggeluid boven haar was niet prettig, maar ze verdroeg het inmiddels. 'Ik zag een vrouw in elkaar zakken op het gazon.'

Mevrouw Fleischhauer kreunde opnieuw. Samen tilden ze haar van haar bed op de baarstoel. De vrouw beefde en scheen hevige pijn te hebben.

'Het ziet ernaar uit dat het kleintje nu toch haast heeft,' zei Else terwijl ze tussen de benen van de vrouw, die Christina met een doek had afgedekt, op een krukje plaatsnam. 'Ze heeft volledige ontsluiting en de vliezen zijn gebroken. We zullen het dus niet langer laten wachten.'

'Moeten we het klysma klaarmaken?' vroeg Christina.

'Nee, ik vrees dat we daar geen tijd meer voor hebben. Mevrouw Fleischhauer, perst u maar!'

Inderdaad liet het kindje niet lang op zich wachten. Mevrouw Fleischhauer perste uit alle macht, zodat Else haar soms moest manen zich in te houden. Telkens kwam diep uit haar keel een langgerekt 'Aaaaahhhhh!' dat aanzwol, even aanhield en dan weer wegebde.

Geleidelijk vond de barende vrouw haar ritme. De kreten werden gelijkmatiger en krachtiger. Uiteindelijk ging haar laatste luide kreet over in een zucht van opluchting.

Het kindje gleed in zuster Elses armen. Ze keek verrast. Zou de navelstreng om het halsje zitten? Christina keek naar Gisela, die beter kon zien wat er gebeurde.

Even was het stil in de verloskamer, toen begon het kleintje te huilen. Opgelucht haalde Christina adem. Aan de stem te horen was het kerngezond.

De gespannen trek op het gezicht van de vroedvrouw bleef echter. Het volgende moment gaf ze het kindje aan Gisela, die verbaasd haar wenkbrauwen optrok terwijl ze het naar de verschoontafel droeg om het te wassen.

Nu zag Christina wat hun beider verbazing had gewekt.

Het kindje had een donkere huid.

'U hebt een gezonde jongen,' verkondigde zuster Else even later. Haar verbazing liet ze niet langer merken. 'Hartelijk gefeliciteerd!'

Mevrouw Fleischhauer zakte achterover op de baarstoel en zuchtte opgelucht.

Gisela waste het kindje en wikkelde het in een doek terwijl Christina de kom voor de nageboorte gereedhield.

Zoals ze hadden geleerd, legde Gisela het kindje even later bij de moeder op de borst. Toen die hem zag straalde ze. Zijn huidskleur leek geen verrassing voor haar. 'Mijn kleintje!' zei ze. Ze hield hem teder vast en kuste hem op zijn hoofdje.

'Eh... Moeten we uw echtgenoot op de hoogte brengen?' begon Else, maar mevrouw Fleischhauer schudde haar hoofd.

'Dat is hij niet meer. Of alleen nog op papier. Hij heeft twee jaar geleden al de benen genomen. Dit wondertje heb ik aan iemand anders te danken.'

Zuster Else trok haar wenkbrauwen op. Christina wist dat de adventisten overspel niet goedkeurden. Maar ze kon begrijpen dat mevrouw Fleischhauer een andere man had gezocht. Zo te zien zelfs een zoals je ze niet dagelijks in Berlijn tegenkwam.

'Hij zit in het Amerikaanse leger,' vervolgde de moeder en nu haar eerste blijdschap een beetje afnam, sloop er droefheid in haar blik. 'Hij zei dat hij met me zou trouwen. Maar toen hebben ze hem naar Amerika teruggestuurd. Dit is wat me van hem rest.'

Christina bespeurde bezorgdheid in Elses ogen. Donkere kinderen waren in Duitsland een zeldzaamheid. Nog maar enkele jaren eerder koesterden heel wat Duitsers kwade gevoelens jegens donkere mensen, of eigenlijk jegens alles wat anders was. Wat Hitler over het zogenaamd superieure arische ras had gepropageerd, was beslist nog niet uit de hoofden van de bevolking verbannen.

Mevrouw Fleischhauer leek dat nu ook te beseffen, want er verscheen een zorgenrimpel tussen haar wenkbrauwen. Maar toen schudde ze haar hoofd, alsof ze een lastige gedachte wilde verdrijven. 'Dit is het mooiste kindje dat ik ooit heb gezien!' zei ze met zo veel liefde in haar stem dat ook Christina zich warm voelde worden.

'Ze zal het allesbehalve gemakkelijk krijgen,' zei Else later, toen de deuren van de verloskamer achter mevrouw Fleischhauers bed waren dichtgevallen. Er waren twee verpleegsters van de vrouwenafdeling gekomen om haar naar haar kamer terug te brengen. Een zuster van de kinderafdeling had het jongetje meegenomen. 'Om die reden zeggen we jullie altijd dat je uit de buurt van de soldaten moet blijven,' vervolgde Else. 'Ze beloven met je te trouwen, er blijft een kind achter en zelf zijn ze weg.'

Christina zag Gisela achter Elses rug met haar ogen rollen. Ze onderdrukte een grijns. 'Niet uit elke relatie hoeft een kind voort te komen,' zei ze.

'We zullen meemaken dat zoiets vaker zal voorkomen, zolang die jongens bij ons gestationeerd blijven,' antwoordde Else.

'Maar is het niet mooi dat twee mensen elkaar vinden in de liefde?' vroeg Gisela. 'Het maakt toch niet uit wie ze zijn en waar ze vandaan komen?'

Else keek hen beiden aan. 'Denk toch maar goed na voordat je je met mannen inlaat. Juist met het oog op jullie toekomstplannen. Als je kinderen hebt, zal het niet meer zo makkelijk zijn je beroep uit te oefenen.'

'Er zijn toch ook getrouwde vroedvrouwen?' zei Christina. 'Sigrun heeft ook een dochter.'

'Een bijna volwassen dochter.'

Opeens vloog de deur open en werd er een brancard naar binnen gereden. Christina hapte naar adem van schrik.

# 43

De patiënte bleek de vrouw te zijn die ze op het gazon had aangetroffen. Ook nu zag ze schrikbarend bleek. Op haar kleding zaten grote zweetvlekken. Christina staarde de vrouw verschrikt aan.

Zou de shock die ze te verduren had gehad de bevalling hebben opgewekt?

De eigenaardige geur van overrijp fruit was in elk geval verdwenen. Met vertrokken gezicht kreunde ze van de pijn. Haar rok was nat en er zat roodachtige vloeistof op haar been.

'Meisjes, breng de stoel in gereedheid,' zei Else.

'Maar ze... Ze kan onmogelijk al zover zijn,' fluisterde Christina Gisela toe en ze onderdrukte een rilling. 'Kijk, haar buik...'

'Ze lijkt gebroken vliezen te hebben,' antwoordde Gisela, eveneens op fluistertoon.

'We hebben geen tijd om te kletsen!' riep zuster Else boos. 'Kom, pak eens mee aan.'

Gezamenlijk hielpen ze de vrouw van de brancard en brachten haar naar de baarstoel. Haar huid glom nog steeds van het zweet en haar haar plakte op haar voorhoofd. Ze jammerde zachtjes toen ze achteroverleunde en haar benen spreidde.

Weer zwaaide de deur open en nu kwam dr. Conradi binnen. Hij had zijn operatiekleding al aangetrokken. Die droeg hij ook tijdens bevallingen, om te voorkomen dat ziektekiemen een bedreiging voor het kind zouden vormen.

'Mevrouw Pätzold is vanwege haar diabetes een risicopatiënte en ze is in de zevende maand,' verklaarde hij. 'We hebben haar insuline gegeven, waarop de acidose verbeterde. Ze is trouwens naar ons toe gekomen omdat ze weeën kreeg.' Hij keek naar Christina. 'Het was goed dat u haar zag en onmiddellijk hebt gereageerd, zuster Christina. De weeën zijn al flink op gang, de vliezen zijn gebroken.'

Dus nog een kind met haast!

Christina knikte en spreidde een witte doek over de knieën van de vrouw. Toen ze naar Gisela keek, merkte ze haar bezorgde gezicht op. Kindjes die te vroeg geboren werden, hadden altijd slechtere kansen dan andere. Ze zette de gedachte opzij en ging aan de slag.

Dr. Conradi praatte geruststellend op de vrouw in. Het bleek haar eerste kind te zijn en ze had kennelijk geen idee wat er op haar afkwam. Zuster Else vertelde haar hoe ze moest ademen en persen. Maar het was alsof ze zich in tegenstelling tot mevrouw Fleischhauer tegen elke afzonderlijke wee verzette, alsof ze de weeën wilde terugdringen.

Na een tijdje slaakte ze een kreet die door merg en been ging.

'Zullen we haar pijnstilling geven?' fluisterde zuster Else de dokter toe.

Deze schudde zijn hoofd. 'Nee, gezien haar toestand zou dat niet goed zijn.'

Zuster Else bleef op mevrouw Pätzold inpraten en Christina depte het zweet van haar voorhoofd. Ze kon haar angst bijna voelen. Een bevalling was in feite een natuurlijk proces, maar mevrouw Pätzold leek te vrezen elk moment te kunnen sterven. En ze scheen ook niet meer ontvankelijk voor woorden te zijn.

'Ik red het niet,' jammerde ze ten slotte. 'Ik kan niet meer.'

'U kunt het wel,' zei Gisela met nadruk tegen haar. 'U kunt het. Nog maar heel even!'

Else knikte naar haar en vroeg aan de dokter: 'Zijn er problemen met de ligging?'

'Nee, voor zover ik kan zien niet. En toch...'

Weer schreeuwde de vrouw, ditmaal zo langgerekt en luid dat Christina's trommelvliezen begonnen te trillen.

'Ik zie het hoofdje,' zei zuster Else uiteindelijk. 'Nog even en het is u gelukt.'

Mevrouw Pätzold leek nu te merken dat iemand haar hand vasthield, want ze drukte zo hard dat Christina moeite had tegendruk te geven.

Nog eenmaal klonk er een kreet, toen hijgde de patiënte alleen nog maar. Er klonk een kletsend geluid, haar lichaam ontspande zich en beefde krachteloos.

Een ogenblik lang heerste er een bedenkelijke rust. Normaal gesproken zou het kindje moeten huilen, maar stilte was het enige wat volgde.

'Wat is er met mijn kind?' vroeg de moeder hijgend. Toen nogmaals, luider: 'Wat is er met mijn kind?'

Zuster Else gaf de pasgeborene aan dr. Conradi. Deze boog zich over het kleintje. Wat hij deed kon Christina niet zien, omdat zijn brede rug in de weg zat. Gespannen wachtte ze op de verlossende kreet. Waarom kwam die niet? Vanuit haar ooghoeken zag ze dat Gisela's gezicht verstrakte.

'Wat is er aan de hand?' vroeg mevrouw Pätzold weer met paniek in haar stem. 'Waarom huilt het niet?'

Christina pakte haar hand. Een onbehaaglijk gevoel overviel haar. Het kwam wel eens voor dat de kreet op zich liet wachten. Een klein tikje op de billetjes herinnerde de pasgeborene er meestal aan dat hij of zij vanaf dat moment adem moest halen.

Maar het bleef nog steeds helemaal stil. En dat duurde een tijd. Dr. Conradi, die zijn best bleef doen om het kindje te laten huilen, bromde iets wat ze niet verstond. Christina zag nu dat hij probeerde het kindje te beademen en het hartje op gang te brengen.

Mevrouw Pätzold jammerde zachtjes voor zich uit, draaide haar hoofd heftig van links naar rechts, keek Christina vragend aan. Die had haar maar al te graag willen vertellen dat het goed zou komen. Maar met elke minuut die verstreek verflauwde haar hoop.

Ten slotte, na ongeveer een kwartier, draaide dr. Conradi zich om. Zijn gezicht stond wanhopig toen hij zijn mondkapje afdeed. 'Ik vind het heel erg voor u, mevrouw Pätzold,' zei hij berouwvol en in tranen. 'Uw dochtertje heeft het helaas niet gered.'

Klaaglijk gehuil vulde het vertrek. De vrouw wenste haar kindje te zien en na een korte aarzeling knikte dr. Conradi zuster Else toe, die haar het meisje aanreikte. Het was heel teer en klein. Haar oogjes waren gesloten en ze leek niet eens te hebben geprobeerd tot leven te komen.

Na een tijdje nam zuster Else het kindje weer van haar over, en Christina en Gisela wasten de huilende vrouw. Het was Christina zwaar te moede en ze vocht tegen haar tranen. De pijn bij het verlies van een kind moest de ergste zijn die een vrouw kon voelen.

Zuster Else begeleidde mevrouw Pätzold naar haar kamer. Christina en Gisela bleven achter met de taak op te ruimen. Geen van beiden zei iets. Het was zo stil in de verloskamer dat de geluiden van de kraamafdeling tot hen doordrongen. Voor vandaag waren er nog meer bevallingen gepland, ze zouden niet lang kunnen blijven.

Toen Christina de kom met de nageboorte wilde pakken, klonk er opeens een klap. Ze keek op en zag dat Gisela woedend de doek neersmeet en de verloskamer uit stormde. Wat was er aan de hand? Toen ze haar hoorde snikken, ging ze haar achterna.

'Gisela?' riep ze, maar haar collega hoorde het niet. Ze bewoog zich voort als een steen die een helling af rolt. Gelukkig was er niemand anders op de gang. Toen verdween Gisela in de badkamer voor de patiënten en sloeg de deur achter zich dicht.

Even wist Christina niet wat te doen. Zou Gisela liever alleen willen blijven? Of had ze juist behoefte aan troost? Zelf was ze ook diep geraakt door het lot van mevrouw Pätzolds kindje. Maar inmiddels wist ze dat ze haar verdriet voor later moest bewaren. Uiteindelijk vermande ze zich en ging ze Gisela achterna.

Al bij het openen van de deur hoorde ze haar luid snikken. 'Gisela?' vroeg ze behoedzaam, maar ze kreeg geen antwoord. Waarschijnlijk had haar collega haar niet eens opgemerkt. Christina ging naar binnen en trof Gisela gehurkt naast de douche aan. Ze zat met haar handen tegen haar gezicht gedrukt zachtjes te huilen.

Christina liet zich naast haar zakken. 'Gisela, wat is er?' vroeg ze zachtjes.

'Ik kan het niet,' riep ze wanhopig uit en ze staarde Christina met roodomrande ogen aan. 'Ik kan geen vroedvrouw zijn.'

Christina trok haar in haar armen en streelde troostend over haar rug. Ze dacht terug aan de keer dat ze tijdens een sessie met dr. Rubin in huilen was uitgebarsten. De psychiater dacht dat het overleversschuld was die ze voelde en dat was ook zo: ze had zich al die tijd afgevraagd waarom de anderen hadden moeten sterven en zij niet.

'Het is heel normaal dat u dit voelt,' had dr. Rubin gezegd. 'Het overkomt veel mensen, niet alleen in oorlogstijd maar ook als ze een ongeval hebben overleefd. Mijn mentor aan de universiteit vertelde dat hij met overlevenden van de ramp met de Titanic had gesproken die hetzelfde voelden.'

'En hoe kom je er weer van af?' had Christina gevraagd. 'Hoe raak je dat schuldgevoel weer kwijt?'

'Ik geloof niet dat daar een vast recept voor bestaat, omdat ieder mens anders is. Eén manier is misschien jezelf te vergeven. Aan jezelf toe te geven dat het een speling van het lot was en niet je eigen toedoen waardoor je hebt overleefd. En jezelf voor te houden dat je niets had kunnen doen om de anderen te redden.'

Maar hier lag het anders. Hier konden ze wel helpen. En toch liep het in een ziekenhuis niet voor iedereen goed af, dat gold helaas ook voor de kraamafdeling. Maar dat hoorde eveneens bij het leven.

'Je kunt het wel, Gisela,' begon ze zachtjes. 'Je wordt een goede vroedvrouw. Juist omdat je zo met de moeders meevoelt.'

Gisela bleef echter klaaglijk en luidkeels huilen. Maar ze duwde Christina in elk geval niet weg. Ze klampte zich juist vast aan de mouwen van haar uniform.

'En als er nu een kindje sterft als ik de bevalling leid?' snikte ze ten slotte. 'Dat kan ik niet verdragen!'

Christina trok haar steviger tegen zich aan. Ze begreep nu nog beter waarom Gisela zo nors was. Waarom ze vanaf het begin deed alsof ze alles beter wist. Misschien was de vroedvrouw die ze voor incompetent had gehouden wel helemaal niet schuldig aan de dood van haar broertje en was zij eenvoudigweg degene die aanwezig was toen het noodlot toesloeg.

‘Je bent sterk, Gisela,’ zei Christina. ‘En het is niet zo dat we iets verkeerd hebben gedaan. Heb je gezien hoezeer dr. Conradi zijn best deed om het kindje leven in te blazen? Het is gewoon te vroeg gekomen, veel te vroeg. Bovendien had haar moeder nog diabetes ook...’

Gisela’s greep verslapte een beetje en ze keek Christina aan.

‘Ik heb toch gelijk?’ vroeg Christina en ze streek een lok uit Gisela’s gezicht. ‘Als je er even rustig over nadenkt, zul je tot de conclusie komen dat we niets hadden kunnen doen. We hadden helemaal niets kunnen doen.’ Ze streek Gisela over haar wang. ‘Weet je wat zuster Else tegen me zei toen ik terugkwam op de afdeling?’

‘Nadat je was weggelopen?’ vroeg ze snikkend.

‘Ja. Eerst was ze boos op me, maar toen zei ze: “Sigrun is er niet, dus heb ik mijn goede leerlingen nodig.” En daarmee bedoelde ze ons tweeën.’

Gisela keek haar weifelend aan. ‘Heeft ze dat echt gezegd?’

‘Ja.’ Christina glimlachte. Ook het gezicht van haar collega klaarde een beetje op. ‘En omdat je daar blij van wordt, weet ik heel zeker dat je een goede vroedvrouw zult worden.’

# 44

Toen ze vlak voor het einde van hun dienst de verloskamer opruimden en hem klaarmaakten voor de nacht voelde Christina zich geradbraakt. Ze hadden nog twee bevallingen gehad met weinig tijd ertussen om even op adem te komen. De voorpret over haar afspraakje met Peter was helemaal op de achtergrond geraakt.

Gisela was weer gekalmeerd en tot de overtuiging gekomen dat het wel de moeite loonde door te gaan. Else had niets van haar inzinking gemerkt. Gisela was pas na een half uur weer in de verloskamer verschenen en Else had zich niet verbaasd getoond over haar rode ogen en haar nog steeds enigszins gloeiende wangen.

'Kun jij je voorstellen dat je ooit kinderen krijgt?' vroeg Gisela en ze legde de gebruikte instrumenten bij elkaar in een bakje.

'Dat vraag je me nu, terwijl we die blokkade hebben en je onlangs nog zei dat de vrouwen die nu een kind kregen een fout hadden begaan?'

Gisela snoof. 'Nee, in het algemeen gesproken.' Ze keek naar de vloer. 'Ik weet dat ik irritant ben... Soms vind ik zelfs mezelf irritant.'

'Al goed,' zei Christina. 'Wat je vraag betreft: ik weet niet of ik kinderen wil. Of liever gezegd heb ik er nog niet over nagedacht.'

'En dat terwijl er een man is die interesse in je heeft?' Gisela vertoonde een scheef glimlachje.

'Hij vroeg of ik met hem wilde afspreken,' antwoordde Christina lachend. 'Dat zal in geen geval meteen een kind tot gevolg hebben.' Ze stokte even. 'Wat is er?'

Gisela boog haar hoofd. 'Met alles wat je hier te zien krijgt... Ik weet niet of ik dat zelf allemaal wil doormaken.'

'Je bent zo sterk en gezond dat je vast wolken van baby's zult krijgen.'

Gisela zweeg even en vroeg toen: 'Gaat het vanavond eigenlijk nog door?'

Christina liet haar blik naar het raam glijden. Het werd nu steeds later donker. Tussen de boomkronen was nog net iets van de avondzon te zien. Ze was door en door vermoeid. Zou ze niet beter naar haar kamer kunnen gaan om daar de indrukken van de dag te verwerken?

'Ik weet het niet,' verzuchtte Christina. 'Na een dag als vandaag kan ik misschien beter thuisblijven.'

'Nee toch!' zei Gisela. 'Je bent uitgenodigd!'

'Hij heeft me niet uitgenodigd,' antwoordde Christina. 'En ik heb ook niets toegezegd. We hebben het erop gehouden dat ik misschien kom, maar misschien ook niet.' Als ze besloot niet naar dat café te gaan, zou ze Hanna ook geen verhaaltje op de mouw hoeven spelden. Of riskeren dat Hanna zo'n afspraak niet geschikt voor haar zou vinden.

'Je moet beslist gaan.'

'Maar ik ben moe en mijn botten...'

Gisela viel haar in de rede. 'Je klinkt als een oud wijf. Je kunt vannacht uitrusten. En zondag ook. Vandaag moeten we uitgaan, zoals normale mensen nu eenmaal doen.'

Christina wilde protesteren, maar besefte dat Gisela zich niet zo makkelijk zou laten overtuigen. 'Goed dan, we gaan,' zei ze.

# 45

Hoe dichter ze bij het café kwam, hoe ongemakkelijker Christina zich voelde, omdat ze Hanna niet precies had verteld waar ze naartoe zou gaan. Ze had beweerd dat ze met Gisela in de stad had afgesproken. Dat klopte ook wel, maar Christina had het gevoel dat Hanna zo haar twijfels had bij die uitleg.

Ze moest weer denken aan het verhaal dat Selma en zij van Hanna hadden gehoord en aan hoe het met Selma was afgelopen. In feite deed ze nu hetzelfde. Stel dat ze onderweg iemand met kwade bedoelingen tegenkwamen? Gisela was sterk, maar zou ze een man aankunnen? En zijzelf? Maar wat Hanna zou zeggen als ze hoorde dat ze naar een gelegenheid wilden gaan waar allerlei soorten mannen kwamen, wilde ze zich liever niet voorstellen...

Toen schoot haar weer te binnen hoe Peter Wencke naar haar had geglimlacht. En hoe hij met haar had geflirt op de zwarte markt. Stilletjes had ze gewenst dat ze hem eerder en bij een andere gelegenheid had ontmoet. Maar beter laat dan nooit, zou Gisela waarschijnlijk zeggen.

Stipt om acht uur arriveerde ze bij de oude eik die niet ver van het kruispunt van de Kronprinzallee, de Potsdamer Chaussee en de Berliner Strasse stond.

'Je wilt zo toch niet naar dat café gaan?' zei Gisela, die al op haar stond te wachten, ter begroeting.

Christina keek verward naar haar kleding. Iets beters dan de roestbruine jurk waarvan de zoom net onder haar licht versleten jas uit kwam bezat ze niet. Hij had een strakke rok, lange mouwen en een smalle ceintuur om de taille.

Natuurlijk kon hij de vergelijking met die van haar medeleerling niet doorstaan. Gisela zag er geweldig uit in haar blauwe satijnen jurk met de wijduitstaande rok. Maar waarschijnlijk was haar kledingkast beter gevuld en werd de inhoud door haar welgestelde ouders regelmatig met de laatste mode aangevuld.

'Hoe moet ik er anders naartoe?' vroeg ze en de moed zonk haar in de schoenen.

Bijna ongeduldig deed Gisela haar sjaal af. Die had een goudgeel dessin en de kleur paste heel goed bij Gisela's kleding.

'Hier, pak aan. Draag hem als stola!' beval Gisela. 'In het Wappenstübl is het halfdonker, dan is alleen je sjaal te zien.'

'Maar hij past toch helemaal niet bij mijn jurk,' zei Christina protesterend, maar Gisela had haar de sjaal al omgedaan. De zachtheid van de stof tegen haar huid deed haar meteen stilvallen. Bewonderend streek ze over het zijdeachtige materiaal. Nooit eerder hadden haar vingertoppen zoiets glads gevoeld.

'Is het echte?' vroeg ze vol ontzag.

'Echte zijde? Ja, natuurlijk! Mijn moeder zou nooit kunstzijde in haar kast hangen.'

'Mijn moeder zou dolblij zijn geweest als ze zich een jurk van kunstzijde had kunnen veroorloven,' zei Christina en ze voelde een steek. Het was haar al die tijd gelukt haar moeder te verbannen naar het donkere kamertje van de herinneringen, maar sinds de sessie bij dr. Rubin zat de deur niet meer zo stevig dicht. Zo nu en dan glipte er een gedachte, een herinnering aan haar moeder naar buiten.

Op dit moment bijvoorbeeld het beeld van haar moeder, die aan haar naaitafel zat en een jurk van een lap geverfd katoen voor Christina maakte, terwijl haar eigen jurk op verscheidene plaatsen versteld was. Op hun boerderij hadden ze altijd goed te eten gehad, maar voor de luxe van een mooie jurk was geen geld geweest, en ook nooit de gelegenheid om zo'n jurk te dragen.

Gisela knikte. 'Nou, ooit zul jij zo'n jurk hebben. Of een van echte zijde. Misschien heeft die jongeman wel ambities.'

'Ik weet nog niet eens of hij me leuk vindt.'

Gisela trok haar zorgvuldig geëpileerde wenkbrauwen op. 'Hij heeft je toch voorgesteld met hem af te spreken? Dat is in mijn ogen een duidelijk bewijs dat hij belangstelling voor je heeft.'

Gisela's woorden maakten Christina's nervositeit alleen maar groter. Opeens kreeg de angst de overhand. Stel dat ze zich belachelijk zou maken?

'Je krijgt hopelijk geen koudwatervrees!' zei Gisela verontwaardigd, alsof ze gedachten kon lezen. Ze haakte bij Christina in. 'Ik heb me niet voor niets zo opgedoft!'

Een half uur later kwamen ze aan bij het café in de Berliner Strasse. Het Wappenstübl, zoals op het bord boven de deur stond, bevond zich op de hoek van een gebouw dat geflankeerd werd door woonhuizen van drie verdiepingen. Achter een groot raam zag ze vage schimmen tussen geel en rood licht.

Buiten was de jazzmuziek al te horen. Tientallen mannen stonden voor de ingang te roken en te praten. Enkelen van hen droegen een uniform van het Amerikaanse leger. Zouden die zomaar naar burgercafés mogen gaan? vroeg Christina zich af en ze probeerde hen niet aan te kijken. De mannen in uniform kregen hen echter in het oog en sommigen floten hen na.

'Dat klinkt alvast veelbelovend,' zei Gisela, die Christina sinds ze waren gaan lopen niet meer had losgelaten, alsof ze bang was dat ze zich zou bedenken.

Bij het zien van de mannen werd Christina onzeker. Wat deed ze hier eigenlijk? En waarover moest ze met Peter praten, als ze hem al zouden vinden?

Algauw werden ze omgeven door schemerlicht, en door rookslierten, waarvan Christina moest hoesten. De inrichting zag er wat provisorisch uit, de tafels en stoelen pasten niet echt bij elkaar. De tapkast leek hier echter al heel lang te staan en de oorlog te hebben overleefd. Er waren ook een paar vrouwen, ze hoorde hun gelach uit de donkere hoekjes komen. Maar het waren voornamelijk mannen die de zitplaatsen bezetten.

Degene met wie ze had afgesproken bespeurde ze echter niet.

'Weet je waar we Peter Wencke kunnen vinden?' vroeg Gisela aan een van de mannen bij de deur. Die wees zonder iets te zeggen naar binnen. 'Zie je wel, hij heeft niet gelogen. Hij is er.'

Terwijl ze tussen de drukbezette tafeltjes door manoeuvreerde, had Christina het gevoel dat ze spitsroeden liep.

Gisela daarentegen scheen te genieten en sprankelde van energie en levensvreugde. 'Zie je hem?' wilde ze weten.

Christina keek om zich heen. De meeste aanwezigen waren schaduwen en ze had al bijna zin om terug te gaan, maar toen zag ze zijn volle haardos en zijn profiel. 'Daar is hij,' zei ze en ze bleef staan.

'Nou, roep hem dan!' siste Gisela haar toe.

'Dat kan ik niet.' Christina's keel leek opeens dichtgesnoerd, wat niet alleen lag aan de rookwalm die in het café hing.

'Dan doe ik het!'

'Nee!' riep Christina, maar het was al te laat.

'Peter!' schalde het dwars door de muziek heen, zo duidelijk dat nu echt alle ogen op hen werden gericht.

Hier en daar hoorde Christina gelach en na een kort moment van stilte werden de gesprekken hervat. Ze was het liefst door de grond gezakt.

Toen zag ze dat de jongeman opstond. Zoekend keek hij om zich heen en uiteindelijk ontdekte hij hen. Hij hief zijn hand en wenkte.

Christina's hart begon nog woester te kloppen dan eerst.

'Zie je wel!' fluisterde Gisela. 'Ga naar hem toe.'

Toen haar vriendin haar losliet, keek Christina haar ontzet aan. 'Ga je dan niet mee?'

'Wat moet ik daar? Ik ben op zoek naar een leuke man, weet je nog?'

'Maar aan Peters tafeltje zitten leuke mannen.'

'Ja, maar te dicht bij hem. Ik wil jou de kans geven hem te leren kennen zonder dat de aandacht naar mij gaat.'

Het was er een vreemd moment voor, maar Christina stelde opeens vast dat Gisela, die tijdens het werk soms nors kon zijn, niet te klagen had over gebrek aan zelfbewustzijn. En dat ze daar zelf graag een beetje van zou willen hebben.

'Ik blijf in de buurt voor het geval dat hij opdringerig wordt,' vervolgde Gisela en ze gaf Christina een zetje. 'Schiet eens op.'

Christina trok de stola dichter om haar schouders en kwam in beweging. Even later keek ze in Peters gezicht, waarop een brede glimlach was verschenen. 'Was het een moeilijke beslissing?' vroeg hij.

'Ik... Mijn vriendin.' Haar keel leek op slag kurkdroog.

Hij pakte haar hand. Ineens was het alsof er een warme golf door Christina heen trok.

'Ik ben blij dat u besloten hebt te komen,' zei hij toen. 'Al weet ik nog steeds niet hoe u heet.'

Christina wierp een blik op de jongemannen die bij Wencke aan tafel zaten en haar geboeid opnamen. 'Christina,' antwoordde ze. 'Christina Heller.'

'Vrienden, jullie hebben het gehoord!' zei hij tegen zijn metgezellen. 'Dit is Christina, die ergens in een ziekenhuis als verpleegster werkt.' Hij wendde zich tot haar. 'Dit zijn mijn maten Frieder en Kalle, die eigenlijk Karl-Heinz heet.'

Beide mannen gaven haar ook een hand.

'In welke kliniek werkt u?' vroeg Frieder, die haar aanstaarde zoals iemand die sterft van de dorst naar een glas water kijkt.

'Ziekenhuis Waldfriede,' antwoordde ze.

'Hé, daar ben ik geboren!' zei Frieder. 'Werkt dokter Conradi daar nog?'

'Ja,' antwoordde Christina. 'Hij is mijn baas.'

'Nou ja!'

'Ga toch zitten, juffrouw Heller,' zei Wencke. Hij nam haar jas aan en wees op de stoel naast zich.

Een beetje onzeker keek Christina om naar Gisela, maar ze kon haar niet ontdekken in de rooksluier, die door het gele en rode licht gekleurd was. Toen ging ze zitten. Ze voelde zich ineens ongemakkelijk. Wat moest ze zeggen? Ze kende geen van de aanwezigen en ze was ook geen Gisela, die vast al op zoek naar een leuke man was gegaan.

Frieder, Kalle en Peter namen haar een tijdlang op zonder iets te zeggen. Christina wist niet of ze daar wel met drie onbekende mannen wilde blijven zitten, maar plotseling zei Peter: 'Hoor eens, willen jullie niet even de benen gaan strekken?'

Frieder wilde al nee zeggen, maar toen begreep hij de hint. 'Ach, ja! Kom Kalle, we gaan.' Hij stond op, trok zijn buurman overeind en slalomde tussen de tafeltjes door.

Nu was Christina alleen met Peter Wencke en ze vroeg zich af of het niet beter was geweest als zijn vrienden erbij waren gebleven.

Ze keken elkaar een tijdje zwijgend aan en toen vroeg hij: 'Zal ik iets te drinken voor u halen? Met de rook die hier hangt krijg je een droge keel.'

Christina knikte. 'Ja, graag. Maar niets met sterkedrank.'

Peter glimlachte. 'Ik zal kijken of ze achter de tapkast iets hebben staan.'

Hij stond op en was meteen verdwenen. Christina keek om zich heen. Aan de tegenoverliggende muur zag ze foto's van piloten die naast hun vliegtuig stonden. Weer dreigde de herinnering uit haar gevangenis te ontsnappen, maar ze slaagde erin die terug te dringen. Ze vroeg zich af of het gepast was plezier te maken terwijl de blokkade nog bestond. De soldaten en het burgerpersoneel van het Amerikaanse leger leek het aan niets te ontbreken. En toch... Hoe kon het er hier allemaal zo zorgeloos uitzien terwijl de Russen hen nog steeds gegijzeld hielden?

Daar was Peter Wencke weer. In zijn hand hield hij twee glazen met een bruine vloeistof die op bier leek.

'Wat is dat?' vroeg ze. Toen rook ze een mengeling van mout en kruiden.

'*Fassbrause*,' zei hij. 'Wees niet bang, het is onschuldig. Het wordt van mout gemaakt, maar het is geen bier. Dat kun je momenteel alleen in de officiersmess krijgen, waar iemand als ik geen toegang heeft, tenzij ik me bij het Amerikaanse leger aansluit. Maar ik heb schoon genoeg van het leger, kan ik u vertellen.'

'En die schnaps daar dan?' Christina wees naar een van de glazen op een tafeltje naast hen.

'Zelfgestookt. We mogen dan niet meer worden bevoorraad door de boerderijen van Brandenburg, de mensen hebben nog steeds tuinen en fruitbomen.'

Christina pakte het glas met fassbrause. De limonade die haar moeder had gemaakt als er eens citroenen te krijgen waren bij de kleine kruidenierszaak in hun dorp was hierbij vergeleken slap en dun. Sceptisch bekeek ze de vloeistof. Zou er echt geen alcohol in zitten? Ze nam een voorzichtig nipje. 'Wat lekker!' riep ze verbaasd uit nadat ze had geproefd.

'Had u nog nooit fassbrause gedronken?' vroeg Peter een beetje ongelovig. 'Dat kon je vroeger in Berlijn toch op elke straathoek krijgen? Als kind kreeg ik het altijd in een van de uitspanningen in het Grunewald.'

'Ik kom niet uit Berlijn,' antwoordde Christina.

'Waarvandaan dan?'

'Klein Obisch in Silezië. Waarschijnlijk hebben de Russen het platgebrand.'

Op het gezicht van de jongeman verscheen een onthutste uitdrukking en er viel een stilte.

Christina wist niet wat ze moest zeggen om een positieve draai aan de stemming te geven. 'Komt u hier vaker?' vroeg ze ten slotte. Ze wilde niet dat de stilte bleef hangen. Ze wilde niet dat hij zich bedroefd voelde om iets wat hij nooit had gekend.

'Elk weekeinde. Mijn werk op Tempelhof is niet zo makkelijk nu er elke minuut een vliegtuig landt. Generaal Tunner is onverbiddelijk. Aanvankelijk heerste er chaos in het vliegverkeer, maar toen heeft hij verschillende vluchtroutes ingesteld waarlangs de vluchten landen en opstijgen. Hij wil alles optimaal laten functioneren. Daar komt een bijna genadeloze perfectie bij kijken die hij niet alleen van zichzelf, maar ook van al zijn mensen eist. Erger dan bij de Wehrmacht, volgens sommige jongens.' Hij schoot in de lach.

'Hebt u in de oorlog gediend?' vroeg Christina.

Peter schudde zijn hoofd. 'Nee, maar vlak voor het einde wilden ze me bij de Volkssturm inlijven. Toen het allemaal afliep.' Even betrok zijn gezicht, dat eerder nog zo vrolijk had gestaan. 'Mijn moeder zei dat ik daar niet naartoe moest gaan. Ik had het geluk dat alles twee weken later voorbij was. Mijn vader is gesneuveld, maar ik kan in elk geval nog voor mijn moeder zorgen.' Hij liet een korte stilte vallen en vroeg toen aan Christina: 'En uw ouders?'

Christina sloeg haar ogen neer. 'Mijn vader en mijn broer zijn gesneuveld. En mijn moeder... Van haar weet ik niets. Vermoedelijk is ook zij dood. Ik ben haar uit het oog verloren toen ik moest vluchten.'

Alweer die oorlog! Blijkbaar was ze niet in staat om ook maar één avond lang niet te denken aan wat haar was overkomen. Misschien was ze niet voorbestemd om een man te leren kennen. Misschien zou ze net als Hanna ongehuwd moeten blijven...

'Wat erg voor u,' zei hij zacht.

'Nee, wat erg voor ú. Ik bederf uw avond met mijn verhalen,' antwoordde ze berouwvol.

Peter legde zijn hand behoedzaam op de hare. Eerst schrok ze, maar toen maakte zich een warm gevoel van haar meester. Eigenlijk moest ze haar hand terugtrekken. Het was nogal brutaal van hem om haar aan te raken. Maar ze genoot te zeer van zijn aanraking om die te beëindigen.

'We zijn allebei oorlogskinderen, nietwaar?' zei hij toen. 'De oorlog maakt deel uit van onze jeugd. We hebben slechts deze herinneringen, en om elkaar te begrijpen moet je iets weten van wat de ander is overkomen, vindt u niet?' Hij keek haar diep in de ogen.

Christina voelde zich verward en verrast. Tot nu toe had ze altijd gedacht dat ze meer kans maakte met charme en vrolijkheid als ze een man voor zich wilde winnen. Maar wat wist zij er eigenlijk van...

'U kunt me alles vertellen,' voegde hij eraan toe toen hij haar onzekerheid leek te merken. 'En ik zal elke vraag die u mij stelt beantwoorden.'

Christina keek hem ongelovig aan. Ze hadden elkaar maar twee keer eerder vluchtig ontmoet. En dan deed hij haar nu al zo'n aanbod? 'Waarom?' vroeg ze. 'Waarom wilt u me leren kennen?'

Hij nam even de tijd voordat hij antwoordde. Zijn ogen waren op haar gericht en ze had het gevoel dat hij probeerde achter haar voorhoofd te kijken. Maar zou wat hij daar te zien kreeg hem wel aanstaan?

'Omdat u niet meer uit mijn gedachten bent geweest sinds het moment dat u voor me stond en naar boter vroeg.'

# 46

Er werd een ander muziekstuk ingezet, maar voor Christina leek het of de tijd stil was blijven staan. Zijn woorden klonken in haar na en ze werd overspoeld door een haar onbekend gevoel. Het was alsof ze op een weide lag en de zon op haar neerscheen.

'U...' Ze stokte, want haar mond was opeens kurkdroog. Vroeger had ze zich wel eens voorgesteld hoe het zou zijn als een man interesse in haar had. De zoon van de landgoedeigenaar misschien, die af en toe te paard langs hun boerderij reed. Alle meisjes dweepten met hem. Uiteindelijk had de oorlog hem net als de meeste zonen uit het dorp verslonden.

'Ja,' zei hij. 'Die dag dat u met uw collega bij me kwam... Toen u weg was... Ik was ontzettend boos op mezelf. Ik had u die boter goedkoper moeten geven. Ik bleef achter met de gedachte dat ik misschien een geweldige kans had verspeeld door alleen aan dat geld te denken, aan mijn winst.'

'Al had u de boter voordeliger aangeboden...' zei Christina. 'Ik was daar met mijn collega. Ze zit één klas boven mij, en...'

Er gleed een glimlach over Peters gezicht. 'Toch had ik aardiger kunnen zijn, nietwaar?'

'Ja,' antwoordde Christina en ze glimlachte terug.

'In de weken die volgden heb ik telkens naar u uitgekeken als ik naar de Barter Exchange ging. Maar u kwam nooit. Ik ging navraag doen bij de anderen. Zonder succes. Niemand had u gezien. En toen liep ik u opeens tegen het lijf. Als dat geen speling van het lot is...'

Christina zweeg. Ze geloofde niet meer in het lot, ze geloofde ook niet dat er een hogere macht bestond die haar beschermde. Maar toevalligheden bestonden wel en dit leek er een te zijn. 'Ik heb zo nu en dan ook aan u gedacht,' bekende ze. 'Maar in mijn wereld... Ik heb het erg druk met mijn opleiding. En ik ga normaal gesproken niet naar de zwarte markt.'

'Dat begrijp ik. Na alles wat er is gebeurd... Maar nu bent u hier en ik wil dat u weet dat ik geen slecht mens ben.'

Dacht ze dat dan? Dacht hij dat van zichzelf? Het was nog te vroeg om een mening te vormen. Maar ze had een bepaald gevoel bij hem. Zijn woorden hadden oprecht geklonken. En dat hij naar haar had uitgekeken raakte haar zoals niemand ooit had gedaan. Maar daarmee ontwaakte er ook angst in haar. Iedereen van wie ze tot dusver had gehouden was uit haar leven verdwenen. Hoewel ze Peter Wencke nog nauwelijks kende, was ze nu al bang hem te verliezen. Dat vervulde haar met paniek.

'Ik denk dat ik maar eens moet gaan,' zei Christina en ze probeerde niet te laten merken dat ze beefde. Ze stond op.

'Waarom?' vroeg hij verbaasd. 'Heb ik iets gezegd...'

'Nee,' antwoordde ze en ze wierp een blik om zich heen. De mannen aan de tafeltjes keken nog steeds van tijd tot tijd haar kant op. 'Ik vind alleen dat dit niet de plaats is om dit soort dingen te bespreken.'

Peter keek haar enigszins verward aan en stond ook op. 'Mag ik u dan ten minste naar huis brengen?' vroeg hij.

'Ik denk dat ik beter met Gisela kan gaan,' zei Christina. 'Ik ben ten slotte met haar gekomen.'

Peter knikte. 'Kunnen we elkaar nog eens zien? We... We zouden een wandelingetje langs de Wannsee kunnen maken en daar de fortificaties van de Russen bekijken.'

'Alsof die de moeite waard zouden zijn!' Hoewel er geen reden tot lachen was, begon ze te giechelen. Had er soms toch een beetje alcohol in haar drankje gezeten?

'De Schlachtensee dan,' zei Peter. 'Of we rijden naar Tempelhof. Het is fascinerend te zien hoe de vliegtuigen komen aanvliegen.'

'Liever geen vliegtuigen,' zei Christina haastig.

'Waarom niet?' vroeg hij.

Ze keek hem aan. Dit was hun eerste avond en ze had niet het gevoel hem goed te kennen. Maar ze vond hem sympathiek en ze wilde niet dat hij zou denken dat ze gek was als ze een paniekaanval kreeg terwijl ze naar de rozijnenbommenwerpers keken. 'Ik heb het niet zo op die dingen,' zei ze. 'Dan toch liever de Wannsee. Of een of ander park misschien.'

'U wilt me dus terugzien?' Peter trok verwachtingsvol zijn wenkbrauwen op.

Christina knikte. 'Ja. Zonder café. Gewoon buiten. Als dat u schikt.'

Peter Wencke slaakte een zucht van opluchting, toen glimlachte hij. 'Goed dan. Komend weekeinde is het Pasen, dan kan ik helaas niet, maar zullen we elkaar de zondag daarop bij de dorpseik ontmoeten? Tegen het middaguur? Ik heb 's avonds weer dienst, maar dan zouden we even de tijd hebben en kan ik u het een en ander laten zien.'

Christina voelde spanning bij de gedachte ergens alleen met een man naartoe te gaan. Maar had ze Selma destijds niet benijd om haar afspraakje met Gerhard? Bovendien zou het 's middags gebeuren. Dan kon zelfs zuster Hanna er niets op tegen hebben dat ze een wandeling ging maken...

'Afgesproken,' zei ze, waarop hij breed glimlachte. Ze stond op en trok haar jas aan.

'Wil je al gaan?' hoorde ze opeens van opzij. Daar stond Gisela, met naast zich een man in uniform. Ze gaf hem een afscheidskusje op zijn wang en hij kuste vervolgens haar hand. Op dat moment benijdde Christina haar zeer om haar levenskunst. Gisela keek de soldaat naast zich verliefd aan, fluisterde hem iets in het oor en maakte zich toen van hem los.

Christina keek naar Peter. Ze wisselden een korte, bijna samenzweerderige blik voordat ze afscheid namen.

'Pas alstublieft goed op uzelf,' zei hij met een glimlach. 'Ik wil absoluut de kans krijgen u werkelijk te leren kennen.'

‘En, hoe was het?’ vroeg Gisela toen ze het café ver achter zich hadden gelaten.

‘Hij zei dat hij naar me had uitgekeken. Nadat we elkaar op de zwarte markt hadden ontmoet.’

‘De zwarte markt?’ vroeg Gisela verbaasd, maar toen leek ze het zich weer te herinneren. ‘O ja, dat was de dag dat je met Waltraud weg was.’

‘Voor jou schijnt het geen probleem te zijn een man te vinden.’

Gisela wuifde de opmerking weg. ‘Ach, die Amerikanen zijn allemaal gek op Duitse *fräuleins*. Hij heet John en voordat hij naar het militaire bewind werd overgeplaatst, heeft hij bij het Düppel Center van het Amerikaanse leger gewerkt. Daar vingen ze Joodse vluchtelingen uit het oosten en overlevenden uit de concentratiekampen op, die ze dan de mogelijkheid boden naar de VS of Palestina te emigreren.’

Christina zette grote ogen op. ‘Zuster Hanna kent iemand die in Palestina woont!’ Hanna had haar verteld over de brief die ze had ontvangen. Zuster Lilly had vroeger in Waldfriede gewerkt en was weggegaan nadat haar verloofde, professor Kirsch, er was ontslagen.

‘Ongelooflijk dat we nog maar een paar jaar geleden te horen kregen dat de Joden slecht waren. Terwijl het gewoon mensen zijn als jij en ik.’ Gisela boog aangedaan haar hoofd. ‘Mijn ouders hebben de processen van Neurenberg gevolgd. Het is afschuwelijk wat daarbij aan het licht gekomen is.’

‘En ons vertelden ze dat de Joden enkel naar werkkampen werden gebracht.’ Christina kreeg een brok in haar keel. ‘Maar ook dat was al niet in de haak. Ze hebben niets gedaan...’

Een tijdlang zwegen ze. Het viel Christina nog altijd zwaar te verwerken wat haar landgenoten hadden aangericht. En inmiddels zag ze duidelijk in dat niet de Amerikanen verantwoordelijk waren voor de ellende die ze zelf had meegemaakt. Natuurlijk, ze hadden vluchtende mensen beschoten. Ze hadden ook kinderen gedood. En als ze niet enorm veel geluk had gehad, was ook zij daar destijds blijven liggen.

Maar als Duitsland de oorlog niet was begonnen en vele miljoenen mensen de dood en onuitsprekelijk leed had gebracht, was dat hun nooit overkomen.

'In elk geval is John een heel aardige kerel,' zei Gisela. 'Misschien iets te oud voor me, maar het is een fijn gevoel als je aandacht van een aantrekkelijke man krijgt.'

'Waar heb je hun taal eigenlijk geleerd? Ik heb op school geen Engels gehad.'

Gisela lachte. 'Mijn vader heeft het me bijgebracht.'

Christina keek haar verrast aan. 'En waar heeft hij het geleerd?'

'Hij heeft lang als handelsreiziger gewerkt. Toen de oorlog uitbrak, was hij in New York bij de Wereldtentoonstelling. Kun je je dat voorstellen? Na zijn terugkeer wilden ze hem onder de wapenen roepen, maar dat ging niet want hij heeft aan een ongeluk een stijf been overgehouden.' Gisela zweeg even nadenkend. 'Waarschijnlijk heb ik mijn vader daarom nog, in tegenstelling tot vele anderen.'

'Mijn vader is kort voor mijn broer opgeroepen. Voor het oostfront.' Christina plukte aan Gisela's zijden sjaal. 'Hoewel ze bij verschillende eenheden waren gestationeerd, zijn ze slechts een paar maanden na elkaar gesneuveld, in 1942 en 1943. Het brak mijn moeders hart.'

'Dat begrijp ik maar al te goed.' Gisela keek haar aan. 'En hoe heb je haar verloren?'

Christina aarzelde even. Hoe was het toch mogelijk dat de oorlog alweer ter sprake was gekomen? 'Ik weet niet of ik haar heb verloren. Alles wat ik nog heb zijn vermoedens.'

De gruwelijke details wilde ze Gisela besparen. Deze zweeg even voordat ze zei: 'Dan kan het dus zijn dat ze nog leeft? Misschien is ze zelfs naar je op zoek!'

Christina haalde haar schouders op. 'Wie weet. Het is ook mogelijk dat ons dorp door de Russen onder de voet is gelopen. Ik weet niet wat er gebeurd is.'

'Dat klinkt alsof je haar niet mist.'

'Ik mis haar wel,' antwoordde Christina. 'Maar de afgelopen jaren heb ik geleerd dat het weinig oplevert om te hopen op dingen die er niet zijn.' Ze keek omhoog naar de nachtelijke hemel, waar een paar sterren fonkelden tussen door de maan beschenen wolken. Ze voelde zich terneergeslagen en werd overvallen door een vaag verlangen. 'Soms wenste ik dat ze me niet had weggestuurd. Dan had ik bij haar kunnen blijven. En dan was die afschuwelijke aanval me ook bespaard gebleven. Ze heeft beloofd me later achterna te komen en me te zullen vinden. Mogelijk is ze onderweg gestorven. En als ze nog leeft... mist ze me misschien niet eens.'

'Zo mag je niet denken,' zei Gisela. 'Ze heeft haar man en haar zoon verloren. Denk je dat een moeder in staat is haar kind zomaar te vergeten? Lang geleden hebben ook onze moeders ergens in een verloskamer of in hun bed gelegen, geplaagd door weeën en vervuld van hoop.'

Dat had Christina zich nog nooit voorgesteld.

'Mijn moeder heeft mijn broertje een naam gegeven, ondanks alles. En ik weet dat ze het vestje dat ze voor hem had gehaakt nog altijd ergens bewaart.' Gisela bleef staan en pakte Christina's handen. 'Bedankt dat je er vandaag voor me was.'

'Dat is toch vanzelfsprekend,' antwoordde Christina verbaasd. 'We moeten elkaar toch bijstaan?'

'Toch heel hartelijk bedankt dat je me hebt getroost,' zei Gisela. 'Ik weet wel dat ik soms wat lomp overkom, maar dat is gewoon het pantser dat ik draag. Vandaag... Het was gewoon afschuwelijk. Ik werd weer aan mijn moeder herinnerd. En ik zag ineens in dat misschien niemand schuld had aan de dood van mijn broertje.'

'Dat is ook bij mij opgekomen, maar ik ben er niet bij geweest...' Christina keek Gisela onderzoekend aan. 'Als je wat dat betreft hulp nodig hebt, kan ik je bij dr. Rubin aanmelden. Zij kent zo veel soorten leed en trauma dat ze jou ook zeker kan helpen als je wilt.'

'Maar ik ben toch geen oorlogsslachtoffer?' zei Gisela afwerend.

'Dat hoeft ook niet om krassen op je ziel te krijgen. Dat kan ook gebeuren als je een broertje ziet sterven. Of kindjes van patiëntes die je graag had willen helpen.'

'Ik zal erover nadenken.' Na een tijdje liet Gisela haar weer los. Zwijgend en in gedachten verzonken zetten ze hun weg voort.

Een half uur later bereikten ze de Fischerhüttenstrasse. Van hieruit kon Gisela haar weg naar de Rehwiese voortzetten, en

Christina hoefde niet ver meer naar Waldfriede.

'Wanneer heb jij weer dienst?' vroeg Gisela.

'Morgen. Het is sabbat, maar Else zal vast aanwezig zijn als het nodig is.'

'Ik moet pas zondag weer. Nachtdienst.' Ze glimlachte naar Christina. 'Tot volgende week dan maar.'

'Tot volgende week.'

Ze namen afscheid met een omhelzing en wensten elkaar goedenacht.

Gisela draaide zich om. Tot de Rehwiese was het nog een stuk lopen, maar kennelijk was ze niet bang om alleen door het donker te gaan. Christina kon echter niet ontkennen dat ze zich meer dan onbehaaglijk voelde. Niet achter elke boom wachtte een moordenaar, maar dat had Selma ook gedacht...

'Hé, wacht even, je sjaal!' riep Christina en ze haalde de zijden doek van haar schouders.

'Hou hem maar. Hij staat jou beter dan mij.'

'Maar...'

'Ik heb er nog meer. Bovendien heeft hij je aan een afspraakje geholpen. Laat hem je geluk brengen.'

# 47

## *Zehlendorf, 19 april 1949*

Hanna was het niet gewend op een vrachtwagen mee te rijden, maar Carl Rohleder had hulp nodig om de pakketten met hulpgoederen die voor hen bestemd waren op te halen. Omdat de jonge mannen niet konden worden gemist van de talrijke plaatsen in het ziekenhuis waar kleine en grote herstelwerkzaamheden werden uitgevoerd en dr. Conradi die dag voornamelijk in de operatiekamer zou zijn, had ze zich samen met Elisabeth en twee keukenmeisjes bereid verklaard mee te rijden naar Tempelhof.

Terwijl de laatsten verwikkeld waren in een levendig gesprek over het paasfeest van het afgelopen weekeinde, wendde Hanna zich op fluistertoon tot Elisabeth. 'Hebben jullie al besloten wat te doen met het huis in Werder?'

Elisabeth zuchtte zachtjes. 'Louis wordt voortdurend heen en weer geslingerd. Aan de ene kant heeft hij sinds Catherines overlijden nauwelijks van het huis gebruikgemaakt. Aan de andere kant wil hij het niet loslaten. Ik heb hem voorgesteld het op naam van de gemeenschap in de oostsector te zetten, als parochiehuis, maar hij hoopt nog steeds dat de situatie verbetert. Dat de blokkade gauw voorbij zal zijn.'

'Dat hopen we toch allemaal,' zei Hanna.

'Het kan best zijn dat de Sovjets de afzettingen weghalen. Maar wat zal er daarna gebeuren? Ik heb horen fluisteren dat de westelijke bezettingsmachten de zones aaneen willen sluiten tot een nieuwe Duitse republiek. Ze zouden er nog mee wachten tot de situatie hier in Berlijn opgelost is.'

'Een nieuwe republiek?' vroeg Hanna verschrikt. Ze had de voorgaande weken en maanden nauwelijks gelegenheid gehad uitgebreid de krant te lezen. 'Zouden de Russen daar dan aan meewerken?'

'Zoals je ziet werken ze er niet aan mee. Maar wat zit er anders voor hen op? De vraag is alleen of wij tot het gebied van de nieuwe republiek zullen behoren of...'

'Of dat we door de Russen worden opgeslokt.' Hanna kreeg het benauwd. Niet alleen wilde ze niet opnieuw onder het gezag van de Russen komen. De maanden vlak na de oorlog waren meer dan genoeg geweest. Maar ook vroeg ze zich af wat dit voor Duitsland zou betekenen. 'Denk je dat de Russen het land willen opdelen?'

Elisabeths gezicht betrok. 'Daar ziet het toch naar uit? Of Stalin zou tot het inzicht moeten komen dat het beter is Duitsland helemaal met rust te laten. Maar als je hoort op welke wijze de Russen in hun zone de dienst uitmaken...'

Het motorgeluid veranderde. Toen Hanna langs het dekzeil naar buiten keek zag ze de lange start- en landingsbaan met aan het einde de gebouwen van de luchthaven.

Ze herinnerde zich de krantenartikelen over de opening van het vliegveld nog goed. De wens om een vlucht in zo'n vliegtuig te maken was echter nooit bij haar opgekomen.

Het volgende moment kwamen er verscheidene vliegmachines bulderend over. Sommige vlogen zo dicht bij elkaar dat je vreesde voor een botsing. Het zou niet voor het eerst zijn dat er een neerstortte. Vooral in de eerste periode van de blokkade was dat een aantal keren gebeurd. Ditmaal kwamen de vliegtuigen echter veilig op de landingsbaan neer.

Hanna leunde naar achteren en dacht aan Christina en al het goeds dat ze haar over dr. Rubin vertelde. De psychiater leek het in de vingers te hebben Christina meer zelfvertrouwen te geven en haar angst te dempen. Misschien zou ze ooit zelfs in staat zijn de vliegtuigen of zelfs Tempelhof te gaan bekijken.

Voor de hoofdingang van de vliegbasis kwam de vrachtwagen

tot stilstand. Carl stapte uit, evenals de chauffeur, een kennis van hun huidige predikant, en hielp de vrouwen van de laadvloer af.

Sinds het einde van de oorlog had Hanna niet meer zo veel militairen bij elkaar gezien. Maar ze zag ook talrijke burgers: Duitsers die erin waren geslaagd een van de felbegeerde banen daar te krijgen. Behalve mannelijke mecaniciens en arbeiders liepen er ook veel vrouwen in werkkleding rond. De verliezen die het land tijdens de oorlog had geleden zouden nog lange tijd merkbaar blijven.

Ten slotte kwam er een man in uniform naar hen toe. Omdat Hanna het Engels dat ze vele jaren eerder gedurende haar verblijf in een Engels sanatorium had geleerd nog steeds vrij goed beheerste, voerde zij het woord. Ze kreeg te horen dat ze daarheen moesten rijden, waar het rantsoen dat hun toekwam kon worden ingeladen.

~

Die ochtend was Christina uit een droom over haar moeder ontwaakt. Het was geen nare droom geweest, eigenlijk had ze haar alleen op de wasplaats gezien, waarvandaan ze de was na het bleken binnenhaalde. Toch kwam meteen bij haar op wat Gisela op de terugweg van het café had gezegd.

Zou haar moeder echt nog ergens zijn? Zou ze haar dochter zoeken? Of kon ze dat niet meer? Moest ze misschien een opsporingsverzoek indienen?

Onderweg en ook na haar aankomst in Waldfriede had ze gedacht dat haar moeder gewoon van haar af had willen zijn. Ze had geloofd dat het makkelijker was om aan te nemen dat ze dood was. Sinds haar sessies bij dr. Rubin kreeg ze echter een andere kijk op de zaak.

'Hoe zou u zich voelen als u niet door uw moeder was weggestuurd, maar door andere omstandigheden van haar was gescheiden?' had dr. Rubin tijdens hun laatste gesprek gevraagd.

'Dan... zou ik hopen haar terug te zien,' was Christina's antwoord geweest.

'Hoopt u nu dan niet haar eens terug te zien?' De arts had haar indringend aangekeken.

Christina had langdurig gezwegen en nagedacht.

Dr. Rubin had doorgevraagd. 'Voor zover ik het kan beoordelen had u voordat u van elkaar gescheiden werd een goede relatie met haar. En uw moeder lijkt niet uit egoïsme te hebben gehandeld. Integendeel zelfs.'

Was dat waar?

Opeens had Christina beseft dat ze er heimelijk naar verlangde haar terug te zien. En dat ze zichzelf niet toestond te hopen uit vrees teleurgesteld te worden.

Gelukkig bood de gedachte aan Peter Wencke haar enige afleiding. Verschillende dagdromen wisselden elkaar af. In een ervan kwam hij als patiënt naar het ziekenhuis – natuurlijk met een onschuldige aandoening – en moest zij hem verplegen. Of ze liepen elkaar in de stad tegen het lijf. In een andere probeerde ze zich voor te stellen hoe hun wandeling zondag zou verlopen. Er kwamen zo veel taferelen in haar hoofd samen dat ze bijna begon te geloven dat ze Peter al een eeuwigheid kende. Soms overvielen de gedachten aan hem haar zelfs tijdens de les.

'En, heb je met die knaap afgesproken voor het weekeinde?' vroeg Gisela toen ze 's middags in de afdelingskeuken bezig waren de theeronde voor te bereiden. Aan de muur hing een lijst met het vereiste aantal calorieën per patiënt per dag. Dat aantal moest ook in tijden als deze zo goed mogelijk worden aangehouden en daarom voegden ze bij degenen die het nodig hadden een beetje suiker of honing toe.

'Ja,' antwoordde Christina en ze zette de beker die ze net gevuld had neer. 'Volgens mij kan een wandelingetje geen kwaad.'

'Jammer,' antwoordde Gisela.

'Hoezo jammer?' Christina begreep Gisela's reacties lang niet altijd.

'Omdat ik graag nog eens naar die kroeg zou willen,' antwoordde ze. 'Het was daar gezellig.'

'Maar je kunt er toch naartoe, wie houdt je tegen?' vroeg Christina.

'Met iemand samen is het toch leuker,' zei ze.

'We hebben elkaar de vorige keer nauwelijks gezien!'

'Dat is waar, maar als je met een vriendin bent heb je meteen een excuus als je van een man af wilt.'

'Wil je van John af? Laatst zei je toch nog dat je zo goed met hem kon opschieten?'

'Ik zei dat hij aardig was. En dat ik heb genoten van zijn attenties. Maar hij is me eigenlijk veel te oud.'

Christina rolde met haar ogen en duwde de serveerwagen de keuken uit.

~

Toen ze drie uur later terugkwamen was de vrachtwagen volgeladen met van alles wat ze in het ziekenhuis konden gebruiken. Verrassingen bij de levensmiddelen waren er niet. Meel, melkpoeder, peulvruchten en blikken zoeteaardappelpuree boden keukenchef zuster Erna en haar assistente zuster Waltraud niet veel speelruimte. Maar inmiddels kon over het algemeen worden vastgesteld dat velen er weer iets beter uitzagen. Dat gold niet alleen voor de patiënten, maar ook voor de medewerkers, die na jaren van gebrek eindelijk weer wat vlees op de botten kregen. Er waren natuurlijk nog steeds gevallen van ondervoeding, waarbij het vooral kinderen uit arme milieus betrof. Maar dankzij de Amerikaanse leveringen van hulpgoederen nam de grootste nood langzamerhand af.

Toen ze de vrachtwagen in het oog kregen, stroomden de kinderen van de ambachtslieden toe. Sommige jongens waren sterk genoeg om bij het uitladen te helpen. Ook assistent-badmeester Lothar meldde zich met leerling-verpleger Gerhard.

Hoewel de twee jongemannen er op het oog weinig gespierd uitzagen, droegen ze de pakketten met een gemak waarvoor Hanna alleen maar bewondering kon hebben. De lading verdween vliegensvlug en Hanna wilde al naar de spreekkamer gaan toen ze naast de taxusstruiken bij de inrit een gestalte ontwaarde.

'Leni?' vroeg ze verbaasd, en toen zette ze zich in beweging.

Inderdaad was het haar zus die haar tegemoetkwam. Hanna

voelde haar maag samentrekken. Ze hield van Leni als van geen ander, maar als ze onverwacht langskwam betekende dat zelden goed nieuws. Ze droeg een bruine loden mantel, de sjaal zat slordig om haar hals. Even later vielen ze elkaar in de armen.

'Leni, wat is er?' vroeg Hanna verschrikt. 'Is er iets met vader?'

Alleen al de manier waarop Leni daarop haar hoofd boog sneed door haar ziel.

'Zou je misschien de komende dagen vrij kunnen krijgen?' vroeg Leni.

'Dat moet ik aan dokter Conradi vragen. Hoezo?'

'Het gaat niet goed met vader. Dokter Laue vreest dat het een aflopende zaak is.'

# 48

*Zehlendorf, 20 april 1949*

De volgende ochtend ging Hanna op weg naar de Gartenstrasse. Ze had de hele nacht onrustig geslapen.

Natuurlijk, haar vader was al oud en ze had zelf gezien hoezeer hij geestelijk en lichamelijk achteruit was gegaan. Toch greep de wetenschap dat zijn leven binnenkort ten einde zou zijn haar diep aan. Ze zou dan zelf de oudste van hun kleine familie zijn. Ze was weliswaar allang niet meer afhankelijk van de adviezen van haar ouders, maar voor haar gevoel zou met haar vader ook definitief de herinnering aan haar jeugd verdwijnen.

Dr. Conradi had bijzonder begripvol op haar verzoek gereageerd. 'Zelf had ik ook graag afscheid van mijn vader willen nemen,' verklaarde hij, 'maar hij ging zo vlug heen...'

Hanna herinnerde zich Richard Conradi nog goed. Hij was onverwachts aan een hartinfarct overleden. Ze vroeg zich af of dat niet een grotere zegen was dan langzaam weg te kwijnen. Alhoewel, haar moeder was onverwachts van hen heengegaan en nog steeds wenste ze dat ze nog één keer met haar had kunnen praten.

Bij het huis van haar zus belde ze aan. Leni verscheen algauw om haar binnen te laten. Ze zag eruit alsof ze geen oog had dichtgedaan, wat geen wonder was nu ze bijna onafgebroken aan het bed van hun vader zat.

'Hoe gaat het met hem?' vroeg Hanna toen ze de trap op liepen.

'Slecht,' gaf Leni eerlijk toe. 'Ik weet niet eens of hij me nog echt waarneemt. Maar jij bent de verpleegster.'

Ja, dat klopte. En op dat moment had ze bijna liever gehad dat ze niet zoveel over ziekten en dood wist.

Eenmaal binnen bood Leni aan thee te zetten. Hanna knikte dankbaar en ging naar de kamer van haar vader. Al toen ze de deur opendeed werd ze de naderende dood gewaar. Er hing een zoetige geur in de kamer die ze bij haar vader nooit eerder had geroken.

Ze kon nauwelijks geloven dat de vermagerde gestalte die in bed lag de man was die hier nog maar enkele weken eerder aan zijn werkbank had gezeten. Het schoenmakersgereedschap dat Leni voor hem had geregeld stond onder het raam, evenals het laatste paar schoenen waaraan hij had gewerkt. Waarschijnlijk zou hij de reparatie niet voltooien.

'Vader?' vroeg ze zachtjes, maar hij reageerde niet. 'Vader, ik ben het, Hanna.' Ook dat scheen niet tot hem door te dringen.

Ze liep naar het bed, ging op de stoel zitten en keek naar haar vader. Friedrich Richters gezicht leek nu al enigszins ingevallen. Zijn huid was gelig en veel dunner dan ze zich herinnerde. Hoeveel tijd zou hem nog resten? Een dag? Een week?

'Het spijt me dat ik nu pas ben gekomen,' zei ze. 'Ik... Ik wist niet dat het zo snel zou gaan.'

Het antwoord was een oppervlakkige zucht, maar Hanna betwijfelde dat hij er iets mee wilde zeggen. Voorzichtig raakte ze zijn hand aan. Zijn adem stokte even, wat Hanna deed schrikken, toen draaide hij zijn hoofd een stukje opzij.

'Vader?' vroeg ze en ze probeerde de tranen die opwelden weg te slikken. Zijn mond bewoog licht. Zou hij haar zien?

'Vader, ik ben hier. Hanna. Jouw Hanna.'

*Hanna*, vormden zijn lippen geluidloos. Een merkwaardige blijdschap ontwaakte in haar. Ook al zou hij haar misschien meteen weer vergeten en met de naam van zijn vrouw aanspreken, op dat moment nam hij haar als zijn dochter waar. Een van de drie die hij ooit had gehad.

Na een half uur waarin ze hem had verteld wat ze de laatste weken had meegemaakt, verliet Hanna de kamer. Haar vader was ondertussen weer in slaap gevallen. Het luisteren leek hem erg te vermoeien.

Hanna ging naar de keuken, waar Leni aan het tafeltje met de thee zat te wachten.

'Hoe ging het?' vroeg ze zachtjes.

'Hij heeft me een keer aangekeken. En ik zweer het je, hij wilde "Hanna" zeggen.' De herinnering daaraan bezorgde haar een pijnlijke steek in de borst.

'Mij heeft hij een paar dagen geleden Ruth genoemd, zomaar ineens. En vervolgens keek hij langs me heen, alsof hij haar kon zien.'

'We weten niet wat er in ons hoofd omgaat als het leven ons verlaat,' zei Hanna. 'Misschien had hij haar beeld voor ogen. Een hallucinatie. Of op z'n minst de herinnering aan haar.'

Loodzwaar was de gedachte die bij haar opkwam. Als hij hun overleden zusje werkelijk had gezien, had hij haar dan als kind gezien? Of had hij gemeend haar in Leni te herkennen? Terwijl Leni en zijzelf wel wat op elkaar leken, was Ruth altijd een beetje anders geweest.

'Wat denk jij, hoelang heeft hij nog?' vroeg Leni ten slotte.

'Dat heeft de dokter je toch al verteld?'

'Maar ik zou ook graag jouw inschatting horen. Als verpleegster heb je meer met de mensen te maken dan een arts. Ook met stervenden...'

'Een betrouwbaar teken dat hij spoedig zal sterven zou de zogenoemde doodsdriehoek zijn. Een witte vlek tussen neus en mond. Die zie ik bij hem nog niet, maar zijn handen zijn al vrij koud en zijn pols is ook oppervlakkig. Dat kan komen doordat hij ligt, maar...'

'Hij heeft eens tegen me gezegd dat hij na zijn dood graag naast moeder begraven wil worden.' Leni zuchtte en nam toen een slokje thee. 'Wat denk je, zou hij het redden tot ze de blokkade opheffen? Magdeburg ligt immers in de Sovjet-sector...'

'Dan zou er een wonder moeten gebeuren,' zei Hanna, 'of heb je gehoord dat de Sovjets zullen zwichten?'

'Er wordt gezegd dat er besprekingen in die richting worden voorbereid. Maar je hebt waarschijnlijk gelijk.' Leni boog haar hoofd en tuurde peinzend in haar kopje.

Hanna pakte haar hand over de tafel heen. 'Ik zal vrij nemen en dan los ik je af aan vaders ziekbed.'

'Dat zou heel lief zijn. Maar alleen als het haalbaar voor je is. Ik weet dat dr. Conradi zich zonder jou niet goed weet te redden.'

'Hij heeft begrip. En omdat we moeder al niet hebben kunnen bijstaan...'

'Dank je wel,' zei Leni en er verscheen een droevig lachje op haar gezicht. 'Ik wou alleen dat we meer voor hem konden doen.'

'Ik denk dat het enige wat hij wenst is dat we er zijn.'

~

'Hier is uw kleintje, mevrouw Fleischhauer,' zei Christina en ze overhandigde haar het jongetje, dat in een blauw hansopje gehuld was. Het kindje was de laatste tijd flink aangekomen en zag er levendig en vrolijk uit. Ook zijn moeder straalde weer. Dat was een paar dagen eerder wel anders geweest. Ze was weggezonken in wat dr. Conradi een 'post-partumdepressie' had genoemd. Het was mogelijk dat ze opeens volledig had beseft wat er allemaal op haar af zou komen, maar de gynaecoloog vermoedde dat ook een daling van haar oestrogeenspiegel na de zwangerschap daarvoor verantwoordelijk kon zijn geweest. Mevrouw Fleischhauer kon nauwelijks de kracht opbrengen haar kind de borst te geven, leek tussen de voedingen door apathisch en toonde geen interesse in de kleine, reden voor dr. Conradi om haar nog een week in het ziekenhuis te houden, zodat de zusters voor het jongetje konden zorgen.

Dr. Conradi had haar situatie als uitgangspunt genomen om ook in de les te vertellen dat vrouwen soms na hun bevalling wegzakten in een kraambeddepressie, die er in ernstige gevallen toe kon leiden dat een moeder haar kind doodde. Om dat te vermijden achtte hij het zinvol de vrouwen in het ziekenhuis te houden tot er weer licht in de duisternis kwam en ze de taken van het moederschap konden uitvoeren.

Door goede zorg en waarschijnlijk ook doordat het hormonale evenwicht zich geleidelijk herstelde, ging het nu weer beter met de moeder. Uit gesprekken met mevrouw Fleischhauer wist Christina dat ze zich nu heel goed bewust was van de taak die voor haar lag. Zou ze daar echter tegen opgewassen zijn? Ze had immers geen man die zich om het kleintje zou bekommeren. En haar buurvrouw zou zich misschien ook bedenken als ze het jongetje eenmaal zag...

'Ik ben het eigenlijk gewend om kinderen in m'n eentje groot te brengen,' zei ze enigszins onzeker. 'Dat heb ik bij de andere twee ook gedaan.'

Dat het ditmaal misschien anders zou gaan, durfde Christina niet uit te spreken. Ze had een gesprek tussen twee afdelingszusters over haar en haar zoontje opgevangen.

*De mensen zullen meteen zien dat ze zich met zo een heeft ingelaten*, had de een gezegd, en de ander had gevraagd: *Waarom moest het uitgerekend een zwarte zijn?*

Zuster Else, die dat had opgevangen, had hen berispt en hun verboden ooit nog zo te praten. Christina wist echter maar al te goed dat ze hun hun gedachten niet kon verbieden. En waarschijnlijk zouden de mensen uit haar buurt ook zo over haar denken. Momenteel scheen dat echter van geen belang te zijn. Liefdevol nam mevrouw Fleischhauer haar zoontje in haar armen en gaf hem een kus op zijn voorhoofdje.

'Ik ga met u mee naar beneden,' zei Christina en ze pakte de gereedstaande tas. 'Komt iemand u ophalen?'

'Ik heb Roswitha gisteren kunnen bereiken,' verklaarde mevrouw Fleischhauer. 'Ze wilde haar man sturen. Als dat niet is gelukt, kan ik altijd nog de bus nemen.'

'Maar uw tas...' zei Christina. De vrouw wuifde echter haar woorden weg. 'Ik heb wel zwaardere dingen gedragen.'

Ze verlieten samen de kraamafdeling en liepen de trap af. Het voorjaarszonnetje bescheen de treden en toen andere patiënten de moeder met haar kindje zagen, glimlachten ze breed. Zulke tafereeltjes zag Christina vaker. Ieder kind dat werd geboren was een teken van hoop.

Bij de uitgang aangekomen opende Christina de deur, zodat mevrouw Fleischhauer naar buiten kon gaan. Warme zonnestralen vielen op het park en er hing een zoete geur in de lucht.

Het jongetje op mevrouw Fleischhauers arm maakte licht hikkende geluidjes toen ze de buitentrap af liepen. Christina liet haar blik langs de rotonde glijden. Er stonden twee voertuigen, een ervan was de oude Mercedes van het ziekenhuis, die voor boodschappenritjes werd gebruikt. Het andere was een splinternieuwe zwarte automobiel zoals Christina nooit eerder had gezien. Hij leek een beetje op de auto die de eigenaar van het landgoed uit haar dorp voor hun rentmeester had aangeschaft. Met zijn zogeheten 'Kraft-durch-Freude'-wagen had hij wel eens rondgereden om de velden te inspecteren.

'Is die van uw kennis?' vroeg Christina bewonderend en ze wees op het voertuig.

Mevrouw Fleischhauer keek op en schudde toen haar hoofd. 'Nee, hij heeft een andere auto.' Ze zuchtte. 'Misschien wilde die weer niet starten.' Ze keek om zich heen.

Het volgende moment kwam er een grijsgroen militair voertuig door de poort. Het reed sneller dan normaal. Was er sprake van een spoedgeval? Abrupt kwam het voertuig tot stilstand. Het portier aan de chauffeurskant vloog open en er sprong een geüniformeerde man uit. Toen Christina zijn gezicht zag, kon ze wel vermoeden om wie het ging.

De man keek naar de trap, gaf blijk van herkenning en rende ernaartoe. Hij was lang, atletisch en zo zwart als het jongetje in mevrouw Fleischhauers armen. 'Maggie!' riep hij. Zijn stem schalde door het park.

Mevrouw Fleischhauer zette grote ogen op. 'John, wat... Maar...' Verward schudde ze haar hoofd.

De soldaat stormde op haar af, bleef voor haar staan en zette vlug zijn kepie af. '*I'm so sorry*,' zei hij en in zijn ogen stonden tranen. '*I should never have left you!*'

'Hoe... Hoe komt het dat je hier bent?' vroeg mevrouw Fleischhauer en de man leek niet alleen Duits te verstaan, maar het ook behoorlijk goed te spreken.

'Een van de jongens heeft me geschreven dat hij je had gezien. Met een dikke buik.' Hij illustreerde dat met een handgebaar. 'Waarom heb je me niks verteld?'

'Ik... Ik wilde je geen last bezorgen,' zei mevrouw Fleischhauer. Haar wangen gloeiden.

'Last?' vroeg hij alsof hij haar niet goed had begrepen. 'Dit is toch mijn kind?'

'Je zoon,' antwoordde ze. Ze stond er nog steeds als door de bliksem getroffen bij. Toen reikte ze hem de baby aan.

'*A son? A son!*' Hij slaakte een vreugdekreet en nam het kindje voorzichtig in zijn armen. '*Wow!*' Teder aaide hij het jongetje over zijn bolletje.

Christina voelde zich er enigszins ongemakkelijk bij hiervan getuige te zijn. Anderzijds kon ze niet wegkijken. Ze was blij dat wat Else had gezegd niet waar was. Niet alle mannen, niet alle soldaten waren onmensen. Sommigen waren vader en sommigen hadden genoeg fatsoen om achter hun geliefde, hun vrouw te blijven staan.

'Ik was bij je thuis, maar je buurvrouw zei dat je in het ziekenhuis lag,' verklaarde hij met trillende stem. 'Eigenlijk zou haar man je ophalen...'

Tranen welden in mevrouw Fleischhauers ogen op. 'Het is veel fijner dat jij er bent.' Ze sloeg haar armen om hem heen. Opeens zag ze er zacht uit en weer net zo kwetsbaar als in de dagen van haar depressie.

'Ik heb beloofd dat ik met je zou trouwen,' vervolgde hij en hij keek haar aan. 'En dat doe ik ook, als je het goedvindt.'

'Maar ze hebben je toch naar Amerika teruggestuurd?'

'Ik neem je mee naar Chicago. Je wordt mijn vrouw. Tenzij je me niet meer wilt.'

Mevrouw Fleischhauers ogen begonnen te stralen. 'Dat wil ik wel! Je hebt geen idee hoe graag!'

Toen Christina op de afdeling terugkwam liep ze op wolken. Het tafereel dat ze zojuist had gadegeslagen was een heerlijke verrassing geweest en vormde een gelukkige afloop van het verhaal van deze vrouw. Zou zijzelf ooit een man vinden die bereid was duizenden kilometers af te leggen om bij haar te komen? Zou Peter Wencke dat doen?

Ter hoogte van de verpleegsterskamer liep zuster Else haar tegemoet. 'Waren er problemen met mevrouw Fleischhauer?' vroeg ze. 'Ik zag haar in zo'n groen voertuig stappen.'

Christina glimlachte en dacht eraan dat Else hen voor de Amerikaanse soldaten had gewaarschuwd. 'Dat was haar verloofde,' verklaarde ze. Ze merkte dat de twee verpleegsters die kwaad van haar hadden gesproken hun oren spitsten. 'Hij heeft haar een huwelijksaanzoek gedaan en wil haar meenemen naar Amerika.'

# 49

*Zehlendorf, 24 april 1949*

Lichtelijk opgewonden en met een hoofd vol gedachten liet Christina die zondagochtend ziekenhuis Waldfriede achter zich. Ze voelde zich innerlijk verscheurd. Enerzijds verheugde ze zich op het weerzien met Peter, anderzijds dacht ze aan Hanna, die haar over de slechte toestand van haar vader had verteld.

Ze was bijna in de verleiding gekomen de afspraak af te zeggen. Ze had Hanna verteld dat ze een lange wandeling wilde maken en van haar gehoord dat zij naar haar zus ging. Maar omdat Christina zich tot die interessante man aangetrokken voelde en hem niet wilde teleurstellen, had ze besloten toch te gaan.

Ze liep gehaast door de Fischerhüttenstrasse, langs U-Bahnstation Krumme Lanke. Veel mensen maakten gebruik van het mooie weer door te gaan wandelen. Christina ging op in de menigte en bewonderde de elegante kleding van veel dames. Zelf zag ze er wat sober uit, wel had ze Gisela's prachtige sjaal weer meegenomen.

Toen ze bij de eik aankwam waar ze ook al eens met Gisela had afgesproken, zag ze een man op de bank zitten, maar het was niet Peter. Zou ze te vroeg zijn? Ze keek even besluiteloos om zich heen en toen zag ze hem.

Peter Wencke zat op een herenfiets, die duidelijk betere tijden had gekend.

Verbaasd fronste Christina haar voorhoofd. 'U had niet gezegd dat we een fietstocht gingen maken,' zei ze ter begroeting.

Hij stapte af en glimlachte. 'Ik weet het. Maar ik heb deze fiets gisteren in de Barter Exchange door ruiling verkregen. En ik hoopte dat u er een beetje van onder de indruk zou zijn.'

'Had u dan niet beter met een auto kunnen komen?' Christina schoot in de lach. Hij leek humor te hebben, en dat beviel haar.

'Tja, een auto wordt wat lastiger, maar als u dat wilt, zal ik proberen er een te pakken te krijgen.' Hij nam haar even op en zei toen: 'U ziet er heel charmant uit.'

'Dank u wel.' Het bloed steeg Christina naar de wangen. Ze wist nooit goed hoe ze een compliment in ontvangst moest nemen. Vooral als ze dacht dat het niet terecht was.

'Zullen we?' vroeg hij en hij klopte op de fietsstang.

Christina wist niet goed wat hij bedoelde. 'Waar gaan we naartoe?'

'Even verderop is een mooi parkje. Ik weet zeker dat u het leuk zult vinden.'

Christina knikte en wilde zich al omdraaien toen Peter Wencke nog eens naar zijn stuur wees. 'Kom, stap maar op.'

'Pardon?' vroeg ze verbaasd.

Peter lachte. 'U wilt toch niet beweren dat u nooit op een fietsstang bent meegereden?'

Christina kon niet zeggen dat ze op haar gemak was. Ze had zich allesbehalve elegant gevoeld toen ze op de fietsstang ging zitten en met elke slingerend afgelegde meter werd haar duidelijker dat ze hiermee mogelijk een grote vergissing had begaan. Wat moest ze de andere zusters vertellen als ze bont en blauw naar Waldfriede terugkeerde? Ze wilde echter tegenover haar aanbidder niet de indruk wekken bangelijk te zijn.

Peter moest tijdens het fietsen over haar schouder kijken om iets van de straat te kunnen zien. Dat zou ze waarschijnlijk prettiger hebben gevonden als ze niet had hoeven vrezen elk moment met fiets en al om te vallen.

Na een poosje leek hij meer controle te krijgen. Maar daardoor reed hij ook harder. De huizen vlogen voorbij en zo nu en dan oogstten ze gemor van voorbijgangers die verschrikt opzijsprongen.

'Dit is toch leuk, of niet soms?' riep Peter naar Christina, die zich stevig aan het stuur vasthield. Het liefst was ze van de fiets gesprongen, maar dan zou ze waarschijnlijk juist zijn gevallen.

Nadat ze de Onkel-Tom-Strasse uit gereden waren, langs de begraafplaats en enkele huizen uit de *Gründerzeit* die tijdens de oorlog ongeschonden waren gebleven, kwamen ze bij een plantsoen. Ze was hier op al haar wandelingen met Hanna nooit geweest.

'We zijn er!' zei Peter en hij stabiliseerde het fietsstuur om haar eraf te laten springen. 'Mag ik u voorstellen: de parel van Zehlendorf, het Fischtalpark.'

Christina liet haar blik over het smaakvol aangelegde uitgestrekte park glijden. Enkele bomen waren ook hier het slachtoffer van de bombardementen en de hongerwinter geworden, maar dat gold niet voor de enorme gazons, die vanaf de centrale kleine vijver glooiend omhoogliepen. Het park had wel iets weg van het park achter het landhuis, alleen ontbrak hier de fontein.

'De parel van Zehlendorf?' vroeg ze sceptisch. 'Dat hebt u vast verzonnen.'

'Misschien wel,' antwoordde Peter luchtigjes. Hij liep met de fiets aan de hand naast haar. 'Maar dat het park Fischtalpark heet is waar.'

Ze volgden de rondweg een tijdje met de wijzers van de klok mee en bereikten toen een houten schuilhut. Die leek een beetje op een paviljoen. Vlakbij waren een paar bomen geveld, wat aan het gladde oppervlak van de stronken te zien was.

Behalve zijzelf waren hier slechts weinig bezoekers. Een ouder stel zat op een bankje, kinderen dartelden rond in het gras. Waarschijnlijk waren de meeste vrouwen bezig met het bereiden van de middagmaaltijd.

Toen Christina zich omdraaide, zag ze dat Peter zich over een boomstam heen boog. Het volgende moment haalde hij een mand tevoorschijn. Daarin zaten voor zover ze kon zien enkele conservenblikken. 'Wat is dat?' vroeg ze. Toen merkte ze dat hij een blikopener uit de mand haalde.

'Een picknick!' antwoordde hij.

Bij de gedachte dat hij een picknick voor haar had voorbereid sprong haar hart op van vreugde. Zoiets had nog nooit iemand voor haar gedaan!

'Hoelang liggen die blikken daar al?' vroeg ze lachend.

'Even denken.' Met een theatraal gebaar wreef hij over zijn kin. 'Twee of drie jaar?'

'Pardon?'

Hij lachte. 'Dat was maar een grapje. Ik heb ze eerder vandaag neergelegd. Zullen we hier eten of een ander plekje zoeken?'

'Misschien daar bij de vijver, waar wat meer bomen staan?' vroeg Christina en ze wees naar de waterpartij, die overdekt was met waterlelies. Het leek haar heel romantisch om tijdens het eten uit te kijken op de vijver en tegelijkertijd een beetje te zijn afgeschermd voor de blikken van andere parkbezoekers.

'Goed,' zei hij. 'Laten we gaan!'

Ze staken het gazon over, dat deels met krokussen bedekt was.

Even later kwamen ze bij een soort terras tussen de bomen vanwaar je uitkeek op het water. Tussen de waterlelies grondelden wat eenden, andere deden een dutje op de oever.

Ze gingen op een bankje zitten, de mand met conserven stond tussen hen in.

'Waar hebt u die vandaan?' vroeg Christina, wijzend naar de conservenblikken, die hier en daar wat deukjes vertoonden.

'Uit legervoorraden. Ze wilden ze weggooien, maar waarom zou je niet gebruiken wat nog goed is?'

'Gooien ze bij het Amerikaanse leger gedeukte blikken weg?' Zo'n verkwisting leek Christina ondenkbaar.

'Ja, daarom krijgen wij ze.'

Onder het toeziend oog van Christina maakte Peter een van de blikken open. Ze had verwacht dat er soep in zou zitten, maar de geur van pekelvlees stroomde haar tegemoet.

Toen hij uit een ander blik iets kleins en ronds haalde dat eruitzag als donker roggebrood, hapte Christina verbaasd naar adem. 'Brood in blik?'

'Hebben jullie dat in het ziekenhuis nog niet gehad?' vroeg hij terug.

'Nee, onze keuken krijgt overwegend meel, melk- en eierpoeder en soms ook blikken gepureerde zoete aardappel of wortel. Kant-en-klaar brood in blik heb ik nooit eerder gezien.'

'Misschien moet ik jullie dan eens een krat brengen. Het is best lekker.' Met een zakmes sneed hij een stuk af en gaf het haar.

Met enige aarzeling nam Christina het aan. Aan het donkere deeg waren diverse zaden toegevoegd en het rook naar echt brood. Ze stak het in haar mond en onmiddellijk was het alsof ze weer thuis was, op een van de wekelijkse bakdagen, wanneer haar moeder de potten met zuurdesem openmaakte.

'Smaakt het?' vroeg Peter. Hij hield zijn ogen niet van haar af.

'Erg lekker,' zei Christina kauwend en ze keek hem stralend aan. Zeker, de broden die haar moeder vroeger bakte waren veel lekkerder geweest, maar voor een brood uit blik smaakte het uitstekend.

'En dit, niet te vergeten!' Peter haalde een dikke rechthoekige reep tevoorschijn.

'Chocola!' riep Christina uit.

'Ja, door Gail Halvorsen persoonlijk ingevlogen! Hij is een van de beste piloten en het was zijn idee om chocola en ander snoepgoed uit te strooien voor de kinderen.'

'U hebt die repen toch hopelijk niet gestolen?' Christina mocht Peter dan sympathiek vinden, ze kon zich ook goed voorstellen dat hij bepaalde goederen achterhield om ze op de zwarte markt te gelde te maken.

'Nee, maakt u zich geen zorgen. Ik heb ze volkomen rechtmatig verkregen. Ik heb beweerd dat ik een vriendin heb voor wie ik ook moet zorgen.'

'Wát hebt u...' Christina slikte haar protest in.

'Ik weet het, u bent mijn vriendin niet. In elk geval nog niet.'

'En u denkt dat u daar verandering in kunt brengen?'

'Zeker!' antwoordde hij zelfbewust. 'Anders zou ik toch niet zo'n moeite doen?'

De middag vloog voorbij. Hoe meer tijd ze met Peter doorbracht, hoe meer haar opviel wat ze bij geen van hun eerdere ontmoetingen had gezien. Zo had hij gouden spikkeltjes in zijn ogen en een littekentje in zijn rechterwenkbrauw.

Toen ze hem ernaar vroeg, antwoordde hij: 'Dat heb ik te danken aan een grote hond waar ik als kind mee speelde. Ik vond zijn staart interessant en greep ernaar. Op het moment dat ik hem vastpakte ging hij ervandoor. Koppig als ik was, ook toen al, liet ik niet los en zo werd ik meegesleurd. Mijn moeder was ziedend toen ik vol schrammen in mijn gezicht thuiskwam. Van alle schrammen is gelukkig alleen dit littekentje over. Als mensen me ernaar vragen, zeg ik dat het een oorlogsverwonding is, want dat valt bij mijn klanten op de zwarte markt in goede aarde. U kent als enige de waarheid.'

Hij keek haar aan en Christina had het gevoel in zijn ogen te verdrinken. De gedachte dat die hond hem had verwond, wekte haar irritatie.

'Had u thuis honden?' vroeg hij ten slotte.

Christina knikte. 'We hadden een boerderij. Honden hebben er voor mij altijd bij gehoord.' Ze boog haar hoofd. 'Ik weet helaas niet wat er van onze laatste waakhond is geworden. Of hij is door iemand gevangen, of...'

Peter raadde de rest van haar zin. 'Ik denk eigenlijk niet dat iemand een goede waakhond zou doden. Het kan ook zijn dat hij slim genoeg was om zichzelf in veiligheid te brengen.'

'Hasso was heel slim,' zei Christina. 'Hij kwam me soms eieren uit het kippenhok brengen. Er is er nooit een kapotgegaan. Hij kwam niet op het idee ze zelf op te eten zolang de schaal intact was.'

Peter raakte haar hand aan. Christina's eerste impuls was hem terug te trekken, maar ze liet hem liggen.

'Ik... Ik ben niet goed in deze dingen, maar... Zou u zich kunnen voorstellen mijn vriendin te zijn? Ik bedoel, serieus...'

'Maar we hebben elkaar pas drie keer gezien!'

'Wat dat aangaat volstaan die keren voor mij om het zeker te weten. De vraag is wat u wilt.'

Christina keek hem aan. Zijn blik, zijn hele aard deed zo oprecht aan. In zijn bijzijn voelde ze zich veilig. Of ze van hem hield wist ze niet. Maar als er geen liefde zou ontstaan, tenminste, niet in die zin, zou ze misschien een goede vriend aan hem hebben.

‘Ik zou graag willen dat we elkaar tutoyeren,’ antwoordde ze. ‘Al het andere zal blijken als we elkaar vaker ontmoeten en beter leren kennen.’

De gouden spikkeltjes in zijn iris leken nog meer op te lichten, alsof een zonnestraal zijn ogen bescheen. ‘Dat klinkt me redelijk in de oren, Christina.’ Hij boog voorover en gaf haar een kus op haar wang.

Op de terugweg zag Peter ervan af Christina op de stang van zijn fiets mee te nemen. In plaats daarvan liepen ze naast elkaar de Onkel-Tom-Strasse uit in de richting van de Argentinische Allee.

‘Ik heb gehoord dat de zusters in Waldfriede zo ongeveer als kloosterzusters leven,’ zei hij. ‘Is dat waar?’

‘Waldfriede is toch geen klooster!’ antwoordde Christina lachend. ‘Waar heb je dat vandaan?’

‘Nadat je me had verteld dat je in Waldfriede werkte, heb ik eens rondgevraagd. Ik heb van verschillende kanten gehoord dat de zusters bij jullie niet trouwen.’

‘Dat klopt niet. Die regel houden alleen de echte zusters-diaconessen van Friedensau aan. En dan geldt het vooral voor de hoofdzusters die het adventistische geloof aanhangen.’

‘Dus jij kunt trouwen als je dat wilt. Of ben je ook adventist?’

‘Nee, dat ben ik niet,’ zei Christina. ‘En waarschijnlijk zou ik ook mogen trouwen. Als ik tenminste iemand vind die me wil hebben.’

Peter glimlachte breed. ‘Ik denk dat je die wel vindt. Vast en zeker.’

Toen ze in de buurt van het ziekenhuisterrein kwamen, had Christina Peter het liefst niet meer laten gaan. Het was zo’n zorgeloze middag geweest en ze had zich bijna net zo gevoeld als toen ze nog op school zat.

‘Je moet dus weer aan het werk?’

‘Ja, de vliegtuigen moeten ook ’s avonds en ’s nachts onderhouden worden. De Douglas C-54 is een goed type, maar het is ongelooflijk wat er allemaal kapot aan kan gaan. Willen ze hun bestemming ongeschonden bereiken, dan moet alles eraan in orde zijn. Een technisch defect van enige omvang en ze vallen als een baksteen uit de lucht. Je hebt vast wel gelezen dat er al een paar keer een vliegtuig is neergestort.'

Dat had Christina inderdaad. En elke keer weer had ze er gemengde gevoelens bij gehad. Enerzijds betreurde ze de dood van de piloot, anderzijds kwam de gedachte bij haar op dat vermoedelijk een van zijn kameraden het vuur op hun colonne had geopend.

'Je bewondert de piloten,' zei Christina terwijl ze op haar beurt hem bewonderde. Hij mocht zijn werk dan niet in de lucht verrichten, hij droeg er wel toe bij dat West-Berlijn zich ondanks de blokkade staande kon houden.

'Ja, heel erg zelfs. Zonder hen waren we allang verhongerd. Of zouden we allemaal Russisch spreken. Het zijn ware helden!' Hij scheen zich even in haar aanblik te verliezen, toen schoot de tijd hem weer te binnen. 'Ik moet ervandoor. Waar zullen we elkaar de volgende keer ontmoeten?'

'Ik zou het niet weten,' zei Christina.

'Is het een idee dat jij naar Tempelhof komt? Over twee weken heb ik de zondag vrij en dan zou ik je het een en ander kunnen laten zien.'

De gedachte een vliegveld te betreden vond ze allesbehalve aangenaam. Het zou er wemelen van de vliegtuigen en piloten. Maar Peter had er zo enthousiast over gesproken. En ze vond hem echt heel aardig. 'Goed,' zei ze dus. 'Laten we elkaar op Tempelhof ontmoeten.'

'Weer zondag om twee uur?' vroeg Peter. 'Ik beloof je dat ik mijn fiets thuislaat.'

'Breng hem gerust mee,' antwoordde Christina. 'Het was eigenlijk best leuk.'

Nadat ze afscheid hadden genomen bleef Christina nog even bij de poort staan om Peter na te kijken, die op zijn fiets in de Fischerhüttenstrasse verdween. Haar hart bonsde en in haar buik leken wel duizend vlinders hun vleugels open te vouwen. Zo had ze zich nog nooit gevoeld en ze vroeg zich af of hij niet toch al iets meer voor haar was gaan betekenen.

Met een dromerige glimlach draaide ze zich om en liep naar de taxusboompjes die langs het pad naar de rotonde stonden.

Een geluid zorgde ervoor dat ze zich omdraaide.

Verschrikt bleef Christina staan. Hanna!

Zou ze hebben gezien dat Peter tot de poort met haar was meegelopen? Wat deed ze hier eigenlijk nu al? Christina had haar zo vroeg niet terugverwacht. Behoedzaam liep ze naar haar toe.

'Hallo, Hanna,' zei ze toen ze bij haar was aangekomen en ze wapende zich tegen een preek. *Je bent negentien*, hield ze zichzelf voor. *Je hoeft er geen rekenschap over af te leggen met wie je je zondag doorbrengt.* Maar Hanna was de afgelopen jaren als een moeder voor haar geworden. Ze zou haar niet kunnen voorliegen.

'Ah, Christina, fijn dat je er weer bent,' zei Hanna en nu merkte Christina hoe uitgeput en bedroefd ze eruitzag.

Ze hield de bekentenis met wie ze de dag had doorgebracht voor zich en hoorde Hanna zeggen: 'Mijn vader is vandaag overleden.'

# 50

*Zehlendorf, 25 april 1949*

Omdat de blokkade niet toeliet dat ze hun vader naar Magdeburg brachten, ging Hanna die maandag met Leni naar de begraafplaats in de Onkel-Tom-Strasse om daar een graf uit te zoeken. Als gevolg van de oorlog en de vele burgerslachtoffers was ook hier nog maar weinig plaats.

In de beginperiode waren dodelijke slachtoffers die naar Waldfriede waren gebracht dicht bij de bosrand begraven. Later waren ze opgegraven. Enkele uit de oorlog teruggekeerde mannen hadden de in dekzeilen, tapijten en ander materiaal verpakte lichamen naar deze begraafplaats gebracht, wat een allesbehalve aangename taak was geweest. Grafkisten waren in die tijd schaars.

Hanna rilde bij de gedachte, die ze vlug opzijzette. Ze mocht dankbaar zijn dat haar vader na het grote bombardement op Magdeburg levend was aangetroffen. Ze mocht dankbaar zijn dat hij nog drie jaar vrede had meegemaakt, al hadden die in het teken van gebrek gestaan.

'Hij zou het ons toch niet kwalijk nemen?' vroeg ze aan haar zus. Ze liepen door de poort en vervolgens tussen de rijen graven door naar het kantoor van de beheerder van de begraafplaats.

'Ik denk het niet,' antwoordde Leni. 'Hij heeft de blokkade nog bewust meegemaakt en zou begrip hebben gehad.'

De beheerder was een wat oudere man die Lehmann heette. Hij was vroeger ambtenaar geweest. Samen met zijn werknemers probeerde hij de inwoners van Zehlendorf een waardige laatste rustplaats te bezorgen. Hanna had hem nooit ontmoet, maar wel het een en ander over hem gehoord.

Ze klopten aan bij zijn kantoor. 'Binnen!' klonk een mannenstem. Toen ze de deur opendeden, sloeg hun een walm tegemoet.

'Wat kan ik voor u doen, dames?' vroeg Lehmann. Hij was een forsgebouwde man met dik zilvergrijs haar en een snor die een beetje aan die van Stalin deed denken.

'We hebben een graf voor onze vader nodig,' antwoordde Hanna. 'Hij is gisteren overleden.'

'Gecondoleerd.' Lehmann nam hen even op. 'U komt van Waldfriede, nietwaar?'

Hanna trok haar wenkbrauwen op. 'Waar ziet u dat aan?' Uit gebrek aan andere donkere kleding droeg ze de uitgaansjurk van de zusters van Friedensau.

'Ik herken de jurk. Vorig jaar zijn hier zusters uit Waldfriede langs geweest die voor goede doelen geld inzamelden of vlugschriften uitdeelden. Als afscheid zongen ze dan een lied.'

Hanna kon het zich herinneren. Hun doel was geweest de mensen te stimuleren donaties te doen en ze erop attent te maken dat het van belang was hun kinderen levertraan te geven om hun gezondheid weer op peil te brengen.

'U was daar overigens niet bij.'

'We hebben zo langzamerhand zusters in Waldfriede die veel beter kunnen zingen dan ik,' antwoordde ze met een glimlachje.

'Dat kan ik niet beoordelen. Maar ik heb goede ervaringen met de mensen van Waldfriede opgedaan. Jullie mannen hebben ook bij anderen mee aangepakt toen werd begonnen met al die slachtoffers opgraven en herbegraven.'

'We doen altijd ons best om te helpen.'

De man knikte hen toe en stond op. 'Kom maar mee,' zei hij en hij liep langs hen heen naar de deur. 'We hebben niet veel vrije plaatsen, maar we zijn begonnen enkele oude graven te ruimen.' Hij glimlachte bemoedigend. 'Ik weet zeker dat we een mooie plek voor uw vader zullen vinden.'

~

'En, hoe was je afspraakje?' vroeg Gisela nieuwsgierig toen ze vlak bij het leslokaal waren. Die maandag hadden ze 's ochtends weer les, waar Christina heel blij om was. Hanna zou vandaag niet lesgeven, omdat ze met haar zus de begrafenis van haar vader moest regelen. Dr. Conradi's echtgenote had aangeboden voor haar in te vallen.

'Het was... heel leuk,' zei ze. Er verscheen een brede glimlach op haar gezicht.

'Leuk?' vroeg Gisela. 'Kom nou, het moet wel wat meer zijn geweest.'

'Fijn,' voegde Christina eraan toe. 'Leuk en fijn. Hij kwam me met de fiets ophalen. Heb jij wel eens op een fietsstang gezeten?'

'Natuurlijk!' antwoordde Gisela. 'Jij niet dan?'

'Nu wel.' Christina giechelde ingehouden. 'Je had de mensen moeten zien kijken.'

'Ach!' zei Gisela met een wegwuivend gebaar. 'Dat doen ze altijd. Maar het klinkt alsof je het naar je zin hebt gehad.'

'Zeker,' bekende Christina. 'Heel erg zelfs. Peter lijkt een goed mens te zijn. En hij weet waar Abraham de mosterd haalt.'

Gisela trok vragend haar wenkbrauwen op. Blijkbaar kende ze dat gezegde niet.

'Ik bedoel dat hij weet hoe hij kan regelen wat hij nodig heeft.'

'Dat is geen slechte eigenschap voor een man.'

Ze liepen de klas in, waar een paar andere leerling-verpleegsters al op hun plaats zaten.

'Hij zei dat hij zijn best zal doen om mij tot zijn vriendin te maken,' vervolgde Christina toen ze waren gaan zitten.

'Alleen zijn best doen lijkt me niet voldoende,' antwoordde Gisela. 'Hou je van hem?'

Dat was een vraag die Christina zichzelf ook had gesteld. Ze mocht Peter en vond hem grappig. Maar zou dat voldoende zijn om haar leven met hem door te brengen? 'Ik vind het nog wat vroeg om dat te zeggen. Maar ik denk wel dat ik verliefd op hem zou kunnen worden.' Ze zweeg even en vroeg toen: 'Ben jij wel eens verliefd geweest?'

‘Nee,’ gaf Gisela ruiterlijk toe. ‘In elk geval niet serieus. Ik geniet van de aandacht van mannen. Maar meer dan een strovuurtje is er nooit en het is gauw weer weg.’

‘Zoals bij John.’

‘Wie?’

‘Nou, die soldaat met wie je in het Wappenstübl was.’

‘Zie je wel, jij herinnert je hem beter dan ik.’ Gisela was even stil en zei toen: ‘Ik zou zo graag iemand hebben aan wie ik mijn hart kan schenken. Maar tot dusver heb ik zo’n gevoel nooit gehad.’

‘Je komt hem heus nog wel tegen,’ zei Christina. ‘En ik hoop dat ik gauw ontdek of ik van Peter hou of niet. Misschien hou ik al van hem zonder het te beseffen. Tijdens de oorlog had ik geen tijd om over dingen als verliefd zijn na te denken.’

# 51

*Zehlendorf, 8 mei 1949*

Met de fiets die ze weer van Hanna had geleend reed Christina door de Berliner Strasse. Veel verkeer was er die zondag niet, maar hier en daar kwam ze andere fietsers tegen die van het warme zonnetje wilden profiteren.

Na een vermoeiende week in Waldfriede was Christina blij er eindelijk even op uit te kunnen gaan. Hanna was in de stad, waarschijnlijk bij haar zus. De begrafenis van haar vader had haar erg aangegrepen en Christina had niet goed geweten hoe ze haar moest troosten.

Door het drukke werk van de afgelopen week had haar ook de tijd ontbroken de gedachte toe te laten dat ze van haar beide ouders niet wist waar ze begraven waren.

Dat wilde ze nu ook niet doen. Ze concentreerde zich liever op Peter, die haar die dag wilde meenemen naar vliegbasis Tempelhof.

Ze voelde zich niet erg op haar gemak bij het idee al die vliegtuigen te zien en ze hoopte van harte dat ze met Peter naast zich niet in paniek zou raken. Zijn nabijheid was echter belangrijk voor haar en ze had gemerkt dat hij er trots op was voor de Amerikanen en de luchtbrug te werken.

Ter hoogte van de Botanischer Garten zag ze een paar kersenbomen, die hun takken met bloesem naar de zon uitstrekten. Het zag er zo hoopgevend uit dat Christina zin kreeg om onder de bomen te flaneren en van de zomer te dromen. Maar ze moest verder.

Ze stak een paar straten met aan weerszijden verwoeste huizen over. Na de oorlog was met de herstelwerkzaamheden begonnen. Een groot deel van het puin was inmiddels afgevoerd en hergebruikt. Maar de blokkade had ertoe geleid dat veel bouwplaatsen er verlaten bij lagen. En dat er nog steeds mensen door de stad zwierven zonder te weten waar ze 's nachts moesten slapen.

De luchtbrug droeg ertoe bij de nood te lenigen, maar hoewel Christina voornamelijk op de kraamafdeling werkte, had ze gemerkt dat er nog steeds magere kinderen wegens ziekte in Waldfriede werden opgenomen. Hadden die Russen dan geen enkel mededogen? Gingen hun politieke wensen voor?

Toen er een escadrille vliegtuigen overkwam kromp Christina in elkaar. Ze stapte af, keek omhoog en zag drie machines in de richting van Tempelhof vliegen. Het waren natuurlijk rozijnenbommenwerpers en zodra ze zichzelf dat had voorgehouden, werd haar hartslag weer wat rustiger. Toen de vliegtuigen nog slechts zwarte puntjes waren, stapte ze weer op en reed door.

Na een poos zag ze eindelijk de start- en landingsbaan van de vliegbasis liggen. Die was beveiligd met een lange omheining van draadgaas. Aan het einde van de baan stonden de gebouwen van Tempelhof en een hoge toren.

Te oordelen naar het grote aantal kinderen dat zich hier ophield, moesten de piloten weer iets hebben afgeworpen. En inderdaad zaten sommige kinderen op een laag muurtje te smullen van een reep chocola, waarvan ze de wikkel haastig af hadden gescheurd. Intussen keken ze waakzaam om zich heen om ervoor te zorgen dat niemand hun die kostbare schat zou afpakken.

'Je bent te laat!' hoorde ze iemand achter zich lachend zeggen.

Christina draaide zich om en zag een paar meter verderop Peter staan met zijn fiets. Ze liep met haar stalen ros naar hem toe. 'Te laat waarvoor?' vroeg ze verwonderd.

'Voor het voederen van de roofdieren.' Hij wees naar de kinderen. 'Ze hebben de hele ochtend zitten wachten.'

'Ik heb de vliegtuigen gezien, maar ik had ze heus niets willen afpakken,' zei Christina. Ze wist niet of ze hem een hand moest geven of hem gewoon kon omhelzen. Wat zou gepast zijn?

Peter nam echter het voortouw. 'Zullen we?' vroeg hij zonder dat ze elkaar nader hadden begroet. Maar zijn glimlach was als een streling van haar gezicht en Christina antwoordde: 'Heel graag!'

Ze liepen een stuk langs de omheining en Peter legde uit welk gebouw welke functie had. 'Die grote toren daar noemen ze *tower*, wat in het Engels precies dat betekent, namelijk toren. Niet heel origineel, maar daarin bevinden zich de verkeersleiding en de radar, die zorgt dat inkomende vliegtuigen niet met elkaar in botsing komen.' Zijn vinger ging van het torenachtige gebouw naar de grote hallen. 'Dat daar is de hangar, daarnaast bevindt zich de *maintenance*. Daar worden de vliegtuigen onderhouden en weer vliegklaar gemaakt. We hebben ook enkele werkplaatsen op het terrein waar vliegtuigen gerepareerd worden. Daar werk ik wel eens. Het is ongelooflijk wat je met onderdelen van een paar autowrakken nog voor elkaar kunt krijgen.'

Hij gaf haar even de tijd om zijn woorden te plaatsen bij wat ze voor zich zag en vervolgde toen: 'In het midden heb je het hoofdgebouw, waarin zich onder meer de grote passagiershal bevindt. Heb je zin om die te bekijken?'

'Ja, graag,' antwoordde Christina en ze liep met hem mee.

Toen er vlak daarna een vliegtuig heel laag over hen heen denderde slaakte ze een kreet van schrik. Onmiddellijk waren de beelden terug. De aanstormende vliegtuigen, de projectielen die in de grond en het gebladerte rondom insloegen. Het werd donker om haar heen, net als toen ze onder de wagen was gekropen.

*Alsjeblieft, niet nu*, smeekte ze zachtjes, maar de ademhalingstechniek die ze altijd toepaste om tot rust te komen werkte ditmaal niet. Haar hart ging tekeer en het bloed bonsde in haar slapen.

'Christina!' hoorde ze iemand roepen. Die stem had niets met de oorlog, niets met de verschrikkingen die ze had doorstaan te maken.

Iemand greep haar hand stevig vast en trok haar uit het duister, weg van die dodelijke kogelregen.

Ze deed haar ogen open en kwam weer tot zichzelf. Het vliegtuig was verdwenen en zou wel zijn geland.

Nu pas merkte ze dat Peter haar had opgevangen. Was ze gestruikeld? Of was ze flauwgevallen?

'Wat... Wat is er aan de hand? Voel je je niet goed?' vroeg hij verbaasd.

'Jawel, het... gaat alweer beter.' Nu slaagde ze er eindelijk in de beelden terug te dringen en in het hier en nu weer te keren.

Peters gezicht was slechts een paar centimeter van het hare verwijderd, dichtbij genoeg om haar te kussen. Hij maakte echter geen gebruik van de situatie, hij trok zich terug.

Aan zijn blik te zien verwachtte hij een verklaring, maar kon ze hem wel vertellen wat ze had meegemaakt? Zou het hem niet afschrikken als hij ontdekte dat de oorlog haar getraumatiseerd had? Ze wilde hem in geen geval om die reden verliezen.

'Vliegtuigen maken me erg nerveus,' zei ze ontwijkend en ze schoof een haarlok achter haar oor. 'Ze... Ze zijn zo groot.'

'Dat moeten ze wel zijn vanwege al die tonnen steenkool,' antwoordde hij lachend. 'Maar ik kan je dit vertellen: als je ze stil ziet staan, zijn ze nog maar half zo afschrikwekkend.'

Voor de grote hal van de vliegbasis heerste grote bedrijvigheid. Enerzijds waren daar de Amerikaanse en Britse soldaten en piloten die hun werk deden, anderzijds burgers die wachtten op het moment dat ze post en hulpgoederen in ontvangst konden nemen. Ook uit Waldfriede kwamen hier regelmatig medewerkers naartoe om kisten melkpoeder, meel en andere levensmiddelen op te halen.

Bij het betreden van de hal had Christina het gevoel dat ze in een andere wereld terechtkwam. Vol ontzag bleef ze op de trap staan en keek om zich heen. Ze was nooit eerder in zo'n reusachtig gebouw geweest. Zelfs de hal van het landgoed, waar ze een paar keer naar binnen had gegluurd, was in verhouding piepklein. Deze hal leek tot in het oneindige te reiken. Door de hoge vensters, die onderbrekingen in de imposante muren vormden, viel zonlicht dat lichte vlekken op de grove cementvloer tekende en de rood geschilderde kozijnen en het hoge plafond glans verleende. In het plafond, dat eveneens rood was geschilderd, zaten neonbuizen, die de ruimte van extra licht voorzagen.

'Er wordt gezegd dat Hitler bevolen had vliegbasis Tempelhof in geval van een nederlaag op te blazen,' vertelde Peter. 'Het is niet helemaal duidelijk of de verantwoordelijke kolonel zelfmoord heeft gepleegd om dat bevel niet te hoeven uitvoeren of dat hij door de Waffen-ss is doodgeschoten. In elk geval is alleen de vloer opgeblazen, die vervolgens is ingestort en in de bagagekelder terecht is gekomen. Wat je nu ziet is de nieuwe vloer, die is gelegd om de centrale hal bruikbaar te maken.'

Christina kon zich niet voorstellen dat je zoiets geweldigs kon bouwen om het vervolgens weer te vernietigen. Wat had dat nu voor zin?

'Eerst waren de Russen hier, toen kwamen de Amerikanen,' vervolgde Peter. 'Kun je je voorstellen dat hier ooit passagiersvliegtuigen zijn vertrokken?'

'Ik vrees dat ik me niet eens een passagiersvliegtuig kan voorstellen,' antwoordde Christina en er trok een rilling door haar lichaam.

*Vliegtuigen zijn niet altijd werktuig van de dood geweest*, had dr. Rubin gezegd. *Ze zijn uitgevonden om sneller naar verre oorden te kunnen reizen. Om de handel te bevorderen en voor ons allemaal een mooier leven mogelijk te maken. Helaas is die techniek, zoals zo veel zaken, misbruikt om te doden. Dat moet u voor ogen houden, juffrouw Heller. In de toekomst zullen vliegtuigen ook weer voor vreedzame doeleinden worden gebruikt.*

'Vóór de oorlog waren hier luchtvaartbedrijven als Lufthansa gevestigd. Na de oorlog hebben hun medewerkers en die van Weserflug de werkplaats ingericht die ik je daarnet heb aangewezen.'

Christina probeerde zich voor te stellen hoe het er hier voor de oorlog en voor het opblazen van de vloer aan toe gegaan moest zijn.

Toen ze om zich heen keek, bespeurde ze ook hier enkele burgers, maar er liepen voornamelijk militairen rond. Peter zwaaide naar sommigen, die zijn groet beantwoordden.

'Mag ik hier eigenlijk wel zijn?' vroeg Christina en ze keek enigszins bedremmeld om zich heen.

'Natuurlijk,' zei Peter. 'Je bent toch in mijn gezelschap? Er werken hier veel Duitse vrouwen op kantoor. Ze zullen je vast voor een secretaresse aanzien.'

Ze lieten de trap achter zich en liepen verder de hal in. Een groep burgers stond voor soldaten die iets op hun klemborden noteerden. Tot Christina's verbazing waren er ook kinderen bij. Een vrouw in een armoedige, versleten jas omhelsde juist twee kinderen, een graatmagere jongen en een meisje met een smal gezichtje, die hoogstens vier of vijf jaar oud waren.

'Wat doen die kinderen daar?' vroeg Christina. Ze keek het groepje na dat op bevel van een man in uniform in beweging kwam.

'Ze worden geëvacueerd,' antwoordde Peter.

'Geëvacueerd?' Christina fronste verbaasd haar voorhoofd.

'Dat is al een hele tijd aan de gang, eigenlijk sinds het begin van de blokkade. De goederen die hier worden aangevoerd en afgeworpen helpen de bevolking wel, maar het is niet voldoende. Vooral kinderen uit de Franse sector kunnen niet altijd hiernaartoe komen. De scholen worden bezocht om kinderen die ernstig ondervoed lijken te zijn op te sporen. Die worden dan na overleg met hun ouders uit Berlijn geëvacueerd. Naar familie, maar ook wel naar instellingen, die ze vervolgens bij pleegouders of kindertehuizen onderbrengen, zodat ze er daar weer bovenop geholpen kunnen worden.'

'Vinden ze het niet moeilijk van hun ouders te worden gescheiden?' vroeg Christina met een gevoel van onbehagen. Ze had zelf ook bij haar moeder weg moeten gaan en hoewel ze toen al bijna volwassen was, was het haar zwaar gevallen.

'Zeker. Maar het zou nog erger voor ze zijn als ze zouden verhongeren.'

Zijn woorden troffen Christina recht in het hart. 'De oorlog is dus toch nog niet voorbij,' zei ze zachtjes. 'Als er nog steeds kinderen moeten vluchten...'

'Daar lijkt het wel op...' antwoordde Peter. 'De Sovjets schijnen nog steeds te denken dat ze ons moeten bevechten. Een collega van me zei dat ze West-Berlijn hebben omsingeld zoals wij destijds Stalingrad.'

'Alleen was er toen geen luchtbrug voor de burgers.'

Peter zweeg bedremmeld en boog zijn hoofd. Had ze iets verkeerds gezegd? Haar vader was in de Sovjet-Unie gesneuveld, maar dat betekende niet dat ze geen medelijden met de vrouwen en kinderen daar had.

'Hoelang zou het nog duren?' vroeg Christina en ze kreeg een angstig gevoel in haar buik. Had ze met haar opmerking zijn middag bedorven?

Peter slaakte een zucht. 'Ik weet het niet. We bekijken het van dag tot dag, doen ons werk. De Amerikanen en de Britten kunnen dit spel nog lang blijven spelen.'

'Een spel waarbij nog steeds gezinnen uit elkaar worden gehaald.'

'Zeg dat maar tegen de Sovjets...' Peters gezicht verstrakte.

Een tijdlang zwegen ze. Christina keek nog eens om naar de kinderen, maar die waren inmiddels verdwenen. Ze kreeg een brok in haar keel. Dacht Peter misschien dat ze hem iets kwalijk nam?

'Het spijt me als ik iets verkeerds heb gezegd. Maar nou ja... Ik weet hoe het is als je zonder het te willen bij je moeder weg moet. En weg bij alles wat je vertrouwd is. Weg naar een plek waarvan je dacht dat hij veilig was tot die een dodelijke hinderlaag blijkt te zijn.'

Peter keek haar een poos aan en pakte toen aarzelend haar hand. 'Je hebt niets verkeerds gezegd,' antwoordde hij. 'Ik heb precies dezelfde gedachten gehad. Maar we kunnen er niets aan doen. Als de luchtbrug niet was ingesteld, waren er veel mensen verhongerd. Of erger nog, dan had heel Berlijn zich aan de Russen moeten overgeven. Of het goed voor de kinderen is dat ze bij hun ouders worden weggehaald weet ik niet. Maar de voedselsituatie is in West-Duitsland aanzienlijk beter. Daar zullen ze tenminste hun maag kunnen vullen.'

Christina knikte. Wat hun maag betreft hadden ze misschien inderdaad niet te klagen. Maar hoe zat het met hun hart? Zelfs zij miste haar vader en moeder nog steeds.

'Zullen we ergens een rustig plekje zoeken?' vroeg Peter ten slotte. 'Ik zou wel iets willen eten.'

'Heb je weer iets achter een boomstam verstopt?' vroeg Christina grappend. Het moment van beklemming vervloog.

Ze vonden een plekje terzijde van de startbaan vanwaar ze goed uitzicht op de startende en landende vliegtuigen hadden zonder al te dichtbij te zijn. De grond onder hen trilde toen een Douglas DC-3, zoals Peter het type had genoemd, opsteeg. Op het bulderende geluid van de motoren volgde een stilte die Christina een zucht van verlichting deed slaken. Ze wist niet waar ze de kracht vandaan haalde om zich te beheersen. Lag het aan zijn nabijheid?

'Zie je die bouwvakkers daar? Ze werken weer aan de nieuwe start- en landingsbaan.' Er gleed een glimlach over Peters gezicht. 'Ooit zullen hier geen militaire vliegtuigen meer starten en landen maar passagiersvliegtuigen. Zoals vroeger, toen de Hindenburg naar New York vloog.'

Ze had over de reusachtige zeppelins gehoord, want haar broer was er dol op geweest. Het lot van de Hindenburg, die in 1937 tijdens de landing in New Jersey geëxplodeerd en uitgebrand was, had Anton, die toen al bijna een volwassen man was, een huilbui bezorgd zoals ze nooit eerder bij hem had gezien.

'Misschien kunnen we ons dan zelfs een vlucht naar Amerika veroorloven,' voegde Peter eraan toe, waarmee hij haar herinnering verdreef. 'Nu is het nog verboden, maar ooit zal het mogelijk zijn, daar ben ik van overtuigd.'

'Ik weet niet of ik in zo'n vliegtuig zou stappen,' antwoordde Christina met een gevoel van onbehagen. Het was al erg genoeg om ze te horen, maar om erin te zitten...

'En als ik bij je zou zijn?' Hij keek haar diep in de ogen en Christina voelde net zo'n kriebel in haar lichaam als toen ze eerder even in zijn armen lag.

'Zo'n vlucht moet wel heel duur zijn,' zei ze.

'Ach, het zal ons toch niet altijd zo vergaan als nu? Wanneer de blokkade eenmaal voorbij is...'

'Ja, áls die voorbijgaat,' wierp Christina tegen. 'Zo langzamerhand heb ik het gevoel dat er nooit een einde aan komt.'

'Denk eens een beetje positief!' antwoordde Peter. 'Aan de oorlog is toch ook een einde gekomen?'

Daar had hij gelijk in. Maar Christina vroeg zich af wat het hun deze keer zou kosten, nu de oorlog al zoveel van hen had afgenomen.

'Je hebt me nog niet verteld wat je wilt doen als je klaar bent met je opleiding,' zei Peter en hij ging achterover in het gras liggen.

Dankbaar dat de blokkade niet langer onderwerp van gesprek was glimlachte Christina en ze antwoordde: 'Vroedvrouw worden.'

Peter trok zijn wenkbrauwen op. 'Vroedvrouw? Hoe kom je daar nu bij?'

Christina glimlachte toen ze zich het moment herinnerde dat tot dit besluit had geleid. 'Ik vind kinderen de mooiste wezens op aarde,' antwoordde ze. 'En inmiddels weet ik hoeveel pijn een moeder moet verdragen om een mensje te baren. Ik wil ze helpen om gezonde kinderen te krijgen. En om te overleven.' Ze keek naar de zoom van haar rok. 'Door de oorlog hebben we zo veel mensen verloren. Zo veel moeders hebben hun kind verloren. Laten de aanstaande moeders zich nu dan goed en veilig kunnen voelen.'

Peter pakte haar hand. 'Wat een mooie gedachten,' zei hij, zichtbaar onder de indruk. 'Ik wou dat ik ook zoiets nuttigs voor de mensheid kon doen.'

Christina draaide zich om zodat ze hem kon aankijken. 'Jij doet ook iets voor de mensen. Vooral nu die vliegtuigen ons van voedsel voorzien. Door ze in stand te houden, houd je ook veel mensen in leven.'

'Zo had ik het nog niet bekeken,' bekende Peter, en de blik die hij haar toewierp deed haar hart nog iets sneller kloppen.

'En jij?' vroeg ze om de verwarring die zich van haar meester maakte onder controle te krijgen. 'Wil je monteur blijven?'

Peter haalde zijn schouders op. 'Ik weet het niet. Misschien wel. De Amerikanen betalen goed.'

'Maar het kan best zijn dat ze hier niet altijd blijven,' gaf Christina hem ter overweging. 'Ze vormen een bezettingsmacht en dat betekent toch dat ze ooit weer vertrekken?'

Peter keek haar een tijdje aan en zei toen: 'Ik heb eigenlijk een wens.'

'Wat houdt die in?' vroeg Christina.

Op zijn gezicht verscheen een schelms glimlachje. 'Dat is nog geheim.'

'Hoezo?' vroeg Christina. 'Het zal toch niet iets crimineels zijn?'

‘Hoe kom je daarbij? Dat ik op de zwarte markt handel heeft niets met criminaliteit te maken. Tenminste, niet in mijn geval. Ik verkoop wat ik overheb of goedkoop heb verkregen.’

‘Tegen schandalige prijzen.’

‘De vraag bepaalt de prijs. Dat heet handelsgeest. De mensen hebben de keuze of ze mijn prijs willen betalen of niet.’

‘Hoeveel keuze heb je als je honger hebt?’ Christina keek hem uitdagend aan.

‘Nou ja, ik zal in elk geval niet altijd zwarthandelaar blijven. Niet als me lukt wat ik van plan ben.’

‘En je wilt er niet over praten?’

Hij grijnsde. ‘Mijn moeder zegt altijd: wie vooruit rekent, moet twee keer rekenen. Ik wil er eerst absoluut zeker van zijn dat het zal lukken.’

Om de een of andere reden vond Christina het onverdraaglijk niet te weten wat hij van plan was. Ze liet niet los. ‘Wil je een eigen winkel openen?’

‘Nee!’ riep Peter uit. ‘Iets totaal anders! Je zult het geweldig vinden!’ Hij keek er zo stralend bij dat Christina ervan overtuigd was dat hij gelijk had. ‘Maar nu wil ik eigenlijk maar één ding.’ Hij legde haar hand op zijn borst en ze voelde zijn hart duidelijk kloppen, intens en krachtig. ‘Heb je er bezwaar tegen dat ik je kus?’

Christina glimlachte en antwoordde: ‘Ik dacht dat je het nooit zou vragen!’

Behoedzaam, alsof hij moest oppassen dat ze niet brak, trok hij haar in zijn armen. Even later raakten hun lippen elkaar, warm en zacht, en het duizelde Christina. Ze legde haar armen om zijn schouders, voelde zijn sterke spieren onder zijn overhemd en wenste dat ze zo altijd konden blijven zitten.

Toen was het moment voorbij en maakte Peter zich van haar los.

Door het geluksgevoel dat in haar binnenste bijna explodeerde sprongen de tranen haar in de ogen. Nooit had ze gedacht dat ze zoiets heerlijks zou mogen meemaken.

‘Je huilt,’ zei Peter bezorgd. ‘Heb ik iets verkeerd gedaan?’

Christina schudde haar hoofd. ‘Nee hoor. Maar nou ja… Dat was mijn eerste kus. En hij had niet perfecter kunnen zijn.’

Peter stootte een opgelucht lachje uit. 'Ik...' begon hij, maar verder kwam hij niet, want nu was het Christina die hem in haar armen trok en kuste.

'O, voor iemand die zegt ongeoefend te zijn ben je er behoorlijk goed in.'

'Ik ben een vlugge leerling, dat kun je aan mijn collega's vragen.'

'Die je hopelijk nooit zo kust als mij.'

'Hoe kom je erbij?'

Christina lachte en vlijde haar hoofd tegen zijn borst. Door het bonzen van zijn hart hoorde ze bijna het vliegtuig niet dat op Tempelhof aanstuurde en even later de landing inzette.

# 52

*Zehlendorf, 12 mei 1949*

In gedachten verzonken keek Hanna naar het graf van haar vader. Het werd langzaam ochtend in Berlijn en hoewel het nog een beetje fris was geurden de forsythia's al. Er vloog een kwetterende zwerm mussen over, maar ze nam ze nauwelijks waar.

Haar gedachten waren bij al degenen die ze gedurende haar leven had verloren: haar zus Ruth, haar verloofde Martin, haar moeder, Alexander Kirchfeld... En nu was ook haar vader heengegaan, en Leni en zij waren nu helemaal alleen op de wereld.

Misschien zouden er nog vele jaren voor hen liggen. Voor Leni was het vermoedelijk niet te laat om nog een echtgenoot te vinden. Wat haarzelf aanging... Ze had haar ziekenhuisfamilie, maar ze voelde dat haar tijd in Waldfriede geleidelijk ten einde liep.

Er waren nu meer dan twee weken verstreken sinds de begrafenis. De predikant van hun gemeente had zich bereid verklaard de uitvaartdienst te leiden. Het aantal gasten was gering geweest, want hier in Berlijn had Friedrich Richter geen vrienden of kennissen gehad. Er waren alleen een paar leden van de geloofsgemeente gekomen, maar het was een waardige uitvaart. Het enige minpunt was dat hun moeder onbereikbaar in Magdeburg rustte, terwijl hun vader hier in Berlijn begraven was. Zouden ze elkaar op de dag van de opstanding kunnen vinden?

Toen richtte Hanna haar blik op de talrijke graven achter dat van haar vader. En op die naast hem en voor hem. Slechts weinig graven waren echt oud. In de meeste rustten mensen die tijdens de oorlog waren overleden. En tussen hen in mensen uit vroeger tijden.

Haar vader en moeder hadden nooit over hun huwelijk geklaagd en Hanna had ook de indruk gehad dat ze echt van elkaar hielden. Ze vinden elkaar wel, dacht ze. Zoals ik misschien Martin zal vinden, de enige man die werkelijk van me heeft gehouden.

Een half uur later kwam ze terug in Waldfriede. Op de gangen was alles nog stil, maar Hanna hoorde dat er in de keuken al gewerkt werd. Ze rook de geur van havermoutpap en van vers gesneden selderij, die bestemd was voor het middageten.

Toen ze ter hoogte van de ingang was, zongen de vogels uit volle borst. Een vrachtwagen kwam traag aanrijden over de Fischerhüttenstrasse en ze hoorde het zoemende geluid van de U-Bahn.

Hanna liep om de kantinevleugel heen en zette koers naar de kassen. Daar was het nog helemaal stil, ook in het kippenhok dat de timmerlui onlangs hadden geplaatst. Hanna vond het bijna jammer dat ze geen waakhond meer hadden. Maar er was al lange tijd niets meer gestolen. Wat was hier ook te halen?

Het knerpende geluid van voetstappen trok haar aandacht. Toen ze opzijkeek, zag ze een gestalte in verpleegstersuniform langzaam over een pad lopen.

Even vroeg ze zich af of ze haar wel moest storen, maar toen kwam ze in beweging. 'Christina?'

Christina bleef staan en keek verrast op. 'Goedemorgen, Hanna!' zei ze en ze glimlachte een beetje slaapdronken.

'Goedemorgen,' antwoordde Hanna. 'Je bent dus al wakker?'

'Ja, ik dacht: laat ik voor het werk even een wandelingetje maken,' zei ze. 'Er worden vandaag zo veel bevallingen verwacht dat we waarschijnlijk niet buiten zullen komen.'

Hanna voelde aan dat dit niet de enige reden voor haar wandeling was. Ze kende Christina inmiddels goed genoeg om te vermoeden dat iets haar bezighield.

'Hanna, ik... Ik wil je iets vertellen.'

Dat klonk Hanna verontrustend in de oren. Bij Christina kon

zo'n begin van alles betekenen. 'Vertel maar op, ik ben een en al oor.'

'Ik geloof... dat ik verliefd ben.'

Hanna keek haar verrast aan. 'O!' zei ze. 'Ken ik de gelukkige?'

'Nee, dat denk ik niet. Hij heet Peter en is technicus op vliegbasis Tempelhof. Hij werkt als onderhoudsmonteur van vliegtuigen. En hij is een van de aardigste mensen die ik ken. Ik had je allang over hem moeten vertellen, maar je had zorgen om je vader...'

Hanna moest dit bericht even verwerken. Het was goed, maar ook onverwacht nieuws. 'Wanneer hebben jullie elkaar leren kennen?' vroeg ze.

'Al een poosje geleden. Ik liep hem tegen het lijf toen ik bij dr. Rubin vandaan kwam. Afgelopen weekeinde zijn we naar Tempelhof gegaan en hebben we de vliegbasis bekeken.'

Hanna trok haar wenkbrauwen op. Dit nieuwtje verraste haar nog meer. 'Ben jíj op het vliegveld geweest?'

'Ja, met hem.' Christina's ogen straalden zoals Hanna ze nog nooit bij haar had meegemaakt. 'Hij heeft me de grote hal laten zien en de start- en landingsbaan. En hij heeft me er heel veel over verteld.'

'Dat... is fantastisch.' Hanna probeerde haar gevoel van verwarring af te schudden. Christina moest niet denken dat ze het zou afkeuren. Het was niet makkelijk om in deze tijden een goede man te vinden. Al helemaal niet als je dag in, dag uit aan het werk was. Toch overviel Hanna een zeker wantrouwen. 'Hoe oud is hij?' wilde ze weten.

'Eenentwintig,' zei Christina. 'Hij woont bij zijn moeder. En hij heeft de mooiste ogen die ik ooit bij een man heb gezien.'

Christina zo over een man te horen spreken maakte Hanna een beetje weemoedig. Voor de laatste keer dat een collega haar had toevertrouwd dat ze verliefd was geworden moest ze ver terug in de tijd. Rosa had liefde voor haar Paul opgevat en was algauw zwanger geraakt. Dat ze met arts-assistent Alexander Kirchfeld naar het Scheunenviertel was gegaan om de aanstaande vader dat nieuws te vertellen leek zo lang geleden...

'Ik ben heel blij voor je.' Hanna omhelsde haar en probeerde niets van haar vage bezorgdheid te laten merken. Tegelijkertijd hoopte ze dat Christina niet zwanger zou worden voordat ze haar opleiding had afgemaakt.

'Maar?' vroeg Christina sceptisch toen ze zich van haar losmaakte. Blijkbaar kende Christina ook haar goed genoeg.

'Beloof je me dat je voorzichtig zult zijn?' vroeg Hanna. 'Ik vertrouw op je mensenkennis, maar mannen... willen sommige dingen eerder dan voor beide partners goed is.'

'Je bedoelt...' Christina keek haar verbaasd aan en schoot toen in de lach. 'Ach, wat haal je je in je hoofd! Zover zijn we nog lang niet.'

'Echt niet?' vroeg Hanna. 'Niet dat het me iets aangaat, maar je hebt pas het eerste jaar van je opleiding achter de rug. En als je vroedvrouw wilt worden...'

'Hanna, alsjeblieft,' zei Christina ernstig en ze pakte Hanna's handen. 'Ik verlies mijn doel heus niet uit het oog. Peter weet dat ik vroedvrouw wil worden.' Ze liet een stilte vallen. 'Bovendien hebben we het niet over trouwen. We willen eerst eens zien hoe het gaat. Ik ben nog niet eens meerderjarig.'

Hanna knikte. Heimelijk had ze steeds gehoopt dat Christina iemand zou vinden om haar leven mee te delen. Iemand die de plaats van haar familie kon innemen. Maar nu werd ze ineens bang. Bang dat Christina een verkeerde beslissing zou nemen. Bang dat deze man niet echt van haar hield. Dat hij haar niet goed genoeg behandelde. Ze verborg dit alles echter achter een glimlach. 'Bedankt dat je het me hebt verteld,' zei ze, want het was inderdaad beter zo dan wanneer Christina het geheim had gehouden. 'Zullen we naar binnen gaan en kijken of ze ons zo vroeg al een ontbijt willen geven?'

~

Ze bleken nog even te moeten wachten tot de havermoutpap kon worden opgediend. Christina en Hanna gingen in de hoek van de eetzaal zitten en namen de voorgaande dagen door.

Christina was opgelucht dat ze de moed had opgebracht om Hanna over Peter te vertellen. De herinnering aan zijn kus en de vraag hoe het verder met hen zou gaan, bezorgde haar sinds enkele dagen slapeloze nachten. Vreemd genoeg was ze helemaal niet moe. Integendeel, ze voelde een kracht die ze nooit eerder had ervaren. Eindelijk had ze een doel. Eindelijk had ze iemand aan wie ze kon denken en van wie ze kon geloven dat hij haar toekomst was.

Ten slotte werd het uitgiftepunt opengesteld. Ze haalden havermoutpap met wat kaneel uit een van de laatste rantsoenen afkomstig van de rozijnenbommenwerpers. De vrouwen in de keuken moesten er zuinig mee omgaan, maar iedereen snakte zo naar iets zoets of iets bijzonders dat zelfs kleine beetjes heerlijk smaakten.

Na enige tijd stroomden er andere medewerkers binnen. Christina keek toe toen ze aankwamen met hun dienblad, een plaats zochten en een gesprek met elkaar begonnen. Ten slotte kwam de geneesheer-directeur van Waldfriede de eetzaal in. Dat was een ongewone aanblik rond deze tijd, want hij ontbeet meestal thuis.

'Kijk eens, daar is dokter Conradi,' zei Christina. Hanna keek op en fronste haar voorhoofd. Toen keek ze de eetzaal rond.

'Is er iets?' vroeg Christina. Ze voelde spanning bij Hanna opkomen.

'Wat doet hij hier?' Het was alsof ze elk moment kon opspringen. 'Zijn vrouw is er niet.'

'Misschien komt ze nog.'

Er kwamen meer medewerkers binnen. Sommigen van hen verbaasden zich kennelijk evenzeer over zijn aanwezigheid.

Na een poosje schraapte de dokter zijn keel. 'Goedemorgen, mag ik om uw aandacht verzoeken?' Hoewel hij al wat ouder was, vulde zijn stem nog altijd moeiteloos de eetzaal.

De gesprekken ebden weg, sommige mensen keken op. Hanna leek gespannen als een horlogeveer.

'Ik... Ik had de radio kunnen halen,' begon hij, waarbij hij geen raad leek te weten met zijn handen.

Christina begreep niet goed wat dat betekende. Als de dokter een toespraak hield, kwam hij altijd heel zelfverzekerd over. Maar nu was het alsof iets hem volledig van zijn stuk had gebracht.

'Na alles wat we met elkaar hebben doorstaan, wilde ik het u echter persoonlijk vertellen.' Zijn houding en zijn stem werden weer vaster. 'Zojuist heeft de RIAS het bericht uitgezonden dat de Sovjets de blokkade hebben opgeheven. Vanaf vandaag zijn we weer vrij!'

# 53

De vreugde van het personeel ontlaadde zich in gejubel en luid applaus. Christina zag op Hanna's gezicht een brede glimlach verschijnen.

Ook Christina klapte in haar handen en meteen dacht ze aan Peter. Zijn voorspelling was uitgekomen! Dat dat zo gauw zou gebeuren had ze niet verwacht.

Dr. Conradi hief zijn handen. 'Ik ben met jullie eens dat het een heel heuglijke dag is. Maar we moeten blijven bidden dat de Sovjets niet opnieuw van gedachten veranderen. De situatie is nog steeds gespannen.'

Dat leek de medewerkers niet te kunnen schelen. Eindelijk zouden ze weer kunnen reizen! Eindelijk konden degenen die al bijna een jaar niet meer in Oost-Duitsland waren geweest hun geliefde familieleden terugzien. Het geroezemoes werd meteen op volle sterkte hervat. Christina keek naar Hanna. Haar gezicht toonde behalve een brede glimlach ook immense opluchting.

'Zo zie je maar weer,' zei ze. 'Geen enkel onheil duurt eeuwig voort. Je moet gewoon volhouden en sterk blijven.'

Christina knikte en ineens kwam ze op een idee. Het einde van de blokkade betekende niet alleen dat ze weer vrij waren. Het betekende ook dat ze een kwestie die haar sinds lang bezighield tot een einde kon brengen.

Het bericht had de kraamafdeling al bereikt toen Christina met haar dienst begon. Dit was een van haar laatste dagen hier. Vanaf volgende week zouden ze op verschillende andere afdelingen worden ingezet. Dat hield helaas ook in dat ze minder met Gisela zou samenwerken.

Nu kwam haar vriendin haar echter met een van blijdschap blozend gezicht tegemoet. 'Heb je het gehoord?' riep ze en ze pakte haar uitbundig bij haar schouders. 'De Russen hebben de blokkade opgeheven!'

'Ik was erbij toen dokter Conradi het in de eetzaal vertelde,' antwoordde Christina lachend.

'Is het niet fantastisch?'

'Ja, dat is het zeker!' zei ze, en voor ze er erg in had pakte Gisela haar bij haar middel en draaide met haar in het rond.

'Dames, dat is niet de bedoeling!' riep zuster Else vanuit de verpleegsterskamer.

'We zijn toch alleen maar dolblij?' zei Gisela. 'Als je een jaar lang gevangen hebt gezeten...'

'De oorlog heeft aanzienlijk langer geduurd!' antwoordde Else, maar toen werden haar gelaatstrekken iets zachter. 'Jullie mogen best blij zijn, maar graag zo dat de patiëntes niet denken dat jullie je verstand hebben verloren.'

~

Louis trok juist zijn witte jas aan, op tafel lag het afsprakenboek al open, toen Hanna de spreekkamer binnenstormde.

'Het is maar goed dat u uw huis niet hebt verkocht,' riep ze bijna onstuimig. 'Nu kunt u weer naar Werder gaan om daar orde op zaken te stellen.'

'Hm,' zei hij. Hij was slechts matig enthousiast.

Hanna bleef staan en keek hem verbaasd aan. De afgelopen maanden hadden ze het niet meer zo vaak over het huis in Werder gehad en daardoor wist ze niets van zijn twijfels, die gaandeweg waren toegenomen. Ja, het einde van de blokkade was geweldig nieuws, maar stel dat het niet zo bleef? Hij had zich er al bijna bij neergelegd dat hij het huis zou kwijtraken en nu...

Louis haalde diep adem. 'Ik weet niet of ik het huis nog wil behouden. Laten we ons geen illusies maken, de politieke situatie is door het einde van de blokkade niet minder gespannen geworden.'

'Maar...'

'De Sovjets hebben waarschijnlijk ingezien dat ze met die tactiek niets bereiken. Maar er is nog steeds sprake van dat er een nieuwe Duitse staat wordt gesticht. En ook dat Stalin niet van plan is zijn zone daarin op te laten gaan. De geallieerden hebben de overwinning behaald, maar ik ben ervan overtuigd dat ons land zal moeten boeten.'

Hanna moest deze woorden blijkbaar even tot zich laten doordringen. 'U bedoelt dus...'

'De delen van Duitsland die door de Amerikanen, de Engelsen of de Fransen zijn bezet, worden samen één land. Het overige zal Sovjet-zone blijven. Het kan zijn dat Duitsland daardoor uiteenvalt.'

Hanna schrok zichtbaar van die gedachte. 'Dat kunnen ze niet maken!'

Louis lachte bitter. 'Dat kunnen ze wel degelijk. Ik heb weinig benul van politiek, maar ik ben heel bang dat de vrijheid die we vandaag hebben verworven niet van lange duur zal zijn. De Russen zullen het zeker nog eens proberen. En wij zitten er middenin.'

Hanna liet zich op een van de stoelen voor het bureau zakken. Ze zag bleek en Louis kon niet zeggen dat hij er zelf veel beter aan toe was. 'En wat betekent dat voor ons?' vroeg ze. 'Voor onze stad?'

'Dat betekent niets anders dan dat we waakzaam moeten zijn,' zei hij peinzend. 'En dat we misschien een besluit moeten nemen als het hard tegen hard gaat.'

# 54

*Zehlendorf, 15 mei 1949*

'Weet je zeker dat je naar Kleinmachnow wilt?' vroeg Peter enigszins verbaasd terwijl zijn handen het stuurwiel omvatten. 'Juist nu we weer overal naartoe kunnen?'

'Ja,' antwoordde ze. 'Het is belangrijk. Ik wilde dit al heel lang doen, maar de blokkade liet het niet toe.'

De avond na het einde van de blokkade had Peter geprobeerd haar in het ziekenhuis te bereiken. De angst sloeg Christina om het hart toen zuster Hedwig haar naar de telefoon riep, maar die verdween bij het horen van zijn stem en de blijdschap in zijn woorden.

'Zei ik het niet? We zijn weer vrij. Maar dat het zo snel zou gaan had ik niet verwacht!'

Christina moest toegeven dat hij gelijk had gehad. 'Die piloten zijn echt helden,' had ze eraan toegevoegd.

'Zien we elkaar in het weekeinde?' vroeg hij.

'Ja, heel graag,' antwoordde ze. Toen kwam ze op een idee. 'Zou je met me naar Kleinmachnow willen gaan? Met de fiets zijn we er zo.'

'Heb je daar familie?'

'Nee, maar er is iets wat ik moet afhandelen...' Ze verstomde. Peter had aan de telefoon niet doorgevraagd maar meteen ingestemd. 'We gaan alleen niet met de fiets.'

'Hoe dan wel?' had ze gevraagd.

'Laat je maar verrassen!'

Nu zaten ze in een uit verschillende delen van andere voertuigen samengesteld bestelwagentje, dat er weliswaar een beetje vreemd uitzag, maar waarvan de motor klonk als een spinnende poes. Hij had er Christina inderdaad mee verrast.

'Hoe kom je eigenlijk aan die auto?' vroeg ze om het gesprek van haar voornemen af te leiden. Bovendien had ze er een ongemakkelijk gevoel bij.

Peter leek te begrijpen wat ze bedoelde. 'Ik heb hem uit de werkplaats geleend. De baas weet ervan.'

'Mocht je hem zomaar meenemen?' vroeg Christina. Omdat op de vliegbasis ook 's zondags werd gewerkt, keek ze ervan op dat ze daar een auto konden missen. 'Hij moet wel veel vertrouwen in je hebben!' Ze wilde niet dat Peter iets voor haar deed wat hem misschien problemen kon bezorgen.

'Ik heb hem omgekocht met een greep uit mijn handel.' Hij knipoogde naar haar. 'De blokkade mag dan voorbij zijn, aan boter is nog steeds gebrek.'

'Waar haal je die eigenlijk vandaan?' vroeg Christina. 'Jullie zullen thuis toch geen koe houden?'

'Nee, maar mijn oom in Düppel heeft er twee. Mijn moeder maakt boter voor hem en geeft mij een deel voor de handel. Maar ik vrees dat het einde van de blokkade ook het einde van mijn carrière als handelaar betekent.' Er gleed een schalks glimlachje over zijn gezicht.

'En je wilt me nog steeds niet vertellen wat je geheime plan is?' vroeg ze, want dat was ze natuurlijk niet vergeten.

'Pas als ik weet dat het door kan gaan. Ik wil niet dat je me uitlacht omdat ik rare ideeën heb.'

'Dat zou ik nooit doen,' antwoordde ze.

'Wel als je het nu zou horen.'

'Probeer maar.'

Heel even leek het of Peter het haar inderdaad zou vertellen, maar toen schudde hij zijn hoofd. 'Je zult helaas nog poosje geduld moeten hebben.' Hij haalde zijn voet van het gaspedaal en bracht de bestelbus voor een kruispunt tot stilstand. 'Maar ik beloof je: als het zo ver is, ben jij de eerste die het hoort.'

Hoewel de straten weer open waren, zag je nog steeds hier en daar fortificaties. De Russen schenen de zonegrens niet geheel onbeveiligd te willen laten.

Nadat ze zich door enkele straten hadden gemanoeuvreerd, kwamen ze aan bij het huis van de Baumanns. Nu ze het voor zich zag, voelde Christina haar hart in haar keel kloppen. Misschien was het toch geen goed idee geweest...

'Wil je niet uitstappen?' vroeg Peter zachtjes.

'Zo meteen,' antwoordde ze en ze staarde naar het huis alsof ze bang was dat het elk moment in een monster kon veranderen.

Een tijdje heerste er stilte tussen hen. Christina probeerde in gedachten te formuleren wat ze tegen meneer en mevrouw Baumann wilde zeggen. Maar bestond er wel iets wat ze kon zeggen om hun pijn te verzachten? Hun teleurstelling?

'Ze heette Selma,' begon ze ten slotte. 'Ik heb haar op de eerste dag van mijn opleiding in Waldfriede ontmoet. Ze kwam oorspronkelijk uit Bohemen, maar deze mensen hebben haar tijdens de oorlog bij zich opgenomen. Ze... Ze wilde hoe dan ook terug naar huis voor de bruiloft van haar zus. En is daarbij om het leven gekomen.'

'Ze is overleden?' vroeg Peter ontdaan.

'Ze is vermoord. In een graanveld ergens in Brandenburg.' Christina keek Peter aan. Hij had een rimpel tussen zijn wenkbrauwen, zag ze. Alsof ze het over een zus van hem hadden.

'Toen ze verdween ben ik naar de Baumanns gegaan. Door mij kregen ze in de gaten dat er iets niet in orde was. Ik weet niet hoe ze hebben gereageerd op het bericht dat Selma dood was. Ik had hen zo graag willen condoleren, maar vanwege de blokkade kon dat niet...' Ze pakte zijn hand. Die was warm en sterk en hoewel ze elkaar nog niet lang kenden, wist Christina dat hij haar zou steunen als dat nodig was.

'Ik wil dat ze weten dat ik net als zij tot het laatst heb gehoopt dat ze goed aan zou komen.'

'Wil je dat ik meega?' vroeg hij, maar ze schudde haar hoofd.

'Dat zal niet nodig zijn. En ik zal de tijd van de Baumanns ook niet al te lang in beslag nemen.'

Peter bracht zijn hand naar haar wang en streelde die teder, toen gaf hij haar een kus. 'Ga nu maar,' zei hij zacht. 'Ik blijf op je wachten.'

# 55

In de wetenschap dat Peter een wakend oog over haar hield, liep ze het trapje op en drukte even later op de bel. Ze hoopte dat de Baumanns thuis waren. De bel galmde door de gang en even dacht ze dat er niemand aanwezig was. Maar toen hoorde ze geblaf en algauw verscheen er een schaduw achter het matglas in de deur.

Mevrouw Baumann deed de deur open en verstijfde.

'Goedendag, mevrouw Baumann, neemt u me alstublieft niet kwalijk dat ik onaangekondigd bij u langskom,' begon Christina behoedzaam. 'Ik... Ik wilde alleen zien hoe het met u gaat. En ik wil u ook vertellen dat ik het heel erg vind.'

De vrouw nam haar aandachtig op. Het viel Christina op dat haar haar grijzer was geworden. Haar ogen stonden droevig. Maar toen verscheen er een voorzichtige glimlach rond haar lippen.

'Is dat uw vriend?' vroeg ze en ze keek over Christina's schouder naar de bestelbus.

'Ja, hij...' Christina trok verbaasd haar wenkbrauwen op. 'Hij heeft me gebracht.'

Mevrouw Baumann knikte en even leek het of haar iets te binnen schoot. 'Zit hij bij u op de opleiding?'

'Nee,' antwoordde Christina. Ze begreep de bedoeling van die vraag niet. Maar ze had inmiddels het gevoel dat ze beter niet had kunnen langsgaan.

'Vraag hem maar of hij binnen wil komen. Ik wil niet dat hij buiten blijft wachten.'

Christina keek weifelend rond en knikte toen. Ze draaide zich om en liep naar de bus.

Peter draaide het raampje omlaag. 'Wat is er?' vroeg hij. 'Gaan we weer?'

'Nee,' antwoordde Christina. 'Ze wil dat jij ook binnenkomt. Ze wil je niet hier buiten laten zitten.'

Peter fronste zijn voorhoofd. 'Ik weet niet... of dat een goed idee is.'

'Ze kent je niet. Het kan toch geen kwaad?' Christina wreef haar handen. Ze had ijskoude vingers en het liefst had ze hem gevraagd weg te rijden. Maar mevrouw Baumanns blik was nog steeds op haar gericht.

'Goed dan,' zei Peter en hij stapte uit.

Samen liepen ze terug naar de voordeur. Christina stelde hem voor. 'Dit is Peter Wencke. Hij werkt op vliegbasis Tempelhof.'

'Komt u binnen,' zei mevrouw Baumann.

Toen Christina door de gang liep, leek het of Selma elk moment haar kamer uit kon komen. Het was alsof ze haar aanwezigheid nog steeds kon voelen.

'Gaat u zitten,' zei mevrouw Baumann en ze gebaarde naar de deur van de woonkamer. Christina keek door het grote raam de tuin in. Daarna gleed haar blik naar de ladekast tegen de muur. Daar stond een foto van Selma, ze droeg haar verpleegstersuniform. Hij was kennelijk op haar eerste dag in Waldfriede genomen. Christina voelde ineens een diep verdriet. Even dacht ze geen adem meer te krijgen. Ze voelde Peter naast zich en pakte zijn hand.

'Mag ik jullie een kopje thee aanbieden?' vroeg mevrouw Baumann, waarmee ze Christina uit haar gedachten haalde. 'Koffie hebben we niet.'

'Thee is prima. Dank u.' Christina keek naar Peter, toen gingen ze op de sofa zitten.

Even leek het of Peter iets wilde vragen, maar de beklemmende stilte in de kamer weerhield hem.

Uiteindelijk kwam mevrouw Baumann binnen met drie kopjes op een dienblaadje.

'Het moet heel moeilijk voor u zijn geweest,' begon Christina en ze schraapte haar keel, want die voelde opeens droog aan. 'Ik wou dat ik eerder had kunnen komen.'

Mevrouw Baumann keek haar even met uitdrukkingsloze ogen aan. Toen zag Christina een traan over haar wang rollen.

'Het geeft niet,' zei ze. 'Ze hadden u nooit doorgelaten. Ik wou alleen...' Ze snifte.

'Ik wist dat ze wilde gaan,' zei Christina. 'Selma had me verteld dat u het goedvond. Ze zei dat dokter Meyer haar toestemming had gegeven. Ik heb niet doorgevraagd, omdat ik haar vertrouwde...'

De vrouw reageerde met een hoofdknik. Toen leek ze haar evenwicht weer enigszins te hervinden. 'U had het niet kunnen weten,' zei ze. 'We konden geen van allen in haar hoofd kijken. Maar ik wou dat ik haar die brief niet had gegeven.'

'Het was een brief van haar familie,' antwoordde Christina. 'Als het om uw dochter was gegaan, had u toch ook niet gewild dat die voor haar was achtergehouden?'

Mevrouw Baumann knikte. 'Nee, waarschijnlijk niet.' In gedachten verzonken staarde ze uit het raam. 'Toch had ik beter moeten opletten. Dat ze na alles wat we hebben gedaan niet de oprechtheid had ons te vertellen wat ze van plan was...' Mevrouw Baumann drukte haar zakdoek tegen haar ogen.

Christina dacht er weer aan dat ze Selma vanwege haar wandeling met Gerhard had gedekt. Mogelijk was ze zelf medeschuldig. Ze had het haar niet zo gemakkelijk moeten maken.

'U weet misschien dat we haar hier hebben begraven,' zei mevrouw Baumann nadat ze enigszins was gekalmeerd. Christina knikte bedroefd.

'Haar ouders...' vervolgde mevrouw Baumann. 'Ze hadden het geld niet om haar naar huis te laten brengen. Ze zijn er in Tsjecho-Slowakije nog veel erger aan toe dan wij. Dus hebben we aangeboden haar hier een laatste rustplaats te geven. Ze was voor ons tenslotte als een eigen dochter.'

De wind waaide zacht over de kleine begraafplaats. Veel graven waren al met bloemen getooid, maar sommige leken nog winterslaap te houden. Christina zag talrijke grafstenen van mensen wier leven tussen 1943 en 1945 tot een einde was gekomen. Selma's graf leek wat dat betreft bijna uit de toon te vallen.

Nu ze het houten kruis zag en wist waar ze haar vriendin kon vinden, was het alsof er een last van Christina's schouders viel. Haar vader en haar broer waren ergens in Rusland begraven. En haar moeder... Wat er van haar was geworden wist ze niet eens. Ze had nergens een plaats waar ze om hen kon rouwen. Maar ze had nu tenminste Selma's graf. Selma's levensweg was ten einde gekomen. En dankzij de opheffing van de blokkade zou Christina haar kunnen bezoeken en met haar kunnen praten.

'Ik moet gaan,' zei mevrouw Baumann ten slotte en ze draaide zich om. 'Mijn man komt zo thuis van zijn werk.'

Christina knikte.

'Blijf rustig nog even hier, als u dat wilt. U bent altijd welkom als u haar wilt bezoeken.'

'Dat is erg vriendelijk van u.'

'Ik ben blij dat Selma een vriendin had.' Onverhoeds sloot mevrouw Baumann Christina in haar armen.

'Ik zal altijd Selma's vriendin blijven,' antwoordde ze.

Peter en zij bleven nog een tijdje staan, tot de koele meilucht Christina deed rillen van de kou.

'Ik vraag me af waarom ik mee moest,' zei Peter.

'Dat weet zij alleen,' antwoordde Christina. 'Misschien dacht ze dat jij de jongen was op wie Christina verliefd was. Ik heb geen idee of ze haar dat heeft verteld. Of dat ze een afscheidsbrief of een dagboek heeft gevonden. Maar er was iemand. Al schijnen haar gevoelens voor hem niet zo sterk te zijn geweest dat ze zich erdoor liet weerhouden.'

Op haar woorden volgde een stilte, toen zei Peter: 'Dan hoop ik dat de jouwe voor mij sterk genoeg zijn.'

Christina keek hem aan. 'Ik ben niet van plan ervandoor te gaan.' Ze sloeg haar armen om hem heen en kuste hem innig.

# 56

*Zehlendorf, 7 december 1949*

Christina had het gevoel dat de herfst veel te gauw voorbij was gegaan. De eerste sneeuwvlokjes dwarrelden al neer op de taxusstruiken voor de inrit en het kerstfeest was ophanden. Zou het waar zijn dat de tijd vlugger verstreek als je gelukkig was?

Ze was nu zeven maanden samen met Peter en voelde zich voor het eerst niet langer een meisje maar een volwassen vrouw. Hij deed er alles aan om haar gelukkig te maken en ze waren het eens dat ze Kerstmis samen bij zijn moeder thuis zouden vieren.

Ze verheugde zich erop, al betekende het dat ze Hanna dit jaar met de kerst alleen zou laten. Maar Hanna had haar inmiddels laten weten dat ze de kerstdagen bij haar zus zou doorbrengen. In Waldfriede werd toch altijd alleen de jaarwisseling gevierd.

Christina wendde haar blik af van de inrit. Ze moest terug naar de afdeling. Momenteel was ze ingedeeld op interne geneeskunde, haar laatste afdeling voordat ze na de kerst weer op de kraamafdeling terug zou komen om zich daar op haar examen voor te bereiden. Dr. Meyer was als hoofdinternist wat strenger dan als docent voor de klas, maar zolang je geen grove fouten maakte, behandelde hij zijn verpleegsters heel vriendelijk.

'Christina!'

De uitroep deed haar stilstaan. Toen ze zich omdraaide zag ze Gisela, die gehuld in een dik vest de trap op kwam. 'Dat ik jou ook weer eens zie,' zei Christina gekscherend. 'Ik dacht al dat je ontslag had genomen.'

'Dat zou je heus wel hebben geweten!' antwoordde Gisela.

Christina miste de samenwerking met Gisela, die nu op de afdeling chirurgie werkte. Na werktijd zagen ze elkaar wel eens, maar Gisela had inmiddels ook een jongeman leren kennen, zodat ze slechts heel zelden in het weekeinde iets met elkaar ondernamen.

'Heb je zin om zondag mee naar de bioscoop te gaan? Met de jongens natuurlijk. Ik heb gehoord dat *Miracle on 34th Street* in Bali draait.'

De gedachte eindelijk naar een echte bioscoop te gaan gaf haar een tintelend gevoel. In hun dorp was er af en toe een filmoperateur naar het gemeentehuis gekomen om het weekjournaal te vertonen. Maar dat was niet hetzelfde als een echte bioscoop in de stad.

'Is dat niet een film over de Kerstman?' vroeg Christina, want ze had er in de krant over gelezen en op een filmaffiche in de stad een breed glimlachende Kerstman met een witte baard en een rood jasje gezien.

'Wat maakt dat uit?' antwoordde Gisela. 'Het is er donker, je zit naast je schatje en kunt naar hartenlust vrijen.'

'Ik weet niet of ik de Kerstman wil laten toekijken.' Christina giechelde.

'Ach, doe toch niet zo mal! Het wordt vast leuk. Misschien is die film wel wat voor jullie. En zo niet...' Gisela tuitte haar lippen en maakte kusgeluiden.

Christina was er niet van overtuigd dat Peter belangstelling voor die film zou hebben. Anderzijds werden de plaatsen waar ze elkaar konden ontmoeten schaarser nu het slechter weer werd. De cafés zaten meestal overvol en buiten werd het steeds onaangenamer. Bovendien had het wel iets dat de bioscoopzaal donker was en niemand merkte dat ze Peter kuste of haar handen gretig over zijn lichaam liet glijden. 'Goed dan,' zei ze dus.

'Echt?' vroeg Gisela.

'Het kan toch geen kwaad? Bovendien komt de Kerstman niet van het witte doek af.'

'Zo ken ik je weer!' zei Gisela en ze klapte enthousiast in haar handen.

~

Nadenkend keek Louis naar zijn handen. Het was nog maar een paar dagen geleden dat hij had gehoord dat professor Sauerbruch met emeritaat was gegaan en het bericht had hem aangegrepen.

Hij was pas een paar weken terug in Waldfriede nadat hij een behandeling in de Virchow-kliniek had moeten ondergaan. Een infectieuze artritis had hem begin van de zomer gedwongen zijn functies neer te leggen. Inmiddels kon hij weer werken en tot dusver had hij met succes weten te verdringen dat hij ouder werd. Maar dat de grote professor Sauerbruch het Charité had moeten verlaten had hem zwaar getroffen en hem gedwongen onder ogen te zien dat zelfs voor de beste artsen het moment aanbrak dat ze hun loopbaan moesten beëindigen.

Natuurlijk was het niet alleen zijn leeftijd waardoor Sauerbruch zijn werk had moeten opgeven. Van administrateur Ernst Müller had hij meer vernomen over het voorval dat tot Sauerbruchs emeritaat had geleid. Zo zou tijdens een ingreep bij een jong meisje een ernstig incident hebben plaatsgevonden. De grote chirurg, die jarenlang arts-assistenten de ok uit had gegooid als ze een fout maakten, zou nu zelf twee hechtingen verkeerd hebben gelegd – met fatale gevolgen. De jonge patiënte was gestorven en de directie van het Charité had zich gedwongen gezien maatregelen te nemen.

Stel dat hem zoiets zou overkomen? Dat hij op zeker moment iets deed wat zijn loopbaan van de ene op de andere dag ruïneerde?

'Dokter?' Hanna's zachte stem haalde hem uit zijn overpeinzingen. 'Is alles in orde met u?'

Hij keek haar aan. Ze had inmiddels als spreekuurassistente meer tijd aan zijn zijde doorgebracht dan ieder van zijn twee echtgenotes. Het zou eenvoudig zijn Hanna te antwoorden dat alles goed was, maar dat was niet het geval.

'Die kwestie met Sauerbruch blijft maar door mijn hoofd spoken,' zei hij. 'Stel dat mij dat ook overkomt? Dat ik op een dag een ernstige fout maak?'

Hanna trok verbaasd haar wenkbrauwen op. 'Fouten komen nu eenmaal voor. Ik denk niet...'

Conradi viel haar geëmotioneerd in de rede. 'Sauerbruch heeft de maag van zijn patiënte dichtgemaakt in plaats van hem op de darm aan te sluiten! Dat is onvergeeflijk! En onvoorstelbaar voor een man als hij.'

'Ik weet zeker dat u dat niet zal overkomen,' zei Hanna en na even te hebben nagedacht voegde ze eraan toe: 'U zou toch weten wanneer het tijd wordt uw verantwoordelijkheden over te dragen aan een jongere collega? Het is me ter ore gekomen dat professor Sauerbruch veel te lang is doorgegaan.'

Louis keek haar perplex aan. 'Wie zei dat?'

'De echtgenote van dokter Breker. Voordat ze met haar galblaas bij ons kwam, heeft ze overwogen naar het Charité te gaan. Maar haar huisarts heeft het haar afgeraden, met als reden dat professor Sauerbruch haar dan zou opereren en dat het inmiddels schering en inslag was dat zijn assistenten na zijn vertrek van de operatietafel herstelden wat hij door nalatigheid had verknoeid.'

Louis trok verbaasd zijn wenkbrauwen op. Zoiets had hij zelf nog niet gehoord. Het was natuurlijk mogelijk dat die huisarts wrok tegen Sauerbruch koesterde, maar uitspraken als deze neigden naar laster – als ze niet strookten met de feiten. Tegen de achtergrond van zijn emeritaat en het incident met het meisje moest er wel iets van waar zijn.

Het was werkelijk ontzettend jammer dat de Berlijnse Maatschappij voor Geneeskunde het Langenbeck-Virchow-huis aan de autoriteiten van de Sovjet-zone had moeten afstaan en de leden elkaar op andere plaatsen nauwelijks meer troffen...

'Ik heb ook gehoord dat dokter Hintze weer in Berlijn is.'

'U zit vandaag vol verrassingen!' antwoordde Louis. 'Waar hebt u dat nu weer vandaan?'

'Zuster Martha vertelde het me tijdens het ontbijt. U en uw vrouw moeten echt weer eens bij ons in de eetzaal komen ontbijten.'

'Dat is het overwegen waard,' zei Louis. 'En het verbaast me niet dat dit bericht juist van zuster Martha afkomstig is.'

Martha Pischel, die vroeger op de kinderafdeling had gewerkt, was net als Hintze een fanatieke aanhanger van het nationaalsocialisme geweest. Echter, in tegenstelling tot de chirurg, die had geprobeerd met zijn partijboekje de adventistische gemeenschap in Waldfriede te beschermen, was zij opgevallen doordat ze zo nu en dan collega-verpleegsters bij de overheid had zwartgemaakt. Omdat ze wel een goede verpleegster was en er in het ziekenhuis personeelsgebrek heerste, had Louis haar na de oorlog in dienst gehouden. Maar privé wilde vrijwel niemand meer iets met haar te maken hebben.

'Volgens mij verschillen Martha en dokter Hintze hemelsbreed van elkaar,' antwoordde Hanna.

'Dat is zeker waar. Maar het is goed nieuws dat hij terug is. Ik was al bang dat hij zijn krijgsgevangenschap niet had overleefd.' Louis voelde zich opgemonterd door het bericht. Hoe vaak had hij niet betreurd dat Hintze Waldfriede vanwege zijn oproep voor het leger had moeten verlaten? Zijn karakter mocht dan omstreden zijn, als chirurg was hij uiterst bekwaam. 'Ik zal bij hem langsgaan en hem vragen of hij weer bij ons wil komen werken. Het zou een enorme verlichting voor me betekenen nog een voortreffelijk chirurg in huis te hebben.'

# 57

*Zehlendorf, 9 december 1949*

Het had Louis weinig moeite gekost achter het huidige adres van dr. Paul Hintze te komen, want hij had er een eigen praktijk geopend. Louis stond nu voor zijn witte huis in de Limastrasse, die uitkwam op de Mexicoplatz. Het had drie verdiepingen en aan de kant van het plein een uitbouw in de vorm van een torentje met een puntdak. Tijdens de oorlog had ook dit huis nogal wat schade opgelopen, maar die was inmiddels enigszins hersteld.

Louis keek nog even naar de gevel en belde toen aan. De deur ging met een zacht gezoem open en er verscheen een jonge verpleegster in een blauw uniform met een wit schort.

'U komt voor dokter Hintze, neem ik aan?' vroeg ze vriendelijk. 'Wie kan ik zeggen dat er is?'

'Dokter Louis Conradi.' Hij voelde zich bijna verplicht haar een visitekaartje te geven, maar hij had er geen bij zich. 'Dokter Hintze is een oude bekende van me.'

De zuster knikte. 'Ik ga het hem meteen zeggen. Neemt u alstublieft even plaats, dokter.'

Toen Louis de kleine, provisorisch ingerichte wachtkamer binnenkwam besefte hij dat Hintze geen echte praktijkruimte had. Het zag ernaar uit dat hij zijn patiënten in zijn woning behandelde.

Terwijl hij op een stoel plaatsnam hoorde hij de stem van zijn voormalige hoofdchirurg. Hintze legde aan een patiënt uit wat er aan een liesbreuk kon worden gedaan. Er gleed een glimlachje over Louis' gezicht. Hij scheen niet aan capaciteiten te hebben ingeboet.

De verpleegster die hem had ontvangen leek te wachten tot haar baas klaar was. Toen de patiënt de spreekkamer verliet stond ze op en ging vlug naar binnen.

Louis vroeg zich af welke kamer in zijn huis hij als spreekkamer gebruikte. En wat zijn vrouw ervan zou vinden. En zijn dochter. Voor zover hij wist, was die al tijdens de oorlog aan een studie geneeskunde begonnen. Misschien was ze verhuisd en had hij haar kamer in beslag genomen.

Even later kwam zijn oud-collega zijn spreekkamer uit stormen. 'Allemachtig, dokter Conradi! Wat geweldig u terug te zien!' riep hij. Hartelijk glimlachend pakte Paul Hintze Louis' handen vast.

'Het genoegen is geheel mijnerzijds,' antwoordde Louis. Hij kon goed zien dat de oorlog en de aansluitende krijgsgevangenschap sporen bij Hintze hadden achtergelaten. Zijn gezicht leek smaller, de kringen onder zijn ogen donkerder. Ook was hij sterk vermagerd en aan zijn hals zag Louis een lang litteken.

'U ziet er patent uit,' zei Hintze. 'U zult wel niet om medische redenen zijn gekomen?'

Louis schudde zijn hoofd. 'Nee, ik wilde u gewoon weer eens zien. Hanna vertelde me dat u terug was.'

'Nieuws verspreidt zich snel, nietwaar? Zehlendorf is nog steeds te klein om je te kunnen verstoppen.'

Hij nodigde Louis uit mee te gaan naar zijn spreekkamer. Die was ingericht zoals te verwachten was: er stonden een onderzoekbank, een bureau en een hoge kast vol boeken en ordners. Veel boeken waren op de rug voorzien van een etiket met het symbool van het militaire bewind. Die waren dus al door de revisieprocedure gekomen.

'Hoe is het u vergaan?' vroeg Louis nadat hij in de fauteuil had plaatsgenomen waar even tevoren de patiënt had gezeten.

'Tijdens de oorlog?' vroeg Hintze, die naar het aanrechtblokje bij de deur liep en daar twee glazen vulde met een vloeistof uit een karaf.

'In het algemeen,' zei Louis en hij aanvaardde in dank het glas, dat te oordelen naar de geur citroenlimonade bevatte.

'Tja, aan het front is er geen dag voorbijgegaan waarop ik niet wenste terug te zijn in Waldfriede. Ik ben niet gemaakt om te doden en ook het slagerswerk aan gewonden is niets voor mij. Mannen provisorisch oplappen om ze vervolgens meteen weer naar het front te sturen beschouw ik niet als het summum van het artsenbestaan. Maar we hadden kunnen weten dat het zo zou lopen, nietwaar?'

Ja, niemand begon straffeloos een oorlog. Hoe zei de oude tuinman Jasper het altijd ook weer? Kogels vliegen niet slechts één kant op. Soms komen ze terug.

'Bij de Russen had ik geluk dat ik arts was en dat ze een chirurg goed konden gebruiken. Daardoor hoefde ik tenminste niet naar de Goelag. Geloof me, vaak genoeg overviel me de gedachte dat als de Führer er niet was geweest, Stalin een oorlog zou zijn begonnen. Op een gegeven moment, wanneer het hem was uitgekomen.'

'Zeg dat maar liever niet in het openbaar,' antwoordde dr. Conradi. 'Vooral in de Sovjet-sector beschouwen ze Stalin als een heiland.'

'En we zien wat ervan gekomen is, nietwaar?'

Het moest Hintze hard hebben geraakt te zijn teruggekomen in een gedeeld Duitsland. Niet lang na het einde van de blokkade waren zoals werd gevreesd de twee Duitse republieken gesticht en een samenvoeging leek op de lange baan geschoven.

'Ik had de optie om naar de Bondsrepubliek te gaan,' verklaarde hij. 'Maar ik ben een Berlijner en dat blijf ik.' Hij keek Louis onderzoekend aan. 'Maar ik denk niet dat u hier bent om mijn oorlogsverhalen aan te horen. Klopt dat?'

'Ik ben gekomen om te vragen of u niet weer in Waldfriede wilt werken. We zouden uw kennis en vaardigheden goed kunnen gebruiken.'

Er gleed een droevige glimlach over Hintzes gezicht. 'Ik vrees dat dat niet mogelijk is.'

Louis fronste verbaasd zijn voorhoofd. 'Heeft dat een reden?'

'Hebt u het nog niet gehoord? Ik bedoel, dat de voormalige leden van de NSDAP zich moeten verantwoorden?'

'Maar u bent toch geen oorlogsmisdadiger!' antwoordde Louis.

'Nee, als ik dat was, had u vast geen gelegenheid meer gehad met me te praten. Toch mag ik niet voor u werken voordat de officiële procedure van mijn denazificatie is afgerond.'

Hij nam een slokje uit zijn glas en Louis bedacht dat hij het zijne nog niet had aangeroerd. Hij proefde en moest erkennen dat het kostelijke limonade was. Wat Hintze zei baarde hem echter zorgen.

'Ik heb een grote fout gemaakt,' vervolgde Hintze. 'Ik heb me laten verblinden door Hitlers ideologie en heb niet gezien wat zich werkelijk afspeelde. Misschien wilde ik het ook niet zien. Het is alleen maar goed dat nu wordt geprobeerd die blindheid uit te bannen. En dat wij worden geconfronteerd met onze fouten en misdaden. Denazificatie ondergaan is voor mij wel het minste aan boetedoening. Waarschijnlijk zal mijn geweten nooit meer zuiver zijn.' Hij vouwde zijn handen en liet zijn blik naar het raam gaan, waarachter donkere winterse wolken voorbijtrokken. Het zwijgen drukte zwaar op hen beiden. 'Werkt die jonge vrouwelijke chirurg eigenlijk nog bij u?' vroeg Hintze toen ineens. 'Heette ze niet Jacobs?'

'Ze is nog steeds bij ons. Een goede chirurg. Ze is inmiddels met onze nieuwe hoofdtuinman getrouwd. Timo Davis, misschien herinnert u zich hem nog.'

'Vaag,' antwoordde Hintze. 'Maar die jonge vrouw staat me nog heel goed bij. Ik ben blij dat ze u trouw is gebleven.' Hij zweeg even en voegde er toen aan toe: 'En voor het geval dat u zich afvraagt wat er van Kowalski is geworden...'

'Ik vermijd elke gedachte aan hem,' zei Louis.

Fritz Kowalski was stoker en chauffeur in Waldfriede geweest en had hoewel hij adventist was, als overtuigd nazi geen gelegenheid onbenut gelaten hun het leven zuur te maken.

'Nou, hij is de heldendood voor onze Führer gestorven. Zoals hij het altijd noemde wanneer we een gevallen collega te betreuren hadden.'

Een klop op de deur weerhield Louis van een antwoord. Hintze riep zijn verpleegster binnen, die aarzelend vroeg: 'Dokter?'

'Wat is er, Carla?'

'Mevrouw Bodenstein is er.'

'Heel goed. Zeg maar dat we zo beginnen.' De zuster verdween en Paul Hintze wendde zich weer tot Louis. 'U ziet wel dat ik niet zal verhongeren. Maar mocht uw aanbod nog gelden wanneer de overheid denkt dat ik er weer klaar voor ben op het publiek te worden losgelaten, dan kom ik heel graag terug naar Waldfriede.'

# 58

*Zehlendorf, 11 december 1949*

Rillend van de kou trok Christina haar jas dichter om zich heen en hield haar blik op de rails gericht. Peters trein zou over ongeveer tien minuten aankomen. Nu al drong de kou onbarmhartig door de stof. Had ze toch iets warmers moeten aantrekken?

Bioscoop Bali lag in de onmiddellijke nabijheid van het S-Bahn-station Zehlendorf. De naam verwees niet naar het eiland in de Indische oceaan, maar was een afkorting van *Bahnhoflichtspiele*. Het gebouw zou vroeger een danspaleis zijn geweest en was sinds 1946 in gebruik als bioscoop. Hoewel ze het al vaker had overwogen, had Christina tot dusver geen tijd gehad om er een film te gaan zien. Ze was blij geweest dat Peter meteen met het plan had ingestemd. 'Een film over de Kerstman?' had hij gevraagd. 'Dat is echt iets voor mij!'

Christina had natuurlijk beseft dat hij een grapje maakte. Toch keek ze er erg naar uit een paar zorgeloze uurtjes met hem te kunnen doorbrengen.

Maar de trein liet nog steeds op zich wachten. Toen Christina op de klok keek, zag ze dat de wijzer al op twee over half een was gesprongen. Zou hij vertraging hebben opgelopen?

Toen klonk er een bericht door de luidspreker en even later kwam de trein binnenrijden. Hij reed een flink stuk langs haar heen, kwam tot stilstand en de deuren gingen open. Aanvankelijk had ze moeite Peter in de menigte te ontdekken. Even was ze bang dat hij niet was meegekomen. Toen voelde ze opeens twee handen om haar taille.

Christina slaakte een korte kreet. Ze draaide zich snel om en keek in Peters lachende gezicht. Hij droeg een bruine kameelharen jas met een grofgebreide sjaal om zijn hals.

'Heb ik je laten schrikken?' vroeg hij.

'Ja, inderdaad!' Christina gaf hem een tikje tegen zijn schouder. 'Het kon iedereen wel zijn!'

'Als ik zie dat iemand dat doet, zal ik hem de oren wassen.'

'Ik kan me ook zelf heel goed verdedigen.' Christina omvatte zijn gezicht en gaf hem een kus. 'Maar bedankt dat je er voor me bent.'

Hij sloot haar in zijn armen. 'Altijd,' zei hij. Toen liepen ze de trap af.

Gisela en haar vriend Rainer stonden al voor de bioscoop om hen te begroeten. Rainer was een flink stuk ouder dan zij en droeg een heel chique mantel. Voor zover Christina wist had Gisela hem op een feestje van haar ouders ontmoet.

'Een man die je ouders hadden uitgenodigd?' had ze gevraagd.

'Hij is heel aardig,' had Gisela geantwoord. 'En goed gesitueerd. Waarom zou ik het niet proberen? In elk geval zeuren mijn ouders me dan niet aan mijn hoofd dat ik beter verdien.'

Al op het eerste gezicht viel het Christina op dat Gisela met de man aan haar zijde niet zo onbevangen omging als zij met Peter. Ze gedroegen zich eerder beleefd over en weer, zochten nauwelijks de nabijheid van de ander en wierpen elkaar geen hartstochtelijke blikken toe, zoals je van pas verliefde stelletjes zou verwachten.

Met Peter lag dat heel anders. Als ze bij hem was, had ze voortdurend het gevoel te moeten lachen. Niet omdat hij iets grappigs had gedaan of gezegd, maar van puur geluk. Bovendien liet Peter geen gelegenheid ongemoeid om haar een plezier te doen. Ook al hadden ze elkaar nog niet de liefde verklaard, Christina voelde dat ze van hem hield. En hij van haar.

'Ah, je bent er!' Gisela kwam naar haar toe en sloeg haar armen om haar heen. Toen wendde ze zich tot de man die Christina natuurlijk van naam kende, maar die ze nu voor het eerst zag. 'Dit is Rainer. Rainer Biermann. Rainer, dit zijn mijn collega en vriendin Christina Heller en haar vriend Peter.'

'Peter Wencke,' zei Peter en hij gaf Rainer een hand. De beide mannen namen elkaar even met een taxerende blik op.

Gisela haakte bij Rainer in. 'Eigenlijk is Rainer geen fan van de cinema,' zei ze. 'Maar ik dacht dat het een goede gelegenheid zou zijn om elkaar te leren kennen.'

Cinema? Christina trok vragend haar wenkbrauwen op en verbeet een glimlach. Zo praatte Gisela anders nooit. Maar deze man, die kennelijk meer geld bezat dan de meeste mensen, verwachtte dat misschien.

'Waar werkt u?' vroeg Peter op de man af.

'Bij de pas opgerichte Weberbank. En u?'

'Vliegbasis Tempelhof,' antwoordde Peter. 'Voor de U.S. Air Force.'

Christina ontging het lichte trekje bij Rainers mondhoek niet. Zinde dat antwoord hem niet?

'We moesten maar naar binnen gaan,' zei Gisela. 'Straks zijn er geen kaartjes meer.'

Christina was blij dat het in de bioscoopzaal donker was en ze vanwege de film niet met elkaar hoefden te praten. Af en toe wierp ze een tersluikse blik op Gisela en Rainer, die stijfjes naast elkaar zaten. Zou ze die man echt willen hebben? Ze hielden niet eens elkaars hand vast. Als ze dacht aan de soldaat aan wiens arm Gisela door het café had geparadeerd...

Zelf pakte ze wel Peters hand, en hij omsloot de hare. Na een poosje boog hij zich naar haar toe. 'Heb je er bezwaar tegen dat ik je kus?' vroeg hij bijna onhoorbaar terwijl voor hen op het filmdoek de Thanksgiving Day Parade van warenhuis Macy's voorbijkwam.

'Absoluut niet,' antwoordde ze en meteen voelde ze zijn lippen op de hare.

Tot het einde van de film bleven ze hand in hand zitten en als het even licht werd op het doek wierpen ze elkaar verliefde blikken toe. Christina vergat soms zelfs dat Gisela naast haar zat.

Toen de film afgelopen was en het zaallicht weer aanging, merkte ze dat Gisela haar aankeek. Haar ogen stonden triest en teleurgesteld. Niet omdat Christina met Peter had zitten minnekozen, maar juist omdat Rainer dat met haar niet had gedaan.

Nadat Gisela en Rainer waren vertrokken, nam Peter haar mee naar een bankje bij een straatlantaarn. Ze gingen dicht tegen elkaar aan zitten en keken naar de sneeuwvlokjes die door de lichtkegel dwarrelden.

'Wat was dat een rare film,' zei Peter na een poosje terwijl zijn arm warm om haar schouders lag. 'Een man die zich verbeeldt de Kerstman te zijn en dat voor de rechter nog kan bewijzen ook.'

'Het is een sprookje,' zei Christina. 'Ik denk niet dat iemand dat in het echte leven zou doen. Of dat de rechter hem gelijk zou geven.'

'Het verhaal speelt zich af in Amerika. Als je de piloten soms hoort praten, zou je denken dat alles daar mogelijk is. Ook een verhaal zoals we dat net hebben gezien.'

'Spreek je dan Engels?'

'Natuurlijk! Waarom denk je dat ze me daar laten werken?'

'Maar dat heb je toch zeker niet op school geleerd?'

Peter glimlachte. 'Ik ben een natuurtalent. Ik leer door te luisteren.'

'Ik wou dat ik het ook kon.'

'Dan moet je overstappen naar een van hun ziekenhuizen. Dan heb je het binnen een paar weken onder de knie, dat kan ik je verzekeren.'

'Eerst moet ik mijn opleiding maar eens afmaken.' Christina vlijde zich nog dichter tegen hem aan. 'Wat vind jij van die Rainer?'

'Wil je dat ik eerlijk ben of beleefd?'

Christina gaf hem een lichte por. 'Zo erg is hij nou ook weer niet!'

'Ik vind hem te oud. Hoorde je hoe hij over zijn werk bij de bank sprak? Het is een wonder dat hij uit de oorlog is teruggekeerd.'

'Wees niet zo gemeen,' antwoordde Christina. Maar ook zij vond dat Rainer een beetje te oud voor Gisela was. En te... bezadigd. Maar hoe wist zij wat zich in het hart van haar vriendin afspeelde?

'Dat ben ik toch niet?' Hij gaf haar een kus. 'Laten we het niet langer over Rainer maar over onszelf hebben.'

'En waar denk je dan aan?'

Peter glimlachte haar een moment ondoorgrondelijk toe en vroeg toen: 'Zou je op 22 december tijd hebben om af te spreken? Ik weet dat je dan moet werken, maar misschien kun je 's avonds door de traliehekken glippen.'

'Onze hekken zijn nooit gesloten.'

'Maar de oude zusters houden je goed in de gaten, toch?'

'Daar heb je gelijk in. Wat is er op de tweeëntwintigste?' vroeg ze. 'Ik dacht dat we elkaar met de kerst zouden zien.'

'Natuurlijk,' zei hij. 'Maar er is iets wat ik van tevoren graag met je zou willen bespreken.'

'Wat dan?' Christina kende Peter inmiddels goed genoeg om te weten dat je hem een geheim of een plannetje niet zo makkelijk kon ontfutselen. Zijn voornemen voor de toekomst kende ze nog steeds niet.

'Daarvoor zul je tot de tweeëntwintigste moeten wachten,' antwoordde hij. 'Het is nog niet zeker, maar ik ben optimistisch. Ik werk er al lange tijd naartoe en hoop dat het niet op het laatste moment nog misgaat.'

Christina barstte van nieuwsgierigheid. Zou het iets met zijn geheime plan te maken hebben?

'Zien we elkaar dus op de tweeëntwintigste?'

'Natuurlijk,' zei ze. 'Als jij me komt halen.'

'Dat zal ik doen. Je moet me alleen vertellen hoe je rooster eruitziet.' Ze kusten elkaar en toen vroeg Peter: 'Hoe zien jouw plannen voor de periode na je opleiding er eigenlijk uit?'

'Dat duurt nog een paar maanden,' antwoordde Christina. 'En in tegenstelling tot wat jij doet zal ik jou niet eindeloos kwellen.'

'Maar om vroedvrouw te worden zul je Waldfriede moeten verlaten om naar een vroedvrouwenschool te gaan.'

Daar was Christina zich van bewust, ze had er al met Hanna over gesproken. Toch kon ze niet zeggen dat ze er niet huiverig voor was. Ze woonde al vier jaar in Waldfriede. Ze maakte deel uit van de ziekenhuisfamilie, zoals Hanna het verwoordde.

De opleiding aan de vroedvrouwenschool zou twee jaar duren. Ze wist niet of ze in die periode in Waldfriede mocht blijven wonen. Het was waarschijnlijker dat ze elders een woning zou moeten zoeken.

'Dat weet ik,' zei ze. 'Maar om verdere plannen te kunnen maken moet ik eerst op een nieuwe school worden aangenomen. En solliciteren kan ik pas vlak voor mijn examen.'

Hij pakte haar hand en legde hem tegen zijn hart. 'Wat je ook besluit te gaan doen, ik zal bij je zijn.'

# 59

## *Zehlendorf, 12 december 1949*

'We zullen een opvolger voor je moeten vinden,' merkte Louis op terwijl zijn blik over het gezicht van zijn oude vriend gleed. 'Tenzij je van mening verandert.'

De maandagmiddag was zonnig, maar het vroor dat het kraakte. De haard slaagde er nauwelijks in de kou die door de nog steeds kapotte ruiten van de woonkamer van de Conradi's drong te verdrijven. Ze hadden daar afgesproken voor een kopje thee na het werk. Een gewoon samenzijn was het echter niet, want ze zouden Erichs opvolging moeten bespreken.

'Ik word komend jaar zeventig,' zei dr. Meyer. 'Aan alles komt een einde. Je kent het gezegde: trek je jas uit en geef hem door aan een jongere man. Niets is erger dan niet kunnen loslaten.'

Die woorden stemden Louis tot nadenken. Ook voor hem was het einde van zijn professionele leven ophanden. Maar zou hij het klaarspelen zijn bestaan als arts zomaar achter zich te laten?

'Waar gaan jullie naartoe?' vroeg Louis en hij voelde melancholie opkomen. Met dr. Meyer zou ook zijn vrouw Waldfriede verlaten. Vooral in de eerste maanden na de oorlog was er tussen haar en zijn eigen vrouw Elisabeth een subtiele vriendschap ontstaan.

'Mijn dochter is tandarts in Detmold. We trekken bij haar in. En met Gods wil blijven we nog een tijdlang gezond genoeg om iets van de wereld te zien. Je weet dat ik heel graag nog eens naar Afrika zou gaan.'

Louis knikte. Ook hijzelf verlangde ernaar te reizen en hij kon nauwelijks wachten tot hij zijn verre familieleden in Amerika kon bezoeken.

'Maar wat mijn opvolger als hoofdchirurg op interne geneeskunde betreft...' Erich pakte zijn kopje, bracht het naar zijn lippen en nam een slokje voor hij verderging. 'Ik heb van een kundige jonge collega uit onze gemeenschap gehoord. Hij heeft een tijd als veldarts aan het front gezeten, maar werkt sinds 1944 in het Friederikenstift in Hannover. Hij is internist en moet heel prettig in de omgang zijn.'

'Wat is zijn naam?' vroeg Louis. Hij nam zich voor om bij het Friederikenstift naar hem te informeren. Nu ze weer vanuit West-Berlijn naar het gebied van de Bondsrepubliek konden reizen, zou hij zich zelfs persoonlijk een mening over dit heerschap kunnen vormen.

'Gerhard Fenner,' antwoordde Erich.

Louis had een vage herinnering aan de bebaarde jongeman, die hij tijdens een bijeenkomst in Friedensau had ontmoet. Destijds, voor de oorlog, had hij aan het begin van een veelbelovende medische carrière gestaan. 'Zou het lukken hem uit Hannover weg te krijgen?'

'Hij is daar plaatsvervangend chef-arts, voor zover ik weet. Maar hij speelt met de gedachte zich zelfstandig te vestigen.'

'Dat moeten we voor zijn.' Louis dacht terug aan zijn bezoek aan dr. Hintze. 'Hij heeft toch geen problemen met de overheid?'

'Je bedoelt de denazificatie?' vroeg Erich. 'Het is mogelijk dat die in zijn geval al is afgehandeld. Hij is in elk geval ruim voor het einde van de oorlog van het front teruggekeerd. Of hij een Partijboekje had weet ik niet.'

Dat zou wel niet het geval zijn geweest, dacht Louis, als hij weer in overheidsdienst mocht werken en dr. Hintze niet. 'Dan zal ik contact met hem opnemen.'

'Ik weet zeker dat hij op je verzoek zal ingaan. Hij is net als wij adventist en een functie als chef-arts sla je niet zo gauw af.' Erich nam Louis onderzoekend op. 'Bovendien zullen we in de toekomst een nieuwe geneesheer-directeur nodig hebben.'

'O, maar ik ben van plan nog wel een paar jaar voor mijn patiënten klaar te staan,' antwoordde Louis. De woorden van Erich staken hem enigszins. Hij had dit weliswaar zelf ook al bedacht, maar het van een ander te horen was iets heel anders. En ineens voelde hij ook iets wat op jaloezie leek. Een nieuwe geneesheer-directeur? Als het eenmaal zover was, wilde hij er zeker van zijn dat de kandidaat net zo goed voor het ziekenhuis zou zorgen als hijzelf het had gedaan.

'Natuurlijk,' zei Erich. 'Maar die jaren zullen voorbijvliegen, en veel keuzemogelijkheden hebben we niet. Of Hintze weer bij ons zal kunnen werken staat in de sterren geschreven en ik ben ervan overtuigd dat ik in dokter Fenner een goede opvolger zal hebben. Vooropgesteld dat hij ermee instemt.'

~

De hele ochtend was Gisela zwijgzaam zonder dat Christina erachter kwam waarom. Natuurlijk had Gisela soms geen aanleiding nodig om nors te zijn, maar ditmaal vond ze het merkwaardig.

'Zeg, wat is er met jou?' vroeg ze toen ze aan de middagpauze begonnen. 'Je hebt de hele dag nog geen woord gezegd, behalve als er iets besproken moest worden.'

'Er is niks,' mompelde ze. 'Het is maandag, dat is alles.'

'Gisela.' Christina hield haar hoofd schuin. 'Het is lang geleden dat je op een maandag zo deed.'

Haar vriendin zuchtte diep en trok Christina mee een van de oude wachtnissen in. 'Het zit zo... Sinds zondag...' Ze boog haar hoofd. 'Ik heb gezien hoe jullie met elkaar omgaan, Peter en jij...'

'En?' vroeg Christina.

'Nou, jullie konden elkaars hand niet loslaten en kusten elkaar in de bioscoop.'

'Vond je dat vervelend?' Het was juist Gisela geweest die het over vrijen in het donker had gehad. Zou Rainer er iets van hebben gezegd?

'Nee, helemaal niet, maar...'

'Vertel me niet dat Rainer er iets op tegen had.'

'Nee, dat is het niet.' Gisela perste haar lippen op elkaar. 'Ik had alleen gewild... dat hij ook wat vrijmoediger was geweest.'

Christina was altijd terughoudend als het ging om Gisela's relaties of haar verliefdheden. Meestal had ze de desbetreffende mannen echter niet ontmoet. En nu keek Gisela haar aan alsof ze een instemmend antwoord verwachtte. 'Hij leek me inderdaad een beetje... stijf,' antwoordde ze daarom.

'En niet in de goede zin van het woord.' Gisela schoot even in de lach, maar keek algauw weer ernstig. 'Hij kan heel lief en aardig zijn, maar toen... Hij heeft niet eens geprobeerd mijn hand vast te pakken. Het was alsof ik met een monnik in de bioscoop zat.'

'Hij is bankier,' zei Christina. 'Waarschijnlijk verwachten ze op zijn werk dat hij zich zo gedraagt. Misschien kan hij niet zo goed omschakelen.'

'Dat kan wel zijn, maar als we alleen zijn is hij niet zo... gereserveerd.'

'Mogelijk wilde hij zich met Peter meten,' opperde Christina. 'Je weet hoe het is met mannen onder elkaar.'

Gisela keek haar nadenkend aan. 'Daar zeg je wat.'

Christina pakte haar hand. 'Spreek hem er gewoon op aan. Misschien durfde hij niet. Of is hij toch niet de ware voor je.'

'Hoe kom ik in dat geval dan weer van hem af?' vroeg Gisela met gefronst voorhoofd.

'Nou, je vertelt het hem gewoon.'

'Ik vrees dat dat niet zo makkelijk is.'

Christina trok haar wenkbrauwen op. 'Hoezo niet?'

'Mijn ouders beschouwen hem als een goede partij.'

'Maar ze kunnen je toch niet dwingen met hem te trouwen als je voelt dat hij niet de ware voor je is?'

Gisela perste haar lippen op elkaar en slaakte een zucht. 'Jij hebt zo veel geluk! Het klinkt misschien hard, maar als het om de liefde gaat, kan niemand zich met jouw keuze bemoeien. Niemand schrijft je iets voor. Je hoeft niet aan verwachtingen te voldoen.'

Had ze gelijk? Christina wist dat Gisela doelde op het feit dat ze haar ouders was verloren. Natuurlijk hoefde ze niet aan verwachtingen te voldoen, maar ze miste ook het houvast, de adviezen van haar moeder. Geen familie meer te hebben maakte het leven niet zo makkelijk als zij het zich misschien voorstelde. Maar gelukkig had ze Hanna, die altijd haar welzijn voor ogen had.

'Jouw Peter zit zo vol leven en vast ook vol ideeën,' vervolgde Gisela.

'Ideeën heeft hij inderdaad,' erkende Christina en ze zette de gedachte aan haar verloren familie opzij. 'En hij is met iets bezig. We hadden eigenlijk afgesproken dat ik met de kerst naar hem en zijn moeder toe ga. Maar nu vroeg hij me of we elkaar twee dagen eerder al konden zien, omdat hij iets te bespreken had.'

Gisela hield verrast haar adem in. 'Gaat hij je vragen of je met hem wilt trouwen?'

'Zou dat niet een beetje voorbarig zijn?' vroeg Christina. 'We zijn pas zeven maanden samen en we hebben nog niet eens...' Ze trok haar wenkbrauwen op in de hoop dat haar vriendin het zou begrijpen.

'Je bedoelt...'

Christina wist niet of ze allebei hetzelfde bedoelden, maar ze knikte.

Gisela wuifde het weg. 'Dat wil niks zeggen. Als je kijkt hoe jullie als stel zijn... Het kan best zijn dat hij je vraagt.'

Zou Gisela gelijk hebben? Christina dacht even na en voegde er toen aan toe: 'Hij heeft iets gezegd over een geheim plan. Daar heeft hij het al over sinds ons eerste afspraakje.'

'En meer heeft hij je er niet over verteld?'

'Nee, hij zei dat hij het pas zou vertellen als hij er helemaal zeker van is.'

'Nou,' zei Gisela, en ineens leken haar zorgen omtrent Rainer in rook opgegaan. 'Als je het mij vraagt, zal hij toen al het plan hebben opgevat met je te trouwen. En wil hij het voor de kerst officieel maken.'

# 60

*Zehlendorf, 22 december 1949*

'Het doet me genoegen dat u tijd hebt weten vrij te maken om ons te bezoeken.' Louis stond op en gaf de inmiddels ruim veertigjarige lange man met de baard en de donkere krullen een hand.

'Het genoegen is geheel mijnerzijds,' zei dr. Gerhard Fenner en hij schudde Louis de hand. 'Ik geef toe dat ik enigszins verrast was dat u mij voor deze functie in overweging neemt.'

'Collega Meyer heeft u aanbevolen. Hij zei dat u in het Friederikenstift in Hannover een uitstekende reputatie hebt.'

Fenner glimlachte een beetje verlegen, maar Louis merkte dat hij trots was indruk te hebben gemaakt. 'Dank u, ik voel me vereerd.'

'Neem toch plaats. Ik heb zuster Hanna al gevraagd thee en koffie voor ons te halen. Ze kan elk moment terug zijn.'

Terwijl beide mannen gingen zitten nam Louis Fenner even onderzoekend op. Volgens zijn informatie had Gerhard Fenner voor de oorlog als arts-assistent interne geneeskunde en ten slotte als plaatsvervangend hoofdinternist in het Urban-Klinikum in Kreuzberg gewerkt. Later was hij opgeroepen voor de Wehrmacht en had zich daar zoals vele andere adventisten aangemeld voor de geneeskundige troepen.

'Hoe gaat het met uw vrouw en kinderen?' begon Louis, want hij had gehoord dat dr. Fenner veel waarde hechtte aan zijn gezinsleven.

'Uitstekend, dank u.'

Louis had graag gehoord hoe zijn gezin erover dacht naar Berlijn te verhuizen. Na het einde van de blokkade hadden veel mensen weinig vertrouwen in een blijvende vrede, wat hen ervan afhield in Zehlendorf te gaan werken. Zelfs enkele verstokte Berlijners trokken zich inmiddels in de Bondsrepubliek terug.

Op dat moment kwam Hanna echter binnen. 'Ah, onze bezoeker is er al!' zei ze opgewekt en ze zette het dienblad op de tafel. 'Hartelijk welkom, dokter.'

'Dank u, zuster...' Fenner stokte.

'Hanna,' zei dr. Conradi ter aanvulling. 'Zuster Hanna is het hart en de ziel van ons ziekenhuis. Afgezien van mijn vrouw, onze badmeester en mijzelf behoort zij tot de medewerkers die sinds de stichting bij Waldfriede betrokken zijn.'

Dr. Fenner knikte en nam haar even op alsof hij haar leeftijd wilde schatten.

'Ze is als röntgenverpleegster begonnen en is nog steeds hoofd van die afdeling. Daarnaast regelt ze mijn spreekuur en beheert ze de apotheek.'

'En ik bekommer me om de mentale steun aan onze patiënten!' zei ze glimlachend. 'Iets wat voor de mensen die ons zijn toevertrouwd van groot belang is.'

'Inderdaad. We hechten er grote waarde aan dat ze zich comfortabel en begrepen voelen.'

Fenner knikte goedkeurend. 'Dat mis ik wel eens in het Friederikenstift.'

'Nou,' zei Hanna, 'kom dan bij ons. In Waldfriede zijn we één grote familie.'

Louis glimlachte instemmend. Zoals altijd had Hanna de juiste woorden gevonden.

'Kan ik nog iets voor u doen?' vroeg ze vriendelijk en toen Louis ontkende, trok ze zich terug.

'Ik wilde dat ik tijdens mijn spreekuur zo'n sympathieke verpleegster als assistente had,' zei Fenner. 'De manier van doen bij ons is toch wat... afstandelijker, als ik het zo mag zeggen.'

'Wat zuster Hanna zegt klopt. We beschouwen elkaar als familie. Hebt u wel eens iets over ons gehoord?'

'Waldfriede is me al heel lang bekend,' zei Fenner en hij bracht zijn kopje naar zijn mond. 'Er zullen weinig mensen van ons geloof zijn die niet van uw ziekenhuis hebben gehoord.'

'We hebben een lange weg afgelegd. Maar God heeft ons Zijn beschermende hand boven het hoofd gehouden.' Louis keek de jonge arts afwachtend aan. Van zijn gezicht kon hij instemming noch afwijzing aflezen. Helaas ook geen enthousiasme. Zou hij zich ertoe laten vermurwen bij hen te komen werken?

Het feit dat hij een gezin in Hannover had, in het veilige deel van de nieuwe Bondsrepubliek, zou hem misschien doen terugschrikken. En wat had Louis hem eigenlijk te bieden? Fenners inkomen als hoofdinternist zou gelijk zijn aan dat van Louis. Grote uitgaven kon Erich Meyer noch hijzelf zich veroorloven, maar het was toereikend. Ze hadden alles wat ze nodig hadden.

'Trouwens, weet u wat er van die jonge tuinman uit Waldfriede is geworden?' vroeg dr. Fenner. 'Timo Davis heette hij, als ik me het goed herinner. Ik heb hem behandeld toen ik in Polen aan het front zat.'

'O, met Timo gaat het goed!' zei Louis. 'Hij heeft de leiding over onze tuin op zich genomen toen onze oude hoofdtuinman met pensioen ging. Bovendien is hij met een van onze artsen getrouwd en samen hebben ze een dochtertje.'

'Ik ben blij dat te horen. Toen hij me vertelde dat zijn verloofde hier in Berlijn op hem wachtte, heb ik geprobeerd hem zo lang mogelijk in het ziekenhuis te houden. Toen hij met verlof naar huis mocht, heb ik hem uit het oog verloren.'

'Dan moet u straks beslist even met hem gaan praten. Hij zal vast blij zijn u terug te zien.'

Er werd geklopt. 'Binnen!' riep Louis, waarop dr. Meyer in de deuropening verscheen. 'Ah, Erich, goed dat je er bent! Dan kunnen we misschien even een rondje door het ziekenhuis maken.'

Erich gaf dr. Fenner een hand. 'Fijn dat u op onze uitnodiging bent ingegaan. Waldfriede behoeft hier en daar nog wat renovatie, maar als hoofdinternist zou u de mogelijkheid hebben mee te beslissen over de indeling van uw afdeling. En over de verpleegstersopleiding natuurlijk.'

'Dat is wat iedere arts zich wenst!' antwoordde Fenner.

Louis stond op. 'Zullen we onze collega dan maar ons ziekenhuis en de afdelingen laten zien?' vroeg hij aan Erich Meyer, waarna hij zijn blik op dr. Fenner richtte. 'Tenminste, als u geïnteresseerd bent.'

~

Met bonzend hart stond Christina voor de spiegel en keurde haar uiterlijk keer op keer van alle kanten.

Peter had beloofd haar tegen zeven uur op te halen. Er restten haar nog tien minuten om zich mooi te maken.

Gisela's woorden hielden haar al de hele dag bezig. Stel dat het waar was? Dat Peter haar inderdaad een huwelijksaanzoek zou doen? Er was niemand aan wie ze om toestemming hoefde te vragen. Maar wilde ze zelf wel?

Dan was er nog haar droom vroedvrouw te worden. De opleiding alleen al zou veel tijd kosten. Peter zei steeds dat hij achter haar stond als het ging om de doelen die ze wilde bereiken. Maar kon hij ook het geduld opbrengen te wachten met een gezin stichten?

Een blik op de klok deed haar beseffen dat het tijd was om te gaan. Ze trok haar splinternieuwe mantel aan, die ze een maand eerder in de uitverkoop had gekocht. De diep donkerrode kleur, die deed denken aan de dahlia's uit de tuin bij haar thuis, had haar aandacht getrokken toen ze met Gisela in de stad was. Hij was afgeprijsd en bleek ook nog in haar maat voorradig, wat ze als tekenen van het lot had beschouwd, waarna ze hem had meegenomen.

Tot dusver was ze er zuinig op geweest. Ze was van plan hem voor de kerstviering met Peter en zijn moeder aan te trekken. Maar ze voelde dat deze avond de juiste was om zich er voor Peter in te vertonen.

Onderweg naar de achteruitgang kwam ze Hanna tegen. Die droeg haar warme winterjurk en Christina had de indruk dat ze net klaar was met het spreekuur. Dr. Conradi werd momenteel bijna belegerd vanwege het grote aantal vrouwen dat in Waldfriede wilde bevallen.

‘Goedenavond, Hanna!’ zei Christina vrolijk.

‘Goedenavond, Christina,’ antwoordde Hanna, die een bewonderende blik op haar mantel wierp. ‘Wat ben jij chic aangekleed!’

‘Ik heb met Peter afgesproken,’ verklaarde Christina.

‘Door de week?’ vroeg Hanna verbaasd.

‘Hij heeft me iets belangrijks te vertellen.’ Christina kreeg een warm gevoel vanbinnen, alsof een zonnetje haar hart bescheen. ‘Hij wilde me niet verklappen wat, maar...’

Een veelzeggende glimlach verscheen op Hanna’s gezicht. ‘De vraag der vragen?’

‘Ik weet het niet. Maar ik hoop het wel een beetje.’

Christina merkte dat Hanna’s blik sceptisch werd. ‘Ben je daar niet een beetje te jong voor?’

‘Voor een huwelijk?’ Christina schudde lachend haar hoofd. ‘Ik word volgend jaar twintig! Bovendien weet ik het niet zeker.’

‘Maar je hoopt het wel?’ Hanna nam haar onderzoekend op.

Christina knikte en wierp een blik op de klok. Ze moest opschieten.

‘Dan zal ik je niet langer ophouden,’ zei Hanna. ‘Ik raad je alleen aan er goed over na te denken of je wel ja wilt zeggen. Al ben ik zelf niet getrouwd, ik weet dat het huwelijksleven een flinke uitdaging vormt.’

‘Ik denk dat met Peter alles makkelijk zou zijn, ook het huwelijk,’ antwoordde Christina met volle overtuiging. Bij de achterdeur aangekomen draaide ze zich nog een keer om en zwaaide opgewekt naar Hanna, die haar nog stond na te kijken.

Die avond was het heel druk in het centrum. Inmiddels kon een vrij groot aantal Berlijners het zich veroorloven inkopen voor het kerstfeest te doen. De etalages waren dan ook van een groot en gevarieerd aanbod voorzien. Sommige winkeliers hadden ze ondanks alles feestelijk versierd. Bij die aanblik kon Christina nauwelijks geloven dat Zehlendorf vijf jaar eerder nog in puin lag.

Met lange passen liep ze naar de dorpseik, hun ontmoetingsplaats. Na een poosje bespeurde ze een elegant geklede man met een fiets, die er op het eerste gezicht niet uitzag als Peter. Maar toen hij zich naar haar toewendde, herkende ze haar geliefde. Hij glimlachte breed naar haar en sloot haar even later in zijn armen. Ze kusten elkaar hartstochtelijk en toen zei Peter: 'Wat heb je je mooi gemaakt, die mantel ken ik nog niet.'

'Ik wilde hem bewaren voor ons kerstfeest,' verklaarde ze en ze liet haar hand over de revers van zijn jas glijden, waaronder hij een krijtstreeppak droeg. 'Jij ziet er anders ook niet slecht uit.'

'Ik dacht dat het bij de gelegenheid zou passen.' Hij glimlachte breed en pakte het stuur van zijn stalen ros. 'Kom.'

'Op de fiets?' vroeg Christina verschrikt. Sinds haar eerste tochtje op de fiets hadden ze het niet nogmaals geprobeerd.

'Natuurlijk niet,' zei hij. 'We gaan lopen. Het is hier niet ver vandaan.'

# 61

Peinzend liep Hanna door de lange, stille gang. Ze dacht aan Christina's afspraakje met haar vriend. Zou hij echt van plan zijn haar om haar hand te vragen? Christina had haar nooit eerder toevertrouwd dat ze aan trouwen dacht.

Hoewel ze blij was voor haar beschermeling, was Hanna er niet van overtuigd dat een huwelijk een goed idee was. Ze waren beiden nog erg jong en geen van tweeën verdienden ze genoeg om een eigen huishouden te voeren. Een gezamenlijk leven op zo'n krappe financiële basis had ze vroeger misschien romantisch gevonden, maar met al haar levenservaring leek het haar nu moeilijk. Het zou niet voor het eerst zijn dat een relatie door geldproblemen op de klippen liep, ook al hadden beide partners aanvankelijk de overtuiging gehad niet meer dan lucht en liefde nodig te hebben.

Maar wie was zij om met bezwaren te komen? Christina was in de oorlog uit noodzaak vlug volwassen geworden en ze had vertrouwen in haar intuïtie. En Peter leek inderdaad te deugen.

Ze hoorde een deur opengaan en even later zag Hanna dr. Conradi uit zijn voormalige spreekkamer komen. Hij trok zich daar soms na zijn spreekuur terug om in alle rust zijn schrijfwerk af te handelen. Dagelijks kregen ze nieuwe verordeningen en wijzigingen van de overheid en de ziekenfondsen binnen en hij kon dat niet allemaal aan administrateur Müller overlaten.

'Dokter Conradi, bent u er nog?' vroeg ze verbaasd. Hij oogde vermoeid en bleek, en tegelijk straalde hij een zekere onrust uit. De spreekuren eisten veel van hem en over het bezoek van de jonge sollicitant voor de functie van hoofdarts had hij nog steeds niets gezegd.

'Ja, ik dacht nog iets af te maken. Ik vrees dat het nog even zal duren voor ik mezelf rust kan gunnen.'

Hanna knikte en vroeg toen: 'Hoe is het gesprek met dokter Fenner eigenlijk verlopen?'

'Hij lijkt een heel prettige en patente man te zijn,' antwoordde Conradi. 'En een goede arts. Hij is gespecialiseerd in stofwisselingsziekten, vooral diabetes. Maar ik weet niet of hij voldoende geïnteresseerd is om bij ons te beginnen.'

'O!,' zei Hanna. 'Waarom niet? U zei toch dat hij in het Friederikenstift slechts plaatsvervangend hoofdarts is? Hoofdarts met een eigen afdeling worden zou voor hem toch een flinke promotie betekenen?'

'Ja, maar een promotie in een stad die door Russen omsingeld is. Nu de zogenoemde DDR is gesticht, is hij bang dat ze ons elk moment weer kunnen opsluiten. In Hannover is hij vrij en loopt zijn gezin geen enkel risico.'

'Maar de Sovjets hebben toch ingezien dat ze niets tegen de andere geallieerden kunnen uitrichten?'

'De vraag is hoelang dat zo blijft. Bovendien wil hij niet weg van zijn familie. Het gaat daarbij niet alleen om zijn vrouw en kinderen. Ik vrees dat we ook zijn ouders moeten incalculeren.'

'Ze zouden toch de woning onder de uwe kunnen betrekken?'

'Daar heb ik ook aan gedacht. Maar of dat zal volstaan?' De dokter slaakte een diepe zucht. 'Ik vraag me af wie dokter Meyer moet opvolgen als Fenner niet wil.'

'Er zijn vast artsen die zijn functie kunnen overnemen.'

'Maar of ze dat ook zouden doen?' Conradi tuurde naar de neuzen van zijn schoenen, toen keek hij haar aan. 'Wat zou een jong iemand ertoe brengen naar een omsingelde stad te verhuizen? Zich hier te installeren, een gezin te stichten, op een fundament van onzekerheid?'

De wanhoop in zijn stem ontging Hanna niet. Laat doorwerken was waarschijnlijk een poging tot afleiding voor hem geweest, met duidelijk weinig resultaat. De opvolging van de oudere artsen was inderdaad een probleem, maar onoplosbaar was het niet.

'Ook tijdens de oorlog heerste er aan alle kanten onzekerheid,' zei ze in een poging hem wat hoop te geven. 'En toch slaagden we er altijd weer in artsen naar Waldfriede te krijgen. En laten we de vrouwelijke artsen niet vergeten! Ook een vrouw zou dokter Meyer kunnen opvolgen.'

'Maar een vrouw wil misschien op zeker moment kinderen.'

Hanna trok haar wenkbrauwen op. 'Nou en?' vroeg ze. 'U ziet toch dat dokter Davis het ook redt? Er zijn natuurlijk vrouwen voor wie een gezin het enige levensdoel is, maar er zijn er ook die het allebei klaarspelen.' Terwijl ze dit zei, besefte ze dat Christina mogelijk ook tot die vrouwen behoorde. En dat geen man haar ervan zou kunnen weerhouden haar opleiding voort te zetten.

'Daar kunt u best gelijk in hebben.' Dr. Conradi zette nu weer een glimlachje op. 'We zullen moeten afwachten wat de tijd ons zal leren, nietwaar?'

'Dat hebben we immers altijd gedaan, dokter,' zei ze. 'En misschien zullen Waldfriede en wij het beter treffen dan we denken.'

Toen de dokter weg was, begaf Hanna zich naar haar kamer. Wie weet waren haar bedenkingen wat Christina betrof ongegrond. Het was haar leven en ze zou wel het juiste besluit nemen. Had zijzelf niet ook altijd tegenover haar ouders haar eigen weg verdedigd?

Haastige voetstappen achter haar haalden haar uit haar gedachten.

'Zuster Hanna!' riep iemand. Ze draaide zich om en herkende Beate uit Christina's leerjaar.

'Wat is er?' vroeg ze, waarop het meisje een envelop uit haar zak haalde.

'Deze is vandaag voor Christina gekomen en per abuis op de kraamafdeling bezorgd. Ik wilde haar de brief brengen, maar ze is niet op haar kamer.'

'Ik geef hem haar wel,' zei Hanna, waarop Beate haar de envelop aanreikte.

'Bedankt, zuster Hanna,' zei ze en ze ging er weer vandoor.

Hanna draaide de brief om, zodat ze de afzender kon lezen. Toen ze het rode kruis op de envelop zag, verstijfde ze.

~

Na het einde van de blokkade hadden in Berlijn niet alleen de winkels weer een aanbod zoals veel mensen het lang niet meer hadden gezien. Ook de horeca nam een hoge vlucht. Wel was het voor mensen als Christina schandalig duur om uit eten te gaan.

Toen Peter voor het kleine restaurant bleef staan, trok ze haar wenkbrauwen op. 'Dat meen je toch niet?'

Peter glimlachte breed. 'Heel serieus zelfs. Ik heb een tafeltje gereserveerd.'

'Maar ik... Ik ben er niet op gekleed.'

'Dat ben je wel. En wat ik je te vertellen heb, verdient een feestelijke ambiance.' Hij zette zijn fiets op slot en gaf haar een arm. 'Zullen we?'

Glimlachend haakte ze bij hem in.

Binnen werden ze omgeven door warme lucht. De geur van eten deed Christina meteen watertanden. Zo had het in hun dorp alleen 's zondags geroken, als de bewoners van het landhuis uit de kerk kwamen.

Een kelner vroeg of ze gereserveerd hadden. Peter antwoordde bevestigend, waarna de man hun voorging naar hun tafeltje. Voor Christina was het als een droom van licht en geuren van gebraden vlees, groenten en chocola. Ze had het gevoel dat er duizend luchtbelletjes in haar ronddansten. Gisela had vast gelijk: Peter zou haar vragen of ze zijn vrouw wilde worden. En dat wilde ze.

Enigszins onhandig nam ze plaats op de stoel die de kelner voor haar achteruit had geschoven. Zo'n attente behandeling kende ze alleen uit films. Toen ze zaten gaf de kelner hun de menukaart en vroeg wat ze wilden drinken.

'Water,' zei Christina.

'Kies wat je wilt,' zei Peter. 'We hebben vandaag alle reden voor een feestje.'

Christina bladerde door het menu, dat vol gerechten stond

waarvan ze nooit had gehoord. Door haar onwetendheid had ze geen idee wat ze moest kiezen.

Bovendien was de vraag waarom hij haar hier mee naartoe had genomen veel interessanter en was haar trek in eten als bij toverslag verdwenen.

'Wat vieren we dan?' flapte ze eruit en ze legde de menukaart voor zich op tafel.

Peter glimlachte geheimzinnig. 'Zullen we daar niet mee wachten tot we onze buikjes rond hebben gegeten?'

'Ik denk dat ik geen hap door mijn keel krijg zolang ik niet weet waar het om gaat.'

'Goed dan,' zei Peter. Hij liet opzettelijk een stilte vallen en vervolgde toen: 'Ik heb al eens eerder aangegeven dat er iets is wat ik dolgraag zou willen doen.'

Christina herinnerde zich het moment waarop hij zei dat hij wilde dat ze zijn vriendin zou worden. Dat hij zijn best zou doen haar voor zich te winnen. Nou, dat had hij gedaan. Hij had haar voortdurend laten voelen hoeveel hij om haar gaf. En hij had nog meer gedaan. Hij had haar tot een gelukkige vrouw gemaakt, die nu wist hoe het voelde als je iemand boven alles liefhad. Haar hart maakte sprongetjes van opwinding en een warme golf van genegenheid doorstroomde haar.

'En?' vroeg ze ongeduldig terwijl ze hem in de ogen keek. *Zeg het*, smeekte ze woordeloos. *Je moet toch voelen dat ik het ook wil...*

'Ik wil overstappen naar vliegbasis Gatow, naar de Royal Air Force. Ze willen me daar opleiden tot piloot voor de British European Airways.'

# 62

Christina staarde Peter verbijsterd aan. 'Je wilt overstappen naar de Royal Air Force? Naar de Engelsen?' Gatow lag in de Britse sector van Berlijn. In de kranten had gestaan dat die vliegbasis inmiddels een zelfstandige stad leek, en dat ook die basis er in belangrijke mate toe had bijgedragen de aanvoer van levensmiddelen voor de Berlijnse bevolking in stand te houden.

Peters ogen lichtten op. 'Is het niet geweldig?' Hij zweeg even en voegde er toen aan toe: 'Eindelijk kan ik piloot worden! Maar ze kunnen me natuurlijk niet in Gatow opleiden. Je weet hoe het met dat Vier Machten-statuut zit.'

'Weet ik dat?' vroeg Christina als verdoofd. Er golden allerlei beperkingen door het Vier Machten-statuut, maar met de beperkingen voor het vliegverkeer had ze zich bepaald niet beziggehouden.

'Nou ja, er mogen op Duits grondgebied geen piloten worden opgeleid en ook geen Duitse vliegtuigen vliegen.' Aan Peters enthousiasme deed dat geen afbreuk. 'Ik droom er al zo lang van piloot te worden en ik vind het niet erg om daarvoor naar Engeland te gaan.'

Zijn woorden galmden als klokslagen door haar hoofd. Als hij het niet erg vond om naar Engeland te gaan, zo ver bij haar vandaan... gaf hij dan eigenlijk wel om haar?

'Je wordt natuurlijk helemaal door de molen gehaald, vooral waar het de oorlog betreft,' vervolgde Peter. 'Ik zat bij het Jungvolk van de Hitlerjugend, omdat iedereen lid moest worden, maar ik heb nooit een wapen aangeraakt en heb ook niet gevochten. En omdat ik bovendien goed Engels spreek, dacht de majoor die erover gaat dat ik een goede kans had om bij de vliegopleiding te worden aangenomen.'

Christina had het gevoel dat ze elk moment door de grond kon zakken. Peter wilde piloot worden. En hij zou door de Royal Air Force worden opgeleid. Door de Britten die Berlijn hadden gebombardeerd. De Britten die mogelijk ook over haar colonne heen waren gevlogen en bijna ook haar hadden gedood.

De kelner kwam haar water brengen en vroeg of ze wilden bestellen. Ze kon echter alleen haar hoofd schudden.

'Graag nog een ogenblikje,' hoorde ze Peter zeggen. De kelner trok zich terug.

'Het is een unieke kans,' zei hij tegen Christina. 'De mooiste dag van mijn leven!'

Graag had Christina hem gezegd dat ze blij voor hem was. Maar de woorden bleven in haar keel steken. Ze kon aan niets anders denken dan de vliegtuigen die over haar heen waren geraasd.

'En hoe moet dat dan met ons?' vroeg ze bedroefd. 'Je zult ik weet niet hoelang weg zijn!'

'Maar ik krijg toch vakantie?' Hij pakte haar handen. 'En het duurt maar twee jaar. Jij zou na je opleiding in Waldfriede ook naar Engeland kunnen komen. Daar heb je vast ook vroedvrouwenscholen.'

'Die zullen bepaald niet zitten te wachten op een Duitse die geen Engels spreekt!' antwoordde ze. Ze voelde woede opkomen. Christina kon niet bevatten dat hij echt geloofde dat ze hierin mee zou gaan. 'Ik dacht dat je van me hield,' fluisterde ze.

'Natuurlijk hou ik van je!' antwoordde Peter. 'Maar vliegen is altijd al mijn droom geweest.'

'Je zou kunnen wachten tot het hier weer is toegestaan.' Christina voelde dat niets wat ze zei hem van zijn plan af zou kunnen brengen.

'Wie weet hoelang dat nog duurt. En misschien krijg ik dan de kans niet meer.'

Christina wilde nog iets zeggen, maar ineens besefte ze dat het in het restaurant stil was geworden. Aller ogen waren op hen gericht. Ergens op de achtergrond schraapte iemand zijn keel.

Ze keek naar Peter, in zijn blik lag nu teleurstelling.

'Ik kan geen relatie hebben met een man die zijn leven voor een vliegtuig riskeert,' zei ze heftig. Plotseling kon het haar niet schelen dat iedereen hen aanstaarde. 'Of die misschien ooit gedwongen wordt op mensen te schieten.'

'Wie heeft het nu over schieten?' vroeg hij. 'Het is immers geen oorlog?'

'Maar ze zouden je toch voor militaire dienst kunnen oproepen?' Christina's hart begon te bonzen en ze voelde dat ze op het punt stond zichzelf een paniekaanval te bezorgen. Maar ze had het niet in de hand. 'Ze zeggen dat je voor de burgerluchtvaart zult vliegen, maar kijk eens naar al die piloten die daar voor de oorlog bij zaten. De Russen hoeven de stad alleen maar opnieuw af te sluiten. En afgezien daarvan... Stel dat je neerstort en met je vliegtuig niet alleen jezelf, maar ook andere mensen doodt?'

'Je mag best het vertrouwen hebben dat ik mijn werk goed zal doen.'

Hij klonk gekwetst en boos, maar Christina was niet in staat haar woorden terug te nemen. Haar hart bonsde in haar oren. Ze wilde niet dat hij voor twee jaar naar Engeland vertrok. Ze wilde hem niet kwijtraken. Dat vliegen belangrijker scheen te zijn dan hun relatie sloeg haar met ontzetting.

'Ik dacht...' begon ze, maar ze slikte de rest van haar woorden in. Het was te pijnlijk om te zeggen dat ze had verwacht dat hij haar ten huwelijk zou vragen.

Peter pakte haar hand. 'Christina, luister nu eens...'

Maar dat wilde ze niet. Ineens leek alles te krap: het restaurant, haar jurk, de hele wereld. Ze wilde alleen nog maar weg. Weg van Peter en zijn krankzinnige plan.

Haar hart ging tekeer en haar borst en keel deden pijn toen Christina door de besneeuwde straat rende. Ze had een paar keer omgekeken om te zien of Peter haar achterna kwam, maar dat had hij niet gedaan.

Ze was overmand door teleurstelling en angst. Ze wilde niet dat Peter zou neerstorten. Ze wilde niet dat hij een moordenaar moest worden als het ooit weer oorlog werd. En dat hij haar niet om haar hand had gevraagd, maakte haar ook verdrietig.

Toen ze bij Waldfriede aankwam, was ze volledig buiten adem. Haar huid leek wel bevroren, maar inwendig gloeide ze. Ze liep om het gebouw heen en ging door de achterdeur naar binnen. Ze wilde niet dat de verpleegster aan de balie haar zag en zou vragen wat er aan de hand was.

Even overwoog ze naar Hanna te gaan, haar kamer lag niet ver weg. Maar wat moest ze haar vertellen? Dat Peter zijn verstand had verloren? Dat ze van hem was weggevlucht?

Ze was Hanna's kamer net gepasseerd toen haar deur openging.

'Christina, wacht even!' Hanna kwam de gang op. 'Ik zag je thuiskomen en...' Ze stokte toen ze Christina aankeek. Ze nam haar langzaam van top tot teen op. 'Wat is er aan de hand?' vroeg ze bezorgd. 'Waar is je mantel?'

Christina keek haar even aan en viel haar toen huilend om de hals.

Hanna ving haar op en streelde haar troostend over haar rug. 'Het is goed. Alles komt goed.'

Maar Christina had niet het gevoel dat er ooit weer iets zou goedkomen. Ze huilde tot ze schor was en haar borst pijn deed. Toen het snikken uiteindelijk een beetje wegebde, maakte Hanna zich zachtjes van haar los. Ze keek Christina aan en zei: 'Christina, vertel eens, is je iets aangedaan?'

Christina schudde haar hoofd. Ze vermoedde wel wat Hanna nu dacht. Zonder jas thuiskomen duidde in haar ogen vast op een van de ergste dingen die een vrouw kon meemaken. Maar uit schaamte wist Christina zich er aanvankelijk maar moeilijk toe te zetten te vertellen wat er was gebeurd. Haar ogen brandden toen ze de tranen van haar gezicht veegde zonder ze werkelijk tegen te kunnen houden.

'Peter en ik...' Weer snikte ze schokschouderend.

'Heeft hij iets geprobeerd wat jij niet wilde?' Hanna keek over Christina's schouder. 'Wil je niet even binnenkomen om het me te vertellen?'

Christina knikte en liep met Hanna mee.

'Peter wil voor twee jaar naar Engeland gaan om daar tot piloot te worden opgeleid,' zei ze toen ze op Hanna's bed was gaan zitten.

Hanna trok haar wenkbrauwen op. 'Hoe dat zo?'

Christina haalde haar schouders op en weer kwamen de tranen. Ze boog haar hoofd en zag een paar druppels op haar handen vallen. Haar borst deed pijn. Toen keek ze Hanna aan. 'Ik heb hem verteld dat ik niet met een man samen kan zijn die misschien ooit op burgers moet schieten omdat iemand weer een oorlog begint.'

Hanna dacht een poosje na en vroeg ten slotte: 'Heb je hem ooit verteld wat je is overkomen? Ik bedoel die kwestie met de vliegtuigen en welk effect het op je heeft gehad?'

Christina schudde haar hoofd. 'Dan had hij misschien gedacht dat ik gek ben.'

'Dat denk ik niet,' zei Hanna, die naast haar ging zitten en haar over haar rug streelde. 'Misschien was hij dan nooit op dit idee gekomen.'

'Hij zei dat hij er al lang van droomt. Hij leek het belangrijker te vinden dan mijn bezwaren.'

'Omdat hij geen weet heeft van jouw ervaringen met vliegtuigen.' Hanna zweeg even.

'Ik denk niet dat het verschil voor hem zou maken,' wierp Christina tegen. 'Hij wil zijn droom verwezenlijken. Wat er van mij wordt kan hem niet schelen.'

'Daar geloof ik niets van, na alles wat je over Peter hebt verteld.'

'Hij zei dat ik toch naar hem toe kon komen. Naar Engeland. En dat ik daar vroedvrouw kon worden. Maar ik spreek geen Engels. En... ik wil hier ook niet weg.'

'Dat klinkt alsof hij er wel degelijk over heeft nagedacht.' Hanna streek Christina's haar opzij en dwong haar haar aan te kijken. 'Ik weet dat het een schok kan zijn als anderen ons met hun plannen confronteren. Mogelijk heeft Peter zich ook wat ongelukkig uitgedrukt. Maar ik geloof niet dat vliegen belangrijker voor hem is dan jij, als hij er ook al over heeft nagedacht hoe hij jou bij zich kan hebben.'

'Maar hij had me toch kunnen vragen of ik dat eigenlijk wel

wil?' antwoordde Christina en ze veegde de tranen van haar wangen. Ze voelde zich nog steeds diep teleurgesteld. 'En ik dacht nog wel dat hij me om mijn hand zou vragen.'

Christina zag een glimlach over Hanna's gezicht trekken. 'Zo zijn mannen nu eenmaal, nietwaar? Ze maken plannen die ze volkomen logisch vinden en dan komt de werkelijkheid om de hoek kijken. Je moet nog eens met hem praten.'

Christina boog haar hoofd. 'Hij wil het vast niet horen.'

'Dat weet je niet,' zei Hanna. 'Je moet het op z'n minst proberen. Als hij je verhaal hoort, zal hij het misschien anders zien. En als hij dan nog steeds denkt dat vliegen belangrijker is dan jij, is het misschien zo voorbestemd.'

Christina wist niet hoe ze Peter na die publiekelijke onenigheid weer onder ogen moest komen. 'Ik heb mijn mantel in het restaurant laten hangen,' zei ze gegeneerd.

'Dan ga je morgenavond terug om hem op te halen.' Hanna glimlachte haar bemoedigend toe. 'Ach ja, voor ik het vergeet...' Ze haalde een envelop uit haar zak. 'Deze brief is vandaag voor je gekomen. Een van de verpleegsters kwam me hem brengen, hij was ten onrechte op de kraamafdeling terechtgekomen. Ik wilde hem je geven toen ik je langs mijn raam zag lopen.'

Christina herkende het stempel en het rode kruis. Verward keek ze Hanna aan. Ze scheurde de envelop open en haalde het briefje eruit. Het bericht was kort. Even later werd alles voor haar ogen wazig en was ze niet in staat zich te verroeren.

'Ze hebben mijn moeder gevonden,' bracht ze ontdaan uit. 'Ze woont in de Sovjet-zone, in Mecklenburg.'

# 63

*Zehlendorf, 23 december 1949*

'Wil je echt dienst hebben op kerstavond?'

Zuster Else keek Christina verbaasd aan. Eigenlijk was overeengekomen dat ze die dag vrij zou krijgen, zodat ze kerstavond met Peter en zijn moeder kon doorbrengen. Maar nu het de avond tevoren zo was misgegaan, zag Christina geen reden dan niet te werken. Dienstdoen met de kerstdagen bood haar de gelegenheid het enigszins te vergeten. En de gelegenheid om zich af te vragen wat ze moest beginnen met de informatie dat haar moeder was gevonden. Het bericht had haar sterk aangegrepen en ze had de hele nacht nauwelijks een oog dicht gedaan.

Hanna had haar opgebiecht dat ze na Christina's nachtelijke verhaal een zoekopdracht had gegeven.

'Maar hoe kwam je aan haar naam?' had Christina verbaasd gevraagd.

'Uit je papieren. Je had immers een nieuwe geboorteakte laten maken.' Hanna had een beetje bedremmeld naar haar handen gekeken. 'Het spijt me dat ik het je niet heb verteld. Maar ik wilde niet dat je teleurgesteld zou worden. Als ze niet meer in leven zou blijken te zijn...'

Christina had Hanna daarop zonder iets te zeggen omhelsd.

'Jazeker,' antwoordde ze Else nu en ze zette haar gedachten opzij. 'Ik... Er is geen reden meer dat ik vrij moet hebben.'

Else fronste haar voorhoofd. Ze praatte zelden over privézaken en informeerde ook zelden bij haar verpleegsters naar wat er in hun leven speelde. Maar ditmaal maakte ze een uitzondering. 'Heb je ruzie met je vriend?'

Christina wist dat het inmiddels een publiek geheim in Waldfriede was dat ze een aanbidder had. Ze wist ook dat Beate en Karin haar daarom stilletjes benijdden. Die twee hadden waarschijnlijk nooit de fout gemaakt in een restaurant op te springen en weg te rennen. En daardoor niet alleen een mantel kwijt te raken, maar ook een geweldige man.

'Ik heb geen vriend meer,' antwoordde Christina en ze boog haar hoofd.

'Wat is er dan gebeurd?' vroeg Else.

Toen Christina opkeek, zag ze dat Else haar voorhoofd had gefronst. Zou ze het haar vertellen? Achteraf kwam haar reactie haar ontzettend dom voor en ze brak in tranen uit toen ze besefte wat ze er vermoedelijk mee had verspeeld.

'Hij... Hij wil piloot worden,' wist Christina uit te brengen en ze wreef over haar ogen. Ze verwachtte bijna dat Else zou zeggen dat dat toch geen reden was om uit elkaar te gaan. Maar de vroedvrouw kende haar en wist hoe ze tegenover vliegtuigen stond.

'O, daar kijk ik van op. Ik dacht dat er voorlopig geen piloten op Duits grondgebied mochten worden opgeleid.'

Christina snikte luid. 'Dat is het juist: hij wil naar Engeland. Maar... het gaat mij toch niets meer aan.'

Else keek alsof ze zocht naar iets om tegen haar te zeggen. Maar blijkbaar wist ze niets te verzinnen. 'Goed dan, ik rooster je in,' zei ze ten slotte. 'Het kan geen kwaad een goede kracht in de verloskamer te hebben voor het geval er een kerstkindje geboren wil worden.'

In de middagpauze ging Christina in het park zitten. Ze had een dik vest aangetrokken, want de jas die ze nog had buiten de mantel die ze in het restaurant had laten hangen, was te dun voor dit weer. Ze zou die avond teruggaan om haar mantel te halen. Terwijl ze probeerde te negeren dat ze rilde van de kou, stak ze haar hand in haar schortzak en haalde de brief van het Rode Kruis tevoorschijn.

Dat haar moeder was gevonden had ze afgezien van Hanna nog aan niemand verteld. Het was haar de avond tevoren allemaal te veel geworden, zodat ze uiteindelijk na met hoofdpijn in slaap te zijn gevallen door warrige dromen was bezocht. Toen ze wakker werd, had ze niet meer aan de brief gedacht, tot ze hem bij het verlaten van haar kamer op het ladekastje had zien liggen. Sindsdien zat hij in de zak van haar schort en ze had hem niet nog eens durven lezen. Nadenkend streek ze met haar duim over het stempel van het Rode Kruis.

Haar moeder leefde nog! Ze woonde in Herzberg, een gehucht in Mecklenburg-Vorpommern, dat op bevel van de Sovjets alleen nog Mecklenburg genoemd mocht worden. Het zag er echter naar uit dat ze zelf geen aanstalten had gemaakt Christina te vinden.

'Is het niet wat aan de koude kant?' vroeg Hanna, die ineens naast haar stond.

'Nee, hoor. Het gaat wel.'

'Mag ik?' vroeg Hanna, waarop ze knikte.

Hanna ging naast haar zitten, trok haar jas over haar borst stevig dicht en keek naar het ziekenhuis. Toen richtte ze haar blik op de brief in Christina's handen. 'Heb je al besloten wat je gaat doen?'

'Nee,' zei Christina naar waarheid. 'Nog niet.'

'Begrijpelijk,' antwoordde Hanna. 'Het was gisteravond allemaal wat veel voor je...'

Christina wendde zich naar haar toe. 'Bedankt dat je die zoekopdracht hebt gegeven. Ik had niet gedacht dat het resultaat zou opleveren.'

'Ik ook niet meer, na al die tijd,' zei Hanna. 'Maar zoals je ziet, zijn wonderen de wereld nog niet uit.'

Christina wist niet of ze dit als een wonder moest beschouwen. Haar moeder had zich erdoorheen geslagen, net als zijzelf.

'Ik zit alleen hiermee,' begon ze. 'Waarom heeft mijn moeder geen zoekopdracht gegeven? Ik bedoel, als ze mij had gezocht, hadden die twee aanvragen elkaar toch moeten kruisen?'

Hanna dacht even na en zei toen: 'Het landsbestuur is nog steeds een chaos. Veel afdelingen weten niet wat andere doen. Neem ons verzoek om wederopbouwhulp. Dat ligt ergens en door de blokkade is het misschien in een la verdwenen waar iemand het ooit eens uit moet halen. Ik weet zeker dat ook bij het Rode Kruis nog niet alles van een leien dakje loopt. Vooral omdat we nu twee Duitse staten hebben.'

'Je bedoelt dat haar aanvraag nog wel kan komen?'

'Mogelijk hebben ze haar al geïnformeerd,' antwoordde Hanna. 'Misschien moet je proberen contact met haar op te nemen.'

~

Peinzend keek Louis naar zijn spreekuuragenda. Op de laatste bladzijden stonden niet meer zo veel afspraken, vlak voor Kerstmis leek de wereld tot rust te komen. Er konden zich natuurlijk nog spoedgevallen voordoen, maar daar waren ze op voorbereid.

Slechts een paar dagen nog en ze zouden met een eenvoudig feestje afscheid nemen van het afgelopen turbulente jaar en de jaarkring zou opnieuw beginnen.

Terugblikkend zou Louis er geen rekening mee hebben gehouden dat ze 1950 als vrije mensen en burgers van de Bondsrepubliek konden begroeten. Toch keek hij met bezorgdheid vooruit. De onzekerheid drukte zwaar op hen. Wat zou er van West-Berlijn worden, dat officieel tot het gebied van de Bondsrepubliek hoorde, als de heersers van de Sovjet-zone besloten hen opnieuw aan alle kanten in te sluiten?

De regering, die nu in Bonn zetelde, bleef weigeren de onlangs gestichte DDR te erkennen. Zolang dat niet gebeurde, hadden de Berlijners het gevoel op een kruitvat te zitten.

Wel begonnen de winkels uitgebreidere voorraden te krijgen. Louis stond telkens weer versteld over alles wat zijn vrouw aan inkopen mee naar huis bracht. Dat liet echter onverlet dat er op andere gebieden nog problemen waren. De renovatie van Waldfriede stagneerde, wat niet alleen aan het gebrek aan materiaal lag, maar ook aan de aanvraag, die inmiddels weliswaar was aangekomen en bij de juiste afdeling afgegeven, maar nog steeds niet was goedgekeurd. Louis wist dat er goede mogelijkheden bestonden om aan specie of timmerhout te komen, of zelfs aan vensterglas, zonder het geld van de Senaat kon hij echter niets doen.

Toen Hanna de spreekkamer binnenkwam, bracht ze niet alleen frisse winterlucht mee.

'Er is een telegram voor u, dokter Conradi,' zei ze en ze overhandigde hem de envelop. 'Een van de keukenhulpen heeft het aangenomen en gaf het me toen ik in de eetzaal was.'

Louis fronste zijn voorhoofd. Hij bedankte haar en terwijl Hanna zich terugtrok maakte hij de envelop open. Zijn blik vloog over de regels en toen leek hij te breken.

*+++ Hoorzitting op hoofdkantoor Geallieerde Commando op 5 januari 1950, 09.00 uur. +++ Deelname vereist +++*

# 64

‘Wat kan het Geallieerde Commando van u willen?’ vroeg Hanna onzeker nadat dr. Conradi haar het telegram had laten lezen. ‘En waarom sturen ze u een telegram en bellen ze niet op?’

‘Dat kan veel redenen hebben,’ zei de dokter. ‘Misschien gaat het om onze aanvraag om financiële hulp.’

‘Maar zou er dan geen brief van de Senaat moeten komen?’ Onrust maakte zich van Hanna meester. Hoewel het oude regeringsapparaat niet meer bestond, was het nooit goed als je door een officiële instantie werd ontboden. Een blik op dr. Conradi deed haar beseffen dat ook hij zich er niet gemakkelijk bij voelde.

‘Misschien willen ze van Waldfriede een lazaret voor hun leger maken,’ merkte hij spottend op.

‘Het is geen oorlog meer,’ antwoordde Hanna.

‘Toch is het mogelijk dat de geallieerden zich ergens willen vestigen. Vooral nu het er niet naar uitziet dat ze de stad ooit weer zullen verlaten.’

Hanna had dit graag tegengesproken, maar in de kranten van de afgelopen dagen had ze speculaties gelezen over wat er zou gebeuren als de Amerikanen, de Britten en de Fransen de stad verlieten. Politieke experts waren het erover eens dat de Sovjets dan opnieuw zouden proberen de stad in te lijven.

‘Maar denkt u echt dat ze Waldfriede van ons willen afpakken? Na alles wat we hebben gedaan?’

‘Als ze hier lang blijven hebben ze een militair ziekenhuis nodig,’ zei Conradi. ‘Bovendien is onze vriend Wiedemann nog steeds in functie als ambtenaar, hoewel ik een melding bij de Artsenkamer heb gemaakt. Ik ben ervan overtuigd dat hij ons ziekenhuis het eerst zal voorstellen als hem dit soort overwegingen ter ore komen.'

'Laten ze toch het Hindenburg nemen!' riep Hanna boos uit. Ze had er genoeg van dat er overal gedacht werd dat zij wel gemist konden worden. 'Dat is tenslotte naar een veldmaarschalk genoemd!'

'Wie weet hoelang het nog zo zal heten,' mompelde dr. Conradi. 'Ik heb gehoord dat het Hindenburg wordt verbouwd.'

'Nou, dat is dan toch een mooie gelegenheid?' Hanna snoof, maar toen zag ze dat de dokter naar haar glimlachte.

'Misschien moet ik u meenemen. De hoge heren zullen uw vurige pleidooi voor ons ziekenhuis niet kunnen weerstaan.'

'Waarschijnlijk zou ik buiten mezelf raken.' Hanna beteugelde haar woede. Ze voelde zich al dagen anders dan anders en had het gevoel zich bij omstreden kwesties niet te kunnen inhouden. 'Mijn zenuwen zijn niet meer wat ze geweest zijn.'

'Ik denk dat we moeten afwachten wat ze eigenlijk willen,' concludeerde dr. Conradi. 'U kunt er zeker van zijn dat ik alles zal doen om onteigening te verhinderen. Mijn haar mag dunner en grijzer zijn geworden en mijn hart mag littekens hebben opgelopen, vanbinnen ben ik nog steeds de jongeman die ooit de kans kreeg een ziekenhuis op te bouwen. En zolang ik leef, wordt Waldfriede geen militair ziekenhuis!'

~

De middag liep ten einde en daarmee ook haar dienst. Christina wachtte tot de deur die de woonvertrekken van het algemeen toegankelijke deel van het ziekenhuis scheidde achter haar was dichtgevallen en zette toen haar kapje af.

Tijdens het werk had ze niet veel tijd gehad om over de brief na te denken – of over Peter. Toen ze de trap op liep, kwam alles echter weer op haar af. Hoe kon ze het best op de brief van het Rode Kruis reageren?

Er was een tijd geweest dat ze vol vreugde zou zijn vertrokken om haar moeder te bezoeken. Maar er waren jaren verstreken en ze had haar nog steeds niet helemaal vergeven dat ze haar met die colonne had meegestuurd. Trouwens, hoe zou ze in Herzberg moeten komen? Ze had het in een atlas opgezocht, het lag ongeveer tweehonderd kilometer ten noordwesten van Berlijn, midden op het platteland, ver verwijderd van welke grotere plaats dan ook...

Peter zou wel een manier hebben gevonden, ging door haar hoofd. Ze had een lichte hoop gekoesterd dat hij in Waldfriede zou verschijnen, maar dat was niet gebeurd. Moest ze hem misschien opzoeken en hem haar excuses aanbieden? Tegen hem zeggen dat ze het prima vond als hij naar Engeland ging en dat ze op hem kon wachten? Maar kon ze dat wel, wilde ze dat?

In haar kamer aangekomen deed ze het licht aan en plofte ze op haar bed neer. Ze had hartzeer en de pijn werd erger naarmate ze langer alleen was.

Ze had echter geen tijd om zich te laten gaan. Het verlies van haar nieuwe mantel woog zwaar en als ze Peter niet kon terugkrijgen, dan wilde ze tenminste het kledingstuk weer hebben, dat ze nu in de winter dringend nodig had.

Omdat haar vest alleen niet voldoende was, trok ze de jas aan die ze na haar aankomst op Waldfriede van Hanna had gekregen. Hij was op diverse plaatsen versteld, maar was schoon en volstond voor een wandeling door de stad. Ze bekeek zichzelf even in de spiegel en verliet haar kamer.

Het laatste daglicht kwam nog boven het bos uit, maar om deze tijd van het jaar verdween het snel. Het was onbewolkt en hier en daar waren de eerste sterren al te zien. In de Fischerhüttenstrasse passeerde ze enkele ramen die met kerstversiering waren getooid. Nu vrijwel alles weer te koop was en de herinnering aan de blokkade langzamerhand verbleekte, hadden de mensen weer gevoel voor schoonheid ontwikkeld.

Terwijl Christina door de Potsdamer Strasse liep viel de duisternis in. Soms gleed het licht van koplampen langs haar heen en af en toe moest ze uitwijken voor fietsers die onderweg naar Nikolassee waren.

Peter had haar verteld dat ze in een huizenblok aan de Winfriedstrasse woonden. Dat was niet ver van het grote kruispunt in Zehlendorf, waar de Potsdamer Strasse, de Berliner Strasse, de Teltower Damm en de Clayallee bij elkaar kwamen.

Christina herinnerde zich nog goed hoe enthousiast Peter over generaal Lucius D. Clay had gesproken nadat hij hem op vliegbasis Tempelhof had gezien. Hij was degene aan wie ze het te danken hadden dat ze niet verhongerd waren, dat wist Christina maar al te goed, en de Berlijners waren het niet vergeten. Daarom was er een uitzondering gemaakt en was op 16 juni 1949 een straat naar een nog levende persoon vernoemd: de Kronprinzenallee heette nu Clayallee.

Toen ze bij de oude dorpseik van Zehlendorf aankwam, stond ze ineens vol in het licht. Op het kruispunt bevonden zich zo veel auto's als ze al heel lang niet had gezien.

De klok van de Pauluskerk sloeg vijf uur. Bussen zoefden langs en Christina voegde zich bij de rij wachtenden voor het verkeerslicht. Toen het groen werd stak ze de straat over.

Een half uur nadat ze uit Waldfriede was vertrokken kwam ze bij het restaurant aan. De geur van eten die naar buiten stroomde deed haar watertanden. Even gluurde ze door het raam, dat vanbinnen licht beslagen was, toen rechtte ze haar rug en liep naar binnen.

De kelner die tot taak had de gasten te begroeten was dezelfde als de avond tevoren. Hij scheen haar echter niet te herkennen. 'Wat kan ik voor u doen?' vroeg hij enigszins hautain.

'Ik was hier gisteren met mijn vriend en heb mijn mantel vergeten,' zei Christina. 'Ik wilde vragen of hij er nog is.'

De kelner nam haar van top tot teen op. 'Ik moet eerlijk zeggen dat ik die truc om aan een mantel te komen nog niet kende.'

'Wat?' vroeg Christina verbaasd. 'Nee, ik...'

'Verdwijn of ik bel de politie.'

Christina keek naar haar kleding. Ze zag er misschien wat armoedig uit, maar dat maakte haar nog lang geen crimineel. 'Het is echt mijn mantel!' zei ze geagiteerd. 'Kijk maar, ik ben verpleegster en geen bedriegster.' Met trillende vingers knoopte ze haar jas open en liet hem het verpleegstersuniform zien dat ze droeg. 'Mijn vriend en ik waren gisteren hier en we kregen ruzie. Ik ben zomaar weggelopen zonder aan mijn mantel te denken...'

De kelner trok een gezicht.

'Ze vertelt de waarheid,' klonk een stem achter hem. Toen verscheen de man die hen aan tafel had bediend. 'Ik kan me haar herinneren.'

'Is mijn mantel hier nog?' vroeg Christina. 'Ik herken hem meteen. Hij is donkerrood met brede revers en biesjes aan de mouwen.'

'De jongeman die bij u was heeft hem meegenomen.' Hij keek haar meewarig aan. 'Ik ging ervan uit dat hij u achterna was gegaan.'

'Nee, dat heeft hij niet gedaan,' antwoordde Christina. Ineens leek het of er een zware zak aardappelen op haar schouders lag.

'Ga dan naar hem toe en zeg dat u uw mantel terug wilt hebben,' zei de kelner. 'Het is echt een mooi exemplaar. Als u die man niet terugkrijgt, zorg er dan voor dat u in elk geval die mantel weer hebt.'

Met gloeiende wangen van schaamte en vol boosheid op zichzelf verliet Christina het restaurant weer. Wat moest ze nu doen? Ze had niet verwacht dat Peter aan haar mantel zou denken.

Nadat ze een poos besluiteloos voor het restaurant was blijven staan vermande ze zich. Blijkbaar wilde het lot dat ze de kwestie met Peter uit de wereld hielp. Dus zou ze dat maar doen. En de kelner had misschien gelijk: zelfs als ze hem voorgoed kwijt was, dan zou ze in elk geval niet rillend van de kou de winter door hoeven.

Christina sloeg de Clayallee in en liep door tot ze bij de Winfriedstrasse kwam. In de huizen daar, die inmiddels gerenoveerd waren, woonden voornamelijk chauffeurs van de Berlijnse openbaarvervoerbedrijven, had Peter haar verteld. Ook zijn vader was voor de oorlog buschauffeur geweest.

Toen ze voor de deur van de woning stond, die zich op de begane grond bevond, zonk de moed haar in de schoenen. Zou Peter wel thuis zijn? En zo niet, wat moest ze dan tegen zijn moeder zeggen? Nadat ze even had rondgekeken, liep ze langzaam om het huizenblok heen. Vanaf het grasveld kon je goed naar binnen kijken in de woning, want de gordijnen waren vreemd genoeg nog niet dicht.

Ze zag een groot wandmeubel en een plafonnière, die er verrassend nieuw uitzag. Peter had haar verteld dat hij bezig was zijn moeders woning geleidelijk te moderniseren.

Opeens verschenen er twee gestalten bij het raam. De ene was Peter, van de andere zag ze alleen een haardos.

Ze deed van schrik een paar stappen achteruit en verschool zich achter een struik.

De vrouw keek even haar richting uit, alsof ze haar had ontdekt. Christina zag dat het zeker niet zijn moeder was, maar eerder een jonge vrouw, misschien iets ouder dan zijzelf. Ze droeg een wit vest en glimlachte naar Peter. Die boog zich naar haar over en kuste haar op haar voorhoofd.

De aanblik trof Christina als een vuistslag. Ze sloeg verschrikt haar hand voor haar mond en week nog verder terug. Het paar bij het raam verdween, maar hun silhouetten leken op Christina's netvlies gebrand te staan.

Het volgende moment kwam ze in beweging. Tranen verstikten haar, zijn verraad brandde als zuur in haar lichaam. Haar mantel was opeens vergeten.

# 65

*Zehlendorf, 24 december 1949*

Omdat ze zich die nacht in slaap had gehuild was Christina blij dat ze pas 's middags met haar dienst hoefde te beginnen. De gedachte aan Peter en zijn verraad was pijnlijk als een open wond. Wie was die ander? Hoelang kende hij haar al? Had hij misschien al die tijd van twee walletjes gegeten en ook afspraakjes met haar gemaakt? Was zij wél enthousiast geweest over zijn plan om de pilotenopleiding te volgen en zou zij nu met hem naar Engeland gaan?

Terwijl die vragen haar bleven kwellen verschanste Christina zich in haar kamer tot ze te hongerig werd en haar maag luid begon te protesteren. Ze had geluk dat ze in de keuken nog iets van het ontbijt overhadden.

'Ben je ziek?' vroeg Rosa, die haar onderzoekend opnam.

'Nee... Het gaat om andere redenen niet zo goed met me,' antwoordde Christina.

'Neem dan maar een extra appeltje mee,' zei Rosa en ze stopte er een in haar zak. 'Met die kou kun je dat vast gebruiken.'

Vlak voor het begin van haar dienst trok Christina haar uniform aan, blij dat ze iets te doen zou krijgen. Ze had nog geen trek na de lichte maaltijd van die ochtend, maar at toch haar appel, want ze kon haar patiëntes niet met een knorrende maag tegemoet treden.

'Ik denk dat het een rustige dienst voor je wordt,' zei Sigrun even later toen Christina de verpleegsterskamer in kwam. Er hing een lichte dennengeur in het vertrek. Eigenlijk werd Kerstmis in Waldfriede niet in de gebruikelijke zin gevierd, maar iemand moest een kerststukje hebben meegenomen om voor een feestelijke sfeer te zorgen.

'Dat is van meneer Hering,' verklaarde Sigrun toen ze Christina zag kijken. 'Een bedankje omdat we zijn kindje hebben gered.'

Christina herinnerde het zich. Mevrouw Hering had een stuitligging gehad en het had er een tijdlang naar uitgezien dat ze een keizersnee moest ondergaan. Toen zuster Else er toch in was geslaagd het kindje te draaien, bleek dat de navelstreng om het halsje zat. Dankzij het kordate optreden van dr. Conradi, die met spoed was gekomen om de patiënte naar de ok te laten brengen, kon het ergste worden verhinderd. Het kleine meisje was kerngezond en had goede longen, zoals zuster Sigrun lachend en opgelucht had vastgesteld.

'Wat aardig van hem,' zei Christina en ze probeerde haar lichte weemoed te verdringen, want door meneer Hering moest ze weer aan Peter denken. Ze hadden zulke mooie plannen voor kerstavond gemaakt en nu zou hij naar Engeland gaan, met die ander, die hij waarschijnlijk aan zijn moeder had voorgesteld. En zelf zou ze er weer helemaal alleen voor staan met een moeder die weliswaar niet dood, maar in elk geval heel ver weg was en waarschijnlijk niet eens wist dat ze nog leefde...

'We hebben de laatste bevalling van vandaag al gehad,' vervolgde Sigrun. 'Bovendien is een van de nieuwe arts-assistenten aanwezig, dokter Ehlers.'

Omdat Christina tot de derde adventszondag op de afdeling interne had gewerkt, had ze de komst van die arts slechts zijdelings meegemaakt. Het was een slanke brunette met een wat hoekig gezicht.

'Denkt u dat we het samen zullen redden?' vroeg Christina sceptisch.

'Dokter Conradi is thuis en in geval van nood beschikbaar.' Sigrun zette een bemoedigend glimlachje op toen ze aanstalten maakte te vertrekken. 'Maar alle vrouwen hier zijn stabiel. Een goede dienst en vrolijk kerstfeest, Christina.'

Inderdaad bleef het de hele middag rustig. Samen met twee eerstejaars leerling-verpleegsters ging Christina met koffie bij de patiëntes langs. Vervolgens besprak ze met de arts-assistente de medicatie voor iedere vrouw afzonderlijk. De baby's werden uit de zuigelingenkamer gehaald en voor hun voeding naar de moeders gebracht terwijl buiten de avond over ziekenhuis Waldfriede viel.

Zolang ze bezig was dacht Christina niet aan Peter, maar op rustige momenten drong de herinnering aan hun woordenwisseling zich in alle hevigheid op.

Had ze misschien toch moeten toegeven? Wat was twee jaar nu eigenlijk? En misschien was het geen ramp geweest als leerling-vroedvrouw naar Engeland te gaan. Afgaande op wat je hoorde, waren de Engelsen niet goed te spreken over Duitsers, maar een poging was het in elk geval waard geweest.

Toen zag ze echter Peter weer voor zich, die de jonge vrouw een kus op haar voorhoofd gaf... Zou ze zich in hem hebben vergist? Had hij al een tijdlang van twee walletjes gegeten en een meisje bij de hand dat het geweldig vond hem naar het buitenland te volgen en de vrouw van een piloot te worden?

Een geluid onderbrak haar gedachtestroom. Wilde een van de vrouwen haar kamer verlaten? Had ze iets nodig? Ze legde de pen neer waarmee ze aantekeningen in de patiëntendossiers had gemaakt, stond op en liep de verpleegsterskamer uit.

De gestalte die op de gang wankelend op haar afkwam, zag er niet uit als een van hun patiëntes. Ze droeg een donkere jas, die ze slordig had dichtgeknoopt, afgetrapte schoenen en een jurk die voor deze tijd van het jaar veel te dun was. Ze deed Christina sterk denken aan een van de vluchtende vrouwen met wie ze destijds onderweg naar Berlijn was geweest. Ze liep voorovergebogen, alsof ze hevige pijn had.

'Zuster,' hijgde ze, waarna ze in elkaar zakte.

Christina rende naar haar toe en hurkte bij haar neer. Haar gezicht was lijkbleek en op haar vuile huid hadden straaltjes zweet lange sporen getrokken. Er kwam een metalige geur van haar kleding. Christina keek naar haar benen en zag een bloedspoor op haar kuit.

'O god!' zei Christina naar adem snakkend. Ze tikte de vrouw tegen haar wangen. 'Hallo, kunt u me horen?'

De vrouw antwoordde niet. Ook na meerdere pogingen kreeg Christina haar niet wakker. Gehaast keek ze om zich heen. Er was niemand in de buurt, maar misschien zou iemand haar horen?

'Help!' riep ze. 'We hebben hulp nodig!' Een deur vloog open en er verscheen een patiënte die binnenkort naar huis mocht. Verschrikt staarde ze naar Christina en de bewusteloze vrouw. 'Wat is er gebeurd?'

'Mevrouw Maurer, wilt u alstublieft naar de artsenkamer gaan? We hebben een arts nodig!'

De patiënte stond er even als versteend bij, toen draaide ze zich vlug om en snelde met wapperende ochtendjas de gang door.

Christina probeerde opnieuw de vrouw bij bewustzijn te brengen. Daarbij merkte ze op dat haar lippen blauw kleurden. Toen ze zich over haar mond heen boog, voelde Christina geen adem.

'Nee!' riep ze uit. Vlug draaide ze de vrouw op haar rug. Ze had al vaak toegekeken als dr. Conradi ervoor had gezorgd dat een pasgeborene die niet wilde ademen dat toch ging doen. Tegelijkertijd schoot haar te binnen dat dr. Meyer hun een nieuwe techniek had laten zien om iemands hart weer op gang te brengen.

Nadat ze lucht in de mond van de vrouw had geblazen legde ze beide handen op haar borstbeen en begon ze het op het ritme van de hartslag omlaag te drukken. Dat deed ze een paar keer, waarna ze weer lucht in de mond van de patiënte blies.

Terwijl ze deze procedure herhaalde, luisterde ze of ze al iemand door de afdelingsdeur hoorde aankomen. Stel dat de arts net met een patiënte bezig was? Hoe kwam het trouwens dat de vrouw zich niet bij de spoedopname had gemeld? Had zuster Hedwig haar post verlaten?

Het volgende moment vloog de deur open.

Met lange passen haastte Christina zich door de ontvangsthal. Het gebouw zag er vredig uit en de ontvangstbalie was inderdaad niet bezet.

Uit het woonhuis van de Conradi's kwam een zacht lichtschijnsel. De kou beet Christina in de armen en deed haar klappertanden. Het lukte haar nog wel haar opkomende tranen weg te slikken.

Bij de voordeur drukte ze stevig op de bel, alsof het geluid dan harder zou klinken. Slechts enkele ogenblikken later deed dr. Conradi open. 'Zuster Christina, wat is er aan de hand?'

'Kom gauw mee, alstublieft!' riep ze uit. 'We hebben een zwangere vrouw met een bloeding op de afdeling. Ze gaat dood!' Tranen liepen haar over de wangen.

'Is dokter Ehlers aanwezig?'

'Ja, die is bij haar en probeert haar te reanimeren.'

Conradi aarzelde niet lang en kwam naar buiten.

'Zal ik uw vrouw op de hoogte brengen?' vroeg Christina.

'Nee, u komt mee. Ik heb u nodig!'

Christina trok de voordeur dicht en liep haastig achter Conradi aan. Pas nu viel het haar op dat er een dun laagje sneeuw op het gras lag en dat er vlokken neerdwarrelden. Ze knipperde de kristallen die in haar ogen belandden weg en liep de buitentrap op. Inmiddels was Hedwig op haar post teruggekeerd.

'Goeie genade, wat is er aan de hand?' vroeg ze.

'Spoedgeval,' zei Christina hijgend in het kielzog van de dokter. Wat zou ze aantreffen? Een vrouw die niet meer te helpen was? Bij wie ze het kind uit de buik moesten snijden in de hoop dat het zou overleven?

# 66

‘We brengen de patiënte naar de ok,’ besloot dr. Conradi ernstig. Hij keek naar de zwangere vrouw, van wie ze naam noch adres wisten. ‘Dokter Ehlers, u assisteert me. Zuster Christina, u gaat instrumenteren.’

‘Dat heb ik nog nooit alleen gedaan!’ Christina keek naar het bleke gezicht van de patiënte, die inmiddels op een brancard lag. ‘Maar ik zal mijn best doen.’

‘Blij dat te horen,’ antwoordde dr. Conradi.

Een verpleger van de mannenafdeling had zich bij hen gevoegd. Hij zou helpen de patiënte over te brengen.

Het was de arts-assistent gelukt het hart van de vrouw, die kennelijk een bloeding had gekregen, weer te laten kloppen. Haar toestand was echter nog steeds kritiek.

‘Wie heeft vandaag dienst op de ok?’ vroeg Conradi aan dokter Ehlers.

‘Zuster Anni, voor zover ik weet.’

‘Mooi.’ Conradi keek Christina weer aan. ‘U hoort het, zuster Christina, u staat er niet alleen voor. En ga nu maar mee!’

Ze kwamen in beweging en liepen naar de lift. Die functioneerde niet altijd naar behoren, maar dr. Conradi wilde de vrouw niet aan onnodige schokken blootstellen.

Christina hoorde hem met de arts-assistent praten. ‘Ik weet niet of we met een placenta praevia of een uterusruptuur te maken hebben. We moeten in elk geval het kind halen en ervoor zorgen dat de schade beperkt blijft.’

Bij die woorden gingen Christina's nekharen overeind staan. Als er sprake was van een ruptuur in de baarmoeder, zou het kindje waarschijnlijk niet meer te redden zijn. En hing het leven van de moeder aan een zijden draadje.

De operatiezuster stormde de rustkamer uit toen ze hen zag naderen. Anni was een zeer ervaren kracht, van wie Selma altijd heel hoog had opgegeven. En ook Christina had tijdens haar korte stage op chirurgie graag met de slanke donkerharige vrouw samengewerkt.

De dokter gaf haar korte instructies, toen wendde Anni zich tot haar. 'Weet je wat je voor een keizersnee nodig hebt?'

Christina knikte.

'Mooi zo. Ik zal de dokter assisteren, jij geeft de instrumenten aan! Maar eerst bereiden we de patiënte voor. Trek een ok-hesje aan en zorg ervoor dat je steriel bent.'

Net als de artsen begaf Christina zich naar de ontsmettingsruimte. Normaal gesproken was er meer personeel aanwezig bij een operatie, maar om deze tijd waren ook veel leerling-verpleegsters al naar huis.

Nadat ze haar handen had gewassen en ontsmet liep ze terug naar de ok, waar ze Anni hielp om de instrumenten klaar te leggen.

'We hebben het ethermasker nodig!' riep Anni en Christina haalde het. Omdat de vrouw nog steeds bewusteloos was, zette Anni haar onverwijld het masker op en liet er enkele druppels ether op vallen. De geur vulde meteen het vertrek.

Even later kwam dr. Conradi de ok binnen. Net als dokter Ehlers had hij het grootste deel van zijn gezicht met een mondkapje bedekt. Hij ging bij de patiënte staan en keek toen naar Christina, die inmiddels naast de instrumententafel stond.

'Scalpel,' zei de dokter en nadat zuster Anni Christina had toegeknikt, reikte ze hem het gevraagde aan.

Tijdens de hele operatie had Christina het gevoel dat ze onder stroom stond. Natuurlijk had ze tijdens haar stage op chirurgie toegekeken tijdens operaties. Ook keizersneden had ze al gezien.

Maar het was heel anders om mee te werken bij een spoedoperatie waarbij het om leven of dood ging.

Ze voelde ook de spanning bij dr. Conradi. Als de baarmoeder werkelijk gescheurd was, zag het er heel slecht uit voor het kindje. En ook voor de moeder.

De gynaecoloog deed zijn werk echter met vaste hand. Geroutineerd maakte hij de weg vrij voor de baby. Ten slotte slaakte hij een zucht van opluchting. 'De uterus is intact, maar het ziet ernaar uit dat de placenta is losgekomen. We halen het kind.'

Dokter Ehlers knikte en Conradi ging door met zijn werk.

Een kwartier later hield hij een klein meisje omhoog. Nadat hij haar mondje vrij had gemaakt, begon ze luidkeels te huilen.

Er ging een golf van verlichting door de operatiekamer. Christina's ogen werden vochtig en ook zuster Anni ontschoot een snik.

'Zuster Christina, neem het kind over. Was het en baker het in.'

Christina knikte en nam het meisje in haar armen. Het huilde nog steeds en balde haar vuistjes. Christina's hart maakte een sprongetje bij die aanblik. Terwijl ze wegliep van de operatietafel hoorde ze dr. Conradi zeggen: 'Laten we nu kijken of we ook de moeder kunnen redden.'

# 67

Bevend over haar hele lichaam liep Christina naar buiten. De ochtend was nog heel ver weg en het sneeuwde harder dan een paar uur eerder. De vlokken dansten in de lichtkegels van de straatlantaarns, net als voor de weinige verlichte vensters van Waldfriede. Hoe laat zou het zijn? Tien, elf uur?

Tegen de kou van buitenaf had ze een vest aangetrokken, dat maar weinig hielp. En tegen de spanning vanbinnen die haar koude rillingen bezorgde kon ze ook niet veel doen.

Het kind hadden ze weten te redden, maar de toestand van de moeder, die kennelijk aan hartfalen leed, was nog steeds kritiek. Ze had de operatie doorstaan, en dr. Conradi had dr. Meyer erbij gehaald, zodat die haar hartziekte kon behandelen.

Inmiddels wisten ze tenminste dat ze Martina Eckert heette, want in de handtas die ze bij zich had zat haar identiteitskaart. De volgende dag zouden ze proberen familieleden op te sporen. Een man die haar naar Waldfriede kon hebben gebracht scheen er niet te zijn, ze was blijkbaar alleen gekomen.

Christina zette haar gedachten opzij en keek omhoog naar de hemel, die door de sneeuw helder verlicht leek. Wat zou ze graag bij een warme kachel zitten en misschien een stukje *lebkuchen* eten. Of maanzaadballetjes zoals haar moeder ze altijd voor Kerstmis had gemaakt. Als kind had ze zich al weken tevoren op de kerstdagen verheugd.

'Dat wordt je dood nog!' hoorde ze iemand roepen. Toen Christina opkeek, zag ze een gestalte die van achter een van de hoge taxuskegels tevoorschijn kwam.

Peter! Van schrik en verbazing viel haar mond open.

'Wat doe jij hier?' vroeg ze verwonderd, en toen herkende ze de mantel over zijn arm. *Had hij die ander misschien niet gepast?* klonk een stemmetje in haar hoofd honend, maar ze verdrong het.

'Je had hem vergeten,' zei hij en hij gaf haar de jas.

'Bedankt,' antwoordde ze. Er ging van alles door haar heen. Wat moest ze tegen hem zeggen? Na wat ze de avond tevoren had gezien was waarschijnlijk niets zinvol.

'Ik... Ik wilde je alleen zeggen dat het me spijt,' begon hij.

Christina fronste haar voorhoofd. 'Wat zou je moeten spijten?'

'Dat ik je niet eerder deelgenoot heb gemaakt,' antwoordde hij. 'Ik kan me voorstellen dat het een grote schok voor je was te horen dat ik piloot wil worden.'

'Dat was het inderdaad,' antwoordde Christina. 'Maar dat je naar Engeland wilt gaan was veel erger.' Ze liet even een stilte vallen en vervolgde toen: 'Ik begrijp wel dat die opleiding hier niet mogelijk is, maar...'

Christina sloeg haar armen over elkaar. De aanblik van de jonge vrouw stak haar nog steeds. En tegelijkertijd kwamen alle andere gevoelens die ze voor Peter had ook weer boven.

'Maar ik heb ingezien dat het hier niet om mij gaat,' vervolgde ze. 'Ik zal blij voor je zijn als ze je aannemen. Alleen... dat het om vliegtuigen gaat maakt het ingewikkeld.' Ze herinnerde zich wat Hanna tegen haar had gezegd. Dat ze Peter over haar angsten moest inlichten. 'Het zit zo: ik ben gewoon bang dat jou iets overkomt. Of dat het erop uitdraait dat je een moordenaar wordt.'

'Een moordenaar? Hoezo?' Peter schudde zijn hoofd. Er dwarrelden een paar sneeuwvlokjes uit zijn haar. 'Ik heb toch gezegd dat ik piloot voor de burgerluchtvaart wil worden? De British European Airways is geen vechtclub. Vanwege de oorlog zijn er natuurlijk wel vlieginstructeurs van de Royal Air Force die ook lesgeven in civiele vliegtuigen.' Hij zweeg even en keek haar aan. 'Wat is er gebeurd, Christina? Waarom heb je zo'n probleem met vliegtuigen?'

Christina wist dat het voorplein van het ziekenhuis, dat al bijna volledig met sneeuw bedekt was, niet de aangewezen plaats was om over haar trauma te praten. Maar nu hij geen verheugde of begripvolle reactie van haar had gekregen was ze hem op zijn minst een verklaring schuldig, daar had Hanna gelijk in.

'Tijdens de oorlog,' begon ze, 'toen ik met een vluchtelingencolonne onderweg was naar de Oder, werden we door laagvliegers aangevallen. Ik kon me verstoppen en heb enorm veel geluk gehad, maar de piloten hebben de hele colonne neergemaaid. Oude mannen, vrouwen, kinderen...' Christina kneep haar ogen dicht om de afschuwelijke beelden te verdringen. Op dat moment slaagde ze daar nog in, maar ze voelde duidelijk dat ze ergens aan de rand van haar verstand op de loer bleven liggen.

'Ik heb niet gezien welke kentekens er op de vliegtuigen stonden en ik heb ook geen benul van vliegtuigen. Het konden Russen zijn, maar evengoed Britten of Amerikanen... Toen ik onder de wagen vandaan kwam, was iedereen dood. Iedereen behalve ik. Ik ben het bos in gerend. Maar het geluid van die vliegtuigen is me altijd bijgebleven...' Ze zweeg even en keek hem toen aan. Zijn gezicht was verstard. Misschien zou hij denken dat ze gek was, als ze nu verderging. Maar het was toch al te laat.

'Op de dag dat we tegen elkaar opbotsten, kwam ik uit de praktijk van een psychiater. Ik probeer met mijn angst en die vreselijke beelden te leren omgaan door er met haar over te praten. En dat helpt. Als ik een vliegtuig hoor, hoef ik niet meer in paniek weg te rennen. En als die beelden bovenkomen weet ik ze terug te dringen of draaglijk te maken. Maar toen jij zei dat je piloot wilde worden...' Ze wrong haar handen, waar nauwelijks meer gevoel in zat door de kou. 'Toen knapte er iets in me. Alles wat ik met dokter Rubin had besproken was in één klap weg. Die hele beschieting kwam weer bij me boven. En ik heb die krantenartikelen gezien met foto's van neergestorte piloten en hun vliegtuigen. Ik wilde niet...' Ze werd overmand door tranen en een snik bleef in haar keel steken.

Na haar woorden bleef het stil. Peter stond erbij alsof hij in een zoutpilaar was veranderd. Hij staarde haar aan, bijna ongelovig, alsof ze hem een verhaaltje op de mouw had gespeld.

'Ik begrijp het wel als je me niet meer wilt,' zei ze zachtjes en ze haalde haar hand over haar ogen. 'Wie wil er nu een gek die bang is voor vliegtuigen? En die niet eens bereid is met haar vriend mee te gaan? Geen wonder dat je iemand anders bent gaan zoeken.'

'Wat?' vroeg hij verbijsterd. 'Daar is helemaal geen sprake van!'

'En dat meisje dan, dat je gisteravond op haar voorhoofd kuste?'

Peter trok zijn wenkbrauwen op en even leek hij zich af te vragen hoe ze dat wist. 'Ben je bij ons huis geweest?'

Christina's wangen begonnen te gloeien. 'Ik... Ik was op weg naar jou. Maar toen zag ik door het raam dat...'

Peter schoot in de lach, zo hard dat het was alsof iemand hem een heel goede mop had verteld.

'Wat is daar zo grappig aan?' Christina begreep niets van zijn reactie.

'Je bent me d'r eentje!' zei hij in plaats van haar vraag te beantwoorden. 'Je sluipt zomaar alleen door het donker.'

'Ik sloop niet, ik wilde gewoon mijn excuses aanbieden. En mijn mantel ophalen.'

Peter boog zijn hoofd en stapte naar voren. Voordat Christina terug kon deinzen sloot hij haar in zijn armen en kuste haar.

De aanraking van zijn lippen brak elke weerstand in haar. Ze gaf zich eraan over, al speelde het andere meisje nog door haar hoofd. Ze zonk weg in het gevoel hem heel dicht bij zich te hebben en de wens hem nooit meer te verliezen voelde als pijn in haar borst.

Na een poos maakte hij zijn mond los van de hare, toen keek hij haar aan. 'Zie je nou,' zei hij. 'Dat is het verschil.'

'Welk verschil?' vroeg ze, nog steeds enigszins bevangen door de warmte die door zijn lippen haar lichaam in was gevloeid.

'Een meisje dat familie van me is, kus ik op haar voorhoofd, mijn nichtje bijvoorbeeld. Het meisje van wie ik hou, kus ik op haar mond.'

'Hou je dan van me?' vroeg Christina beduusd.

'Ja, ik hou van je, Christina Heller!' zei hij met nadruk. 'Zo veel zelfs dat ik naar Gatow ga om me af te melden.'

'Maar... waarom?' vroeg Christina verschrikt. 'Ik kan wachten. Of met je meegaan.'

Peter schudde zijn hoofd. 'Nee. Dat is niet wat je wilt, dat besef ik nu. De majoor met wie ik heb gesproken, vertelde me dat ze hier binnenkort ook met vliegen zullen beginnen. Misschien niet dit jaar, misschien niet volgend jaar, maar mogelijk wel over drie of vier jaar.'

'Maar dat duurt toch nog veel te lang?'

'Twee jaar zonder jou duurt ook te lang.' Hij streelde haar wangen. 'Ik wil je niet verliezen, Christina. En als ik moet kiezen tussen vliegen en jou, dan kies ik jou!'

Na die woorden kusten ze elkaar en toen ze haar armen stevig om hem heen sloeg, wist ze dat ze hem nooit meer wilde laten gaan.

# DEEL 3

*'Tegelijkertijd werd echter een scherpe scheidslijn tussen Oost- en West-Berlijn getrokken, die beide delen veel onheil bracht; de randgebieden werden hier het meest door getroffen. [...] Op 29 december 1949 was er dertig jaar verstreken sinds de overname van het ziekenhuis door onze geloofsgemeenschap, maar evenmin als bij het vijfentwintigjarig bestaan kon nu met het oog op de heersende verhoudingen aan een viering worden gedacht.'*

*'Waren in de oorlogsjaren en in de jaren daarna onze ziekenzalen meestal overvol, zodat het aantal patiënten veelal de honderdvijftig had overschreden, inmiddels golden er nieuwe bepalingen voor de ziekenhuizen buiten het centrum. Volgens die bepalingen moest ons aantal bedden worden gereduceerd tot – als ik me niet vergis – honderdzestien. Na verscheidene verzoekschriften [...] werd het onze instelling ten slotte toegestaan honderdvierendertig als officieel aantal bedden aan te houden.'*

*(Kroniek van ziekenhuis Waldfriede, 1949/1950)*

# 68

*Zehlendorf, 5 januari 1950*

Louis had met de oude Mercedes van het ziekenhuis kunnen gaan, maar het verkeer in de binnenstad was nogal chaotisch. Daarom had hij besloten het openbaar vervoer te nemen. Terwijl hij naar het S-Bahnstation aan de Mexicoplatz liep, dacht hij terug aan de keer dat hij vele jaren geleden onderweg was naar het ministerie van Binnenlandse Zaken. Ze hadden hem toen ontboden om te vertellen dat Waldfriede onteigend kon worden. Waar zou het ditmaal om gaan? Het Geallieerde Commando was Binnenlandse Zaken niet, maar had wel invloed op de Senaat. En wie wist wiens oog nu weer op Waldfriede was gevallen.

Op het perron stonden nog talrijke passagiers te wachten, velen van hen kennelijk op weg naar hun werk. Onder hen waren nogal wat vrouwen, maar ook het aantal mannen nam langzamerhand weer toe. Degenen die uit krijgsgevangenschap waren teruggekeerd werd geen tijd gegund om te herstellen van alles wat ze hadden meegemaakt. Ze moesten weer aan het werk, hun gezichten en lichamen getekend door de jaren van verschrikkingen die achter hen lagen. Voor het laatst had hij zulke mensen na de Eerste Wereldoorlog gezien, meestal met bordjes om hun nek waarop stond dat ze werk zochten. Nu was iedereen hard nodig en de mannen droegen versleten, grove broeken en wat ook maar voor werkkleding kon doorgaan.

Ten slotte reed de trein het station binnen. Louis rechtte zijn rug en wachtte tot de rood-gele wagons tot stilstand waren gekomen. Toen liet hij de conducteur zijn kaartje zien en stapte in.

Hij nam plaats naast een oudere vrouw die zat te breien. Ze verwaardigde hem met geen blik en concentreerde zich op haar werk. Louis keek naar zijn aktetas. Wat stond hem te wachten? Voor het geval dat het toch om de subsidie zou gaan, had hij alle benodigde documenten meegenomen. Ze hadden de toezegging dringend nodig.

'Pardon, u bent toch dokter Conradi?' vroeg de vrouw naast hem ineens. Blijkbaar had ze hem toch opgemerkt.

Hij keek haar aan. Ze had rimpels om haar blauwe ogen en een ingevallen mond. Zou ze een patiënte van hem zijn geweest? Hij zocht koortsachtig zijn geheugen af, maar kon geen naam bij haar gezicht vinden. 'Ja, dat klopt,' antwoordde hij uiteindelijk.

'Mijn schoondochter is bij u bevallen,' zei ze. 'Kunze was haar naam.'

Ergens in het verste hoekje van zijn geheugen ging een belletje rinkelen.

'Ze is overleden,' zei ze ter verduidelijking. 'Aan eclampsie. Dat zei mijn zoon tenminste.'

Er liep een ijzige rilling langs zijn rug. Opeens zag hij haar weer voor zich, de jonge vrouw met haar dikke buik, die met hoofdpijn naar het ziekenhuis was gekomen. Haar had hij niet kunnen redden, maar haar zoontje wel.

'Ik weet het nog,' zei hij en opeens zag hij vaag de jonge vader voor zich, die buiten zichzelf van verdriet de revers van zijn doktersjas had vastgepakt. 'Hoe gaat het met uw zoon en uw kleinzoon?'

'Mijn zoon is gesneuveld,' zei ze.

'O, wat... erg,' antwoordde Louis.

'Maar mijn kleinzoon leeft nog. Hij is uit de oorlog teruggekeerd en heeft een meisje gevonden.'

Louis keek naar het breiwerk op haar schoot. Het was een babymutsje van gele wol. 'Ze moet binnenkort bevallen. Zeg eens, werkt u nog steeds?'

'Natuurlijk,' zei Louis verbaasd. Zag hij er zo oud uit?

'Dan zal ik tegen Karin zeggen dat ze naar u in Waldfriede moet gaan.'

'Dat... is bijzonder vriendelijk van u.'

Opeens wenste hij dat hij ergens anders zat. Niet vanwege de vrouw of wat ze had gezegd, maar vanwege de herinnering aan zijn begintijd, die op dat moment meer dan ooit aanwezig was. Zou het een voorteken zijn voor zijn afspraak straks? Zou het verleden hem daar ook inhalen?

Hij keek naar de vrouw, die was stilgevallen en de indruk wekte het gesprek alweer vergeten te zijn. Licht bevend, maar toch krachtig gingen haar vingers verder met haar breiwerk. Hij leunde naar achteren en probeerde zijn herinneringen van zich af te zetten. Zijn oude strijdlust ontwaakte in hem. Wat hem ook bij het Geallieerde Commando te wachten stond, hij zou voor Waldfriede vechten.

~

De kerstdagen waren anders verlopen dan Christina had verwacht. Maar ze waren toch mooier geworden dan ze een paar dagen eerder had gevreesd.

Het bezoek aan Peters moeder was heel hartelijk uitgevallen. Margarete Wencke was een aardige vrouw, die ondanks de verschrikkingen die ze had moeten meemaken een zekere elegantie had weten te bewaren. Met haar perfecte lage knot en in haar crèmekleurige jurk zag ze er niet direct uit als de weduwe van een buschauffeur, maar eerder als de vrouw van een zakenman, die een koffiekransje hield. Peter had zijn moeder altijd als fragiel aangeduid en misschien was ze ook wel broos en fijngevoelig, maar zoals Christina algauw vaststelde was ze beslist niet zwak of mensenschuw. Ze was belezen en had het gepresteerd haar zoon grotendeels ongeschonden de oorlog door te krijgen. Bovendien had ze hun woning naar haar mogelijkheden smaakvol ingericht.

Toen Peter Christina aan haar voorstelde, sloot ze haar meteen in de armen. 'Mijn jongen heeft me al zo veel over je verteld,' zei ze en ze ging hun voor naar de woonkamer, waarvan de wanden groen geschilderd waren en waarin talrijke kamerplanten bijna een klein bos vormden. 'Ik ben zo blij dat jullie het hebben bijgelegd.'

Later bleek dat ook Margarete Wencke er weinig mee ophad dat haar zoon naar Engeland had willen gaan. Dat hij vanwege haar van gedachten veranderd was, waardeerde Christina bijzonder in hem, al voelde ze zich er wel schuldig om. Het was tenslotte zijn droom en niemand wist wanneer het in Duitsland weer mogelijk zou zijn piloten op te leiden.

Ze hadden ook veel over de periode voor de oorlog gesproken. Peter leek een gelukkige jeugd te hebben gehad. Christina had over haar dorp verteld, over het landgoed, dat ze altijd bewonderd had. Over de oorlog begonnen Peter en zijn moeder niet, waarvoor ze hun dankbaar was. Af en toe slechts wisselden Peter en zij een veelzeggende blik.

Het eten was wel het hoogtepunt geweest. Omdat de winkels inmiddels beter bevoorraad waren en Peter nog steeds zijn contacten uit de tijd van de zwarte markt onderhield, stond er een prachtige gans op tafel, waarvan Margarete Christina nog iets had meegegeven.

Toen Peter haar die avond naar Waldfriede terugbracht, had ze hem stiekem mee naar haar kamer gesmokkeld. Meer dan kussen en strelen was er niet gebeurd, want het was er gehorig en ze wilde in geen geval een van haar buurvrouwen alarmeren. Toch was het voor haar een heerlijk besluit van het zo wisselvallige jaar geweest.

Christina zette de herinnering opzij en greep haar boeken steviger vast. Voor haar begon het nieuwe jaar met de laatste lessen van de verpleegstersopleiding. Nog maar twee maanden, dan moesten ze zich op het examen voorbereiden.

Ze verheugde zich erop de anderen allemaal terug te zien, niet alleen in het voorbijgaan tijdens het werk, wanneer ze nauwelijks gelegenheid voor een praatje hadden. Van een aantal van haar klasgenoten had ze zelfs de indruk dat ze door hun afdeling waren opgeslokt.

Nu hoorde ze hun stemmen al van verre. Sommigen hadden

met de feestdagen vakantie mogen nemen, anderen waren gebleven en hadden net als zijzelf doorgewerkt. Gerhard had intussen een nieuwe vriendin gevonden, Edith uit het jaar onder hen. Het zag ernaar uit dat hij met haar wilde trouwen zodra ze klaar was met de opleiding. Christina had het Selma verteld toen ze in het oudejaarsweekend haar graf bezocht. Ze wist zeker dat ze zou hebben gewild dat hij gelukkig werd.

'Gelukkig nieuwjaar!' riep Gisela achter haar. Ze haalde Christina vlug in.

'Gelukkig nieuwjaar!' antwoordde Christina glimlachend.

Gisela keek haar met fonkelende ogen verwachtingsvol aan. 'En, hoe waren de kerstdagen met je liefje?' Omdat haar vriendin al voor Kerstmis een paar dagen vrij had gehad en met haar ouders op reis was geweest, wist ze natuurlijk niet hoe turbulent het er voor Christina aan toe was gegaan.

'Ha! Ik had zo nu en dan het gevoel dat ik in een mallemolen zat,' zei Christina. Terwijl Gisela haar met opgetrokken wenkbrauwen aankeek, vertelde ze haar over de avond waarop Peter haar had verteld dat hij naar Engeland wilde gaan om piloot te worden.

'Dat is natuurlijk niet niks,' zei Gisela. 'En ik weet ook hoe het met jou en vliegtuigen zit. Maar je kunt het ook slechter treffen dan met een piloot, nietwaar?'

'Dat wel, maar op dat moment... Er knapte iets in me.' Ze keek naar haar schoenen en zei: 'Toen ik hier terugkwam, lag het bericht op me te wachten dat het Rode Kruis mijn moeder had opgespoord.'

'Dat verzin je!' riep Gisela ongelovig. 'Waarom gebeuren zulke dingen nooit als ik erbij ben?'

Christina glimlachte naar haar. 'Ik had ook graag gehad dat je hier was. Om te praten.'

'En, heb je haar al opgezocht?'

Christina schudde haar hoofd. 'Nee. Ze woont in de Sovjet-zone.'

'Dat zou toch niet hoeven uitmaken?'

Christina bleef staan. Ze waren bij het leslokaal aangekomen. Toen ze om de hoek van de deur gluurde zag ze zuster Hanna met dr. Meyer praten. Meteen viel haar op dat ze erg bleek zag. En bezorgd keek. Was er iets gebeurd?

'Ga maar vast naar binnen,' zei ze tegen Gisela. 'Ik kom zo.'

Gisela keek haar verbaasd aan, maar zette zich in beweging.

Even later verscheen Hanna. Toen ze langs haar heen liep, raakte Christina zachtjes haar arm aan. 'Goedemorgen, Hanna.'

Hanna keek haar eerst verbaasd, zelfs bijna afwerend aan, toen werden haar trekken weer zachter. 'Ach, Christina, goedemorgen. Ik was in gedachten.'

'Aangename gedachten?' vroeg Christina, waarop Hanna haar hoofd boog.

'Wat is er met je?' vroeg Christina verbaasd.

Hanna keek haar enigszins verward aan en schudde toen haar hoofd. 'Niets, hoor. Ik heb met dokter Meyer mijn les röntgenkunde besproken.' Ze perste haar lippen op elkaar en keek om naar de directeur van de opleiding. 'Ik vertel het je later wel.'

'Best,' antwoordde Christina.

Hanna knikte, maar haar manier van spreken maakte Christina erg ongerust. Zo deed ze alleen als ze zich zorgen maakte. Grote zorgen. Zou er iets met haar zus zijn gebeurd? Ze besefte echter dat ze haar op dat moment niets meer zou kunnen ontlokken. Bovendien begon haar les al bijna. Ze keek Hanna nog even na en zag haar licht voorovergebogen door de gang lopen. Toen liep ze het lokaal in.

# 69

‘Dokter Conradi, goedendag.’ De geüniformeerde man die opstond en hem tegemoetkwam sprak bijna perfect Duits. ‘Ik ben luitenant Mike Reed.’ Zijn handdruk was warm en krachtig. Ook verder was zijn optreden zeer zelfbewust.

De beide andere mannen, die nu eveneens van hun zitplaats opstonden, waren in burger. Het waren ambtenaren, dat zag hij al van verre. De man met de brede grijze strepen in zijn haar stelde zich voor als Wolfgang Braunert, zijn collega noemde alleen zijn achternaam, Merten. Louis wist niet wie van de drie het meest bijdroeg aan zijn onbehaaglijke gevoel.

‘Wilt u plaatsnemen, dokter Conradi?’ zei de man in uniform en hij wees naar de vrije stoel.

Toen Louis’ blik over het bureaublad gleed, zag hij talrijke ordners liggen. Bovendien een smal boek, dat leek op de balansboeken die ze ook in Waldfriede gebruikten.

‘U zult zich wel afvragen waarom we u hebben verzocht te komen,’ vervolgde luitenant Reed.

‘Inderdaad,’ zei dr. Conradi. ‘Ik was eerlijk gezegd verbaasd over uw telegram.’

‘Nu, fijn dat u kon komen. We wisten niet of u in Waldfriede te bereiken zou zijn. Sommige geneesheren-directeur zijn rond de feestdagen met vakantie. We dachten dat dat misschien ook voor u zou gelden.’

Louis schudde zijn hoofd. ‘Ik ga maar heel zelden met vakantie. We hebben tijdens de oorlog veel artsen verloren en gezien de politieke situatie is Berlijn niet al te... aantrekkelijk voor medisch specialisten.'

Had hij dat beter niet kunnen zeggen? Zou hij met die woorden misschien tekortkomingen toegeven? Het zweet liep hem langs zijn rug.

'We willen u dit laten zien,' zei Braunert en hij pakte het smalle zwarte boek. 'We kwamen het tegen toen we de overgebleven dossiers van onze collega doornamen.'

'Overgebleven dossiers?' vroeg Louis verbaasd. En welke collega bedoelden ze?

'Komt dit boek uit uw ziekenhuis?' vroeg Merten.

Louis sloeg het open. Het handschrift herkende hij meteen, al was het van dertig jaar geleden. Zijn maag verkrampte.

Hij dacht terug aan de eerste jaren in Waldfriede, de moeilijke jaren van de opbouw. Ze hadden toen een boekhouder die vooral uitblonk in het scheppen van chaos. Destijds had een arts-assistent, die nu niet meer leefde, zijn vermoeden uitgesproken dat diezelfde boekhouder informatie het ziekenhuis uit had gesmokkeld. Het boek, dat de balanscijfers van hun eerste jaren bevatte, was het bewijs dat hij gelijk had gehad. 'Hoe komt u daaraan?' vroeg hij, hoewel het antwoord voor de hand lag.

De drie mannen keken hem aan, toen antwoordde Braunert: 'Uit het bureau van onze collega Gunter Wiedemann. En ik vrees dat dit niet het enige onaangename is wat u over hem te weten zult komen.'

~

Met ijskoude handen wachtte Hanna in de spreekkamer op de terugkeer van dr. Conradi. Het was al bijna twaalf uur, maar ze was nauwelijks in staat tot een heldere gedachte of een zinvolle bezigheid. Vlak nadat ze was opgestaan had ze iets schrikbarends ontdekt en ze moest hem beslist spreken.

Ze vroeg zich af of ze voortekenen had gemist. Natuurlijk was ze na het werk altijd erg moe, maar waren ze dat niet allemaal? Bovendien was ze de jongste niet meer. Angstig betastte ze haar buik.

Misschien kwam het gewoon van de spanning en drukte van de voorgaande maanden. Misschien zou het vanzelf overgaan.

Ze had echter tijdens het spreekuur van dr. Conradi vaak genoeg patiëntes met soortgelijke klachten gezien. En er was nooit een simpele of zelfs onschuldige verklaring voor geweest. Meestal waren die vrouwen op de operatietafel beland.

*Waarom ik?* vroeg ze zich ongerust af. *Waarom moet dit juist mij overkomen? Ik heb altijd geprobeerd gezond te leven. Ik heb nooit risico's genomen.*

Het geluid van voetstappen onderbrak haar maalstroom van gedachten. Vrijwel meteen ging de deur open en kwam dr. Conradi binnen. Zijn energie vulde meteen het vertrek.

'Hanna!' riep hij uit. 'U zult niet geloven wat er is gebeurd!'

Hanna dwong zichzelf te glimlachen. 'Is de hoorzitting goed verlopen?'

'Ja. Maar tegelijkertijd...' Hij schudde zijn hoofd. 'Ik kan het nog steeds niet bevatten!'

Een lichte bezorgdheid nam bezit van Hanna en drong haar klachten naar de achtergrond. 'Wat is er dan gebeurd?' vroeg ze. 'Ging het over de subsidies?'

'Nee, het was...' Hij trok zijn jas uit en schudde zijn hoofd. 'Gunter Wiedemann is dood.'

Hanna trok haar wenkbrauwen op. 'Wat?'

'Dood!' herhaalde de dokter. 'Hartinfarct!'

Het duurde even tot Hanna dat bericht had verwerkt. Ze had met alles rekening gehouden, maar niet daarmee. 'Maar hoe kan dat nou?'

De dokter hing zijn jas aan de kapstok bij de deur. 'Het lijkt erop dat hij tijdens zijn werk een hartaanval heeft gekregen. Zijn collega's vonden hem in elkaar gezakt op zijn bureau, elke hulp kwam te laat.'

Hanna had hem zo'n lot niet toegewenst, ook al had Gunter Wiedemann de afgelopen dertig jaar telkens weer onrust veroorzaakt en was hij er bijna in geslaagd dr. Conradi door de Gestapo te laten arresteren.

'Toen ze zijn kantoor opruimden, troffen ze allerlei schandalige zaken aan,' vervolgde de dokter nadenkend. 'Onder andere een van onze balansboeken uit 1920. Herinnert u zich onze boekhouder Thomas Gruber nog?'

Natuurlijk herinnerde ze zich die onaangename kerel. Niet alleen had hij mevrouw Conradi bespioneerd en de keukenmeisjes lastiggevallen, ook had dr. Kirchfeld, met wie ze later een relatie had gekregen, ontdekt dat hij een van hun balansboeken aan een onbekende had gegeven. Een onbekende, die dus Gunter Wiedemann moest zijn geweest.

Ze ademde krachtig uit. 'Dat bestaat toch niet?'

'Ja, zo is het gegaan!' zei de dokter. 'En zijn collega's hebben niet alleen ons balansboek gevonden, ze hebben ook naar Wiedemanns NSDAP-verleden gevraagd. Eindelijk geloofden ze mijn verhaal dat hij achter het onderzoek door de Gestapo zat.' Hij haalde diep adem. 'Ze hebben zelfs erkend dat het verkeerd was geweest hem weer een overheidsfunctie te geven!'

Hij vouwde zijn handen voor zijn borst als voor een dankgebed. 'Al is het tragisch en al wens ik geen mens zo'n lot toe, ik heb me in geen tijden niet zo bevrijd gevoeld als op dit moment. Ik had echter graag gezien dat hij zelf zijn ontmaskering had meegemaakt!'

Hanna geloofde hem op zijn woord. En ze deed haar best ook opluchting te voelen, maar de angst die ze ervoer liet dat niet toe.

Dr. Conradi merkte dat natuurlijk. 'Wat is er, Hanna?' vroeg hij. 'U lijkt zo neerslachtig. Het is toch goed nieuws dat de problemen met Wiedemann voorgoed voorbij zijn?'

'Jazeker.' Hanna verkeerde in tweestrijd. Mocht ze zijn vreugde over deze gunstige wending wel bederven? Maar hij kende haar lang genoeg om te weten dat er iets aan de hand was. En zelf had ze grote behoefte aan zekerheid.

'Ik heb alleen...' Ze vond het pijnlijk om hem haar probleem te vertellen. Hij was haar baas, niet haar arts. Tot dusver had ze ook geen arts nodig gehad. Ze keek hem recht aan en terwijl ze al haar moed verzamelde zei ze: 'Ik heb voor het eerst sinds de menopauze weer een bloeding gekregen.'

# 70

Het was één ding om de onderzoeksstoel elke dag te zien, om de hand van de patiëntes vast te houden en hen te feliciteren of te troosten. Maar het was iets heel anders om zelf de patiënte te zijn.

Met bonzend hart en een buik vol angst leunde Hanna achterover en plaatste haar benen in de daarvoor bestemde steunen. Het metaal drukte koud tegen haar huid en ineens schaamde ze zich, ook al hield ze zichzelf voor dat dr. Conradi als arts de vrouwelijke anatomie bepaald niet vreemd was.

Maar toch, hij was haar baas... en haar vriend.

Toen ze de eendenbek naar binnen voelde gaan kromp ze in elkaar. De dokter had het instrument voorverwarmd, maar het was nog steeds heel onaangenaam. Ze balde haar handen tot vuisten en ten slotte greep ze de armleuningen krampachtig vast.

We vertellen onze patiëntes hoe belangrijk het is om je regelmatig te laten onderzoeken, dacht ze. En dan doen we het zelf niet. De schoenmaker loopt op de slechtste schoenen, zei haar vader wel eens, hoewel dat helemaal niet op hem van toepassing was.

Om niet totaal in paniek te raken richtte ze haar blik op het plafond van de spreekkamer. Daarop tekende het zonlicht de schaduwen van kale takken die zachtjes in de wind wiegden. Ze had er tot nu toe nooit op gelet en ze had zich ook nooit afgevraagd wat de patiëntes zagen of wat er door hun hoofd ging als ze daar zo lagen.

Hoe moet ik het Leni vertellen, dacht ze het volgende ogenblik. Of Christina...

Uiteindelijk was het onderzoek klaar. Dr. Conradi legde het speculum in een metalen schaal en zuchtte diep. 'U kunt opstaan, Hanna.'

Ze deed wat haar gezegd werd en probeerde niet te laten merken hoe ellendig ze zich voelde. Haar ledematen trilden en het liefst was ze op dat moment ver weg gelopen.

'Is het zo erg?' vroeg ze nadat ze achter het kamerscherm vandaan was gekomen. De arts was intussen weer achter zijn bureau gaan zitten en leek net zo bezorgd als ze hem meemaakte wanneer het echt ernstig met een patiënte gesteld was.

'Zonder röntgenfoto kan ik dat niet zo precies zeggen. Voor zover ik kan zien, ligt de oorzaak hoger.' Hij keek haar aan. 'Hanna, ik moet u helaas naar de röntgenafdeling sturen. Zeg tegen Käthe dat ik een opname van uw onderlichaam nodig heb.'

Door die woorden begon ze inwendig te trillen. 'Denkt u... dat ik kanker heb?' vroeg ze, en ze kreeg het warm en koud tegelijk. Voor Catherine was die diagnose het doodvonnis geweest en ze was bang voor eenzelfde ziekbed als ze had meegemaakt bij Conradi's vrouw.

De dokter wreef over een plek boven zijn wenkbrauw, alsof dit gebaar hem een idee zou geven van wat hij moest doen. 'Dat kan ik nog niet met zekerheid zeggen, Hanna. Ik wil eerst afwachten wat er op de opname te zien is.'

~

'Dus je hebt het weer goedgemaakt?' vroeg Gisela toen ze het leslokaal verlieten. In de pauze had ze meer willen weten over het incident in het restaurant. Christina schaamde zich er nog steeds voor hoe ze had gereageerd, maar Gisela toonde alle begrip.

'Hij zou gek zijn geweest om naar Engeland te gaan,' had ze opgemerkt. 'Ik was misschien niet weggelopen, maar ik zou hem hebben verteld hoe ik erover dacht.'

Christina kon zich goed voorstellen hoe dat zou zijn verlopen. Maar Peter ging gelukkig niet met Gisela.

'Hij stond op kerstavond voor de deur,' zei ze in antwoord op Gisela's vraag. 'Ik was nog totaal overstuur van de spoedoperatie bij mevrouw Eckert. Plotseling verscheen hij en bracht me mijn jas.'

Gisela zette grote ogen op. 'Echt?'

'Ik had me helaas al gemeld voor de diensten tijdens de feestdagen, maar ik kon eerste kerstdag toch nog 's avonds bij hem en zijn moeder op bezoek gaan.'

'En, hoe is ze?'

'Een heel lief mens. Peter heeft van haar zijn blauwe ogen geërfd.'

'Ik ben zo blij dat jullie het weer bijgelegd hebben,' zuchtte Gisela. 'In elk geval heeft een van ons geluk met mannen.'

'Gaat het niet goed tussen jou en Rainer?' vroeg Christina verbaasd. 'In de vakantie was hij toch bij jullie?'

Christina zag dat Gisela's gezicht betrok. 'Zeg maar niets,' zei ze met een ondertoon die boekdelen sprak. 'Toen we noodgedwongen elke dag met elkaar moesten optrekken bleek dat ik kennelijk niet aan zijn verwachtingen voldeed. Dus als je op een gegeven moment van Peter af wilt, neem ik hem graag van je over.'

'Betekent dit dat jullie uit elkaar zijn?' vroeg Christina geschrokken.

'Nee, we zijn niet uit elkaar,' antwoordde ze. 'Mijn ouders vinden dat ik mijn best moet doen om indruk te maken op zijn moeder. Maar hoe moet ik dat doen, als eenvoudige vroedvrouw?'

'Heb je mijn hulp nodig?'

'Wat zou je kunnen doen? Mij veranderen in een sprookjesprinses die alleen maar zit te wachten tot ze de pantoffels van haar man in de deuropening klaar kan zetten?' Gisela trok haar wenkbrauwen op en toen barstten ze allebei in lachen uit.

~

Hanna had het gevoel dat ze midden in een nachtmerrie zat waaruit geen ontsnappen mogelijk was. Automatisch liep ze naar de röntgenkamer, die net als de spreekkamer haar werkterrein was, en vertelde haar assistente Käthe wat er moest gebeuren. Die keek haar verschrikt aan en ging toen aan het werk.

Toen ze zich uitkleedde en op de röntgentafel ging liggen, viel haar blik op de grote röntgenbuis. Plotseling herinnerde ze zich haar lessen aan het röntgeninstituut in Berlijn. Max Levy-Dorn, de oprichter, had de gevolgen van het werken met röntgenstralen zelf ondervonden. Zijn handen waren onherstelbaar misvormd en slechts enkele jaren nadat Hanna aan het instituut was afgestudeerd, overleed hij aan kanker.

Was zij nu ook het slachtoffer van de röntgenstralen geworden?

Ze probeerde het trillen van haar lichaam te onderdrukken en volgde de aanwijzingen van haar röntgenassistente op. De haartjes op haar armen gingen overeind staan door het elektromagnetische veld van de röntgenbuis, toen klonk het verlossende gezoem.

'Prima, je mag nu weer opstaan,' zei zuster Käthe. Terwijl ze de röntgencassette uit het vak haalde, ontweek ze Hanna's blik.

Wat zal er met de röntgenkamer gebeuren als ik er niet meer ben? vroeg Hanna zich af. Vroeg of laat zou ze haar baan moeten opgeven. Maar het duurde nog enkele jaren tot de leeftijdsgrens haar zou dwingen met pensioen te gaan. Käthe deed het uitstekend als röntgenverpleegster, maar zijzelf begeleidde en onderwees de jonge zusters.

Rillend stond ze weer op. Ze wierp een blik op haar buik. Was die ronder geworden? En haar armen dunner? Waarom was haar niet eerder iets opgevallen? Misschien omdat ze het niet had willen zien.

Terwijl ze zich aankleedde verdween Käthe in de donkere kamer. Graag had Hanna de foto's zelf ontwikkeld, maar waarschijnlijk was haar collega er al mee bezig en elke lichtstraal die van buitenaf in de kamer viel zou de foto bederven. Er zat niets anders op dan te wachten.

# 71

Louis keek peinzend naar het oude balansboek, waarvan de omslag oud en bekrast was. Zulke boeken werden allang niet meer gebruikt. Dit hier leek niet meer van deze tijd. Ongelooflijk dat Wiedemann het had bewaard.

Hij stelde zich voor dat de man met het kale hoofd, die hem al sinds de oprichting van Waldfriede het leven zuur had gemaakt, het telkens weer had opgepakt en gebruikt om zijn haat tegen Waldfriede te voeden. Jarenlang, onder verschillende regeringen en tijdens een oorlog. Was hij het nooit beu geworden? Had hij zich nooit afgevraagd of het nog wel zin had om een instelling te bestrijden die zo taai was gebleken?

Louis wilde dat hij wist waarom de man zo verbeten was geweest. Maar niemand zou hem dat nog kunnen vertellen, tenzij Wiedemann een dagboek had bijgehouden. Daar zag het echter niet naar uit. Hij kon alleen maar blij zijn dat de dood was geslaagd waar zelfs zijn kennis dr. Vogler niets had kunnen uitrichten.

Hij kon echter niet genieten van deze overwinning op zijn tegenstander. Hanna's symptomen waren zeer ernstig en zonder de röntgenfoto te hebben gezien kon hij zich wel voorstellen wat die hem zou laten weten. Wat een ironie dat deze dag nu zo'n tragische wending nam. Was dat de prijs die hij moest betalen? Louis schudde die gedachte van zich af. Nee, het had niets met elkaar te maken.

Hij schrok op toen er werd aangeklopt. 'Ja, kom maar!'

Terwijl hij zich afvroeg waar Hanna bleef, kwam zuster Käthe binnen. Ze leek ook verbaasd dat Hanna er nog niet was, toen legde ze met een ernstig gezicht de grote foto voor hem op tafel.

'De opname van Hanna.'

'Dank u, zuster Käthe.'

De röntgenassistente aarzelde even, maar draaide zich toen om. Louis nam even de tijd voordat hij de foto op het scherm hing. Het licht ging aan en hoewel er iets anders te zien was dan hij had verwacht, schrok hij in eerste instantie van de opname. Maar onmiddellijk schakelde zijn verstand de kennis in die sinds zijn studietijd alleen maar was toegenomen. Het noemde hem diagnose, therapiesuggesties, kansen en risico's.

Na een tijdje haalde hij de foto weer van het scherm af en schakelde het uit. Net op tijd voordat Hanna binnenkwam. Haar gezicht was rood, maar ze werd bleek toen ze de opname in zijn hand zag.

'O, u hebt de röntgenfoto al,' zei ze.

Louis keek toe terwijl ze haar handen vouwde. Op dat moment had hij niets liever gewild dan het succes dat hij tegen Wiedemann had behaald in te ruilen voor wat hij zojuist op de opname had gezien. Wat deed de ergernis over die vreselijke man ertoe vergeleken met Hanna's leven?

'Ga alstublieft zitten, Hanna,' zei hij en hij probeerde zijn stem kalm en vertrouwenwekkend te laten klinken. Inwendig kon hij het trillen echter nauwelijks bedwingen.

Hanna ging zitten en keek hem aan.

Louis had zo graag gewild dat hij haar dit had kunnen besparen. Maar hij had geen andere keus.

'Hanna, het spijt me,' zei hij zachtjes. 'Het lijkt erop dat u een vrij grote tumor op uw linker eierstok hebt.'

~

Hanna keek de dokter aan alsof hij haar een draai om de oren had gegeven. Tijdens de angstige minuten wachttijd had ze zichzelf er niet toe kunnen brengen naar de spreekkamer terug te gaan. In plaats daarvan had ze buiten rondgelopen, terwijl in haar hoofd gedachten en ongeloof rondtolden. Maar aan het oordeel dat uit de röntgenfoto zou blijken zou ze niet kunnen ontsnappen. In die wetenschap was ze teruggegaan naar de spreekkamer.

De stem van een van haar oude collega's uit Friedensau klonk weer in haar hoofd: *Die stralen zijn gevaarlijk. Het kan zijn dat je geen kinderen meer kunt krijgen.*

Het röntgenen bood dan wel veel voordelen, maar röntgenverpleegsters liepen een groot risico om kanker te krijgen. Destijds, toen ze de baan had aanvaard, was haar dat eigenlijk om het even geweest, maar nu... Vanbinnen kromp ze van angst in elkaar. De laatste keer dat ze zo voor haar leven had gevreesd was tijdens de oorlog.

'Ik wil hem zien,' zei ze. Ze twijfelde niet aan de woorden van de dokter, maar haar verstand wilde het bewijs hebben.

De dokter voldeed aan haar verzoek en even later hing de foto voor het verlichte scherm. Hanna hapte naar adem. De tumor was verrassend groot. Waarom had ze niet gemerkt dat hij in haar groeide?

'Kunt...' Haar stem begaf het en haar tong leek aan haar gehemelte te plakken. 'Kunt u iets doen?'

'U bedoelt opereren?' antwoordde hij. 'Ja, dat is mogelijk. En voor zover ik kan zien, is de tumor duidelijk begrensd. Ik zou de ingreep ook aanbevelen, omdat de tumor binnenkort veel groter zal zijn dan nu. Dan wordt het pas echt lastig. Of hij goed- of kwaadaardig is, kan ik u pas met zekerheid zeggen als we hem verwijderd hebben.'

Hanna staarde hem aan. Een vreemd soort verdoving overviel haar. Ze moest weer aan Catherine Conradi denken, die door professor Sauerbruch was geopereerd – zonder succes.

'En wanneer... wilt u dat doen?' vroeg ze. Haar stem klonk zwak en alle kracht leek uit haar lichaam te zijn weggevloeid. Ze voelde zich weer net als destijds toen ze hulpeloos moest toekijken terwijl haar verloofde Martin stierf.

'Zo snel mogelijk.' Dr. Conradi keek haar in de ogen. 'Ik zal mijn best doen, Hanna. Ik zal u door deze tijd heen helpen.'

Hanna knikte. Daar twijfelde ze niet aan. Ze wist echter maar al te goed dat er dingen waren die de dokter niet in de hand had, hoe bekwaam hij ook was.

'Kan ik nog een paar dagen tijd krijgen?' vroeg ze. 'Ik... Ik moet wat zaken regelen voor het geval...'

'Natuurlijk,' zei dr. Conradi. 'Maar we moeten niet al te lang wachten. Als het gezwel kwaadaardig is...'

'Is dat dan echt niet te zien?'

Hij schudde zijn hoofd. 'Nee, ik ben bang dat we het pas weten als we de tumor hebben verwijderd. En als het lab ernaar heeft gekeken.'

~

'Heb je een goede start in het nieuwe jaar gehad?' Terwijl ze luisterde naar de stem die door de telefoonlijn klonk, wikkelde Christina het telefoonsnoer om haar vinger. Omdat ze, afgezien van het oudejaarsfeest, door het uitvallen van een aantal zieke collega's bijna onafgebroken had moeten werken, had ze nog niet de kans gehad Peter te vragen hoe de jaarwisseling voor hem was verlopen.

Haar hart bonsde opgewonden en het liefst had ze bij hem willen zijn. Maar Waldfriede leek haar niet te willen loslaten.

Intussen hadden ze tenminste een mogelijkheid gevonden om te telefoneren. Voor het personeel was er een telefoonlijn aangelegd, zodat de zusters in contact konden komen met hun familieleden elders in het land. Je kon immers nooit weten wanneer de Sovjets weer met een blokkade zouden dreigen.

Peter had zelf geen telefoon, maar hij mocht het toestel in het kantoor van zijn baas gebruiken.

'Best goed, behalve dan dat jij niet bij me was,' antwoordde hij op haar vraag. 'En hoe was het bij jullie? Hadden jullie een leuk feestje?'

'Ja, dat wel, maar veel zusters zijn ziek. Er heerst weer griep. Ik denk dat ik je niet eerder dan in februari zal kunnen zien.'

'Dat is toch een grapje, hè?' vroeg hij ontdaan. 'Zeg me alsjeblieft...'

Christina onderbrak hem lachend en zei: 'Natuurlijk is het een grapje. Dat hoop ik tenminste.'

'Tart het lot alsjeblieft niet! Ik weet anders niet hoe ik de tijd moet doorkomen.'

'Maak je geen zorgen, we zien elkaar gauw,' beloofde Christina. 'Op een gegeven moment is elke griep over. Hoe is het met jou? Is er nieuws over je werk?'

'Mijn baas heeft voorgesteld dat ik een opleiding tot vliegtuigmonteur ga volgen. Officieel. Nu het met British European Airways niets wordt.'

'Ik...' begon Christina, maar toen zei hij: 'Maak je geen zorgen, het komt niet door jou. Ik heb vandaag gehoord dat de Britten hun plannen om Duitsers in hun land tot piloot op te leiden hebben ingetrokken. Er waren waarschijnlijk problemen met de Sovjets, die het zagen als een omzeiling van het Vier Machten-statuut.'

'Dus dan hebben we helemaal voor niets ruziegemaakt,' zei ze en ze probeerde haar opluchting verborgen te houden.

'Nou, helemaal voor niets was het niet,' antwoordde Peter. 'We hebben onze vuurdoop toch goed doorstaan?'

Christina had graag afgezien van de woede en de verwarde gevoelens. 'Hoe zit het dan met de opleiding? Kun je daarvoor in Berlijn blijven?'

'Grotendeels wel, afgezien van een paar uitstapjes naar de Bondsrepubliek, naar andere bases,' antwoordde Peter. 'Als ik de opleiding op zak heb, is het misschien zelfs makkelijker om piloot te worden. Tenslotte ken ik de vliegtuigen dan vanbinnen en vanbuiten.'

'Dat klinkt als heel veel lesstof.'

'Ja, maar het is vast niet zoveel als wat jij allemaal moet onthouden. Ik zou er absoluut geen verstand van hebben. En als ik eerlijk ben, ik kan ook niet tegen bloed.'

'Kun je niet tegen bloed?' Christina giechelde. 'En wat doe je dan als je je in je vinger snijdt?'

'Dan ga ik van mijn stokje en hoop ik dat een mooie jonge verpleegster me weer tot leven wekt.'

'Maar ik kan niet altijd bij je zijn,' gaf Christina gekscherend ter overweging.

'Op zekere dag wel.' Hij maakte een kussend geluid en vroeg

toen: 'Heb je er al over nagedacht wat je met het nieuws over je moeder wilt doen?'

Door het vele werk had Christina nog niet de tijd gehad daar echt aandacht aan te besteden. 'Nee, niet echt,' antwoordde ze.

'Wat vindt jouw dokter Rubin daarvan?'

'Ik heb pas aan het einde van de week een afspraak met haar. Maar ik kan me voorstellen wat ze zal zeggen: ik moet het onder ogen zien.'

'En wil je dat?'

'Ik weet het niet... Eerst was ik boos op haar omdat ze me met de colonne had weggestuurd. Onderweg hoopte ik dat ze zou overleven en me zou vinden. Maar sinds het einde van de oorlog, toen ze niet kwam opdagen... Ik had gewoon de hoop verloren.'

'Maar toch heb je een informatieverzoek ingediend.'

'Dat heeft Hanna gedaan. Ik denk dat ze optimistischer was dan ik. En nu... Nu vraag ik me af waarom ze me niet heeft gezocht. Waarom ze zelf niets heeft ondernomen om me te vinden. En ik kan er niets aan doen, dan word ik weer boos...'

Ze zwegen een tijdje en toen zei hij: 'Als je besluit om naar haar toe te gaan, ga ik met je mee. Zo'n reis moet je niet alleen maken. Zeker niet naar zo'n godvergeten negorij.'

Christina vocht tegen de opwellende tranen. 'Dank je, dat vind ik heel erg lief van je.'

'Voor jou zou ik alles doen,' antwoordde hij. 'Zien we elkaar dit weekeinde?'

'Natuurlijk,' zei Christina. 'Zoals het er nu uitziet ben ik zelfs zaterdag vrij, omdat de jongere leerling-verpleegsters dienst hebben.'

'Ik verheug me erop je te zien, mijn liefste. Dus tot dan!' Ze stuurden elkaar nog een kus door de telefoonlijn en Christina hing op. Zoals altijd als ze met hem sprak bonsde haar hart en stroomde er warmte door haar hele lichaam. Kon het weekeinde niet eerder komen? Dromerig glimlachend streelde ze de hoorn van de telefoon en toen draaide ze zich om.

Aan het einde van de gang, bij de trap die naar beneden leidde, zag ze Hanna, die op haar leek te wachten. Hoelang ze daar al stond wist Christina niet, maar blijkbaar was ze tijdens het telefoongesprek discreet op de achtergrond gebleven.

'Hanna!' riep ze met een gloeiend gezicht. Ze vond het een pijnlijk idee dat Hanna misschien de verliefde plaagstootjes tussen haar en Peter had gehoord. Ze streek haar jurk glad en liep naar haar toe. 'Is er iets?'

Hanna keek haar verdrietig aan. Bijna net zoals die keer dat ze haar had moeten vertellen dat Selma was gevonden. 'Christina, ik moet je iets zeggen,' begon ze.

'Wat dan, Hanna?' Christina voelde dat ze vanbinnen verkrampte.

'Ik... Ik weet niet hoe ik moet beginnen...' Nerveus plukte ze aan de mouw van haar jurk. 'Ik ben ziek, Christina. Ernstig ziek.'

Christina sperde haar ogen open. 'Wat mankeert je?'

'Ik heb een tumor in een van mijn eierstokken.'

Christina hapte verschrikt naar adem. Een tijdje staarde ze Hanna alleen maar aan en wist ze niet wat ze moest zeggen. Toen liep ze naar haar toe en omhelsde haar. Ten slotte begonnen ze allebei te huilen.

Nee, dacht Christina toen ze haar armen om Hanna's tengere schouders sloeg. *Alstublieft, lieve God, neem haar niet van me af!* Ze voelde Hanna snikken en snikte zelf ook. Het was zo oneerlijk! Waarom moest het uitgerekend Hanna overkomen?

Christina probeerde haar kalmte te herwinnen, maar de tranenvloed bleef stromen. Pas na een hele tijd lieten ze elkaar los.

Hanna veegde over haar ogen, waarin de angst duidelijk zichtbaar was. 'Zullen we... naar buiten gaan?' vroeg ze. Nog steeds was ze beverig door het snikken. 'Hier kan elk moment iemand langskomen.'

Eigenlijk was Christina's lunchpauze al bijna afgelopen, maar ze knikte.

Via de achteruitgang glipten ze naar buiten, het park in, dat de winter stevig in zijn greep hield. Het gras was verdwenen onder grote sneeuwplakkaten en ijs deed de takken van de bomen kreunen. Een hele tijd zeiden ze niets.

'Heb je het de anderen al verteld?' vroeg Christina ten slotte. 'Ik bedoel, je oude collega's?'

'Mijn röntgenassistente Käthe weet het vast, ik heb haar immers geleerd hoe ze foto's moet interpreteren. Maar verder...' Ze keek haar aan. 'Ik wilde het eerst aan jou vertellen. Je bent tenslotte bijna zoiets als de dochter die ik nooit heb gehad.'

'Maar... heb je dan niets gemerkt?' vroeg ze. 'Zoiets komt niet zomaar ineens.'

'We hebben het allemaal druk,' zei Hanna. 'Als er aanwijzingen zijn geweest, moet ik ze over het hoofd hebben gezien.' Ze sloeg haar ogen neer en Christina zag duidelijk hoeveel moeite het Hanna kostte om zich te beheersen. 'Dokter Conradi wil me opereren en wel heel snel. Pas dan wordt duidelijk of het kanker is of een onschuldig gezwel.'

Christina had het gevoel dat er een steen op haar borst lag. Natuurlijk, er stond nog niets vast. Maar een ingreep betekende altijd een risico. En als het kanker was... Hoe vaak had ze niet meegemaakt dat de artsen dan machteloos stonden!

'Ik zal nog zo goed als het gaat jullie examen voorbereiden en daarna ga ik onder het mes. Als ik de operatie niet overleef, zal ik tenminste geen van mijn collega's met dat werk belasten...'

'Nee!' riep Christina en ze schudde haar hoofd. 'Zo mag je niet praten!'

'Maar het... Het is heel goed mogelijk dat er ernstige complicaties optreden.'

Christina schudde nog harder met haar hoofd. Tranen stonden in haar ogen. 'Dat zal niet gebeuren! Dokter Conradi gaat je opereren, nietwaar?'

'Ja,' zei Hanna.

'Hij zal je nooit laten sterven, dat weet ik zeker.'

Hanna glimlachte bedroefd en streelde haar wang. 'Ik ben er zeker van dat dokter Conradi zijn uiterste best zal doen. Maar als God het wil, zal ik voor eeuwig in slaap vallen. En onze beste dokter zal dat niet kunnen voorkomen.'

# 72

Het was eigenlijk niets voor Christina om doordeweeks het ziekenhuis te verlaten voor een bezoek aan Peter. Maar nu kon ze niet anders. Ze had iemand nodig met wie ze kon praten en die haar vasthield nu haar wereld opnieuw dreigde in te storten.

Het verkeer was behoorlijk druk en het duurde even voordat ze het grote kruispunt bij de Clayallee kon oversteken. Ze liep verder, langs haastig passerende voorbijgangers met aktetassen en manden, tot ze de Winfriedstrasse insloeg.

Ze belde aan en Margarete Wencke stak haar hoofd uit het raam. 'Christina, wat doe jij hier?'

'Is Peter er?' vroeg ze. 'Ik... Ik moet absoluut met hem praten.'

'Hij zal zo hier zijn. Wacht, ik laat je binnen.' Margarete verdween en meteen daarna ging de deur open.

'Dank u,' zei Christina terwijl ze langs haar heen het huis in glipte.

'Peter moet om een uur of zes van zijn werk komen,' zei mevrouw Wencke. 'Drink maar een kopje thee mee.'

Christina knikte en liet zich door Peters moeder de woning in loodsen. Er hing een geur van gesneden kool. Peter was dol op koolsoep met komijn en spek. Normaal gesproken had de gedachte eraan ook Christina's eetlust opgewekt, maar na het nieuws van Hanna had ze het gevoel dat ze geen hap door haar keel zou kunnen krijgen.

Even later zette mevrouw Wencke twee kopjes voor hen neer en goot water over het thee-ei.

Niet lang daarna ging de deur open en liep Peter de woonkamer in. 'Moeder, ik ben...' Hij hield op toen hij Christina zag. 'Christina... Is er iets gebeurd?'

Christina stond op. 'Ik moet met je praten. Het gaat om Hanna.'

'Moet ik jullie alleen laten?' vroeg Margarete.

'Niet nodig,' zei hij. 'We gaan wel naar de binnenplaats.'

De avondlijke kou omsloot hen toen ze om het huis heen liepen. Om hen heen scheen licht door de ramen en het lawaai van het verkeer van de Clayallee drong tot hen door.

'Wat is er met Hanna?' vroeg Peter en hij sloeg zijn arm om haar schouder. Ze stonden vlak bij de struik waarvandaan Christina had gezien dat Peter zijn nichtje op haar voorhoofd had gekust.

'Ze is ernstig ziek en moet geopereerd worden,' antwoordde ze. Ze vlijde zich tegen zijn borst. 'Ik ben zo bang dat ik haar kwijtraak.' Tranen biggelden over haar wangen.

Peter schudde ongelovig zijn hoofd, sloot haar toen in zijn armen en begroef zijn gezicht in haar haar.

Christina was wanhopig en ontroostbaar. 'Als ik haar nu verlies...' snikte ze.

'Het is toch nog helemaal niet gezegd dat dat zal gebeuren?' Peter streelde haar geruststellend over haar rug. 'Ze moet geopereerd worden. Als verpleegster weet je dat veel mensen dat overkomt. En jouw dokter Conradi kan haar vast helpen. Je hebt toch zo'n hoge dunk van hem?'

'En toch ben ik heel bang.'

'Dat begrijp ik,' zei hij zachtjes. 'Mij zou het ook zo vergaan als mijn moeder naar het ziekenhuis moest. Maar je mag de hoop niet opgeven.'

'Er is de afgelopen jaren zo veel gebeurd,' vervolgde Christina. 'Waarom krijg ik geen rust? Waarom moet ik altijd alles verliezen waar ik van hou?'

'Maar ik ben toch bij je,' zei Peter. 'En Hanna ook. Heb een beetje vertrouwen. Niemand heeft altijd pech en zelfs regen houdt ooit op.' Hij streelde haar kin en kuste haar. 'Wat er ook gebeurt, we komen er wel doorheen. Samen.'

De avond op haar kamer viel haar zwaar en bedrukte haar ziel. Peinzend keek Hanna naar de straatlantaarns, waarvan het licht ook in een deel van het park scheen. De angst kwelde haar nog steeds, maar doordat ze Christina in vertrouwen had genomen was haar stemming een beetje lichter geworden.

Vreemd genoeg maakte ze zich minder zorgen om zichzelf dan om haar beschermelinge. Christina's leven had zich de afgelopen anderhalf jaar ten goede gekeerd. Steeds meer en beter lukte het haar vat te krijgen op de verschrikkingen van haar jeugd en die van zich af te schudden. Ze deed het uitstekend als kraamverpleegster en was een goede leerling.

Bovendien had de verliefdheid een zeer positief effect op haar. En misschien zou deze man die ze in haar hart had gesloten haar toekomst zijn. Haar enige toekomst, nadat ze haar familie had verloren en misschien binnenkort ook haar zou verliezen.

Het brak Hanna's hart Christina's vreugde te moeten temperen. En dat zij misschien niet meer zou meemaken dat ze trouwde en haar doel om verloskundige te worden bereikte.

Ze wreef haar ijskoude handen. Het raamkozijn sloot niet goed en het tochtte. Haar gedachten dwaalden af naar haar zus. Ze had Leni gebeld en natuurlijk was die ook enorm geschrokken. Hoewel Hanna had gezegd dat ze thuis moest blijven, had Leni gezegd dat ze na het werk zou komen. Dat zou nu niet lang meer duren.

Aanvankelijk was Hanna sceptisch geweest. Eerst had ze Christina doodsbang gemaakt en daarna Leni. Wat zou er van haar zus worden als zij er niet meer was? Eerst haar vader en dan haar laatste zus... Alsof haar gedachten Leni hadden aangetrokken, werd er aangeklopt.

'Kom binnen,' zei Hanna, want het kon alleen maar haar zus zijn. Ze had Christina gevraagd niets te zeggen en ze had ook niemand anders iets verteld. Käthe was gebonden aan geheimhouding, net als dr. Conradi. Van hem wist ze zeker dat hij zelfs zijn vrouw niets vertelde.

Terwijl Hanna aan haar zus beschreef hoe de dokter haar de diagnose had overgebracht, sprongen de tranen in Leni's ogen.

'Wanneer weet je of het...' Leni leek het woord 'kanker' niet te willen uitspreken.

'Pas na de operatie.' Hanna depte haar ogen met een zakdoek. Het was vreemd dat de tranenstroom niet ophield, hoeveel ze ook huilde. 'Als ik sterf...'

Leni pakte haar hand en drukte hem tegen haar wang. 'Praat niet zo! Je gaat niet dood!'

'Dat kunnen we geen van beiden weten,' antwoordde Hanna. 'We moeten voorbereid zijn.'

Een ogenblik lang zwegen ze, toen vervolgde Hanna: 'Ik heb geprobeerd erover na te denken. Natuurlijk heb ik nog lang geen duidelijkheid, maar... Als ik sterf, begraaf me dan bij vader. Dan is hij niet alleen als de dag van de Opstanding komt.'

Leni wendde zich af en onderdrukte een snik. Hanna leunde naar voren en streelde haar haar. 'Het is maar een als, Leni. Ik wil dat alles zo goed mogelijk in orde is als ik ga.'

'Maar ik wil je niet laten gaan!' antwoordde haar zus stug.

'En ik wil je niet verlaten. Maar als God het zo wil...' Bevend haalde ze diep adem. De laatste keer dat ze zo'n enorme angst had gevoeld, was toen er bommen op Berlijn vielen. 'Beloof me dat je niet zult wanhopen,' zei ze.

'Je praat alsof je morgen al gaat,' zei Leni door haar tranen heen.

'Leni, luister,' zei Hanna, die het gezicht van haar zusje teder in haar handen nam. 'We hebben geen afscheid kunnen nemen van Ruth. Haar dood kwam heel plotseling. Ook moeder ging voordat we bij haar konden zijn. En vader... Ik ben bang dat hij ons afscheid niet bewust heeft meegemaakt. Maar wij beiden kunnen afscheid van elkaar nemen als het moet. En we kunnen allebei de tijd die ik nog heb gebruiken. Misschien is het helemaal geen kanker en misschien lachen we er in de zomer om. Maar als het anders loopt...'

'Ik zal dag en nacht voor je bidden,' zei Leni. 'En over mij hoef je je geen zorgen te maken. Ik heb veel mensen om me heen en ik vind mijn weg wel. Maar jij moet me ook iets beloven: dat je zult vechten. Dat je niet opgeeft voordat alle mogelijkheden zijn benut!'

Hanna keek naar Leni en de liefde voor haar zus vervulde haar met warmte. 'Dat beloof ik.'

# 73

*Zehlendorf, 9 januari 1950*

Het kostte Hanna moeite zich in de rol van patiënt te verplaatsen. Ze kende het ziekenhuis door en door en had zichzelf erop betrapt dat ze een dienblad dat was achtergelaten wilde opruimen toen ze de afdeling op liep. Voordat ze dat kon doen, was er een leerlingverpleegster verschenen die het dienblad met een korte verontschuldiging had weggebracht.

Nu stond ze voor de verpleegsterskamer, waar ze zich moest melden om opgenomen te worden. Hoofdzuster Ida was er niet, net als de anderen, dus ze had even een moment om na te denken.

Ze liet haar blik door de gang van de afdeling dwalen, waar talloze deuren op uitkwamen. Voorlopig zou ze op de chirurgische afdeling blijven, later zou ze naar de vrouwenafdeling gaan.

Ze kon zich nog goed herinneren hoe ze de gangen bij haar aankomst had aangetroffen. En dat ze hier, met een groepje jonge vrouwen en mannen, hadden geprobeerd de boel schoon te poetsen met zand en borstels, ondanks de kou. Ze hadden het niet veel beter gehad dan degenen die hard door de oorlog waren getroffen. Maar ze hadden de moed niet verloren. Ze dacht bijna dat ze het gezang in de gangen kon horen, het gelach van de zusters, die elke dag met meer waren...

Hanna veegde een paar tranen uit haar ogen en vermande zich. Als het voorbestemd was dat ze de eeuwige slaap in ging, zou ze in elk geval geen chaos achterlaten. Ze had alles netjes opgeruimd en ook haar kleren zo achtergelaten dat degene die haar kamer zou moeten opruimen er niet veel werk aan zou hebben ruimte voor een nieuwe zuster te maken. In de kleine tas die ze bij zich had zat alleen het hoogstnoodzakelijke: twee nachtponnen, sokken, ondergoed, een vest en de kleine bijbel die ze jaren geleden van zuster Else had gekregen toen ze haar reis naar Engeland maakte.

Ze had de voorbereidingen voor het examen van de leerlingen van de verpleegopleiding bij dr. Meyer neergelegd. Ze had het niet helemaal afgekregen, maar wat er nog ontbrak kon door het hoofd van de opleiding of een andere docent makkelijk worden toegevoegd.

Ze had ook de pagina's van de kroniek gebundeld en op zo'n manier opgeborgen dat ze te allen tijde konden worden gevonden. Wel had ze nog iemand nodig die zich over de papieren zou ontfermen en ze de komende jaren zou aanvullen. Ze had aan Christina gedacht, maar in haar leven was op het ogenblik zo veel aan de hand dat ze haar niet ook nog lastig wilde vallen met het voortzetten van de kroniek. Bovendien wilde Christina naar de vroedvrouwenschool en het stond niet vast of ze daarna naar Waldfriede zou terugkeren.

'Ah, Hanna, daar ben je!'

Hoofdzuster Ida kwam in de gang met ferme tred recht op haar af. Ze glimlachte vriendelijk, wat Hanna beantwoordde, al draaide haar maag om van angst. Die dag zou er nog niets gebeuren, maar de volgende ochtend vroeg zouden ze haar komen halen.

'Ik heb je kamer nog eens gecontroleerd,' zei Ida en ze legde haar hand op Hanna's rug. 'Alles moet toch in orde zijn, nietwaar?'

'Bij jou weet ik zeker dat alles in orde is,' antwoordde Hanna. 'Wie van de patiënten heeft het geluk om door de hoofdzuster zelf naar haar kamer te worden begeleid?'

'Naar haar tijdelijke kamer,' verbeterde Ida haar. 'We houden je hier maar een paar dagen en daarna kun je boven verder herstellen.' Ze liepen langs een paar deuren tot ze aan het einde van de gang kwamen. Ida opende een deur. 'Vanuit het raam kijk je uit op het bos en het park. Het zal er rustig zijn, want het is een eenpersoonskamer.'

De kamer was licht en aangenaam, het was een van de eerste kamers die waren gerenoveerd met de weinige middelen die ze na de oorlog hadden. In tegenstelling tot andere kamers, waar matglas was gebruikt, waren de ruiten hier helder.

'Dit zouden ze vroeger een eersteklaskamer hebben genoemd,' zei Hanna toen ze haar tas op de stoel naast het bed zette.

'Nou, dan is hij goed genoeg voor een eerbiedwaardige verpleegster van ons ziekenhuis,' zei Ida.

'Ik zou ook tevreden zijn geweest met een andere kamer,' antwoordde Hanna bescheiden. 'Wat heb ik aan heldere ramen als ik niet helder kan zien?'

'Maar je zult wel weer helder kunnen zien. De narcose duurt niet eeuwig.'

*En als ik nou niet wakker word?* vroeg Hanna zich in stilte af, maar ze sprak de vraag niet uit. Hoofdzuster Ida was een meester in het wegnemen van de zorgen van mensen. Maar gewoonlijk wisten haar patiënten niets af van geneeskunde.

'Dank je, Ida,' zei Hanna ontroerd. 'Ik zal mijn best doen een goede patiënte te zijn.'

'Het belangrijkste is dat je weer beter wordt,' antwoordde de hoofdzuster. 'En als de meisjes kattenkwaad uithalen of je niet behandelen zoals het zou moeten, laat het me dan weten.'

'Dat zullen ze niet doen,' zei Hanna zelfverzekerd. 'De meesten hebben immers les van mij gehad. En ik heb geprobeerd een voorbeeldige lerares te zijn.'

Nadat de hoofdzuster was weggegaan pakte Hanna haar tas uit en borg de inhoud op in het nachtkastje naast het bed. Er was ook een klerenkast, maar die had ze niet nodig. Als het zover was dat ze de ziekenkamer op eigen benen kon verlaten, zou Christina of een andere verpleegster wel een jurk voor haar uit haar kamer halen.

Ten slotte haalde ze twee brieven uit een zijvak. Die had ze de vorige avond geschreven, vlak nadat ze had opgeruimd. De brieven waren niet bijzonder lang en waren gericht aan de mensen die haar in Waldfriede het meest na aan het hart lagen.

Ze dacht dat Christina na haar dood troostende woorden nodig zou hebben en daarom had ze haar een paar hartelijke woorden geschreven die haar zouden kunnen helpen het verlies beter te verwerken.

Dr. Conradi zou te weten komen hoe het er in haar hart uitzag, hoe haar gevoelens voor hem in de loop van de tijd waren veranderd en sterker waren geworden. Het waren zaken die ze niet in zijn gezicht durfde te zeggen, maar ze vond dat hij er recht op had om het te weten, mocht ze echt sterven.

Ze wilde echter niet dat de geadresseerden de brieven eerder zouden ontvangen. Dus stopte ze ze terug in het zijvak. Degene die haar tas leegde en de inhoud zou vernietigen, zou de brieven vinden. Uit voorzorg had ze ook een testament in haar bureau achtergelaten, waarin naar de brieven werd verwezen.

En als ze het zou overleven en de ziekte toch onschuldig zou blijken te zijn...

Er werd op de deur geklopt. Vlug trok Hanna de rits van de tas dicht. Toen ze reageerde stak Elisabeth Conradi haar hoofd om de hoek van de deur. 'Stoor ik?' vroeg ze.

'Nee, absoluut niet!' zei Hanna. 'Ik kan wel wat afleiding gebruiken.'

Elisabeth kwam binnen en deed de deur achter zich dicht. 'Ik wilde koekjes voor je meebrengen, maar Louis herinnerde me eraan dat je nuchter moet blijven.'

'Nou, ik hoop dat ik nog avondeten krijg,' zei Hanna. 'Maar bedankt dat je aan me hebt gedacht.'

'Ik zal koekjes voor je meebrengen zodra je weer vast voedsel kunt eten,' beloofde Elisabeth en ze ging zitten. 'Dat zal hopelijk al gauw zijn.'

Hanna knikte. 'Dat hoop ik ook. Maar wie weet wat je man bij me aantreft.'

Elisabeth kneep even haar lippen op elkaar. 'Er is nog niets bekend. We weten dat tumoren ook goedaardig kunnen zijn.'

'Maar heel vaak zijn ze dat niet.' Hanna zuchtte en voelde druk op haar borst. 'Misschien geeft de operatie me maar weinig tijd. Net zoals destijds bij mevrouw Conradi.'

Meteen daarna besefte Hanna dat mevrouw Conradi eigenlijk

naast haar zat. Elisabeth en de dokter waren tenslotte bijna negen jaar getrouwd.

Maar Elisabeth wist wat ze bedoelde. 'Bij Catherine was het iets anders. Haar ziekte was van een andere aard. Moeilijker te behandelen. Ik wil niet zeggen dat er geen risico's zijn bij een ingreep aan de eierstokken. Jaren geleden hadden we zo'n operatie waarschijnlijk niet eens geprobeerd. Nu is het mogelijk en je moet Louis vertrouwen. Hij heeft zoiets al zo vaak gedaan!'

Dat wist Hanna, maar toch voelde het alsof de ingreep die haar te wachten stond er een was die nooit eerder was uitgevoerd.

'Bovendien zal Louis er alles aan doen om ervoor te zorgen dat de operatie slaagt. Aan de ene kant omdat een mislukking zijn trots zou krenken en aan de andere kant omdat hij echt op je gesteld is. Jij bent de trouwe ziel van zijn spreekkamer, zijn vertrouwelinge met wie hij meer deelt dan met zijn vrouw. Catherine wist dat en ik ben me er ook van bewust.'

Hanna boog haar hoofd. Ze wenste dat ze iets soortgelijks tegen Elisabeth kon zeggen. Het was waar: de afgelopen jaren waren zij en de dokter naar elkaar toe gegroeid. Als paar functioneerden ze geweldig. Maar er was iets waar ze niet uitkwamen. Het was nog altijd geen liefde die hen verbond, maar vriendschap en plicht.

Plotseling kreeg Hanna een idee. 'Zou je me een plezier willen doen?' vroeg ze zachtjes.

'Natuurlijk,' zei Elisabeth.

'Als ik zou sterven... nu of misschien over een half jaar of een jaar... Zou je er dan voor willen zorgen dat de kroniek wordt voortgezet? In elk geval totdat je man zich uit Waldfriede terugtrekt?'

Elisabeth keek haar verrast aan. 'Wil je dat ik...' vroeg ze. 'Zou Louis niet...'

'Nee,' zei Hanna resoluut. 'Hij kan niet over zichzelf schrijven. Dat zou geen goede indruk wekken bij onze geloofsbroeders over de hele wereld. Een dokter die zichzelf verheerlijkt...'

'Maar je schrijft toch niet over hem, je schrijft over Waldfriede. Over wat er hier gebeurt.'

'Dat is waar, maar het ziekenhuis is zijn bedrijf. Al vanaf het moment dat ik begon met het schrijven van de kroniek, wisten we dat het een soort biografie van de dokter zou worden. Hij is zo onverbrekelijk met Waldfriede verbonden... Het zou niet veel werk zijn, maar een paar pagina's per jaar. Je hoeft niet alles op te schrijven wat je ter ore komt, dat zou te veel zijn. Alleen het belangrijkste. Dingen waarvan je denkt dat mensen ze over vijftig jaar nog over ons zouden moeten weten.'

Elisabeth zuchtte zwaar. Ze dacht een tijdje na en Hanna kon begrijpen dat dit verzoek haar overrompelde. Het betekende extra werk en soms waren herinneringen pijnlijk. In het ergste geval zou Elisabeth moeten schrijven dat zij, Hanna, de wereld had verlaten, net zoals zijzelf alle doden had opgetekend die, gedurende de tijd dat ze in Waldfriede dienstdeed, uit het leven waren gerukt.

'Goed dan,' zei Elisabeth ten slotte. 'Ik doe het als het nodig is. Maar ik zal bidden dat je in leven blijft en nog vele jaren bij ons zult zijn.'

Hanna glimlachte. Ze had het gevoel dat er weer een last van haar schouders was gevallen. 'Bedankt, Elisabeth,' zei ze en ze pakte haar hand vast. 'Je hebt geen idee hoeveel dat voor me betekent.'

# 74

*Zehlendorf, 10 januari 1950*

De ochtend van Hanna's operatie ging Christina al vroeg naar de afdeling. Ze had de hele nacht nauwelijks een oog dichtgedaan. Haar brein leek plezier te scheppen in 'stel dat'-spelletjes. Hoezeer Christina ook had geprobeerd zich een positieve uitkomst voor te stellen, ze was telkens weer gaan twijfelen. Uiteindelijk had ze het niet meer uitgehouden en was ze opgestaan. Een uurtje slaap meer of minder deed er niet toe en zo kon ze tenminste alles bedenken wat ze wilde zeggen tegen de vrouw aan wie ze haar leven na de oorlog te danken had en die een soort moeder voor haar was geweest.

Dr. Conradi had besloten Hanna de avond voor de operatie in een ziekenkamer onder te brengen. Hanna had zich daar eerst tegen verzet, maar dr. Conradi had haar ervan weten te overtuigen dat het voor haar bestwil was als ze uitrustte en optimaal kon worden voorbereid.

Bij de deur van haar ziekenkamer klopte Christina zachtjes aan, zoals ze altijd deed als ze de patiëntes 's ochtends wakker maakte.

'Goedemorgen,' zei Christina toen ze binnenkwam. Tot haar grote verbazing was Hanna al gewassen en zat ze rechtop in bed.

Hanna beantwoordde haar groet met een glimlachje, maar dat bereikte niet haar ogen, die omgeven waren door donkere schaduwen. 'Kom je om me naar de operatiekamer te brengen?' vroeg ze.

'Nee, ik... ik wilde nog een moment alleen met je hebben voor de operatie begint.'

Hanna knikte en klopte uitnodigend op de rand van het bed.

Christina deed de deur dicht en gaf gehoor aan Hanna's uitnodiging. Onder de extra belasting begon het bed uit protest hevig te piepen.

'Hoe gaat het met je?' vroeg ze en ze pakte Hanna's hand. Die voelde smalletjes aan en was ijskoud. 'Hoe was je nacht?'

Hanna keek haar even aan en antwoordde toen: 'Verschrikkelijk. Ik heb nauwelijks een oog dichtgedaan.'

'Dat begrijp ik,' zei Christina. 'Maar ik weet zeker dat dokter Conradi alles op alles zal zetten om je beter te maken. En ik heb gehoord dat dokter Davis er ook bij zal zijn.'

'Nou, dan ben ik in uitstekende handen,' antwoordde Hanna. Ze keek haar doordringend aan. 'Ik wil je iets vragen, Christina. Of beter gezegd, meerdere dingen.'

Het werd Christina zwaar te moede. Ze wilde niet horen dat Hanna instructies gaf voor na haar eventuele dood. Al die tijd had ze met zichzelf geworsteld en geprobeerd ervan overtuigd te raken dat alles goed zou komen. Maar was dat wel zo? Lag het in dr. Conradi's macht?

'Zeg me wat ik moet doen, Hanna,' antwoordde ze.

Hanna leek bijna opgelucht. 'Beloof me allereerst dat je je doel niet uit het oog verliest. Ik bedoel, dat je een goede vroedvrouw wordt.'

'Natuurlijk, Hanna en je zult zien dat...'

Hanna's blik bracht haar tot zwijgen en ze besefte dat het geen zin had te doen alsof het vaststond dat Hanna nog zou meemaken dat ze haar eerste bevalling deed. Ze moesten rekening houden met het ergste scenario.

'In de tweede plaats wil ik graag dat je je moeder bezoekt.'

'Maar...'

Hanna schudde haar hoofd. 'Geen gemaar. Bezoek je moeder en laat haar zien dat je nog leeft. Misschien is jullie relatie niet meer te herstellen, maar misschien ook wel. Alleen zo kun je wat er in de oorlog is gebeurd definitief achter je laten.'

Christina knikte. In haar binnenste woedden tegenstrijdige emoties. Ze wilde Hanna's wensen vervullen, maar ze wist nog steeds niet hoe ze haar moeder tegemoet moest treden. Ze voelde zich niet op haar gemak bij de hele zaak, maar ze zei: 'Goed.'

Ze waren even stil en toen zei Christina: 'Hanna?'

'Ja?'

Christina nam Hanna's hand weer in de hare. 'Bedankt voor alles wat je voor me hebt gedaan. Zonder jou zou ik hier niet zijn.'

'Je hebt het allemaal verdiend,' antwoordde Hanna.

'Ik weet het niet,' zei Christina. 'Als jij er niet voor had gezorgd dat ik mocht blijven...'

'Je hoort hier. En je bent een goede verpleegster. Ik weet zeker dat je je eigen weg zult gaan. Nu je zelfs de liefde hebt gevonden.'

Een traan liep over Christina's wang en drupte op haar kiel. 'Beloof je me dat je zult vechten, Hanna?' vroeg Christina. 'Alsjeblieft, vecht.'

Hanna opende haar mond alsof ze wilde zeggen dat het niet in haar macht lag om te overleven. Of zelfs niet om de kanker af te wenden. Maar toen sloot ze haar lippen weer.

'Dat is goed. Ik zal het proberen.' Nu werd de glimlach breder en bereikte zelfs Hanna's ogen. 'Mijn derde verzoek zou zijn dat je me belooft gelukkig te worden. Wat er ook gebeurt.'

Dat leek Christina het moeilijkste verzoek van allemaal. Peter had haar zijn steun beloofd en ze betwijfelde niet dat hij er voor haar zou zijn. Maar hoe zou ze kunnen leven met nog een verlies? Wie zou haar moeten bijstaan met moederlijke raad?

Haar eigen moeder leefde nog, maar was ver weg. En het stond in de sterren geschreven of ze de weg naar elkaar terug zouden vinden...

~

Louis keek in de spiegel boven de wastafel. Het was lang geleden dat hij er echt gezond uit had gezien. Nu leken de rimpels op zijn gezicht nog dieper, zijn haar nog dunner dan anders.

Hij had geprobeerd het niet aan Elisabeth te laten merken, maar zijn vrouw voelde waarschijnlijk hoezeer het idee dat Hanna misschien ongeneeslijk ziek was hem raakte. Het was bijna net zoals toen hij erachter was gekomen dat zijn eerste vrouw, Catherine, kanker had. Maar hij probeerde het te verbergen, zodat de mensen geen verkeerde conclusies zouden trekken.

Elisabeth zelf toonde haar bezorgdheid en ontsteltenis openlijker. Ze had de hele avond bij Hanna gezeten en met haar gepraat. Hij wist niet waarover, maar Hanna had haar waarschijnlijk instructies gegeven voor het geval dat ze zou overlijden.

Louis had nooit verwacht dat dit zo vlug kon gebeuren. En nu had hij er een beetje spijt van dat hij zijn gevoelens niet had getoond. Dat hij Hanna vooral als verpleegster had gezien en niet als de vrouw zonder wie hij in het diepst van zijn hart niet kon leven.

Achter hem ging de deur van de ontsmettingsruimte open. Hij herkende dr. Helene Davis aan haar voetstappen.

'Bent u zover, dokter Conradi?' vroeg ze toen ze naast hem ging staan en de kraan opendraaide.

'Ja,' antwoordde hij en hij keek naar zijn handen. Waren ze nog maar net zo soepel als toen hij jong was.

'Ik kan me voorstellen dat u het moeilijk vindt om zuster Hanna te opereren. Zo'n onafscheidelijke eenheid als u beiden bent.'

'Ja, ik zou haar echt missen,' erkende hij en hij slikte met veel moeite een dikke brok in zijn keel weg. 'Daarom zal ik mijn uiterste best doen. En hopen dat wat we vinden geen reden tot verdere bezorgdheid is.'

Dr. Davis knikte. 'U weet dat tumoren van deze grootte en aard vaak goedaardig zijn.'

'Maar soms ook kwaadaardig.' Louis keek zijn collega aan. Haar haar zat verborgen onder een operatiemuts, kleine rimpeltjes waren zichtbaar in haar eens zo jeugdige gezicht. Ook zij zou ouder worden en, als het lot het wilde, ooit zijn plaats innemen en als directeur beslissingen moeten nemen die boven de geneeskunde uitstegen.

'Ik heb me tijdens mijn jaren hier en sinds de oorlog aangewend patiënten met optimisme te benaderen,' zei ze met een glimlachje. 'Ook als duidelijk is dat mijn werk slechts verlichting en geen genezing zal brengen, hoop ik op een ommekeer. En op een wonder.'

Louis keek de jonge vrouwelijke arts bewonderend aan. Hij had misschien soms fouten gemaakt met beslissingen over het aannemen van personeel, maar dat was met haar beslist niet het geval geweest.

De verpleegsters die hen moesten helpen met omkleden kwamen binnen. Naast zuster Anni en zuster Gertrud zouden twee oudere leerling-verpleegsters van de chirurgische afdeling assisteren. Alle verpleegsters en broeders waren hevig ontdaan door het feit dat het uitgerekend Hanna was overkomen.

'Dan gaan we nu eens kijken of we een wonder kunnen verrichten,' zei hij, en hij liet zich door een leerling-verpleegster in zijn operatiejas helpen.

Toen hij naar de operatietafel liep, was Hanna al verdwenen onder de doeken die haar lichaam afdekten. Alleen haar hoofd was zichtbaar. Over haar haar zat een operatiemuts en op haar gezicht lag het ethermasker, dat zuster Grete had besprenkeld. Om te voorkomen dat haar ogen onverwachts open zouden gaan terwijl ze bewusteloos was, hadden de verpleegsters haar oogleden met pleistertjes vastgezet.

Louis was gewend om patiënten zo te zien, maar dit was anders. Het was zijn Hanna die daar voor hem lag, niet zomaar een patiënte. Weliswaar deed hij voor iedere patiënt alles wat hij kon en elk verlies woog zwaar. Maar Hanna was speciaal.

Met al haar levenslust was het moeilijk voor te stellen geweest dat ze ziek zou worden. Ze hadden samen het begin doorstaan, de moeilijke tijd van zijn ziekte, de oorlog... En nu alles weer goed leek te gaan zou ze van zijn zijde worden weggenomen?

Hij had haar nooit verteld wat hij echt voor haar voelde. Tijdens zijn huwelijk met Catherine had hij geen zonde willen begaan en daarna was er de morele plicht geweest, die hij boven al het andere moest stellen. Maar sinds hij haar destijds voor het eerst had gezien, 's nachts in de keuken, met loshangend haar en in haar nachtjapon, had hij veel meer voor haar gevoeld dan gebruikelijk en gepast was voor een dokter en zijn collega.

'Alles staat klaar,' verkondigde zuster Anni en ze keek hem in de ogen. Louis knikte en draaide zich om naar het röntgenscherm, waar de locatie van Hanna's tumor duidelijk te zien was. Hij haalde diep adem, verzamelde zijn krachten en stapte toen naar de operatietafel.

'Scalpel,' zei hij met krachtige stem nadat hij nog een keer naar dr. Davis had gekeken en in stilte had gesmeekt: *Alstublieft, Lieve Heer, laat Hanna in leven.*

# 75

Christina vond het moeilijk zich op haar werk te concentreren. Ze had last van maagkrampen en telkens dwaalde haar blik af naar de wandklok. De operatie was nu al meer dan een uur aan de gang. Misschien zou die nog minstens een half uur duren, zo niet een heel uur. En dan zou het wachten beginnen.

Ze wist niet of het een vloek of een zegen was dat het niet mogelijk was om de verloskamer uit te lopen en in de ok navraag te doen. Aan de ene kant was het goed om iets te doen te hebben, maar aan de andere kant snakte ze ernaar te horen hoe het met Hanna ging.

Zuster Else was echter onvermurwbaar. Twee patiëntes waren al kort na elkaar bevallen, een derde wachtte in de weeënkamer en ze hielden er rekening mee dat een andere vrouw nog zou gaan bevallen.

'Laten we hopen dat er geen complicaties zijn,' had Else tijdens de bespreking gezegd. Net als veel andere zusters leek ook zij erg gespannen.

Hanna had Christina verteld dat ze Else vanaf het begin kende. Else was zelfs eerder in Waldfriede geweest dan zij. Ze had bijna geen verpleegster kunnen worden omdat ze te klein van stuk voor het werk zou zijn. Maar ze had het er niet bij laten zitten en was uiteindelijk zelfs vroedvrouw geworden.

Christina depte het voorhoofd van de vrouw naast haar en gaf haar een slokje water. De patiënte werd voor het eerst moeder, dus het kon wel even duren voordat het kindje er was.

'Het lijkt erop dat de weeën zijn opgehouden,' zei zuster Else na een kort onderzoek. 'Als het zo blijft, zullen we moeten kijken of het geen vals alarm was.'

'Ik wil graag rondlopen,' antwoordde mevrouw Hartmann. Haar lichaam werd bevangen door onrust terwijl ze Christina's hand stevig vasthield. 'Ik moet opstaan.'

'Zuster Else?' vroeg Christina. De vroedvrouw draaide zich abrupt om. Blijkbaar waren haar gedachten afgedwaald, net als die van Christina.

'Ja?'

'Mag de patiënte opstaan? Ze lijkt rusteloos.'

Else dacht even na en knikte. 'Maar jullie lopen alleen in de gang op en neer. Daarna komen jullie allebei terug.'

Christina hielp de vrouw overeind. Ze wist dat tussen de weeën door onrust de kop kon opsteken. Vrouwen die voor het eerst moeder werden, hadden soms baat bij beweging.

De vrouw kreunde van opluchting toen ze van de baarstoel af was en weer op haar voeten stond. Ze was sterk, maar toen ze begon te lopen trilde ze een beetje.

'Als er weer een wee komt, breng je haar meteen terug naar de verloskamer.'

Christina gaf de patiënte een arm en ze zetten zich in beweging.

Het lopen leek de vrouw goed te doen. Haar krampachtige houding ontspande.

'Hebt u pijn, mevrouw Hartmann?' vroeg Christina.

'Nee, absoluut niet,' zei ze. 'Het is bijna alsof het kindje van gedachten is veranderd. Eigenlijk kunt u me wel naar huis sturen.'

'Dat kan helaas niet. De weeën zouden ineens weer kunnen beginnen en dan bent u niet gauw genoeg hier. Bij een heel snel verlopende bevalling zou uw kind letsel kunnen oplopen, om nog maar te zwijgen van wat er met u zou kunnen gebeuren.'

'Ik maakte maar een grapje,' antwoordde de vrouw. 'Mijn man zou me wegjagen als hij me thuis ziet komen.'

'Hij is vast net zo nerveus als u.'

'Ja, misschien wel. Ik wou dat de mannen erbij konden zijn.'

'Waarom wacht hij niet beneden? Sommige vaders doen dat,' zei Christina. 'Ze lopen op en neer, maken zichzelf gek en slaken een zucht van verlichting als de zuster hen op de hoogte brengt.'

'Mijn man werkt in nachtdienst en slaapt overdag. Hoewel je trouwt om kinderen te krijgen, was de kleine niet gepland. Hij zal niet blij zijn als de baby huilt wanneer hij wil slapen.'

'Dat is bij zuigelingen nu eenmaal zo,' antwoordde Christina. 'Ze kunnen zich niet anders uiten.' Ze had een beetje medelijden met de vrouw. Waarschijnlijk zou ze in haar eentje de ouderlijke plichten moeten vervullen.

Ze liepen nog een paar stappen en toen ging de deur van de afdeling open. Christina herkende een van de leerling-verpleegsters die in de operatiekamer werkten. Cleo was uit het jaar onder haar. Haar wangen waren bleek. Christina verkrampte. Was er tijdens de operatie iets met Hanna gebeurd?

'O, mijn god!' kreunde de vrouw naast haar en ze zakte door haar knieën.

Christina keek naar Cleo, die recht op haar afliep. Maar ze kon haar patiënte niet zomaar aan haar lot overlaten.

'Mevrouw Hartmann, hoort u mij?' vroeg ze geschrokken.

'Ja, natuurlijk!' zei de vrouw moeizaam. 'Het doet alleen vreselijk zeer.'

'We moeten terug naar de verloskamer.'

Christina wierp een blik op Cleo. Die was blijven staan en keek nu van een afstand naar haar. Mevrouw Hartmann stond op, maar kreunde weer. Christina ondersteunde haar en legde haar arm om haar schouder. 'Kom, we willen niet dat uw kindje op de gang geboren wordt.'

Terwijl ze de vrouw terug begeleidde naar de verloskamer, vocht Christina tegen haar angst. Stel dat er iets met Hanna was gebeurd? Ze wilde er niet aan denken dat ze misschien op de operatietafel was overleden.

'Nou, wil het kind er nu uit?' vroeg zuster Else toen Christina mevrouw Hartmann aan haar overdroeg.

'Daar lijkt het wel op,' antwoordde mevrouw Hartmann met een van pijn vertrokken gezicht.

‘Mooi, dan gaan we aan de slag.’ Zuster Else keek Christina aan. ‘Is alles met jou in orde?’

Christina knikte en ging weer naast de baarstoel staan.

Terwijl mevrouw Hartmann perste probeerde Christina haar gedachten aan Hanna te verdringen. De kreten van de zwangere vrouw en haar duidelijke krachtsinspanning hielpen echter maar tot op zekere hoogte. Steeds kwam de angst weer naar boven.

De instructies van Else galmden luid door de verloskamer. Christina schoot een verhaal te binnen dat ze zelf had meegemaakt toen ze op de afdeling interne geneeskunde werkte.

Het afgelopen najaar waren twee patiënten uit één familie tegelijkertijd opgenomen: een oude vrouw en haar zwangere kleindochter. De grootmoeder was al lange tijd ziekelijk en ze was die ochtend in elkaar gezakt zonder dat haar kleindochter dat wist. Rond dezelfde tijd moesten bij de kleindochter de weeën zijn begonnen. Haar man bracht haar snel naar Waldfriede, waar haar grootmoeder even eerder was opgenomen. Het zag er heel slecht uit voor de oude dame. Ze leefde nog twee uur en sloot toen voorgoed haar ogen zonder dat ze haar achterkleindochter nog had kunnen zien.

Christina had later van Britta, een klasgenoot met wie ze van dienst had geruild, uit de verloskamer vernomen dat vlak nadat dr. Meyer haar dood had vastgesteld het kleine meisje was geboren.

‘Als je het mij vraagt is de ziel van de oude vrouw overgegaan,’ had Britta eerbiedig gezegd.

Christina had dat weggewuifd en gezegd dat ze daar niet in geloofde. Maar nu vroeg ze zich af of de ziel van iemand die in een ziekenhuis overleed misschien toch op zoek ging naar een nieuwe plek...

‘Nu, mevrouw Hartmann, nog één keer!’ riep zuster Else. Inmiddels was het hoofdje het bekken gepasseerd. Christina zag dik zwart haar en nadat mevrouw Hartmann nog een keer hard had geperst, gleed het kind in de handen van de vroedvrouw. Onmiddellijk begon het te schreeuwen. Else knipte de navelstreng door en gaf het kleintje vervolgens aan Christina om het te wassen.

'Gefeliciteerd, het is een jongen!' riep Else.

*Een jongen*, echode het door Christina's hoofd terwijl ze de baby voorzichtig begon schoon te maken. Misschien is Hanna's ziel dan toch nog hier.

Even later hield de gelukkige moeder het kind in haar armen. 'Ik noem hem Norbert,' kondigde ze aan. 'Dat is de naam van mijn vader. Hij is in de oorlog gevallen, weet u?'

'Mijn vader heette ook Norbert,' zei Christina met een glimlachje. 'Ik denk dat dat een goede naam is, want mijn vader was ook een goede man.'

Ze glimlachte naar de patiënte en maakte aanstalten om de verpleegsters te vertellen dat ze moeder en kind naar hun kamer konden brengen. 'Zuster Else, mag ik de verloskamer even verlaten?' vroeg Christina nadat mevrouw Hartmann met haar zoontje de kamer uit was gebracht.

'Voel je je niet goed?' vroeg Else bezorgd. 'Je ziet zo bleek.'

'Ik heb daarnet, vlak voordat ik mevrouw Hartmann terugbracht, Cleo gezien.'

'Wie?' vroeg de hoofdvroedvrouw.

'Cleo van het cursusjaar onder mij. Ze kwam uit de operatiekamer en zuster Hanna is net geopereerd.'

Else fronste haar voorhoofd, in haar ogen was nu een andere bezorgdheid te zien. 'Goed, ga maar vragen hoe het zit. Maar je komt meteen weer terug.' Ze keek Christina in de ogen. 'Wat het nieuws ook is, bij mevrouw Wegner zal het beslist niet lang meer duren.'

'Dank u, zuster Else,' zei Christina en ze stormde de deur uit.

In de gang was het die ochtend ongewoon druk. Naast de vele patiënten die met tassen stonden te wachten om opgehaald te worden, stroomden er ook veel nieuwe opnamen binnen. Behoedzaam om met niemand in aanvaring te komen baande Christina zich een weg tussen de mensen door en haalde diep adem toen ze eindelijk de gang naar de operatiekamer in kon lopen.

Haar hart bonsde in haar keel en ze voelde een licht stekende pijn in haar slapen. Haar mond was droog alsof ze al dagen geen water had gehad. *Alstublieft*, smeekte ze in stilte. *Alstublieft, lieve God, maak dat ze leeft.*

Voor de röntgenkamer stonden twee oudere heren op hun röntgenfoto te wachten. Ze keken haar nieuwsgierig aan terwijl ze langs hen heen rende. Christina groette kort, toen kwam ze bij het raampje van waaruit je in de operatiekamer kon kijken.

Op de tafel lag het bedekte lichaam van een patiënt, maar ze kon niet zeggen of het een man of een vrouw was. Er was nog geen spoor van de artsen. De verpleegsters leken net de operatiekamer in orde te maken.

Hanna was er dus al weg.

Wat vroeg, dacht Christina en ze drukte haar handen tegen haar buik, die trok en brandde alsof ze zuur had gedronken. Toen de deur naast haar openging deinsde ze verschrikt achteruit.

'Zuster Christina!' zei dr. Davis verbaasd. Ze droeg weer haar normale doktersjas, blijkbaar zat haar dienst in de operatiekamer er voor dat moment op. 'Kan ik iets voor u doen?'

'Ik... Ik wilde vragen hoe het met zuster Hanna gaat,' zei Christina met gesmoorde stem. 'Dokter Conradi heeft haar geopereerd.'

'Hebben ze het u nog niet verteld?' vroeg de chirurg zachtjes.

'Nee, ik heb Cleo gezien, maar ik moest terug naar de verloskamer...' Nu leek een riem haar maag dicht te snoeren. *Alsjeblieft*, smeekte ze in stilte, hoewel ze niet eens precies wist tot wie ze dat verzoek richtte. *Zorg er alsjeblieft voor dat ze het heeft overleefd.*

Dr. Davis glimlachte en zei: 'Met Hanna gaat het naar omstandigheden goed. Ze heeft de operatie doorstaan.'

# 76

Christina kon een jubelkreet niet onderdrukken. Terwijl ze haar hand voor haar mond sloeg, ging er een golf van opluchting door haar heen.

'Dokter Conradi zal u meer kunnen vertellen over het verloop,' vervolgde dr. Davis. 'Zuster Hanna is teruggebracht naar de afdeling chirurgie. Misschien kunt u daar navraag doen bij de hoofdzuster.'

Dat was alles wat Christina wilde weten. 'Dank u, dokter!' riep ze en ze liep vlug weer terug. Tranen welden op in haar ogen, maar het waren tranen van geluk. Hanna leefde nog!

Het liefst was ze naar de afdeling chirurgie gegaan, maar ze had zuster Else beloofd dat ze meteen terug zou komen en dus liep ze weer naar boven. Halverwege de trap kwam ze Cleo tegen.

'Ach, goed dat ik je zie!' riep ze. 'We hebben zuster Hanna net naar boven gebracht. Voor de narcose had ze me gezegd dat ik het jou moest laten weten als ze de operatie zou overleven.'

Christina had haar kunnen vertellen dat ze het al wist, maar ze omhelsde haar gewoon zonder iets te zeggen.

~

Slechts langzaam trokken de nevels om haar heen op. Aanvankelijk zag Hanna niets dan wit licht, maar haar gedachten waren te traag om het voor de zon aan te zien. Geleidelijk aan hoorde ze geluiden. Haar eigen adem, het kloppen van haar hart. Voetstappen, het knarsen van deuren. Ze leefde! Die zekerheid deed haar hart sneller kloppen. Maar tot meer was haar lichaam nog niet in staat.

Een zacht gekreun ontsnapte aan haar lippen. Iemand naast haar bewoog. 'Zuster Hanna?'

Ze kon de stem eerst niet thuisbrengen. Het was een van de zusters, maar wie? Ze kon haar niet herkennen, daarvoor was haar zicht nog veel te wazig.

'Hoort u mij, zuster Hanna?' vroeg de stem.

Geen van de oudere zusters, dacht Hanna. Die zouden me niet met u aanspreken. 'Ja,' zei ze zwakjes. Ze probeerde te bewegen, maar er schoot een vreselijke pijn door haar buik die haar de adem benam.

Het volgende moment voelde ze een hand op haar schouder. 'Blijf nog even liggen. Uw wond is nog erg vers en we willen niet dat de hechting scheurt.'

Hanna zakte achterover. Terwijl de pijn langzaam wegebde, begon ze duidelijker te zien. Ze zag een foto aan de muur, een veld in de zomer. Even later verscheen het gezicht van de zuster voor haar. Hulda, schoot het Hanna te binnen. Vier jaar geleden was ze nog haar leerling geweest.

'Bedankt, zuster Hulda,' mompelde Hannah. Haar stem klonk raspend en haar keel voelde ruw aan.

'Wilt u een slokje drinken?' vroeg Hulda.

Hanna knikte. De verpleegster ging naast haar staan, ondersteunde haar hoofd en overhandigde haar de tuitbeker. Hanna slikte, maar de opluchting werd onmiddellijk gevolgd door pijn.

Kreunend zakte ze terug in de kussens. 'Je weet niet hoe het is om ziek te zijn totdat het jouw beurt is, nietwaar?' vroeg ze. Ze ademde tegen het branderige gevoel van de snee in haar buik aan.

Hulda zweeg verrast en zette de tuitbeker op het nachtkastje naast het bed. 'Dokter Conradi heeft me gevraagd het hem te laten weten wanneer u wakker was. Denkt u dat u een paar ogenblikken alleen kunt zijn?'

Hanna glimlachte wrang. 'Ik heb denk ik geen kans om te vluchten.'

Hulda verdween en Hanna draaide haar hoofd opzij. Hoe wakkerder ze werd, hoe ellendiger ze zich voelde. Natuurlijk had ze pijnstillers gekregen, maar bij zo'n grote wond waren die niet erg afdoende.

Voorzichtig betastte Hanna haar buik. Onder het nachthemd voelde ze het dikke verband. Was de tumor weg? In heel hopeloze gevallen werd de operatie afgebroken en werd alleen de wond gehecht. Wat zou dr. Conradi hebben gevonden? De angst joeg een hete golf door haar lichaam. Langzaam haalde ze haar hand weer onder het dekbed vandaan. Die beweging was het meest inspannende wat ze ooit had volbracht.

Ten slotte hoorde ze voetstappen, daarna een klop op de deur. Dr. Conradi kwam binnen met wapperende jas. 'Hanna!' riep hij met een brede glimlach. 'Wat fijn dat u er eindelijk weer bent!'

'Heb ik zo lang geslapen?' vroeg ze.

'Nou, wel iets langer dan normaal.'

Hanna vroeg zich af of hij een grapje maakte, maar ze moest haar energie sparen voor belangrijkere vragen. 'Hoe is het gegaan?'

'We hebben de tumor volledig kunnen verwijderen en gelukkig hebben we nergens uitzaaiingen gevonden.'

'Betekent dat dat ik geen kanker heb?' Hanna probeerde rechtop te gaan zitten, maar moest daarvoor met een scherpe pijnscheut betalen.

'We kunnen het nog niet met zekerheid zeggen, want de tumor wordt nog onderzocht. Ik heb een patholoog ingeschakeld om ernaar te kijken. Maar zelfs als hij kwaadaardige cellen zou vinden, lijken we er vroeg genoeg bij te zijn geweest om met een therapie te beginnen.'

*Met röntgenstralen die het gezwel mogelijk hebben veroorzaakt?* Schoot het Hanna door haar hoofd. Maar ze wilde niet klagen. Ze leefde, zoals de pijn haar nadrukkelijk bewees. En er was altijd hoop. 'Wanneer verwacht u het resultaat?'

'Over twee, misschien drie dagen. Tot die tijd moet u zich erop richten weer op krachten te komen. Uw lichaam is druk bezig van de wond te herstellen.' Dr. Conradi glimlachte. 'Maar tegen wie zeg ik dat, nietwaar?'

~

Met een bloeiend plantje dat ze bij hoofdtuinman Timo Davis had aangeschaft, stond Christina voor de deur van Hanna's ziekenkamer. De bezoektijd was allang voorbij, maar zolang ze haar uniform droeg zouden ze het misschien door de vingers zien. Ze aarzelde alleen omdat ze binnen stemmen hoorde. Ze kon niet zeggen of het zusters waren die Hanna's verband verwisselden of dat ze gewoon op bezoek waren.

Na een tijdje hoorde ze voetstappen. Christina week achteruit en zag even later mevrouw Conradi. Die keek haar verbaasd aan, maar glimlachte toen ze het bloemetje in haar hand zag. 'Het lijkt hier wel een station,' zei ze, en ze trok de deur een beetje verder open. 'Ga rustig naar binnen, maar vermoei haar niet te veel.'

Christina bedankte haar en liep de kamer in. 'Hanna!' riep ze en ze sloot de deur achter zich. 'Hoe gaat het met je?'

Hanna, die ondersteund door kussens half rechtop in bed zat, draaide haar hoofd naar de deur. Ze was zo bleek en zag er zo uitgeput uit dat het Christina moeite kostte haar schrik te verbergen.

Maar Hanna's glazige ogen schitterden wel een beetje. 'Niet al te best,' antwoordde ze eerlijk. 'Ik denk dat ik koorts heb.'

Christina perste haar lippen op elkaar. 'Moet ik een ander keertje terugkomen?' vroeg ze en ze zette het potje bloemen op de vensterbank naast het bed.

'Nee, blijf gerust. Koorts is in dit stadium heel normaal, zoals je weet.'

Christina knikte. In de les hadden ze geleerd wat zogenoemde resorptiekoorts was. Die trad meestal op na een grote operatie als reactie van het lichaam op de weefselletsels die door het scalpel werden veroorzaakt. Daarbij reageerde het lichaam op eiwitten die het zelf aanmaakte.

'Als ik je te veel vermoei, zeg het dan alsjeblieft.' Christina ging op het stoeltje naast het bed zitten. Ze vond het naar dat Hanna zo veel pijn moest lijden. De operatie die ze had ondergaan verschilde niet veel van de keizersneden die ze moesten uitvoeren bij zwangere vrouwen met een kind dat in een moeilijke positie lag. Die vrouwen klaagden geruime tijd over pijn en het duurde soms lang voordat de wonden helemaal dicht waren.

'Dat zal ik doen, maak je geen zorgen,' zei Hanna. 'En vertel eens, zijn er nog nieuwtjes?'

'Maar je was gisteren toch nog zelf op de been?'

'Er kan veel gebeuren op een dag, zoals je ziet. Eerst kun je nog lopen en even later heb je het gevoel dat je door de gehaktmolen bent gehaald.'

Christina barstte in lachen uit. 'Gelukkig heeft die gehaktmolen je voor het grootste deel heel gelaten,' zei ze en ze voegde eraan toe: 'Ik heb besloten dit weekeinde naar mijn moeder te gaan. Zoals ik je heb beloofd.'

Met een kort knikje nam Hanna dat voor kennisgeving aan. 'Nou, ik hoop dat je gaat omdat je het wilt en niet omdat ik nog even aan de dood ben ontsnapt.'

Christina schudde haar hoofd. 'Ik ga omdat ik me heb gerealiseerd dat ik de kwestie met mijn moeder moet oplossen als ik ooit een nieuw leven met Peter wil beginnen.'

Er volgde een stilte op haar woorden, toen schoof Hanna zachtjes haar hand over het dekbed en raakte Christina's arm aan. 'Ik ben blij dat je een man als hij hebt gevonden. En ik hoop dat je moeder en jij elkaar terug zullen vinden. Ik weet nog steeds niet wat me te wachten staat, dus het zou fijn zijn om zeker te weten dat jij mensen in de wereld hebt die van je houden en die er voor je zijn.'

Christina's ogen werden nu vochtig. Ze boog voorover en gaf Hanna een kus op haar voorhoofd. 'Ik wil vooral dat je weer beter wordt,' zei ze zachtjes.

'Dank je,' antwoordde Hanna slaperig. 'Dat wil ik ook graag. Maar nu wil ik een beetje rusten.'

'Natuurlijk.' Christina stond op en veegde een haarlok uit Hanna's gezicht. 'Morgen kom ik weer.'

# 77

*Mecklenburg, 14 januari 1950*

Hoe verder ze Berlijn achter zich lieten, des te omvangrijker werden de sneeuwvelden die ze passeerden.

Christina had een wat onbehaaglijk gevoel. De Sovjet-zone werd in het nieuws afgeschilderd als een ruig gebied met inwoners die door de willekeur van de Russische bezetter nauwelijks brood te eten hadden en geen kleren om aan te trekken. Bij de Oost-Berlijners merkte je daar niet zoveel van, maar op het platteland zou het verschrikkelijk zijn. Waarom was haar moeder juist hierheen gegaan? Had ze geen andere keus gehad?

Christina was in elk geval blij dat Peter bereid was geweest op zijn vrije zaterdag met haar hiernaartoe te rijden. Zo had ze in elk geval bescherming tijdens de rit en een houvast voor het geval dat de hereniging met haar moeder nog teleurstellender zou blijken dan ze zich voorstelde.

'Hoe gaat het eigenlijk met Hanna?' vroeg Peter toen ze Wittstock achter zich lieten. Volgens de kaarten die Peter tevoorschijn had gehaald om de route te plannen waren ze ongeveer halverwege.

'Ze herstelt behoorlijk goed,' zei Christina. Ze had Peter geen details verteld, maar wel gezegd dat ze zich zorgen maakte. 'Zo'n operatie is erg belastend voor het lichaam. Jammer genoeg weten we nog niet of het gezwel goedaardig of kwaadaardig is. Het zal even duren voor de uitslag van het lab er is.'

'Dat moet voor jullie allebei moeilijk zijn.'

'Inderdaad,' zei Christina. 'De gedachte dat ze zou kunnen sterven heeft me niet losgelaten sinds ze me over de diagnose vertelde. Ze trof zelfs regelingen voor na haar dood...' Christina keek naar haar handen, die van het vele wassen op de afdeling en door de winterkou een beetje ruw waren geworden. 'Maar ik wil de hoop niet opgeven. Zolang we geen uitslag hebben, is nog niet alles verloren.'

~

Bij elke beweging die ze maakte voelde het nog steeds alsof haar ledematen met stenen waren verzwaard. Ook de pijn kwam regelmatig terug. Maar langzaamaan kreeg Hanna het gevoel dat ze aan de beterende hand was.

Die ochtend had zuster Hulda haar een brief gebracht. Toen ze de afzender las, maakte haar hart een sprongetje. Ze had al zo lang niets meer van Eike Rasmussen gehoord en was benieuwd hoe het hem in Denemarken verging. Hanna had Hulda de envelop laten openen, maar wachtte tot ze weg was om de brief te lezen. Nu lag hij op haar schoot en haar blik dwaalde over het vertrouwde handschrift.

*Lieve Hanna,*

*In de hoop dat het goed met je gaat, stuur ik je weer eens een bericht uit Kopenhagen. Je zult blij zijn te horen dat de renovatie in Skodsborg goed vordert en dat het sanatorium in zijn oude glorie begint te schitteren. Inmiddels is het zelfs mogelijk dat gasten zich laten behandelen en komen om te herstellen.*

*Dit brengt me natuurlijk bij de vraag of je misschien nog eens hierheen komt. Ik weet dat het aanmatigend en egoïstisch is, maar na alles wat er is gebeurd, de oorlog, de ontberingen en ten slotte de blokkade waaronder jij en de jouwen helaas moesten lijden, zou ik willen dat je een plek vindt waar je schoonheid weer in je hart kunt toelaten. De zee bijvoorbeeld, waar we gingen wandelen toen we elkaar voor het eerst ontmoetten.*

*Natuurlijk heb je je plichten, en ik wil je ook niets opdringen. Maar misschien wil je er eens over nadenken. Je beste dokter Conradi zal vast wel een poosje zonder je kunnen.*

Hanna hief haar hoofd op en keek naar het raam, waar een zware grijze lucht boven de boomtoppen van het park hing. De zee... De gedachte eraan kwam vol verlangen in haar op. Wat zou ze graag weer eens in Skodsborg zijn! Destijds was ze nog zo jong en had ze niet weten te waarderen hoe gezond en energiek ze was. Zo onwetend ten aanzien van de verschrikkingen die zouden volgen...

Maar het had geen zin om over het verleden te piekeren. Ze richtte haar blik weer op de brief.

*Zelf ben ik van plan mijn aandeel in het kantoor aan een opvolger over te dragen. Na alles wat me de afgelopen jaren is overkomen, voel ik me simpelweg niet meer in staat om me dag in dag uit met droge juridische teksten bezig te houden. Je zult misschien zeggen dat ik toch nog helemaal niet zo oud ben en daar heb je gelijk in. Maar na die grauwe jaren verlang ik ook naar kleur, schoonheid en ontdekkingen. Het idee van een wereldreis spreekt me steeds meer aan en ik vraag me af of ik je zo enthousiast kan maken dat je met me meegaat. Stel je de wonderen voor die we zouden kunnen zien! De piramides in Egypte. Palestina. Afrika. Exotisch Birma. En de kangoeroes in Australië. Zou het niet geweldig zijn om dat allemaal te zien voordat we oud zijn en misschien alleen nog onze herinneringen hebben?*

*Er is niemand anders met wie ik deze ervaringen liever zou willen delen dan met jou, lieve Hanna.*

*Nu, je hebt genoeg tijd om erover na te denken. Het zal nog even duren voordat de overdracht van mijn aandeel in het kantoor zijn beslag krijgt en ook de voorbereiding van zo'n reis zal tijd vergen. Ook Phileas Fogg had immers steun en voorbereiding nodig voor zijn reis om de wereld in tachtig dagen!*

*Ik kijk erg uit naar je volgende brief.*
*Blijf gezond en mij toegenegen.*

*In liefdevolle vriendschap*
*Eike*

Hanna hield de brief nog even in haar hand voordat ze hem weer op haar schoot liet rusten. De gedachte aan een wereldreis toverde een glimlach op haar gezicht. In tegenstelling tot andere zusters wilde ze toen ze jonger was graag thuisblijven, om als zendeling naar Afrika te gaan trok haar niet aan. Wel was ze op aandringen van dr. Conradi naar Engeland gereisd om haar kennis van het Engels te verbeteren. Maar nu kreeg ze plotseling zin om de wereld te zien. Italië, Afrika, Arabië...

Palestina, dacht Hanna. *Ik zou Lilly en de professor kunnen bezoeken. Ik zou kunnen zien wat er van hen geworden is.*

Maar zou ze nog tijd hebben? Dat het zo lang duurde om de biopten te onderzoeken verontrustte haar.

Er klonken voetstappen bij de deur. Niet de lichte, discrete stappen van de zusters, maar zware mannenstappen. Even later werd er aangeklopt. De bezoeker wachtte tot ze 'Binnen!' had geroepen.

'Hallo, Hanna.' Dr. Conradi sloot de deur achter zich.

Hanna trok haar wenkbrauwen op. Vlak voordat Hulda haar de brief had gebracht, was de visiteronde geweest en had de dokter haar verband gecontroleerd.

'Hallo, dokter,' zei ze. 'Wat is er?'

De dokter wierp een korte blik op de grijze wolken voor haar raam en schoof toen een stoel bij. 'Ik wil graag met u praten.'

# 78

Het dorp Herzberg wekte een wat troosteloze indruk onder de laaghangende grijze lucht. Wielsporen hadden zich ingegraven in het plaveisel van oude kasseien, plassen hadden zich gevormd naast de platgereden sneeuwbrij. Op de kale takken van een enorme kastanjeboom verzamelden zich kraaien die Christina en Peter met luid afkeurend gekras begroetten. Ergens tussen andere kale bomen rees een kerktoren op. Afgezien van de huizen, die als een rode stapel bakstenen bij elkaar stonden, waren er in de hele omtrek alleen kale velden te zien waarop hier en daar maïsstoppels uit de sneeuwresten staken.

'Weet je zeker dat we hier moeten zijn?' Peter keek om zich heen. De kraaien werden langzaam weer rustig. Sommige vlogen in een wijde boog om hen heen, landden op de grond en bogen hun kopje opzij terwijl ze nieuwsgierig naar hen keken.

'Ja,' zei Christina en ze haalde de brief tevoorschijn. 'Er was op de kaart in Mecklenburg maar één Herzberg.'

'Nou, laten we dan eens kijken of we je moeder kunnen vinden.'

Peter startte de motor en ze reden verder.

Herzberg leek een dorp te zijn dat bij een landgoed had gehoord. Er waren grote schuren en gereedschapsloodsen en in de manier waarop de huizen waren gegroepeerd herkende Christina overeenkomsten met haar geboortedorp.

Het landhuis moest ooit prachtig zijn geweest met zijn witte zuilen en het barok aandoende balkon boven een wintertuin. Maar nu werd het ontsierd door kogelgaten in de muren en waren sommige ruiten vervangen door hout of karton. Ook het pleisterwerk had te lijden gehad. Op een van de hekken stond een bord met de tekst COLLECTIEVE BOERDERIJ.

Niet ver daarachter stonden de huisjes van de veldarbeiders, eenvoudige rode bakstenen bouwsels, weggedoken naast het vochtige plaveisel van de straatstenen.

Er waren geen mensen te bekennen. Ook geen soldaten, waar Christina een beetje beducht voor was geweest. Blijkbaar vonden zelfs de Russen het hier te grijs en somber.

Langzaam reden ze door de straat. Achter sommige ramen brandde licht, maar er waren buiten geen kinderen te zien. Toen ze een enorme plas water voor zich zagen stopte Peter. 'Ik denk dat we de rest van de weg maar moeten lopen. Ik ben bang dat de auto hierin wegzakt en dat mijn baas me dan de oren zal wassen.'

'Je overdrijft weer eens,' zei Christina lachend, maar ze stapten allebei uit. Peter had de auto te leen en ze wilden niet het risico lopen dat er iets mee zou gebeuren.

Hondengeblaf klonk hun tegemoet toen ze bij de auto weggliepen.

'Dorfstrasse 47,' mompelde Christina en ze liet haar blik zoekend over de vervaagde huisnummers gaan. De kou kroop onder haar jas en deed haar rillen.

Plotseling hoorde ze een stem. 'Waar wilt u heen?' Naast een van de huizen was een oude vrouw verschenen. Ze droeg donkere kleding en een hoofddoek waaronder vandaan een paar grijze pieken piepten.

'Ik ben op zoek naar ene Irene Heller,' antwoordde Christina. Het voelde vreemd om de naam van haar moeder hardop uit te spreken. 'Het Rode Kruis heeft me laten weten dat ze hier woont.'

'O, een van die vluchtelingen,' antwoordde de vrouw een beetje minachtend. 'Loop maar verder de straat uit, het laatste huis.' Ze gebaarde vaag in de richting, draaide zich zonder nog iets te zeggen om en verdween naar binnen.

Christina keek naar Peter, die zijn onderlip naar voren duwde en zijn schouders ophaalde. 'Erg spraakzaam lijken ze hier niet te zijn.'

Ze volgden de aanwijzing van de vrouw op en kwamen even later aan het einde van de straat. Daar stond niet alleen een grote koeienstal, waarvan de stank hun al van verre tegemoet sloeg, maar ook een rood bakstenen huis. Voor het hek hield een ruige hond de wacht. Eén raam was zwak verlicht.

'Dat zou het moeten het zijn,' zei Peter. 'Ik zie geen ander huis dat in aanmerking komt.'

Christina aarzelde. Als gehypnotiseerd staarde ze naar het beetje licht dat wat verloren leek achter de grauw geworden vitrage.

Al die tijd had ze zich afgevraagd hoe het zou zijn als ze tegenover haar moeder zou staan. Zou ze teleurgesteld zijn? Zou de oude woede van destijds weer de kop opsteken? En hoe zat het met haar moeder? Zou ze schrikken?

Peter pakte haar hand vast. 'Ik ben bij je. Wat er ook gebeurt.'

Christina knikte en ging dichter bij hem staan. 'Ik ben bang,' zei ze en ze lachte even. 'Raar, hè? Ik ga immers niet naar een vreemde.'

'Er is zo veel tijd verstreken,' antwoordde Peter. 'Geef haar een kans. En jezelf.' Hij gaf haar een kus en keek toen opzij. 'Kijk!' fluisterde hij en hij wees naar het huis.

Naast het gebouw, op een behoorlijke afstand van het hek, stond haar moeder. Met een klein meisje aan haar hand.

# 79

Bij de aanblik van haar moeder werd Christina's keel dichtgesnoerd. Irene Heller was vroeger al niet erg stevig geweest, maar nu was ze zo mager als een lat. Haar gezicht was ingevallen, haar blonde haar zat in een knot in haar nek. Ze droeg een bruine rok en een blauw jasschort met een versleten coltrui eronder. Het meisje had een gebreid jurkje aan dat waarschijnlijk al meerdere generaties kinderen warm had gehouden.

'Wat wilt u?' vroeg Irene Heller. Blijkbaar herkende ze haar niet. Hoe zou dat ook kunnen, ze hadden elkaar al vijf jaar niet gezien. Destijds was Christina een meisje met vlechten, nu was ze een jonge vrouw die er ondanks haar eenvoudige kleding in vergelijking met haar moeder elegant uitzag.

Het werd Christina zwaar te moede. Ze wist dus niet meer dat zij het was? Had ze haar vergeten? Verdrongen? En wie was dat kind van ongeveer vier of vijf jaar? Het keek haar onzeker aan en vroeg met een klein stemmetje: 'Mama, wie is dat?'

Mama? Ongelovig sperde Christina haar ogen wijd open. Had ze zonder het te weten een zusje gekregen? Een siddering ging door haar heen en een vluchtreflex beving haar, maar op dat moment liet Irene Heller de hand van het meisje los en rende naar haar toe. 'Dat kan niet waar zijn,' zei ze nauwelijks hoorbaar en in haar ogen, die veel te groot leken in het ingevallen gezicht, welden tranen op. 'Christina?'

'Ja,' antwoordde ze. In haar keel zat een dikke brok. Even verdrong ze haar verwarring over het kleine meisje. 'Ik ben het. Uw dochter.'

'O mijn god!' Irene sloeg haar armen om haar heen en drukte haar met onvermoede kracht tegen zich aan. Christina voelde dat ze beefde. De grond onder haar leek te draaien.

Het kleine meisje keek verward naar hen.

'Ik dacht dat je dood was!' snikte haar moeder tegen haar schouder. 'Ik had gehoord dat de colonne niet was aangekomen, dat er helemaal niemand was aangekomen.'

Ook Christina barstte in snikken uit. Hierdoor aangestoken begon het kleine meisje ook te huilen.

Achter haar klonk een mannenstem. 'Irene?' Een grofgebouwde man met een snor was achter het huis vandaan gekomen en tilde nu het kleine meisje op in zijn sterke armen. 'Wie zijn die mensen?'

'Dat is mijn dochter,' antwoordde ze en ze veegde nerveus over haar ogen. 'Ik heb je over haar verteld.'

De man knikte kort naar Christina en richtte zijn blik op haar metgezel.

'Dit is mijn vriend Peter Wencke,' zei Christina, die haastig haar gezicht afveegde. 'Hij heeft me hier gebracht.'

'Aangenaam kennis te maken.' Irene glimlachte met een betraand gezicht naar hem en pakte toen Christina's hand.

Door dat gebaar verstijfde Christina even, maar daarna ontspande ze zich en liet ze het toe.

'Kom toch binnen,' zei Irene uitnodigend. 'We hebben niet veel, maar we delen het graag met jullie.'

Bij de voordeur kwamen ze een kat tegen, die hard wegrende naar de stal. Tijdens de oorlog had het huis blijkbaar nogal wat te verduren gehad. Ook hier zaten kogelgaten, en ook hier waren ruiten bij gebrek aan geld of glas nog niet vervangen.

In de woonkamer zaten een jongen van een jaar of vijftien en een meisje van misschien tien of elf. Christina was te verward om zich af te vragen of het de kinderen van de man waren of gewoon vluchtelingen, zoals de oude vrouw ze had genoemd.

'Kijk eens wie hier zijn!' zei Irene. De man ging in een grote, ietwat versleten fauteuil zitten en nam het meisje op schoot. 'Dit zijn mijn dochter Christina en haar vriend Peter.' Christina merkte dat ze het vermeed haar als het zusje van de kinderen voor te stellen.

'Degene van wie je dacht dat ze dood was?' vroeg het meisje wijsneuzig.

'Ja, maar ze leeft nog!' Irene keek Christina stralend aan en stelde de anderen aan haar voor. 'Dit is Karl, mijn levensgezel, Markus, zijn zoon, Edith, zijn dochter, en de kleine heet Dagmar.'

Christina vroeg zich af of het echt haar dochter was of dat Irene de plaats van Karls overleden vrouw had ingenomen. Alles in haar verzette zich ertegen te accepteren dat haar moeder zomaar opnieuw was begonnen. Dat die man de plaats van haar vader innam. En dat haar moeder een kind met hem had gekregen.

Irene scheen haar verwarring te merken, want er verscheen een timide glimlach op haar gezicht. Ze wees naar de bank, die net als de fauteuil al aardig versleten was. 'Ga alsjeblieft zitten. Ik maak wat cichoreikoffie voor ons.' Ze verdween achter een gordijn dat de keuken van de woonkamer scheidde.

Bedrukt bekeek Christina de armzalige meubels.

'Waar kom je vandaan?' vroeg Edith, die blijkbaar meer pit bezat dan haar vader en haar broer.

'Uit Berlijn,' antwoordde Christina naar waarheid, maar ze vond het beter om niet te vermelden dat ze uit het westelijke deel van de stad kwam. Wie wist wat de Sovjets de inwoners van hun bezettingszone hadden ingeprent?

Ze voelde de blikken van de anderen, maar verder leek niemand belangstelling te hebben voor wat ze deed en waarom ze van haar moeder was gescheiden. Zelfs Karl niet, de nieuwe levensgezel, die waarschijnlijk heel wat verhalen over haar had gehoord. Omringd door een opgelaten stilte keek ze naar Peter. Die leek zich absoluut niet ongemakkelijk te voelen. Hij keek glunderend naar haar, alsof hij onder vrienden was. Christina benijdde hem weer eens om zijn openheid, die ze zelf sinds de oorlog niet altijd kon opbrengen.

Uiteindelijk verscheen haar moeder weer. Ze hield een dienblad met twee kopjes voor zich uit en op een bord lagen havermoutkoekjes, die ze blijkbaar zelf had gebakken. De aanblik daarvan gaf Christina een pijnlijke steek, want vóór de oorlog hadden ze thuis ook havermoutkoekjes met boter, kaneel en suiker gehad.

'Hier, tast toe,' zei ze. 'De koffie is zo klaar.'

'Bedankt,' zei Christina, maar ze bleef als verstard zitten. Ze moest weer denken aan de zondagmiddagen als het huis helemaal doordrongen was van de geur van gebak en aan de momenten van middagrust als ze naar buiten sloop om stiekem bij het landhuis te kijken.

Die herinnering bracht haar echter geen ontspanning. Er waren te veel vragen die door haar hoofd gingen en te veel ogen die naar haar keken. Zouden de mensen om haar heen begrijpen wat er in haar omging? Ze had het liefst gehad dat ze nieuwsgierige vragen stelden, maar ze hielden zich allemaal stil en keken naar haar alsof ze een komeet was die uit de lucht was komen vallen.

'Moeder, kan ik u alleen spreken?' vroeg Christina, die de gedrukte stemming van de groep niet langer kon verdragen. Ja, zij waren indringers en het zag ernaar uit dat haar moeder hier een nieuw leven, een nieuw gezin had opgebouwd. Maar ze was hier gekomen om met haar te praten, en niet met Karl, Markus of Edith. 'Wat dacht u van een wandeling?' voegde Christina eraan toe. 'U zou me uw nieuwe dorp kunnen laten zien.'

Irene leek aan te voelen dat het niet alleen daarom ging, maar toen knikte ze en stond op.

# 80

In de kamer was het niet echt warm geweest, maar zodra ze het huis verlieten verlangde Christina er alweer naar terug. Ze rilde van de kou en moest moeite doen om niet te klappertanden.

Zwijgend liepen ze naar de velden die aan de bosrand grensden. Ook destijds, toen haar broer en haar vader de oorlog in waren getrokken, hadden ze niet veel met elkaar gepraat. Ieder had haar eigen taken gehad, haar eigen dagelijkse routine. Pas 's avonds, als ze gezamenlijk aten, hadden ze van gedachten gewisseld.

Toen haar vader was gesneuveld en kort daarop ook haar broer, had haar moeder haar verdriet voor zich gehouden. Christina had haar in de slaapkamer gesmoord horen huilen, maar ze had niet de moed gehad er iets over te zeggen. Ze hadden gewoon ieder hun eigen verdriet.

Christina wist dat zij moest beginnen als ze duidelijkheid wilde. 'Waarom hebt u niet naar me gezocht?' vroeg ze toen ze wat verder van het huis af waren. Ze voelde een lichte woede opkomen. De uitleg dat haar moeder had gedacht dat ze dood was voldeed niet voor haar. 'U kon onmogelijk weten wat er met de colonne was gebeurd. Tenzij jullie de lijken hadden gevonden.'

Irene boog bedeesd haar hoofd en bevestigde zo het vermoeden van haar dochter. 'Ik wist het niet. Maar later...' Haar stem haperde en ze leek naar de juiste woorden te moeten zoeken. 'In een van de eerste kampen waar ik was, zag ik een vrouw met een tas in haar hand. Ik herkende die tas, hij was van Margrit, die bij jou in de colonne zat.'

Christina durfde nauwelijks aan bepaalde leden van haar colonne terug te denken. Met de hulp van dr. Rubin was het haar gelukt hen te zien als schimmen wier lot haar niet langer raakte. Maar Margrit Bencke zag ze ineens weer voor zich, haar starre ogen op de hemel gericht, met in haar hand nog steeds de tas, die ze nooit uit het oog had verloren.

'Toen ik de vrouw vroeg waar ze die tas vandaan had, reageerde ze eerst vijandig. Maar later vertelde ze me dat ze hem had gevonden, op een open plek, tussen de doden. Ze beschreef de colonne, de mensen die waren omgebracht. Ik wist dat het de colonne was die jou had meegenomen.' Haar moeder begon te snikken. 'Ik dacht dat jij ook omgekomen was. Vergeef me, kind, alsjeblieft vergeef me! Ik zou naar je op zoek zijn gegaan als ik ook maar enige hoop had gehad...'

Ze stak smekend haar armen uit. Opnieuw werd Christina's blik door tranen vertroebeld, maar toen haar moeder haar in haar armen trok en vasthield, wist ze dat het de waarheid was.

Een hele tijd hielden ze elkaar zo vast, zich er niet van bewust dat ze op een veldweggetje stonden, dat de winter hen met zijn waterige kou toedekte en kraaien boven hen fladderden. Uiteindelijk maakten ze zich los en keken ze elkaar aan.

'Maar vertel me nu eens hoe het jou is vergaan,' zei haar moeder nadat ze met de mouw van haar jas haar tranen had gedroogd. 'Je ziet er zo gezond en mooi uit. En je vriend lijkt me een goede vent.'

Christina herinnerde zich een sessie met dr. Rubin waarin die haar vroeg: 'Wat zou je tegen je moeder zeggen als ze voor je stond?'

Indertijd had ze een ander antwoord gegeven.

Nu vertelde ze haar moeder van haar vlucht voor de laag overkomende vliegtuigen, van de oude meneer Kobler en zijn vrouw, die haar hadden opgevangen en naar Berlijn hadden gebracht. Met elk woord dat ze tegen haar moeder zei werd de druk op haar ziel minder. De psychiater had haar al goede adviezen gegeven, maar nu voelde ze dat het luisterend oor van haar moeder haar echt kon helpen te genezen. Elke verschrikking, eenmaal uitgesproken, verloor haar scherpte.

Haar moeder had rode ogen van het huilen toen ze haar aankeek. Nadat Christina haar verhaal had gedaan nam ze haar in haar armen. 'Het spijt me zo, lieve schat,' zei ze. Boven hen vloog de zwerm kraaien weg. 'Het spijt me verschrikkelijk dat ik je heb weggestuurd. Als ik had kunnen voorzien...'

'U had het niet kunnen voorzien,' antwoordde Christina, want ze zag in dat haar wrok tegen haar moeder onredelijk was. Irene had haar bestwil voor ogen gehad. Voor de hel die ze had moeten doorstaan waren anderen verantwoordelijk. 'Meneer Kobler en zijn vrouw hebben me als enige overlevende van de colonne naar Berlijn gebracht. Ik was gewond geraakt en hij bracht me naar ziekenhuis Waldfriede, waar ik niet alleen verzorgd werd, maar ook mocht blijven. Een van de verpleegsters heeft zich over me ontfermd.'

Bij de gedachte aan Hanna die in haar kamer in het ziekenhuis lag zei ze even niets meer. Wat zou Hanna nu doen? Ze zou genoeg bezoek krijgen. De oudere zusters waren vrijwel elke dag bij haar. En zijzelf keek ernaar uit om haar de volgende ochtend op te zoeken en haar over haar reis te vertellen.

'Ik kan die vrouw niet genoeg bedanken,' zei Irene en ze gaf haar een arm. Ze liepen nu weer over de veldweg. Het grijs in de lucht werd nog donkerder door het invallen van de avond.

'Hanna heeft zich over me ontfermd en ervoor gezorgd dat ik werk kreeg,' vervolgde Christina. 'Eerst ben ik dienstmeisje geweest, maar daarna mocht ik een opleiding tot verpleegster gaan volgen.'

'Je wordt verpleegster!' Haar moeder keek haar trots aan.

'Eigenlijk wil ik vroedvrouw worden,' verklaarde Christina. 'Ik werk in de verloskamer en als ik voor mijn examen slaag, mag ik solliciteren bij een opleiding tot vroedvrouw.'

Irene pakte haar hand en drukte hem tegen haar lippen. 'Je hebt geen idee hoe gelukkig dat me maakt!'

Een warm gevoel vervulde Christina. Ze had altijd gewild dat haar moeder trots op haar zou zijn. En ze wilde ook dat haar moeder gelukkig was.

'Hoe zit het met u?' vroeg Christina toen ze verder liepen. 'Hoe bent u in dit dorp terechtgekomen?'

Ze voelde het lichaam van haar moeder een beetje verstrakken. 'Dat is een lang verhaal en ik ben bang dat het niet erg fraai is.'

'Net zoals het mijne,' antwoordde Christina, peinzend hoe ze het haar moeder gemakkelijker kon maken. 'Hoe zit het met Karl? Als u daarover wilt praten, tenminste.' Christina voelde dat het grotendeels door hem kwam dat haar moeder hier was. Ze vond het een beetje moeilijk om hem als stiefvader te zien. Haar eigen vader was zo levendig geweest, zo vrolijk... Of was Karl dat ook, alleen niet in het bijzijn van vreemden? Hij leek in elk geval voor haar moeder een rots in de branding te zijn. En als hij haar moeder gelukkig maakte, zou zij hem ook niet afwijzen.

'Waarschijnlijk kan ik het best daarmee mijn verhaal beginnen,' zei Irene. Haar stem trilde. 'Ik ontmoette hem in Guben, waar we in een soort kamp waren opgenomen. Hij was zijn vrouw verloren tijdens de vlucht, ze is aan koorts overleden. Hij had zijn kinderen bij zich en leek net zo verloren als ik. We werden vrienden en later realiseerden we ons dat we meer kans hadden om het te redden als we bij elkaar bleven. Zo zijn we een stel geworden.' Irene sloeg haar ogen neer, keek toen op en zei: 'Het is een andere liefde dan die ik voor je vader voelde. Een liefde geboren uit noodzaak. Je vader heb ik in vredestijd ontmoet toen ik nog jong was. Maar ik hou van Karl en ik weet dat hij van mij houdt.'

'Daar ben ik heel blij om,' zei Christina. 'Is Dagmar... uw dochter?' Het was haar opgevallen dat Irene haar niet als haar zusje had voorgesteld.

Haar moeder werd een beetje bleek en boog toen haar hoofd. 'Ja, inderdaad.' Ze probeerde te glimlachen, maar dat lukte niet echt.

Christina trok verbaasd haar wenkbrauwen op. Haar moeder moest al over de veertig zijn geweest toen ze haar kreeg. 'Is ze van hem?' flapte ze eruit.

'Nee,' antwoordde Irene. Schaamrood kleurde haar wangen. 'Tijdens onze vlucht over de Oder werden we betrapt door een groep Russische soldaten.' Ze perste haar lippen op elkaar.

Christina ademde diep in. Ze wist wat dat betekende. Het was een groot geluk geweest dat haarzelf zoiets bespaard was gebleven.

Ineens kreeg ze een drukkend gevoel op haar borst. Ze rukte zich los van de arm van haar moeder en vluchtte een paar stappen bij haar vandaan. Irenes woorden tolden door haar hoofd. Alleen al het noemen van soldaten riep vreselijke beelden bij haar op. Hoe had ze kunnen geloven dat Irene er ongeschonden van af was gekomen? Dat haar vlucht minder erg was geweest dan die van haarzelf? Woede kneep haar keel dicht en van schaamte barstte Christina in snikken uit. Een hele tijd kon ze zich niet naar haar moeder omdraaien en haar in de ogen kijken. Ten slotte voelde ze haar hand op haar rug.

'Het is al goed,' zei haar moeder zachtjes. 'Ik kan niet zeggen dat ik het vergeten ben. Maar Karl is een goed mens. Hij lijkt misschien zwijgzaam en gesloten, maar hij is heel zachtaardig als je hem eenmaal goed kent. En Dagmar kan er niets aan doen.'

Christina draaide zich om en zag nu een kracht bij haar moeder die ze nog niet eerder bij haar had waargenomen.

Irene streek een haarlok bij haar achter haar oor, zoals ze vroeger had gedaan toen ze nog een klein meisje was. Toen zei ze: 'Ik betreur het dat ik je in je eentje heb weggestuurd, maar ik ben blij dat je op dat moment niet bij me was. Ik had het niet kunnen verdragen als die beesten zich ook aan jou hadden vergrepen.'

Christina knikte en nadat ze elkaar een tijdje hadden aangekeken, antwoordde ze: 'Hoe vreselijk ik het ook vind wat er met u is gebeurd, toch ben ik blij dat u niet op de wagen zat toen de vliegtuigen overkwamen. Ik had het niet kunnen verdragen als ik u dood naast me had zien liggen.'

Opnieuw omhelsden ze elkaar en lieten niet los tot de duisternis hen omhulde. De verschrikkingen zouden niet zomaar verdwijnen, maar de wetenschap dat ze niet alleen op de wereld was, dat ze nog steeds familie had, dat ze erin geslaagd waren te overleven, vervulde haar met opluchting en grote vreugde.

Toen ze terugkeerden naar het huis, waren er meer ramen in de straat verlicht. Toch leek er nog geen elektriciteit te zijn.

'Ze hebben beloofd dat de dorpen binnen een jaar weer regelmatig elektriciteit zullen hebben,' verklaarde Christina's moeder.

Christina vroeg zich af hoe ze hier kon wonen. Er waren zo veel plaatsen in Duitsland. Waarom waren ze niet verder getrokken, naar een stad waar elektriciteit was? Peter en zijzelf waren door zo veel dorpen in Mecklenburg gekomen waar de voorzieningen beter leken dan in dit dorp...

'Ga met ons mee,' zei Christina opeens en ze bleef staan. 'Ga mee naar Berlijn. Daar hoeft u niet te wachten tot er weer elektriciteit is.'

Haar moeder fronste haar wenkbrauwen. 'Ik kan Dagmar onmogelijk alleen laten. En Karl en zijn kinderen ook niet.'

'Neem ze dan mee,' antwoordde Christina. 'Neem ze allemaal mee, als u wilt. Er zijn ook boerderijen in de omgeving van Berlijn. Of er is werk in de stad.'

Haar moeder schudde verdrietig haar hoofd. 'Dat kan ik niet. Niet nog eens. We zijn hier inmiddels gewend en de man die ons het huis ter beschikking heeft gesteld is erg aardig. Hij zegt dat we mogen blijven zolang we willen. Karl heeft werk op het landgoed, maar dat heet nu natuurlijk niet meer zo.'

Christina was nog steeds van mening dat ze beter af zouden zijn in de stad, vooral in West-Berlijn, waar de economie geleidelijk weer op gang kwam. Maar het was haar moeders leven. Als dit haar besluit was, moest ze dat accepteren.

'Ik weet dat je in het Westen woont,' zei haar moeder ineens.

'Waaruit maakt u dat op?' vroeg Christina verbaasd.

'Nou, moet je jou zien! Je ziet eruit als een echte dame! Zo'n jas vind je hier niet in de winkels.'

Christina keek omlaag. De jas was gloednieuw toen ze hem kocht, maar de jurk had ze al een tijdje en die zag er niet uit als die van een dame.

'Wilt u er niet toch nog eens over nadenken? U... U leeft in een heel ander land dan ik.'

Haar moeder glimlachte en gaf haar een kus op haar wang. 'Ik weet het zeker. Bovendien zijn de grenzen toch open? Ze zullen Duitsland niet durven delen. En je kunt altijd bij me op bezoek komen.'

'En u bij mij,' zei Christina.

Een uur later liepen ze weer naar de auto. Christina noch Peter zei in eerste instantie iets.

'Heb je een goed gesprek gehad met Karl?' vroeg ze ten slotte terwijl ze bij hem inhaakte.

'Een goed gesprek zou ik het niet noemen,' zei Peter. 'Maar ik denk dat hij me telepathisch heeft laten weten dat hij me wel aardig vond.'

'Hou op zeg, zo erg kan het toch niet zijn geweest?'

Peter barstte in lachen uit. 'Nee, maar hij was echt heel gesloten. Toch heb ik hem zover gekregen dat hij vertelde dat hij voor de oorlog automonteur was. Daardoor hadden we iets gemeen en hij werd wat losser. Tijdens de oorlog is hij gewond geraakt en een arts heeft hem ongeschikt voor militaire dienst verklaard. Nadat hij hersteld was, vertrok hij met zijn gezin naar het Westen. Helaas is zijn vrouw onderweg ziek geworden en overleden.'

'Verschrikkelijk,' antwoordde Christina. 'Werkelijk niemand is ongeschonden door de oorlog heen gekomen.'

'Mij mankeert niets,' zei Peter, maar hij gaf vervolgens toe: 'Ik weet wat je bedoelt. Het ziet ernaar uit dat Karl onderweg zijn vrouw heeft begraven en daarna verder naar Guben is getrokken. Hij kon nog net voordat het ijs begon te barsten met zijn auto de rivier oversteken. Veel auto's na hem zakten door het ijs, hij was niet in staat om iedereen te helpen... Maar hij slaagde er in elk geval in om zijn kinderen en enkele buren veilig op de oever te krijgen.'

Christina trok haar wenkbrauwen vragend op. 'Heeft hij je dat echt allemaal verteld?' Vergiste ze zich misschien in die man? Hij leek niet op haar vader, maar blijkbaar was hij kordaat en fatsoenlijk. En haar moeder leek van hem te houden.

'We kunnen omkeren en het hem vragen.'

'Niet nodig,' zei ze. 'Ik kan het me alleen moeilijk voorstellen. Zodra we terug waren, was hij blijkbaar weer korter van stof.'

Christina vroeg zich af of Karl wist aan welke vreselijke gebeurtenis haar moeder Dagmar had overgehouden. Hadden ze erover gepraat, of was hij er niet over begonnen omdat hij voelde dat het haar te veel zou zijn?

'Denk je dat ik het hem had moeten vragen?' vroeg Peter, toen ze bij de auto kwamen, die ze in de duisternis nauwelijks konden ontwaren. De straatlantaarns waren niet aangegaan.

'Wat vragen?' vroeg Christina.

Er verscheen een glimlach op zijn gezicht. 'Nou, voor het geval dat ik met je wil trouwen... Hij is min of meer je stiefvader.'

Christina bleef staan. 'Je wilt...'

Peter trok haar in zijn armen. 'Jazeker! Dat wilde ik al vanaf het begin, toen je nog niet eens wist of je met me bevriend wilde zijn.'

Christina keek hem twijfelend aan. 'Je wilt me midden in dit trieste dorp ten huwelijk vragen?'

Peter grijnsde breeduit. 'Waarom niet? Dat kan toch overal, of niet soms?'

Christina herinnerde zich dat Gisela eens tijdens een lespauze had gezegd dat ze graag haar aanzoek in een prachtige balzaal zou krijgen. Zelf vond ze dat overdreven, maar dat Peter haar ten huwelijk zou vragen in een koud donker dorp in de Sovjet-zone had ze niet verwacht.

'Je kunt het me beter nog eens vragen als we in Berlijn zijn.'

'Betekent dat dat je erover na wilt denken?'

Christina glimlachte. 'Dat betekent dat ik je graag mijn jawoord zou willen geven op een plek waar we elkaar goed kunnen zien.' Met die woorden omhelsde ze hem en ze kuste hem innig.

# 81

*Zehlendorf, 15 januari 1950*

Hoewel Christina pas 's avonds laat was thuisgekomen, kon ze de slaap niet vatten. Peinzend keek ze uit het raam van haar verpleegsterskamer en probeerde orde te brengen in de gebeurtenissen van de afgelopen dag.

Het verhaal van haar moeder had haar tijdens de hele terugreis beziggehouden. Peter was zo attent geweest geen vragen te stellen, maar ze had duidelijk gemerkt dat hij brandde van nieuwsgierigheid. Op een dag zou ze hem erover vertellen, maar nu had ze eerst tijd nodig om alles te verwerken en te begrijpen. En misschien zou ze op een gegeven moment ook bevriend raken met haar nieuwe broer en zusjes. Vooral met de kleine Dagmar, die echt schattig was.

De belofte om elkaar te schrijven was een begin en misschien zou Irene het op een gegeven moment toch met Karl hebben over een verhuizing naar Berlijn, weg uit de Sovjet-zone, die, ook al werd die de DDR genoemd, nog steeds zo instabiel leek.

Ze was in elk geval heel blij geweest dat Peter bij haar was. In het licht van de straatlantaarns voor Waldfriede had hij zijn aanzoek inderdaad herhaald. Hij was zelfs voor haar op de knieën gegaan, wat ze ontzettend grappig had gevonden. En natuurlijk had ze ja gezegd.

De gedachte dat ze Peters vrouw zou worden, ergens in het voorjaar of de zomer, als ze haar examen had gehaald en het mooier weer was, joeg golven van geluk door haar heen en maakte de gruwelen waarover haar moeder haar had verteld wat beter te verdragen.

Ondanks het gebrek aan slaap voelde ze zich absoluut niet uitgeput toen ze om zes uur 's ochtends haar verpleegstersuniform aantrok. Ze kon nauwelijks wachten om Hanna te vertellen wat ze had meegemaakt. Het liefst was ze de avond tevoren nog naar haar toe gegaan, maar de nachtverpleegster had haar waarschijnlijk de oren gewassen als ze op de afdeling was verschenen zonder dienst te hebben. Bovendien had Hanna haar rust nodig om weer beter te worden.

Omdat het nu nog te vroeg was om Hanna uit haar slaap halen, verliet Christina haar kamer, liep de trap af en ging naar de eetzaal.

Waltraud, die vorig jaar geslaagd was voor haar examen en besloten had de leiding van de keuken voorlopig op zich te nemen toen de gezondheid van zuster Erna achteruitging, was vast al op. Net als Rosa en de andere vrouwen die in de keuken werkten. Het ontbijt was pas over een uur, maar in de keuken was het warmer en misschien had Rosa of Waltraud een kop chocolademelk of thee voor haar.

Op weg naar beneden kwam ze Gisela tegen. Ze droeg een bordeauxrode jas waarin ze eruitzag als een dame. Haar handtas zag er ook erg elegant uit. Het viel Christina op dat haar vriendin wat gejaagd leek. Was ze te laat?

'Goedemorgen!' groette ze, waarop Gisela bleef staan.

'O, jij bent het,' antwoordde ze. 'Goedemorgen!'

'Zeg eens, wat doe jij hier zo vroeg? Als je uit de nachtdienst komt...'

'Ik had geen nachtdienst,' zei Gisela. 'Maar ruzie met mijn ouders.'

'Waarover ging dat?'

'Over Rainer. Hij heeft me ten huwelijk gevraagd.'

'Maar... dat is toch geweldig? Of willen je ouders niet dat je met hem trouwt?' Christina herinnerde zich dat Gisela haar had verteld over hun mislukte vakantie. Maar misschien hadden ze het weer goedgemaakt...

'O, natuurlijk willen ze dat! Liever vandaag dan morgen.'

Christina fronste haar voorhoofd. Toen besefte ze wat Gisela duidelijk wilde maken. 'Jij bent degene die niet wil.'

Gisela slaakte een diepe zucht. 'Ja.'

'Is er geen kans dat je je bedenkt?' vroeg Christina.

Gisela schudde haar hoofd. 'Ik wil geen huisvrouw en moeder worden. Want dat is precies wat Rainer voor ogen heeft. Toen hij mijn vader om mijn hand vroeg, heeft hij meteen benadrukt dat ik voortaan een comfortabel leven zou leiden. Met dienstmeisjes en zonder te hoeven werken. Ik zou het examen niet eens meer hoeven af te leggen, is het niet geweldig?' Gisela snoof minachtend.

'Wat?' vroeg Christina geschrokken. 'Maar al het werk dat je hebt gedaan en alles wat je in die twee jaar hebt geleerd...'

'Tja, dat zou dan allemaal voor niets zijn geweest!' Gisela's ogen fonkelden van woede. 'Blijkbaar wil hij heel vroeg weduwnaar worden, want als ik daarmee instem zal ik me waarschijnlijk dood vervelen.'

'Heb je het hem al verteld?' vroeg Christina voorzichtig.

'Hem niet, maar mijn ouders wel. Je had eens moeten zien wat een toestand ze ervan maakten. Ik zou waarschijnlijk nooit meer zo'n goede man vinden en op mijn leeftijd zou ik blij zou moeten zijn dat iemand als Rainer voor me valt.'

'Je bent nog geen twintig,' antwoordde Christina verontwaardigd. 'Hoe jong moet je dan zijn om te trouwen? Je bent nog niet eens meerderjarig!'

'Als mijn vader zijn zin krijgt, hoef ik blijkbaar niet volwassen te worden.' Ze zuchtte weer. 'Geen tien paarden krijgen me naar huis terug.'

'En waar wil je nu naartoe?' Voor zover Christina wist had Gisela geen vriendinnen bij wie ze onderdak zou kunnen vinden.

'Ik ga dokter Meyer vragen of ik hier in Waldfriede mag wonen. Ze hebben toch al liever dat we hier zijn, nietwaar? Bovendien heb ik rust nodig als ik voor mijn examen moet leren.'

Heel even had Christina de gedachte aan het komende examen onderdrukt, maar Gisela had natuurlijk gelijk. Het laatste waar ze voor haar examen behoefte aan had waren ouders die meenden dat je een goede opleiding zomaar overboord kon gooien.

'Kijk,' zei Gisela toen en ze opende haar tas en haalde een schriftje tevoorschijn waaruit ze een blaadje pakte.

'Dat is van de opleiding voor vroedvrouwen in Hamburg,' zei Christina toen ze de tekst had gelezen.

'Ja, ze nemen vanaf mei nieuwe leerlingen aan. Dan zou ik uit de buurt van mijn ouders en hun ouderwetse ideeën zijn!'

Dat ze naar Hamburg wilde verbaasde Christina. Het was waar dat ze daar ver bij haar ouders vandaan was. Maar aan de andere kant hield ze toch van hen. Was er geen andere manier om haar zin te krijgen?

'Jij moet je ook zo gauw mogelijk aanmelden,' vervolgde Gisela. 'Er zijn weliswaar overal vroedvrouwen nodig, maar het wordt dringen om de plaatsen.' Ze dacht even na. 'We zouden allebei naar Hamburg kunnen gaan! Dan zijn we niet zo alleen en dan kunnen we ook niet meer door de Sovjets worden opgesloten.'

Christina gaf het blaadje terug en schudde haar hoofd. 'Ik ben bang dat dat niet kan.'

'O nee? Maar je wilde toch per se vroedvrouw worden?'

'Dat wil ik nog steeds. Maar wel via de plaatselijke vroedvrouwenschool.' Ze overwoog of ze Gisela zou vertellen over de vorige avond. 'Bovendien heeft Peter me gisteren gevraagd of ik met hem wil trouwen.'

Gisela's mond viel open van verbazing. 'En?' vroeg ze met grote ogen.

'Ik heb ja gezegd,' antwoordde Christina met een gelukzalige glimlach.

~

Hanna keek naar de overdaad aan boeketten in haar kamer. Er stonden ook bloempotten met narcissen, die langzaam hun groene kopjes lieten zien. Alle zusters die bij haar op bezoek kwamen brachten wel iets mee. Uit de keuken kreeg ze meer koekjes dan ze ooit kon opeten. Ze had zuster Hulda gevraagd om een deel daarvan te verdelen onder de kinderen op de kinderafdeling, voor zover hun gezondheid dat toeliet.

Buiten haar kamer kwam de afdeling tot leven. Ze hoorde haar collega's van deur tot deur gaan om de patiënten van de vrouwenafdeling te wekken. Na het bezoek van dr. Conradi was ze daarheen verplaatst, naar hij zei omdat hij haar dan goed in de gaten kon houden.

Het gesprek met hem was nogal eigenaardig geweest. Hij had gezegd: 'Ik heb goed nieuws!' Maar het was niet het nieuws dat ze heimelijk had verwacht. 'Dokter Fenner heeft besloten bij ons te komen werken. Hij gaat in het voorjaar beginnen en zal na een korte inwerkperiode de afdeling interne geneeskunde van Erich overnemen.'

'Daar ben ik heel blij om,' had Hanna geantwoord en ze had een bitterzoet gevoel gehad toen ze eraan toevoegde: 'Zo gaan we allemaal weg, nietwaar?'

'Nou, wat Erich betreft, ik weet zeker dat hij nog een aantal jaren voor zich heeft waar hij in Detmold van zal kunnen genieten,' had de dokter geantwoord terwijl hij haar een tijdlang vreemd aankeek.

Een klop op de deur haalde haar uit haar gedachten. Was de visiteronde nu al? Of kwam Hulda het ontbijt brengen?

Toen ze 'ja' riep stak Christina haar hoofd om de hoek. Bij alles wat ze de vorige dag had meegemaakt, had Hanna er niet meer aan gedacht dat ze met haar vriend naar haar moeder zou gaan.

'Goedemorgen Hanna!' riep Christina vrolijk terwijl ze het dienblad met het ontbijt naar de tafel bij het raam bracht. 'Ik heb dit zuster Hulda ontfutseld,' voegde ze eraan toe, waarna ze op de stoel ging zitten.

'Goedemorgen, Christina,' zei Hanna. 'Je straalt! Ben je gisteren inderdaad gegaan?'

Christina's gezichtsuitdrukking werd serieus. 'Ja, we zijn in Mecklenburg geweest. En we hebben mijn moeder gevonden.'

Ze was even stil en Hanna vroeg zich af hoe de ontmoeting was verlopen. 'Ging het goed met haar?' begon ze voorzichtig.

'Ze woont met een nieuwe man in een oude boerderij.' Er verscheen een glimlachje op Christina's gezicht. 'En het lijkt erop dat ik er een paar zusjes en een broer bij heb.'

Dat klonk in eerste instantie goed, maar Hanna voelde dat Christina iets op het hart had. 'Ben je erachter gekomen waarom ze niet naar je heeft gezocht?' vroeg ze behoedzaam.

Christina knikte en vertelde dat haar moeder had gedacht dat ze dood was, en om welke reden.

'Het moet een behoorlijke schok voor haar zijn geweest om je te zien,' zei Hanna.

'Waarschijnlijk. Maar het is goed dat ik nu duidelijkheid heb. En dat ik weet dat ik niet alleen ben.'

Hanna pakte haar hand vast. 'Je bent niet alleen, Christina. Wij allemaal zijn jouw familie. Maar ik begrijp wat je bedoelt. Toen mijn vader stierf, voelde ik me een beetje verloren. Ik was nu de oudste van onze kleine familie. Het is altijd geruststellend te weten dat er nog iemand is bij wie je terechtkunt.'

Christina keek haar even aan en vroeg toen: 'Je hebt zeker nog steeds geen bericht van het laboratorium?'

'Ja, dat heb ik wel.' Hanna keek haar in de ogen. 'Dokter Conradi was gisteren bij me en heeft me de uitslag laten weten.'

~

Terwijl Christina door de gang rende klonken Hanna's woorden nog steeds in haar oren: 'Het lijkt erop dat mijn tumor een eierstokcyste of cystadenoom was. Ik hoef je vast niet uit te leggen wat dat is.'

Dat hoefde ze inderdaad niet. Dat soort tumoren hadden ze in de les besproken. Ze konden heel groot worden, er waren zelfs gevallen waarbij ze de hele buik van een patiënte vulden. Maar in de meeste gevallen was het geen kanker.

'Dat betekent...' Een golf van geluk en opluchting maakte zich van Christina meester.

Hanna maakte de zin voor haar af: 'Dat ik waarschijnlijk bij jouw examen in de examencommissie kan zitten.' Ze pakte haar hand vast. 'Bedankt je dat je me hebt bijgestaan.' Nu kon Christina het bijna niet laten om luid te juichen. Het nieuws dat Hanna geen kanker had vervulde haar met zo veel vreugde dat ze helemaal vergat te vertellen over het huwelijksaanzoek van Peter. Maar dat kon later wel, want ze hadden de tijd. Genoeg tijd om alles te bespreken en plannen voor de toekomst te maken.

Toen ze door de afdelingsdeur rende, botste ze tegen zuster Else aan. 'Lieve deugd, meisje, wat bezielt je!' zei die.

Christina barstte in lachen uit. Dat was misschien ongepast, maar ze kon er niets aan doen. 'Hanna wordt weer beter!' riep ze en ze sloeg haar armen om de hals van de hoofdvroedvrouw.

# 82

*Zwitserland, 12 maart 1950*

Hanna stond op een brede rotspartij en keek naar beneden de vallei in, waar een klein dorpje aan een rivier lag. De middagzon scheen nog steeds, maar het zou niet lang meer duren voordat die achter de besneeuwde toppen van de bergen zou verdwijnen. Hierboven waaide nog altijd een ijzig koude wind die meedogenloos aan haar rukte. Sneeuw bedekte op verscheidene plaatsen het gras dat door de vorst was afgestorven, maar hier en daar staken de eerste krokussen hun kopjes al boven de grond.

Hanna voelde zich vitaler dan ooit. De wond was goed genezen en ze was bijna weer net zo mobiel als vóór de operatie. Natuurlijk deed het litteken af en toe pijn, maar dat was niets vergeleken bij de angst die ze had doorstaan. Die angst was verdwenen en ze gunde zichzelf nu weer een blik op de toekomst.

Drie weken na de operatie, toen ze zich voorbereidde om weer naar haar eigen kamer te verkassen, was Elisabeth bij haar langsgekomen. Tijdens haar herstelperiode was ze een vaste bezoekster geweest, maar die keer had Hanna het gevoel dat ze iets bijzonders op het hart had.

'Mijn man en ik zijn uitgenodigd voor een congres in Bern,' zei ze. 'Louis denkt dat we er een korte vakantie aan kunnen vastknopen.'

'Dat klinkt fantastisch,' had Hanna geantwoord.

'Heb je zin om met ons mee te gaan?'

Dat aanbod was een verrassing geweest. Sinds dr. Conradi met Elisabeth was getrouwd, had het echtpaar nauwelijks gezamenlijke uitstapjes gemaakt. Dat kwam vooral door de oorlog en ook omdat reizen daarvoor en kort daarna niet mogelijk was geweest.

'Wil je dat ik meega?' had Hanna ongelovig gevraagd. 'Ik bedoel, jij en je man hebben nooit de kans gehad om samen op reis te gaan. Om alsnog een huwelijksreis te maken.'

'Doe niet zo mal,' had Elisabeth geantwoord. 'We zijn geen jonge mensen meer en we missen geen van beiden die huwelijksreis.' Een weemoedige glimlach verscheen op haar gezicht. 'Je weet onder welke omstandigheden we bij elkaar zijn gekomen. En hoe het ons de eerste tijd als echtgenoten verging.'

Hanna herinnerde zich dit maar al te goed. Maar iedereen die de Conradi's nu zag, zou nauwelijks beseffen dat ze alleen getrouwd waren vanwege de wens van zijn overleden vrouw.

'Als je mee zou gaan, zou dat niet alleen goed zijn voor jouw gezondheid, maar ook voor mij,' zei Elisabeth. 'Als Louis bij het congres is, kunnen wij samen de stad bekijken. Bovendien willen we ook nog een uitstapje naar de omgeving maken.'

Toch twijfelde Hanna nog een beetje. 'Weet je man hiervan?' had ze gevraagd, want ze kende de dokter goed genoeg om te weten dat hij soms iemand de situatie liet verkennen.

'Jazeker. Maar wat de uitnodiging betreft was ik hem voor. Hij zou het je waarschijnlijk ook gevraagd hebben, hij verzette zich tenminste niet toen ik voorstelde dat je mee zou gaan. Maar ik was eerder.' Elisabeth had naar haar geglimlacht terwijl ze haar hand vastpakte. 'Alsjeblieft, doe me dat plezier, Hanna! Je zou je toch meteen weer op je werk storten zodra je denkt dat het kan. Ik kan dat echt niet toestaan!'

Elisabeth kende haar goed, want dat was precies wat ze zou hebben gedaan. Maar toen schoot haar de brief van Eike Rasmussen weer te binnen waarin hij haar vroeg hem te vergezellen op zijn wereldreis.

'Het is goed, ik ga mee,' had ze geantwoord. 'Wat berglucht zal me wellicht goeddoen.'

En nu was ze daar. Terwijl de dokter afwezig was hadden ze

Bern verkend, dat niet door de oorlog was getroffen, net zomin als de rest van Zwitserland. Alle gebouwen waren intact, de mensen waren niet getraumatiseerd. En de kaas was gewoonweg goddelijk!

Na het congres waren ze naar het kleine dorpje gereisd waarop ze nu vanaf de berg neerkeek. De waardin van het pension, Sofia Schmid, die hen had opgenomen in haar gezellige houten huis met een overhangend dak en een breed balkon, was zelf adventiste en ze wilde heel graag weten hoe het haar broeders en zusters in Duitsland verging. 'De scheiding tussen de BRD en de Sovjet-zone moet toch verschrikkelijk zijn?'

De dokter had haar de omstandigheden uitgelegd en ook verteld dat de grens tussen de Duitse staten open was en dat die voornamelijk bestond uit het politieke systeem en de munteenheid.

'Wat Duitsland betreft houd ik alles voor mogelijk,' had mevrouw Schmid geantwoord, waarna ze was weggegaan.

Achter haar klonk een stem die haar uit haar mijmeringen haalde. 'Wees voorzichtig, Hanna, straks voert de wind u nog weg.'

Hanna keek achterom.

Dr. Conradi had zijn schilderkist in zijn hand en zijn schildersezel onder zijn arm. Hoewel de temperaturen allesbehalve uitnodigend waren, stond hij erop daar elke dag een paar uur te zitten om de bergen te schilderen, al betekende dat dat hij zijn materialen naar boven moest sjouwen.

Hanna had vroeger al stukken gezien die hij had gemaakt, maar de bergen leken hem bijzonder te inspireren. Ze wist dat hij het niet graag hoorde, maar ze dacht dat een tweede carrière als schilder de dokter niet zou misstaan.

'Maakt u zich geen zorgen, ik ben standvastig,' antwoordde ze lachend en toen vroeg ze: 'Moet ik iets van u overnemen?'

'Absoluut niet!' zei hij. 'Ook al voelt u zich weer zo fit als een hoentje, u mag niets zwaars tillen met dat litteken op uw buik!'

'Maar die schilderskist lijkt me niet bijzonder zwaar.' Hanna wees ernaar. 'Of hebt u een paar gesteentemonsters genomen?'

'Terpentijn, borstels en tubes olieverf wegen ook wat,' zei hij en toen glimlachte hij. 'Ik hoop dat u zich hierboven niet hebt verveeld.'

Hanna schudde haar hoofd. 'Hoe zou je je bij zo'n uitzicht kunnen vervelen?' Ze wees naar de bergen, die rood kleurden in de gloed van de avondzon. 'Het geeft me tijd om na te denken.'

Conradi knikte en ging naast haar staan. 'Ik zou nu wel een lekkere kop thee en een stuk honingkoek lusten, en u?'

Toen ze terugkeerden in het pension was de zon al achter de bergen verdwenen. Een laatste gloed scheen nog achter de enorme formaties, terwijl de eerste sterren al in het blauw boven hen glinsterden.

Er waren veel gasten in het restaurant en mevrouw Schmid had achter de toog haar handen vol. Hanna en de dokter groetten kort, daarna gingen ze de trap op, waar Elisabeth stond te wachten.

'Hebben jullie een fijne middag gehad?' vroeg ze. Bedrijvig liep ze met een schaal gebak naar hen toe. Ze had een kan heet water in de keuken geregeld, dat ze nu over de thee-eieren goot.

'Ja, behoorlijk productief,' zei de dokter. 'Ik mis nog een paar details, dan kan ik mijn schilderij afmaken.'

'Mag ik het zien?' vroeg Elisabeth en ze rekte haar hals. De dokter opende het kistje. Het was nog een heel gedoe om te voorkomen dat de kleuren door elkaar liepen. Hanna had zich afgevraagd waarom hij niet gewoon een foto maakte en dan in de warme kamer schilderde. Maar dankzij kleine blokjes die hij aan het doek had bevestigd en waarvan hij later de lijm zou overschilderen, kreeg hij het voor elkaar dat niets het geschilderde bedierf.

'Eigenlijk zou je het pas moeten zien als het klaar is,' zei hij, zoals elke keer dat Elisabeth het vroeg. En zoals altijd liet hij het haar toch zien. 'Het is absoluut geen Rembrandt,' zei hij bescheiden. 'Maar ik ben best tevreden over mezelf.'

'Het is prachtig,' zei Elisabeth en dat was geen vleierij.

Ook Hanna was van mening dat het landschap dat ze vandaag met eigen ogen had gezien heel goed was getroffen.

'Ik zou graag nog wat nevel toevoegen,' zei de dokter en hij wees naar de desbetreffende plekken. 'Maar daar is het weer te mooi voor en over twee dagen vertrekken we.'

'Misschien hebt u geluk, dokter,' zei Hanna. 'Ik heb gehoord dat de lucht morgenochtend weer vochtiger wordt. Mogelijk is er dan de nevel die u nodig hebt om het af te maken.'

Toen de dokter het schilderij naar zijn slaapkamer had gebracht, gingen ze bij de salontafel zitten. In de kachel van de kamer flikkerden de vlammen tegen het glas en vulden de ruimte met een behaaglijke warmte.

Hun onderkomen in het pension was opmerkelijk. Het had niet alleen een grote woonkamer, maar ook twee aparte slaapkamers. Die indeling was bedoeld voor bevriende echtparen die samen op vakantie gingen en ook 's avonds laat nog gezellig bij elkaar wilden zitten zonder de gasten in de andere vier kamers te storen.

Voor Hanna was dit bijna iets te dicht bij het echtpaar Conradi, dat ze graag meer privacy had gegund. Maar het bed was zacht en comfortabel en natuurlijk had het zijn voordelen als je niet naar beneden hoefde om thee te drinken.

Door het aroma van de thee dat de lucht vulde en de zoete smaak van het gebak kreeg Hanna het warm en werd ze ook een beetje loom. Ze kon nauwelijks een geeuw onderdrukken.

Het was helemaal niet haar gewoonte om zich over te geven aan nietsdoen. Ze had zichzelf alleen maar rust gegund als ze ziek was. Maar nu moest ze erkennen dat ze er best iets voor voelde wat nonchalanter te zijn.

'Ik heb trouwens een besluit genomen,' zei de dokter en hij keek naar Elisabeth, die rode wangen had van de warme thee. Blijkbaar wist ze wat hij bedoelde, want ze knikte hem toe.

'Nou, dan ben ik wel benieuwd,' zei Hanna, die haar handen om het theekopje klemde.

'Ik heb besloten het huis in Werder over te dragen aan het Ostdeutscher Verband.'

Hanna had van alles verwacht, maar niet dit. Na het einde van de blokkade had hij het huis, en het graf van Catherine, weer kunnen bezoeken. Ze had eerder verwacht dat hij er vanaf nu weer zijn weekeinden zou gaan doorbrengen. Verbaasd keek ze naar Elisabeth, die bijna opgelucht leek.

'Je moet weten dat we er de afgelopen weken veel over hebben gesproken,' zei ze. 'Ik heb het aan Louis overgelaten een besluit te nemen. Per slot van rekening... zijn er voor mij niet alleen prettige herinneringen aan verbonden, zoals je weet.'

Hanna verging het net zo. Sinds ze de dokter had geholpen om de nalatenschap van zijn overleden vrouw te ordenen was ze niet meer in het huis geweest en ze had ook niet de wens gehad om ernaartoe te gaan. Elisabeth, die daar haar vriendin Catherine had verpleegd, dacht daar vast ook zo over.

'Maar ik heb dat besluit vooral genomen omdat ik bang ben dat de politieke situatie zal verslechteren,' vervolgde dr. Conradi nu. 'Ik heb weliswaar tegen onze gastvrouw gezegd dat de grens tussen de Duitse staten open is, maar tijdens ons congres hebben veel broeders hun bedenkingen geuit. Bedenkingen die ik zeker ook heb. Het is bijna onwaarschijnlijk dat de Sovjets in de nabije toekomst hun deel van Duitsland weer zullen opgeven. Er wordt gebouwd aan een systeem dat volledig het tegengestelde is van het onze. Dat geldt ook voor de wetten die betrekking hebben op het grondeigendom. Het Ostdeutscher Verband moet zich aan deze wetten onderwerpen en hun mensen zullen erin thuis zijn. Bovendien kan er elk moment weer een blokkade of een versperring komen. Dat risico kan ik niet nemen. En ik ben niet van plan communist te worden.' Hij lachte even en keek toen naar zijn vrouw. 'Dat geldt waarschijnlijk ook voor jou.'

Elisabeth knikte met een ernstig gezicht.

'Als het toch nog tot een eenwording van Duitsland komt, dan weet ik zeker dat onze Oost-Duitse broeders en zusters er geen bezwaar tegen zullen hebben dat we het huis weer gaan bewonen,' vervolgde Conradi. 'Maar tot die tijd is het bij hen in goede handen.'

Hanna had daar begrip voor. Leni had onlangs navraag gedaan in Maagdenburg en gehoord dat het graf van hun moeder nog steeds bestond en niet eens zwaar was beschadigd. Maar van een herbegrafenis van hun vader kon geen sprake zijn. Het verging hun net zoals de dokter: ze hadden gewoon een slecht gevoel bij het idee het westelijke deel van de stad te verlaten. Ze hadden nog steeds slechte herinneringen aan de blokkade en waren dus ook bang dat ze niet naar huis zouden kunnen terugkeren.

‘Wat gebeurt er met Catherines graf?’ vroeg Hanna peinzend. Eigenlijk was het gebruikelijk dat een man naast zijn vrouw werd begraven. Hoezeer ze dr. Conradi ook nog vele gezonde jaren toewenste, die vraag zou zich uiteindelijk toch een keer voordoen.

De dokter pakte de hand van zijn huidige vrouw. ‘Nou, natuurlijk zal ik dat bezoeken zolang het mogelijk is, maar omdat ik in Zehlendorf woon, wil ik ook na mijn dood dicht bij mijn geliefde Waldfriede blijven. Ik denk dat ze het zou begrijpen als ik niet naast haar kom te rusten.’

Stilte volgde op zijn woorden. Hanna keek peinzend in haar theekopje. Zou Catherine het echt goedvinden? Ze betwijfelde het.

‘Ik zal ook binnenkort een beslissing moeten nemen,’ zei ze. Tijdens haar verblijf op de vrouwenafdeling had ze zich telkens weer afgevraagd wat er zou gebeuren als dr. Conradi op een gegeven moment het ziekenhuis verliet, omdat ook hij met pensioen ging. ‘Misschien niet vandaag, maar...’ Ze haalde de brief van Eike Rasmussen tevoorschijn. ‘Deze brief heb ik van een goede vriend uit Kopenhagen gekregen.’

Het was een beetje vreemd voor haar om over hem te spreken in het bijzijn van de dokter en Elisabeth. Tot nu toe was haar vriendschap met hem haar privéaangelegenheid geweest, ook al had ze dr. Conradi verteld over Eikes gevangenschap in het concentratiekamp. Toen ze opkeek zag ze dat het gezicht van de dokter verstrakte. Elisabeth zei de naam duidelijk niets.

‘Hij vertelde me over de bouwwerkzaamheden aan het sanatorium in Skodsborg, maar ook dat hij met de gedachte speelt om zijn juridische praktijk te verkopen en een wereldreis te maken.’ Ze keek op en zag nu al bijna angst in de ogen van de dokter. ‘Hij heeft me uitgenodigd met hem mee te gaan.’ Haar woorden bleven in de lucht hangen als de waterdamp uit de ketel.

‘En... wil je meegaan?’ vroeg Elisabeth, terwijl dr. Conradi bedrukt zweeg.

‘Ik weet het niet. Tijdens mijn ziekte had ik veel tijd om na te denken, en ik ben ook op een leeftijd dat het goed voor me zou zijn om het wat rustiger aan te doen.’ Ze stopte even en voegde er toen aan toe: ‘Maar ik weet niet of ik het hart heb om iedereen in de steek te laten. Vooral u, dokter.’

# 83

*Zehlendorf, 2 april 1950*

Christina liet haar benen van de kleine steiger bungelen en keek uit op het glinsterende oppervlak van de Krumme Lanke. Op de paden eromheen waren veel mensen aan het wandelen, sommigen durfden zelfs in bootjes het water op te gaan. Christina keek een jongeman na die met regelmatige slagen zijn bootje over het water roeide.

Op dat moment voelde ze zich bijna ontspannen, wat een wonder was als je bedacht dat ze morgen rond deze tijd in het leslokaal zou zitten om het schriftelijke examen af te leggen. Maar morgen zou ze echt wel zenuwachtig zijn.

Sinds het bezoek in Herzberg hadden zij en haar moeder elkaar een paar brieven geschreven. Dat haar moeder er nog was, dat ze leefde en dat ze met elkaar konden praten over de oorlog, hun angsten en hun plannen voor de rest van hun leven, gaf Christina een nieuw gevoel van zekerheid.

Bovendien was Hanna terug. Zwitserland had haar herstel goed gedaan en ze zat vol energie. Weliswaar kreeg Christina haar momenteel nauwelijks te zien vanwege de examenvoorbereidingen, maar Pasen stond voor de deur en ze hadden afgesproken om op Goede Vrijdag een fietstochtje te maken.

'Hé!' Een stem deed haar uit haar gedachten opschrikken. Even later voelde ze de handen van Peter op haar schouders. 'Zo, hoe gaat het met mijn examenkandidaat?' Hij boog zich over haar heen en kuste haar.

'Begin er maar niet over,' antwoordde Christina en ze streelde zijn wang. 'Ik heb geen idee hoe ik me alles moet herinneren wat ik in mijn hoofd heb gestampt.'

'Dat gaat je wel lukken,' zei Peter. Hij kwam naast haar op de steiger zitten. 'Ik vroeg me af of je met de paasdagen moet werken.'

'Waarom?' vroeg Christina. 'Wat ben je van plan?'

'Ik had gedacht dat we een klein uitstapje konden maken om een beetje tijd voor onszelf te hebben. Wat vind je van de Noordzee?'

Christina trok verbaasd haar wenkbrauwen op. 'De Noordzee? Maar... dat is een eind weg!'

'Mijn baas leent me weer een van onze auto's. En de ouders van een vriend hebben een tuinhuisje vlak aan zee. We zouden kunnen gaan wandelen, schelpen zoeken... Een echte vakantie!'

Vorig jaar in de zomer hadden ze het niet aangedurfd om op vakantie te gaan, omdat ze bang waren dat de Russen alles weer zouden afsluiten. Dat het nu mogelijk leek om te reizen kon ze zich nog steeds maar moeilijk voorstellen.

'Bovendien zouden we bij mijn moeder weg zijn.' Peter keek Christina veelbetekenend aan.

Niet dat Peters moeder onvriendelijk was. Maar de woning was klein en tot nu toe waren ze, ondanks al hun verlangens, fysiek nog niet nader tot elkaar gekomen.

Ze glimlachte breed en vroeg: 'Wil je kijken of we het samen kunnen uithouden als we alleen in een huis zijn?'

'In zekere zin wel.' Peter glimlachte en reikte in zijn broekzak. 'Bovendien heb ik een verrassing.'

'Een paascadeautje?'

'Iets veel beters!'

Hij kuste haar en pakte haar hand vast. Christina voelde er iets kouds in. Toen hij zijn hand terugtrok, zag ze dat het een sleutel was.

'Waar is die voor?' vroeg ze.

'Ik heb een woning gehuurd. In Friedenau.'

'Daar heb je me niets van verteld!' De afgelopen weken hadden ze nagedacht over waar ze na hun huwelijk wilden wonen. Ze kon niet in het ziekenhuis blijven, dat mocht alleen als beide partners voor Waldfriede werkten, en dan ook nog alleen in geval van nood, omdat de woningen voor de gezinnen van de ambachtslieden schaars waren.

'Het is een enorm toeval dat ik daaraan ben gekomen. Een van mijn collega's vertelde me dat hij iemand zocht die zijn huurwoning kon overnemen. De woning is niet heel groot, maar hij ligt precies tussen onze beide werkplekken.'

'Met een beetje geluk ga ik binnenkort naar de opleiding voor vroedvrouwen.' Ze kreeg er bijna maagpijn van als ze eraan dacht dat ze nog altijd geen antwoord op haar aanvraag had. Zou ze werkelijk geaccepteerd worden of zou ze nog moeten wachten? Van het vooruitzicht bij Peter in te trekken werd ze een beetje nerveus, maar ze verheugde zich erop hem eindelijk helemaal voor zichzelf te hebben.

'Dan komt het toch goed uit dat de S-Bahn niet ver weg is?' Peter keek haar glunderend aan. 'Wat denk je, zou je de woning willen zien?'

'Nu meteen?' vroeg ze.

'Tenzij je nog moet blokken.'

'Is het hier ver vandaan?' Ze zou waarschijnlijk de hele avond door nieuwsgierigheid worden geplaagd en ze wilde toch ook nog leren.

'Niet echt. Bovendien heb ik mijn fiets bij me.'

'Ik ga echt niet weer op de stang zitten.'

'Nou goed, dan maar op de bagagedrager!' zei Peter en hij gaf haar een hand.

~

Met behendige vingerbewegingen typte Hanna de laatste vragenlijst voor het examen. Het carbonpapier was niet meer zo goed en daarom had ze besloten om steeds maar twee vellen papier tegelijk in de schrijfmachine in te voeren. Maar dat betekende wel dat ze meer moest typen. En hoezeer ze ook van de schrijfmachine hield, zo langzamerhand begonnen haar vingers pijn te doen.

Toen Hanna uit het raam keek zag ze Elisabeth, die op weg was naar de kassen. Het was intussen een ongewoon gezicht om haar in verpleegstersuniform te zien. Tijdens Hanna's afwezigheid had dr. Conradi zijn vrouw voorgesteld om Hanna te vervangen. Het werk aan de zijde van haar man deed haar erg goed en Hanna vroeg zich af of het echt niet tijd werd om minder te gaan werken. Misschien zou ze zich meer kunnen richten op de patiëntenzorg. Of gewoon lange wandelingen maken.

Natuurlijk duurde het nog een paar jaar voordat ze met pensioen ging. Jaren die ze kon gebruiken om de nieuwe directeur wegwijs te maken in de verpleegstersopleiding. Maar hoe moest het als dr. Conradi er niet meer was?

Haar gedachten dwaalden af naar de brief, die nog altijd onbeantwoord in haar la lag. Eike Rasmussen was eraan gewend dat ze hem niet meteen antwoordde en ze twijfelde nog steeds om hem een toezegging te doen. Toch wist ze dat ze iets nodig had om naar uit te kijken. Iets voor de tijd na Waldfriede. Ze wilde niet in een kleine woning op de dood wachten, zoals sommige bejaarde zusters uit Friedensau.

Geklop op de deur onderbrak haar gedachten. 'Een ogenblik alstublieft!' riep ze, terwijl ze de laatste zin op het examenblad afmaakte.

Toen ze het kantoor uit liep, zag ze leerling-verpleegster Berta, die dienst had op de röntgenafdeling.

'Wat is er aan de hand?' vroeg Hanna. 'Moet er een röntgenfoto gemaakt worden?'

'Nee, er is iemand die u wil spreken,' antwoordde de verpleegster. 'Hij is op de röntgenafdeling beland omdat hij dacht dat u daar zou zijn. Hij wacht voor de kamer.'

'Goed, ik kom eraan.' Hanna sloot de deur van het kantoor en haastte zich achter de leerling-verpleegster aan. In haar hoofd ging ze na wie er zo uitdrukkelijk naar haar zou hebben kunnen vragen. Misschien een patiënt of een van de familieleden? Door de patiëntenzorg leerde ze veel mensen kennen en soms kwamen familieleden terug om te bedanken.

In de gang naar de röntgenkamer kwam ze een patiënte tegen

die in haar bed de operatiekamer uit werd geduwd. Hanna knikte kort naar haar collega's en toen ze haar hadden gepasseerd, zag ze hem.

De man was lang en wekte een magere indruk. Hij droeg een beige gemêleerde jas, een bruine pantalon en glimmend gepoetste schoenen. Zijn bijna witte haar was verborgen onder een hoed en hij had een baard. Toen hij de voetstappen hoorde, keek hij opzij en stond toen op. Hij glimlachte breed.

Hanna bleef staan en hield haar hoofd scheef. Hij kwam haar bekend voor, ja, maar ze wist hem niet zo goed te plaatsen.

'Hallo, Hanna,' zei de man met een licht accent. 'Je wilt toch niet zeggen dat je me niet meer herkent?'

Hanna schudde ongelovig haar hoofd. 'Eike?'

Aan zijn uiterlijk zou ze Rasmussen in eerste instantie zeker niet hebben herkend, maar ze herinnerde zich zijn warme stem nog goed. Die was niet veranderd, ondanks alles wat hem was overkomen.

Ze had het gevoel dat ze door de bliksem was getroffen. Net had ze nog aan hem en zijn brief gedacht, en nu stond hij daar voor haar!

'Wat... doe jij hier?' Ze trok haar wenkbrauwen op. Ze kon haar ogen nog steeds niet geloven.

Rasmussen lachte. 'Heb ik je laten schrikken?'

'Een beetje wel,' antwoordde Hanna eerlijk. 'Of beter gezegd, ik had niet op jou gerekend.'

'Nou, een leuke verrassing in je leven is toch nooit weg?' Zijn ogen keken haar stralend aan, net als destijds toen ze elkaar voor het eerst hadden gezien op het strand van Skodsborg.

Ineens meende Hanna weer de zee te ruiken en het geluid van de golven te horen. 'Ik weet gewoon niet wat ik moet zeggen,' antwoordde ze. Ze stapte naar hem toe om hem de hand te schudden.

'Laten we beginnen met hallo zeggen,' was zijn antwoord. Hij pakte haar hand en kuste die.

'Hallo,' antwoordde ze een beetje verlegen en ze keek om naar de verpleegsters met het bed. Gelukkig hadden die het te druk om geïnteresseerd te zijn in haar en de vreemdeling. 'Wat vind je ervan om een korte wandeling door het park te maken? Ik ben net klaar met mijn werk.'

'Dat lijkt me een uitstekend idee!' Eike bood haar zijn arm aan en leidde haar vervolgens galant naar buiten.

# 84

Friedenau was een prachtig stadsdeel en tot op zekere hoogte deed het Christina denken aan Zehlendorf. Het huis waarin Peters toekomstige woning zich bevond telde drie verdiepingen en de beschadigingen uit de oorlog waren nog duidelijk te zien. De geel geschilderde muren vertoonden scheuren en sommige stucornamenten die het ooit hadden versierd, waren afgebroken. Een paar dakpannen ontbraken. Tijd, stof en roet hadden de resterende zwart gekleurd. Maar het dak zelf zag er solide uit. En nog altijd gaf het huis je een idee van zijn vroegere luister.

Christina kreeg een warm gevoel vanbinnen toen ze naar de gevel opkeek. De kozijnen hadden witte lijsten, en hier en daar was nog een ornament aan de zijkant te zien. Het was geen typisch arbeidershuis, dat zag je meteen.

Tijdens de rit erheen had Peter haar verteld dat er ooit twee koopmansfamilies in het huis hadden gewoond. Terwijl één familie ruim voor de oorlog haar aandelen in het gebouw had verkocht en naar Amerika was geëmigreerd, was er van de andere familie alleen een oudere man achtergebleven die vastbesloten was het huis aan te houden zolang hij er nog voor kon zorgen.

'Nou, hoe vind je het?' vroeg Peter. Teder legde hij zijn armen om haar schouders.

'Het is heel mooi. Maar ik hoop dat het bij de scheuren niet uit elkaar valt.'

'Maak je geen zorgen,' zei hij in haar haar. 'Die scheuren zijn oppervlakkig. Structureel heeft het gebouw verbazend weinig te lijden gehad van het bombardement rondom de luchthaven.'

Dat gold duidelijk niet voor sommige ramen, want die waren nog altijd afgedekt met spaanplaat. Maar de woning waar het hun om ging had al nieuwe ruiten.

'Waarom wil je collega eigenlijk verhuizen?' vroeg ze.

'Fred gaat naar het Rheinland, zijn familie woont daar,' antwoordde Peter. 'Hij moet zijn ouders op hun boerderij helpen. Zijn vrouw heeft er niet veel zin in, maar de kinderen zijn dolenthousiast.'

'In elk geval weet hij zeker dat hij daar niet weer door de Russen kan worden ingesloten,' zei Christina. 'Ik heb nu al van sommige zwangere vrouwen gehoord dat ze hier na hun bevalling gauw vandaan willen.'

'Misschien heb je gelijk,' antwoordde Peter peinzend. 'Maar ik wil hier helemaal niet weg.' Hij keek haar aan. 'Zou je je kunnen voorstellen dat je hier met mij woont?'

Christina trok haar wenkbrauwen op. 'Als ik weiger, kom je dan nog onder de huurovereenkomst uit?' Ze zei dit maar om hem te plagen, want alleen al de gedachte elke dag bij hem te zijn vervulde haar met vreugde.

'Dat zou wel lukken. Maar ik weet zeker dat je helemaal niet meer weg wilt als je de woning eenmaal vanbinnen hebt gezien!'

Ze liepen door de voordeur een gang in die met tal van schilderingen was versierd en gingen de trap op, die was bekleed met een versleten rood sisaltapijt dat voetstappen dempte. Achter een van de deuren hoorde ze het zachte geluid van een radio. Voor het overige heerste hier zondagsrust.

'Mogen we wel naar binnen?' vroeg Christina en ze keek om zich heen. Ze had het gevoel dat ze bezig waren in te breken.

'Ik heb toch zeker de sleutel?' zei Peter lachend.

Toen ze boven waren aangekomen maakte hij de deur open. De woning lag onder het dak en aan de geur van genuttigde maaltijden was te merken dat er nog steeds werd gewoond. Bovendien stond al het meubilair er nog.

Peter leek haar gedachten te raden voordat ze ze uitsprak. 'De woning is gemeubileerd. Er zijn maar paar dingen van mijn collega. Die neemt hij natuurlijk mee als hij verhuist. Maar is het niet geweldig? We zullen alles hebben wat nodig is zonder het te hoeven kopen!'

Christina keek om zich heen. Sommige meubels waren al vrij oud en het was niet duidelijk wat bij de verhuizing zou blijven staan of zou worden meegenomen. In de woonkamer stond een enorme bank waarvan het gele velours was verbleekt. Ernaast stonden een tafel met stoelen, een zwaar bruin dressoir dat uit de keizertijd leek te stammen en een kast. Peters collega bleek een zwak te hebben voor kamerplanten, want er waren er nogal wat door de kamer verspreid.

Toen Peter haar de slaapkamer wilde laten zien, hield Christina hem tegen. 'Je zou toch ook niet willen dat mensen bij ons kijken?'

'Ben je dan helemaal niet nieuwsgierig?' vroeg Peter.

'Wat die kamer betreft kan ik wachten.'

Peter glimlachte, trok haar met zich mee en opende de slaapkamerdeur. Christina wilde protesteren, maar toen ze het grote bed met de mooie dekbedden zag zei ze niets meer, want plotseling leek het alsof ze een visioen had. Ze kon hen beiden hier inderdaad voor zich zien. Zoals ze thuiskwamen van hun werk, elkaar kusten, liefhadden, misschien een of twee kinderen opvoedden. Zoals ze ruziemaakten en zich verzoenden, en oud werden.

'Ik denk dat ik hier heel graag met jou zou willen wonen,' zei ze, met haar hart vol van geluk.

'Daar ben ik heel blij om!' Hij legde zijn armen weer om haar schouders. 'Dan is dit misschien wel een goed moment om je te vertellen dat ik graag lid wil worden van een zweefvliegclub.'

Christina draaide zich in zijn omhelzing om. Hun gezichten waren nu dicht genoeg bij elkaar voor een kus.

'Ha!' zei hij. 'Dat gezicht ken ik!'

'Echt?' vroeg Christina. Het nieuws dat hij in een zweefvliegtuig wilde stappen maakte haar natuurlijk ongerust. Maar ze wist dat ze hem na alles wat hij voor haar had gedaan niet van zijn grote wens mocht afhouden. 'Wat is dat voor een club?'

'Er zijn vooral academici lid, maar ook arbeiders. De vliegtuigen worden op een daartoe bestemd terrein de lucht in getrokken.'

'Ik dacht dat Duitse vliegtuigen niet boven Berlijn mochten opstijgen.'

'Dat geldt eigenlijk alleen voor gemotoriseerde vliegtuigen. Maar om geen risico te lopen ligt het vliegveld op het grondgebied van de BRD. Daar willen we elkaar ontmoeten. Een paar ervaren docenten zullen ons lesgeven. Als ik niet in een passagiersvliegtuig kan zitten, dan maar in een zweefvliegtuig.'

'En ik neem aan dat het gevaarlijk is?'

'Mijn lieve schat, het hele leven is gevaarlijk,' zei hij en hij kuste haar op de mond. 'Maar ik beloof je dat ik heel voorzichtig zal zijn en geen risico's zal nemen. En wie weet, misschien zal het me ooit toegang verschaffen tot de verkeersvliegerij.'

Christina keek hem glimlachend aan. Blijkbaar zou ze hem altijd moeten delen met zijn verlangen om te vliegen. Maar ze geloofde hem toen hij haar verzekerde dat hij voorzichtig zou zijn. 'Goed dan. Als je maar echt voorzichtig bent,' zei ze. 'Want ik hou van je en ik wil je in mijn leven nooit meer missen.'

'Ik hou ook van jou,' antwoordde hij en hij kuste haar opnieuw. Toen trok hij haar mee naar het bed en voordat Christina kon roepen: 'Nee!' vielen ze lachend op het dekbed neer.

# 85

‘Ik hoop dat je de lange reis vanuit Skodsborg niet alleen voor mij hebt gemaakt!’ zei Hanna toen ze over de paden in het park van Waldfriede slenterden. De voorjaarszon was ongewoon zacht, zodat er veel wandelaars buiten op het ziekenhuisterrein waren. Heel even was Hanna bang geweest dat ze een jas zou moeten halen, maar nu drong de zon door de stof van haar verpleegstersuniform heen en had ze het helemaal niet koud.

‘Ik heb je immers geschreven dat ik mijn juridische praktijk wilde opgeven,’ zei hij. ‘Daarom ben ik nu onderweg om afscheid van mijn cliënten te nemen voordat ik de wijde wereld in trek.’

‘Je hebt nog cliënten in Duitsland?’ vroeg Hanna verbaasd. ‘Na alles wat ons land je heeft aangedaan?’

‘Het was niet het land,’ zei Eike. ‘Het waren door macht geobsedeerde en verblinde mensen die geloofden dat de wereld zou accepteren wat ze ermee deden.’ Bitterheid klonk door in zijn woorden. Maar toen werd zijn stem weer wat milder. ‘Een deel van mijn cliënten hier in Berlijn was actief in het verzet. Sommigen van hen zijn na de moordaanslag van Stauffenberg opgepakt en in hechtenis genomen. Slechts een paar man hebben het overleefd.’

Hanna dacht er weer aan dat dr. Conradi haar had verteld over het vreemde woensdaggenootschap van professor Sauerbruch. Zijn intuïtie had voorkomen dat hij had meegedaan. Toch had de Gestapo een onderzoek naar hem ingesteld.

‘Het spijt me heel erg,’ zei Hanna. ‘Toen ik hoorde dat je in een concentratiekamp hebt gezeten...’

Hij pakte haar hand vast en keek haar indringend aan. 'Laten we het alsjeblieft over iets anders hebben. De zon schijnt zo mooi, jij bent aan mijn zijde... Zullen we de schaduwen van de verschrikkingen uit het verleden voor vandaag in hun kerkers laten?'

'Natuurlijk,' antwoordde Hanna en ze schraapte haar keel. Haar wangen gloeiden, enerzijds van schaamte over wat haar vriend in Duitsland had moeten doormaken, anderzijds omdat ze zich naast Rasmussen nog steeds een jong romantisch meisje voelde.

'Hoe dan ook, ik heb hier nog steeds een paar cliënten en ik dacht dat het beleefder zou zijn om persoonlijk afscheid te nemen.'

'Ik denk dat je gelijk hebt.' Er viel even een stilte tussen hen, toen bleef hij staan en pakte haar hand vast. 'Hoe is het jou vergaan, zustertje?' vroeg hij. 'Ik heb lang niets meer van je gehoord.'

'Dat komt doordat ik veel te doen had,' antwoordde Hanna en ze vroeg zich af of ze hem over haar ziekte moest vertellen. Maar zou dat deze prachtige dag niet net zo bederven als de vreselijke ervaringen van Eike?

'Waarom heb ik het gevoel dat je iets voor me verzwijgt?' vroeg Eike nadat hij haar aandachtig had aangekeken. 'Mijn voorstel om mee op wereldreis te gaan was eigenlijk precies dat: een voorstel. Ik weet immers hoe zeer je aan Waldfriede verknocht bent.'

'Dat is het niet,' zei Hannah en ze boog haar hoofd. 'Ik ben ziek geweest. Nogal ernstig.'

Eike keek haar met grote ogen aan. 'Daar heb je me niets over geschreven...'

Hanna had lang in tweestrijd gestaan of ze ook van hem afscheid moest nemen. Hoewel ze voorzieningen had getroffen voor het geval dat ze zou sterven, had ze het niet over haar hart kunnen verkrijgen hem te schrijven. Waarschijnlijk omdat ze zichzelf niet alle hoop wilde ontnemen.

'Jouw brief met het voorstel op reis te gaan heb ik vlak na mijn operatie ontvangen,' vervolgde ze.

'Operatie!' riep hij uit. 'Mijn hemel!'

'Achteraf bleek het iets relatief onschuldigs te zijn.' Hanna wilde hem niet vertellen dat het lange litteken op haar buik haar er elke ochtend aan herinnerde hoe kostbaar het leven was en hoe snel het kon worden vernietigd door een ziekte die als een dief in de nacht sluipend naderde. 'Als ik... Als het verkeerd was afgelopen, zou je bericht hebben gekregen.'

Ze dacht weer aan de twee brieven die ze had geschreven. In die voor Christina had ze ook gezet dat ze Eike bericht moest sturen. Maar de brief was niet nodig geweest en ze had hem vernietigd toen ze weer in haar kamer terug was.

'Breng me de volgende keer alsjeblieft onmiddellijk op de hoogte,' zei hij. 'Ik wil de kans krijgen om mijn vriendin bij te staan.'

'Nou, ik hoop de komende jaren gezond te blijven,' antwoordde Hanna lachend. 'Maar goed, ik beloof je dat ik je de volgende keer zal waarschuwen.'

'Waar ik ook ben, ik kom naar je toe!'

'Ook uit Egypte of Japan?' vroeg Hanna gekscherend. 'Je bent toch nog steeds van plan op wereldreis te gaan?'

'Dat ben ik inderdaad van plan,' zei hij. 'Ook als ik vermoedelijk alleen moet reizen. Of heb je toch besloten met me mee te gaan?'

Hanna aarzelde even. 'Ik ben er nog niet uit.'

Rasmussen leek dat niet te hebben verwacht, want hij trok zijn wenkbrauwen van verbazing op. 'Je bent er nog niet uit? Dus ik maak nog kans?'

Hanna hield haar hoofd schuin. Niets doen of reizen waren in haar leven nooit voorgekomen. Ze moest altijd iets te doen hebben en ze voelde zich veel te sterk verbonden met de plek waar ze woonde en werkte. Maar de gedachte om met Eike vreemde landen te verkennen liet haar toch niet los.

'Zoals ik al zei, ik ben er niet echt uit. Eigenlijk moet ik hier in Waldfriede nog een paar jaar uitdienen. Zo oud ben ik tenslotte niet. En ik kan niet verwachten dat je je reis zolang uitstelt.'

'Maar...?' Eike gaf haar een knipoog. 'Zou het niet mogelijk zijn dat je vrijgesteld wordt? Als je geen verpleegster meer bent, zou je Waldfriede toch al moeten verlaten en een nieuw begin moeten maken. Waarom zou je dat proces niet bespoedigen en meteen met me meegaan?'

'Meteen zal niet mogelijk zijn. Maar ik zal erover nadenken. Jij kunt ook niet van de ene op de andere dag vertrekken. In romans wordt het zo beschreven, maar zo'n lange reis vergt voorbereidingen en... misschien kosten die wel iets meer tijd.'

Rasmussen liet haar woorden bezinken. De teleurstelling was hem aan te zien. Waarschijnlijk had hij liever een duidelijk 'ja' gehoord. Maar hij kende haar intussen lang genoeg om te weten hoe belangrijk Waldfriede voor haar was. En dat ze haar beschermelingen op school en dr. Conradi niet zomaar in de steek kon laten.

'Wat vind je ervan als ik je meeneem voor een ritje door de omgeving?' zei Rasmussen ten slotte.

'Een ritje? Maar... waarmee?'

'In Denemarken is de economie zodanig hersteld dat de mensen inmiddels weer auto's kunnen kopen,' antwoordde hij. 'Ik heb dan wel gevangengezeten, maar ik had mijn geld veiliggesteld. Als ik eerlijk ben, was dat het eerste waaraan ik kon denken toen ik weer thuis was en enigszins op krachten was gekomen. Weer mobiel zijn. Door het land reizen.'

'Je wilt me toch niet ontvoeren, net nu ik bedenktijd heb gevraagd?'

Rasmussen glimlachte breed. 'Nu je het zegt... Dat klinkt niet gek. Maar ik ben niet van plan om op mijn oude dag aan de andere kant van de wet te gaan staan.' Hij stak zijn hand naar haar uit. 'Alleen een rondje door het Grunewald en dan weer terug.'

# 86

## *Zehlendorf, 3 april 1950*

De gang naar het leslokaal was nog leeg, maar het was slechts een kwestie van tijd totdat opgewonden examenkandidaten zich hier naar binnen zouden haasten. Christina keek rusteloos op haar verpleegstersklokje. De wijzers liepen naar tien uur, zo dadelijk zou het eerste examen beginnen. Dr. Meyer, voor wie dit het laatste eindexamen van zijn professionele leven zou zijn, had ze al gezien. Net als vele anderen vond Christina het jammer dat hij binnenkort met pensioen zou gaan, maar tegelijkertijd gunde ze hem de vrije tijd uit de grond van haar hart. Welgeteld had hij de verpleegopleiding achtentwintig jaar geleid.

De rest van de examencommissie zou zeker gauw volgen.

De vorige avond had ze vergeefs in de eetzaal naar Hanna uitgekeken. Ze had haar graag over de bezichtiging van de woning willen vertellen en over Peters plan om lid te worden van een zweefvliegclub, maar dat zou moeten wachten.

Berta, die een klas lager zat dan zij, had haar verteld dat een mysterieuze man Hanna 's middags had willen spreken. Kort daarop was ze verdwenen. Christina vroeg zich af wie die man was. Een kennis van haar zus? Ze wist dat ze regelmatig met een Deen correspondeerde. Misschien was die hierheen gekomen? Voor het overige had Hanna geen mannelijke kennissen.

Omdat Christina de examenstof nog een keer wilde doornemen, was ze de rest van de avond op haar kamer gebleven. Maar ze brandde van nieuwsgierigheid om erachter te komen wie die man was.

'Poeh, ik denk dat ik pleisters nodig heb om mijn oogleden open te houden,' jammerde Gisela, die naast haar liep. 'De koffie uit de eetzaal verdient die naam eigenlijk helemaal niet.'

'Dat komt ervan als je thuis echte koffie gewend bent,' zei Christina lachend.

Gisela woonde nu al een paar maanden in Waldfriede, maar haar verslaving aan cafeïne zat blijkbaar diep. 'Ik probeer toch om het me af te wennen. Of beter gezegd, ik heb geen andere keus.'

'Heb je eigenlijk alweer met je moeder gepraat?' vroeg Christina. Na vele dagen van ijzige stilte leek het of de fronten weer begonnen te ontdooien.

'We hebben eergisteren met elkaar gebeld. Ze vindt het nog steeds jammer dat ik het uitgemaakt heb met Rainer. Maar langzamerhand lijkt ze het te accepteren.'

'Ik weet zeker dat je haar ooit de juiste man zult voorstellen,' zei Christina. 'Zo'n knap meisje als jij...'

Gisela maakte een afwerend gebaar. 'Laat maar! Ik red me in m'n eentje ook heel goed.' Ze zei even niets en vroeg toen: 'Heb jij je eigenlijk aangemeld bij de vroedvrouwenschool?'

Christina knikte. 'Ja, een paar weken geleden al. Maar ik heb nog niets gehoord.'

'Nou, misschien hebben ze zo veel aanmeldingen dat ze het niet kunnen bijhouden. Vooral hier in Berlijn.'

Christina was eerder bang dat ze niet aangenomen zou worden. Ze had haar diploma nog niet eens op zak. Een goed getuigschrift was vers één, maar stel dat ze voor het examen zakte? Ze wist dat er behalve zij ook verpleegsters met veel ervaring solliciteerden. En elke cursus had maar een beperkt aantal plaatsen.

'Maar mocht je nog van gedachten veranderen, in Hamburg is vast nog wel plaats.'

De opleiding aan de Hamburgse school moest echter volledig zelf worden betaald. Dat maakte Gisela's ontsnapping uit het ouderlijk huis bijna roekeloos, want met haar eigen salaris zou ze de kosten nauwelijks kunnen betalen. Maar haar ouders waren ruimhartig genoeg om haar financieel te blijven steunen.

De Berlijnse vroedvrouwenschool waar Christina zich had aangemeld, kostte ook wel geld, maar daarvoor kon ze een tegemoetkoming van Waldfriede krijgen. Daar had ze echter niets aan als ze niet werd toegelaten.

'Je weet dat ik moeilijk uit Berlijn weg kan gaan,' antwoordde Christina. 'Peter en ik willen in de zomer trouwen. Dan kan ik onmogelijk tussen Berlijn en Hamburg heen en weer reizen.' Ze zuchtte. 'Ik zal gewoon moeten afwachten.'

Gisela knikte. 'Ik weet zeker dat het je zal lukken. Maar nu moeten we eerst het examen zien te halen.' En met die woorden gaf ze haar een arm en trok haar mee.

Een half uur later was de examencommissie compleet. Behalve dr. Meyer bestond die uit dr. Conradi, zuster Hanna en de directrice, Ida Bahr. Terwijl de verpleegsters hun donkerblauwe uitgaansjurk met het witte kraagje droegen, waren beide artsen gekleed in donkere pakken waarin ze eruitzagen alsof ze op het punt stonden naar de kerk te gaan.

Het examen zou bestaan uit een schriftelijk en een mondeling deel. De uitslag kregen ze een week later.

Dr. Conradi stond op en begroette de kandidaten met een korte toespraak, terwijl Christina haar blik over de gezichten van de aanwezigen liet dwalen. De meesten zagen eruit zoals zij: onuitgeslapen, bleek en een beetje angstig. Ze hadden door de opwinding vast last van hun maag, net als zij. Karin had grote blauwige kringen onder haar ogen. Beates hoofd gloeide. Gisela probeerde te doen alsof het haar allemaal niets deed, maar Christina merkte dat ze nerveus met haar benen onder de tafel wiebelde. Gerhards kaakspieren bewogen op en neer. De groep zag eruit als een roedel honden bij de jacht die er verlangend naar uitzien losgelaten te worden.

Maar ook merkte Christina de uitvallers op.

Enkele leerlingen uit de begintijd ontbraken in de groep. Ze waren verhuisd of hadden zich tijdens hun opleiding gerealiseerd dat ziekenverpleging niet was wat ze echt wilden.

En ook Selma ontbrak. Christina herinnerde zich nog goed hun ontmoeting op hun allereerste dag hier. Twee weken geleden had ze haar graf bezocht en haar verteld over de komende examens. Het verdriet om haar had de scherpe kantjes intussen verloren, maar af en toe stelde Christina zich voor wat er van haar had kunnen worden als ze niet die noodlottige beslissing had genomen. De moordenaar was nog steeds niet gevonden en zou waarschijnlijk nooit voor de rechter worden gebracht.

Na de toespraak van dr. Conradi deelde directrice Ida de papieren met de examenvragen uit. De mensen om Christina heen reageerden heel verschillend op wat ze zagen. Sommigen snoven gespannen, anderen onderdrukten hun blijdschap. Gerhards kaakspieren kwamen weer tot rust.

Hanna had haar niet mogen vertellen welke vragen er zouden worden gesteld, maar Christina zag nu dat wat er van hen werd gevraagd wel lastig was, maar niet onmogelijk.

'Het examen is niet bedoeld om jullie leven te bederven,' had Hanna op een van haar laatste lesdagen gezegd. 'Het dient vooral om erachter te komen of jullie echt klaar zijn voor de taken die voor je liggen.'

Christina wist dat alle voorgaande cursisten die het examen hadden afgelegd na succesvolle afronding gefotografeerd waren. Op zo'n foto zou als alles goed ging ook zij zichzelf terugzien. En Hanna zou hen vereeuwigen in haar kroniek.

Maar ze had geen tijd om dit verheffende gevoel te onderzoeken. Dr. Meyer haalde zijn zilveren zakhorloge tevoorschijn, liet zijn blik over hen gaan en zei: 'U hebt twee uur voor het eerste deel, daarna is er een pauze. Ik wens u veel succes!'

# 87

Christina schroefde de dop van haar vulpen en zette de punt op het papier. De vragen waren uitgebreid en hadden betrekking op alle onderdelen van de geneeskunde, verpleging en ziekenhuisdiensten. Het was Christina niet gelukt in alle vakken uit te blinken. Van tijd tot tijd had ze in de les moeite gehad met de leer van de suikerziekte of die van geneeskrachtige baden. Maar als het ging om de verloskamer en kennis van het röntgenen, voelde ze zich zeker.

Het volgende half uur was het zo stil in het examenlokaal dat je een speld had kunnen horen vallen. Dr. Meyer had gevraagd om rust in de gangen en op de binnenplaats. Gelukkig was er ook nog geen ambulance gearriveerd.

Toen ze het eerste blad af had schudde Christina haar pols. Aantekeningen maken in de les vergde minder tijd dan het schrijven van de lappen tekst die ze nu op papier zette.

Geklop op de deur verbrak de stilte. Dr. Conradi keek een beetje afkeurend, maar toen de rustverstoorder niet binnenkwam, stond hij zachtjes op. De ogen van de kandidaten volgden hem en ook Christina, die vlak bij de deur zat, keek op van haar papier en draaide zich een beetje om.

Hulda's stem weerklonk in de gang. 'Ze zeggen dat er zo dadelijk iemand van luchthaven Tempelhof wordt binnengebracht. Er is een vliegtuig neergestort. Het lijkt erop dat sommige monteurs zijn getroffen door wrakstukken en voor een deel ernstig gewond zijn. Een van de mannen wilde hierheen gebracht worden.'

Christina verstijfde. Had ze dat goed gehoord? Waren er monteurs bij het neerstorten gewond geraakt? Voor zover ze wist was Peter vandaag met zijn kameraden aan het werk op de landingsbaan.

'Ik kom dadelijk naar beneden,' antwoordde dr. Conradi. 'Laat alles in de operatiekamer klaarzetten.'

Hulda knikte en verdween weer.

Dr. Conradi liep terug naar de andere examinatoren en sprak op fluisterende toon met hen. Christina kon niet verstaan wat hij zei, maar het volgende moment liep hij naar de deur.

In het lokaal ontstond gefluister.

'Stilte alstublieft!' waarschuwde dr. Meyer. 'Dokter Conradi moet naar de operatiekamer, maar dat betekent niet dat we het examen afbreken. U kunt verdergaan en zodra hij klaar is, zal dokter Conradi terugkomen.'

Onmiddellijk werd het weer stil en het gefluister werd gevolgd door het geluid van het krassen van de vulpennen en stiften.

Christina was echter te geschrokken om haar pen weer op het papier te zetten. Hulda's woorden echoden door haar hoofd: *Ze zeggen dat er zo dadelijk iemand van luchthaven Tempelhof wordt binnengebracht*. Kon het zijn dat het om Peter ging?

Haar hart begon te bonzen en plotseling voelde ze zich heel erg misselijk. Ze zag zichzelf weer met Peter op het vreemde bed liggen, hoorde hem lachen... Stel dat dat nu allemaal voorbij was?

Hulpzoekend keek ze naar Gisela, die twee plaatsen verderop zat. Blijkbaar had zij ook opgevangen waarom dr. Conradi uit het examenlokaal was gehaald. Ze keek haar met opgetrokken wenkbrauwen aan.

Christina wist niet wat ze moest doen. Plotseling leek het of alle leerstof waar ze met zo veel moeite op had zitten blokken uit haar hoofd was verdwenen. Ze moest weten wie die man was! Tegelijkertijd besefte ze ook dat ze het leslokaal niet kon verlaten zonder haar examen op het spel te zetten. Ze sloot haar ogen en ademde bewust in en uit om de paniek tegen te gaan. Er waren zo veel mensen op het terrein van de luchthaven, hield ze zichzelf voor. Er waren zo veel monteurs. Hij hoefde het niet te zijn.

Maar het onbehaaglijke gevoel bleef.

'Voelt u zich niet goed, juffrouw Heller?' De stem van dr. Meyer galmde door de zaal. Toen Christina opkeek, zag ze dat hij en ook zuster Hanna haar bezorgd aankeken.

'Jawel, alles is in orde,' antwoordde ze. Ze probeerde haar stem vast te laten klinken, hoewel ze innerlijk vreselijk beefde. Die verdomde vliegtuigen, dacht ze woedend. Stel dat die Peter het leven zouden kosten?

Toen dwong ze zichzelf weer naar het papier te kijken. *Het heeft geen zin jezelf gek te maken*, zei ze tegen zichzelf. *Misschien is hij het helemaal niet. Misschien speelt je angst je gewoon weer parten.*

~

Sirenes loeiden op de oprit. Even later verscheen het voertuig, een ambulance van de U.S. Air Force, op de rotonde. De mannen die uitstapten droegen uniformen. Ze haastten zich om het voertuig heen om de brancard met de gewonde eruit te halen.

'Het gaat beginnen!' Louis liep weg van het raam op de Eerste Hulp. De zusters knikten, ze stonden paraat. In de operatiekamer wachtte zuster Maria met haar collega's, maar eerst moest hij de man onderzoeken en moesten er röntgenfoto's worden gemaakt. Omdat Hanna toezicht hield bij het examen, had hij haar assistente Käthe laten komen.

Enkele ogenblikken later al stormden ze naar binnen. Met geroutineerde handgrepen legden ze de gewonde op de onderzoektafel. Hij zat onder het bloed en leek naast een hoofdwond veel andere verwondingen te hebben opgelopen. Ook inwendig letsel was niet uit te sluiten.

Louis schrok toen hij zag hoe jong de man was. Er was een provisorisch verband over zijn donkere haar aangelegd en bij een arm en een been waren noodspalken aangebracht.

Een van de ambulancebroeders wendde zich in gebroken Duits tot Conradi, waarop deze hem duidelijk maakte dat hij Engels sprak.

'Er is een vliegtuig neergestort en hij werd evenals enkele collega's door rondvliegende brokstukken getroffen,' zei de Amerikaan, herhalend wat zuster Hulda ook al had verteld.

'Is hij al onderzocht?' vroeg dr. Conradi, die naast de onderzoektafel ging staan. De zusters hadden intussen de kleren van de monteur van zijn lichaam losgeknipt. Nu al kon Louis met het blote oog tal van kneuzingen en mogelijke breuken herkennen.

'Het ambulancepersoneel van de luchthaven heeft eerste hulp verleend. Eigenlijk wilden ze hem ergens anders naartoe brengen, maar hij stond erop naar Waldfriede te gaan. Vraag me niet waarom.' De man overhandigde hem een paar documenten. 'Die hebben we bij hem gevonden. Hoe het met de verzekering zit zoeken we nog uit, maar zijn collega's zullen dat wel weten.'

Louis knikte. 'Dank u, we nemen het vanaf dit moment over.'

De man groette en trok zich terug.

Louis begon voorzichtig maar vlug met zijn onderzoek. Na een tijdje werd duidelijk dat een operatie onvermijdelijk was. 'Breng hem naar zuster Käthe,' instrueerde hij de met een brancard klaarstaande verplegers. 'Ik moet röntgenfoto's hebben van hoofd, thorax en armen. Daarna brengt u hem meteen naar de operatiekamer.'

Toen dr. Meyer het begin van de pauze aankondigde, was Christina niet te houden. Ze draaide de vellen papier vlug om, legde haar vulpen erop en liep toen snel het lokaal uit. Koortsachtig vroeg ze zich af wie ze iets kon vragen. De operatie was vast nog in volle gang, als de patiënt het al zover had gered.

Christina had nog de beelden van neergestorte machines uit de blokkadeperiode voor ogen. De meeste piloten hadden die vreselijke ongelukken niet overleefd. En af en toe waren er ook burgerslachtoffers gevallen, zoals in het flatgebouw waarop een vliegtuig van de luchtbrug aan het begin van de blokkade was neergestort.

Terwijl ze naar de trap rende, wenste Christina dat ze vleugels had. Angst kwelde haar en bezorgde haar knikkende knieën. Hoe moest ze verder met haar leven als hem iets overkwam? Bij de traptreden aangekomen beheerste ze zich. Niemand had er iets aan als ze viel. Vlug maar bedachtzaam haastte ze zich de trap af en daarna de volgende, tot ze ten slotte in de hal van het ziekenhuis was.

Ze keek om zich heen, maar in het vertrek zelf zat alleen de oude zuster Hedwig achter de ontvangstbalie. Het zou zinloos zijn haar naar de persoonlijke gegevens van de piloot te vragen, omdat spoedgevallen rechtstreeks naar de Eerste Hulp werden gebracht.

Nadat ze even had nagedacht besloot ze naar de operatiekamer te gaan. Misschien kon een van de verpleegsters haar iets vertellen. Mogelijk zuster Käthe, die de zorg voor de röntgenkamer had als zuster Hanna met andere taken bezig was.

Ze haastte zich de trap af, langs verpleegsters die patiënten naar hun behandeling begeleidden, en patiënten die op bankjes in de gang zaten te wachten. Alles leek heel normaal, alsof er niets gebeurd was, maar haar hart ging tekeer van de zorgen. Het duistere voorgevoel wilde gewoon niet verdwijnen.

Toen ze bij de operatiekamer aankwam, trok ze de deur open.

En ineens werd haar vrees bewaarheid.

# 88

'Peter!' riep ze uit en van schrik sloeg ze haar hand voor haar mond. Haar ogen schoten vol tranen.

Hij zat voorovergebogen op een stoel voor de röntgenkamer, met een van zijn armen in een mitella en verband om zijn handen. Ook aan zijn gezicht had hij enkele verwondingen opgelopen. Een wond op zijn hoofd bloedde door het verband heen.

Toen hij haar stem hoorde keek hij op en probeerde zich op te richten, wat ertoe leidde dat zijn gezicht in een grimas van pijn vertrok. Christina rende naar hem toe. Ze had opgelucht moeten zijn dat hij nog leefde, maar in plaats daarvan bezorgde haar angst om hem haar hevige maagpijn.

'Wat is er gebeurd?' vroeg ze. Ze hurkte voor hem neer en probeerde haar snikken te onderdrukken. Ze had slappe knieën en haar hart ging tekeer. Het liefst wilde ze hem kussen, maar met het oog op zijn verwondingen durfde ze hem niet aan te raken. 'Ik heb gehoord dat er een vliegtuig is neergestort op Tempelhof en dat daarbij monteurs gewond zijn geraakt.'

'Het spijt me,' zei Peter met zwakke stem. 'Ik wilde je examendag niet bederven.'

'Dat doe je toch ook niet?' Voorzichtig streelde Christina zijn wang. Honderden vragen tolden door haar hoofd. Hoe had dat ongeluk kunnen gebeuren? 'Heeft er al een arts naar je gekeken?'

'Zoals je ziet.' Met een scheve glimlach stak hij de hand op waarvan de arm niet in een mitella lag. 'Ik wacht hier op de röntgen, de arts die me heeft behandeld zei dat ze nog een röntgenfoto van mijn hoofd wilde hebben.' Hij zweeg even en voegde er toen aan toe met dat vleugje humor dat ze zo leuk aan hem vond: 'Ze wil waarschijnlijk zien of er bij mij geen schroefje loszit.'

Christina snikte en begon te lachen. 'Ach, jij!' Ze leunde voorover. 'Mag ik je kussen? Of heb je te veel pijn?'

'Ik denk dat ik nog meer pijn krijg als je me niet kust.'

Ze boog zich voorover en kuste hem zachtjes. Maar het gevoel van zijn warme lippen kon haar niet doen vergeten dat hij gewond was. Dat hij bloedde...

'Maak je geen zorgen, Christina,' zei Peter, alsof hij haar bezorgdheid kon voelen. 'Een paar andere jongens zijn er veel slechter aan toe. Ik ben met Kalle hierheen gekomen. Je herinnert je hem misschien nog wel, een van de mannen die bij mij aan tafel zaten toen we elkaar voor het eerst in de kroeg ontmoetten.'

Christina herinnerde het zich inderdaad nog, zij het vaag.

'Ze hebben hem meteen naar de operatiekamer gebracht.'

'Weet je hoe het met hem gaat?' vroeg Christina.

Peter schudde zijn hoofd. 'Nee. Ze wilden me nog niets vertellen...'

De deur van de röntgenkamer ging open en zuster Käthe verscheen. Ze keek verbaasd naar Christina en vroeg toen: 'Meneer Wencke?'

'Dat ben ik,' antwoordde Peter.

'We moeten een röntgenfoto van uw hoofd maken, klopt dat?'

'Ja.'

'Komt u maar, dan gaan we eens kijken.'

Christina ging staan en ondersteunde Peter. Hij probeerde flink te zijn, maar ze voelde hem trillen. Met de hulp van Käthe werkte ze hem de röntgenkamer in. Het leek haar ondraaglijk om hem alleen te laten, maar toen hij op de röntgentafel lag, pakte hij haar hand vast.

'Beloof me iets,' zei hij.

Die woorden raakten Christina als een stomp in haar maag. Vermoedde hij dat hij toch erger gewond was dan het leek?

Hij wachtte niet tot ze iets zei, maar vervolgde: 'Beloof me dat je doorgaat met het examen en jezelf niet gek maakt.'

‘Maar hoe dan?’ Christina merkte dat Käthe haar ongeduldig aankeek.

‘Je kunt het! Ik red me wel. Maar je examen is belangrijk.’

‘Niet belangrijker dan jij!’

‘Het is op een andere manier belangrijk. Je moet slagen voor het examen! Doe je dat voor me? Alsjeblieft!’

Christina snikte weer en knikte toen. ‘Ik zal het proberen!’

Peter glimlachte naar haar. ‘Vertel me straks maar hoe het was. Ik hou van je!’

‘Ik hou ook van jou!’ Christina boog zich voorover en kuste hem voorzichtig op de mond.

Zuster Käthe keek haar verbaasd na toen ze de kamer verliet.

Nog steeds een beetje slapjes op haar benen keerde ze terug in het examenlokaal. Nog niet alle leerlingen waren er, maar Hanna zat alweer op haar stoel. Ze keek met een bezorgde blik naar Christina.

Eigenlijk mochten ze niet met de examinatoren praten, tenzij ze zich niet goed voelden. Toch ging Christina naar Hanna.

‘Is alles met je in orde?’ vroeg deze zachtjes. ‘Je schoot in de pauze weg als een speer. Ik dacht dat je misselijk was.’

‘Ik wilde weten wie de man was die was binnengebracht. De monteur. Ik was bang dat het Peter was.’

Hanna fronste haar wenkbrauwen. ‘En?’

‘Hij was in elk geval niet degene die naar de operatiekamer moest.’ Haar ogen schoten weer vol. ‘Maar hij is wel gewond en er wordt nu een röntgenfoto gemaakt.’

‘Wat naar,’ zei Hanna en ze legde meelevend haar hand op haar arm. ‘Maar ik weet zeker dat hij bij onze chirurgen in uitstekende handen is.’

Christina knikte en veegde haar ogen af.

‘Denk je dat je door kunt gaan met het examen?’ vroeg Hanna.

Christina knikte. De schrik zat haar nog in de benen, maar ze moest steeds weer aan Peters woorden denken. ‘Ja,’ zei ze resoluut. ‘Ik heb Peter beloofd dat het me zal lukken!’

# 89

Na afloop van het examen verliet Christina zo snel mogelijk het examenlokaal om naar de vleugel met de operatiekamer te gaan.

De afgelopen uren waren heel vermoeiend geweest. Ondanks haar vastberadenheid en de belofte die ze Peter had gedaan, vond ze het tweede deel van het examen moeilijk. Haar ogen voelden nog een hele tijd branderig en ze kon zich aanvankelijk niet concentreren. Maar na een tijdje was ze in een ritme geraakt en toen waren de antwoorden zomaar weer in haar hoofd opgekomen.

Toch rondde ze haar vragenlijsten pas vlak voor het einde af. Inmiddels kon ze zich met de beste wil van de wereld niet meer herinneren wat ze had opgeschreven. Misschien was het gewoon klinkklare onzin geweest? Op dat moment woog haar bezorgdheid over wat er op Peters röntgenfoto te zien was echter veel zwaarder dan de vraag hoe ze had gepresteerd.

Toen er niemand meer in de röntgenkamer bleek te zijn en zuster Käthe ook nergens anders te bekennen was, ging ze naar de receptie, waar zuster Hedwig met een paar dossiers bezig was.

'Zuster Hedwig, weet u toevallig of ene Peter Wencke naar de afdeling is gebracht? Hij is vanmorgen binnengekomen...'

Hedwig keek haar even verbaasd aan en toen doorzocht ze de dossiers. 'Daar hebben we hem. Hij ligt op de afdeling chirurgie.'

Christina schrok een beetje dat hij daar inderdaad opgenomen was. 'Bedankt,' riep ze terwijl ze erheen liep.

Op de afdeling chirurgie werd de ochtenddienst net afgelost, waardoor Christina voor de verpleegsterskamer even moest wachten.

Uiteindelijk kwamen de collega's tevoorschijn. Zuster Hulda keek haar verbaasd aan. 'Wat doe jij hier?'

'Ik zou graag willen weten in welke kamer Peter Wencke ligt. En of ik hem kan zien.'

'Is hij familie van je?'

'Hij is mijn vriend,' antwoordde Christina.

Hulda keek haar even onderzoekend aan, toen verscheen er een glimlachje op haar gezicht. 'Hij ligt op kamer negentien. Maar probeer hem niet te veel te vermoeien, hij heeft een behoorlijke hersenschudding en een kleine fractuur in zijn achterhoofd.'

Fractuur? Christina hapte geschrokken naar adem. Peter had een schedelbreuk? Ze had graag meer willen weten, maar op dat moment wilde ze hem eerst zien.

'Nou, ga maar gauw,' zei Hulda goedmoedig en Christina zette zich in beweging.

Nadat ze had aangeklopt vroeg een zwakke stem haar binnen te komen.

In de kamer was ruimte voor drie bedden, die van elkaar gescheiden werden door een gordijn. Eén bed was leeg, de patiënt die daar lag was waarschijnlijk ergens in het ziekenhuis. In het tweede bed sliep een oudere man die aan een infuus lag. In het bed naast het enigszins geblindeerde raam lag Peter.

'Hé,' zei hij toen hij haar zag. Hij leek een beetje versuft, wat gezien zijn pijnmedicatie geen wonder was. 'Hoe is je examen gegaan?'

Christina lachte even. Dat hij na alles daar nog aan kon denken...

'Ik heb het afgemaakt,' antwoordde ze en ze trok een stoel naar het bed. 'Maar vraag me niet hoe! De uitslag krijgen we later.' Ze keek hem liefdevol aan en streelde zijn wang. 'Zuster Hulda heeft me verteld dat je een hersenschudding hebt. En een fractuur...'

Hij fronste zijn voorhoofd. 'Mijn schedel is blijkbaar niet zo hard als ik dacht.'

'Geen enkele schedel kan ertegen als er een vliegtuig op valt.'

'Het waren maar kleine stukjes,' antwoordde hij. 'De meeste verwondingen heb ik opgelopen toen ik mijn collega's wilde helpen.'

Hij hief zijn verbonden hand op en streek een haarlok uit haar gezicht.

Ze waren even stil. Christina voelde zich hulpeloos, maar tegelijkertijd was ze dankbaar dat hij nog leefde.

'Heel even dacht ik dat je...' Ze deed haar best dapper te zijn en veegde haar tranen weg.

'Ik had een beschermengel,' antwoordde hij. 'We hadden de machine volgetankt en wat laatste onderhoudswerkzaamheden uitgevoerd. De piloot is ingestapt en startte de motoren. Ik ben naar de garage gegaan om iets te halen. Niet veel later hoorde ik de knal. Toen ik naar buiten liep, zag ik dat de machine niet zoals gewoonlijk was opgestegen. Wat er ook is gebeurd, het vliegtuig stortte neer en...' Hij was even stil om zich te concentreren. Christina merkte hoezeer het spreken hem vermoeide.

Ten slotte vervolgde Peter: 'Het vliegtuig stortte neer op de startbaan en ging meteen in vlammen op. Brokstukken vlogen in het rond. Sommige daarvan raakten de jongens die nog op de landingsbaan stonden. Ook Kalle. Een aantal van hen raakte zeer ernstig gewond, maar Kalle kon in elk geval nog praten toen ze hem wegbrachten. Hij zei tegen het ambulancepersoneel dat hij naar Waldfriede wilde, dus ben ik met hem meegegaan.'

Christina huiverde bij het verhaal. 'Ik ben zo blij dat je niets ergers hebt,' zei ze zachtjes. Ze pakte Peters hand en kuste die. Weer begon ze te snikken. Alle spanning die ze sinds het examen had gevoeld ontlaadde zich. Pas na een tijdje kalmeerde ze. 'Weet je intussen hoe het met je vriend gaat?' vroeg ze uiteindelijk. 'Ik hoop dat hij er weer bovenop komt.'

'Dat hoop ik ook,' zei Peter, die blijkbaar nog niets had gehoord. 'Ik ben aan Kalle gehecht, we hebben samen veel meegemaakt. In tegenstelling tot mij is hij nooit een geluksvogel geweest.'

'Ik weet hoe dat is,' zei Christina.

'Wat zeg je me nou?' vroeg hij met gespeelde verontwaardiging. 'Je hebt mij toch! Hoeveel geluk wil je dan nog meer?'

Christina kon niet anders dan glimlachen.

'Ik begrijp nu waarom je zorgen hebt om mij,' zei hij uiteindelijk. 'Ik bedoel, vanwege het vliegen.'

'Het was een ongeluk,' antwoordde ze. 'En ongelukken gebeuren.' Ze keek hem aan. 'Ik heb vertrouwen in je wat het zweefvliegen betreft.'

'Ik ben blij dat je het zegt,' antwoordde hij vermoeid. 'Maar eerst moet ik weer op de been zien te komen.'

'Daar zullen mijn collega's wel voor zorgen. En ik ook.' Christina voelde dat het tijd was om hem met rust te laten. Toch bleef ze naast hem zitten tot zijn ogen dichtvielen.

# 90

’s Avonds dwaalde Christina doelloos over het terrein van de kliniek. Het liefst had ze de hele tijd bij Peters bed gezeten, maar als verpleegster wist ze dat hij rust nodig had om te herstellen.

Nu genoot ze eerst maar eens van de stilte die in het park was weergekeerd. De eerste lenteboden waren inmiddels niet meer over het hoofd te zien. Krokussen en sneeuwklokjes leken elkaar om een plaatsje op het grasveld te verdringen. Gelukkig had ook de nieuwe hoofdtuinman Timo Davis gevoel voor hun ongebreidelde groei. De kleurspikkels waren niet alleen voor de patiënten balsem voor de ziel.

Nadat ze een tijdje had rondgeslenterd, ontwaarde ze Gisela op een bankje vlak bij de schuilhutten. Ze had een sigaret opgestoken en blies de rook uit in de boslucht.

‘Ben je hier om me te vertellen dat ik mijn sigaret moet uitmaken?’ vroeg ze provocerend toen Christina naar haar toe liep.

‘Nee hoor,’ antwoordde ze met een glimlach. ‘Ik ben gewoon op zoek naar mijn toekomst.’

‘Ga dan maar zitten, ik denk dat die wel langs zal komen.’

Christina nam naast haar op de bank plaats. ‘Sinds wanneer rook jij?’ Het was de eerste keer dat ze Gisela met zo’n stinkstok betrapte.

‘Eigenlijk rook ik helemaal niet. Maar na het examen van vandaag heb ik er behoefte aan.’ Ze nam nog een flinke trek en hoestte. ‘Wat denk je, hoe heb jij het ervan afgebracht?’

Christina haalde haar schouders op. ‘Ik weet het niet. Dat met Peter... Ik was bang dat hij zou sterven.’

'Na alles wat je al hebt meegemaakt is dat geen wonder. Maar soms komt het lot tot inzicht.'

'Je klinkt net als dokter Rubin,' zei Christina, maar ze moest toegeven dat ze een punt had.

'Ga je nog altijd naar die zielenknijper?' vroeg Gisela terwijl ze haar sigaret doofde. Blijkbaar smaakte die haar toch niet zo goed als ze had gedacht.

'Volgende week voor het laatst.'

'En, ben je genezen?'

Christina dacht na. Ze zou de herinneringen aan wat er gebeurd was waarschijnlijk nooit helemaal kwijtraken. Maar het hielp dat ze die kon delen met haar moeder, die haar eigen verschrikkingen had meegemaakt. Daar had ze meer aan dan aan alle vragen die dr. Rubin haar kon stellen. 'Dat weet ik niet. Maar ik voel me beter dan twee jaar geleden. En zoals je vast wel hebt gemerkt, raak ik ook niet meer overstuur als er een vliegtuig over het ziekenhuis vliegt.'

'Ja, dat is me opgevallen.' Gisela glimlachte hartelijk naar haar. 'Ik zal je echt missen als ik in Hamburg ben.'

'Echt waar? Ik dacht altijd dat je me niet kon uitstaan.'

'In het begin was dat ook zo. Maar we hebben gemerkt wat ervan komt als ik me vergis.'

De twee jonge vrouwen keken elkaar aan en vielen toen lachend in elkaars armen.

~

Hanna had besloten om na het werk even te gaan wandelen om haar hoofd leeg te maken na de examendag. Ze had weliswaar zelf geen examen hoeven doen, maar de spanning van de jonge mensen was op haar overgeslagen. Voordat ze de volgende dag verdergingen met de mondelinge examens wilde ze zich wat rust gunnen door even de omgeving van de kliniek te verlaten.

Het was alweer een tijd geleden dat ze zomaar voor haar plezier door Zehlendorf had geslenterd. En sinds haar ziekte was ze helemaal niet meer in het centrum geweest. Maar nu zag ze dat de wonden die de oorlog had geslagen langzaam dichtgingen. Ze zag mensen die weer bolle wangen kregen, die eleganter gekleed waren en een tevredener indruk wekten.

Bij sommige stellen van middelbare leeftijd die ze tegenkwam vroeg ze zich af of zij en Eike er zo uit hadden uitgezien als alles anders was gelopen. Natuurlijk zou ze dan niet hier zijn, maar over de trottoirs van Kopenhagen flaneren. En ze zou ook geen zuster bij Waldfriede meer zijn.

Na Eikes vertrek had ze de avond voor het examen doorgebracht met nadenken over wat ze misschien had verspeeld door destijds niet op zijn avances in te gaan. Iets wat ze nog steeds niet kon. Zijn uitnodiging voor een wereldreis was aardig bedoeld, maar ze was veel te diepgeworteld in de bodem van Zehlendorf, of liever gezegd van Waldfriede, om zich zomaar te kunnen losmaken en de wereld in te trekken. Daarom had ze hem een brief geschreven waarin ze hem bedankte en toelichtte waarom ze niet mee kon.

Het leek haar lot te zijn om zonder man door het leven te gaan, maar daar had ze inmiddels vrede mee.

Toen ze weer bij Waldfriede terug was, ging ze door de voordeur naar binnen en liep langs de balie, waar zuster Hedwig, die inmiddels ook op leeftijd was, overlegde met een patiënte met een hoofdverband. De Eerste Hulp zou het gauw weer druk krijgen.

In plaats van naar haar kamer te gaan liep Hanna de gang naar de eetzaal in. Zoals altijd 's avonds heerste er veel bedrijvigheid. Aan een van de tafels zag ze Christina. Een beetje in gedachten verzonken zat die wat in haar eten te roeren.

Rosa gaf haar een portie van het avondeten van die dag, aardappelsoep, en daarna liep ze naar haar beschermelinge. Sinds haar terugkeer uit Zwitserland had Hanna haar nauwelijks gezien vanwege de voorbereidingen op de examens.

'Mag ik gaan zitten?' vroeg Hanna, waarop de jonge vrouw opschrok uit haar gepeins. Ook zij leek aanmerkelijk sterker en gezonder dan toen ze hier was verschenen.

'O, ja graag, Hanna!' zei Christina. 'Het spijt me, ik was in gedachten verzonken.'

'Dat zag ik. Maak je je zorgen om Peter? Hoe gaat het met hem?'

'Naar omstandigheden. Hij heeft een fractuur aan zijn achterhoofd opgelopen, een hersenschudding, een gebroken arm en nog veel meer...' Christina zuchtte diep.

'Hij komt wel weer op de been, daar ben ik van overtuigd,' zei Hanna. 'En zo krijg ik misschien de kans hem ook eens gedag te zeggen. Als je het goedvindt.'

'Natuurlijk is dat goed,' antwoordde Christina. 'Je zult zien, hij is een lieverd.'

'Ik geloof je op je woord!' Hanna voelde echter dat het niet alleen Peter was die door Christina's hoofd spookte. 'Maak je je zorgen over je examen?'

'Een beetje. Ik weet dat het alleen het schriftelijke examen is, maar...'

'Ik denk niet dat je gezakt bent. De afdelingshoofden zijn vol lof over je.'

'Daar heb ik alleen niets aan als ik allerlei onzin heb opgeschreven.' Christina schoot in de lach en werd toen even stil. 'Ik vraag me ook af hoe het nu voor mij verder moet.'

'Ik dacht dat Peter je een aanzoek had gedaan.'

'En dat heb ik ook geaccepteerd.' Christina's gezicht begon te stralen. 'Stel je voor, afgelopen zondag hebben we een woning bekeken. Peter zei dat hij die kon krijgen als zijn collega naar het Westen verhuist.'

'Jullie eerste eigen huis,' zei Hanna dromerig. 'Had je dat gedacht?'

'Nee,' antwoordde Christina. 'Maar ik droomde er wel stiekem van.' Een schaduw gleed over haar ogen. 'Ik weet alleen niet hoe het moet als mijn aanmelding bij de vroedvrouwenschool wordt afgewezen.'

'Ik weet zeker dat dokter Conradi het geen probleem zal vinden je nog een tijdje hier te houden. Zuster Else zei dat ze het bijna jammer vond dat je voor je opleiding Waldfriede moet verlaten.'

'Maar ik kom toch terug?'

'Misschien ontdek je wel je roeping en word je een vrijgevestigde vroedvrouw.' Hanna pakte haar hand vast. 'Ik weet dat je Waldfriede dankbaar bent, maar we zouden het allemaal begrijpen als je een andere weg inslaat. Zo gaat het nu eenmaal in het leven.'

Christina knikte.

'En wat je aanmelding betreft, alles is nog mogelijk. Het kan zijn dat je op de wachtlijst staat. Er zijn altijd vrouwen die zich bedenken.'

~

'Je was gisteren met een man in het park aan het wandelen?' vroeg Christina toen ze samen de eetzaal verlieten. Ze voelde de warmte van de soep door haar aderen stromen en na het gesprek met Hanna was ze wat opgeluchter.

Hanna lachte fijntjes. 'Hier blijft ook niets geheim, hè?'

'Berta vertelde het me toen ik naar je op zoek was.'

'Dat was Eike Rasmussen. Hij is nog altijd in staat me te verrassen.' Hanna glimlachte bij zichzelf en ging toen verder: 'Hij heeft me uitgenodigd om mee op wereldreis te gaan, kun je je dat voorstellen?'

Christina trok haar wenkbrauwen op. 'Echt? Gisteren?'

Hanna schudde haar hoofd. 'Al een tijdje geleden. Vlak na mijn ziekte. Maar ik heb hem laten weten dat ik niet meega.'

'Hoezo niet?'

Hanna bleef staan en keek haar aan. 'Zie je het voor je dat ik op een kameel zit? Of dat ik me met een kapmes een weg door de jungle baan? Op mijn leeftijd?'

Hanna was weliswaar pas halverwege de vijftig, maar Christina moest toegeven dat ze zich Hanna in zulke situaties nauwelijks kon voorstellen. 'Maar je bent toch nog niet zo oud?' zei ze toch.

'Ach Christina, wat lief dat je dat zegt. Maar zulke avonturen zijn niets meer voor mij, geloof ik.' Ze dacht even na en voegde er toen aan toe: 'Ik moet toegeven dat ik nooit erg ondernemend ben geweest. Veel zusters droomden ervan naar Afrika te gaan en daar goed werk te doen. Ik wilde altijd alleen maar bij de mensen zijn van wie ik hield. Misschien is het mijn bestemming om altijd dicht bij mijn wortels te blijven.' Ze keek Christina aan. 'Maar ik kan me voorstellen dat jouw pad je nog ver de wereld in brengt. Misschien ben je op een dag de vrouw van een piloot.'

'Zeg maar niets,' zei Christina. 'Als Peter op een gegeven moment de lucht in gaat...'

'Misschien kun je met hem meegaan. Sinds de oorlog heb je zulke grote vorderingen gemaakt. Ik weet zeker dat je op een dag de wereld van bovenaf zult zien. Dan kun je zwaaien als je Waldfriede ziet liggen.'

'Dat zal ik doen,' zei Christina. 'Maar ook ik ben gehecht aan mijn wortels. Ik ben blij dat ik door jou nieuwe heb gevonden.' Met die woorden keerde ze zich om naar Hanna en omhelsde haar.

# 91

*Zehlendorf, 15 april 1950*

Trots keek dr. Conradi vanaf het balkon van zijn woning naar de bouwmaterialen die aan de achterkant van de binnenplaats waren opgestapeld. Sinds het overlijden van Wiedemann verliepen de renovatiewerkzaamheden vlot. Het was alsof iemand de verstopping in een buis had opgelost. Het materiaal werd geleverd en ook de aannemersbedrijven waren al gevonden. Het zou niet lang meer duren of Waldfriede zou de provisorische reparaties als een oude huid afstropen en weer in al haar vroegere glorie stralen.

'Louis,' zei Elisabeth tegen hem, 'dokter Fenner is aangekomen.'

'Dank je wel,' zei hij en hij draaide zich om.

Gerhard Fenner wachtte in zijn studeerkamer op hem. Hij droeg een camel jas en draaide een beetje nerveus zijn hoed rond in zijn handen.

Louis liep naar hem toe en schudde hem de hand. 'Ik groet u van harte, collega. Ik hoop dat u een goede reis hebt gehad.'

'Het ging wel,' antwoordde hij. 'Tot aan de grens verliep alles eigenlijk best goed. Maar toen we in de Sovjet-zone kwamen...'

'Ik denk niet dat iemand u zou hebben gedeporteerd,' zei Louis met een besmuikt glimlachje. 'Je moet er even aan wennen om een eiland in een zee vol haaien te zijn, maar na een tijdje denk je er nauwelijks meer aan.'

'Zo erg is het volgens mij nu ook weer niet,' zei dr. Fenner. 'Veel mensen in de Sovjet-zone hebben moeite met Stalins opvattingen.

Misschien houdt het gewrocht dat ze de DDR noemen niet lang stand.'

'Laten we bidden dat ons land vlug zal worden herenigd.'

Louis begeleidde dr. Fenner naar buiten. Het afscheidsfeest van Erich Meyer zou in de kapel plaatsvinden. Ondanks hun examens hadden ook de tweedejaars leerling-verpleegsters meegeholpen om de zaal te versieren en de tafels te dekken. Vandaag zou er ook van hen afscheid worden genomen.

'Hoe staat het met de festiviteiten voor het dertigjarig bestaan?' vroeg dr. Fenner. 'Het is toch binnenkort zover?'

'We hebben een liber amicorum samengesteld, zuster Hanna heeft naarstig allerlei mensen gevraagd om iets te schrijven over hun begintijd hier in Waldfriede.' Louis lachte fijntjes. 'Ik ben ook niet gespaard gebleven. Het resultaat kunt u in mei in onze kerkkrant lezen. Het wordt een speciale uitgave.'

Fenner knikte. 'Ik ben benieuwd! Collega's met wie je samenwerkt geven haast nooit zulke inkijkjes.'

Ze zwegen even, toen vroeg Fenner: 'Hoe gaat het met dokter Meyer? Het zal voor hem zeker wennen zijn als hij straks niets meer te doen heeft.'

'Hoewel hij het moeilijk vindt Waldfriede te verlaten, kijkt hij ook al uit naar zijn pensioen. Die indruk heb ik in elk geval.'

De afgelopen weken had dr. Fenner heen en weer gereisd tussen Hannover en Berlijn en was hij zorgvuldig door Erich ingewerkt. Hij was er klaar voor, zo leek het. En Louis koesterde ook goede hoop dat dr. Fenner hem misschien als geneesheer-directeur zou kunnen opvolgen wanneer hij zelf over vijf jaar wegging.

'Ah, daar is zuster Hanna!' Louis wuifde naar haar, waarop Hanna op hen afkwam. Ze droeg de donkerblauwe uitgaansjurk van de zusters van Friedensau, en zoals bij alle oudere zusters ontbrak het bijbehorende kapje op haar hoofd niet.

'Goedemorgen, dokter,' groette ze en ze knikte naar de nieuwe internist. 'Dokter Fenner.'

'Goedemorgen, zuster Hanna,' zei deze terwijl hij naar haar glimlachte. 'Dokter Conradi vertelde me dat u als journalist bezig bent geweest.'

'Zo zou ik het niet noemen,' antwoordde ze bescheiden. 'Maar ik denk dat de bijdragen heel goed zijn geworden. Ook al mopperden de betrokkenen een beetje.' Ze knipoogde ondeugend naar hem. 'Als nieuwe arts hebt u geluk gehad, maar ik kan niet garanderen dat u er de volgende keer zo makkelijk van afkomt.'

'Nou, het zou ook een beetje vroeg zijn om me nu al om zoiets te vragen,' antwoordde Fenner. 'Al spreekt dit ziekenhuis me heel erg aan.'

'Wacht maar af,' zei dr. Conradi. Hij draaide zich om naar de deur van de kapel. 'Als u hier een tijdje bent, zult u heel wat verhalen te vertellen hebben.'

~

Dromerig keek Christina naar de kersenbomen met hun witte bloesems die volop in bloei stonden. Eindelijk was het lente, nadat de winter zo veel ongemak had gebracht.

Vooral de afgelopen dagen had Christina het gevoel gehad dat ze zich moest inspannen om de vrije tijd in de weekeinden echt te verdienen. Eerst waren er de examens en daarna had ze naast haar werk nog meegeholpen om het afscheidsfeest voor dr. Meyer te organiseren. Nu was het tijd voor zijn afscheid en zij zouden hun diploma's in ontvangst nemen.

De afgelopen weken had ze met buikpijn rondgelopen, omdat ze bang was dat het voorval tijdens het examen haar cijfer nadelig zou beïnvloeden. Maar vlak na Pasen had ze gehoord dat ze geslaagd was. En het resultaat was zo goed dat de vroedvrouwenschool haar op grond daarvan niet kon weigeren.

'Lieten ze nu maar eindelijk eens iets van zich horen,' had ze aan de telefoon tegen Peter gezegd. 'Langzamerhand krijg ik het gevoel dat ze me over het hoofd hebben gezien.'

'Je zou blind moeten zijn om dat te doen,' antwoordde hij. 'Maar als het echt zo is, probeer je het volgend jaar gewoon weer.'

Zuster Else had haar zowaar aangeboden in Waldfriede te blijven. Als kraamverpleegster zou ze een of twee jaar ervaring kunnen opdoen en misschien zou het haar op die manier lukken om aangenomen te worden.

Ze keerde zich van het raam af en wierp nog een laatste blik op de kamer waarin ze de afgelopen twee jaar had gewoond. Nu haar opleiding was afgerond moest ze die opgeven om plaats te maken voor een nieuwe leerling-verpleegster. Zelf zou ze zoals gebruikelijk naar de oudere zusters in een andere vleugel verhuizen en waarschijnlijk ook alleen maar tot ze ging trouwen. Verpleegsters die niet tot de zusterschap van Friedensau behoorden mochten wel werken als ze getrouwd waren, maar moesten op zoek gaan naar een eigen onderkomen. Christina was zielsgelukkig dat ze al wist waar dit onderkomen was en met wie ze het zou delen.

Ten slotte draaide ze zich om naar de spiegel. De lichtgroene jurk die ze droeg had ze gekocht in een klein winkeltje in de stad. Met het nauwsluitende lijfje en de wijd uitwaaierende rok leek hij een jurk die anders alleen filmsterren in de bioscoop droegen. Het was haar eerste feestjurk, nooit eerder had ze er zo een gehad. Thuis, in haar oude dorp in Silezië, was ze te jong geweest en in haar familie was er ook niet vaak een aanleiding om mooie kleren aan te trekken. Wanneer ze vroeger als kind naar de kerk ging droeg ze altijd eenvoudige kleren. Maar straks zou ze gediplomeerd verpleegster zijn en als dat geen reden tot feesten was, wat dan wel?

Ineens moest ze aan haar aanstaande bruiloft denken. Met Pasen had ze met Peter besproken hoe die eruit moest zien. Het liefst had ze een bruiloft in juni, buiten, samen met zijn familie en vrienden en enkele gasten van Waldfriede. Peter had hun ondertrouw al aangemeld, alleen wisten ze nog niet waar het feest zou plaatsvinden.

'Je moet je moeder en haar nieuwe gezin uitnodigen,' had Peter voorgesteld. 'Ze zal vast blij zijn en mijn moeder popelt om haar eindelijk te ontmoeten.'

Christina had haar moeder geschreven, ook dat ze op het punt stond examen te doen. Een antwoord liet nog op zich wachten.

Ze draaide zich om en pakte haar vest en haar handtas van het bed. Haar kleren lagen al in de nieuwe kamer, net als de meeste van haar andere persoonlijke spullen. Na nog een laatste blik en een zacht gefluisterd 'dank je wel' verliet ze de kamer.

Onderweg naar beneden kwam ze enkele leerling-verpleegsters tegen die een jaar onder haar lichting zaten en nu de oudsten zouden worden. Sommigen namen haar bewonderend en ook een beetje afgunstig op. Christina herinnerde zich hoe ze zelf naar de oudere verpleegsters had gekeken met het verlangen net zo te zijn als zij. Nu was ze een van hen en dat vervulde haar met trots.

Ondanks de feestelijke dag gingen alle werkzaamheden in het ziekenhuis gewoon door. Behalve veel jonge verpleegsters hadden ook oudere zusters zich bereid verklaard om voor de patiënten te zorgen terwijl de anderen samen met de geslaagden feestvierden. Het was gebruikelijk dat er tussendoor gewisseld werd, zodat iedereen zich kon amuseren.

Ook Christina zou voor de avonddienst haar jurk verruilen voor het verpleegstersuniform. Maar nu moest ze zich haasten. De meesten van haar jaar waren waarschijnlijk al in de kapel. Over enkele ogenblikken zouden de festiviteiten beginnen.

Toen ze vlug door de hal liep klonk achter haar een stem. 'Christina!' Zuster Hedwig kwam naar haar toe met een brief in haar hand. 'Die is zojuist aangekomen. Ik dacht: ik geef hem aan je voordat je naar de kapel gaat.'

'Bedankt,' zei Christina en ze stopte de brief in haar handtas. Daarna liep ze verder.

Toen ze bij de kapel was aangekomen, zag ze dat de gasten al binnen waren. Maar omdat ze benieuwd was of de brief van haar moeder kwam, bleef ze nog even staan en haalde de envelop tevoorschijn. Toen ze hem omdraaide verstijfde ze.

# 92

Terwijl de jonge zusters, begeleid door twee broeders die gitaar en viool speelden, dr. Meyer toezongen, draaide Hanna zich om en keek uit naar Christina. Ze had haar vanmorgen nog niet gezien omdat ze had geholpen met het voorbereiden van de eetzaal, terwijl Christina de laatste hand aan de kapel had gelegd.

Haar blik dwaalde zoekend over de rijen leerlingen die vandaag hun officiële erkenning als verpleegster zouden krijgen. Ze was trots op de eindexamenklas, ook al hadden ze enkele zusters wegens ziekte uitstel moeten geven. Die jonge vrouwen zouden de kans krijgen in de zomer hun examens alsnog te doen, en misschien zouden sommigen van hen zelfs in Waldfriede willen blijven.

Uiteindelijk zag ze Christina. Ze zat op een van de achterste rijen, niet daar waar ze hoorde te zitten. Wat was er gebeurd? Was ze te laat gekomen en had ze niet willen storen?

Hanna probeerde haar aandacht te trekken, maar Christina hield haar hoofd gebogen. Het was alsof ze keek naar iets wat op haar schoot lag. Haar gezicht zag rood. Hanna werd ongerust. Ze wist dat Christina haar moeder had geschreven. Had ze verontrustend nieuws gekregen? Hanna wilde dat ze naar haar toe kon gaan om het haar te vragen, maar ze zou tot het einde van de plechtigheid moeten wachten.

Nadat het gezang was afgelopen, ging dr. Conradi weer achter de katheder staan. Hij bedankte het koor en de muzikanten en nadat het applaus was weggeëbd wenste hij dr. Meyer nogmaals het allerbeste.

'Dan komen we nu toe aan iets heuglijks dat gevierd moet worden,' zei hij. 'Iets meer dan twee jaar geleden, op een zonnige aprildag, mochten we een nieuwe lichting leerling-verpleegsters en een leerling-verpleger verwelkomen, hoopvolle jonge vrouwen en een jongeman die zich waarschijnlijk als de haan in het kippenhok voelde.'

Er volgde wat gelach op zijn woorden, maar het werd weer stil toen hij vervolgde: 'Deze jonge mensen hebben ons hoop gegeven, hoop voor de toekomst van ons ziekenhuis. Hun opleiding werd gekenmerkt door wisselvallige tijden. Ze maakten bij ons de invoering van een nieuwe munt mee, de blokkadeperiode, waarin we vaak niet wisten of er opnieuw oorlog zou komen. En nu, op deze dag, die het begin van een tijdperk van vrede en opbloeiende welvaart markeert, nemen ze afscheid van de verpleegopleiding en wij verwelkomen hen tegelijkertijd als volwaardige leden van onze ziekenhuisfamilie.'

Dr. Conradi begon de namen op te noemen van degenen die waren geslaagd voor het examen. 'Karin Feldten. Gisela Hartmann. Christina Heller.'

Hanna draaide zich weer om op zoek naar Christina, die zonder te aarzelen opstond. Ze haastte zich naar voren en voegde zich bij haar klasgenoten. Andere namen volgden en stuk voor stuk sloten ze zich aan in de rij.

Hanna stond ook op. Als een van de docent-verpleegsters zou ook zij de geslaagden feliciteren.

Conradi overhandigde de diploma's nu aan de kersverse verpleegsters en aan Gerhard, de enige verpleger van hun lichting.

Toen ze bij Christina was aangekomen om haar te feliciteren, keek Hanna haar vragend aan en zag dat haar ogen vochtig glinsterden.

~

Het was lang geleden dat Christina zich zo opgewonden had gevoeld als nu. Niet alleen vanwege het behaalde diploma. Misschien was het geen goed idee geweest om de brief nog voordat ze de kapel binnenging te openen. Maar dat had ze wel gedaan en vanaf dat moment hoopte ze dat ze Hanna eindelijk onder vier ogen kon spreken.

Rusteloos van de ene op de andere voet stappend keek ze reikhalzend naar haar uit. Hanna was nog steeds in de kapel in gesprek met dr. Conradi. Ook had Christina de nieuwe internist al gezien, dr. Fenner.

Uiteindelijk kwam Hanna dan toch naar buiten. 'Christina, wat is er aan de hand?' vroeg ze meteen. 'Is er iets gebeurd?'

'Ja,' zei ze. 'Ik heb bericht van de vroedvrouwenschool gekregen. Ik ben toegelaten!'

Christina en Hanna keken elkaar even aan en vielen elkaar toen juichend in de armen.

Een trotse, maar ook ietwat droevige glimlach gleed over Hanna's gezicht toen ze elkaar weer loslieten. 'Ik ben blij voor je,' zei ze. 'Maar het betekent ook dat we je kwijtraken.'

'Jullie raken me niet kwijt,' antwoordde Christina. 'Ik kom terug, dat beloof ik.'

Hanna glimlachte. 'En zo niet, dan is het ook goed. Ik ben in elk geval trots op je en blij dat je na alles wat er is gebeurd vandaag voor me staat als verpleegster en hopelijk ook als vriendin.'

'Meer dan dat,' zei Christina terwijl ze haar weer omhelsde.

'Kijk eens, daar is je verloofde!' riep Hanna plotseling, over haar schouder wijzend. 'Is dat zijn moeder?'

Christina draaide zich om en zag de tengere vrouw in haar blauwe gebloemde jurk. En terwijl ze voor de tweede keer die dag tranen van vreugde huilde, antwoordde ze: 'Nee, dat is míjn moeder.' Met bonzend hart en lange passen haastte ze zich naar Peter, die naast haar moeder stond. 'Moeder! U bent gekomen!'

Irene glimlachte een beetje verlegen. Ze voelde zich duidelijk niet op haar gemak tussen al die mensen. Des te meer waardeerde Christina het dat ze er was. Enthousiast viel ze haar moeder om de hals.

'Ik kan toch niet wegblijven als mijn meisje een echte verpleegster wordt.'

Christina hield haar een tijdje vast en begroette toen Peter, die haar glunderend aankeek.

'Je hebt het aan je vriend te danken dat ik er ben,' zei haar moeder. 'Peter heeft ervoor gezorgd dat ik hiernaartoe kon komen. En hij heeft me van station Friedrichstrasse opgehaald.'

'Dat heb je me helemaal niet verteld,' zei Christina, waarop hij ondeugend glimlachte.

'Je weet toch dat ik van verrassingen hou. En ik deed het graag.'

Christina omhelsde hem nu ook en hoewel het hele ziekenhuis toekeek, kuste ze hem innig.

De middag ging vlugger voorbij dan Christina had gewild. Ze praatten, aten en eindelijk kon Christina haar moeder aan Hanna voorstellen.

'U bent de vrouw die mijn meisje onder haar hoede heeft genomen,' zei haar moeder met tranen in haar ogen.

'Dat heb ik tenminste geprobeerd,' zei Hanna bescheiden.

'Ik dank u uit de grond van mijn hart. Ook omdat u naar mij hebt gezocht. Ik... Ik had alle hoop dat ze nog leefde opgegeven.'

'God brengt samen wat bij elkaar hoort en dat geldt niet alleen voor het huwelijk,' zei Hanna, die Christina stralend aankeek. 'Uw dochter is een fantastisch mens en ik ben blij dat het verhaal van uw familie goed is afgelopen. Zo goed als na de oorlog mogelijk was.'

Toen de zon bijna onderging boven het bos werd het tijd dat ze haar moeder naar het station bracht, zodat ze de trein kon halen. Het was behoorlijk druk op dit tijdstip bij het station van de S-Bahn aan de Mexikoplatz.

'Ik ben niet gewend aan zo veel drukte,' zei Irene. 'Maar jij lijkt je hier thuis te voelen.'

'Dat klopt,' antwoordde Christina glimlachend.

'Daar ben ik blij om. Het ga je goed, mijn kind,' zei Irene en ze sloeg haar armen om Christina heen.

'Dat wens ik u ook, moeder. We zien elkaar toch op mijn bruiloft? U zult zich toch niet bedenken?'

'Beslist niet,' zei Irene. 'Ik heb al zo veel gemist... Ik zal er zijn.

Voor jou en je vader en je broer. Ze zouden zo trots op je zijn!'

De trein reed binnen en voor Christina was het moment gekomen dat ze haar moeder moest laten gaan.

'Schrijf me alsjeblieft!' riep Irene haar toe voordat ze in de trein stapte. Christina wist niet of ze ooit weer een gezin konden worden zoals vroeger, maar ze zou proberen het contact met haar moeder niet te verliezen.

Toen de trein was vertrokken, draaide Christina zich om en ging naar de uitgang. Naast de openstaande deur van het stationsgebouw zag ze Peter, die nonchalant tegen een muur leunde. Hij was achtergebleven zodat ze alleen afscheid van haar moeder kon nemen. Toen hij haar zag, liep hij naar haar toe.

'Bedankt dat je haar hierheen hebt laten komen,' zei ze terwijl ze zich tegen hem aan vlijde. 'Je bent echt geweldig!' Ze voelde dat hij zijn handen om haar middel legde. 'Ik hou van je.'

'En ik hou van jou.' Ze keken elkaar even aan, toen zei hij: 'Dan zal ik vast het genoegen hebben dat je heel binnenkort mijn woning komt delen.'

'Ik denk het wel,' zei Christina. 'Ik kan niet wachten om aan mijn leven met jou te beginnen!' Ze nam zijn gezicht teder in haar handen en kuste hem hartstochtelijk.

Spontaan tilde hij haar op en draaide haar in de rondte.

'Hé, ik krijg nog vliegangst als je zo doorgaat!' riep ze lachend uit. Het geluk borrelde in haar borst op als champagne in een glas.

'Maak je geen zorgen!' antwoordde hij en hij keek haar zo liefdevol aan dat ze wist dat ze hem nooit wilde verliezen. 'Je bent veilig aan mijn zijde, of we nu over Amerika of Berlijn vliegen, of gewoon over het gazon!'

# Epiloog

## *Zehlendorf, 3 april 1956*

Het stemde Hanna wel een beetje weemoedig vanuit het raam van het klaslokaal de stoet jonge mensen over de binnenplaats naar de kapel te zien lopen. Een nieuwe lichting meldde zich aan voor de verpleegopleiding, maar zij zou niet langer degene zijn die de toekomstige verpleegsters en verplegers opleidde en hun na de tweejarige leertijd het examen afnam.

Zesendertig jaar had ze hier gewerkt. Ze had meegeholpen Waldfriede op te bouwen, ze had de geschiedenis ervan gevolgd en tijdens de nachten van bombardementen had ze angsten uitgestaan om het voortbestaan van het ziekenhuis. Sinds het einde van de oorlog was nu alweer elf jaar verstreken. Elf jaar van vrede en een nieuw begin.

Nu stond ze boven aan de trap naar het hoofdgebouw, wetende dat haar laatste dag in ziekenhuis Waldfriede was aangebroken. Eigenlijk had ze nog een paar jaar kunnen blijven, maar er had zich een gelegenheid voorgedaan waarvan ze beslist gebruik wilde maken.

Destijds, toen ze nog in Friedensau werkte, had ze zich soms afgevraagd wat er van haar zou worden als ze oud was. Nu wist ze het en een nieuw hoofdstuk in haar leven lag voor haar.

Dr. Conradi was al in april naar de Jänickestrasse verhuisd en had daar een kleine praktijk geopend. Kort voor zijn afscheid had hij gevraagd: 'Hanna, zou u niet met me mee willen gaan?'

De gedachte dat ze niet meer dagelijks met hem kon werken had haar ondraaglijk geleken. Dus had ze toegezegd. Net zo graag als hij patiënten bleef behandelen, zelfs na zijn pensionering, wilde zij aan zijn zijde blijven werken en hem assisteren.

Ze had de nieuwe geneesheer-directeur, dr. Fenner, op de hoogte gebracht van haar besluit, dat hij weliswaar betreurde maar accepteerde. Directrice Ida had haar geholpen een woning te zoeken, nadat ze Leni's aanbod om bij haar in te trekken had afgeslagen. Beiden waren ze zo gewend aan hun onafhankelijkheid dat ze geen beslag wilde leggen op een deel van de woonruimte van haar zus. Bovendien wilde Hanna graag een tuin en een mooi uitzicht. Uiteindelijk was Ida erin geslaagd een woning te vinden die aan beide eisen voldeed en die niet al te ver weg lag van die van haar zus en die van de Conradi's.

In elk geval was ze niet de enige van wie die dag afscheid werd genomen. Hoofdverpleger en badmeester Carl Rohleder ging dit jaar ook met pensioen. Hij zou niet makkelijk te vervangen zijn, maar zijn assistent Lothar Müller zou in zijn voetsporen treden en ze wist zeker dat hij een waardige opvolger zou zijn. Hij had immers met zuster Waltraud, met wie hij in 1952 was getrouwd, een flinke vrouw aan zijn zijde.

En op een gegeven moment zouden ook hun opvolgers op deze plek staan, terugkijkend op Waldfriede en het leven dat ze daar hadden geleid.

Ten slotte liep Hanna de buitentrap af. In plaats van de donkerblauwe uitgaansjurk van de zusterschap van Friedensau droeg ze nu een donkerblauw mantelpak. Ook haar kapje had ze afgedaan. Op haar laatste dag zou ze, in elk geval voor de ziekenhuisfamilie, alleen maar gewoon Hanna zijn, niet meer zuster Hanna.

Ze liep net in de richting van de kapel toen ze voetstappen achter zich hoorde. 'Hanna!' werd er geroepen.

Ze draaide zich om en zag Christina aankomen. Sinds ze naar de vroedvrouwenschool was vertrokken hadden ze elkaar niet heel vaak meer gezien. Maar Christina had woord gehouden en haar minstens één keer per maand bezocht. Dus had Hanna ook gehoord dat ze geslaagd was voor haar examen op de vroedvrouwenschool. In aansluiting daarop had ze twee jaar in het Charité gewerkt. Haar man Peter was het afgelopen jaar aangenomen op de vliegschool van de pas opgerichte Lufthansa.

Toen de hoofdvroedvrouw, Else Rogel, de ziekenhuisdirectie verzocht met pensioen te mogen gaan, had Hanna Christina op de hoogte gebracht en die had meteen gesolliciteerd. Het was weinig meer dan een formaliteit geweest dat dr. Fenner, die nu geneesheer-directeur was, Elses verzoek inwilligde en Christina als nieuwe hoofdvroedvrouw aannam.

In die functie zou deze nu aan haar eerste werkdag in ziekenhuis Waldfriede beginnen.

'Hallo, Christina,' zei Hanna terwijl ze haar voormalige beschermelinge omhelsde. 'Wat fijn je weer te zien. Ben je zenuwachtig?'

'Ik ben ook heel blij,' zei ze. 'En ik weet nog goed hoe het destijds op mijn eerste dag was. Zo nerveus ben ik nu niet meer.'

'De afgelopen jaren zijn er enkele vernieuwingen doorgevoerd,' zei Hanna, maar Christina lachte.

'Die heb ik ook in mijn bagage. Maar nu verheug ik me er vooral op dat ik jullie allemaal weer zie en dat ik elke ochtend hierheen zal komen.' Met die woorden gaf ze Hanna een arm en liep ze een stuk met haar mee naar de kapel.

's Middags, toen de kleine plechtigheid voorbij was, nam Hanna afscheid van de zusters, in het bijzonder van directrice Ida, die zo'n grote hulp voor haar was geweest.

'Maar je komt toch nog op bezoek, hè?' vroeg deze.

'Op z'n minst naar de sabbatdiensten,' had Hanna beloofd terwijl ze Ida omhelsde.

Nu liep ze met haar koffer in haar hand naar de poort. Ze dacht eraan hoe ze zesendertig jaar eerder met een klein koffertje uit Friedensau was gekomen en door de poort was gelopen. Destijds was alles in een vervallen toestand geweest. Nu verliet ze met een bitterzoet gevoel in haar hart een ziekenhuis dat toekomst had.

Het was vreemd te weten dat ze de volgende dag niet meer in haar oude kamer wakker zou worden, niet meer de oude vertrouwde bezigheden zou hebben. Maar dat betekende niet dat ze in een gat viel. Ze zou zich opnieuw aanpassen, nieuwe dagelijkse bezigheden vinden. De samenwerking met dr. Conradi bleef immers. Ze had haar zus Leni en ze wist dat ze altijd welkom zou zijn in Waldfriede.

Een zwarte Volkswagen kever kwam de hoek om en stopte bij de stoeprand. Een glimlach gleed over Hanna's gezicht toen ze erheen liep.

'Hebt u alles?' vroeg een stem vanuit de auto toen ze het portier opende.

'U weet toch dat ik niet veel nodig heb, dokter Conradi.' Hanna ging op de stoel zitten, die bekleed was met zacht leer. De auto was beslist comfortabeler dan de oude Mercedes. En hij rook erg nieuw. 'Het meeste ligt al in mijn woning.'

'Mooi!' zei Conradi en hij zette de auto in de versnelling. 'Ik heb trouwens de kroniek gelezen,' zei hij toen ze de Fischerhüttenstrasse uit reden. 'Er schoten me veel mooie herinneringen te binnen.'

'En dat terwijl ik heb geprobeerd om niets mooier voor te stellen dan het was,' antwoordde Hanna. Ze beschouwde de kroniek nog niet als af. Ze had met Ida afgesproken dat die haar van informatie zou blijven voorzien. En ook zou ze contact houden met Christina. Die twee bronnen zouden het beeld dat ze de buitenwereld van Waldfriede wilde geven nog een tijdje levend houden.

'Dat blijkt,' zei de dokter. 'Ik heb altijd al vermoed dat uw open blik de beste zou zijn. Ik zou waarschijnlijk in de verleiding zijn gekomen hoogdravend te worden.'

'Dat geloof ik niet,' antwoordde Hanna. 'Maar ik heb met veel plezier alles vastgelegd. En ik heb er nog steeds plezier in.'

Toen ze waren aangekomen bij haar nieuwe woning, een huurhuisje in Wannsee, kwam de auto tot stilstand en zette de dokter de motor af. Stilte omhulde hen. Alleen het getjilp van vogels klonk door de voorjaarslucht.

'Een heel mooie plek,' zei hij nadat hij even had rondgekeken. Langs de muur, die onlangs opnieuw was geschilderd, slingerden de ranken van een fraaie klimop omhoog. 'Het zal een genoegen zijn om u hier elke ochtend op te halen.'

'Weet u zeker dat u dat wilt doen?' vroeg Hanna. 'Ik kan ook de S-Bahn nemen. Of op de fiets komen. Een beetje beweging kan nooit kwaad.'

'Ik weet het zeker,' zei hij. 'Op die manier hebben we nog even een paar momenten voor onszelf voordat de praktijkbeslommeringen ons in beslag nemen.' Hij keek haar aan. 'Weet u, Hanna, er is iets wat ik u altijd al heb willen vertellen.'

'En dat is?' vroeg Hanna met een glimlachje.

'Als ik destijds met u was getrouwd in plaats van met Elisabeth, had ik nooit zo veel tijd met u kunnen doorbrengen als ik de afgelopen zesendertig jaar heb gedaan. En ik moet zeggen dat ik daar heel blij om ben.'

Ze keken elkaar even aan en Hanna voelde zo'n diepe genegenheid voor de dokter als ze nooit voor een andere man had gevoeld.

'Ik ook,' antwoordde ze uiteindelijk. 'En ik dank u voor elke dag die ik met u heb mogen doorbrengen.' Ze boog naar hem toe en gaf hem een kus op zijn wang. Het was de eerste keer dat ze het waagde. In Waldfriede had ze het waarschijnlijk niet aangedurfd. Toen pakte ze haar tas en stapte uit. 'Tot morgen dan maar?'

Dr. Conradi glimlachte. 'Tot morgen, Hanna!'

Terwijl hij de auto weer startte en in het verkeer invoegde, draaide Hanna zich om naar haar nieuwe thuis. De avond naderde en Hanna stelde zich voor hoe deze zelfde zon nu wegzakte achter Waldfriede, hoe haar schijnsel over de gevel en de ramen gleed waarachter de leden van de ziekenhuisfamilie bleven zorgen voor het welzijn van de patiënten. Jullie zullen altijd mijn familie zijn, dacht ze en met een grote glimlach en een hart vol warmte richtte ze zich op haar nieuwe leven.

# Nawoord

Ik heb met veel plezier een volgend deel van de geschiedenis van ziekenhuis Waldfriede tot leven gewekt. Nu is het voor mij echter tijd om afscheid te nemen van dierbare personages en een heel bijzonder ziekenhuis, dat ook vandaag de dag nog een vaste plaats inneemt in het sociale leven van Berlijn-Zehlendorf.

Maar eerst, zoals altijd, een kleine toelichting bij feiten en fictie in deze roman.

De jaren na de oorlog brachten grote uitdagingen voor ziekenhuis Waldfriede met zich mee. Aan de ene kant waren er de moeilijkheden van de wederopbouw, die de oudere Waldfriedenaren nog maar al te goed kenden: tekorten aan materialen en geld, een gebrek aan arbeidskrachten, de strijd tegen de bureaucratie en telkens weer nieuwe verordeningen. De problemen waren in de verste verte nog niet opgelost toen de blokkade ook het stadsdeel Zehlendorf hard trof. Stroomafsluiting, gebrek aan stookmateriaal en steeds minder voorradige levensmiddelen bedreigden de voorzieningen en het leven van de mensen.

Door de luchtbrug, die van juni 1948 tot mei 1949 de stad voornamelijk met stookmateriaal maar ook met levensmiddelen en andere dagelijkse benodigdheden ondersteunde, wisten de westelijke bezette gebieden van Berlijn inlijving door de Sovjet-machten te voorkomen.

Het einde van de blokkade bracht echter geen eendracht. Net als de rest van Duitsland viel Berlijn in twee delen uiteen. Dit betekende ook menige crisis voor Waldfriede, omdat er enkele goede artsen op Oost-Duits grondgebied woonden die vanwege de deling niet in Waldfriede konden werken of werden afgewezen omdat er werd gevreesd voor represailles voor de persoon in kwestie.

Deze situatie werd in 1961 nog verergerd door de bouw van de beruchte Berlijnse Muur. Voortaan was het voor burgers van de DDR niet meer mogelijk in de BRD en in West-Berlijn te werken. De deling eindigde pas vele jaren later op 9 november 1989. Ten tijde van de Duitse eenwording was echter geen van de oude zusters van Waldfriede nog in leven.

Het levenspad van dr. Louis Conradi bracht hem na zijn pensionering in 1955 minder vaak in Waldfriede, maar de band met zuster Hanna bleef. Nadat eerder zijn vrouw hem in de praktijk had geassisteerd, sprong Hanna Rinder in toen Elisabeth Conradi ziek werd. Ze genoot er zo van dat het voor haar niet moeilijk was afscheid van Waldfriede te nemen. Ze bleef nog een hele tijd werken aan de zijde van dr. Conradi, die haar 's ochtends altijd met zijn auto ophaalde en haar 's avonds thuisbracht.

Nadat hij vele jaren in de Jänickestrasse 91 had gewoond, waar hij ook zijn praktijk had, overleed dr. Louis Conradi op 19 september 1966 op eenentachtigjarige leeftijd. Hij werd begraven op de begraafplaats aan de Onkel-Tomstrasse.

Kort daarna werd het huurcontract van zijn weduwe Elisabeth opgezegd omdat de verhuurder de woning zelf wilde bewonen. Omdat men zich tegenover dr. Conradi verplicht voelde, mocht ze terugkeren naar het huis van de geneesheer-directeur op het terrein van Waldfriede. Elisabeth mocht daar blijven wonen tot haar dood in de jaren zeventig.

Het graf van dr. Conradi op de begraafplaats aan de Onkel-Tomstrasse in Berlijn Zehlendorf was daar nog te vinden tot 2006, toen werd het geruimd. De grafsteen werd overgedragen aan ziekenhuis Waldfriede.

Ook zuster Hanna Rinder, die in de jaren vijftig inderdaad ernstig ziek werd en een levensbedreigende operatie moest ondergaan, keerde op latere leeftijd terug naar Waldfriede. In de jaren zeventig, toen haar gezondheid erg was verslechterd, moest ze opnieuw een behandeling ondergaan. Na een herstelperiode van ruim zes maanden werd ze ontslagen uit Waldfriede en ze woonde tot haar levenseinde in een bejaardentehuis in Wannsee. Jammer genoeg kon ik niet achterhalen hoelang ze nog heeft geleefd.

De jonge leerling-verpleegster Christina is net als haar vriend Peter een product van mijn fantasie. Maar vluchtelingen als Christina kende ik uit de verhalen van overlevenden en daaruit heb ik de persoon gecreëerd.

Helaas is het lot van haar vriendin Selma, die in het echte leven Luise Brockmann heette, niet alleen fictie. De jonge verpleegster, die inderdaad bij pleegouders in Kleinmachnow woonde, ging zonder toestemming op weg naar een huwelijksfeest van familie in de Oostzone, waar ze nooit aankwam. Uit onderzoek bleek dat ze was vermoord in een korenveld in de Sovjet-zone. Ik heb haar lot voor dit boek veranderd, maar net als Selma werd Luise Brockmann begraven in Kleinmachnow, waar ze het laatst had gewoond.

In 1950 nam dr. Gerhard Fenner de afdeling interne geneeskunde over van dr. Meyer, die dat jaar op zeventigjarige leeftijd met pensioen ging en naar Detmold verhuisde. Hij overleed daar in 1957. Fenner zelf was tijdens de oorlog inderdaad militair arts, maar werd al in 1941 vanwege een verwonding vrijgesteld van militaire dienst, waarna hij naar Berlijn terugkeerde. Hij werkte daar in de Klinik am Urban en verhuisde later naar Hannover.

Ook de assistent-badmeester, Lothar Müller, is een bestaande persoon. Hij trouwde in 1952 met zuster Waltraud, die vanwege haar bijzondere kennis en talenten de leiding van de ziekenhuiskeuken overnam. Tot 1989 werkte hij in Waldfriede en hoewel hij hoogbejaard is, geniet hij nog steeds van het leven.

Dr. Sinz, het voorbeeld voor mijn dr. Hintze, die een belangrijke rol speelde in deel 3, *Avondrood*, keerde in 1955 terug naar Waldfriede. Na jaren van denazificatie en werken in zijn eigen praktijk kreeg de chirurg toestemming om weer in Waldfriede aan de slag te gaan. Hij bleef aan Waldfriede verbonden tot zijn pensionering in 1968.

Aan het einde van de saga van ziekenhuis Waldfriede wil ik zuster Hanna Rinder nogmaals het woord geven met de zinnen waarmee ze haar kroniek afsloot:

*'Het was voor mij een vreemd gevoel om na meer dan zesendertig jaar werken en wonen in ziekenhuis Waldfriede mijn spullen te pakken en op 3 april 1956 te verhuizen. Op een zusterlijk-moederlijke manier had onze directrice, zuster Ida Bahr, me geholpen met de aankopen voor het interieur van mijn woning en met haar hulp werd mijn nieuwe huis gezellig ingericht. Het feit dat ik geleidelijk, beetje bij beetje, mijn vertrouwde werk had moeten loslaten, maakte het me makkelijker afscheid te nemen.*

*Nu kijk ik terug. Ik heb geprobeerd in de [...] kroniek de feiten op te tekenen zoals ik die zag, voelde en meemaakte: vanaf het allereerste begin met steeds weer veel zorgen en tegenwerking tot de tijd van volwaardige erkenning als ziekenhuis...*

*Persoonlijk vond ik het fijn om in Waldfriede te werken. Ik denk graag terug aan het gemeenschapsleven dat wij zusters hadden.'*

Ik vond het net zo fijn om over Waldfriede te schrijven. Op deze plaats wil ik nogmaals al diegenen bedanken die in het materiaal geloofden en mij behulpzaam terzijde hebben gestaan, maar vooral wil ik mijn trouwe lezers bedanken.

# LEES MEER VAN Corina Bomann

## Gloriedagen

Deel 1 van de *Waldfriede*-serie

Berlijn, 1919. Dr. Louis Conradi bevindt zich op een kruispunt in zijn leven. De oorlog zette een streep door zijn plannen om als missionarisarts naar Afrika af te reizen, en in Zwitserland, waar hij nu woont, lijkt geen toekomst voor hem te zijn weggelegd. Dan hoort hij dat in Berlijn een ziekenhuis herbouwd wordt. Waldfriede – voorheen een chic sanatorium voor de rijken – wordt een hospitaal voor álle Berlijners. Hij meldt zich aan en inspireert onder andere de jonge verpleegster Hanna Richter om er ook flink de schouders onder te zetten.

In een stad waar de Eerste Wereldoorlog diepe wonden heeft achtergelaten, waar de Spaanse griep heerst en armoede om zich heen grijpt, waar de nog jonge Weimarrepubliek ten onder dreigt te gaan aan nationalistisch geweld, wordt het personeel van Waldfriede geconfronteerd met talloze problemen. Maar ze zijn vastbesloten een veilige haven te zijn voor de bewoners van hun stad – wat de roerige politieke tijden hun ook voorschotelen.

Verkrijgbaar als

# Lichtpunt

## Deel 2 van de *Waldfriede*-serie

Berlijn, 1929. Als het Waldfriede-ziekenhuis eindelijk naam heeft gemaakt dreigt de toekomst er radicaal anders uit te gaan zien. Nu een nieuwe golf van werkloosheid en armoede plaatsvindt vallen mensen makkelijk voor de beloftes van de nationaalsocialisten. Directeur Louis Conradi voelt de veranderingen aan en houdt de sympathie voor de partij angstvallig in de gaten. De constante zorgen eisen hun tol: Conradi's gezondheid gaat hard achteruit, maar hij moet zich sterk houden voor zijn patiënten en zijn personeel. En dus houdt hij zijn kwalen geheim, zelfs voor Hanna.

De komst van de jonge verpleegster Lilly Wegner is een frisse wind door het ziekenhuis, zeker als er iets moois opbloeit tussen haar en dokter Rudolph Kirsch. Maar hun liefde wordt al snel overschaduwd door angst: Kirsch is Joods. Als de Rassenwetten worden ingevoerd en alle Joodse werknemers worden ontslagen staan Lilly en Rudolph voor een onmogelijke keuze. Waar kunnen ze heen nu het net zich steeds dichter sluit?

# Avondrood

## Deel 3 van de *Waldfriede*-serie

Berlijn-Zehlendorf, 1939. De Tweede Wereldoorlog is uitgebroken en de artsen en verpleegkundigen van het Waldfriede-ziekenhuis moeten alles op alles zetten om hun patiënten te beschermen en de rust te bewaren. De jonge arts-assistent Helene worstelt met haar dagelijkse werk, omdat het hoofd chirurgie een overtuigd nationaalsocialist is. In de tuinen van de kliniek komt ze tot rust en daar ontmoet ze tuinman Timo, met wie ze al snel een hechte vriendschap opbouwt. Maar op het moment dat hun gevoelens voor elkaar steeds sterker worden, wordt Timo opgeroepen voor militaire dienst.

Zowel het gescheiden zijn van Timo als haar ontdekking dat er nog iemand is die zich tot haar aangetrokken voelt, maakt dat Helene diep in haar hart moet kijken om wijs te worden uit haar gevoelens. Maar als de eerste bommen op Berlijn en het Waldfriede-ziekenhuis dreigen te vallen, heeft ze heel andere zorgen.